SOPHIE BICHON

UND WIR
TANZEN
ÜBER DEN
FLÜSSEN

love is love

Band 3

Roman

WILHELM HEYNE VERLAG
MÜNCHEN

Penguin Random House Verlagsgruppe FSC® N001967

Originalausgabe 12/2021
Copyright © 2021 dieser Ausgabe
by Wilhelm Heyne Verlag, München,
in der Penguin Random House Verlagsgruppe GmbH,
Neumarkter Str. 28, 81673 München
Redaktion: Eva Jaeschke
Printed in Germany
Umschlaggestaltung: zero-media.net unter Verwendung von FinePic®, München
Satz: Leingärtner, Nabburg
Druck und Bindung: CPI books GmbH, Leck
ISBN: 978-3-453-42532-3

www.heyne.de

Für Larry,

meine Seelenverwandte und beste Freundin –

weil du in mein Innerstes siehst.

Für alle Menschen,

die mit mir polyamorös und/oder polygam

gelebt und geliebt haben.

Ihr wisst, wer ihr seid.

Für jede*n,

der*die auf irgendeine Art und Weise anders liebt.

Ihr seid richtig, genauso wie ihr seid.

Lasst euch euer Buntsein niemals nehmen.

She don't want to be your man or woman.

She wants to be your love.

Multi-love's got me on my knee.

We were one, then become three.

Mama, what have you done to me?

I'm half crazy.

Multi-Love von Unknown Mortal Orchestra

PLAYLIST

London Thunder von Foals
Mind von Greentea Peng
Best Girl von Dope Lemon
Push Off von The Palms
Outter Space von Alex Serra
Summertime von Fort Frances
Crystal Lion von Native Young
Real Love von Alexis Troy
4/17/1975 von Rob Viktum
Confidence von Ocean Alley
Ghetto in Paradise von Guts
Multi-Love von Unknown Mortal Orchestra
Save Your Tears von The Weeknd
Kanzan von Fakear
Lips von Noah Slee und MELODOWNZ
Euro von Erik Lundin

* * * THE RED LADY * * *

BESETZUNGSLISTE

June Lewis als **Ilaria**: Hausmagd im alten London
Ben James als **Aillard**: Ilarias bester Freund
Olivia Andrews als **Esmeray**: Ilarias Schwester
Rhonda Johnson als **Foxa**: Hüterin des Wolkentors
Layla Matthew als **Roux**: Königin von Maylora
Sophia McQueen als **Lusiane**: gute Fee
Timothy Scott als **Sharin**: Anführer der Schatten

Weitere Rollen:

Bewohner Londons
Roux' Königinnengarde
Armee der Wolken
Geister der Flüsse
Schattenkämpfer
und andere magische Wesen

THERE WILL ALWAYS BE LOVE AND SORROW – ES WIRD IMMER LIEBE UND LEID GEBEN

June

Das Gute im Leben war, dass man immer behaupten konnte, seine Gründe zu haben. Das ließ einen zwar undurchsichtig und rätselhaft erscheinen, doch es war eine der Floskeln und Ausreden, die Lügen zu verhindern mochten. Lügen und Unwahrheiten und falsche Versprechungen. Gute Gründe vortäuschen, statt sich den verpassten Chancen und Leerstellen des Lebens zu stellen.

Staub tanzte im Licht der hereinfallenden Sonne, als sich von hinten zwei Arme um mich legten. Hier und jetzt traf beides unweigerlich aufeinander: die Chancen und die Leerstellen.

Lächelnd schloss ich die Augen wieder und ließ mich in die Umarmung hineinfallen. In meinem Bauch explodierten tausend Gefühle auf einmal, und Wärme flutete mich. Ich war nackt – mein Herz noch mehr als mein Körper. Es war, als würde ich in einem Sternenhimmel baden, denn ich fühlte mich übermütig und wach und mittendrin und vor allem unsterblich.

In einem Raum ohne Zeit.

In einer Zeit ohne Begrenzungen.

Ich seufzte, und er quittierte das leise Geräusch mit einem Lachen, das ich als Vibrieren seiner Brust im Rücken spürte. Begleitet von dem Kratzen von Bartstoppeln glitten seine Lippen über meinen Nacken.

»Ich bin glücklich«, murmelte er. Mit dieser rauen Stimme, die nach wenig Schlaf und früh am Morgen klang, und nach viel Sex. Nach ernsthafter Tiefe zwischen sich auftürmenden Wellen aus Leichtigkeit.

Ganz langsam drehte ich mich zu ihm um. Die Decke rutschte von seinen Schultern, und das Licht malte Muster auf die Haut, vor allem aber diese schönen Augen.

»Das bin ich auch«, wisperte ich und zeichnete mit den Fingerspitzen den Schwung seiner Lippen nach, die sich jetzt zu einem Grinsen verzogen. Verschmitzt und liebevoll.

Mein Herz machte einen Satz. Hoch und weit, wie es das in letzter Zeit ständig zu tun schien, denn ich hatte mich entschieden. Ich hatte keine andere Wahl gehabt, als mich dieses Mal der Realität zu stellen. Keine Ausweichmanöver, keine Flucht.

Und so sicher es sich gerade auch in seinen Armen anfühlen mochte, wusste ich inzwischen doch, dass wir ein Ablaufdatum hatten. *There will always be love and sorrow* – es wird immer Liebe und Leid geben. Das hatte ich gelernt, als ich gegangen war, und diese Wahrheit zählte immer noch. Auch wenn ich sie nicht sehen wollte, wenn wir zusammen waren. Damals waren wir ein wirrer Knoten aus Gefühlen und Handlungen gewesen, den richtigen und den falschen.

Liebe war Liebe.

Und doch war Liebe nicht immer genug.

* * * THE RED LADY * * *

aus dem ersten Akt

*

Zu sehen ist Ilaria, die mit langsamen Schritten die Bühne betritt und zum Wolkentor hinaufblickt.

ILARIA: Ich dachte, ich sehe dich nie wieder.

AILLARD: Ich habe immer an dich gedacht. Es ging nie um die Reise nach *Maylora*, zumindest nicht nur. Eigentlich standest die ganze Zeit nur du im Mittelpunkt ... du und ich.

Ilaria weicht einige Schritte zurück, wendet sich ab.

ILARIA, *leise hauchend*: Aillard. Tu das nicht ...

AILLARD: Ich habe schon zu viel für andere Menschen geopfert. Für eine Prophezeiung, von der niemand weiß, ob sie stimmt.

ILARIA: Es ist nicht wichtig, ob sie stimmt. Wichtig ist nur die Hoffnung. Hoffnung für Millionen Menschen. Und du bist nun einmal der Mann, den sie erwählt haben.

AILLARD: Wage ja nicht, mir zu sagen, dass das eine Ehre wäre.

ILARIA: Das hatte ich nicht vor. Ich wollte dir sagen, dass ich dich liebe.

Ilaria hebt den Blick. Das Bühnenbild verdunkelt sich. Dann hebt sie beide Arme, der weiße Rock bauscht sich im Wind. Sie und Aillard laufen aufeinander zu, er wirbelt sie durch die Luft und sie beginnen gemeinsam Save Your Heart *zu singen.*

SIX MONTHS EARLIER – SECHS MONATE FRÜHER

1. Kapitel

June

Ich war die Letzte in der Garderobe – nicht, weil ich besonders getrödelt hätte, sondern weil ich die ersten zehn Minuten nach der Probe einfach nur vor dem Spiegel mit den runden Lämpchen an beiden Seiten gesessen hatte, während sich die anderen beeilten, nach Hause zu kommen.

Ich liebte das Durcheinandergerede, das sich nach einem langen Tag auf der Bühne mit Erschöpfung und der Euphorie des Stücks vermischte. Dass es hier hinten nie richtig hell war und immer ein bisschen Chaos herrschte. Liebte die lange Reihe mit Spiegeln, den alten Holzschrank auf der anderen Seite, in dem jeder von uns ein eigenes Fach hatte, daneben ein paar der aussortierten Kleider aus dem Kostümraum und das riesige bordeauxrote Sofa, das beinah ein Viertel des Raums einnahm.

Dieser Ort war wie eine magische Dimension, die irgendwo zwischen der Welt der *Red Lady* und der Realität lag.

Wir waren wir, und doch waren wir für die Zeit des Musicals auch unsere Rollen. Sie hinterließen ihre Spuren in uns, waren uns ähnlich, waren in vielen Dingen auch unser Gegenteil, aber vor allem: Ein Teil dieser fiktiven Charaktere würde für immer bleiben.

Ich inhalierte die staubige Luft genauso wie die Stille und betrachtete mein Gesicht im Spiegel: die dunkelblonden Augenbrauen im Kontrast zu den langen rosa Haaren, die vollen Wangen und den Mund, den ich früher immer zu groß gefunden hatte. Stück für Stück streifte ich Ilaria für den heutigen Tag ab und wurde wieder zu mir selbst. Die Reise an Aillards Seite, ein altes verwunschenes London voller Geheimnisse und die Suche nach einer Stadt weit über den Wolken. Die Erfüllung einer alten Prophezeiung und ein Kuss, der alles für immer veränderte.

Ich legte meine Hände auf den schmalen Schminktisch und beugte mich ein Stück weiter vor. Meine Mundwinkel hoben sich an, zogen meine Lippen weit auseinander und als ich mein eigenes, echtes Lächeln sah, begann ein warmes Kribbeln meinen ganzen Körper zu durchlaufen.

Es mochte sein, dass ich einen hohen Preis für meinen großen Traum und für die vergangenen drei Jahre gezahlt hatte, doch jetzt war ich genau dort, wo ich hingehörte. Die Erinnerung an meine damalige Entscheidung für die *Academy of Dramatic Art* ließ zwar nach wie vor dieses widersprüchliche Gefühl und den Schmerz in mir aufsteigen, doch ich wusste, dass ich auch heute noch genauso handeln würde. Denn die New Yorker Akademie war nicht nur eine der renommiertesten Schauspielschulen der Welt und hatte große Namen hervorgebracht, ich war auch dieser *Ganz-oder-gar-nicht-Mensch*. Entweder wagte ich alles für meine Sehnsüchte, gab dafür Dinge auf und nahm ein Risiko in Kauf, oder aber ich ließ es bleiben.

Ich wollte nämlich nur die Dinge bereuen, die ich getan hatte. Ganz sicher aber nicht die, die ich mich nicht getraut hatte zu tun. Das Leben war ein Meer aus Chancen und Möglichkeiten, man musste nur im richtigen Augenblick und mit mutigem Herzen nach ihnen greifen.

»Na? Wie lange brauchst du noch?«

Erschrocken zuckte ich zusammen.

Im Spiegel sah ich, wie Henry den Kopf durch die angelehnte Tür steckte und mich grinsend musterte. Wie immer lagen die großen Kopfhörer um seinen schlanken Hals. »O June, hast du wieder vor dich hin geträumt?«

»Erwischt!« Ich drehte mich um. »Gibst du mir noch zehn Minuten? Ich zieh mich nur schnell um, dann bin ich fertig.«

»Alles klar. Ich warte draußen auf dich.« Henry trommelte mit den Fingern auf den Hörmuscheln herum. »Ich brauche von Jimmy eh noch ein Update zu seinem Dating-Leben. Es ist gerade wieder richtig spannend. Die Frau, die er vor Kurzem bei diesem Konzert kennengelernt hat, hat er doch wieder – wie er betont – *höflich* abserviert, aber scheinbar gibt es da jemand anderen.«

Amüsiert lachte ich auf.

Jimmy war im *Mephisto* eine Institution. Ohne den alten Mann, dessen Markenzeichen sein schwarzer Krempenhut war, wäre das alte Theater nicht dasselbe, denn er war sein pulsierendes Herz. Der, der meist im Hintergrund blieb, ohne den aber doch nichts richtig funktionierte. In dem kleinen Vorbau mit den hübschen Fenstern, der zwischen den beiden Treppenflügeln zum Theater hinauf stand, verkaufte Jimmy an den Nachmittagen und manchen Abenden Karten. Er war der geduldigste Souffleur während der Proben, bester Tröster bei schauspielerischen Selbstzweifeln und humorvollster Geschichtenerzähler, wenn die Stimmung aufgelockert werden musste.

»Wie kann ein Achtzigjähriger mehr Dates haben als du und ich zusammen?«, schmunzelte ich.

»Hey, hör auf, mich da mit reinzuziehen! Ich hatte erst vor zwei Wochen ein Date.« Henry zuckte mit den Achseln und zog seinen schlaksigen Körper damit noch mehr in die Länge. »Er sagt, wir *jungen Leute* hätten das Flirten und Umwerben verlernt mit diesen *neumodischen Dating-Apps*.« Er grinste. »Abgesehen von mir natürlich. Ich weiß genau, was ich mache. Auch *mit* Tinder.«

»Bist du dir wirklich so sicher, *Baby Blue*? Ich möchte dich ja wirklich nur ungern daran erinnern, aber wenn ich das richtig im Kopf habe, war das Date, das du gerade erwähnt hast …«

Henry zog eine Grimasse. »Müssen wir wirklich darüber reden?«

»Ich kann einfach nicht vergessen, wie du mich mitten in der Nacht supergenervt angerufen hast, weil dein Date mit einem Glas Wein und einer Gesichtsmaske in deiner Badewanne saß, während du draußen warten musstest. Hat sie währenddessen nicht auch noch mit einer Freundin telefoniert?« Ich kicherte.

»Ich fand es einfach sehr beeindruckend, dass sie Konzertpianistin ist… Na ja, das war natürlich bevor das Ganze diese unerwartete Wendung genommen und sie meine Wohnung in ihren persönlichen Wellnesstempel verwandelt hat. Aber wie du weißt«, Henry griff sich dramatisch an die Brust, »wird sowieso die Musik immer meine große Liebe sein.«

Liebe war als Bezeichnung für Henrys Besessenheit wahrscheinlich noch eine Untertreibung. Seit ich denken konnte, lebte er für die Musik, er atmete sie, inhalierte sie. Musik war unweigerlich Teil seiner Existenz – und das, obwohl er gleichzeitig einer der unmusikalischsten Menschen war, die ich kannte. Aus seinem Mund war noch nie auch nur ein einziger gerader Ton herausgekommen und so hatte er mich schon damals, als wir Kinder gewesen waren, ständig angebettelt, für ihn zu singen. In Henrys Kopf war in erster Linie Platz für Songtexte, dann erst für kreatives Chaos und ihn selbst.

»Aber wenigstens hatte ich mal wieder ein Date«, Henry schob die Unterlippe vor. »Und ich kann ja auch nichts dafür, wenn das irgendwie immer so komisch endet.«

»…weil du einen Mann, der viermal so alt ist wie du, nach Tipps im Umgang mit Frauen fragst«, zog ich ihn auf.

»Jimmy ist ein richtiger Gentleman. Und außerdem frage ich ihn nicht nach Tipps. Wir unterhalten uns auf Augenhöhe und tauschen uns über unsere Erfahrungen aus.«

»Das ist natürlich etwas vollkommen anderes.« Ich nickte ernst. Dann fragte ich: »Hast du ihm eigentlich auch von diesem anderen Date erzählt, bei dem du ebenfalls mitten in der Nacht plötzlich in einem Zug nach

Paris saßt? Und dem davor? Mit dieser Influencerin, die eine halbe Stunde lang euer Essen fotografiert und dir Vorher-Nachher-Bilder von ihren gemachten Brüsten gezeigt hat, bevor du alles kalt essen musstest?«

»Okay«, Henry kniff die Augen zusammen und die hellen Brauen trafen sich in der Mitte über der Nase, »bis gleich, June.«

»He«, rief ich ihm hinterher und sprang auf. »Jimmy und du, ihr müsst auf mich warten. Ich will auch alle Neuigkeiten hören. Es ist nicht fair, dass du immer alles vor mir weißt!«

»Dann hör auf zu trödeln!«, rief mein bester Freund, bevor er die Garderobe verließ.

Auf den Stufen, die vor dem *Mephisto* auf die Mowbray Alley führten, blieb ich einen Moment stehen. Ich wollte den Augenblick inhalieren, doch wie so oft, seit ich wieder in London war, wanderten meine Gedanken zu dem Tag vor drei Jahren, an dem ich nach New York geflogen war. Und manchmal war da dann doch diese leise Stimme in meinem Kopf, die mir von einem Paralleluniversum erzählte, in dem alles ganz anders gekommen und ich geblieben war. Und dann dachte ich an *ihn*. Immer und immer wieder an ihn.

Schnell öffnete ich die Augen wieder und steuerte den Vorbau an, der an die Treppe grenzte. Jimmy lehnte rauchend an einem der Fenster, sein Hut lag neben der Kasse.

»Das wird, mein Junge. Das wird.« Er lachte tief und klopfte Henry auf die Schulter.

»Hat er dir gerade von seinen letzten Dates erzählt?«

Henry verdrehte die Augen. »Halt die Klappe, June.«

Möglichst süß lächelte ich ihn an. »Du solltest da schon offen und ehrlich zu Jimmy sein.«

Henry und ich zogen uns gegenseitig auf, und Jimmy sah kopfschüttelnd zwischen uns hin und her, ehe er sich mit einem gutmütigen Lächeln an mich wandte: »Hast du dich gut eingelebt, June?«

»*Yes*«, ich strahlte Jimmy an, der immer so sehr darauf bedacht war, dass es wirklich jedem Mitglied unserer Crew gut ging.

Eine Crew, zu der mein bester Freund schon seit längerem gehörte. Nach unserem Abschluss hatte er am *Mephisto* seine Ausbildung zum Kostümbildner gemacht, während ich zwei Jahre lang gekellnert und so viel Geld wie möglich für Gesangsstunden, verschiedene Schauspielkurse und letztendlich Amerika gespart hatte. Trotz des Stipendiums, das ich dann bekommen hatte, war die Ausbildung an der *Academy of Dramatic Art* teuer gewesen.

»Die letzten Wochen sind superschnell vergangen«, erklärte ich Jimmy, »und irgendwie fühlt es sich so an, als wäre ich immer schon hier gewesen. Viele der Proben sind anstrengend, und klar wird der Druck stärker, je tiefer wir in das Stück einsteigen, aber trotzdem fühlt es sich an den meisten Tagen nicht so richtig wie Arbeiten an. Mehr wie ein Zuhause.«

»Ja, das hat das Mephisto so an sich«, erwiderte Jimmy verträumt und schien einen Moment lang ganz woanders zu sein, während sein Blick an der Fassade des kleinen Theaters hinaufwanderte. »Manchmal passieren hier Dinge, die eigentlich gar nicht möglich sein sollten. Dieser Ort hier hat einfach … eine ganz besondere Magie.«

Und ich wusste, dass er recht hatte.

Selbst zwischen all den berühmten Häusern, wie dem *Her Majesty's Theatre* und dem *Adelphi Theatre*, dem *Lyceum Theatre* oder dem *Royal Opera House*, die ganz in der Nähe standen, war und blieb das *Mephisto* mit seiner Jugendstilfassade etwas ganz Besonderes. Jedes Mal, wenn ich es betrachtete, machte ich neue kleine Details aus und bewunderte die wunderschönen, floralen Ornamente, die teilweise hinter dichtem Efeu verschwanden, der sich fast bis auf die Höhe des runden Fensters ganz oben unter dem Dach hinaufrankte. Auch jetzt glänzte das bunte Glas des Fensters in der Sonne.

Vom *Mephisto* ausgehend flirrte in der ganzen schmalen Gasse eine geheimnisvolle, warme Energie. Sie waberte zwischen den hohen Straßenlaternen und legte sich auf das winzige Café mit weißen Tischen und Blumen vor den Fenstern, die vom *Le Fleuriste* direkt danebenstammten. Der Blumenladen gehörte Chloé, einer Mittsiebzigerin, die mich mit ihrem französischen Singsang und der eleganten Kleidung von Anfang an begeistert hatte.

Die Mowbray Alley, nur gut zweihundert Meter lang, aber ein ganzer Mikrokosmos in einer Weltstadt. So gut versteckt, dass ich mich zuerst gewundert hatte, wie das Theater so ganz ohne Werbung und nur aufgrund der wenigen, aushängenden Plakate überleben konnte. Jimmy hatte mir mit einem undurchschaubaren Lächeln erklärt, dass diejenigen das *Mephisto* fanden, die es brauchten. Und die, die unweigerlich hierhergehörten.

Vielleicht schien es sich deshalb auch so richtig anzufühlen, dass *The Red Lady* das Stück war, in dem ich mein Debüt als Musicaldarstellerin geben würde. An das Vorsprechen für die Rolle der Ilaria konnte ich mich kaum noch erinnern. Zu der Zeit steckte ich mitten in meinem Abschluss, arbeitete zusammen mit meinen Kommilitonen an dem Musical, das wir auf der großen Bühne der *Academy of Dramatic Art* aufführen würden, und war nur für wenige Tage zurück nach London geflogen.

Ebenso staunend wie heute hatte ich an diesem Tag am selben Platz gestanden. Die Mowbray Alley mit dem *Mephisto* als Herzstück, sowie Aillards und Ilarias Geschichte zeugten von dem London einer längst vergangenen Zeit und ließen seinen Zauber in den kleinsten Dingen sehen. Hier ergab alles auf leichteste Weise Sinn.

Henry und ich verabschiedeten uns von Jimmy, holten uns gegenüber im *Miracle* unseren Kaffee mit Zimt und machten uns auf den Weg. Fröhlich stieß ich Henry in die Seite, und mein Becher schwankte gefährlich.

»Trägst du mich bis zur *Tube*-Station?«, fragte ich.

»Nein.«

»Über den Leicester Square?«

»Ebenfalls nein.«

»Bis ans Ende der Mowbray Alley?«

»Auch nein.«

Schmollend schob ich die Unterlippe vor. »Komm schon. Die Luft da oben ist eine ganz andere. Und ich bin so viel kleiner als du. Gönn mir das Abenteuer.«

»Du bist manchmal wie ein kleines Kind.«

»Eine meiner besten Eigenschaften«, gab ich zurück.

»Und nervig auch.«

»So wie du.«

Henrys Mundwinkel zuckten verräterisch, dann wandte er mir den Rücken zu. »Na los, spring drauf. Aber ich trage dich sicher nicht bis zur *Tube*-Station. Das kannst du sowas von vergessen.«

Ich quietschte begeistert, drückte Henry meinen Kaffee in die Hand und sprang auf seinen Rücken.

»Sei froh, dass du nicht mehr so viel gewachsen bist, sonst könnten wir das nicht immer noch machen.«

»Komm schon, *Baby Blue*, du magst es doch auch.«

»Wie lang willst du mich eigentlich noch so nennen?«

Ich lachte. »Das kann ich dir nicht sagen. Aber ich denke nicht, dass ich es lassen werde. Ich mag es viel zu sehr.«

»Habe ich bemerkt«, murmelte Henry, und ich wuschelte ihm liebevoll durch seine blauen Haare.

Direkt nach dem Schulabschluss waren wir zusammen vom verschlafenen Groveford achtzig Kilometer westlich von London in die Metropole gezogen und hatten uns an unserem ersten Tag in der Stadt Haarfarbe gekauft. Ich ein Rosa so hell wie Zuckerwatte, Henry ein Blau so tief wie Mitternacht. Über der winzigen Badewanne in einem noch winzigeren Bad hatten wir uns gegenseitig die blonden Haare Strähne für Strähne gefärbt. Wir hatten beide einen Hang zur Dramatik, und es war uns um so viel mehr gegangen als um einen neuen Look. Es war Sinnbild eines neuen Lebensabschnitts in der Großstadt, eines Abenteuers, das hier auf uns wartete. Es ging darum, frei zu sein und eigene Entscheidungen zu treffen und ganz und gar wir selbst zu sein. Eventuell war ich inzwischen ein bisschen weniger theatralisch, die Farbe jedoch war geblieben.

Als ich am Samstag verschlafen meine Zimmertür öffnete, ging gegenüber im selben Moment die meines Mitbewohners auf. Über den winzigen Flur hinweg starrten wir uns erschrocken an, ehe wir beide laut losprusteten.

Benoît sah genauso müde aus, wie ich mich fühlte. Die dunkelblonden Haare waren wild verstrubbelt, die Brille saß schief auf der Nase und feine Bartstoppeln, die dort gestern noch nicht gewesen waren, zierten sein Kinn. Er murmelte ein knappes *Morgen* und schlurfte aus seinem Zimmer heraus, woraufhin ich einen Blick auf den aufgeklappten Laptop und eine Flut wild beschriebener Blätter und Notizen erhaschen konnte. Wahrscheinlich hatte er wieder die halbe Nacht an seinem Manuskript gesessen.

Kein Wunder, dass Benoît der schlimmste Morgenmuffel war, den ich kannte. In der ersten Woche, in der wir zusammengewohnt hatten, meinte er einmal, dass ich so etwas wie eine Mutantin sein müsse. Er fände es unnatürlich, dass jemand die Augen aufschlagen und so gut gelaunt sein könne – und all das vorgebracht mit diesem melodiösen französischen Akzent.

»Setz dich hin. Ich mach uns Kaffee.«

Benoît seufzte. »Du bist die Frau meiner Träume.«

Am Ende des kleinen Flurs, den wir als eine Art Wohnzimmer nutzten, ließ er sich auf das Sofa mit der gemusterten Überdecke fallen. Alles war klein und beengt bei uns und dabei doch genau richtig. Die Couch stand direkt unter dem Fenster. Benoît und ich hatten sie nur mit vielem

Schieben und Drücken gerade so hineinbekommen. Davor hatten ein kleiner Tisch, auf dem sich mehrere seiner Bücher stapelten, und ein beiges Sitzkissen Platz. An den Wänden hingen ein paar meiner gesammelten Musicalplakate: *Grease* und *Wicked*, *Les Misérables* und *Hamilton*. Außerdem einige wenige Polaroidfotos, die Benoît und ich kurz nach unserem Umzug gemacht hatten, und ein großes gerahmtes Bild mit bunten Wolken, das er von der Freundin seiner besten Freundin Mignon geschenkt bekommen hatte.

In der Küche machte ich das Radio an, bevor ich den Espressokocher auf den altmodischen Gasherd stellte. Ich erkannte *Mind* von Greentea Peng und drehte ein bisschen lauter, wippte im Takt der langsamen, souligen Melodie und griff nach zwei der Tassen, die an Haken über dem Herd baumelten. Darüber zwei Holzregale, auf denen die Töpfe voller Kräuter dicht an dicht standen und irgendwo auch die Dose mit dem Zucker.

»Hast du schon Hunger?«, rief ich in den Flur und erntete nur ein unverständliches Grunzen.

»Ich werte das mal als Ja.« Wieder bloß ein gedämpftes Geräusch als Antwort und ich schüttelte belustigt den Kopf. Benoît am Morgen war wirklich unerträglich. Wir waren noch nicht einkaufen gewesen, ich fand aber noch ein paar Eier, Toast und einen Rest Speck.

Wenige Minuten später war der Kaffee fertig, und innerhalb kürzester Zeit tauchte Benoît im Türrahmen auf. Ich deutete mit dem Kinn auf die Tasse, die ich schon für ihn befüllt hatte.

»Ich liebe unsere einseitigen Gespräche«, grinste ich, wendete den Speck in der Pfanne und sah Benoît dabei zu, wie er langsam zum Leben erwachte. Die Brille saß inzwischen gerade auf der Nase.

Ich verteilte Spiegeleier, Speck und den Toast auf zwei Tellern, dann setzten wir uns einander gegenüber an den schmalen Klapptisch und aßen schweigend.

Das Licht der Morgensonne fiel durch die bunt verfärbten Blätter der

Bäume vor dem Fenster, tauchte die ganze Küche in sanftes Bernstein-licht und malte hübsche Muster auf den Holzboden. Es war einer dieser Herbsttage voller Sonne und Wärme, an denen es einen unweigerlich nach draußen zog.

»Wie war deine Woche eigentlich?«, fragte ich, als wir mit dem Essen fertig waren und vor der zweiten Tasse Kaffee saßen. »Ich hab dich kaum gesehen, weil ich so viel im *Mephisto* gewesen bin.«

»Ich war selbst kaum zu Hause«, meinte Benoît inzwischen deutlich wacher. »Die Uni nimmt viel mehr Zeit in Anspruch, als ich am Anfang dachte. Es ist ja nicht nur das Inhaltliche, hier läuft auch alles anders ab, als ich es gewohnt bin. Und dann der ganze Orga-Kram wegen des Aus-landssemesters und der Nebenjob, den ich noch nicht gefunden habe. Und mit dem Schreiben hänge ich gerade etwas fest, weil mir die Inspira-tion fehlt.«

Benoît machte hier in London ein Auslandssemester, studierte aber eigentlich in Paris Literaturwissenschaften im Master. Das hier war sein vorletztes Semester und damit die letzte Gelegenheit, diese Möglichkeit zu nutzen.

»Ich finde es so bewundernswert, dass du genau das tust, was dich glücklich macht«, sagte er jetzt. »Dass du genau den Job hast, der dich erfüllt.«

»Manchmal kann ich das selbst nicht richtig glauben«, sagte ich stau-nend. Und wieder dachte ich an den Preis, den ich dafür gezahlt hatte. Unwillkürlich wieder an *ihn*, wie ich es mit jedem weiteren Tag zurück in London immer häufiger tat.

»Ich habe nicht einmal mehr ein Jahr, bis mein Studium zu Ende ist, und keine Ahnung, was ich danach machen soll ...«

»Aber was ist denn mit deinen Romanen?« Benoîts erstes Buch *Wie der Wind in deinen Segeln* erzählte die dramatische Liebesgeschichte seiner Großeltern und war Anfang des Jahres in einem kleinen Pariser Verlag erschienen. Ich konnte seinen Roman leider nicht lesen, weil ich kein Französisch sprach, doch Benoît hatte mir an vielen Abenden, wenn wir in unserem Wohnzimmerflur zusammensaßen, von François' und Geraldines Geschichte erzählt und dabei hatte ich mich in seine Worte verliebt.

»Dieses Buch bedeutet mir alles, und ich finde es immer noch wahnsinnig abgefahren, dass Menschen da draußen meine Geschichte lesen. Und ich habe ja auch schon mit *Wie die Sonne in meinem Herzen* angefangen, aber … ich möchte mich auch keinen Illusionen hingeben. Es wäre ein Traum, das Schreiben zum Beruf zu machen und davon leben zu können, aber da braucht man einfach auch extrem viel Glück und das ist nichts, worauf ich mich gerade verlassen will.« Er lächelte schief. »Zumindest nicht, wenn es nach der Vernunft geht.«

»Aber du weißt, was diese eine Sache ist, die du willst«, sagte ich. »Und ich denke: Das ist verdammt viel wert! Vielleicht kommst du nicht auf direktem Weg dorthin, aber ich bin mir sicher, dass du früher oder später dort landen wirst. Du brennst dafür, du liebst es, es ist deine Leidenschaft. Und wenn du das hast und den Glauben an dich selbst, dann hast du echt richtig viel!«

Benoîts Lippen kräuselten sich. »Du bist sehr schlau.«

»Ich gebe mein Allerbestes.«

»Ich bin gerade einfach so eingespannt mit allem, dass ich bisher kaum etwas von London gesehen habe – was superschade ist.«

»Aber Zeit, jemanden abzuschleppen, hattest du«, zog ich ihn lachend auf.

»Pah, die paar Mal.«

»Was hältst du davon, wenn wir heute Abend zusammen etwas trinken gehen?«, schlug ich vor. »Ich habe letztens einen Pub in der Nähe entdeckt, der echt cool aussieht. Und zwar nicht einer von diesen Touri-Dingern. Und davor können wir den Tag ja nutzen, und ich zeige dir ein paar schöne Ecken der Stadt.«

Sofort leuchteten Benoîts dunkle Augen auf. »Das klingt gut.«

»Und wer weiß? Vielleicht wirst du ja von der Muse geküsst?« Ich musterte meinen Mitbewohner. »Oder von einer schönen Frau?«

Grinsend verschränkte er die Arme hinter dem Kopf und warf mir einen dieser für ihn so typischen Blicke unter halb gesenkten Lidern zu, diesen flirtenden Ausdruck, von dem ich inzwischen wusste, dass er bei ihm fast schon so etwas wie ein Reflex war. »Ich hätte gegen beides absolut nichts einzuwenden.«

Und nicht zum ersten Mal dachte ich mir, wie verrückt es war, dass ich vor knapp einem Monat noch auf einem anderen Kontinent gelebt hatte und jetzt nicht nur wieder zurück bei Henry war, sondern in dieser niedlichen Wohnung mitten in Camden Town, mit einem Mitbewohner, den ich wegen seines Charmes und seiner lockeren Art innerhalb kürzester Zeit ins Herz geschlossen hatte.

Am Ende war alles so schnell gegangen. In weniger als zwei Stunden hatte ich meine Sachen in dem New Yorker Appartement zusammengepackt und mich zwischen Umzug und Flug nach einer bezahlbaren Wohnung in London umgesehen. Nachrichten mit Benoît ausgetauscht, der als Erster auf meine Anzeige geantwortet hatte. Mir war kaum Zeit geblieben, um über all das nachzudenken – stattdessen hatte ich einfach eine Liste an Dingen abgehakt, die getan werden mussten, bevor ich zurück nach Großbritannien gegangen war.

Es war alles so wahnsinnig schnell gegangen, flog der Gedanke erneut durch mein Bewusstsein, und ich atmete die Geräusche Londons ein. Sie drangen durch das geöffnete Küchenfenster und klangen so ganz anders als in New York. Immer noch eine Großstadt, immer noch laut und viel und manchmal dreckig, immer noch Menschen über Menschen und überall diese Hektik. Aber das hier war *meine* Stadt. Das war London. Geschichte und Moderne. Tradition, Magie und tausend verwunschene Ecken.

In den 1960er- und 70er-Jahren war Camden das Zentrum von Gegenkulturen und verschiedenen Musikbewegungen gewesen, und den Geist dieser Zeit spürte man noch immer in den Straßen. Bei uns in der Prosperity Lane, mit ihren schmalen, pastellfarbenen Häusern in Rosa, Gelb und Blau, noch als fernes Echo, auf der Camden High Street dann ganz und gar. Überall dort ertönte Musik, es hingen Rhythmen und Melodien in der Luft: Metal, Indie, Jazz, Rock. Alles genauso laut und schrill wie auch die Häuser, die Menschen und das gesamte Viertel.

Und ich wusste:

Es gab noch so unendlich viel zu sehen,

noch so unfassbar viel zu erleben.

Kian

»Mach dir bitte keinen Kopf«, sagte ich zum wiederholten Mal und legte Stella behutsam eine Hand auf die Schulter. »Wir finden eine Lösung.«

»Aber …«, sie öffnete den Mund, nur um ihn im nächsten Moment wieder zu schließen.

»Nichts aber. Ash und ich schmeißen dich auch sicher nicht raus, falls du gerade so etwas sagen wolltest. Dein Platz ist hier, wir sind eine Familie. Punkt. Und du kommst zurück, sobald du so weit bist. Bis dahin finden wir jemanden, der einspringen kann.«

»Vielleicht ja Noah?«, schlug Stella vor. »Ich glaube, er hat gerade nichts anderes.«

Ich lachte. Noah war mit Abstand der unzuverlässigste Mensch, den ich kannte. »Mit Sicherheit nicht.«

»Du hast recht.«

»Dieser eine Abend, an dem er ausgeholfen hat, war das reinste Chaos«, erinnerte ich sie.

Lachend hob Stella die Hände. »Ja, okay.«

Das Licht verfing sich in der dunkel vertäfelten Theke und den Flaschen, die sich dahinter aneinanderreihten. Es entstand eine kurze Pause, dann blickte Stella erleichtert zu mir auf. Blaue Augen und geschwungener Lidstrich – so wie immer schon.

»Danke, Kian.«

»Es gibt nichts, wofür du dich bedanken müsstest.«

Stella legte eine Hand auf ihren Bauch. Noch konnte man nicht wirklich etwas erkennen. Sie war immer noch die einschüchternde Perfektion in Person, wie sie mir jetzt auf dem Barhocker gegenübersaß und ihre Endlosbeine übereinanderschlug. Als Ash und ich uns damals die zwei freien Zimmer bei ihr in der WG angesehen hatten, war sie mir wie eine Puppe vorgekommen, mit ihrer Porzellanhaut, den symmetrischen Gesichtszügen und den langen, blonden Haaren. Doch entgegen dem, was die meisten Leute in der ersten Sekunde wahrscheinlich über Stella dachten, war sie der bodenständigste und herzlichste Mensch, den ich kannte.

Ich hatte schon in den letzten Wochen bemerkt, dass irgendetwas an ihr anders war. Während ihrer Schichten im *Five Bells* war sie unkonzentrierter gewesen als sonst, die Augen glänzender, die Wangen gerötet. Und dann diese verschwörerischen Blicke, die River und sie sich plötzlich bei jeder sich bietenden Gelegenheit zuwarfen. Die beiden waren nach zwei Jahren immer noch heftig ineinander verliebt, doch was da in der Luft lag, war etwas anderes gewesen.

»Du bist das Herz dieses Ladens, Stella. Du warst auch das Herz unserer WG.«

Ihre rosa Lippen verzogen sich zu einem Lächeln. »Einer muss ja auf euch Verrückte aufpassen, oder?«

»Ich weiß nicht, ob *aufpassen* das richtige Wort ist.«

»Natürlich ist es das. Oder muss ich dich an diesen einen Abend erinnern, an dem Ash und du vollkommen betrunken …«

»Das ist ewig her.«

»Manche Dinge verjähren eben nie. Ich ziehe dich viel zu gern damit auf.«

»Vielleicht schulden Ash und ich dir ein bisschen unser Leben«, gab ich zu.

»Ja, vielleicht tut ihr das.« Mit einem zufriedenen Lächeln warf Stella sich die Haare über die Schulter.

Und für einen Moment zogen Bilder unserer gemeinsamen WG-Zeit an mir vorbei, am intensivsten jedoch jene, die die Geschichte von Ashs und meiner Freundschaft erzählten.

Allen voran der Regen und ein Kerl, der im richtigen Moment den Schirm öffnete.

Der Zettel an der Treppe hinunter zur Tube wäre mir fast nicht aufgefallen. Eine Großstadt, nein, sogar eine Weltstadt, und doch hing da ganz altmodisch eine Anzeige am Geländer, in der für ein freies WG-Zimmer geworben wurde. Statt Fotos oder einem langen Text lediglich ein paar Eckdaten. Nicht nur hatte ich nach zwei Semestern mein Studium abgebrochen, Mum und Dad waren wenige Wochen zuvor auch noch zurück nach Irland gegangen und ich geblieben – auf dem Sofa eines Schulfreundes. Ich hatte die Hoffnung nach einem einigermaßen erschwinglichen Zimmer fast schon aufgegeben, doch irgendetwas an dem knappen, vom Regen durchweichten Zettel erregte meine Aufmerksamkeit. Die Telefonnummern waren bereits fast alle weggerissen.

»Nichts für ungut, aber das ist echt dringend.« Die fremde Hand war so schnell aus meinem Sichtfeld verschwunden, wie sie aufgetaucht war, und ich hatte perplex auf die Stelle gestarrt, an der gerade noch der letzte Abrisszettel gehangen hatte. Mein Blick fiel auf braune Jeans und Hosenträger über einem hellem Leinenhemd, das locker über die Unterarme hochgeschoben war. Dann in das Gesicht eines Mannes in meinem Alter, der mich entschuldigend angrinste. Der Fremde sah aus wie jemand, der es gewohnt war, für sich und das, was er wollte, zu kämpfen. Die schrägen, dunklen Brauen verliehen seinem Blick etwas Ernstes, das durch das herausfordernde Funkeln seiner katzenhaften Augen gebrochen wurde. Ich stellte mir vor, dass er Kunst studierte oder irgendetwas anderes Kreatives tat. Jemand, der sich vom

Leben mitreißen ließ, noch mehr aber von einzelnen Momenten. Er stand selbstbewusst da, wie einer, der die Welt gesehen hatte, der auf jede Frage mehr als eine Antwort wusste. Bestimmt war er auf dem Weg zu einer Ausstellung, einem Happening oder sonst etwas.

O Gott. Ich tat es schon wieder. Ich analysierte mein Gegenüber, dachte mir eine Geschichte für ihn aus, ein Leben, das vermeintlich zu ihm passte. Etwas, was mir noch häufiger passierte, seit ich als Aushilfe in einem winzigen Pub arbeitete. Hinter dem Tresen war ich Teil dieser Menschen und dabei auf gute Art doch außen vor. Und dadurch erlaubten sie mir einen anderen Blick auf sich und ihre Leben, von denen keins dem anderen glich. Weil die Realität verrückter war als jede Geschichte, jeder Roman und jeder Film. Weil Fakten und Tatsachen und Eckdaten die interessantesten Dinge erzählten.

»Wer sagt, dass es bei mir nicht auch dringend ist?«, entgegnete ich schließlich, doch mein Gegenüber lachte bloß. Laut und ansteckend.

»Berechtigte Frage. Fairerweise muss ich gestehen, dass ich über die meisten meiner Entscheidungen vorher nie wirklich nachdenke.« Versonnen betrachtete er den schmalen Zettel zwischen Zeige- und Mittelfinger. »Aber, um auf deine Frage zurückzukommen: Erstens scheint es bei mir dringender zu sein, weil ich im Vergleich zu dir komplett durchgeschwitzt bin«, erst jetzt fiel mir der leichte Schweißfilm auf seiner Stirn auf und die Haare, die sich am Ansatz leicht kringelten, »und zweitens: Ich bin seit heute obdachlos und wäre wirklich froh, wenn dieser Umstand sich in den nächsten Stunden ändern würde.«

Zwei Antworten auf eine Frage, dachte ich zufrieden, aber auch ein bisschen überrascht. Also keine Kunst, keine Vernissage.

Wir begannen auf den Stufen hinunter zur Tube miteinander zu diskutieren, bis plötzlich Regen einsetzte und er einen Schirm über uns beide spannte. Er legte einen Arm um mich, damit wir besser unter den Schirm mit den Punkten passten, trotzdem rann mir das Wasser kalt den Nacken hinab. Kurz darauf bugsierte er mich in das erste Café, das in Sichtweite kam, und gab mir einen Kaffee aus.

»Ich bin Ash«, sagte er bei der ersten Tasse und reichte mir die Hand.

»Kian«, sagte ich, und er erwiderte: »Kian, wie der König. Interessant.«

Bei der zweiten Tasse sagte Ash: »Ich hab eine Idee.«

»Und die wäre?«

»Lass uns zusammen da anrufen.«

Ich fixierte ihn, nickte aber schließlich. Ich kannte Ash kaum, aber irgendwie mochte ich den Kerl.

»Möge der Bessere gewinnen«, meinte er.

Bei der Wohnungsbesichtigung in Shoreditch hatte sich dann auf einmal alles auf das Schönste gefügt.

Ich erinnerte mich noch genau an Stella, die uns zur Begrüßung anstrahlte, als wären wir alte Freunde. Noah, der nur in Boxershorts und mit einem Sandwich in der Hand durch den Flur schlurfte und Ash und mich irritiert musterte, als er uns im Eingang entdeckte. Quinn mit ihren durcheinandergeratenen, dunklen Dreads, die den Kopf aus einem der Zimmer steckte und uns zuwinkte. Wie sich herausstellte, waren sogar zwei Zimmer frei geworden, weil eine Mitbewohnerin überstürzt ihre Sachen gepackt und ausgezogen war. Ash und ich waren fast vier Stunden geblieben und zwei Tage später beide eingezogen.

In den fünf Jahren, die wir in dieser Wohnung lebten, waren wir erst von Fremden zu Mitbewohnern und dann beste Freunde geworden. Ash hatte mich darin bestärkt, nach dem abgebrochenen Studium die Ausbildung zum Hotelfachmann zu machen, von der ich schon länger geträumt hatte. Er hatte sich mit mir gefreut, als ich danach die Stelle als Restaurantleiter im *White Roses* bekommen hatte und mich auch sonst bei jedem Auf und Ab begleitet – immer in seiner sorglosen und leichten Art, die im größten Gegensatz zu meinen ständigen Gedanken stand.

Vor zwei Jahren hatte unsere WG in Shoreditch sich schließlich aufgelöst, weil jeder von uns auf die ein oder andere Art und Weise ein neues Kapitel seines Lebens hatte aufschlagen wollen. Stella zog mit ihrem Freund, River, zusammen, Quinn unternahm die Reise, von der sie immer geträumt hatte, und folgte in Kenia den Spuren ihrer Familie. Ash und ich wollten endlich unseren Plan vom eigenen Pub umsetzen und eröffneten das *Five Bells*. Nur Noah, unser Abenteurer, war nach wie vor auf der ewigen Suche. Er probierte ständig Neues aus, doch seine Euphorie hielt stets nur kurze Zeit an, bis er sich der nächsten Sache zuwandte. Auch wenn Noah der Einzige von uns war, der nicht hier arbeitete, kam er trotzdem fast jeden Abend vorbei. Das *Five Bells* war für uns das, was unsere WG früher gewesen war.

Ich liebte diesen Haufen Menschen aus ganzem Herzen. Der Zufall und die Suche nach einem möglichst günstigen Zimmer hatten uns zusammengewürfelt. Fünf unterschiedliche Menschen, die sich in so vielem unterschieden und doch eine überraschend große Schnittmenge hatten.

»Du wirst eine wunderbare Mutter sein, Stella«, sagte ich jetzt aus ganzem Herzen. »Und ich freue mich wirklich riesig für euch.«

In diesem Moment trat River in den Gastraum. Wie die anderen auch, besaß er einen Schlüssel für den Hintereingang des Pubs.

»Auf was freust du dich? Hat Stella es dir erzählt?«, wollte er sofort mit glänzenden Augen wissen und schlang von hinten die volltätowierten Arme um sie. »Hast du es ihm gesagt, Babe?«

River, unser riesiger, schweigsamer Koch, sah für einen kurzen Moment aus wie ein kleiner Junge, der ein besonderes neues Spielzeug bekommen hatte.

»Ja, hat sie. Glückwunsch, Mann.« Ich klopfte ihm auf die Schulter.

»Es ist abgefahren, oder? Wir bekommen ein Kind.« Er rieb sich über die kurz rasierten Haare. »Zusammen. Ein Kind. Stella und ich.«

Stella lehnte sich in seine Umarmung hinein. »Du bist süß.«

»Ich mag vieles sein, aber ganz sicher bin ich nicht süß.« River sah sie finster an, doch seine Mundwinkel zuckten verräterisch.

»Ist gut. Du bist knallhart.«

»Glaub nicht, dass ich dich deswegen jetzt heirate. Also wegen dem Kind.«

»Das werden wir ja noch sehen.«

»Das ist spießig.« River verzog das Gesicht, doch der liebevolle Blick, mit dem er seine Freundin bedachte, sprach Bände.

»Du sollst mich ja auch nicht wegen dem Kind heiraten, du Dummkopf.«

»Wieso dann?«

»Weil du mich liebst, zum Beispiel? So macht man das doch.«

»Kian, hilf mir hier mal«, wandte River sich an mich.

»*No way*«, lachte ich. »Auf keinen Fall. Da halte ich mich raus.«

River war drei Jahre lang im Gefängnis gewesen und seit zwei wieder draußen. Er hatte nur Stella erzählt, weshalb, und das war in Ordnung, denn letztendlich spielte das weder für Ash noch für mich eine Rolle. Ich war der Meinung, dass jeder eine zweite Chance verdient hatte.

Und River war nicht nur ein großartiger Koch, er trug Stella auch auf Händen. In all den Jahren hatte ich mitbekommen, wie die Männer sie ansahen, sie sexualisierten, sie auf ihren Körper und das makellose Gesicht reduzierten und sie auszunutzen versuchten. Doch River sah auch Stellas innere Schönheit, und das war es, worauf es letzten Endes ankam.

Doch obwohl ich den beiden ihr Glück von ganzem Herzen gönnte, spürte ich in Momenten wie diesem doch ein schmerzhaftes Stechen im Magen. Wegen der Frau, die für mich das gewesen war, was Stella für River war. Wir hatten nicht viel Zeit zusammen gehabt, aber die Monate mit ihr waren verdammt nochmal irgendwie *alles* gewesen.

Liebe ohne Vernunft.

Liebe nur basierend auf Herz und Bauch. Etwas, das ich vorher nicht gekannt hatte.

Ich ließ Stella und River, die sich immer noch neckten und meine Anwesenheit ganz vergessen zu haben schienen, allein und drehte meine Runde durch das *Five Bells*. Ash war noch unterwegs und kümmerte sich um eine Getränkelieferung, mit der etwas schiefgegangen war – in gut einer Stunde würden wir aufschließen, er musste also jeden Moment kommen.

Durch die hohen Bogenfenster an der Straßenseite fiel Licht in das Innere, auch wenn es hier drin nie richtig hell war. Ich mochte die nackten Ziegelmauern und die wenigen verputzten und dunkelgrün gestrichenen Wände, die in dem schummrigen Schein besonders einladend wirkten. An einer von ihnen hingen bis unter die Decke gerahmte Bilder unserer *Pub Family*. Von den Menschen, die hier gearbeitet hatten, und denen, die es immer noch taten. Von vergnügten, gemeinsamen Abenden, den Live Acts, Geburtstagen und allem anderen, das wir im *Five Bells* gefeiert hatten.

Es war der vorletzte Samstag des Monats. Der Tag, an dem unser legendärer Karaoke-Abend stattfand. Während ich die Ausgelassenheit dieser Abende liebte, beschwerte River sich regelmäßig über den Lärm und betonte, wie froh er war, das schiefe Gesinge der Leute hinten in der Küche nur halb zu hören. Ich war mir trotzdem sicher, dass er das Ganze nicht so übel fand, wie er uns alle glauben lassen wollte. Einmal, als er sich am Herd unbeobachtet wähnte, hatte ich ihn im Takt mitwippen sehen.

Ich kontrollierte, ob die Anlage und der Beamer, der die Songtexte auf die Leinwand projizieren würde, funktionierte und verteilte auf den dunklen Holztischen die Karten, auf denen die Lieder standen. Dann beschriftete ich die Schiefertafel neben der Theke mit den aktuellen *Bar Meals* – wie immer eine bunte Mischung aus klassischen *Burgern, Pies, Fish and Chips* und einigen Eigenkreationen.

»Es gibt Neuigkeiten«, rief River quer durch den Laden, noch bevor Ash die Kiste, die er in den Armen balancierte, abstellen konnte.

»Was für Neuigkeiten?«

»Ich werde Vater«, platzte River heraus.

Ruckartig hob Ash den Kopf. »Echt jetzt?«

»Ja, echt jetzt.«

»Und seit wann weißt du es?«, fragte er mich und hängte seine Jacke über einen der Stühle. Regentropfen schimmerten in seinen dunklen schulterlangen Haaren, die er nun mit geübten Griffen im Nacken zusammenband.

»Seit gerade eben.«

Ash legte mir einen Arm um die Schulter. »Sieht aus, als bekäme das *Five Bells* ein Baby.«

»Du sagst das so, als wäre dieses Kind ein Maskottchen«, lachte ich.

Er gab meist vor, nichts im Leben so richtig ernst zu nehmen, aber im Grunde war er ein Romantiker, ein wahrer Träumer. Und sein Herz hatte immer schon für Kinder geschlagen. Bis wir vor zwei Jahren das *Five Bells* eröffnet hatten, hatte er einen Job als Erzieher in einem Kindergarten gehabt.

Im ersten Jahr hatte er weiterhin dort gearbeitet – zumindest an zwei Tagen in der Woche, weil er seine Schützlinge vermisst hatte. Ich erinnerte mich noch zu gut daran, wie fertig er in dieser Zeit gewesen war, als er wegen der Kleinen mehrmals die Woche durch halb London gefahren war. Wie er sich zwischen den zwei Dingen, die ihm wichtig waren, beinah aufgerieben hatte. Doch inzwischen konzentrierte er sich zum Glück ganz auf unser gemeinsames Projekt.

»Du könntest den Kleinen Ash nennen«, schlug mein bester Freund da schon grinsend vor. »Nach seinem coolsten Onkel.«

»Wenn es nach dem coolsten Onkel geht, solltet ihr ihn lieber Kian nennen.«

»Oder Ashian.«

»Oder Kash.«

»Ähm …«, Stella sah zwischen uns hin und her, »definitiv nicht.«

Wenige Stunden später war im *Five Bells* die Hölle los. Doch es waren genau diese Abende, die ich über alles liebte. Ja, für die ich lebte. Bis jetzt hatte es keinen Tag gegeben, an dem ich meine Entscheidung, in der

Gastronomie zu arbeiten, anstatt mein Studium zu beenden, bereute. Ein Jahr Sozialwissenschaften in irgendwelchen alten Hörsälen, doch die größten Wahrheiten über den Menschen lernte man nicht dort, sondern da, wo man ihnen am nächsten war: in einem Pub, an einem Ort, an dem das Leben pulsierte. Praxis statt Theorie. Ich war Menschenkenner, Menschenliebhaber. Ich mochte ihre Geschichten, ihre Individualität, ihre Ansichten und ganz eigenen Denkweisen, die mich über meinen Tellerrand blicken ließen. Denn trotz aller Gemeinsamkeiten, die man ausmachen konnte, glich keiner dem anderen. Und genau darin lag der Reiz.

Inzwischen war auch Quinn gekommen und stand neben mir an der Bar. Die schwarzen Dreads mit den eingeflochtenen Perlen schwangen bei jeder Bewegung um ihre dunklen Schultern, während ihre Hände zwischen Gläsern, Flaschen und Zapfhähnen hin- und herflogen. Lager, Ale und Bitter. Cider und Strout.

Die nächsten Stunden arbeiteten wir routiniert nebeneinander. So wie man es nur machte, wenn man sich schon seit Jahren kannte und einander blind vertraute. Wir beide funktionierten ohne die Worte, die Quinn sowieso nicht auf klassische Art nutzte. Sie, die seit ihrer Geburt gehörlos war, hatte mir gezeigt, wie fröhlich-laut oder aufbrausend Stille sein konnte. Unsere Gäste wussten, dass Quinn taub war, und gaben ihr meist mit Handzeichen zu verstehen, was sie bestellen wollten. Und ansonsten konnte sie wahnsinnig gut von den Lippen lesen.

Ash war irgendwo in der Menschenmenge, die dicht an dicht stand, und half Stella dabei, das Essen zu den Tischen zu bringen. Ich schwitzte und schob zwischendurch immer wieder die Brille hoch, wenn sie mir über die Nase rutschte. Die Tür und die Fenster waren geöffnet, und trotzdem war es wegen all der Leute drückend heiß.

Zwischendurch drängte Ash sich mit diesem für ihn typischen Grinsen zu mir an die Bar, stieß mit einem gekühlten Bier mit mir an und verschwand dann wieder zu River in die Küche, weil der nächste Schwung

Teller fertig war. Auch seine Stirn war von einem leichten Schweißfilm bedeckt, doch trotzdem war jeder seiner Schritte wie immer voller tänzelnder Leichtigkeit.

Ich füllte gerade Cider in ein Pint, als es passierte.

Eigentlich waren es routinierte Handgriffe, und doch drohten meine Finger plötzlich von der glatten Oberfläche abzurutschen. In mir begann etwas zu pulsieren und sich zu überschlagen, wie ich es nur einmal im Leben empfunden hatte. Und als ich dieses Mal den Blick hob, geriet mein Herz endgültig aus dem Takt.

Später würde ich mich fragen, wie mein Körper ihre Anwesenheit hatte spüren können, ohne sie zu sehen. Ob ich mir diese wenigen, bedeutsamen Sekunden davor nur eingebildet hatte oder sie ebenso real waren wie ihr unerwarteter Anblick.

June.

Juniper mit ihren wilden, rosafarbenen Wellen direkt vor der Theke.

Mit ihren großen Augen unter dramatisch geschwungenen Brauen, die sich jetzt erschrocken weiteten.

Zwischen dem Saum eines weißen Shirts mit gelben Punkten und dem hoch sitzenden Bund ihrer Jeans blieb ein schmaler Streifen Haut sichtbar. Dort, direkt über dem Saum schimmerten die schwarzen Linien eines tätowierten Herzens im warmen Licht. June sah aus, wie ich sie in Erinnerung hatte, und doch stellte ich in diesen wenigen Sekunden, die sich unnatürlich in die Länge zu ziehen schienen, fest, dass etwas an ihr anders war. Die Musik, vor allem aber die Menschen, die sich an der Bar drängten, um ihre Bestellungen aufzugeben, traten in den Hintergrund.

Sie.

Juniper, die voller großer Träume und Sehnsüchte gewesen war.

Juniper, von der ich tatsächlich gedacht hatte, dass sie in ihrer Wildheit mein Gegenstück war.

Juniper, an die ich in den vergangenen Jahren immer wieder und dabei zu oft gedacht hatte, obwohl ich mich für zu vernünftig hielt, um der einzigen Frau hinterher zu trauern, die es geschafft hatte, mir das Herz zu brechen.

June öffnete den Mund, schloss ihn dann aber wieder, anscheinend ebenso hilflos, wie ich mich fühlte. Ihr unerwartetes Erscheinen zog mir für den Moment den Boden unter den Füßen weg – und das, obwohl ich mir in den ersten Monaten nach ihrem Weggang immer und immer wieder ausgemalt hatte, was passieren würde, wenn wir erneut aufeinandertreffen würden. Entfremdet und mit der fernen Erinnerung an das, was einmal zwischen uns gewesen war.

Ohne June aus den Augen zu lassen, schob ich dem wartenden Gast den Pint über den Tresen zu. Und dann fiel mir mit einem Mal auf, was anders an ihr war: nicht die gerade, selbstbewusste Haltung. Nicht das Haar, das sie inzwischen bis zu den Hüften trug. Es war das Feuer in ihren Augen, das noch heller loderte als damals.

Keins der Szenarien, die ich im Kopf durchgespielt hatte, trat ein. Stattdessen tat ich etwas, womit ich selbst wohl am wenigsten gerechnet hatte.

Ich lächelte.

2. Kapitel

June

»Kian«, stieß ich hervor und hasste es, dass meine Stimme so atemlos klang. Ganz so, als wäre ich gerannt und gerade eben erst vor ihm zum Stehen gekommen. Neun Millionen Menschen und doch befand er sich direkt vor mir mit nichts als dem Tresen zwischen uns. Ich versuchte das Zittern zu verbergen, das meinen Körper unwillkürlich zu durchlaufen begann, und krallte mich möglichst unauffällig an einem gerade frei gewordenen Barhocker fest.

Da stand Kian vor mir.

Der Mann, an den ich noch mehr dachte, seit ich hier in London wieder aus dem Flieger gestiegen war.

Und als wäre die ganze Situation nicht schon überfordernd genug, sah er mich offen an. So als hätte ich ihm nicht vor drei Jahren das Herz gebrochen und ihm dabei einen Teil der Wahrheit verschwiegen. So als wäre keine Zeit vergangen. Von einer Sekunde auf die andere schien ich nicht nur in eine andere Version Londons zurückkatapultiert zu werden, sondern auch in eine andere Version meiner selbst.

»June«, erwiderte Kian eine Ewigkeit später, und in der Betonung meines Namens allein lag schon diese kraftvolle Ruhe, die ihn heute noch mehr umgab als damals. »Juniper«, schob er meinen vollständigen Namen mit gesenkter Stimme hinterher. Er war einer der wenigen Menschen gewesen, die mich tatsächlich so nannten.

Bei ihm hatte es mich nie gestört.

Bei ihm hatte es sanft und irgendwie beschützend geklungen.

»Hey«, sagte ich unbeholfen, sah weg und sah ihn wieder an.

Kians Lächeln verrutschte kein Stück. Er trug die kupferfarbenen Haare immer noch kurz, sodass sie seine markanten Gesichtszüge betonten, dazu der Bart, der etwas voller schien. Immer noch eine Nerd-Brille, doch das stylische Modell mit dem feinen, goldenen Rahmen war neu. Es ließ das tiefe Braun seiner Augen noch intensiver und dunkler schimmern.

Kaffeefarbene Gänsehautaugen.

Himmel, wenn es Magie auf dieser Welt gab, dann hatte ich sie vor drei Jahren in ihm gefunden und trotzdem weggeworfen. Nein, nicht weggeworfen, ich hatte sie zerstört. Und das auf noch schlimmere Art und Weise, als er ahnte.

»Was möchtest du trinken?«, fragte er jetzt und wischte sich die Hände an dem Geschirrtuch ab, das er lässig über der rechten Schulter trug.

»Ich ... also ... ich nehme ...«, stammelte ich erneut. Ich war in einem Pub, er stand hinter der Bar. Was sollte er mich auch sonst fragen.

Lebst du? Liebst du? Bist du glücklich?

All diese Fragen hätte ich ihm am liebsten entgegengerufen, doch ich stolperte über meine eigenen Gedanken.

»Geht aufs Haus«, schob Kian freundlich hinterher, als würde er mein Unwohlsein und die Überforderung spüren. Natürlich tat er es. Egal, wie sein Leben sich auch entwickelt haben mochte, es war immer noch Kian. Kian mit dem Herzen aus Gold.

»Einen Cider, bitte«, sagte ich schließlich und sah den routinierten Bewegungen seiner Hände zu. Breite Schultern, muskulöse Arme und kräftige Finger, die mich einmal berührt hatten. Schnell schüttelte ich den Kopf, um den Gedanken zu vertreiben.

Ich war Musicaldarstellerin, ich konnte in jede Rolle schlüpfen, wenn ich es wollte. Ich konnte alles und jeder sein, doch das echte Leben war nun einmal keine Bühne. Jetzt und hier war ich einfach nur June und der Mann mir gegenüber meine erste große Liebe.

Wie auch allen anderen schob Kian mir mein Getränk hin, wandte sich dann aber direkt wieder ab und nahm die nächste Bestellung auf. Mein Mund war staubtrocken, meine Handflächen fühlten sich feucht an. Wir hatten einmal so viel miteinander geteilt. Diese wenigen, belanglosen Worte, die gerade gefallen waren, wurden dem nicht gerecht. Ich war enttäuscht, obwohl ich nichts erwarten durfte. Aber auch erleichtert, weil ich so keinen Fehler machen konnte.

Spätestens das war der Moment, in dem sich die Bilder einer unwiederbringlichen Vergangenheit an den Rand meines Bewusstseins gedrängt hatten, um nun unaufhaltsam auf mich einzustürzen. Ich sah Kian und mich, wie wir lachend durch die Endlosgänge des *White Roses* liefen. Kian, der genau genommen mein Boss gewesen war. Der Generalschlüssel, der uns alle nur erdenklichen Möglichkeiten bot und das Hotel zu unserem Palast und Abenteuerspielplatz machte. Ein erster Kuss auf dem Dach, wo wir über London und die Themse im Laternenlicht hatten blicken können, ein zweiter im Pool.

»Bleibst du noch ein bisschen?«, durchbrach Kian meine Gedanken, dieses Mal konnte ich absolut nichts in seinem Gesicht lesen. Wollte er, dass ich blieb? War das eine Höflichkeitsfrage, um unser Unbehagen zu überspielen? Eine Frage, die verstecken sollte, dass es ihm eigentlich lieber wäre, wenn ich so bald wie möglich wieder verschwand?

Bevor ich noch länger darüber nachdenken konnte, nickte ich. Kian wandte sich erneut ab und stellte sich zusammen mit seiner Kollegin, in der ich erst jetzt Quinn erkannte, der nicht enden wollenden Flut an Bestellungen.

Das Pub war brechend voll: Leute an den dunklen Tischen, provisorisch dazugeschobene Stühle. Menschen in großen Gruppen aber auch einige, die allein hier waren. Leute, die sich für ein kurzes Gespräch an Tischkanten irgendwelcher Bekannter lehnten, zwei junge Frauen, die in der Nähe der Bühne zu tanzen begonnen hatten, während ein junger Kerl eine schiefe Version von *Eye of the Tiger* in das Mikro schmetterte.

Das war eines der Dinge, die ich an dieser Stadt liebte und in New

York schmerzlichst vermisst hatte: die Pub-Kultur, das Konzept einer Kneipe, die das Wohnzimmer für alle war. Ein familiärer Ort für all jene, die noch nicht nach Hause gehen wollten. Ein *Local*, zu dem es einen immer wieder zog, in dem wie hier Jung und Alt aufeinandertrafen. Menschen aller Schichten und jeder Herkunft.

Noch immer stand ich mit dem Glas Cider an der Theke und wusste nicht so recht, was ich jetzt tun sollte. Ziellos schob ich mich an den dicht an dicht stehenden Leuten vorbei, bis mein Blick auf ein Paar eleganter, brauner Schuhe fiel, eine schmal geschnittene Hose und eine weinrote Fliege – alles viel zu schick für einen Besuch im Pub und trotzdem ... Ich sah den Mann nur von der Seite, die selbstbewusste Haltung und wie er den Kopf in den Nacken warf und lachte. Bartschatten auf den Wangen und Schnauzer. Schwarze Haarsträhnen streiften über hellen Hemdstoff, und als er sich umdrehte, traf sein Blick meinen, als hätte er gewusst, dass ich hier stand und ihn beobachtete.

Mein Herz sank mir in die Hose, als ich begriff.

Nicht auch noch das.

Nicht auch noch er.

Bitte nicht, bitte nicht, bitte nicht, flehte ich innerlich. Nach der kurzen Begegnung mit Kian verkraftete ich nicht auch noch das.

Hilfesuchend sah ich mich nach Benoît um, doch er war nirgends zu sehen. Gerade überlegte ich noch, was ich tun sollte, da bahnte Ash sich schon seinen Weg zu mir durch. Geschmeidig, elegant, fast ein bisschen raubtierartig. Er bewegte sich, als gehöre die Welt ihm. Und tatsächlich hatte es eine Zeit gegeben, da hatte er mich glauben lassen, dass dem so war.

»Ich habe dich bei Kian an der Bar gesehen.«

Ich blinzelte.

In diesem einzigen Satz schwang zu viel mit, das ich zu gern überhört hätte.

»Hallo, Ash«, erwiderte ich möglichst ruhig und gab mir Mühe, die

Feindseligkeit in seiner Stimme zu ignorieren. Sie hielt mich davon ab, die wichtigen Fragen zu stellen: *Wie geht es dir, und wie ist es dir ergangen? Wie lang hast du damals noch im Regen gestanden? Hast du jemals darüber gesprochen? Woher kommt diese Narbe an deiner Schläfe? Was bist du heute für ein Mensch?*

»Was machst du hier?«, wollte er mit dieser Stimme wissen, die sich permanent zwischen kräftig und brüchig bewegte. Und bei diesem Klang aus der Vergangenheit kamen auch die letzten Worte, die Ash an meinem letzten Tag in Großbritannien an mich gerichtet hatte, zurück. Wieder meinte ich die Tränen auf meinen Wangen zu spüren, genau wie den klebrigen Sitz des *Black Cabs* unter meinen Schenkeln, und sah Ash im Rückspiegel des Autos, wie er mit den Händen in den Hosentaschen am Straßenrand stand und mir hinterhersah.

Kian war zu gut für dich, das ist er immer schon gewesen.

»Ich bin hier, um zusammen mit einem Freund etwas zu trinken.«

Ash kam einen Schritt auf mich zu, und sofort schrie alles in mir, dass er mir zu nah war und ich möglichst Abstand zwischen uns bringen sollte. In Anbetracht der Leute, die immer weiter in das Innere des Pubs drängten, leider ein Ding der Unmöglichkeit.

Mein Herz sank erst langsam und fiel dann ins Bodenlose.

»Und das tut ihr ganz zufällig ausgerechnet *hier*?«

Ich blinzelte und fragte mich, weshalb Ash das letzte Wort so seltsam betonte. »Ja, das tun wir *hier*.«

»Okay, June.« Ash verschränkte die Arme vor der Brust und funkelte mich hasserfüllt an. »Was tust du hier wirklich?«

»Das habe ich dir gerade gesagt. Ich bin hier zusammen mit einem Freund.«

Ash lachte auf. Es war ein anderes Lachen als das, an das ich mich erinnerte. Ebenso tief, doch der Funken darin fehlte.

»Hat dein kleiner Schauspieltraum nicht geklappt, und jetzt bist du wieder in London und willst deine Vergangenheit zurück?«

Die Art, wie er mit mir redete, versetzte mir einen Stich. Nicht nur Kian, auch ihn hatte ich das letzte Mal vor drei Jahren gesehen. Hitze breitete sich bei der Art, wie Ash mit mir redete, in mir aus. Abwertend, abfällig. Er hatte kein Recht dazu, so mit mir umzugehen, ganz gleich, was vorgefallen war.

»Ich bin in London, weil ich hier wohne, wenn du es genau wissen willst«, schoss ich zurück. »Und wie schon gesagt: Ich bin zusammen mit einem Freund hier. Mal ganz davon abgesehen, dass es keinen Grund gibt, weshalb ich mich vor dir rechtfertigen müsste.«

Ich wandte mich ein Stück ab und entdeckte in diesem Moment endlich Benoît, der gerade an der Bar stand – und mit Quinn flirtete. Für einen kurzen Moment lag ihre Hand auf seinem Unterarm, dunkel auf hell. Ich hatte mich immer gut mit Kians Mitbewohnerin verstanden, konnte aber gut auf eine weitere Begegnung mit der Vergangenheit verzichten. Ich musste hier raus, ich musste hier weg! Oder ich ließ Benoît seinen Spaß und schrieb ihm von unterwegs eine Nachricht, dass ich mich schon auf den Heimweg gemacht hatte.

So oder so: Rückzug, Flucht, Verdrängen. Mein pulsierendes Herz zur Ruhe bringen, bevor ich noch vollkommen durchdrehte. Ash musterte mich aus zusammengekniffenen Augen, nichts als Härte im Blick.

»Das ist Kians und mein Pub, und ich bin der Meinung, dass du hier nichts zu suchen hast. Also verschwinde einfach und such dir einen anderen Ort zum Rumhängen.«

»Euer Pub?«, wiederholte ich verzögert, als der Sinn der Worte zu mir durchdrang.

Kian und Ash hatten zusammen einen Pub?

Noch mehr Fragen türmten sich in meinen Kopf auf, doch er war offensichtlich die falsche Person und das hier auch der falsche Ort, um sie zu stellen.

»Jap, unser Pub. Und deshalb sage ich dir, dass du verschwinden sollst.«

Ich reckte ihm das Kinn entgegen, machte mich größer und mutiger, als ich mich in diesem Moment fühlte.

»Du kannst mich doch nicht einfach so rausschmeißen.«

»Doch, das kann ich.« Ash machte einen Schritt auf mich zu und baute sich vor mir auf. Bedrohlich, beängstigend.

Leute schoben sich an mir vorbei, brachten mich so aus dem Gleichgewicht wie mein Innerstes. Die Musik schien anzuschwellen. Ein neues Lied lief beim Karaoke, und die Menge jubelte.

»Kian ist mein bester Freund. Glaub nicht, dass du hier einfach so auftauchen kannst und so tun, als sei nichts gewesen. Er ist vielleicht zu gut für diese Welt, aber ich bin es nicht. Und ich lasse ganz sicher nicht zu, dass du wieder deine Spielchen spielst und er wegen dir leidet. Das hast du einmal getan, und das war verdammt nochmal genug.«

»Warst du eigentlich immer schon so ein Arsch?«, zischte ich.

»Der einzige Grund, weshalb du mich für ein Arschloch hältst, ist der, dass du weißt, dass ich recht habe.«

Fast schon selbstgefällig blickte Ash zu mir hinunter, woraufhin sich meine Hände unwillkürlich zu Fäusten ballten. Ja, ich hatte damals einen Fehler gemacht, aber Ash war an der ganzen Sache nicht so unschuldig, wie er es gerade darzustellen versuchte. Wenn Kian zu gut für *mich* war, dann war er auch zu gut für ihn.

»Fick dich.«

Mit diesen Worten wandte ich mich ab, doch Ash lachte nur laut auf.

Ash

Stillgelegte Fabrikhallen, alte *Tube*-Stationen, leer stehende, dem Zerfall überlassene Häuser – es waren sogenannte *Lost Places*, verlorene Orte, die von den Jahren ihrer Existenz zermürbt und der Natur zurückerobert wurden. Orte, an denen das Einwirken des Menschen auf diesen Planeten und das Pulsieren der Erde unaufhaltsam aufeinandertrafen. Und das, was dabei herauskam, war das Gefühl von Mystik, von purem Sein, von verdammter Magie.

Nichts, was man wirklich auf irgendeine Art und Weise einfangen könnte, und doch war die Wand gegenüber von meinem Bett voller Fotos, die die *Lost Places* zeigten, die ich in London entdeckt hatte. Alle paar Wochen ließ ich die Bilder, die ich mit dem Handy machte, entwickeln. Auf der Rückseite eines jeden Fotos stand in schwarzer Schrift das Datum, an dem ich auf den Ort gestoßen war, und die Adresse.

Mit zwölf Jahren hatte ich mich zum ersten Mal für eine Nacht von meiner damaligen Pflegefamilie weggeschlichen und war durch Zufall auf einen dieser Orte gestoßen. Damals war er zu meinem Anker und Zufluchtsort geworden. Trotzdem hatten mir solche Plätze meine Eltern nie zurückgebracht, der Autounfall lag inzwischen verfluchte vierundzwanzig Jahre zurück und das Bild der beiden verblasste mit jedem Tag mehr.

Doch mit den Jahren hatte ich gelernt, dass ich mehr war als der Junge, der überlebt hatte. Mehr als der Junge ohne Eltern, der erst in einem Kinderheim und dann bei verschiedenen Pflegefamilien aufgewachsen war. Das geknüpfte Lederarmband an meinem Handgelenk war eines der wenigen Dinge, die mir von Mum und Dad geblieben waren und mit dem ich meine Regel, dass Kleider eben doch Leute machten, durchbrach. Immer elegant, immer ein bisschen zu schick und overdressed, denn ich allein bestimmte, was die Leute in mir sehen sollten. Und das war ganz sicher nicht der einsame Junge von damals, sondern ein Mann, der wusste, was er tat.

Kian sah meine Leidenschaft für die *Lost Places* dieser Stadt kritisch – er war immer schon der Vernünftige von uns gewesen. Und Gott, letzten Endes hatte er ja recht: Manche der Gebäude waren einsturzgefährdet, und Böden und Wände trugen nicht mehr richtig. Aber genau das war es, was mich daran so reizte: die Suche nach dem Verborgenen und dem, was den durch die Großstadt hetzenden Menschen entging, der Nervenkitzel und die Gefahr, die Glücksgefühle. Eine seltsame Art der Verbundenheit mit der Welt an jenen fast vergessenen Orten.

Ich strich über die Bilder, die ich erst gestern noch vor meiner Schicht im *Five Bells* aufgehängt hatte, dann machte ich mich auf den Weg in die Küche. Durch den quadratischen Eingangsbereich, der von einem deckenhohen Regal, in dem sich Kians Bücher stapelten, dominiert wurde. An seiner geschlossenen Zimmertür vorbei, die meiner direkt gegenüber lag, dann nach links in das Wohnzimmer, wo zwei seiner Fahrräder an den Wänden hingen, davor die Sofalandschaft aus braunem Leder und bunt gemusterten Kissen darauf.

Die breite Flügeltür, die Wohnzimmer und Küche auf der gegenüberliegenden Seite voneinander trennte, stand wie immer offen.

Wir hatten nicht viel Platz, aber es reichte. Und wir hatten Glück gehabt, die Wohnung direkt gegenüber vom Pub zu bekommen.

Während der Kaffee durch die Maschine lief, öffnete ich das Fenster und setzte mich auf den Sims. In sanftes Morgenlicht getaucht lag die Blossom Street unter mir da. Die namensgebenden Blumen in den zahlreichen Kästen leuchteten im Schein der Sonne.

Die Straße war nicht so schrill und farbenfroh wie die Camden High Street, die nicht weit entfernt lag, sodass viele Touristen täglich auch hier vorbeigespült wurden, doch sie war immer noch einzigartig und bunt. Kein Haus glich dem anderen. Doch der schönste Anblick von allen war das *Five Bells* an der Ecke schräg gegenüber. Der dunkelgrün gestrichene Vorbau, die hohen, gebogenen Fenster in der Mauer daneben, die den Blick auf die nackten Ziegelwände im Inneren freigaben.

Der Ort, der Kians und mein sicherer Hafen war. Gedankenverloren strich ich über das Lederarmband an meinem Handgelenk. Wieder einmal erinnerte es mich daran, dass ich nur dieses eine Leben hatte und es sich immer lohnte, für seine Träume zu kämpfen und für das einzustehen, was man wollte.

Dieser Pub war einer meiner Sehnsüchte gewesen. Absolutes Bauchgefühl, auf das ich so gut wie immer hörte. June aus dem Pub rauszuschmeißen war ebenso ein Instinkt gewesen, dem ich hatte nachgeben müssen.

Kurz flammte doch das schlechte Gewissen in mir auf. Vielleicht hätte ich nicht so hart zu ihr sein sollen. Aber sie so unerwartet an *meinem* Ort zu treffen, *meinem* sicheren Hafen, hatte in diesem Moment verdammt nochmal etwas mit mir gemacht. Sie hatte nichts in Camden zu suchen, nichts in unserem Pub und erst recht nichts in Kians Leben.

Und ich war nicht blöd. Er und sie mochten nur kurz miteinander gesprochen haben, aber wie er sie angesehen hatte ... Es war derselbe Blick gewesen wie damals. Dabei kannte er nicht einmal die ganze Geschichte. Gott, June hatte mich immer schon genervt mit ihrer überbrodelnden Art. Mit ihrem Lautsein und einfach Zu-viel-Sein, ihren verrückten Ideen und der Tatsache, dass sie einfach nie die Klappe halten konnte. Wie lange war sie weg gewesen? Drei Jahre? Fast hätte ich aufgelacht. Wie passend, dass sie sich nach dieser Zeit gab, als wäre sie Amerikanerin. Noch lauter, noch anstrengender, noch wilder gestikulierend. Man hatte es nur leicht gehört, aber wie sie manche Worte ausgesprochen hatte ...

Und doch hatte dieser eine regnerische Tag alles verändert und in ein anderes Licht gerückt.

Ich biss mir auf die Unterlippe und lockerte die Finger, die ich unwillkürlich zu Fäusten geballt hatte. Ich hatte das Richtige getan, indem ich ihr gestern deutlich zu verstehen gegeben hatte, dass sie sich gefälligst aus Kians Leben raushalten sollte.

»Guten Morgen.« Kian durchquerte gerade das Wohnzimmer, noch weniger Morgenmensch als ich. Die kupferfarbenen Haare verwuschelt, die Brille schief auf der Nase und mit nichts an als einer tief sitzenden

Boxershorts. Er fluchte, als er über ein Buch stolperte, das aufgeschlagen mitten auf dem Boden lag. Wir sollten wirklich dringend wieder einmal aufräumen. Das *Five Bells* lief so gut wie nie, was leider aber auch bedeutete, dass viele andere Dinge liegen blieben. Umso wichtiger, dass wir uns möglichst bald um einen Ersatz für Stella kümmerten.

»Kaffee?«, fragte ich und goss ihm eine Tasse ein, bevor er antworten konnte.

»Wie kann es sein, dass du nach diesen ewig langen Abenden morgens immer so fit bist?«

Ich lachte. Nachdem wir gestern abgeschlossen hatten, hatten wir noch auf die guten Neuigkeiten angestoßen. Stella, River, Quinn, Noah und wir beide. Fast war es gewesen wie einer unserer legendären WG-Abende.

»Das ist das Geheimnis meiner ewigen Jugend.«

»Du bist ein Jahr älter als ich«, machte Kian gähnend klar.

»Mag sein. Aber ich sehe viel jünger aus.«

»Das liegt an meinem Bart. Der macht mich älter.«

»Rede dir das ruhig weiter ein«, lachte ich.

Kian hob eine Augenbraue. »Du siehst genauso aus wie die siebenundzwanzig Jahre, die du alt bist.«

Ich grinste. »Sag sowas nochmal und du kannst dir deinen Kaffee nächstes Mal selbst machen.«

Auch wenn wir gerade miteinander scherzten, sah ich ihm doch an, wie es hinter seiner Stirn ratterte. Es gab diese Tage, da konnte ich Kian lesen wie er eines seiner geliebten Bücher, und heute schrie mir seine Miene ihren Namen geradezu entgegen.

»June …«, fing ich vorsichtig an, und Kian hob seufzend den Blick. »Sie ist also wieder da.«

Wir hatten beide daran gedacht, das Thema seit gestern aber umschifft.

»Es hat sich damals angefühlt, als würde ich sie nie wiedersehen. Aber mir war klar, dass es früher oder später passieren würde. Ich habe es mir nur irgendwie ... anders vorgestellt.«

Ich lehnte mich zurück. »Inwiefern anders?«

»Vielleicht weniger banal?« Kian lachte auf und setzte sich an den runden Küchentisch. »Du weißt, dass ich nicht viel für Romantik übrighabe, aber bei ihr ... war das irgendwie anders. Vielleicht habe ich gedacht, dass es größer sein würde. Dass irgendetwas Krasses passiert. Dass es an einem besonderen Ort wäre.« Kian zuckte mit den Schultern und sah einen Moment in die Ferne, dann blickte er wieder mich an. »Aber ganz sicher habe ich nicht gedacht, dass sie an einem ganz normalen Pub-Samstag vor mir steht. Sie wirkt ... anders. Vielleicht ruhiger.«

Du weißt doch gar nicht alles über sie, brüllte etwas in mir. Und abgesehen davon: War das sein Ernst? *Ruhiger?!* Ausgerechnet? June mochte viel sein, aber ruhig ganz sicher nicht. Ihr Gesicht tauchte vor mir auf, das Funkeln in ihren Augen und der Sturm in ihrem Blick. Wie sie mich im *Five Bells* angefaucht hatte.

»Woher willst du das wissen, Kian? Wie lang habt ihr miteinander geredet? Zwei Minuten?«

Mein bester Freund sah mich lang an.

»Für so etwas muss man sich nicht unbedingt lang unterhalten. Manche Dinge sieht man Menschen einfach an.«

Ich schnaubte. »Was wird das? Eine *Reunion*? Verdammt, sie hat dich verlassen und war drei Jahre lang weg. Ihr habt euch nicht einmal richtig voneinander verabschiedet, und das, obwohl ihr zusammen gewesen seid.«

»Ja ... ich weiß. Aber ich habe sie geliebt, so richtig. Ganz unabhängig davon, wie lange wir letzten Endes zusammen waren. Zeit spielt da nicht unbedingt eine Rolle, es geht doch darum, wie sich etwas anfühlt, und na ja ...«, er zuckte mit den Schultern, »es ist doch normal, dass ich gern wissen möchte, was aus ihr geworden ist und wie es ihr heute geht, oder?«

»Keine Ahnung, ob das normal ist.«

Ich war noch nie mit jemandem zusammen gewesen, zumindest nicht auf diese Art. Natürlich war ich ein paarmal in meinem Leben verliebt gewesen, hatte mich sexuell ausprobiert, hauptsächlich mit Frauen, ein paar wenige Male auch mit Kerlen. Und natürlich sehnte ich mich nach verdammter Nähe und Intimität, aber es musste der richtige Mensch sein. Der Mensch, bei dem sich alles irgendwie richtig anfühlte, und dieser Person war ich bisher einfach nicht begegnet.

»Für mich ist es das«, beharrte Kian. »Und es bedeutet noch lange nicht, ich würde mir irgendwelche Illusionen darüber machen, dass wir wieder zusammenkommen oder so. So naiv bin ich nicht, und unabhängig davon ist es dafür auch zu spät.«

Und doch wurde ich das Gefühl nicht los, dass die letzten Sätze Kian einiges an Überwindung gekostet hatten.

»June hat das mit uns aufgegeben, um Schauspielerin zu werden. Und sosehr es auch wehtat, verstehe ich auch, dass sie das tun musste. Ich nehme es ihr ja nicht einmal übel. Ich wusste von Anfang an, dass das mit uns ein Ablaufdatum hat. Die einzige Sache, die ich nie verstanden habe und die ... die mir immer noch echt wehtut, ist die Tatsache, dass am Ende alles so schnell gehen musste. Es hat sich falsch angefühlt, und komisch. Wir hatten nicht einmal einen richtigen Abschied. Mir ist klar, dass es vernünftig und besser ist, manche Dinge ruhen zu lassen. Und wärst du in meiner Situation, würde ich dir wahrscheinlich dazu raten, aber ... in diesem Fall?« Kian blickte mich lange und eindringlich an, und ich sah diesen alten Schmerz in seinen Augen aufflackern, als er sich mir ein Stück entgegenlehnte. »Ich habe seit June wirklich niemanden mehr an mich herangelassen, und vielleicht brauche ich das. Vielleicht brauche ich eine Art ... richtigen Abschied von ihr.«

Es gab so vieles, was ich hätte erwidern können, stattdessen sagte ich: »Ja, vielleicht wird sie es dir eines Tages erklären«, und bei meinen eigenen Worten lief es mir eiskalt über den Rücken, »aber ich würde nicht zu sehr darauf bauen.«

Fast schien es, als würde Kian zusammenzucken, und ich ärgerte mich darüber, dass ich manchmal war, wie ich war. Dass ich meine Gedanken und mich meist so schwer zurückhalten konnte. Das hatte härter geklungen, als es gemeint gewesen war. Es war nur ... Es war nur ... *Fuck!*

Am Montag fuhren Kian, River und ich zusammen zum *Queens Market*, um für die Woche einzukaufen und die Vorräte unseres Pubs aufzustocken. Der Markt befand sich in einer alten Industriehalle aus dem 19. Jahrhundert und war ein echter Geheimtipp – nicht zu vergleichen mit dem *Camden Lock*, wo es vor Touristen nur so wimmelte, oder *Covent Garden*. Die Fassade des Backsteingebäudes schimmerte warm in der Sonne und hinter den schmalen Bogenfenstern mit den Gittern konnte man schon das bunte Treiben im Inneren der Halle ausmachen.

Unter dem spitz zulaufenden Dach reihten sich die Stände aneinander. Gemüse und Obst aus der Region, frischer Fisch und Fleisch aus nachhaltiger Haltung, Käse und Eier, Mehlspeisen und Backwaren. An manchen Ständen konnte man um die Mittagszeit direkt vor Ort essen, es gab frisch aufgebrühten Kaffee und auch einen Stand mit leuchtenden Blumen, die je nach Saison wechselten.

Das Licht, das durch die immer ein bisschen schmutzigen Fenster in das Innere fiel, malte unregelmäßige Muster auf den Steinboden und verlieh der gesamten Szenerie einen nostalgischen Hauch längst vergangener Tage.

River lief voraus, und auch wenn er sich meist mit Kian und mir absprach, überließen wir die Entscheidungen letztlich doch immer ihm. Er war nicht nur unser Freund, sondern hier in erster Linie der Koch des *Five Bells*, und er wusste sehr genau, was er tat.

Ihn durch die Halle streifen zu sehen hatte etwas verdammt Besonderes an sich. Wie er mit den Händen über Auslagen strich, feilschte und die genau richtigen Fragen stellte. Dann entdeckte River Dinge, die Kian und mir verborgen blieben. Als würde er einen Geheimcode kennen, irgendwelche Zeichen sehen, die sich nur ihm erschlossen. Auf dem *Queens Market* zu sein zauberte ein ebenso ehrliches Lächeln in sein Gesicht wie die Momente, in denen er bei uns in der Küche stand. Oder wenn er Stella betrachtete und der Meinung war, niemand von uns würde es sehen.

Und jetzt bekamen die beiden ein Kind.

Ein *fucking* Kind.

Sosehr ich mich für sie freute, versetzte mir der Gedanke tief unter all den positiven Gefühlen doch einen Stich – wegen nichts Bestimmtem und doch einer Vielzahl an Emotionen. Wegen dem Gedanken an meine Eltern und den tausend Lücken in meiner Erinnerung, wegen der strahlenden Gesichter im Kindergarten, die so traurig geworden waren, als ich den Job an den Nagel gehängt hatte.

»Wir müssen uns noch überlegen, wie wir das mit Stella machen. Wir brauchen jemanden, wenn sie weg ist«, sagte Kian in meine Gedanken hinein. »Und nach der Geburt wird sie ja auch nicht sofort zurückkommen, sondern erst mal zu Hause sein wollen.«

»Das findet sich schon. Ein bisschen Zeit ist ja noch«, meinte ich, als wir uns nach links wandten, wo sich am Ende des Gangs der Stand mit Londons besten Muffins und Cupcakes befand. »Vielleicht kennt Quinn ja jemanden über die Uni. Oder Noah springt ein. Wobei ... ich liebe den Kerl, aber Zuverlässigkeit bedeutet etwas anderes.«

»Du weißt ja: Noah nennt das *flexibel*.«

»Oder *spontan*.«

»Oder *zeitlich unabhängig*«, scherzte ich weiter.

»Das hatte ich mit Stella schon«, schmunzelte Kian. »Noah springt ganz sicher nicht ein. »Aber du weißt doch, was für ein verschworener Haufen wir sind«, meinte er und lachte auf, bevor er fortfuhr: »Wen auch immer wir einstellen werden: Die Person tut mir jetzt schon leid. Zumindest ein bisschen.«

»Ach was«, winkte ich ab. »Ich mache mir da echt gar keine Sorgen.«

»Du meinst, weil du immer zwischen den Tischen tanzt, wenn du auf-räumst«, zog Kian mich auf, »und das auf fremde Menschen überhaupt nicht seltsam wirkt?«

»Sagt der, der bei Stress mit Geschirrtüchern um sich wirft.«

»Okay, okay!« Kian hob beide Hände. »Schon gut.«

»Vielleicht sollten wir doch Noah fragen«, schlug ich zufrieden vor.

Ein, zwei Sekunden verstrichen, in denen wir uns beim Gehen ansa-hen, dann prusteten wir im selben Moment los.

»Nein. Nein, das tun wir nicht.«

»Armer Noah.«

»Nichts *armer Noah*. Der weiß ganz genau, was er tut. Zumindest meistens. Und er würde uns da voll und ganz zustimmen.«

Kian und ich scherzten weiter, als wir mit noch warmen Blaubeermuf-fins in den Händen durch die Halle schlenderten. Er lächelte mich an, ein bisschen hinauf, weil er ein Stück kleiner war als ich. Und wie meis-tens war nach kurzer Zeit vergessen, wie verdammt früh es eigentlich war. Und dann, ganz einfach so, schien Junes Auftauchen im *Five Bells* am Wochenende zu einer fernen Erinnerung zu verblassen. Irgendwo im hintersten Winkel meines Verstandes und über die Maßen irrelevant.

Leider sollte es nicht lange dauern, bis ich feststellen musste, dass ich mich verdammt nochmal geirrt hatte.

* * * *THE RED LADY* * * *

aus dem ersten Akt

*

Ein Lagerfeuer brennt in der Nacht. Aillard schläft, während Ilaria neben dem provisorisch aufgeschlagenen Lager unruhig auf und ab läuft. Sie fürchtet sich vor Sharins Schattenarmee, noch mehr aber um das Leben Aillards.

LUSIANE: Hab keine Angst.

ILARIA: Bist du eine gute Fee?

LUSIANE, *lachend und mit den Flügeln schlagend*: So etwas Ähnliches. Ich möchte dir helfen.

ILARIA: Ich glaube, dafür ist es zu spät.

LUSIANE: Ihr werdet *Maylora* finden. Du musst nur fest daran glauben, denn ... ihr seid schon so viel näher, als ihr denkt.

ILARIA: Ich glaube daran, aber ...

LUSIANE, *Ilaria ein Amulett reichend*: Nimm das. Es wird dich be-schützen.

ILARIA, *sich nach Aillard umdrehend*: Auch ihn?

LUSIANE: Das liegt in deiner Hand.

*love
is love*

Das Leben
ist bunt.

Und die Liebe
kennt keine
Regeln.

HEY NE

Sei ehrlich zu dir.
Und zu den Menschen,
die du liebst.

June liebt Kian liebt Ash.

Der Abschluss der *love is love*-Reihe

Die Redston e-Reih

#loveislove #lif iscolor

Mehr Infos auf
heyne.de/loveislove
 f @heyne.verlag

3. Kapitel

June

Londons West End war immer Sinnbild meiner Träume gewesen und war es auch jetzt noch, als ich die *Tube*-Station mit großen Schritten hinter mir ließ und über den Leicester Square eilte. Diese magische Oase, deren Kern zwischen Drury Lane, Shaftesbury Avenue und Strand lag. Wie oft war ich wohl schon an den unzähligen Theatern vorbeigelaufen, die sich hier auf engstem Raum verteilten? Hatte die Leute beobachtet, die zu verschiedensten Tages- und Nachtzeiten durch die Pforten hinein- und wieder hinausströmten, und mir dabei vorgestellt, eines Tages selbst auf einer dieser Bühnen zu stehen. Hier inmitten des *Theatrelands* mit seinen funkelnden Plakaten und leuchtenden Ankündigungen auf flirrenden Bildschirmen vor alten Häusern. Das hier war das London einer längst vergangenen Zeit und hatte dabei doch auch den Hauch des New Yorker Broadways an sich – eine betörende Mischung, der man sich kaum entziehen konnte.

Ich war spät dran. Die Londoner *Underground* war wieder einmal die Hölle gewesen, und ich hatte fünf Züge abwarten müssen, bis ich endlich einen erwischt hatte, in den ich mich in letzter Sekunde hineinquetschen konnte. Es hatte nach Schweiß gerochen und billigem Parfüm, das Rattern war wie immer ohrenbetäubend laut gewesen und doch konnte ich mir nichts Besseres vorstellen.

Ich liebte das Chaos aus hupenden Autos und roten Doppeldeckerbussen, den ständigen Wechsel von Regen und Sonnenschein, das Nebeneinander von hektischem Durcheinander und ruhigen Ecken. Liebte die alten Telefonzellen und die Regenpfützen auf dem Asphalt, durch die ich an manchen Tagen sprang, als wäre ich immer noch zehn Jahre alt. Liebte es so sehr, dass ich zwar zum *Mephisto* hetzte, dabei aber trotzdem viel zu oft innehielt und Momente und noch mehr Momentaufnahmen inhalierte, als wären es lauter erste Male.

Mitten im Getümmel meiner Herzensstadt zu sein brachte die Gedanken an Kian und Ash, die mich seit letztem Wochenende unablässig verfolgten, zumindest für den Augenblick zum Schweigen. Benoît hatte diese Woche noch einmal ins *Five Bells* gehen wollen, und irgendwann waren mir die Ausreden ausgegangen, sodass ich ihm zumindest vage erklärt hatte, weshalb ich diesen Ort vorerst meiden wollte. Weshalb ein anderer Teil von mir, der weniger ängstlich, sondern neugierig war, bei nächster Gelegenheit am liebsten dorthin zurückstürmen würde, verschwieg ich.

Denn ich wusste, dass ich Kian – auch wenn es inzwischen zu spät sein mochte – irgendeine Form von Erklärung schuldete. Solange ich an der *Academy of Dramatic Art* gewesen war, hatte ich immer nur mein eines, großes Ziel vor Augen gehabt, weil diese Ausbildung mein Leben bedeutete. Doch zurück in London, erschien es so viel schwerer, den Abstand zu den damaligen Geschehnissen zu wahren.

Ich rannte die Stufen zum Mephisto hinauf, winkte Jimmy zu, der lächelnd seinen Hut anhob, und eilte weiter bis zur Künstlergarderobe. Dort schmiss ich meine Sachen in mein Fach in dem alten Schrank und zog mir schnell eine bequeme Leggins und ein T-Shirt an, ehe ich mich auf den Weg zur Probebühne machte.

Hier hinten war alles nur schwach beleuchtet, nackte Glühbirnen hingen an der Decke und trotz ihrer Kargheit wirkten die Gänge, die den Besuchern des Theaters nicht zugänglich waren, zusammen mit den rau verputzten Steinwänden und dem roten, an den Rändern ausgefransten Teppich, auf altmodische Weise einladend.

Ich hörte die Stimmen der anderen in den Flur wehen, bevor ich sie sah. Und je näher ich kam, desto mehr Gesprächsfetzen schnappte ich auf. Sätze über die *rote Dame*, die *Wolkenstadt Maylora* und über Sharin, der die Magie und damit auch London zerstören wollte, weil es die letzte noch nicht gefallene Stadt war. Wortwechsel über die Szene aus dem ersten Akt, die heute geprobt werden sollte, oder über die Angewohnheit unseres Stage Managers, nach jedem Dialog in die Hände zu klatschen und uns damit alle aus der Rolle zu reißen, und über die Bar, in die am Ende der Woche alle gehen wollten.

Ich schlüpfte gerade noch rechtzeitig zu den anderen in den Raum. Und dann war ich Teil der Traube, die sich vor der Bühne versammelt hatte. Via warf sich die langen, schwarzen Haare zurück, ehe sie die Hand hob und mir zuwinkte. Sie saß mit baumelnden Beinen am Bühnenrand, ihren Text in der Hand, neben ihr Sophia, die mit Ben die Köpfe zusammensteckte. Rhonda stand mit Layla etwas abseits, und Timothy saß über sein Handy gebeugt da, hob aber den Kopf, als ich eintrat. Ein Lächeln umspielte seine Lippen, strahlend und breit. Timothy war pure Helligkeit und in so ziemlich allem das Gegenteil von Sharin, dem Anführer der Schatten, den er in dem Musical verkörperte.

Einen Wimpernschlag später fingen wir mit der Probe an.

Und ich wurde wieder zu dem Wolkenmädchen, das jeden Tag ein Stückchen mehr zu mir gehörte.

»Ich hoffe echt, Sophia und Rhonda versöhnen sich schnell wieder«, schimpfte Via, als wir nach der Probe den Kostümraum betraten, um Henry abzuholen. »Die Stimmung war einfach schon wieder *so* komisch.«

Ich lachte auf. »Ich stelle mir das auch alles andere als cool vor, wenn man zusammen ist und dann noch bei der Arbeit so viel Zeit miteinander verbringen muss.«

»Was heißt hier *muss*? Das haben die zwei sich doch ausgesucht, als sie beide hier vorgesprochen haben.«

»Geht's um Sophia und Rhonda?«, wollte Henry neugierig wissen.

»Wie kommst du nur darauf?«, stöhnte Via.

Mein bester Freund sah nur kurz von dem Kleid auf, das zwischen einem unübersichtlichen Durcheinander aus Stoffresten und Schnittmustern vor ihm ausgebreitet lag. Die Arbeit auf dem altmodischen Holztisch wurde vom hellen Schein einer Lampe beleuchtet, der Rest des Raums war in warmes, schwaches Licht getaucht. An den Wänden hingen die Kostüme vergangener Inszenierungen bis unter die hohe Decke und auch sonst war jede freie Fläche mit Stoffbahnen, Scheren, Stiften und anderen Nähutensilien bedeckt.

»Wieso haben sie sich denn jetzt schon wieder gestritten?«

»Keine Ahnung.« Ich ließ mich auf das ausgeblichene, rote Sofa fallen – der einzige Platz hier drin, der nicht übersät war mit Dingen. »Ben meinte, es ging am Anfang eigentlich nur darum, wer von beiden den Müll rausbringt…«

Mein Blick huschte zu den Kleiderstangen mit den Kostümen für *The Red Lady*, die gerade eins nach dem anderen angefertigt wurden. Der Anblick sandte ein Kribbeln durch meinen Körper, denn irgendwo dort hingen auch die Kleider, die ich als Ilaria tragen würde.

»Die beiden werden sich schon wieder einkriegen«, meinte Henry und sprach damit meine Gedanken aus. »Das tun sie doch immer.«

»Ja. Und dann geht es kurz darauf von vorn los«, erwiderte Via wenig optimistisch. Auch wenn ich in diesem Punkt positiver gestimmt war und solche Stimmungen auf der Bühne meist ausblenden konnte, verstand ich sie. Jeder nahm seine Gedanken und Gefühle mit zur Arbeit, doch sobald man ins Scheinwerferlicht trat, schob man diese beiseite, um für die Person Platz zu machen, die man für die Zeit dort oben war. Wenn es in einem unterschwellig brodelte, insbesondere zwischen zwei Darstellern, übertrug sich die Anspannung schnell auf die ganze Gruppe.

Doch heute hatte es nicht nur an unserem *Mephisto*-Pärchen gelegen, dass ich wahnsinnig unkonzentriert gewesen war und mich deutlich schlechter als sonst in Ilaria hatte hineinversetzen können. Immer wieder driftete ich in Gedanken zu dem unerwarteten Wiedersehen mit Kian ab und spielte es dort ein ums andere Mal ab. Sein fragender Gesichtsausdruck und Ashs feindseliger. Ich beschwor die Bilder so ausgiebig herauf, dass ich viel zu oft meinen Einsatz verpasst hatte.

»Und mal ganz davon abgesehen, sind wir hier auch nicht an einem Schultheater, wo man neidisch und missgünstig wird, weil man der Meinung ist, jemand hätte unverdient die Hauptrolle bekommen«, spielte Via jetzt auf Rhonda an, die ebenfalls für die Rolle der Ilaria vorgesprochen hatte. »Wir sind Darsteller, und das ist zwar eine Berufung, aber eben auch ein Job. Manche benehmen sich überhaupt nicht so.«

»Ich denke, diese Menschen gibt es in jedem Team, egal wie gut es auch zusammenhält«, warf ich ein und legte meine Beine auf Vias Schoß. »Und ich mag Rhonda. Ich glaube nicht, dass das persönlich gemeint ist. Sie war heute einfach sauer auf Sophia, schlecht gelaunt und fand es wahrscheinlich leichter, ihre Gefühle auf diese Art zu kanalisieren.«

»Ich wäre da echt gern so entspannt wie du«, seufzte Via. »Aber solche Ungerechtigkeiten treiben mich echt zur Weißglut. Und du kannst ja nichts dafür, wenn Rhonda sich mit ihrer Freundin streitet.«

Via hatte die dichten Augenbrauen verärgert zusammengezogen und die Unterlippe schmollend vorgeschoben. Nicht zum ersten Mal dachte ich mir, dass sie wie die düstere Version eines Schneewittchens aussah. Große Augen und überall Haare.

»Hey!« Ich stupste sie in die Seite und lächelte ihr aufmunternd zu. »Mach dir nichts draus, okay? Ich komm klar und wenn es mir zu blöd wird, dann werde ich sie in einem ruhigen Moment darauf ansprechen.«

Via und ich waren noch nicht lange miteinander befreundet, doch ich kannte sie inzwischen gut genug, um zu wissen, dass sie manchmal zuerst nur das Schlechte sah und sich schnell in einer ihrer Gedankenspiralen verlor.

»Weiß ich doch.« Sie lächelte mich an, und an Henry gewandt fragte sie: »Woran arbeitest du da gerade eigentlich?«

»Das ist das Kleid, das Lusiane am Anfang des ersten Akts trägt, als sie Ilaria das Schutzamulett schenkt«, erklärte er und breitete es so aus, dass Via und ich es vom Sofa aus besser sehen konnten. Mit seinem dunkelblauen Stoff und den Goldfäden darin passte es perfekt zu der Hoffnungslosigkeit in der Szene, die durch das Auftauchen der guten Fee durchbrochen wurde.

»Es ist wunderschön«, hauchte ich.

Henry schaffte es wie kein anderer, die Atmosphäre und all das Ungesagte eines Moments in seinen Kostümen einzufangen. Stolz zeigte er uns auch die anderen Stücke, an denen er gerade arbeitete: ein weiteres Feenkleid für Sophia alias Lusiane. Einen einfachen Umhang, den Via als Illarias Schwester Esmeray tragen würde. Und einen Teil von Sharins schwarzer, bedrohlicher Rüstung.

Henry erklärte uns gerade ein paar besondere Details, als mein Handy vibrierte.

Wahrscheinlich eine Nachricht von Benoît, mit dem ich später ins Kino gehen wollte. Doch als ich das Handy aus der Tasche fischte, stutzte ich wegen der unbekannten Nummer, die mir auf dem Bildschirm entgegenleuchtete.

UNKNOWN NUMBER, 16:02 Uhr
Hey June, hier ist Kian. Keine Ahnung, ob das hier noch deine Nummer ist. Ich wollte dich fragen, ob du vielleicht spontan Zeit hast?

Mein Herz setzte für einen Schlag aus.

Kian.

Eine Nachricht von Kian.

Ich hatte seine Nummer noch auf dem Weg zum Flughafen gelöscht, um mich davon abzuhalten, ihm in einem schwachen Moment zu schreiben und ihm zu sagen, dass ich ihn zurückwollte. Und jetzt, gefühlt ein halbes Leben später, strahlte mir auf dem Display sein Name entgegen.

In diesem Moment bereute ich mit voller Wucht, dass ich vor drei Jahren wie so oft impulsiv gehandelt hatte. Immer mit dem Kopf durch die Wand und dabei dieser Ganz-oder-gar-nicht-Mensch. Nach meiner Zeit in New York wusste ich die richtigen Worte noch immer nicht. Wusste nicht, wie ich Kian gegenüber meine Wahrheit formulieren sollte. Vielleicht wollte er sie auch gar nicht mehr hören? Doch dann erinnerte ich mich wieder an die überdeutliche Frage in seinen Augen, auf die nur ich ihm eine Antwort geben konnte.

Ich las seine kurze Nachricht noch einmal und fragte mich, ob Ash ihm damals erzählt hatte, was geschehen war. Ich konnte Kian schlecht danach fragen, andererseits sollte ich es ihm vielleicht erzählen, um die Vergangenheit zu bereinigen. Nein, er wusste es nicht. Würde Kian die Wahrheit kennen, dann hätte er mich ganz sicher nicht so angesehen. Und sollte er sie eines Tages doch erfahren, dann von mir persönlich. Ich war mir nur nicht sicher, ob ich bereit dafür war, Kians Bild von mir zu ändern.

»June?« Henry wedelte mit einer Hand vor meinem Gesicht herum. »Alles klar bei dir?«

»Ja, ich ... sorry.«

»Wer hat dir denn den Kopf verdreht?« Henry grinste mich neugierig an.

Ich zog eine Grimasse. »Niemand.«

Jetzt lehnte sich auch Via zu mir, ihre langen schwarzen Haare strichen über meine Beine. »Und wegen *niemandem* starrst du wie besessen auf dein Handy?«

Schnell verstaute ich es wieder in meiner Tasche. »Das war nur ... mein Ex-Freund.«

»Aha.«

»... er hat mir geschrieben.«

»Wie?!«, stieß Henry überrascht aus. »Kian?«

Ja. Kian, Kian, Kian.

Ich sprang auf. Meine Hände bebten, und ich fühlte mich ein bisschen wackelig auf den Beinen, gleichzeitig war jeder meiner Gedanken zum Zerreißen gespannt.

»Wieso schreibt Kian dir auf einmal?«

»Eventuell... bin ich ihm am Wochenende zufällig über den Weg gelaufen«, gab ich zu. Ich war noch nicht dazu gekommen, Henry davon zu berichten. »Ich melde mich später bei euch und erzähl euch alles in Ruhe, okay?«

»June?!«

Ich rannte fast aus dem *Mephisto* heraus, von der Wärme des Kostümraums mitten hinein in den Herbstregen, der träge vom Himmel fiel. Da war nur Bauchgefühl und mein Herz. Das hier war sie, das war eine Chance, etwas wieder geradezubiegen. Vielleicht nicht nur eine, sondern auch seine und meine.

Bei unserem Wiedersehen vor einer Woche wäre ich am liebsten im Erdboden versunken, doch heute siegte meine Neugierde über alles andere. Vielleicht auch über die Vernunft. Dass er mir womöglich Fragen zu damals und meinem Abgang stellen konnte, schob ich dabei in den hintersten Winkel meines Verstandes. Ich wollte einfach nur wissen, wie es ihm ging – das redete ich mir zumindest ein.

Kian hatte mir einen Standort geschickt, und ich atmete erleichtert aus, als ich den roten Punkt auf der Karte im Südosten des *Hyde Parks* ausmachte. Ein möglichst neutraler Ort, das war gut. Das war sehr gut.

Ich nahm die *Piccadilly Line* und die wenigen Minuten in der *Tube*, die mich meinem Ex-Freund näher brachten, reichten für schwitzige Handflächen und einen trockenen Mund. Ich wischte mir die Hände an meinem Latzkleid ab und stürzte den Inhalt einer Wasserflasche hinunter, die ich in meiner Tasche dabeihatte. Meine Bewegungen waren so hektisch, dass ich mir an einer Schnalle eine Laufmasche in die Strumpfhose riss. Ich fluchte leise, als ich mich vorbeugte, um den Schaden zu begutachten. Jetzt war es zu spät.

O Gott, mir war schlecht, mein Herz raste und ein Teil von mir hätte sich am liebsten übergeben. Wie verhielt man sich, wenn man einem Menschen gegenüberstand, der einem einmal die Welt bedeutet hatte, über den man aber nichts mehr wusste? Sollte es irgendwelche Regeln oder ungeschriebenen Gesetze für solche Situationen geben, kannte ich sie auf jeden Fall nicht.

Als ich kurz darauf am *Hyde Park Corner* ausstieg und die Treppe hinauflief, hatte der Regen aufgehört und die Sonne ließ die Dächer über London im Licht flirren. Irgendwo entdeckte ich einen Regenbogen über den Häusern, doch im nächsten Moment schien er schon wieder verschwunden zu sein.

Als Kind hatte ich nicht an den Topf Gold am Ende des Regenbogens geglaubt. Nein, ich war der festen Überzeugung gewesen, dort irgendwo zwischen Himmel und Erde würden Magie und Liebe warten.

Kian wartete schon an sein Fahrrad gelehnt vor dem eindrucksvollen gewölbten Eingangstor mit den Säulen links und rechts. Altertümlich, klassizistisch, aus einer längst vergangenen Zeit.

Während ich auf der anderen Straßenseite stand, musterte ich erst das Bauwerk, ließ meinen Blick dann über die Baumkronen mit ihren orangen und rot verfärbten Blättern wandern und starrte schließlich in den Himmel. Die Ampel sprang auf Grün, mein Herz fiel und ich hatte keine andere Wahl mehr, als Kian anzusehen. Richtig anzusehen dieses Mal. Die schmal geschnittene Jeans, die dunkle Jacke und schließlich die Wollmütze, unter der sich die rötlichen Haare hervorkräuselten. Beim Anblick seiner verschiedenfarbigen Socken und der Art, wie Kian sich mit einer Hand auf dem Lenker seines Rads abstützte, muss ich unwillkürlich lächeln. Dank dieser Kleinigkeiten, die so sehr Kian waren, gelang es mir, mich wenigstens ein bisschen zu beruhigen, während ich langsam auf ihn zuging.

Als ich vor ihm zum Stehen kam, sahen wir uns einen Moment einfach nur an. Ich räusperte mich, dann sagte er: »Schön, dass du so spontan Zeit hattest.«

Kians Blick glitt über mich und blieb kurz an der Laufmasche hängen und an den feuchten Flecken, die der rosa Stoff meines Kleids beim Wassertrinken in der *Tube* davongetragen hatte. Seine Mundwinkel zuckten, vielleicht dachte er ähnlich wie ich: *Diese Kleinigkeiten, die so sehr June waren.*

»Ich freue mich, dass du mir geschrieben hast«, krächzte ich, ehe ich einen Schritt auf ihn zumachte, um ihn zu umarmen. Dann hielt ich doch mitten in der Bewegung inne und wich zurück. Ich hörte mich nicht nur an, als wäre ich gerade bei einem Vorstellungsgespräch, im nächsten Moment gab ich dem einzigen Mann in meinem Leben, den ich wirklich geliebt hatte, auch noch die Hand.

Wow, einfach wow.

Kian grinste schief. Groß, breit, ein Fels in der Brandung. Seine Finger waren warm. Als sie sich um meine schlossen, flutete Hitze meinen Kopf.

»Wollen wir ein bisschen spazieren gehen?« Er sah mich offen an. »Ich würde einfach gern hören, wie es dir geht.«

»Ja, klar ...«, stammelte ich und sah zu lang zu ihm auf. »Gern.«

Gemeinsam betraten wir durch das gewölbte Eingangstor den Park, und irgendwie fühlte sich das so bedeutungsschwanger an. Als wäre das irgendein symbolischer Akt. Die Blätter der Bäume schimmerten in den schönsten Farben und bei jedem tiefroten Blatt musste ich an die *Red Lady* und die Prophezeiung ihrer Liebe denken.

Lange Zeit war das leise Quietschen von Kians Fahrrad das einzige Geräusch in der Stille zwischen uns. Die Luft war klar, und inzwischen brach die Sonne wieder durch die Wolken. Wir passierten die *Boy and Dolphin Fountain,* liefen durch den angrenzenden Rosengarten und dann immer weiter geradeaus, bis wir auf die *Serpentine* stießen – einen blau schimmernden Fluss, der den Park in zwei Hälften teilte. Leute tummelten sich direkt am Wasser oder saßen auf den Holzbänken, die sich am

Weg entlangreihten. Uns kamen Jogger entgegen, eine junge Frau, die mit einer Hand einen Kinderwagen vor sich herschob, in der anderen ihr Handy hielt und eine Sprachnachricht aufnahm. Ein alter Mann las auf einer der Bänke die *Daily Mail*, ein Stück weiter stand ein Pärchen Hand in Hand am Wasser und sah sich verliebt an.

In Kians Gegenwart wurde ich mit einem Mal dieser unbeholfene Mensch, weil ich nicht greifen konnte, wie wir zueinander standen, weil er mir fremd war und im selben Moment dennoch vertraut. Doch diese Ruhe, die er früher schon ausgestrahlt hatte, war jetzt noch präsenter und legte sich mit jedem Schritt stärker auf mich. Als er bemerkte, wie ich ihn von der Seite musterte, um in seinen Zügen den Mann von damals und den von heute auszumachen, lächelte er mich schief an. Und ich wusste: Ich hatte alle Zeit der Welt.

»Erzählst du mir jetzt, wie es dir geht?«

Das war keine Floskelfrage, nicht bei ihm.

»Ich bin glücklich«, sagte ich und hatte dabei fast schon den Anflug eines schlechten Gewissens. Fast so, als würde mein gefundenes Glück den Liebeskummer, den ich seinetwegen gehabt, und die Sehnsucht, an der ich immer noch litt, irgendwie schmälern. Doch Kian sah mich weiter aufrichtig interessiert an.

»Das freut mich.« Schon wieder so ein Satz, der bei jedem anderen seltsam banal geklungen hätte, bei Kian aber voller Tiefe war.

»Ja, es ist schön, wieder in London zu sein.« Ich stockte und fragte dann: »Und wie läuft es bei dir?«

»Gut«, meinte Kian, doch in seinem Blick flackerte etwas auf, was mich kurz verunsicherte. »Ich habe alles, was ich mir gewünscht habe.«

Schließt das auch eine neue Liebe mit ein?, wollte ich am liebsten fragen. *Irgendeine Frau oder ein Mann an deiner Seite?*

Bei dem Gedanken wurde mir fast ein bisschen schlecht. Nein, nein, nein, das sollte mir egal sein. Wenn überhaupt sollte ich mich darüber freuen.

»Und wie geht es Delilah und Matthew?«, unterbrach Kian meine Gedanken.

»Wenn die zwei wüssten, dass wir uns sehen, würden sie ausrasten«, platzte es aus mir heraus. »Also auf eine positive Art, meine ich. Mum und Dad haben dich immer abgöttisch geliebt.«

Kian schmunzelte. »Ich finde die beiden auch wirklich ganz großartig.«

»Sie hätten dich adoptiert, wenn es gegangen wäre.«

»Aber das hätte die Dinge ein bisschen komisch gemacht, oder?«

»Ähm, ja ... wahrscheinlich«, erwiderte ich und betrachtete kurz sein markantes Profil. Kian erwischte mich dabei, und ich sah schnell wieder weg.

»Sagst du ihnen liebe Grüße, wenn du das nächste Mal mit ihnen sprichst?«

»Natürlich. Und ... um auf deine eigentliche Frage zurückzukommen: Den beiden geht es gut. Mum geht gerade total in ihrem Garten auf, und Dad hat angefangen zu malen. Ich glaube, sie sind wahnsinnig erleichtert, dass ich wieder zurück bin. Du weißt ja, dass sie nie große Fans von meinen Entscheidungen waren – weder mein Umzug nach London noch der ganze Traum vom Theater hat sie besonders begeistert ... Ganz zu schweigen von den vergangenen drei Jahren. Ich glaube, sobald ich dieses Land verlassen habe, haben sie echt dreimal am Tag angerufen, um sicherzugehen, dass ich noch lebe. Vorletztes Jahr haben wir uns deshalb einmal heftig gestritten.« Bei der Erinnerung daran seufzte ich schwer. »Ich war elf Stunden lang an der *Academy*, total übermüdet und fertig und wollte einfach nur ins Bett. Als ich auf mein Handy gesehen habe, waren da unzählige verpasste Anrufe und Nachrichten. Mum war nahezu hysterisch, weil ich mich einen ganzen Tag lang nicht gemeldet habe.«

»Delilah und Matthew sorgen sich eben um dich. Aber ich verstehe, dass dir das zu viel ist.«

»Ich liebe die beiden, aber sie übertreiben es wirklich. Ich bin inzwischen dreiundzwanzig Jahre alt und stehe auf eigenen Beinen. Es wäre schön, wenn die zwei das auch sehen würden.«

Ich war überbehütet aufgewachsen. Überbehütet, der Norm entsprechend und über die Maßen unaufregend. Nach drei Fehlgeburten war ich für Mum und Dad die Erfüllung eines lang ersehnten Wunsches gewesen. Die beiden überschütteten mich mit Zuneigung, doch selbst heute noch schienen sie an manchen Tagen Angst zu haben, dass ihnen auch ihr viertes Kind wieder entrissen werden könnte. Nicht umsonst hatten sie mich *Juniper* genannt, *Wacholder*, nach dem Strauch, der jedes Jahr in unserem Garten erblühte. Die immergrüne Pflanze und ein Lebensbaum; Symbol für Fruchtbarkeit, Gesundheit und ewiges Leben.

Kian sah mich abwartend an, ganz so, als würde er ahnen, dass da noch mehr Worte in mir waren, die rauswollten.

»Es ist manchmal einfach immer noch schwierig für mich, da ein richtiges Maß zu finden«, sagte ich zögernd, denn ich wollte ihm, nachdem wir einander so lange nicht gesehen hatten, eigentlich ungern meine Probleme aufdrängen. Trotzdem brachte mich sein Gesichtsausdruck dazu weiterzusprechen: »Ich würde ihnen gerne einige ihrer Ängste nehmen, weil ich mir nur ansatzweise vorstellen kann, wie schmerzhaft diese Erinnerungen sein müssen. Andererseits haben diese anderen Kinder nie gelebt, und ich tue es. Und ich möchte richtig leben, ich möchte nicht ständig vorsichtig sein und am Ende etwas verpassen. Ich glaube, meine Eltern verwechseln das mit Unbesonnenheit und Naivität. Und das gibt mir oft das Gefühl, als würden sie in mir immer noch ein Kind sehen und mir nichts zutrauen.«

So sehr ich versuchte, die Ängste der beiden zu verstehen, hatte das überbesorgte Verhalten meiner Eltern schon während meiner Schulzeit nur noch mehr dafür gesorgt, dass der Wunsch nach Ausbrechen, Erleben und großen Abenteuern immer stärker geworden war. Etwas, das ich in der Welt des Theaters gesehen hatte, wo man alles sein und sich neu erfinden konnte.

»Delilah und Matthew trauen dir alles zu, da bin ich mir ganz sicher und das merkt man auch, wenn man sie mit dir sprechen sieht.« Kian schaute mich an und blickte dabei mit seinen dunklen Augen direkt in mich hinein. »Ich denke nicht, dass sich daran in den vergangenen Jahren etwas geändert hat.«

Es tat gut, mit ihm über meine Eltern zu sprechen. Nicht nur weil es Kian war mit seiner Empathie und seinem Verständnis, sondern weil er die beiden kannte und genau wusste, wovon ich da redete. Ihm musste ich nichts erklären. Kian ließ mich die Unsicherheit, die ich ihm gegenüber empfand, vergessen und kitzelte ganz mühelos meine Gedanken aus mir heraus: »Ich wünschte einfach, dass wir anders miteinander reden könnten. Dass nicht mindestens die Hälfte unserer Gespräche darum kreisen, ob ich auch auf mich aufpasse, an meine Miete gedacht habe und daran, genug Gesundes zu essen und frisch zu kochen.«

»Dann sag ihnen genau das«, schlug Kian vor. »Sag ihnen, was du dir für die Zukunft wünschst.«

»Ich möchte aber auch keine alten Wunden aufreißen. Und es fühlt sich immer so an, als würde ich genau das tun. Ich merke doch, wie traurig Mum jedes Mal schaut, wenn ich etwas dazu sage. Sie will unbedingt alles richtig machen und die perfekte Mutter sein, weil ich nun einmal ihre einzige Chance bin, eine Mum zu sein. Das …«, ich zögerte einen Moment, denn es fühlte sich seltsam falsch an, die nächsten Worte von meinem Kopf aus in die Welt hinauszulassen, »… es setzt mich unter Druck. Immer schon.«

»Das verstehe ich«, meinte Kian sanft. »Aber du musst nicht die perfekte Tochter sein. Kein Mensch ist perfekt. Und spricht man nicht über das, was man sich wünscht, dann wird sich nie etwas ändern. Aber wenn ihr ehrlich und offen miteinander seid, dann ist das doch für euch drei etwas Gutes. Davon könnt ihr nur profitieren.«

Ich blinzelte. Und nahm mir in diesem Moment fest vor, Mum und

Dad bei nächster Gelegenheit von mir aus anzurufen, anstatt darauf zu warten, dass sie es taten.

»Danke«, sagte ich leise.

Kian winkte ab. »Ach, wofür denn. Ich habe gefragt, wie es dir geht, und ich will das wirklich, wirklich wissen.«

An einem Kiosk am Wasser kaufte ich Kaffee für Kian und mich. Seiner schwarz, meiner mit einer ungesunden Menge an Zucker und einem Hauch Zimt. Einen Moment sahen wir schweigend den Ruderbooten zu, die zusammen mit verfärbten Blättern über das Wasser des Sees trieben, dann setzten wir unseren Weg fort, über die Serpentine Bridge bis zum anderen Ufer, wo die *Kensington Gardens* lagen.

»Und wie geht es deiner Familie?«

»Aislyn hat inzwischen zwei Töchter.« Kians ganzes Gesicht hellte sich auf. »Und ich vergöttere die beiden.«

»Wie schön.« Ich hatte Kians Schwester nur ein einziges Mal flüchtig getroffen, als sie wegen einer Kunstausstellung für ein paar Tage in London gewesen war. Eine charismatische Frau mit langen, rostroten Haaren und Händen, die immer voller Farbe waren. »Wie alt sind die beiden?«

»Albie wird bald drei Jahre alt, Mara ist eins.« Kian zog das Handy aus seiner Hosentasche und zeigte mir ein Foto, auf dem seine Schwester zu sehen war. Aislyns lange Haare fielen ihr über den Rücken, neben ihr stand eine Leinwand und zu ihren Füßen saßen zwei bildhübsche Mädchen mit großen Kulleraugen.

»O Gott, sind die niedlich.«

»Ja, oder? Ich bin so gern Onkel, aber verpasse so viel bei den beiden, das ist superschade. Ich hatte bei Aislyn schon immer das Gefühl, dass wir nicht genug Zeit zusammen hatten, und bei meinen Nichten habe ich es jetzt schon wieder.«

Kians Schwester war fast fünfzehn Jahre älter als er und für ihr Kunststudium ausgezogen, als Kian gerade einmal vier Jahre alt gewesen war. Sechs Jahre später war die Familie nach Großbritannien umgezogen,

73

während sie aber in Irland geblieben war. Er hatte mir einmal erzählt, dass Aislyn zu den wichtigsten Menschen in seinem Leben gehörte, sie für ihn aber mehr wie eine Tante war.

»Ich vermisse nicht nur Aislyn, Albie und Mara. Ich vermisse auch meine Eltern und Irland ganz allgemein«, fügte Kian hinzu. »Aber ich schätze, mir geht es da wie dir: Ich habe mein Herz an London verloren, und ich kann mir bei all der Sehnsucht, die mich manchmal überkommt, einfach nicht vorstellen, an einem anderen Ort zu leben.«

Und irgendwie war damit ein Bann gebrochen. Worte flossen aus meinem Mund und aus seinem. Wenn sie mir doch einmal fehlten, begegnete Kian meinem Schweigen mit dieser besonderen Sanftheit und nahm ihm so das Unbehagliche. Wenn eine Pause entstand, weil ich zwar neugierig auf sein Leben war, die Vergangenheit aber umschiffen wollte, stellte er genau die richtigen Fragen.

Und so schaffe Kian es, dass ich zumindest für den Moment nicht mehr meinen Ex-Freund in ihm sah, sondern jemanden, den ich neu kennenlernte.

Als es zu dämmern begann, liefen wir durch den Torbogen hinaus, durch den wir den Hyde Park betreten hatten. Unentschlossen blickten wir uns an, und ich fragte mich, wie ich ihn verabschieden sollte und ob wir uns wiedersehen würden. Kurz flammte der Wunsch in mir auf, mein Gesicht an seine Brust zu legen. Ich machte einen Schritt auf ihn zu, er einen auf mich, und wir sahen uns in die Augen. Ich hinauf, er hinunter.

Verlegen räusperte ich mich. Hauptsache, ich gab ihm nicht wieder die Hand. Vielleicht dieses Mal doch eine Umarmung? Oder einfach... nichts? Oder...

In diesem Moment kündigte mein Handy den Eingang einer neuen Nachricht an, und ich zog es dankbar für die Ablenkung aus meiner Tasche. Dieses Mal war es wirklich Benoît. Er hing in der Uni fest und fragte, ob wir unseren Kinobesuch verschieben könnten. Und das Erste, was ich dachte war: *Dieser Tag mit Kian muss noch nicht enden.*

Die Luft flirrte, und wir standen dicht voreinander, im nächsten Moment stellte ich mich schon auf Zehenspitzen und schlang Kian die Arme um den Hals. Vielleicht dauerte diese Umarmung ein paar Sekunden zu lang, vielleicht verwirrte mich die plötzliche Nähe und der vertraute Geruch nach Vanille und ein bisschen nach Morgentau, als meine Nase seinen Hals streifte. Und es war doch nur mein Bauch, auf den ich da hörte. Mein Bauch, der weder richtig noch falsch kannte.

Eines der Dinge, die dich am schönsten machen, ist die Tatsache, dass du dein Herz auf der Zunge trägst und alles, was du tust und sagst, damit endet und beginnt. Diese Worte aus der Vergangenheit umwehten mich mit einem Mal. Zusammen mit diesem rauen Ton, den Kians Stimme immer dann angenommen hatte, wenn wir nackt und erschöpft nebeneinandergelegen hatten. *Glückskater* hatte er es immer genannt. Jetzt musste ich bei der Erinnerung daran schlucken. Schwer und träge legte sie sich über diesen gemeinsamen Herbsttag.

»Das war ein wirklich schöner Nachmittag, Juniper«, sagte Kian gerade zum Abschied, als es aus mir herausplatzte: »Möchtest du vielleicht noch etwas trinken gehen?«

O Gott, ich wollte nicht, dass das hier ein kurzes Wiedersehen und ein verspätetes Lebwohl war – das wurde mir genau jetzt und hier erst so richtig klar. Zumindest nicht sofort. Nicht, wenn der Tag noch anhalten und ich ihn irgendwie in die Länge ziehen konnte.

Kian blinzelte, seine Mundwinkel hoben sich. »Natürlich, wieso nicht.«

Erleichtert stieß ich die Luft aus, von der ich nun erst merkte, dass ich sie angehalten hatte.

»Cool«, erwiderte ich wenig einfallsreich, weil mein Herz schon wieder davongaloppierte.

»Ich weiß auch schon, wohin wir gehen.«

Kian schloss sein Fahrrad an und hob die Hand, während der nächste rote Bus heranrollte. Als er zum Stehen kam, warf Kian mir einen wunderschönen Braune-Augen-hinter-Brillenglas-Blick zu, ehe er sich umwandte und die Treppe nach oben stieg. Ich folgte ihm ohne weitere Fragen. Ich blieb schon wieder mit meiner Strumpfhose hängen, ein neuer Riss, doch dieses Mal war es mir egal. Roter Doppeldecker, ganz oben, vorderste Reihe, weil das ein bisschen wie Fliegen war und einem die Welt zu gehören schien.

Wir sprachen es nicht aus, aber offensichtlich waren nicht nur mir die großen und auch die kleinen Dinge im Gedächtnis geblieben.

Eine halbe Stunde später blieben wir vor einer unauffälligen Treppe stehen, die zwischen zwei Pflanztöpfen mit hohen Sträuchern zu einer rot gestrichenen Tür hinabführte. Bis auf die knallige Farbe sah sie aus wie jede andere, an der wir in den vergangenen Minuten vorbeigelaufen waren. *Murdocks,* stand auf einem kleinen verwitterten Schild über dem Eingang. Es hing ein bisschen schief, und obwohl die Farbe bereits abblätterte, leuchteten die Buchstaben ebenso kräftig wie die rote Tür.

Sobald Kian die Tür zu dem Irish Pub aufstieß, schlug uns Musik, Gelächter und Rauch entgegen. Das Licht war warm und schummrig. Die Theke schimmerte in einem dunklen Holzton, genau wie die Barhocker mit den roten Sitzpolstern und die Tische, um die sich die Menschen scharrten. Die Wände waren übersät mit Bildern in schwarzen und goldenen Holzrahmen, jeder Zentimeter des Raums war auf schönste Art vollgestellt.

Direkt an der Theke machten wir einen der wenigen noch freien Plätze aus. Als wir uns durch die Menge schoben, ruhte Kians Hand für einen winzigen Moment auf meinem unteren Rücken und katapultierte mich damit schon wieder drei Jahre zurück. Auch diesen entrückten Blick, mit dem er wenig später die Flaschen hinter der Bar betrachtete, kannte ich nur zu gut. Ich sah es hinter Kians Stirn rattern, bemerkte das Zucken seiner Finger und wusste, dass er in Gedanken wieder einmal neue Getränke und Rezepte ausprobierte.

Ich schluckte schwer.

Wir tranken Cider, süß und angenehm kühl rann er mir die Kehle hinab, und vielleicht lag es an dem Alkohol, doch nachdem wir die letzten Jahre im Park noch ausgespart hatten, traute ich mich nun endlich, Kian danach zu fragen.

Was hast du in den letzten Jahren gemacht? Wie wohnst du inzwischen? Was hat es mit dem Five Bells *auf sich? Was ist aus deiner alten WG geworden? Stella, Quinn, Noah?*

Plötzlich konnte ich gar nicht mehr an mich halten und bombardierte ihn mit meinen Fragen, denen er sich selbstverständlich stellte. Er verpackte alles wie eine der Geschichten, die er wohl immer noch so gern las, und ich hing an seinen Lippen. Mit jedem Schluck nur noch mehr.

Kian erzählte mir davon, wie er vor zwei Jahren zusammen mit Ash das *Five Bells* eröffnet hatte. Mir war immer klar gewesen, dass er nicht auf Dauer im *White Roses* arbeiten, sondern etwas Eigenes auf die Beine stellen wollte, doch dass es dann wirklich so schnell gegangen war, beeindruckte mich. Wir lachten zusammen, tauschten Erinnerungen an das Hotel aus, in dem wir uns kennengelernt hatten, sprachen über ehemalige Kollegen und das gute Essen dort, das wir beide immer noch vermissten.

»Und du?«, fragte Kian, und in den zwei Wörtern schwang fast so etwas wie Stolz mit. »Du hast es geschafft, oder?«

»Was macht dich da so sicher?«, entgegnete ich und lehnte mich ihm mutig entgegen.

»Du wärst nicht zurückgekommen, wenn du deine Träume nicht verwirklicht hättest.«

Er hatte recht. Weil Kian mich kannte, weil er immer schon ein beängstigendes Gespür für die Menschen in seinem Umfeld gehabt hatte. Und dann erzählte ich von meinen drei Jahren. Vom ersten Jahr an der *Academy of Dramatic Art*, in dem ich so oft kurz davor gewesen war, das

Handtuch zu schmeißen und dann doch weitergemacht hatte. Von Neid und Missgunst, aber auch von wunderbaren Menschen, die in meiner Zeit in den Staaten eine echte Bereicherung gewesen waren. Von New York, das so ganz anders als London war.

Kian schmunzelte, sah mich dabei so intensiv an, dass ich mich in meinen eigenen Worten verheddertе und schließlich abbrach.

»Was?«

»Du hast immer schon wie ein Wasserfall geredet, wenn dich etwas begeistert hat. Oder du supernervös warst«, erklärte er, während mir klar wurde, dass ich gerade beides zugleich war. »Du kannst auf jeden Fall wahnsinnig stolz auf dich sein.« Und seine Augen sagten dabei: *ICH bin wahnsinnig stolz auf dich.*

Dass er mitunter der Preis dafür gewesen war, sprach niemand von uns aus. Aber vielleicht spielte das hier und jetzt, Jahre später, auch keine Rolle mehr. Weil man die Vergangenheit nicht ändern konnte, nur die Gegenwart hatte und irgendwann die Zukunft.

Mit den Fingerkuppen strich ich über das kühle Glas, die zweite oder dritte Runde, die Kian und ich vor einigen Minuten bestellt hatten. Ich hatte den Cider noch nicht angerührt.

Stattdessen betrachtete ich Kian – schon wieder. Die leicht gewellten, rötlichen Haare, die goldgerahmte Brille, die dunklen Augen, die ihre Umwelt so durch und durch aufmerksam wahrnahmen. Er war ein und derselbe Mann, und doch schoben sich in diesem Moment unweigerlich zwei Bilder von ihm übereinander. Der, der er gewesen war, als ich ihn hatte zurücklassen müssen. Kian, dem ich auf alle Arten nah gewesen war. Kian, der immer so viel älter gewirkt hatte als ich, obwohl es nur drei Jahre waren. Kian, der mir auf diese unfassbar niedliche Art und Weise die Stirn geboten hatte ... Und dann das Bild des Mannes, der er heute war. Ein bisschen ruhiger, ein bisschen ernsthafter und in sich gekehrter. Inzwischen lagen eine Liebe und eine Trennung hinter und standen zwischen uns.

Ich biss mir auf die Unterlippe, bevor ich doch noch etwas sagte, das ich bereuen könnte, und umklammerte die Sitzfläche des Hockers, auf dem ich saß, fester.

»Juniper?« Kian fixierte mich, und ich sah ihn an. »Alles okay bei dir?« Schnell nickte ich und erhob mein Glas.

»Auf die Freundschaft«, sagte ich schnell. Eine Gefühlsregung huschte bei meinen Worten über Kians Züge, doch ehe ich sie greifen konnte, war sie schon wieder verschwunden.

»Auf die Freundschaft«, erwiderte er rau. Als unsere Gläser gegeneinanderstießen, hallte das Klirren noch lange in meinem Kopf nach. Ein langgezogenes Geräusch – seltsam bedeutungsschwer, irgendwie endgültig.

Auf die Freundschaft.

Ash

Wollte Kian mich eigentlich verarschen?

Das war jetzt nicht sein *fucking* Ernst, dass er June ausgerechnet mit hierher nahm. Das *Murdocks* war einer *unserer* Orte, denn hier hatten wir zahllose Endlosgespräche geführt, als wir uns noch kaum kannten. Hatten uns Geheimnisse anvertraut, als wir uns schon näherstanden. Und an dieser Theke hatten wir schließlich zum ersten Mal von unserem eigenen Pub geträumt.

Ich war wenige Meter neben der Tür stehen geblieben und starrte in die Richtung von Kian, der sich mit seiner Ex-Freundin unterhielt, als wäre zwischen ihnen nie etwas Besonderes vorgefallen.

Das bedeutet noch lange nicht, ich würde mir irgendwelche Illusionen darüber machen, dass wir wieder zusammenkommen, hatte er gesagt. Doch könnte er sich gerade von außen sehen, müsste er sich wohl oder übel eingestehen, dass er sowohl mir als auch sich selbst etwas vormachte.

Das war einfach sowas von lächerlich. Wie June sich zurück in sein Leben schlich und damit auch in meines. Wie sie mit ihrem Glas gegen seines stieß, sich leicht vorbeugte und ihn dermaßen offensichtlich angrub. Bei jeder kleinsten Bewegung strichen ihre langen Haare über seine Beine, einmal verirrte sich ihre Hand für den Bruchteil einer Sekunde in seine rötlichen Wellen.

Ich war kurz davor zu kotzen bei dem Anblick. Trotz der lauten Musik und des Lärms meinte ich Junes übertrieben lautes, affektiertes Lachen über die Menschenmenge hinweg zu hören. Drei Jahre lang hatte sie in den Staaten gelebt, und schon führte sie sich auf, als wäre sie Amerikanerin. Ob sie sich den leichten Akzent extra antrainiert hatte, weil sie dachte, das würde ihr ein bisschen Hollywood-Glanz verschaffen? Genauso wie dieses übertriebene Gestikulieren, bei dem die schmalen Ringe an ihren Fingern im Licht glänzten.

Ich schnaubte.

Es passte zu Junes Auftreten und dem, was sich hinter ihrem niedlichen, herzförmigen Gesicht verbarg: Es war ihre Art, der Welt zu sagen, dass ihr alles und jeder zustand.

»Was ist los?«, fragte Phoebe, deren Anwesenheit ich für einen kurzen Moment vergessen hatte. Sofort bekam ich ein schlechtes Gewissen.

»Nichts Wichtiges, Darling.« Ich schlang einen Arm um ihre Taille und schenkte ihr ein entschuldigendes Lächeln. »Ich dachte, ich hätte jemanden gesehen, aber habe mich geirrt.«

Ganz sicher würde ich mir den Abend nicht von dieser Göre und ihrer Rücksichtslosigkeit ruinieren lassen. Phoebe hatte es nicht verdient, dass ich gedanklich derart abwesend war. Wenn ich mit ihr zusammen war, dann ganz und gar. Dann bekam sie alles von mir – das hatte nichts damit zu tun, ob wir ein Paar waren oder nicht, sondern mit Respekt einem Menschen gegenüber, der einem seine Zeit schenkte.

»Ich hol uns etwas zu trinken. Whiskey Sour wie immer?«

»Ja, sehr gern.«

In einer vertrauten Geste legte Phoebe mir die Hand auf den Unterarm und strich sanft über meine Haut, ehe sie den Blick über die Menge schweifen ließ und dann einen schmalen Tisch ansteuerte, der glücklicherweise auf der gegenüberliegenden Seite des Raums stand. Dass sie Kian entdeckte, hätte mir gerade noch gefehlt. Am Ende müssten wir uns zu June und ihm setzen und ich gute Miene zum bösen Spiel machen.

Unsere Getränke orderte ich am anderen Ende der Theke. Als ich mit den Gläsern an unseren Tisch trat, strich Phoebe sich die hellen kinnlangen Haare hinter die Ohren und lächelte mich an. Sie hatte ein schönes Lächeln, offen und einladend. Genau im richtigen Maß sexy und ein bisschen verspielt.

»Auf den Abend«, sagte ich und erhob mein Glas.

»*Cheers.*«

Unsere Gläser klirrten gegeneinander, und für den Moment war alles gut und wie immer. Ich hatte Phoebe letztes Jahr auf einer Party kennengelernt, auf die Stella mich eingeladen hatte. Erst dachte ich, es würde die Sache komplizierter machen, dass die beiden eng befreundet waren, aber letzten Endes hatte es alles nur erleichtert. Zum Beispiel an Phoebes Nummer zu kommen.

Sie war Anwältin, sechs Jahre älter als ich, und wusste, was sie wollte. Ich mochte das. Jemand, der seine Gedanken und Wünsche offen aussprach.

Ich sah, dass ihre Lippen sich bewegten. Lippen, die ich später wahrscheinlich noch küssen würde, aber keines ihrer Worte kam bei mir an. Stattdessen schielte ich immer wieder unauffällig zu Kian und June hinüber.

Mir war klar, dass Phoebe wahrscheinlich dachte, ich würde mir Möglichkeiten offenhalten wollen, doch beim Anblick der beiden durchzuckte mich ein anderer Gedanke: Vielleicht ließ ich mich deshalb nicht auf mehr mit ihr ein, weil es bisher niemand geschafft hatte, mich davon zu überzeugen, dass eine Beziehung es wert war, meine Freiheit und Unabhängigkeit aufzugeben. Weil ich miterlebt hatte, was es mit einem Herzen anrichten konnte, wenn es enttäuscht und gebrochen wurde: Es wurde nie wieder ganz.

4. Kapitel

June

Mit der ersten Oktoberwoche begannen die Blätter von den Bäumen zu fallen. In der Mowbray Alley lag das leuchtende Laub so dicht, dass es aussah, als würde ein bernsteinfarbener Teppich bis hin zu den Stufen des *Mephisto* führen. Die Steinfassade unter dem Efeu schimmerte wie Elfenbein, und ich hielt noch häufiger vor ihr inne. Dort stand ich und spürte die Magie, von der Jimmy immer sprach, jeden Tag stärker als Funken auf meiner Haut.

Inzwischen hatten sich Sophia und Rhonda zum Glück wieder versöhnt. Die beiden hingen wie frisch verliebt aneinander, und unsere Proben liefen deutlich flüssiger. Ich liebte die Dynamik der Crew, auch wenn Rhonda nach wie vor den ein oder anderen bissigen Kommentar loswurde, wenn es um Ilarias Besetzung ging. Via schoss jedes Mal genervt zurück, doch ich hörte weg – zumindest noch. Im Gegensatz zu den meisten in der Gruppe war *The Red Lady* nicht nur meine erste Inszenierung am *Mephisto*, es war auch mein erstes Stück nach dem Abschluss. Ich hatte so oft überstürzte Entscheidungen getroffen, weil ich mich schnell von meinen Gefühlen übermannen ließ. *Wieso ist bei dir jede Kleinigkeit immer so ein Theater?*, hatte ich von den wenigen Männern vor Kian gehört, und: *Bei dir ist ständig alles so viel.* Es hatte jedes Mal wehgetan, aber ein Funken Wahrheit steckte darin. Für mich konnte die Welt wunderschön sein, und im nächsten Moment war mir alles zu viel. Zuerst sagte ich zu etwas Nein, dann plötzlich Ja. Bei meinem zweiten Versuch in London wollte ich besonnener handeln, und das bedeutete auch, mir in der Sache mit Rhonda Zeit zu geben.

Inzwischen hatte Henry auch Ilarias Kleid für die Szene fertig, wenn sie und Aillard nach einer Reise voller Gefahren endlich am Wolkentor ankamen – dem Portal nach Maylora. Ich glaubte Ilarias Entschlossenheit und das Kribbeln ihrer verborgenen Macht zu spüren, während ich mich mit klopfendem Herzen vor dem großen Spiegel im Kostümraum drehte.

Als ich meine Eltern wenige Tag später anrief und ihnen von dem Kostüm vorschwärmte, waren sie sichtlich überrascht, von mir zu hören. Zwar sprach ich nicht das an, was ich mit Kian besprochen hatte, aber es fühlte sich gut an, dass ich mich dieses Mal von mir aus gemeldet hatte. Beinah hätte ich Kian erwähnt, aber was sollte ich sagen?

Auch Via und Henry gegenüber, die nach meinem plötzlichen Abgang vor Neugier fast platzten, hielt ich mich weiterhin bedeckt.

Erst hatten Kian und ich uns nur unregelmäßig gesehen. Wir näherten uns einander an, tänzelten umeinander herum. In manchen Momenten war Kian wie ein offenes Buch für mich, in anderen wirkte er auf höfliche Art distanziert und meldete sich mehrere Tage lang nicht. Wir sprachen zwar nicht darüber, aber ich verstand, dass die Situation für ihn vielleicht noch schwieriger und verwirrender war als für mich – schließlich war ich diejenige gewesen, die damals gegangen und jetzt plötzlich wieder aufgetaucht war. Und doch hatte ich jedes Mal, wenn wir uns verabschiedeten, Angst.

Meine größte Angst war, dass Kian sich nicht mehr melden würde.

Meine größte Angst war, *dass* Kian sich melden würde, denn mit jedem neuen Treffen wurde aus der Erinnerung an unsere gemeinsame Zeit wieder etwas Reales. Es hatte seine Gründe, gute Gründe, weshalb ich mich vor Jahren im *White Roses* in diesen Mann verliebt hatte, und sie alle wurden mir jetzt wieder vor Augen geführt. Quälend langsam, in winzigen Schritten, doch sie alle setzten sich in mir fest: sein einfühlsames Wesen, seine Loyalität, sein Glauben an eine gute Welt und gleichzeitig seine Liebe zu Fakten statt zu Träumen.

Wir gingen noch einmal im *Hyde Park* spazieren, an einem anderen

Tag in den *Regent's Park*, liefen an der Themse entlang und einige Male durch Camden, vorbei an bunten Häusern und Musik über allem. Saßen mit heißem Kaffee stundenlang ganz oben vorn in Doppeldeckerbussen und redeten über alles und nichts, während die Leute um uns herum kamen und gingen. Kian zeigte mir die Wohnung, die er sich mit Ash teilte, und sein Zimmer, das nur aus einem riesigen Bett voller Kissen und ringsherum Regalen voller Bücher bestand. Ich strich über die Buchrücken und erkannte wie damals ausschließlich Biografien berühmter Persönlichkeiten. Er sagte immer, das Leben sei spannender als Fiktion, Tatsachen interessanter als Geschichten.

Einmal, es war ein langer Probentag gewesen und ich nahm Kian mit zu mir in die WG, ließ ich mich mit einem lauten Seufzen auf die Matratze fallen, streckte die Arme aus und machte es mir bequem. Ich hatte die Augen geschlossen, und als ich sie wieder öffnete, wandte Kian mit roten Wangen den Blick ab, doch ich sah die Andeutung eines Lächelns auf seinen Lippen.

An einem anderen Tag schaute ich mit Benoît im *Five Bells* vorbei, nachdem ich unauffällig herausgefunden hatte, dass Ash an diesem Abend freihatte, saß unter Quinns neugierigen Blicken an der Theke und betrachtete verstohlen Kians kräftige Finger, mit denen er in routinierten Griffen Getränke zubereitete.

In den darauffolgenden Wochen konnte ich vor meinen Freunden immer weniger verbergen, wie sehr ich die Zeit mit ihm genoss. Ich spürte das Lächeln, das meine Mundwinkel auseinanderzog, wenn mein Handy eine neue Nachricht von ihm anzeigte, ich fühlte die Wärme in meinem Bauch, wenn er mich ansah und sein Sein so offen vor mir lag. Ich klammerte mich daran, dass alles zwischen uns freundschaftlicher Natur war. Noch immer hatte ich ihn nicht gefragt, ob er in einer Beziehung war. Einerseits brannte die Frage in mir, andererseits wollte ich damit keine falschen Signale senden. Und ... ich wusste nicht, wie ich mit der Antwort umgehen würde.

Benoît war der Einzige, den ich an meinen Gedanken teilhaben ließ. Vielleicht, weil er Kian nicht kannte und mich erst seit Kurzem. Aber zwischen uns herrschte ein Vertrauen, wie man es in seinem Leben nur bei einer Handvoll Menschen von der ersten Sekunde an spürt. An vielen Abenden saßen wir zusammen in unserem Wohnzimmerflur, der Raum erfüllt von Benoîts beständigem Tippen auf dem Laptop, immer im Wechsel zwischen seinem Manuskript und den Aufsätzen für die Uni und dem Rascheln der Seiten, wenn ich meinen Text lernte und in der Geschichte einer Wolkenstadt versank. In der Zeit dazwischen lernte ich über Skype Mignon und Lilou kennen, seine beste Freundin und deren Freundin aus Paris. Wir gingen ins Kino, kauften uns Kürbisse zum Schnitzen und mussten danach die Küche zwei Tage lang putzen.

Benoît lauschte meinen ausufernden Gedanken und war der Meinung, es wäre nur wichtig, auf mein Herz zu hören. Dass ich noch nicht wissen musste, ob Kian und ich tatsächlich miteinander befreundet sein konnten, sondern nur, ob er ein Mensch war, der mir in meinem Leben guttat.

Und ja, das war er.

Aber was, wenn ich das wegen dieses einen Moments mit Ash für *ihn* niemals sein konnte? Was, wenn ich Kian so oder so wehtun würde?

An einem verhangenen Wolkentag fragte er mich, ob ich nach Ladenschluss ins *Five Bells* kommen wollte. Seine alte WG traf sich dort, um bei Ale, Cider und Strout zusammenzusitzen. Ich war nervös, als ich zusagte, doch als Kian mich schon an der Tür zur Begrüßung umarmte, beruhigte sich mein Herzschlag augenblicklich.

Nur das Flattern blieb, genauso wie der Duft nach Morgentau und neu anbrechenden Tagen.

Stella riss mich überschwänglich in ihre Arme, wie immer die Herzlichkeit in Person, und stellte mir mit einem glücklichen Lächeln ihren Freund vor. Und auch Quinn umarmte mich, wenn auch deutlich verhaltener. Die Vergangenheit, die mich mit Kian verband, war der berüchtigte rosa Elefant, über den niemand sprechen wollte – niemand außer Ash, der mir wieder einmal deutlich zu verstehen gab, wie wenig er von meiner Anwesenheit hielt. Während die anderen mich begrüßten, fixierte er mich erst mit diesem undurchdringlichen Blick, schob dann schnaubend den Stuhl zurück und gab vor, irgendetwas enorm Wichtiges an der Bar zu tun zu haben.

Trotzdem wurde es ein lustiger Abend, an dem viel gelacht wurde, noch mehr aber gegessen und getrunken. Die schlagfertige Stella mit dem schweigsamen River zu erleben erwärmte mir das Herz. Kian und Ash zogen sich gegenseitig auf, wie sie es damals schon gemacht hatten, sprachen dabei ihre ganz eigene Sprache. Alles war warm und auf angenehme Art laut.

Noah war der Einzige, der den ganzen Abend lang kaum ein Wort mit mir sprach, doch ich verstand seine Skepsis. Mit seinem Misstrauen, mir als Ex-Freundin seines Freundes gegenüber, konnte ich deutlich besser umgehen als mit Ashs feindseligen Blicken. Ich versuchte ihm so gut wie möglich aus dem Weg zu gehen – an diesem Abend und auch danach, wenn Kian und ich uns verabredeten, und hoffte, dass sich die Situation zwischen uns entspannen würde. Und doch bildete ich mir ein, dass es diese winzigen Momente zwischen uns gab.

Momente, in denen wir beide daran dachten, was damals passiert war. Augenblicke, die die Erinnerung an warmen Regen und den Geruch nach Herbstlaub und letzten Sonnenstrahlen auf einen Schlag zurückbrachten.

Ash

Meine Augen hatten sich noch nicht ganz an dieses seltsame Nicht-Licht gewöhnt, das hier unten herrschte. Irgendwo in der Ferne hörte ich das Kreischen der *Tube* auf den Gleisen, dann das Rattern des sich entfernenden Zugs. Das Geräusch verflüchtigte sich in den dunklen Tunneln des Londoner *Undergrounds,* und Sekunden später umfing mich wieder diese beruhigende Stille, die mit nichts zu vergleichen war. Denn tief unter der Erde verging die Zeit in ihrem ganz eigenen Tempo, war losgelöst und frei.

Der Eingang zu der stillgelegten *Tube*-Station war teilweise zugemauert und schlecht zu finden gewesen, doch meistens kam man auch über die aktiven Untergrundbahnhöfe an diese Orte – wenn man Glück hatte und wusste, wo man suchen musste. Ich hatte Gerüchte über diese Station gehört, von den kunstvoll gefliesten Wänden und der alten *Tube*, die hier irgendwo noch auf den Gleisen stehen musste. Ich hatte wochenlang nach diesem Ort gesucht und war voller Adrenalin, jetzt, da ich ihn endlich gefunden hatte. Ganz gleich wie viele Streifzüge ich schon durch London unternommen hatte, mein Herz pochte jedes Mal wie wild in meiner Brust, wenn ich einen der vergessenen Orte dieser Stadt zum ersten Mal betrat.

Ich tastete im Rucksack nach der Taschenlampe und drehte mich mit ihr in der Hand einmal bedächtig im Kreis. Im Lichtstrahl sah ich eine altmodische Anzeigetafel, mehrere verwitterte Sitzbänke, die floralen Ornamente auf dem Bahnsteigboden und schließlich die leuchtenden Fliesen an den Wänden, die auch die gebogene Decke zierten. Es waren tausend Nuancen von Orange bis Rot, ein wilder Sonnenaufgang inmitten von Dunkelheit.

Ich blickte mich um, nach links, nach rechts, die Schienen unter mir, dann sprang ich. Steine knirschten unter meinen Schuhen, als ich mich auf dem Gleis nach rechts wandte. Das Geräusch hallte hier unten überlaut nach.

Ich stieg über einen Haufen Geröll hinweg und zog den Riemen meines Rucksacks enger, in dem ich auf meinen Touren immer dieselben Sachen dabeihatte. Seit meinen ersten Ausflügen zu den *Lost Places* der Stadt hatte ich im Lauf der letzten Jahre dazugelernt und war vorbereitet: eine Flasche Wasser und etwas zu essen, weil ich nie wusste, wie lange ich unterwegs sein würde. Eine Taschenlampe, mein aufgeladenes Handy und eine Powerbank, falls der Akku doch nicht reichte. Meistens schickte ich Kian auch meinen Standort. Ich fand das zwar unnötig, und es nahm der ganzen Sache einen Teil ihres Reizes, aber er bestand darauf und ich hatte die Diskussionen über meine *gefährliche Freizeitbeschäftigung*, wie er es nannte, satt. Auch jetzt verdrehte ich bei dem Gedanken daran die Augen. Gleichzeitig aber stieg ein warmes Gefühl in mir auf, weil er sich um mich sorgte.

Kian, meine Familie.

Und obwohl er mein bester Freund war, war zwischen uns ganz am Anfang auch etwas anderes gewesen. In dem Moment, in dem ich ihm vor sieben Jahren den letzten Abrisszettel der WG-Anzeige vor der Nase wegschnappte, hatte Kians Blick aus dunkelbraunen Augen mich kurz sprachlos gemacht. Er gehörte zu den wenigen Männern in meinem Leben, die mich gereizt hatten. Es war anders gewesen, kein Vergleich zu den anderen, obwohl es mich jedes Mal wieder wie aus dem Nichts getroffen hatte. Ganz so, als hätte ich vergessen, dass ich manchmal auch auf Kerle stand. Während Kian bisexuell war, gab ich dem Ganzen keinen Namen. Ich sah schlichtweg keine Notwendigkeit dafür.

Plötzlich blieb ich mit dem Fuß an irgendetwas hängen. Für einen Moment geriet ich ins Wanken und drohte zu stolpern, fand aber gerade noch an der bröckelnden Wand neben mir Halt. Ich ärgerte mich über mich selbst, denn normalerweise war ich nicht derart unvorsichtig.

Doch der Gedanke an Kian,

an Kian und June,

an sie beide – wie sie immer häufiger durch die WG liefen und ständig umeinanderkreisten, als wüssten sie nicht, wie sie sich ansahen, ließ dieses schale Gefühl in mir aufsteigen. Und eine Wut, weil ich echt nicht noch einmal mitansehen wollte, wie sie ihm das Herz brach. Und vielleicht trieb es mich auch zur Weißglut, weil June wohl vergaß, dass sie *mich* ebenso stehen gelassen hatte wie ihn.

All diese Gefühle hatten hier unten nichts zu suchen. Hier sollte es nur mich geben – also folgte ich dem Weg, den die Gleise mir vorgaben, mit neuer Entschlossenheit.

Das Knirschen des Gerölls unter meinen Schuhsohlen wurde zu meinem Rhythmus, mein Herzschlag zum Takt. Meine Füße trugen mich wie von allein durch den Tunnel, ich verlor jedes Gefühl für Zeit, als ich auf der linken Seite etwas an der Wand entdeckte. Neugierig kniff ich die Augen zusammen und richtete die Taschenlampe ganz darauf. Ich trat näher und entdeckte ein Loch in der Wand. Gerade groß genug, dass ich hindurchpasste, dahinter schien irgendwo silbriges Licht. Ich klemmte mir die Taschenlampe zwischen die Zähne und kletterte durch die schmale Öffnung. Was ich dahinter sah, raubte mir den Atem.

Ich befand mich am Rand einer kreisrunden Höhle, die durch irgendwelche schmalen Durchbrüche, die wohl an die Oberfläche führten, von weichem Dämmerlicht erfüllt war. Es mussten Abertausende kleine Löcher in der Steindecke sein, die das Unten und das Oben miteinander verbanden. Ein Teppich aus unzähligen Lichtpünktchen breitete sich vor mir aus. Sie ließen die zerklüfteten Felswände bläulich schimmern und die ganze Szenerie fast schon unwirklich wirken. Staunend bahnte ich mir einen Weg durch ein Meer aus kniehohen Gesteinsbrocken, bis ich vor dem größten von ihnen stehen blieb. Erneut klemmte ich mir die Taschenlampe zwischen die Zähne, legte die Hände auf die raue Oberfläche und zog mich hinauf. Ich setzte mich auf die Spitze des Felsens, die Beine von mir gestreckt und seltsam befreit.

Fast ehrfürchtig entsperrte ich mein Handy und richtete die Kamera auf die kristallblauen Felswände vor mir. Ich machte ein Foto, doch wahre Magie lässt sich nicht mit einem Handy einfangen. Also blieb ich dort mindestens noch eine Stunde sitzen, zwischen lauter Stille und diesem mystischen Nicht-Licht und

existierte,

atmete,

inhalierte.

Als ich mir abends unter der Dusche den Staub und Dreck meines Ausflugs vom Körper wusch, stand ich einen Moment einfach reglos im heißen Wasserstrahl. Ich freute mich schon darauf, das Foto von der Höhle hinter der alten *Tube*-Station zu den anderen Bildern in meinem Zimmer zu hängen. Wer weiß. Vielleicht würde Kian mich ja doch noch auf einem meiner Streifzüge begleiten – auch für mich, der ich schon viele solcher Orte gesehen hatte, war die *Kristallhöhle* etwas Besonderes.

In Wärme und Dampf gehüllt stieg ich aus der Dusche, trocknete mich ab und schlang mir ein Handtuch um die Hüften. Wasser tropfte aus meinen Haaren auf den Boden, als ich in die Küche lief. Vielleicht hatte ich Glück und Kian hatte vorhin in seiner Pause etwas aus dem Pub mitgebracht. Und tatsächlich: Auf der Herdplatte stand ein abgedeckter Teller, darauf ein Zettel mit meinem Namen. Erst da bemerkte ich den himmlischen Duft von Rivers Spezial-Burger und seufzte glücklich, als ich feststellte, dass das Essen sogar noch heiß war.

Kian musste auch gerade erst nach Hause gekommen sein.

Ich summte zufrieden vor mich hin, ein Lied von einer der Playlisten, die wir immer im *Five Bells* spielten, und schenkte mir noch etwas zu trinken ein. *Summertime* von den Fort Frances. Ein Lied von Sommer und Freiheit in diesem späten Herbst.

Als ich hinter mir ein Räuspern vernahm, drehte ich mich um, ein *Danke* schon auf den Lippen ...

June.

Vor mir stand June, und ich schluckte das Wort hinunter.

Das war so klar gewesen.

Ich konnte nicht sagen, was mich genau an ihr so dermaßen provozierte. Klar, ich fand sie nervig mit ihrem permanenten Geplapper, ihrer blinden Naivität, die sie für Abenteuerlust hielt – aber das allein war es nicht, weshalb ich sie herausfordern wollte, sobald sie in meiner Nähe war.

Vielleicht lag es daran, dass sie es mir viel zu leicht machte und auf wirklich jeden Streitversuch einging. Entweder starrte sie mich irgendwo zwischen wütend und betroffen an oder schleuderte mir etwas entgegen. Oder eben beides zusammen. Auch jetzt zogen sich Junes dunkelblonden Brauen zusammen, die Nase kräuselte sich, die Lippen waren gespitzt und sie stemmte die Hände in die Hüften.

Ich verschränkte die Arme vor der Brust. »Kann ich etwas für dich tun?«

»Ich möchte mir nur ein Glas Wasser holen.«

Der Schrank mit den Gläsern war direkt hinter mir. Es war dumm und kindisch und absolut übertrieben, aber ich rührte mich kein Stück vom Fleck. Und mit jeder Sekunde, die verstrich, funkelte June mich nur noch intensiver an.

»Könntest du mich bitte vorbeilassen?«

»Ich wohne hier. Schon vergessen?«

»Ist man so zu seinen Gästen?«, schoss sie zurück.

»Du bist nicht mein Gast.«

»Aber Kians.«

Ich zuckte mit den Achseln. »Nicht meine Sache.«

»Du bist unhöflich, Ash. Und das ist sowas von unnötig.«

»Nein, ich bin charmant.« Ich lächelte. »Nur eben nicht zu dir.«

»Weißt du was?« June strich über den Rock ihres gelben Kleids und zuckte mit den Schultern. »Eigentlich interessiert es mich auch gar nicht. Ich hätte jetzt nur einfach gern ein Glas.«

Ich bewegte mich noch immer nicht.

June stöhnte entnervt auf, trat auf mich zu und versuchte an mir vorbei die Schranktür zu öffnen. Plötzlich war sie ganz nah, der Stoff ihres Kleids fühlte sich rau an auf meiner Haut. June war irgendwie überall und ruderte wild mit den Armen umher. Dieser komische Geruch nach Blumen stieg mir in die Nase und, weil sie sich ebenso wie ich weigerte nachzugeben, glitten für mehrere Wimpernschläge erst ihre zerzausten Haare über meinen nackten Arm, dann ihr warmer Atem über meine Brust.

Und die Zeit blieb für einen Moment auf seltsame Art stehen. June und ich so gefährlich nah voreinander irritierte mich, denn es gefiel mir. Ihre Haut strahlte Wärme an meinem Handrücken ab. Langsam lehnte ich mich zurück und bemerkte, wie June sich auf die Unterlippe biss und mich anstarrte. Und ich starrte zurück, denn in mir passierte alles gleichzeitig. Ich sah auf ihre Lippen, ließ meinen Blick über Junes Gesicht wandern, die offenen Haare mit den kleinen Zöpfchen darin, ihre vollen Wangen, die geschwungenen Lippen. Gedankenlos und frei. Was wohl passieren würde, wenn ich …

Shit.

Ich schluckte, denn es gab so vieles, was Kian nicht wusste. Gott, ich hielt mich alles in allem für einen guten Menschen, aber ihm diesen einen Moment zu verheimlichen sprach nicht unbedingt für mich. June stand immer noch so verdammt nah vor mir, ihr Blinzeln kam mir endlos vor. Das Heben und Senken ihrer langen Wimpern war wie ein hypnotisierender Tanz, der Blick ihrer blauen Augen lag fest auf mir. Irgendwie erwartungsvoll. Und dann sah ich wieder zu Junes Mund, der sich nun leicht öffnete.

Shit, Shit, Shit.

Erschrocken wich ich zurück.

»Was ist los, Ash? Hat es dir plötzlich doch die Sprache verschlagen?«, meinte June.

Für einen Moment wich sie meinem Blick aus, denn wir hatten beide gehört, wie ihre Stimme bebte. Wortlos drehte ich mich um, holte ein Glas aus dem Schrank und reichte es ihr. Und während Junes Finger sich in Zeitlupe darum schlossen, betrachtete sie mich doch mit seltsamer Verwirrung in ihren Zügen. Sekunden später war es, als wäre sie nie hier gewesen.

Es war nur dieses komische Gefühl in meinem Bauch, das mich daran erinnerte.

Kian

Am letzten Oktoberwochenende war ich morgens mit dem Fahrrad auf dem Weg nach Shoreditch – zum Brunchen bei Stella und River. Die Mütze hatte ich tief in die Stirn gezogen, doch ich genoss die Kälte, die mir entgegenschlug.

Sobald ich auf dem Sattel saß, verspürte ich das Gefühl von Weite, das ich inmitten von London manchmal vermisste. Dann war da der Wind um meine Nase und die sanften Böen, die durch Bäume am Wegesrand und meine Jacke glitten. Dabei war es egal, ob der Himmel weinte oder Sonnenstrahlen die Stadt in warmes Licht tauchten – mich bei jedem Wetter aufs Rad zu schwingen, der Natur auf diese Art und Weise doch nah zu sein, sorgte dafür, dass ich mich lebendig fühlte.

Ash und Quinn saßen schon an dem reichlich gedeckten Tisch in der großzügigen Wohnküche mit den hellblau gestrichenen Wänden, als ich ankam. Sie versuchten vergebens, Stella doch noch behilflich sein zu können. Ich drückte ihr einen Kuss auf die Wange, umarmte erst Quinn, dann Ash. Dabei bildete ich mir ein, Phoebes Parfüm noch immer an ihm zu riechen. Ich verzog das Gesicht, denn ich hasste den Geruch.

Keine Ahnung, ob Ash vergangene Nacht wirklich bei ihr gewesen war. In letzter Zeit erzählten wir uns nicht mehr besonders viel, weil jedes Gespräch irgendwie in einer Diskussion zu enden schien. Vor wenigen Tagen hatten wir uns dann wirklich gestritten. Ash hatte mir vorgeworfen, ich würde ständig spontan den Schichtplan abändern, um Zeit mit June zu verbringen. Dass ich das gefälligst anders regeln sollte, weil es bei der Arbeit alles durcheinanderbrachte. Klar sollte das nicht zu oft passieren, aber ich verstand Ashs Aufregung nicht. Jeder von uns hatte das schon einmal gemacht.

Jetzt klingelte es gerade, und dann fegte Noah wie ein Wirbelwind in das Innere der Wohnung. Sofort richtete sich die ganze Aufmerksamkeit auf unseren Lockenkopf, den Jüngsten unter uns. Seit Kurzem arbeitete er für eine wohlhabende, ältere Frau, die eigentlich nur ein bisschen Gesellschaft wollte und jemanden, der für sie einkaufen ging. Während Stella Kaffee machte, ließ Noah sich auf einen der Stühle fallen und erzählte von den Tagen bei Miss Fletcher, ließ jede Banalität wie das größte Abenteuer klingen und löcherte anschließend Quinn mit Fragen zu ihrem neuesten Kunstprojekt, das sie gerade an der UAL abgegeben hatte. Sie träumte davon, eines Tages Kinderbücher zu illustrieren, und auch jetzt strahlten ihre dunklen Augen, als sie begleitet von den entsprechenden Gebärden von den Bildern erzählte.

In der Zeit, in der wir zusammenwohnten, hatten wir alle ein bisschen Gebärdensprache von und für Quinn gelernt. Zwar las sie uns meistens einfach von den Lippen, aber wir wussten, dass es so manchmal einfacher für sie war. Wenn wir uns wie jetzt auch unterhielten, unterstrichen wir unsere Worte mit den verschiedenen Handzeichen. Redeten wir zu schnell, sodass Quinn nicht mehr mitkam, oder vergaßen die Gebärden, gab sie uns ein kleines Zeichen. Für uns war das inzwischen so selbstverständlich, dass keiner von uns mehr bewusst darüber nachdachte.

Der Esstisch bog sich fast unter dem Frühstücksangebot, das Stella aufgefahren hatte: zwei großzügig befüllte Brotkörbe, Platten mit verschiedenen Aufstrichen und Aufschnitt, Jogurt, Müsli und Früchte, dazu frisch gepresster Orangensaft. Alles war wunderschön hergerichtet und sah einladend aus.

»Du sollst dir doch nicht immer so viel Mühe machen«, murmelte River, der sich nun auch zu uns setzte und Stella die blonden Haare aus dem Gesicht strich.

»Babe, ich bin schwanger, nicht krank«, flötete sie. »Und wer weiß, wie lange ich das noch für euch machen kann. Ich hab Spaß daran, also lass mich.« Sie drückte River einen Kuss auf die stoppelige Wange.

»Na, wenn du meinst …«

»Habt ihr eigentlich schon angefangen, einen Ersatz für mich zu suchen?«, wollte Stella an Ash und mich gewandt wissen.

Ich zog eine Grimasse. »Wir hassen dieses Thema.«

Quinn schob die Unterlippe vor. *Es wird nicht dasselbe sein ohne dich,* formte sie mit den Händen.

»Ach ihr Süßen, ich komme doch wieder zurück.«

»Mag sein«, meinte Ash, »Aber du wirst viel zu lange weg sein. Du bist unsere Pub-Mum.«

»Hey, *ich* kann das doch machen«, schlug Noah begeistert vor und sah in die Runde.

»Nein«, riefen wir alle gleichzeitig und mussten lachen.

»Das sagt ihr nur, weil ich an diesem einen Abend vergessen habe abzusagen. Aber da war diese Wahnsinnsfrau und wollte mit mir etwas trinken gehen, und ich konnte unmöglich Nein sagen. Ich schwöre euch, das war eine einmalige Sache.«

Ich hob eine Augenbraue an.

»Okay, zweimalig.«

Schweigen am Tisch.

»Okay, okay.« Noah klang mehr als unzufrieden und fuhr sich mit einer fahrigen Bewegung durch die dunklen Locken. »Eventuell auch

öfter. Aber ich kann doch nichts dafür, dass ich immer in solche…
Situationen gerate.«

Wir lachten, reichten die Teller mit dem Essen herum, stellten Spekulationen darüber an, wer wohl in wenigen Monaten Stellas Platz einnehmen und wie sich das für uns anfühlen würde.

»Du und June also?«, wollte Stella irgendwann wissen.

»Ich mochte sie ja immer«, kommentierte Noah und beuget sich grinsend über den Tisch. »Trotzdem bin ich skeptisch. Läuft da wieder etwas?«

»Da läuft nichts. Wir… wir verstehen uns einfach nur gut und sind Freunde.«

Jetzt war es Ash, der abfällig schnaubte. »Ja, genau. Es ist ja allgemein bekannt, wie gut Freundschaften mit Ex-Partnern laufen.«

»Okay, guter Punkt«, merkte Stella an, »entweder ist da mehr oder man lässt es. Aber einfach befreundet zu sein ist schon sehr… unwahrscheinlich.«

Was aber nicht bedeutet, dass es unmöglich ist, warf Quinn mit fliegenden Händen ein.

»Leute«, ich verzog das Gesicht, »müssen wir das jetzt echt besprechen?«

Gegenüber von mir nickte Quinn begeistert, die dunklen Dreads rutschten ihr über die Schultern. *Ich finde, wir müssen das sogar unbedingt besprechen.*

Über die Länge des Tischs hinweg sah Ash mich einfach nur an, und ich hatte absolut keine Ahnung, was in seinem Kopf vorging. Ich glaubte nur zu wissen, dass ich es bestimmt nicht hören wollte.

Nachmittags holte June mich im *Five Bells* ab. Sie wartete neben dem Eingang, als ich auf die Straße hinaustrat. Auf dem Asphalt glänzten vereinzelte Pfützen, in denen sich der Himmel spiegelte. Sie trug einen hellblauen Mantel, der der Farbe ihrer Augen glich. Sie umarmte mich, ihr Kopf ruhte an meiner Brust und ich fragte sie nach ihrem Tag. An meinem Schal nuschelte sie irgendetwas von *müde* und *Probe* und *zu lang*. Ich lächelte in ihre Haare hinein.

Sie waren zu unzähligen Zöpfen geflochten, die in einem komplizierten Muster um ihren Kopf herum festgesteckt waren. Als June sich von mir löste, streckte ich eine Hand aus und strich ihr eine einzelne Haarsträhne aus dem Gesicht.

»Deine Haare ... sie sind ...«

»Was ...?« June kräuselte die Stirn und betastete ihre Frisur, dann schien sie zu verstehen. »Oh«, hauchte sie, »stimmt.«

Und die Erinnerung flutete mich:

»Sie hat sowas von gelogen, als sie meinte, sie hätte Gastroerfahrung«, lachte Leo und verschränkte die Arme vor der Brust. Ich folgte seinem Blick zu unserer neuen Kellnerin, die sich mit einem vollbeladenen Tablett und konzentriertem Blick zwischen den vollen Tischen hindurchschlängelte. Die Haare waren zwar hochgebunden, nur schien das mit ihrer vollen Mähne irgendwie nicht so richtig zu funktionieren. Ohnehin war das nicht der vorgeschriebene, strenge Dutt, sondern ein Wirrwarr aus kleinen Zöpfen.

Normalerweise kümmerte ich mich als Restaurantleiter um das Personal und führte die Vorstellungsgespräche, aber ich war die vergangenen zwei Wochen bei meiner Familie in Irland gewesen und Richard hatte in meiner Abwesenheit für mich übernommen. Eigentlich war es bei uns Voraussetzung, dass die Leute Erfahrung hatten. Und da man viel erzählen konnte, musste im White Roses *auch immer ein Probearbeiten sein. Keine Ahnung, was Richard geritten hatte – wahrscheinlich sein Hang zu Frauen, die viel zu jung für ihn waren. Ich schüttelte stumm den Kopf. Ich hatte den Typen noch nie leiden können.*

»Ich kann nicht hinsehen«, sagte Leo jetzt, »June ist ja echt süß, aber nicht nur eine Gefahr für sich selbst, sondern auch für unsere Gäste.«

»Stimmt schon«, murmelte ich. »Wir geben ihr noch eine Woche, dann entscheide ich, wie ...«

Was auch immer ich gerade hatte sagen wollen, ich kam nicht mehr dazu,

*denn in diesem Moment ertönte ein lautes Klirren. Das Tablett war June aus
der Hand gerutscht.*

*»Oh fuck!« Leo wollte schon loslaufen, um zu helfen, doch ich legte meine
Hand auf seinen Unterarm.*

»Nein, warte.«

Neugierig beobachtete ich June.

*Die Gäste an den Tischen in der näheren Umgebung hatten ihre Gesprä-
che unterbrochen und verrenkten sich die Hälse, um zu sehen, was da vor sich
ging. Doch June ... in aller Seelenruhe stieg sie über die Scherben hinweg und
sagte etwas, das die Leute zum Lachen brachte. Nicht eines von diesen peinlich berührten Lachern, sondern diese herzlichen, warmen, echten. Sie strich
sich die rote Schürze, die sich mit der Farbe ihrer Haare biss, glatt und brachte
die wenigen Getränke, die nicht hinuntergefallen waren, an die Tische, ehe
sie mit langsamen, selbstsicheren Schritten zu uns hinüberkam, aufzählte,
was sie noch einmal brauchen würde und nach einem Besen fragte.*

*In der Pause nahm ich June beiseite, um mit ihr zu reden. Es hatte zu reg-
nen aufgehört, und der Himmel über London war strahlend hell und blau. Ich
setzte mich mit ihr auf die Raucherbank am Hintereingang, wo die Zulieferer
hielten und wir Restaurantleute meistens unsere kleinen Pausen machten.*

*Junes Wimperntusche war an den Augenwinkeln verschmiert, ihre Zöpf-
chenfrisur noch ungebändigter als vor wenigen Stunden, doch an der Entschlossenheit in ihrem Blick hatte sich auch nach einer Reihe weiterer Patzer
nichts geändert.*

»Hast du gelogen? Also, was deine Erfahrungen angeht?«

*»Ja«, gestand sie ohne zu zögern, und ich bewunderte sie ein bisschen
dafür. Sie suchte meinen Blick. »Wobei ich nicht direkt gelogen habe. Ich
habe eher die Wahrheit ein bisschen ... umschifft.« Zum ersten Mal schien
sie ein wenig verlegen und biss sich auf die Unterlippe.*

»Und wieso?«

*»Weil ich diesen Job hier wirklich sehr dringend brauche. Und ... das
Trinkgeld.«*

Ich nickte. »Verstehe.«

»Und ich bin der Meinung, dass man so ziemlich alles im Leben lernen kann, wenn man es nur fest genug will. Ich bin bereit, mich da wirklich reinzuhängen und gut zu werden.«

»Du kannst gut mit Menschen.« Ich dachte daran, wie mühelos sie bei all unseren Gästen den genau richtigen Ton getroffen hatte. Wie offen und herzlich sie ihnen gegenüber war, wie sie sich an all die verschiedenen Typen anpassen konnte. »Das ist eins der wenigen Dinge, die man nicht richtig lernen kann, und da bist du klar im Vorteil. Wenn du willst, dann helfe ich dir. Und das mit dem Tablett üben ... ich kann das mit dir üben.«

Ich hatte schneller gesprochen, als ich denken konnte. June blickte zu mir auf und strahlte mich an. Auch im Sitzen war sie deutlich kleiner als ich. »Das wäre so nett. Tausend Dank.«

»Gern.«

June seufzte und versuchte, mit den Händen ihre zusammengebundenen Haare zu bändigen. »Ich war heute vielleicht eine mittlere Katastrophe, aber offenbar habe ich zumindest ganz coole Kollegen.«

Ich lachte. »Genau genommen bin ich dein Boss.«

Stille.

Junes Lippen formten ein stummes O. Leider waren sie ebenso hinreißend wie alles an ihr, wie ich mir in diesem Moment eingestehen musste, und ich wusste, dass ich ziemlich in der Klemme steckte.

»Ich bin Kian«, sagte ich und reichte ihr meine Hand. »Der mit Sicherheit coolste Chef, den du jemals hattest.«

Ihre kleinere Hand verschwand fast zwischen meinen Fingern, die ovalen Fingernägel waren in einem hellen Rosé lackiert. Die Haut fühlte sich warm und weich an, und die Berührung sandte ein Kribbeln durch meinen Körper. Und mein Herz machte einen ganz komischen Satz.

»Ich bin Juniper«, sagte sie. »Die mit Sicherheit mieseste Kellnerin, die du jemals hattest.«

Langsam legte sich jetzt der Schleier der Vergangenheit, und mir wurde bewusst, dass June mich abwartend ansah. Die reale June, die Drei-Jahre-später-Juniper.

»Findest du nicht?«, fragte sie.

»Entschuldigung. Was hast du gesagt?«

»Dass ich mit Sicherheit die mieseste Kellnerin war, die du jemals hattest.«

»Nein.« Ich musste grinsen. »Nicht die mieseste.«

»Du lügst.«

»Wäre das schlimm?«

»Du musst mich nicht schonen.«

June kniff die Augen zusammen und zog mich die Blossom Street entlang. Im Nieselregen wirkten die bunten Hausfassaden gedämpft, wie hinter leichtem Nebel.

»Ja, okay. Du warst übel, zumindest am Anfang«, gab ich ihr schließlich doch recht. Kein Wunder, dass Leo als einer der Ersten bemerkt hatte, wie sehr June mir in Wahrheit gefiel. »Aber die Leute haben dich geliebt, und das ist das Wichtigste. Ein Kellner kann von seinem Können her noch so gut sein, letztendlich reicht das nicht. Die Gäste müssen sich wohlfühlen.«

»Bei dir tun das immer alle«, stellte June fest.

Und bei dir auch, dachte ich.

»Wir haben im *White Roses* so viel erlebt, manchmal vermisse ich die Zeit dort. Irgendwie war jeder Tag anders, oder?«

Wieso hatte ich das gesagt, um Himmels willen?

Wir sprachen nicht über die Vergangenheit, zumindest nicht ... *so*. Doch seltsamerweise zuckte June nicht einmal mit der Wimper, sie lehnte sich nur einen kurzen Moment gegen mich. Ohnehin hatte ich das Gefühl, dass sie nicht mehr so zurückhaltend war wie letzten Monat, als wir uns zum ersten Mal wiedergesehen hatten. Immer öfter erlebte ich ihre übersprudelnde Seite, die mich von Anfang an so fasziniert hatte. Die June, die nicht nachdachte, sondern einfach tat.

»Ich vermisse ja besonders die Abende, an denen wir am Ende der Schicht noch alle an diesem riesigen Tisch im Restaurant saßen und geredet haben. Und das Essen ... ich kann mir nach wie vor nichts Himmlischeres vorstellen. Ich habe es geliebt, wenn wir über die Reste hergefallen sind.«

»Und dazu noch Aariks Selbstgebrannter«, fügte ich hinzu. »Ich verdanke dem Teufelszeug den ersten Filmriss meines Lebens.«

June grinste. »Dafür erinnere ich mich noch ziemlich gut an deine Tanzeinlage zusammen mit Leo auf dem Tresen. Spätestens da wusste ich, dass du echt ein entspannter Chef warst.«

»Was? Erst da?«

»Vielleicht schon etwas früher, aber ich sage dir nicht wann.«

»Hast du nur deshalb mit mir geflirtet?«, zog ich June auf. »Um es dir bei der Arbeit leichter zu machen?«

»Ich hatte es gar nicht nötig, mit *dir* zu flirten, Kian. Das hast du ganz allein von dir aus gemacht.«

Junes Tonfall war spielerisch, ein bisschen frech. June, die mich lauter machte und alles aus mir herauskitzelte. Trotzdem wusste ich auf einen Schlag nicht mehr, was ich sagen sollte.

»Weißt du noch, die ganzen Abende auf dem Dach? Die Aussicht war jedes Mal ... magisch. Ich glaube, das war mein Lieblingsort im Hotel.«

Eine Idee begann in meinem Kopf Form anzunehmen. Und ehe ich reflektieren konnte, ob eine Reise in die Vergangenheit eine sonderlich gute Idee wäre, sagte ich auch schon: »Möchtest du London noch einmal von dort oben sehen?«

»Machst du Witze? Natürlich will ich das!« June lachte. »Ich wollte dich sowieso gerade fragen, was wir heute machen.«

Ich hatte zwar die Schlüssel nicht mehr, aber ich wusste, wie ich an einen herankommen könnte. Schnell zog ich mein Handy aus der Hosentasche, tippte eine Nachricht an Leo und lächelte, als er mir nur wenige Minuten später mit einem Daumen-hoch-Emoji antwortete.

Wir nahmen den Bus. Doppeldecker, ganz oben. Hinter den Fenstern zogen ein bewölktes London und Menschen mit Regenschirmen an uns vorüber, und für mehrere Herzschläge hing jeder seinen eigenen Gedanken nach.

Am Hintereingang wartete schon Leo, der mir gehetzt den Schlüssel in die Hand drückte.

»Ist die Hölle los heute. Aber ich schreib dir, okay?« Er hob die Hand, dann war er wieder im Inneren des Restaurants verschwunden. Kurz fiel mein Blick auf die Raucherbank, die immer noch am selben Platz stand, und dieses Ziehen, das sich seit Wochen in mir ausdehnte, glühte nur noch tiefer.

June hüpfte aufgeregt neben mir auf und ab, als wir durch die Halle des *White Roses* liefen, das Kleid und der hellblaue Mantel schwangen bei jedem Schritt hin und her. Selbst nach der ganzen Zeit schien immer noch alles vertraut: die Rezeption mit der Holzverkleidung, die zwei Ohrensessel vor dem Kamin und die breite Treppe mit dem verzierten Geländer, die zu den Zimmern hinaufführte. Nebeneinander liefen wir in den ersten Stock, der rote Teppich dämpfte jeden unserer Schritte. Dann mit dem Aufzug bis unter das Dach. Während er immer höher stieg, sahen wir uns an, und ich dachte an all die heimlichen Blicke, die es zwischen uns gegeben hatte, als sie nur eine der Kellnerinnen gewesen war – aber eine, bei der Funken sprühten.

June hatte nicht nur in meinem Leben eine Lücke hinterlassen, sondern auch im Hotel. Allen hatte ihre Fröhlichkeit und ihre lockere Art gefehlt.

Mit einem leisen Klingeln glitten die Türen auseinander. June trat zuerst auf den schmalen Flur hinaus, ich folgte ihr. Hier oben schienen die Lampen an den Wänden weniger hell, und der Teppichboden war ausgeblichen. Am Ende des Gangs nahm June mir aufgeregt den Schlüssel aus der Hand, um die Tür aufzusperren. Sie sprang mit einem Quietschen auf, und Wind schlug uns entgegen.

Ein Blick über die Schulter, dann rannte June bis nach vorn an die Brüstung und löste ihre Zöpfe. Welle für Welle fiel ihr Haar über die Schultern bis zu den Hüften hinab. June umfasste mit den Händen die Gitterstäbe, und ihre Haare tanzten im Wind. Sie hatte den Kopf leicht in den Nacken gelegt und schien Böe für Böe zu inhalieren, war ein bunter Farbtupfer über einem heute grauen London.

»Wow«, hauchte sie, als ich neben sie an das Geländer trat. »Das ist ja noch viel schöner als in meiner Erinnerung.«

»Du wolltest immer schon an die höchsten Orte der Stadt, um hinuntersehen zu können«, meinte ich und dachte daran, dass genau das damals so ein Ding zwischen uns gewesen war – mit diesem Dach hatte es angefangen und mit dem Leuchten in Junes Augen, das ich danach immer wieder sehen wollte. Ganz oben auf der letzten Etage der *Tate Modern* oder auf der 360°-Grad-Aussichtsplattform von *The Shard*, Hauptsache immer hoch hinaus, auf der Jagd nach dem Gefühl von Weite und Unendlichkeit. Einmal sogar in einer Gondel des *London Eye*, June und ich hinter nichts als Glas und dem Himmel so nah. Mein Herz hatte gerast, nicht nur wegen der mehr als hundert Meter, die wir über der Erde hingen, was ihr wie üblich nichts auszumachen schien, sondern vor allem wegen ihr.

Sie hatte damals knapp ein Jahr in London gelebt und war hungrig danach gewesen, erst diese Stadt und dann die Welt zu sehen. Voller Lust darauf, jeden Winkel Londons zu entdecken, und ich hatte ihr alles gezeigt, was ich kannte.

»Ich mag es, wenn alles so winzig aussieht. Als wäre all das, was wir für so wichtig halten, nur relativ. Ein bisschen wie Spielzeug.«

Ich ließ meinen Blick über die Stadt unter uns gleiten, dann schaute ich zu June. »Was ist eigentlich der höchste Punkt, auf dem du in New York warst?«

»Hm ... ich glaube, das *Top of the Rock*. Von da oben sah die Stadt auf einmal so aufgeräumt und ordentlich aus.« June lachte. »Und das ist sie ganz sicher nicht. New York ist Chaos, auf eine irritierende und gleichzeitig schöne Art, aber es bleibt Chaos.« Sie drehte sich ein Stück zu mir und blickte mich an. »New York ist verrückt. Alles an dieser Stadt ist verrückt.«

»Zu verrückt?«

»An manchen Tagen vielleicht.« Sie lächelte. »Ich bin auf jeden Fall dankbar für die Erfahrungen, die ich dort gemacht habe.«

»Und was hast du in New York am meisten vermisst?«

»London«, erwiderte June, ohne zu zögern. »Aber damit meine ich nicht einmal die Stadt an sich, sondern die Menschen. Alles, was London zu meinem Zuhause gemacht hat, seit ich hierhergezogen bin. Letztlich habe ich in New York länger gelebt als ich hier ... Aber New York ist für mich trotz allem nie etwas geworden, das sich wie Heimat angefühlt hat. Nicht so wie London. Es ist irgendwie immer ein bisschen kalt und ungreifbar geblieben.«

Ich lächelte, weil ich Junes ausführliche Antworten immer schon gemocht hatte und ich ihren Beschreibungen gern zuhörte.

»Das klingt, als würdest du auf jeden Fall hierbleiben wollen«, stellte ich fest.

»Gerade will ich nichts anderes, aber«, June sah mich aufrichtig an, die ganze Körperhaltung offen und mir zugewandt, »ich bin dreiundzwanzig. Keine Ahnung, was das Leben noch so für mich bereithält, und es ist doch sehr unrealistisch, dass ich jetzt schon eine Entscheidung für die Zukunft treffen kann ... Aber ja, gerade will ich nirgends anders sein.«

June, eine Frau, für die es keine Grenzen und nur den Ruf der Freiheit gab.

Ich lehnte mich gegen die Brüstung und genoss den kalten Wind auf meinem Gesicht. June lief von einer Ecke des Dachs zur anderen, sprang über die quadratischen Steinplatten, ließ dazwischen immer eine aus und schien dabei ihr ganz eigenes System zu haben. Pure Energie umflirrte sie.

Auf die Freundschaft, hatte June im *Murdocks* gesagt, ehe ihr Glas gegen meines gestoßen war. Doch je mehr Zeit wir miteinander verbrachten, umso mehr fühlte es sich an, als erginge es ihr wie mir. Als würde sie mir nah sein, aber sich mit diesen Worten zugleich selbst schützen wollen. Denn … wir waren ganz sicher keine Freunde. Das musste auch ich mir inzwischen eingestehen.

»Hey, Kian!«, rief June da.

Langsam drehte ich mich um. »Ja?«, fragte ich und wusste noch im selben Augenblick, was sie sagen und was passieren würde, denn genau diesen Moment hatten wir bereits einmal erlebt. Es war Déjà-vu und existierende Wahrheit in ein und demselben Augenblick.

Fang mich, fang mich, fang mich, erklang es in meinem Kopf. Junes Stimme, hell und klar. Sie hatte dasselbe aufgeweckte Grinsen im Gesicht, nur fehlte dieses Mal die rote Schürze.

Instinktiv breitete ich die Arme aus, und June rannte auf mich zu. Sie flog über das Dach, quietschte vergnügt und landete nach wenigen Sekunden in meinen Armen. Sie sprang hoch, legte die Hände auf meine Schultern und schlang die Beine um meinen Bauch. Für einen Moment sah ich nichts als ihren rosa Mund, der sich zu einem betörenden Lächeln voller Freiheit formte.

Dreh dich, dreh dich, dreh dich, erklang es wieder in meinem Kopf. Doch dieses Mal sagte June es auch, während sie sich fester an mich klammerte. Meine Hände ruhten an ihren Hüften, und ich begann mich zu drehen, dieses Mal entschlüpfte auch mir selbst ein Lachen, weil es immer schon June gewesen war, die mich lauter machte. Mutiger. Vielleicht aber machte sie auch nur das sichtbar, was sowieso schon da war.

June kicherte.

»Schneller, Kian. Das ist wie in den Filmen …«

»… und gleich passiert etwas Magisches«, vervollständigte ich den Satz, woraufhin June mich mit glänzenden Meeresaugen ansah. Ihr Gesicht war ganz nah, rosa Strähnen umwehten uns. Sie war so leicht und doch angenehm schwer mit ihren Beinen um mich. Ich hielt sie, unsere Blicke ineinander verhakt, als June befreit und laut lachte. Unsere Gesichter berührten sich, meine Wange strich über ihre warme Haut, ihre Lippen über mein Kinn und mein Herz flatterte. Es schlug schnell, schneller noch als vor drei Jahren, schlug fest und beständig gegen meine Brust. Dieses Mal war ich nicht der Mann, der auf dem besten Weg war, sich in sie zu verlieben. Dieses Mal war ich der Mann, der sie geliebt hatte und feststellen musste, dass er nie damit aufgehört hatte.

Die Sonne ging langsam unter, das Licht veränderte sich und wurde wärmer. Sanft legte es sich auf Junes Gesicht, auf die Sehnsucht in ihrer Miene. Das war der Moment, in dem wir uns damals geküsst hatten – zum allerersten Mal. Und Himmel, ich hätte es so gern getan, ich hätte so gern mit meinem Mund den ihren berührt.

Ich fürchtete, was dann passieren würde.

Doch ich lernte eine andere Sache: Man konnte sich nicht nur mit den Lippen küssen, sondern noch viel intensiver mit den Augen. Und genau das taten wir dort oben, hoch über London – irgendwo zwischen Vergangenheit und Gegenwart.

* * * *THE RED LADY* * * *

aus dem ersten Akt

*

Zu sehen sind Ilaria und Aillard, wie sie vor Anstrengung stöhnend die letzte Wolkenstufe zu Foxas Tor erklimmen, die letzte Grenze nach Maylora, *die sie noch überwinden müssen, denn die Schattenkämpfer sind ihnen dicht auf den Fersen.*

AILLARD, *nach Ilarias Hand greifend*: Wir haben es geschafft.

ILARIA, *lächelnd*: Das haben wir, aber wir müssen uns beeilen.

AILLARD: Warte!

ILARIA: Worauf?

AILLARD: Vielleicht finden wir die *rote Dame* nicht.

ILARIA: Daran will ich nicht denken.

AILLARD: Und vielleicht überleben wir das, was noch kommt, nicht.

ILARIA: Daran will ich genauso wenig denken. Wir *müssen*. Wir müssen einfach leben.

AILLARD: Ich muss dir etwas sagen, bevor es zu Ende ist.

ILARIA: Vielleicht muss ich dir auch etwas sagen.

AILLARD, *mit den Händen Ilarias Gesicht umschließend*: Darf ich dich vorher küssen?

Ilaria und Aillard küssen sich leidenschaftlich. Dann verschwinden die Wolken und die Bühne wird schwarz, ehe überall unerwartet Feuer zu brennen beginnen.

5. Kapitel

June

»Und?«, rief ich am Samstag sofort in die Wohnung, als ich die Tür hinter mir zuzog. »Hast du den Job?«

Nach der gestrigen Probe waren Henry, Via und ich zu einem *Pub Crawl,* einer Kneipentour, aufgebrochen. Sophia, Layla und Timothy hatten sich angeschlossen, doch als es spät geworden war, waren wir wieder zu dritt gewesen und schließlich bei Via auf dem Sofa gelandet, weil der Weg nach Hause mit einem Mal unendlich weit erschien.

»Habe uns Frühstück mitgebracht«, meinte ich, als immer noch keine Reaktion von Benoît kam. Ich lief durch den Flur vorbei an den Musicalplakaten und Fotos in mein Zimmer. Die verschwitzte und nach Rauch riechende Kleidung von gestern zog ich mir schnell aus und schmiss sie achtlos auf das Bett mit dem gepunkteten Überzug. Dann streifte ich meine liebste rosa Jogginghose über, dazu ein pastellblauer Hoodie, der einen schmalen Streifen Haut über dem Hosenbund freiließ. Die Haare zu einem Knoten auf dem Kopf zusammengebunden.

Ich liebte diese hellen Farben, die für mich Fröhlichkeit und Harmonie verkörperten, auch wenn ich sie meistens so trug, dass sie auf den ersten Blick nicht zusammenpassten. Aber *ich* wollte, dass sie passten, also taten sie es in meiner Welt letztlich auch – so wie auch in meinem Zimmer: mintfarbene Wände, rosa Kissen auf meinem Bett, gegenüber der helle Schreibtisch, vor dem ein himmelblauer, gepolsterter Stuhl stand.

Benoîts Zimmertür war immer noch geschlossen, als ich schließlich die Küche ansteuerte, und ich vermutete, dass er noch schlief. Auf dem Weg zurück in die Prosperity Lane hatte ich zufällig eine französische

Bäckerei entdeckt und wollte meinen Mitbewohner mit den Croissants und Pains au Chocolat überraschen, welche ich dort gekauft hatte. Erst vor ein paar Tagen hatte er wieder einmal mit Mignon und Lilou geskyped, und mir war klar, dass er Paris und seine Freunde vermisste.

Doch in der Küche angekommen, stutzte ich bei dem Anblick, der sich mir dort bot. Benoît saß an dem alten, klapprigen Holztisch, auf dem nicht mehr als sein aufgeklappter Laptop, seine Brille und eine bauchige Tasse mit einem letzten Schluck Kaffee Platz hatten. Er trug Kopfhörer und kaute konzentriert auf seiner Unterlippe herum. Jetzt seufzte er schwer und vergrub sein Gesicht in den Händen. Die Haare standen wild in alle Richtungen ab.

Benoît hob den Blick, sah auf irgendeinen Punkt in der Ferne und zuckte heftig zusammen, als er mich im Türrahmen entdeckte. Einen Moment schauten wir uns vollkommen perplex an, dann zog er seine Kopfhörer hinunter und ich musste unwillkürlich lachen.

»Du bist wach.«

»Du bist zurück.«

»Du bist wach«, betonte ich noch einmal. »An einem Samstagmorgen.«

Benoîts Mundwinkel zuckten.

»O mein Gott, war das gerade etwa ein Lächeln? Vor elf Uhr?« Gespielt geschockt griff ich mir an die Brust. »Jetzt ist wirklich nichts mehr, wie es einmal war. Die Welt ist eine andere.«

»Haha, sehr witzig.«

»Du musst mir unbedingt sagen, wie die Person heißt, die dich zu solchen Dingen bringt.«

Kurz flackerte etwas in seinen Augen auf, doch so schnell wie es gekommen war, verschwand es auch schon wieder. »Es gibt keine *Person*«, murmelte er, »aber ich hatte heute Nacht diesen absolut verrückten Traum. Ich habe dir doch von diesem Kapitel erzählt, an dem ich festhänge und einfach nicht weiterkomme, obwohl ich schon so viel geändert

und die einzelnen Passagen umgeschrieben habe. Aber dieser Traum ...
Ich bin aufgewacht, und da hat es einfach Klick gemacht. Jetzt habe ich
angefangen, es ganz neu zu schreiben.«

»Moment, seit wann bist du denn wach?«

Benoît blinzelte, als wäre er immer noch in den Seiten vor sich gefangen. »Keine Ahnung.« Er sah sich in der Küche um, in die sanftes Morgenlicht fiel. »Hell war es auf jeden Fall noch nicht.«

»O Benoît.« Ich schmunzelte. »Hast du Hunger?«

Ich hielt die Tüte hoch. Der französische Schriftzug leuchtete in der Sonne, die durch das Fenster schien.

»O Gott, ja, total.«

Während ich Kaffeepulver in den Espressokocher füllte, ihn auf den Gasherd stellte und dem Gluckern des Wassers lauschte, schrieb Benoît eine Passage zu Ende. Er war vollkommen vertieft, und ich lächelte bei dem inzwischen so vertrauten Klang seines Tippens. Innerhalb der vergangenen zwei Monate war es zu einem Geräusch geworden, das sich für mich nach zu Hause anfühlte. Ich legte die Croissants und die Pains au Chocolat auf zwei Teller und nahm zehn Minuten später den Kocher vom Herd.

»Und jetzt erzähl«, forderte ich ihn auf, als der Laptop verschwunden war und wir uns gegenübersaßen. Warm und schwer hing der Geruch nach frischem Kaffee in der Wohnung. »Wie lief es gestern im *Five Bells*?«

Benoît hatte mir schon gleich zu Anfang erzählt, dass er in Paris im Bistro seines Großvaters arbeitete. Als ich mitbekommen hatte, dass Kian und Ash nicht sonderlich zufrieden waren, was die Suche nach einem Ersatz für Stella anging, hatte ich sofort Benoît vorgeschlagen, der sowieso auf der Suche nach einem Nebenjob war.

»Ich hab ihn«, erklärte er. »Und fange auch direkt am Montag an.«

Benoît biss in sein Croissant und leckte sich zufrieden ein paar Krümel aus den Mundwinkeln. »*Mon dieu*, die sind *wirklich* so gut wie in Paris.«

111

»Wie cool. Aber ich hatte da auch gar keine Zweifel. Also, was den Job angeht.«

»Wahrscheinlich hat Kian mich nur eingestellt, um dir einen Gefallen zu tun«, meinte Benoît, dann grinste er. »Wobei das auch egal wäre. Ich brauche dringend etwas, und die Leute im *Five Bells* wirken alle richtig cool.«

»Quatsch«, entgegnete ich. »Kian hat ein Auge dafür. Er würde dich nicht nehmen, wenn er nicht etwas in dir sehen würde.«

»Er hat mir auch von deinen ... herausragenden Fähigkeiten als Kellnerin erzählt. Besonders spannend fand ich diese Sache, bei der du scheinbar ...«

»Ich werde ihn umbringen«, unterbrach ich Benoît. »Kian und ich wollten nie wieder darüber reden. Und ich finde, wir sollten viel eher auf dich und deinen neuen Job anstoßen«, wechselte ich schnell das Thema.

»Und wann wolltest du mir erzählen, dass er eigentlich dein Boss war, als ihr euch ineinander verliebt habt?«

»Das ist ewig her.«

»So ewig jetzt aber auch nicht«, beharrte Benoît. »Das ist irgendwie so romantisch. Du die miese Kellnerin, er dein Boss. Wie er dich unter seine Fittiche nimmt, dir alles zeigt und ihr euch trotz des Verbots ineinander verliebt ...«

Bei dem entrückten Ausdruck auf Benoîts Gesicht musste ich jetzt doch lachen.

»Es gab nicht wirklich ein Verbot in dem Sinne ...«

Benoît hob eine Augenbraue an.

»Okay, es war nicht gerade gern gesehen und hat vielleicht zu dem ... ein oder anderen Problem geführt. Wobei diese Geheimnistuerei bei der Arbeit auch etwas für sich haben kann ...«

Plötzlich musste ich wieder daran denken, wie Kian und ich auf diesem Dach gestanden hatten. Wie ich ihm ohne Nachdenken entgegengerannt und er sich mit mir im Kreis gedreht hatte. In diesem Moment war ich mir so sicher gewesen, dass er mich küssen würde. In diesem Augenblick, in dem die Zeit sich aufgelöst hatte. Einfach nur er und ich hoch über London, wo nichts anderes eine Rolle spielte. Nicht New York, nicht meine Entscheidungen und Fehler, nicht Ash.

»Ich sag ja: *très romantique*.«

»Ich glaube, dein eigener Roman ist dir zu Kopf gestiegen.«

»*Non, ma chère*«, lachte er. »Da drinnen sah es schon immer so aus. Ich bin ein hoffnungsloser Romantiker mit Hang zum Dramatischen. Genau das macht aus mir einen so großartigen Schriftsteller«, er verzog das Gesicht, »zumindest hoffe ich das.«

Ich stieß ihm in die Seite. »Es macht den allerbesten aus dir. Und wenn man etwas Kreatives tut, dann sind Selbstzweifel mehr als normal.«

»Bevor ich es vergesse: Kian hat gefragt, ob ich heute Abend im *Five Bells* vorbeikommen mag. Damit ich auch alle kennenlernen kann, bevor es losgeht. Möchtest du mitgehen?«

»Klar, super gern«, sagte ich, und bei dem Gedanken an ein Wiedersehen mit Kian flatterte mein Herz aufgeregt. Seit diesem intensiven Moment auf dem Hoteldach hatten wir uns nicht mehr gesehen. Kian war im Pub eingespannt und ich mit den Proben beschäftigt gewesen, doch wir hatten uns in jeder freien Minute Nachrichten geschickt. Objektiv betrachtet waren es Belanglosigkeiten, meistens sogar nur Fotos, doch mir begannen sie alles zu bedeuten. Er schickte mir Fotos vom Himmel und von Wolken, von Aussichten, von seinem Blick über London, wann immer er irgendwo auf einer Anhöhe stand. Ich schickte ihm eins von dem Bücherschrank, den ich in einer Seitenstraße auf dem Weg zum *Mephisto* entdeckte, von dem Buch, das jemand im *Miracle* hatte liegen lassen und das ihm mit Sicherheit gefallen würde: die Geschichte eines queeren Aktivisten. Und letztlich sagte jedes dieser Bilder, *ich denke an dich* und womöglich auch *alles auf dieser Welt erinnert mich ein bisschen an dich*.

Und ich musste mir eingestehen, dass sich unweigerlich etwas zwischen uns verändert hatte. Ich wäre bereit gewesen, ihn zu küssen, bereit mit jeder Faser meines Körpers und meines Herzens. Mir war klar, dass ich ihn nicht nur zurückgeküsst hätte, nein, es hätte auch *alles* bedeutet.

Kian

Die grünen Wände des *Five Bells* schimmerten an diesem Abend, die Fotos von so vielen glücklichen Momenten glänzten im Licht. Ich hatte eine Stunde zuvor abgesperrt, seitdem saßen wir an unserem Lieblingstisch in der Mitte des Raums. Die ausgelassene Stimmung riss mich trotz der Erschöpfung nach der langen Schicht mit sich. Es war diese besondere Energie, die es nur unter engen Freunden gab.

Der ganze Tisch stand voller leerer Gläser und Flaschen, und es wurden immer mehr. Sie hinterließen ringförmige Abdrücke auf dem Holz und erzählten fast schon eine Geschichte. Die meisten der Getränke hatte ich gemacht, denn ich liebte es, die anderen mit meinen Kreationen zu überraschen. Dinge auszuprobieren, den Geschmack zu finden, der perfekt zu ihren einzigartigen Charakteren passte.

Und ich dachte mir, dass der Inhalt von Junes Glas voller Süße wäre, auf jeden Fall fruchtig und dabei doch herb.

Irgendwann zwischen Abend und Nacht legte Ash den Arm um mich und sah mich mit diesem Funkeln in den Augen an, von dem ich nur zu gut wusste, was es zu bedeuten hatte. Der dunkle Schnauzer war wie eine Erweiterung seines Lächelns.

»Du wirst gleich etwas vorschlagen, was mir gar nicht gefallen wird«, sagte ich.

»Ich bin dein größtes Abenteuer, Baby«, erwiderte er zufrieden, woraufhin ich spielerisch die Augen verdrehte.

»Okay, spuck's aus. Was willst du?«

Und dann wanderte sein Blick zu der Karaokemaschine, die wir eigentlich nur an diesem einen Tag im Monat anschmissen.

»Jajajajajaja!«, rief Stella begeistert, woraufhin Noah und River im Chor in ihre Rufe miteinstiegen.

»Vergesst es, Leute. Ihr wisst, dass ich keinen Ton herausbringen werde.«

»Singen! Singen! Singen!«, skandierten meine Freunde.

Lachend schüttelte ich den Kopf. »*No way*. Echt nicht!«

»Singen! Singen! Singen!«, wiederholten sie und begannen jetzt mit den Händen im Takt auf den Tisch zu klopfen. Ash stieg mit ein, warf mir einen seiner Blicke mit diesem Funkeln in den Augen zu, und da konnte ich nicht länger *Nein* sagen. Nicht bei seiner Begeisterung, die stets seinen ganzen Körper durchströmte und mich immer schon unweigerlich mit sich gerissen hatte.

Und nicht, nachdem die Dinge zwischen uns in letzter Zeit so seltsam waren. Mit all den unausgesprochenen Worten, die zwischen uns waberten.

»Okay«, gab ich mich schließlich geschlagen. »Was singen wir?«

»*Ts*, Kian«, Ashs Mundwinkel zuckten, »natürlich *unseren* Song!«

Fragend hob ich eine Augenbraue, doch als Ash mich auf die Bühne zog und die ersten Takte von *Fairytale of New York* erklangen, kamen die Erinnerungen. Sie fluteten mich ebenso wie das warme Gefühl in meinem Bauch, weil all diese Menschen hier meine Familie waren. Sie waren all das, was mir Irland in meiner Kindheit bedeutet hatte und was für die Ewigkeit bleiben würde.

Ich hatte meine Eltern nach einem kurzen Besuch in London zum Flughafen gebracht und wollte an jenem Abend eigentlich nur noch ins Bett. Nach unserem Abschied war ich direkt ins White Roses *gefahren, hatte einen Anschiss von Richard kassiert, Überstunden machen müssen und auch sonst war während meiner Schicht irgendwie alles schiefgegangen.*

Sosehr ich die Zeit mit Ash genoss, ich konnte mir in dem Moment weitaus Besseres vorstellen, als noch um die Häuser zu ziehen und die Nacht zum Tag zu machen. Es war nicht einmal so, dass ich in erster Linie meine Eltern vermisste, obwohl ich das immer stärker tat, wenn ich sie gerade erst gesehen hatte. Es ging eher darum, dass ihr Umzug zurück nach Irland Sinnbild für etwas anderes geworden war. Eine Art Kappen meiner Verbindung zu meiner Heimat und meinen Wurzeln, weil ich als Einziger in London geblieben war. Dass es meine eigene Entscheidung gewesen war, spielte keine Rolle mehr, wenn die Sehnsucht mich bei ihren Besuchen überrollte.

Vielleicht war mein Empfinden weniger Heimweh, vielleicht war es mehr ein Erinnerungsweh. War vielmehr Nostalgie – diese vielen Bilder aus meiner Kindheit zwischen Weite und nie enden wollendem Grün in tausend Nuancen.

Ich fragte noch einmal nach, wohin Ash mich schleppte, doch er weigerte sich zu antworten und ich gab es auf, etwas aus ihm herauszubekommen. Als seine tänzelnden Schritte langsamer wurden, schaute ich mich verwirrt um.

»Ich muss nach Hause. Ich muss morgen echt früh raus«, versuchte ich es noch einmal. Ich wollte am nächsten Tag nicht schon wieder völlig übermüdet ins Hotel kommen.

»Sei keine Spaßbremse«, erwiderte Ash nur.

»Ich bin keine Spaßbremse.«

»Was ist dann das Problem?«, neckte er mich. »Beweise mir das Gegenteil.«

»Der Punkt, an dem ich dir etwas beweisen müsste, ist längst überschritten.«

Ashs Goldaugen glitzerten »Bist du dir da wirklich sicher?«

»Du bist schlimm.«

»Du bist schlimmer«, lachte er und zog mich weiter, im Slalom um Menschen herum und an ihnen vorbei, bevor wir abrupt nach rechts in eine weniger belebte Seitenstraße abbogen. Der Großstadtlärm und die Musik, die gerade noch jeden unserer Schritte begleitet hatten, wurden leiser und leiser, bis sie nur noch ein fernes Echo waren.

Vor einer unauffälligen Treppe, die zwischen zwei Pflanztöpfen mit hohen Sträuchern zu einer rot gestrichenen Tür hinabführte, blieb Ash stehen. Sie sah aus wie jede andere, an der wir in den vergangenen Minuten vorbeigelaufen waren. Ich blinzelte verwirrt, doch dann entdeckte ich den schmalen Schriftzug über der Tür. Wären wir nicht stehen geblieben, wäre mir das Murdocks niemals aufgefallen.

Ich spürte, wie meine Mundwinkel sich hoben. »Ein Irish Pub?«

»Welcome home«, sagte Ash und sah mich erwartungsvoll an. »Auch wenn du es nicht direkt aussprichst oder so allgemein über deine Gefühlslage redest, weiß ich trotzdem, dass du Heimweh hast. Und«, er zuckte mit den Achseln, »ich dachte, vielleicht macht es das ein kleines bisschen besser ... «

Ich wusste nicht, was ich sagen sollte. Wie so oft in Ashs Gegenwart, der mein Innerstes erriet, ohne dass ich mich oder sonst etwas erklären musste. Ausgelassen berührte er mich am Arm und führte mich die schmale Treppe hinab. Er voraus, ich in seinem Rücken. Als Ash die Tür aufdrückte, schlug uns eine Wolke aus Rauch, Musik und Gelächter entgegen. Und über allem erklang dieses eine Lied: Fairytale of New York.

In jener Nacht hatte sich etwas zwischen Ash und mir verändert, hatte unsere Freundschaft sich vertieft und war auf eine andere Ebene gelangt. Stunde um Stunde saßen wir an der Bar, tranken und redeten und wankten erst wieder die Treppe nach oben ins Freie, als der Himmel langsam wieder hell wurde. Die Wolken über London leuchteten in Apricot und tiefem Orange. Irgendwo auf dieser Straße erzählte Ash mir zum ersten Mal, dass es in seinem Leben schon ein paar Männer gegeben hatte, zu denen er sich hingezogen fühlte, und ich war nicht überrascht, nicht wirklich.

»Du bist ein Mensch, der in keine Kategorie passt. Bei allem, das du tust«, sagte ich vor einer rot leuchtenden Tür.

»Ich weiß.« Ash grinste. »Genau das macht mich ja so unwiderstehlich, oder?«

Er zwinkerte mir zu, und ich schüttelte lachend den Kopf.

Ich blinzelte.

Sah Ash mit den kürzeren Haaren vor mir und Ash, wie er jetzt war. Kurz kam er mir nah, als wir beide in ein und dasselbe Mikro sangen, seine dunklen Haare streiften über seine Schlüsselbeine, dann mein Gesicht.

Es gab tausend Gründe, weshalb er mein bester Freund war – und dass er mich besser kannte als sonst jemand auf der Welt, war nur einer davon. Er mochte sich, was June anging, wie ein Vollidiot aufführen, aber das machte ihn nicht zu einem anderen Menschen. Und wenn ich ehrlich zu mir selbst war, dann steckte auch ein Funken Wahrheit in seiner Sorge um mich. Die Fakten, die Tatsachen ... sie sprachen eine andere Sprache als mein Herz.

Als der Refrain ein zweites Mal ertönte, sang ich aus voller Kehle mit – falsch, schief, ein bisschen furchtbar. Neben mir machte Ash irgendwelche seltsamen Posen, warf sich übertrieben in die Brust und Stella hielt sich vor Lachen den Bauch. River wippte grinsend im Takt der Musik, und Quinn gestikulierte wild in Noahs Richtung, der sein Bier umklammert hielt und zustimmend nickte, ehe auch er in Stellas Lachen mit einfiel.

Alles war wie immer.

Alles war, wie es immer schon gewesen war.

Meine Crew. Meine *Family*.

Ich legte den Arm um Ash, und dann hatte ich tatsächlich Spaß an unserer Performance. Vielleicht war es die Losgelöstheit, die mich mit sich riss oder das Bier, das ich getrunken hatte. Das war es wohl, was Ash immer mit Im-Moment-leben meinte:

Einfach nur sein, sein, sein.

Wir sahen uns in die Augen, und ich fühlte diese Verbundenheit, die es vom ersten Augenblick an zwischen uns gegeben hatte. Ich senkte die Lider, denn etwas, das ich in seiner Miene erkannte, ertrug ich kaum. Vielleicht war es die irrationale Angst, dass ich meinen besten Freund eines Tages verlieren könnte. Dass er der Romantiker von uns war und ich der Rationale. Und das Leben war nun einmal nicht immer gut zu den Menschen. *Bitte bleib, bitte bleib für immer*, wäre es zwischen den letzten Klängen des Liedes beinah aus mir herausgeplatzt.

Und dann zerriss Ashs Augenverdrehen den Moment. Ich folgte seinem Blick in Richtung Eingang. Benoît stand draußen vor der verschlossenen Tür, gegen die immer noch die Regentropfen prasselten. Neben ihm June, deren Haare ihr nass am Kopf klebten, doch das Lächeln auf ihrem Gesicht war breit und wunderschön, als ich ihren Blick auffing und die Hand hob. Mein Herz machte unwillkürlich einen Satz, und ich spürte sofort wieder ihre Beine um meine Hüften.

»Was zur Hölle macht die denn hier?«, zischte Ash, während ich von der Bühne sprang, um die zwei hereinzulassen.

»Verdammt!« Ich drehte mich genervt um und sah zu ihm hinauf. Wieso musste er es jetzt wieder kaputtmachen? Wieso klammerte er sich an diese fixe Idee, dass June mir erneut das Herz brechen würde, wenn er doch sah, wie gern ich Zeit mit ihr verbrachte? Es war *meine* Aufgabe herauszufinden, was gut für mich war.

»Versuch wenigstens, nett zu ihr zu sein, okay?« Für einen Moment sah Ash im Gegenlicht aus wie ein Racheengel, mit dem langen, dunklen Haar und den zusammengekniffenen Augen.

Er schnaubte, doch ich sagte nichts mehr dazu. Ich hatte immer häufiger das Gefühl, dass noch mehr hinter seiner übertriebenen Abwehrhaltung steckte, wollte mir den weiteren Abend mit June aber ganz sicher nicht von seiner schlechten Laune verderben lassen.

Ash

Ich versuchte mich Kian zuliebe zusammenzureißen. Mir war bewusst, dass ich mich meinem besten Freund gegenüber gereizt verhielt, und das war nicht fair. Auch wenn die Stimmung zwischen uns gerade komisch war, vermisste ich ihn. Das hatte ich nur noch mehr gespürt, als ich den Arm um ihn gelegt und mit ihm gesungen hatte.

Ich versuchte Kian und June, die sich auf diese nervtötende Art anschmachteten, soweit es ging auszublenden. Und es lief tatsächlich auch alles gut, bis ich am Rande mitbekam, wie Stella June zum Singen zu überreden versuchte. Ich hörte nur mit halbem Ohr zu, doch im nächsten Moment sprang sie schon auf die Bühne. Sie hielt das Mikro in der Hand, als würde sie nie etwas anderes tun, und verbeugte sich lachend.

»June, June, June!«

Wieder wurde skandiert, nur ich enthielt mich, denn ich hatte wenig Lust, etwas vorzuheucheln.

Doch mit dem ersten Ton, den sie sang, veränderte sich die Stimmung im *Five Bells* schlagartig. Die Albernheit, die während Kians und meinem Auftritt geherrscht hatte, wich einer andächtigen Stille. Und es war, als würde June nicht nur unsere Blicke auf sich ziehen, sondern auch irgendetwas anderes, noch viel Größeres. Sie war einfach viel zu sehr *da*, mit ihrer Präsenz beherrschte sie jeden Winkel des Raums.

Es war nicht nur ihr Gesang, es war ihre gesamte Erscheinung, die sich auf einen Schlag zu wandeln schien. Die Haare waren noch immer nass und schimmerten in diesem besonderen dunklen Rosaton, gingen fließend über in das schwingende Kleid mit den großen Punkten. Doch jedes kleinste Gefühl zeichnete sich in ihrer Mimik ab, die Augen noch größer, irgendwie glänzend, wirkten wie die Unendlichkeit eines Meeres. Dunkel und tief und etwas, das mir jetzt zum ersten Mal in diesem Maß auffiel.

Plötzlich waren wir nicht mehr im *Five Bells*. Die Lichter an der Decke waren wie Sterne am dunklen Nachthimmel. Die Pflanzen vor den Steinwänden wie Teile eines Waldes. June wiegte sich leicht hin und her, sie wirkte wie eine mystische Gestalt aus ferner Welt, wie aus einer alten Sage, die kaum jemand kannte und die nur mündlich weitergetragen wurde. Sie, für die Länge eines Songs fernab von dieser Welt.

Ich konnte den Blick nicht abwenden, und dann geschah es: June sah mich an und ich sie, und ich war paralysiert. Unsere Blicke verhakten sich ineinander, und es fühlte sich an, als würde sie allein für mich singen – etwas, das nicht sein sollte. Etwas, das vollkommen falsch war.

Im nächsten Augenblick verschob sich irgendwie alles – Vergangenheit und Gegenwart, Realität und Traum:

»Ich werde Musicaldarstellerin.«

June sagte nicht, Ich möchte das sein, sie sagte, Ich werde das sein. Bei ihr gab es weder Platz noch Raum für Eventualitäten. Es war vielleicht ihr großer Traum und Wunsch, noch mehr aber eine Tatsache, an der sie festhielt. Und genau das war verdammt bewundernswert.

»Zeig mir was«, forderte ich sie auf.

June warf sich die langen Haare über die Schultern und lachte. »Wie meinst du das? Zeig mir was?«

Ich zuckte mit den Schultern und legte all meine Herausforderung in meinen Blick. »Na, so wie ich es gesagt habe«, erklärte ich. »Zeig mir etwas. Irgendetwas, das dazugehört.«

»Okay«, sie dachte einen Moment lang nach, ehe sich ein Grinsen auf ihren pinkfarben geschminkten Lippen auszubreiten begann. »Ich könnte etwas für dich singen.«

Ich lehnte mich zurück und ließ mich tiefer in das WG-Sofa sinken. »Also, ich bin bereit.«

Und dann begann June mitten in unserem Wohnzimmer zu singen. Irgendwo rannte Noah durch den Flur, ich hörte Stella in der Küche werkeln, blendete jedoch alles aus. Nur wenige Töne verließen Junes Lippen, doch sie reichten mir, um die Melodie zu erkennen: Es war eines der Lieder, das ich im Kindergarten schon unzählige Male mit den Kleinen gesungen hatte, während ich sie mehr schlecht als recht auf der Gitarre begleitete.

»Ist das dein Ernst?!« Ich lachte, und Junes Augen funkelten, doch sie ließ sich nicht aus der Ruhe bringen. Ich schüttelte den Kopf, fiel mit ein, sang mit ihr, obwohl ich das wirklich nicht besonders gut konnte. Sie sah mich an, sah in mich hinein, trieb mich an mit ihrem Lachen, das ich nicht hörte, sondern nur sah. Das still war und laut zugleich. Wir sangen zusammen dieses Kinderlied. Es hätte seltsam sein können, doch das war es nicht. Und dann veränderte das Lied sich, ließ etwas von seiner kindlichen Leichtigkeit los und wurde von Ton zu Ton irgendwie ... erwachsener.

Ich verlor den Halt und das Gefühl, und June machte ihre ganz eigene

121

Version daraus, eine Melodie, die mich aus der der Wohnung heraustrug und davonfliegen ließ. Sprachlos saß ich da, losgelöst. Plötzlich voll mit Gefühlen, von denen ich nicht wusste, woher sie kamen. Auf einen Schlag glaubte ich zu verstehen, weshalb manche Leute beim Hören von Musik anfingen zu weinen, wieso sich bei Konzerten die Stimmung in einem Raum von einer Sekunde auf die andere verändern konnte – wegen Menschen wie June.

Ich vergaß alles um mich herum, hing an ihren Lippen, wie ich sonst an den wenigsten Dingen in meinem verdammten Leben hing.

Und Himmel, das Selbstbewusstsein, mit dem June hier sang, haute mich um. Die Klarheit ihrer Stimme, das Leuchten in ihren blauen Augen – all das schien nicht von dieser verfluchten Welt zu sein.

»Na, Ash?«, fragte June, als der letzte Ton verklungen war. Leider Gottes war ich mir sicher, dass ihr klar war, was sie da gerade in mir ausgelöst hatte. »Hab ich dich ein bisschen sprachlos gemacht?«

Ich schluckte, wartete einen Moment, in dem ich sie musterte. Ihre Rückverwandlung von einer singenden Fee zu June und doch ein und dieselbe Person.

»Es war ganz annehmbar«, sagte ich möglichst lässig, doch ich wusste: Ich hatte gerade einen Teil ihrer Seele gesehen, und irgendwie war jetzt alles ein bisschen anders. Und in mir regte sich jeder mögliche Fluchtinstinkt.

Fluchtinstinkt.

June, die sich in unser Leben schlich.

Kian, mit dem ich mich immer öfter stritt.

Der Alkohol, der sich um meine Gedanken legte. Er betäubte alles und brachte es im selben Moment doch stärker an die Oberfläche.

»Glaubst du echt, dass das gerade irgendjemanden beeindruckt hat?«, stieß ich im nächsten Augenblick schon abfällig hervor. Genau in die Stille direkt nach einem tosenden Applaus, in der June von der Bühne stieg.

Alle Augenpaare richteten sich auf mich, und ich wusste noch im selben Moment, dass ich einen verdammten Fehler gemacht hatte.

In der nächsten Woche gingen Kian und ich uns so gut wie möglich aus dem Weg, denn nach diesem Abend war die Stimmung zwischen uns noch deutlicher am Arsch. Zwar hatte Stella noch versucht zu retten, was zu retten war, doch meine Worte ließen sich nicht so einfach zurücknehmen.

June hatte gewirkt, als würde sie gleich in Tränen ausbrechen, sogar ihr Punktekleid schien plötzlich seltsam an ihr herabzuhängen. Und Kian hatte mich angesehen, als würde er mich am liebsten umbringen. Die beiden waren schneller gegangen, als ich hatte reagieren können. Keine Chance, meine Worte irgendwie abzumildern – aber, wenn ich ehrlich war, dann hätte ich ohnehin nicht gewusst, wie. Ich wusste, dass ich mich danebenbenommen hatte, aber irgendwie konnte ich nicht raus aus meiner Haut.

Keine Ahnung, was zur Hölle eigentlich in letzter Zeit mit mir los war.

An einem Dienstagabend Mitte November waren Kian und ich das erste Mal wieder allein miteinander. Wir hatten Quinn und River eine halbe Stunde zuvor nach Hause geschickt und die Tür des *Five Bells* hinter ihnen abgeschlossen. Seitdem räumten wir die Überreste eines erfolgreichen Abends auf und machten sauber. Holten aus dem Lager Getränke zum Nachfüllen und polierten Gläser, während im Hintergrund leise Musik spielte.

Vor zwei Jahren hatte ich mir nicht vorstellen können, dass wir tatsächlich von den Einnahmen unseres kleinen Pubs leben könnten. Dass die Menschen in der Umgebung tatsächlich so gern bei uns sein würden – etwas, das mir noch mehr bedeutete als das Geld.

Ich mochte diese Zweisamkeit mit Kian. Dass wir ohne viele Worte arbeiten konnten, dass wir uns auch so verstanden und die Handgriffe saßen. Doch heute fühlte sich das Schweigen zwischen uns weniger beruhigend an, eher wie die Ruhe vor dem Sturm.

Dass Kian ständig sein verfluchtes Handy in der Hand hatte, machte es nicht besser. Ich konnte mir schon denken, wer ihm da die ganze Zeit schrieb. Gott, diese Frau schaffte es, sich zwischen meinen besten Freund und mich zu drängen. Und nicht nur das: Jetzt nahm sie mir auch noch diese besonderen Momente zwischen grünen Wänden und Steinen, wenn es nur uns beide gab. Doch inzwischen entglitt Kian mir mehr und mehr. Jetzt beugte er sich mit gerunzelter Stirn über sein Handy, ehe er seine Brille zurechtschob und mich anblickte.

»June hat mir gerade abgesagt. Irgendetwas mit einer Probe, die für morgen doch früher angesetzt ist. Wenn du willst, könnten wir noch zusammen ins *Murdocks* gehen. Dann könnten wir auch endlich mal wieder miteinander … reden.«

Keine Ahnung, was genau es war, aber in diesem Moment brannte in mir eine Sicherung durch. *Bin ich dein Scheißlückenfüller,* hätte ich ihm am liebsten entgegengeschleudert, stattdessen sagte ich: »Hat es nicht genauso angefangen?«

»Was meinst du?«

»Na, dass es zwischen June und dir damals dann doch irgendwie so scheiße gelaufen ist. Dass sie immer weniger Zeit hatte, unzuverlässig war und dich versetzt hat. Ich meine … spricht genau das nicht wieder dafür, dass sie sich kein Stück geändert hat?«

»Was ist eigentlich los mit dir?«, blaffte Kian mich jetzt an. »Das ist doch menschlich, dass einem mal etwas dazwischenkommt.«

»Du bist zu verständnisvoll.«

»Und scheinbar kennst du meine Beziehung ja besser als ich. Ich habe die Zeit mit June nämlich anders in Erinnerung.«

»Genau das ist der Punkt. Deshalb hast du ja mich: um dich daran zu erinnern, wie es wirklich gewesen ist, statt irgendeiner verklärten Version eurer gemeinsamen Zeit hinterherzurennen.«

Kian fixierte mich mit zusammengekniffenen Augen.

»Dir macht das Spaß, oder?«

»Was?«

»Ständig irgendetwas an June zu finden, das du kritisieren kannst. Du suchst bewusst danach. Du drehst es dir so hin, bis es dir in den Kram passt und du es mir schlechtreden kannst. Und ich dachte echt, der Karaoke-Abend wäre ein seltsamer Höhepunkt gewesen und du würdest endlich Ruhe geben.«

Ich verschränkte die Arme vor der Brust und lachte auf. »Ich muss gar nicht suchen. Ich sage dir einfach nur die Dinge, die ich sehe.« Ich zuckte mit den Schultern. »Was kann ich dafür, wenn du zu blind dafür bist?«

Okay. Ich klang echt wie ein Riesenarschloch, und ich hasste es, dass ich Kian diese Dinge sagte, aber irgendwie konnte ich einfach nicht mehr damit aufhören.

»Ganz ehrlich, Ash. Ich hab inzwischen sowas von die Schnauze voll! Ja, June hat einen Fehler gemacht. Aber erstens ist das drei Jahre her, und jeder tut in seinem Leben zwangsläufig Dinge, die er im Nachhinein bereut. Ich habe mich entschieden, ihr zu verzeihen, und das solltest du auch tun. Du machst dich langsam einfach nur noch lächerlich mit deinem kindischen Verhalten.«

»Sie hat dir das verdammte Herz gebrochen«, beharrte ich.

»Sorry, aber ich habe für dein Verhalten einfach kein Verständnis mehr. Ganz zu schweigen davon, dass ich einfach nicht kapiere, woher diese krasse Abneigung bei dir herkommt.«

Ich verschränkte die Arme vor der Brust.

Kian war meine selbst gewählte Familie – genauso wie Stella, River, Quinn und Noah. Letzterer hatte einmal gesagt, ich besäße ein Löwenherz, und vielleicht traf das die Sache am besten. Ich beschützte meine Familie, ich kämpfte für sie. Ich würde verdammt nochmal alles für sie tun.

Und für Kian am allermeisten. Weil er mein bester Freund war.

»Mag sein. Aber nur, weil ich dein bester Freund bin, heißt das nicht, dass ich immer hinter deinen Entscheidungen stehen muss.«

»Du musst sie ja nicht immer verstehen. Aber du solltest meine Entscheidungen trotzdem akzeptieren.«

Gott, ich hasste es. Ich hasste es, dass Kian im Grunde recht hatte und ich zu stolz war, um das zuzugeben.

»Wer sagt dir, dass sie es nicht wieder tun wird?«

Dieses Mal erwiderte Kian lange nichts. Es schien, als würde er sich in sich selbst zurückziehen, ehe er den Blick wieder hob und mich fixierte.

»Dafür werde ich nie eine Garantie haben«, gab er leise zu.

»Und ist das nicht der Punkt, an dem du auf dich selbst aufpassen solltest?«

»Vielleicht ist das auch der Punkt, an dem es sich lohnt, ein Risiko einzugehen.«

Ich schnaubte. »Du machst einen Fehler.«

Jetzt wurde der Blick in Kians Augen hart. »Ich habe keine Lust mehr, mit dir über diese Sache zu diskutieren. Mir ist klar, dass du es letztendlich nur gut meinst, aber … Reiß dich gefälligst zusammen, okay? Ich sage ja nicht, dass du June mögen musst, aber hör auf, alles so unangenehm zu machen. Du machst es damit nicht nur ihr schwer, sondern auch mir … Und ich finde es scheiße, dass ausgerechnet mein bester Freund mir so ein Gefühl gibt.«

Ob June sich damals wie heute genau deshalb in Kian verliebt hatte? Wegen der Tatsache, dass er immer und ohne Zweifel für sich und die Menschen, die er liebte, einstand, wenn es sein musste?

Die Welt um mich herum schien sich so schnell zu drehen wie meine Gedanken. Der Alkohol in meinem Kreislauf wurde immer wärmer und schwerer, und der Augenblick spaltete sich in einzelne Momentaufnahmen auf. Bruchstücke, wie das Licht, das sich in den Glasflaschen in den Regalen hinter der Bar spiegelte. Die leise Musik, die sich mit dem Gelächter einer Gruppe vermischte, die vor den geöffneten Fenstern des Pubs vorbeizog. Kians dunkle Augen hinter den Brillengläsern. Seine nachdenklich gerunzelte Stirn. Die zwei bunten, verschiedenfarbigen Socken. Die Hände, mit denen er jetzt den Verschluss einer Flasche zuschraubte.

Scheiße.

Verdammte Scheiße.

Ganz langsam trat ich einen Schritt auf Kian zu. Es war nichts, worüber ich nachdachte, es war etwas, das ich tun musste und was mich gleichzeitig über die Maßen verwirrte.

Noch ein Schritt, noch einer.

Das Braun seiner Augen schimmerte hinter den Brillengläsern fast schwarz, unendlich und bodenlos. Sein Blick machte mich vollkommen fertig, und in meinem Innersten geschah etwas Seltsames. Ich sagte seinen Namen, und erschreckenderweise klang meine Stimme dabei kratzig und heiser. Kian öffnete den Mund, schloss ihn aber sofort wieder. Was auch immer er hatte sagen wollen, die Worte verschwanden im Nichts. Er machte einen kleinen Schritt zurück, ich einen noch größeren auf ihn zu.

»Ash, was ...«

Es gab nur noch eine einzige Sache, die ich tun wollte. Nur noch eine einzige Sache, die ich hier und jetzt wollte: Kian, Kian, Kian.

Mein Herz raste, und in seiner Miene flackerte etwas auf, das für einen Moment meine eigenen Gefühle widerspiegelten. Seine Augen glänzend, seine Lippen waren leicht geöffnet. Erst da wurde mir bewusst, dass ich genau auf diese Regung gewartet hatte.

Und dann überbrückte ich den Abstand zwischen uns, packte ihn am Kragen seines Shirts und drückte ihn mit aller Kraft und dabei doch irgendwie ungewohnt vorsichtig gegen die Theke. Irgendetwas fiel um und landete nass und klebrig auf meiner Jeans, ehe es auf dem Boden aufkam. Vielleicht einer der Shaker, die Kian gerade sauber machen wollte. Oder es war das Bier, aus dem ich gerade noch getrunken hatte. So oder so spielte es keine Rolle. Nichts spielte noch eine Rolle.

Mein Herz fiel und flog, und als meine Lippen schließlich auf seine warmen trafen, war da zwar noch so viel von der brennenden Wut in meinem Bauch, aber auch etwas anderes, das mich unter sich zu begraben drohte: Das Gefühl seines Bartes an meinen Fingerkuppen und als ich meine Hände weiterwandern ließ, spürte ich seine kräftigen Schultern.

Ich wusste kaum, was ich da tat. Und doch realisierte ich es ganz genau: Ich nahm mir etwas, was mir nicht zustand. Und mein verdammtes Herz blieb stehen, als Kian zögerlich seine Lippen öffnete und meine Zungenspitze ...

Kian

... gegen seine stieß.

Ich konnte mich nicht bewegen, stand da wie erstarrt. Ich wollte Ash anschreien, was er da tat. Wollte ihn wegstoßen, ihn gleichzeitig aber näher an mich ziehen. Ashs Hände krallten sich in meinem Shirt fest, seine Fingerspitzen strichen über den dünnen Stoff und doch glaubte ich die Berührung direkt auf meiner Haut zu spüren.

Er schmeckte nach dem Bier, das er getrunken hatte, nach dem Kirschkaugummi, den er irgendwie ständig kaute, vor allem aber nach der Freiheit und den Abenteuern, deren Glanz ihn ständig zu umgeben schien.

Der Alkohol machte meine Gedanken schwer, Ashs Lippen auf meinen machten mir das Herz leicht, obwohl es das nicht sollte. Ash, Ash, Ash, der irgendwie schon immer an meiner Seite gewesen war und es wahrscheinlich immer sein würde, wenn er nicht gerade so ein Arschloch war wie in den letzten Wochen.

Du bist ein Arsch, ein Arsch, ein Arsch.

Und dann tat ich etwas Verrücktes: Ich zog ihn näher zu mir. Ich zog ihn so nah wie nur möglich, nur um mich erst an seinen Armen festzuhalten, dann jedoch mit meinen Fingerkuppen über die stoppeligen Wangen und die dichteren Haare über seiner Oberlippe zu fahren. Vor allem aber: Ich küsste meinen besten Freund mit einer Intensität zurück, die mich selbst wohl am meisten überwältigte. Unsere Zungen stießen aneinander, umkreisten sich, tanzten miteinander und jede kleinste Berührung sandte ein heftiges Prickeln durch meinen Körper.

Du bist Ash, Ash, Ash.

Es gefiel mir, dass Ash ein Stück größer war als ich, dass er mich so fest umschlang, als würde er mich nie mehr loslassen. Ganz kurz löste er sich von mir. Im Licht der Barbeleuchtung glänzten seine Augen wie flüssiges Gold. Ich rang nach Luft. Mein Herz fiel, und in meinem Kopf drehte sich alles. Ein Teil von mir versuchte zu verstehen, was hier passierte, der andere konnte überhaupt nicht mehr denken.

Nichts für ungut, aber das ist echt dringend, hatte er mit seinem Ash-Grinsen zu mir gesagt, als wir uns das erste Mal begegnet und noch Fremde gewesen waren. Dieser Kerl mit den katzenhaften Bewegungen und dem strotzenden Selbstbewusstsein. Der Kerl mit dem Regenschirm, unter den wir zu zweit perfekt gepasst hatten.

Die Tatsache, *wie* gut er mir damals tatsächlich gefallen hatte, hatte ich in den vergangenen sieben Jahren weggeschoben. Sie hatte irgendwann keine Rolle mehr gespielt. Ash hätte ein Flirt sein können, doch er war erst mein Mitbewohner und schließlich mein bester Freund geworden. Doch jetzt drängte all das mit ganzer Kraft an die Oberfläche und flutete mein Bewusstsein.

Ich hörte mich in Ashs Armen seufzen, an seinen Lippen und seinem geschwungenen Mund.

»Was tust du da?«, fragte ich leise, unfähig mich zu bewegen.

»Dafür sorgen, dass du die Klappe hältst. Dich davon abhalten, weiter mit mir zu streiten.« Ashs Gesicht blieb ernst bei diesen Worten, dabei war da sonst immer so viel Leben und Bewegung in seiner Miene.

Das macht alles keinen Sinn! Ich sollte dich wegstoßen, ich sollte etwas sagen oder tun, schrie eine Stimme in meinem Kopf. Und eine andere, jene, die vielleicht von zu viel Bier und dem Gefühl seiner Hände auf mir getränkt war, flüsterte unablässig: *Du bist Ash, Ash, Ash.*

»Ich streite nicht mit dir«, sagte ich leise, um dieses ganze Drehen zum Stillstand zu bringen.

»Aber widersprichst du mir nicht schon wieder?«, flüsterte Ash immer noch mit unbewegtem Gesichtsausdruck, und dabei streifte sein Atem viel zu einladend mein Gesicht.

Ich schluckte. O Gott, weshalb reagierte ich so auf ihn und seine unerwartete Nähe?

»Irgendjemand muss dir widersprechen. Du bist viel zu überzeugt von dir und deinen Ideen.«

Dieses Mal regte sich etwas in Ashs Miene. Seine Mundwinkel zuckten ganz leicht, und ehe er seine Lider senkte und sein Mund erneut auf meinen traf, flackerte etwas in seinen Augen auf. Dunkel, irgendwie seltsam intensiv – doch bevor ich es einordnen konnte, war da nur noch ein Rausch aus Berührungen, die alles andere in den hintersten Winkel meines Verstandes schoben.

In der schummrigen Beleuchtung unseres Pubs wurde aus meinem Freund ein atemberaubender Mann, den ich begehrte und wollte. Dem ich nah sein, den ich spüren wollte. Lippen, Zunge, das Kratzen von Bartstoppeln, sein leises Seufzen und Keuchen an meinem Ohr, an meinem Mund. Ich konnte nicht sagen, wann mich zuletzt allein ein Kuss auf diese Art erregt hatte. Ich vergrub meine Hand in seinen schwarzen Haaren, zog daran, hielt mich fest.

Ash küssen.

June küssen.

Meine süße, kleine Juniper.

Ich biss in Ashs Unterlippe, glitt mit meinen Händen über seinen Hintern und drängte mich gegen ihn. Enger, näher. Plötzlich von einem merkwürdigen Rausch erfasst, der mich nur stärker und stärker erfasste. Hinein in einen Strudel, von dem ich nicht gedacht hätte, dort mich oder uns jemals wiederzufinden. Ich fiel ins Unendliche, flog Sekunden später dem Himmel entgegen. Er hatte die Farbe von Gold mit einem Funken von Bernstein.

Du bist Ash, Ash, Ash.

Ich ließ meine Hände durch sein dunkles Haar gleiten und spürte

Strähne für Strähne unter meinen Fingern, ehe ich seinen Hinterkopf fest umschlang. Ash stöhnte an meinem Mund, drängte sich gegen mich, und ich spürte, wie seine Erektion sich hart gegen meine Hüfte drückte. Da war so viel von ihm, so unfassbar viel. Ash berührte mich mit seinem gesamten Körper, hielt mich. Seine Hände waren überall, und als er meinen Hintern packte, um mich hochzuheben, geschah das im selben Moment, in dem ich mich auf die Theke in meinem Rücken schieben wollte. Ash zwischen meinen Beinen, die ich instinktiv um seine Hüften schlang. Meine Brillengläser beschlugen von unserem heißen Atem, und doch erkannte ich in diesem rauschhaften Moment alles, was ich sehen musste.

»Fuck, Kian«, murmelte er an meinem Mund und umfasste meinen rechten Oberschenkel. »Fuck, fuck, fuck.« Jedes einzelne Fluchen wurde unterbrochen von einem erneuten Kuss auf meinen Mund. Die andere Hand glitt sanft über meine Wange. Eine Berührung, die in ihrer Weichheit der größte Kontrast zur plötzlichen Wildheit unserer Küsse war.

»Ich …«, setzte ich an, doch wusste nicht, was ich sagen wollte. Dass Ash aufhören musste? Dass er das Gegenteil tun und nie wieder von meinem Mund ablassen sollte? Ich hatte keine Ahnung und erstickte meinen Versuch, irgendetwas auszusprechen, indem ich meinen Mund noch fester auf seine Kirschatemlippen presste.

Doch dann zerbarst etwas direkt neben uns und entriss mich dem Himmel, dem ich gerade noch entgegengeflogen war. Mein Blick huschte zu Ashs Katzenaugen, die mich rätselhaft anschauten. Ich sah tief hinein, dann zu den Scherben auf dem Boden, dann wieder zu Ash, dessen Brust sich schwer hob und senkte. Sein Mund so nah, sein ganzes Sein noch näher.

Dann wieder die Scherben auf dem Boden. Spitze Zacken und Ecken, die das Licht der Bar reflektierten. Langsam bildete sich eine Pfütze zwischen den Bruchstücken, breitete sich aus und näherte sich Ashs Füßen.

Meine süße, kleine Juniper.

Die Scherben einer Flasche von Junes Lieblings-Cider.

Juniper, Juniper, Juniper.

Zum ersten Mal gemeinsam getrunken hatten wir ihn auf dem Dach des *White Roses*, als alle anderen Leute aus dem Restaurant schon längst nach Hause gegangen waren und wir uns nach Feierabend hinaufgeschlichen hatten. Sie und ich und diese Süße im Rachen.

Meine süße, kleine Juniper.

»Scheiße«, stieß ich hervor und rückte ein Stück von Ash ab. Mit glasigen Augen folgte er meinen wackeligen Bewegungen, als ich von der Theke rutschte. Ich fühlte mich zittrig auf den Beinen, mein Herz klopfte mir wie wild gegen die Rippen. Da war kein Takt mehr, absolut nichts, an dem ich mich irgendwie festhalten konnte. Ash wankte ebenso wie ich und klammerte sich mit trägen Bewegungen am Tresen fest. Sein Blick klärte sich, schien im nächsten Moment aber wieder weit weg zu sein. In dieser anderen Welt, in der wir uns weiter und weiter küssten.

»Ich ... ich wollte nicht ...«, stammelte er. Kurz wirkte er ungewohnt verletzlich und am liebsten hätte ich ... Langsam schüttelte ich den Kopf. »Wir hätten das nicht tun dürfen, Ash.«

Ich suchte unter der Spüle nach dem Kehrblech und fegte damit die Scherben auf, weil ich irgendetwas tun musste und er nicht sehen sollte, wie verwirrt ich war. Wie sehr das, was gerade geschehen war, schon jetzt alles aus der Bahn warf und weil der Blick in seinen Augen einfach zu viel war.

Also räumte ich in unser Schweigen gehüllt die Sauerei auf, die wir veranstaltet hatten, und flüchtete aus dem Pub.

Draußen traf angenehm kühle Luft auf mein erhitztes Gesicht. Auf einen Schlag fühlte ich mich nüchterner und die Tragweite dessen, was gerade eben passiert war, breitete sich vor mir aus.

Zuerst lief ich wie gewohnt über die Straße, doch dann fiel mir auf, dass wenig später auch Ash nach Hause kommen würde. Ash, mein bester Freund. Ash, bei dem ich nicht nur zugelassen hatte, dass er mich küsste. Nein, Ash, von dem ich mich auf *diese* Art hatte küssen lassen.

Meine Gedanken flogen weiter zu Juniper, doch wie sollte ich ausgerechnet ihr jetzt unter die Augen treten? Ich, der immer von Ehrlichkeit und Transparenz sprach? Ich, der ihr gewissermaßen etwas versprochen hatte?

Verzweifelt rieb ich mir das Gesicht.

Scheiße. Einfach nur Scheiße.

Ich drehte um, rannte fast schon Richtung Camden High Street. Wie blind lief ich durch die Straßen und eilte die Treppe zur *Tube*-Station hinunter, dann eine Viertelstunde später wieder hinauf und auf das beigefarben gestrichene Haus zu.

Erst als ich auf die Klingel drückte, dämmerte mir langsam, wie spät es eigentlich war und dass mir vielleicht niemand aufmachen würde. So wie ich Noah kannte, war er noch unterwegs und ließ sich auf der Suche nach dem Unerwarteten treiben, und Quinn schlief sicherlich längst. Hoffentlich war sie doch noch wach und sah das Licht der Klingel, betete ich innerlich.

Ich hatte schon gar nicht mehr damit gerechnet, dass die Tür sich öffnen würde und zuckte erschrocken zusammen, als sie aufgerissen wurde und Quinn mir verschlafen entgegensah. Sie trug einen dieser altmodischen, karierten Schlafanzüge, der ihr offensichtlich zu groß war, und die Dreads türmten sich zu einem riesigen, schiefen Knoten auf ihrem Kopf auf. Irgendetwas darin klimperte, als sie den Kopf neigte und mich mit hochgezogenen Augenbrauen musterte.

Was ist passiert?, fragten ihre Hände sofort.

»Ash«, war alles, was ich zu sagen im Stande war.

Und dann trat sie beiseite und ließ mich herein.

6. Kapitel

Ash

Ich saß in meinem Zimmer auf dem Boden, die Fotos von der *Kristall-höhle* um mich herum ausgebreitet, und beschriftete sie mit Datum und Ort. Nach meinem ersten Besuch in der alten *Tube*-Station vergangenen Monat war ich noch einmal an diesem magischen Ort gewesen. Genau genommen flüchtete ich in die Stille der verborgenen Höhle, nachdem so richtig zu mir durchgedrungen war, dass ich meinen besten Freund vor knapp einer Woche geküsst hatte.

Doch statt zur Ruhe zu kommen, hatte sich dieser Moment in all seinen Facetten immer und immer wieder in meinem Kopf abgespielt. Das Gefühl von Kians festem Körper unter meinen Händen, die Weichheit seiner Lippen im größten Kontrast zum Kratzen seines Bartes an meinem Gesicht. Sein vertrauter Geruch nach Vanille und Frische. Die Erinnerung brachte nicht nur mein Herz zum Flattern, sondern auch eine verflucht erschreckende Erkenntnis mit sich: Diese Wut in mir bezog sich nicht nur auf June und das, was zwischen uns geschehen war. Sie bezog sich auch auf Kian, von dem ich gedacht hatte, ich würde ihn beschützen wollen. Ich war wütend auf ihn und irgendwie auch auf mich, weil das leichter war, als mir einzugestehen, dass ich eifersüchtig war.

Ich war *fucking* eifersüchtig, weil ich Kian begehrte.

Weil sich mit ihm alles echt anfühlte.

Weil er mir vor sieben Jahren gefallen hatte und sich das scheinbar nie geändert hatte. Hatte ich das die ganze Zeit einfach nur weggeschoben? Oder waren wir wirklich einmal beste Freunde gewesen?

Ich fragte mich, ob das plötzliche Ziehen in meinem Bauch alt oder neu oder beides zusammen war. Gott, ich war so dermaßen verwirrt. Daran hatten die letzten Tage auch nichts geändert.

Mit den beschrifteten Bildern in der Hand stand ich auf und befestigte sie an der Fotowand gegenüber von meinem Bett, als es unerwartet klingelte. Quinn und ich waren zwar erst in zwei Stunden verabredet, aber sie gehörte zu diesen Menschen, die seltsamerweise immer zu früh waren. Bei ihr konnte es gut sein, dass sie Stunden vor der vereinbarten Uhrzeit auftauchte. Quinn hatte mir einmal erklärt, dass Vorfreude sie ungeduldig machte.

Mit einem breiten Lächeln riss ich die Tür auf und blinzelte überrascht, denn vor mir stand nicht Quinn, sondern ... June. Sie schob sich die Kapuze ihres pastellgelben Regenponchos vom Kopf, Wasser tropfte überall auf den Boden und bildete eine Lache unter ihren hellblauen Gummistiefeln.

»Hey.« June atmete schnell, als wäre sie durch den Regen gerannt und hätte noch versucht, den Wassermassen des Himmels zu entkommen.

»Kian ist nicht da«, sagte ich, statt die Begrüßung zu erwidern. »Ich habe ihn heute noch nicht gesehen, also ... keine Ahnung, wann er wiederkommt.«

»O.« June runzelte die Stirn und blickte über meine Schulter, ganz so, als würde sie für einen Moment in Erwägung ziehen, dass ich sie vielleicht anlog. Aber Gott, konnte ich ihr das wirklich verübeln, so wie ich mich die ganze Zeit ihr gegenüber verhielt?

»Dann ... würde ich einfach hier auf ihn warten.« Sie verzog das Gesicht. »Ich hab echt keine Lust, nochmal da rauszumüssen.«

Na toll. Wenn ich kein vollkommenes Arschloch sein wollte, dann konnte ich mich jetzt schlecht umdrehen und wieder in meinem Zimmer verschwinden.

Vor allem, weil June mich mit ihren vom Regen durchnässten Haaren an einen anderen Moment erinnerte, den ich schon seit Jahren zu vergessen versuchte. Und doch drängte er gerade mit aller Macht an die Oberfläche meines Bewusstseins. Regen, der stürmisch auf ein Autodach trommelte. Junes große Augen, der fragende Blick darin und etwas, das ich zu spüren geglaubt hatte. Sie hatte die Beifahrertür aufgestoßen und war in das in Wassermassen ertrinkende London hinausgestiegen. Manchmal hatte ich Junes Art für Naivität gehalten, manchmal für bewundernswerte Unerschrockenheit, die ich auch gern besessen hätte. Damals hatte sie mich furchtlos gemacht.

»Komm rein«, sagte ich jetzt nach einer gefühlten Ewigkeit und trat beiseite, doch wir hörten beide das Zögern in meiner Stimme. Als June sich an mir vorbeischob, stieg mir ihr Geruch nach Blumen, nach einem ganzen Meer davon, in die Nase und alle Realitäten verschwammen miteinander. Vergangenheit und Gegenwart, Wahrheiten und Lügen und alle verfluchten Leerstellen dazwischen.

Im gedämpften Licht des Flurs schimmerten ihre Haare dunkelrosa, so wie ihre Lippen in diesem vergangenen Moment, als etwas passiert war, was niemals hätte geschehen dürfen. Ich schluckte schwer und versuchte das Bild aus meinen Gedanken zu vertreiben. Wegen Kian und wegen ihr. Weil ich es leid war, mich den beiden gegenüber wie ein Vollidiot aufzuführen, nur weil ich meine eigenen Gefühle nicht verstand.

Jetzt oder nie!

Tu etwas! Sag etwas! Irgendetwas, verdammt, und mach diese ganze Scheiße besser, als sie ist!

»Ich hätte das nicht sagen sollen«, platzte ich heraus. Schnell, abgehackt und kaum hörbar.

June starrte mich verständnislos an.

»Wie bitte?«

»Was ich im Pub zu dir gesagt habe ... Das hätte ich nicht tun sollen. Das war einfach nicht cool von mir, aber du bist einfach ...« Ich hielt einen Moment inne, vollkommen verunsichert von der Art, wie sie mich anschaute. Meistens war ihr jede Gefühlsregung vom Gesicht abzulesen, doch jetzt und hier sah ich darin nur eine ungewohnte Leere. Keine Leere, die wie ein Nichts war, sondern eine, hinter der sich tausend Rätsel und Geheimnisse verbargen. »Du bist hier einfach wieder aufgetaucht und ...«, ich seufzte schicksalsergeben. »Ist ja auch egal ... Jedenfalls hätte es nicht sein müssen. Die meisten Dinge, die ich in letzter Zeit zu dir gesagt habe, hätten nicht sein müssen.«

Mehr Worte würde ich nicht darüber verlieren, denn alles weitere würde sich auf eine seltsame Art nach Lüge anfühlen.

June blinzelte und blickte mich verärgert an. »Soll das eine Entschuldigung sein?«

»Komm rein«, wiederholte ich meine Aufforderung, weil June und ich nach wie vor auf der Türschwelle standen. Ich konnte es nicht. Ich konnte ihr einfach nicht erklären, dass es mir leidtat, weil ich schon vor langer Zeit damit aufgehört hatte, mich für Dinge zu entschuldigen, die ich verdammt nochmal nicht ändern konnte.

June nickte stumm.

Wir sahen uns immer noch an: Ihr Blick ging nach oben, meiner leicht nach unten. Himmel, ich war an sich wirklich kein Arschloch, aber irgendwie machte ihre Gegenwart mich gegen meinen Willen meistens zu einem. Wie lange Kian wohl noch brauchen würde?

»Wenn du mir schon sagen willst, dass es dir leidtut, dann will ich auch eine richtige Entschuldigung von dir hören«, forderte June mich auf und verschränkte die Arme vor der Brust. »Und nicht das, was auch immer das gerade gewesen ist, Ash. Du kannst dir ruhig ein bisschen mehr Mühe geben.«

Sie funkelte mich an, und ich biss mir auf die Unterlippe, um ihr nicht den nächsten blöden Spruch reinzudrücken. *Natürlich reicht ihr das nicht*, sagte eine gehässige Stimme in meinem Kopf. Dieser Teil von mir, der bei ihrem Anblick ständig so scheißwütend wurde. Doch der andere wusste nur zu gut, dass sie recht hatte.

»Als ich dich habe singen sehen, hat mich das an … etwas erinnert«, redete ich da schon viel zu ehrlich los, was leider Gottes dazu führte, dass das Bild von einer elfenhaften June erneut vor mir aufstieg.

Weg damit. Weg, weg, weg.

»Du hast Kian damals wahnsinnig wehgetan«, fügte ich schnell hinzu. »Das wissen wir beide. Ich habe einfach keinen Bock mitanzusehen, wie genau dasselbe noch einmal passiert. Und es wird wieder passieren, weil du eben …«

June hob eine blonde Augenbraue. »Irgendwie kriegst du das echt nicht hin, oder? Dich zu entschuldigen, ohne mir neue Vorwürfe zu machen.«

»Ich …«, setzte ich an, brach dann aber doch wieder ab. Was war das nur mit dieser Frau? Wie konnte jemand so forsch und nervtötend und dabei trotzdem so … keine Ahnung … eben, so sehr June sein.

»Mal davon abgesehen, dass wir da beide mit drinhängen – und das weißt du ebenso gut wie ich, Ash. Nur weil Kian die Wahrheit nicht kennt, bedeutet das nicht, dass das alles meine Schuld ist!« Sie biss sich auf die Lippe und blickte mich plötzlich unsicher an. »Er weiß es doch nicht, oder?«

»Nein, er weiß es nicht«, antwortete ich leise, obwohl Kian nicht hier war. »Okay, hör zu. Bei mir ist im *Five Bells* einfach eine Sicherung durchgebrannt. Ich fühle mich scheiße wegen dem, was zwischen uns war, vor allem aber, weil es immer noch ein Geheimnis ist. Trotzdem ist der Moment, es Kian zu sagen, nach drei Jahren irgendwie auch vorbei. Ich konnte das gut verdrängen, es hat alles super funktioniert. Ich meine, Kian ist der Mensch, der mir am nächsten ist … Und dann tauchst du auf, spazierst einfach in unseren Pub rein, als wäre nie etwas passiert, und das war mir dann einfach zu viel. Das ist eine miese Rechtfertigung, aber wenigstens eine Erklärung. Es wäre alles leichter, wenn wir nie zusammen in diesem Auto gewesen wären und …« Ich zuckte mit den Achseln. »Aber jetzt ist es eben, wie es ist. Manche Dinge kann man nicht ändern, jedenfalls … Ich wäre wirklich froh, wenn du meine Entschuldigung annimmst. Ich habe mich dir gegenüber sehr unfair verhalten.«

Stille.

Eine so lang anhaltende Stille, dass ich meine Worte zu überdenken begann.

»Das klang sehr ehrlich«, wisperte June schließlich. »Und selbst wenn wir nicht zusammen in diesem Auto gewesen wären, vielleicht … vielleicht wäre es trotzdem passiert, nur eben auf eine andere Art und Weise.«

Irgendwie war sie mir ein Stück näher gekommen und sah über die Maßen intensiv zu mir auf. Die Augen so unendlich blau. *Vielleicht wäre es trotzdem passiert.* June hatte die Worte so leise gesagt, dass ich mir nicht mehr sicher war, ob sie sie tatsächlich ausgesprochen hatte.

Ein feines Lächeln zupfte an ihren Mundwinkeln, ehe sie als Erste wegsah. Im nächsten Moment fanden unsere Blicke sich wieder. Das Schweigen, das sich zwischen uns ausbreitete, war mehr als unangenehm, und doch … Und doch …

»Soll ich …«

»Willst du …«

Und dann zerriss ein gurgelndes Geräusch die Stille zwischen uns.

»War das gerade dein Bauch?« Ich lachte.

»Ähm … kann sein. Ich komme direkt vom *Mephisto* und habe seit heute Morgen nichts mehr gegessen. Ich hab's irgendwie … vergessen.«

»Soll ich dir etwas machen?«, hörte ich mich da schon fragen. »Ich hab noch ein bisschen Zeit.«

»Alles g …«

»June, ich habe dich gefragt, ob ich dir etwas machen soll. Du kannst Ja sagen, wenn du möchtest«, schob ich etwas weniger harsch hinterher.

Sie schaute mich an, als hätte sie mit allem gerechnet, nur nicht damit. Und irgendwie war ich selbst von mir überrascht.

»Ja … okay?«

Ich seufzte. June hatte wieder leicht die Stimme gehoben, und ihre Antwort klang vielmehr nach einer Frage. *Was soll's*, dachte ich.

Ich versuchte ja, wirklich nett zu sein.

Für Kian.

Während sie ihren nassen Poncho an der Garderobe aufhängte, ging ich voraus in die Küche und begann, den Kühlschrank und die Schränke nach etwas Essbarem zu durchsuchen. Kian und ich waren noch nicht einkaufen gewesen und weil wir ohnehin meistens im *Five Bells* aßen, hatten wir normalerweise auch nur wenig da.

Als June in die Küche nachkam, setzte sie sich an den Tisch. Sie hatte die nassen Haare hochgebunden und war offensichtlich in Kians Zimmer gewesen, um ihre Hose gegen eine trockene Jogginghose von ihm einzutauschen. Gerade wäre ich so weit gewesen, ihr etwas von mir zum Wechseln anzubieten, aber auch okay. Als June meinen Blick bemerkte, errötete sie. Und wieder sahen wir beide weg.

Ich machte Musik an, um die erneute Stille zu übertönen. Bevor da wieder das Schweigen aufkam, in dem all unsere ungesagten Worte mitschwangen und dieser eine Tag, der uns trotz allem unwiderruflich miteinander verband. *Crystal Lion* von Native Young. Erleichtert atmete ich aus, als die leichten, rockigen Beats den Raum erfüllten. *Time is the only constant I know/ But I can't forget you*, setzten sich die Worte in mir fest.

Und ich dachte mir, dass es jetzt einen weiteren Moment in meinem Leben gab, der moralisch wirklich fragwürdig war. Ich versuchte in mich hineinzuhören: Fühlte ich mich schlecht, weil ich ihren Ex-aber-quasi-wieder-Freund geküsst hatte? Fühlte *er* sich deshalb schlecht?

Und was war mit June? Zuerst hatte sie mich angefunkelt, dann war da dieses Lächeln gewesen und jetzt sah sie irgendwie niedergeschlagen aus. Ihre Gefühle wechselten Schlag auf Schlag auf Schlag.

»Willst du über das reden, worüber du dir so den Kopf zerbrichst?«, sagte ich schnell, um mich abzulenken. Schon wieder war Junes Blick ein Spiegel meines Innersten: Überraschung, Ungläubigkeit, ein Hauch Skepsis.

»Was wird das?«, fragte sie und hob eine Braue. »So etwas wie ein richtiges Gespräch?«

Ich wollte diese plötzliche Traurigkeit von ihrem Gesicht wischen, *gottverdammt.* Aber statt genau das auszusprechen, zuckte ich nur mit den Schultern und antwortete: »Keine Ahnung. Ich weiß nur, dass deine Gedanken sogar noch lauter sind als dein ständiges Gequassel.«

»Kannst du eigentlich auch mal etwas Nettes sagen oder tun, ohne es im nächsten Moment direkt wieder kaputtzumachen?«

»Sag du's mir.«

Ich grinste, und mir war klar, dass es wahrscheinlich herablassend oder sonst wie wirkte, aber es war besser, als June anzulächeln. Es schützte mich vor ihr, vor mir, vor allem, was mir auf irgendeine Art wehtun und gefährlich werden könnte.

In einem der Schränke fand ich noch eine Packung Nudeln. Ich setzte Wasser auf, gab Salz hinzu und stellte den Topf auf die heiße Herdplatte. Dann holte ich das Gläschen mit dem Pesto, das noch halb gefüllt war, aus dem Kühlschrank.

»Ich habe das ernst gemeint, June. Was ist los?«

Sie schien mit sich zu ringen, dann sagte sie: »Es geht um meine Rolle. Ich fühle Ilaria gerade einfach nicht richtig. Ich kann den Text, aber wenn ich ihn spreche, dann klingt es irgendwie hohl. Mir fehlt einfach der Zugang zu ihr.«

»Von Anfang an oder jetzt plötzlich?«

»Es ging erst los, als wir mit den Proben für den zweiten Akt begonnen haben.«

Und während ich darauf wartete, dass das Wasser kochte und schließlich die Nudeln in den Topf gab, ließ June vor mir die Welt der *Red Lady* lebendig werden.

Sie erzählte mir von einem alten London, das in Gefahr schwebte, und von der Prophezeiung der Roten Dame. Nur sie war in der Lage, die Stadt der Menschen zu retten. Aillard und Ilaria machten sich auf die Suche nach einem magischen Ort über den Wolken, wo die Rote Dame leben sollte. Und im Laufe ihrer abenteuerlichen Reise veränderten sich die Gefühle zwischen den beiden Freunden, bis sie sich vor den Toren der Wolkenstadt schließlich zum ersten Mal küssten. In diesem Moment blieb die Welt stehen. Was nämlich nicht in der Prophezeiung stand, war die Tatsache, dass die Macht der Roten Dame erst durch den Kuss der wahren Liebe entfesselt wurde. Als Ilaria und Aillard sich voneinander lösten und sich ihre Gefühle eingestanden, leuchteten plötzliche rote Feuerflammen um Ilarias Gestalt auf, und die beiden erkannten: Sie war es. Sie war es immer schon gewesen. Ilaria war die Rote Dame.

»Damit endet der erste Teil des Musicals«, sprach June weiter. »Im zweiten Akt geht es darum, wie Ilaria ihre Kräfte kennenlernt und um die Liebesgeschichte mit Aillard. Er hat ihr gesagt, dass er sie liebt, aber mit der Magie in sich verändert sie sich. Sie wird lauter, stärker, einfach *mehr*. Und noch dazu unsterblich. Die beiden müssen herausfinden, ob und wie sie zusammen sein können und wollen. Und dann natürlich noch London retten ...« June seufzte. »Ilaria ist im zweiten Akt so anders als im ersten – was ich superspannend finde. Das ist ja auch genau das, was ich so liebe: mich verwandeln und in verschiedene Rollen schlüpfen können. Aber ich habe das Gefühl, dass die Ähnlichkeiten zwischen mir und dieser Figur zunehmen und je näher sie mir ist, desto weniger kann ich das trennen. Es ist, als könnte ich mich deshalb nicht mehr in die Rolle fallen lassen.«

Junes Worte hallten in mir nach. Ich hatte eine Gänsehaut am ganzen Körper. Ihre Stimme hatte irgendwann ganz weit weg geklungen, da war nur noch Magie gewesen und ein Kuss, der alles verändert hatte. Ich brauchte mehrere Atemzüge, um wieder ganz in der Realität anzukommen.

»Ich habe mit den Kids immer ein Zelt aus einem Stock und einem

Tuch gebaut und *Grashören* gespielt«, sagte ich. »Vielleicht hilft dir das ja auch irgendwie, um loslassen zu können?«

Einen Moment sah June mich einfach nur an, dann lachte sie laut und ansteckend los. »Ich soll *was* machen? *Grashören?*«

Ich grinste. »Ganz genau. *Grashören.* Das wirkt Wunder, glaub mir.«

»Okay, jetzt bin ich wirklich gespannt. Was soll ich tun?«

Ich schüttete die Nudeln in ein Sieb und verteilte sie auf zwei Tellern. Ich gab jeweils zwei Löffel Pesto hinzu, bevor ich einen Teller vor June abstellte und mich mit dem anderen ihr gegenüber hinsetzte.

»Also ... du brauchst auf jeden Fall erst einmal einen schönen Platz im Wald oder in einem Park oder so. Wenn du da bist, suchst du dir einen Stock, einen langen Ast, irgendetwas in die Richtung. Den steckst du in den Boden und wirfst ein Tuch darüber. Dann brauchst du noch ein paar Steine, um die Ränder des Stoffs zu befestigen, und schon hast du dein Zelt.«

June sah mich skeptisch an, die Gabel mit den Nudeln auf halbem Weg zu ihrem Mund. »Mein Zelt?!«

»Ganz genau, dein Zelt«, fuhr ich unbeirrt fort. »Du legst dich darunter, schließt die Augen und hörst ganz genau auf deine Umgebung. Schritte auf dem Gras, Wind in den Bäumen, vielleicht irgendwelche Stimmen, dein eigener Atem, oder Tiergeräusche. Wenn du nichts siehst, nimmst du alles ganz anders wahr und vor allem intensiver. Und es hilft dir dabei, dich auf den Moment zu konzentrieren. Vielleicht ist es genau das, was du gerade auf der Bühne brauchst: einen leeren Kopf, in dem ganz viel Platz für anderes ist.«

Einen Moment lang starrte June mich einfach nur an, dann war da zum zweiten Mal heute dieses Lächeln, das ihre Mundwinkel auseinanderzog.

»Das klingt wirklich richtig schön, Ash. Danke.«

So kann es zwischen uns also auch sein, schoss es mir staunend durch den Kopf. Es war das erste Mal nach drei Jahren, dass wir miteinander redeten. Dass wir *wirklich* redeten, und mit einem Mal fühlte es sich so leicht an. Frühe Abendsonne, die durch die Fenster schien, zwei Teller Nudeln und fliegende Worte.

»Wieso arbeitest du eigentlich nicht mehr als Kindergärtner? Du hast das so geliebt. Versteh mich nicht falsch ... ich hätte nur nicht gedacht, dich einmal in einem Pub zu sehen. Ich bin immer davon ausgegangen, das wäre mehr Kians Traum gewesen, nicht unbedingt deiner.«

»Meine Eltern hatten einen Pub, hier in London«, erzählte ich und strich über das Lederarmband an meinem Handgelenk. »Es ... es gibt so wenig, was mich an sie erinnert. Es sind eher Momentaufnahmen, wie zum Beispiel das Lachen meiner Mutter oder die Art, wie Dad uns beide angesehen hat. Aber abgesehen davon habe ich kaum Erinnerungen an sie. So ist es auch, wenn ich mir eins der wenigen Fotos ansehe, die ich von den beiden habe. Ich weiß, dass die zwei Menschen auf den Bildern meine Eltern sind, und auch wenn da kein richtiges Erkennen ist, ist da der Funke von Wärme und Geborgenheit. Aber die wenigen klaren Augenblicke haben alle mit dem Pub zu tun. Ich wollte auch so einen Ort erschaffen.«

»Verstehe«, raunte June. Und wie immer, wenn ich daran dachte, wie wenig ich meine Eltern gekannt hatte, verspürte ich diesen schmerzhaften Stich. Es war die Trauer um etwas, das man viel zu früh verloren hat. Der Autounfall lag mehr als ein halbes Leben zurück, und mein Bild von den beiden verblasste mit der Zeit mehr und mehr.

»Am Anfang habe ich versucht, beides unter einen Hut zu bekommen, und Kian war da auch wahnsinnig entgegenkommend. Aber ich habe irgendwann gemerkt, dass das echt an die Substanz geht, und dann musste ich mich eben entscheiden. Also zwischen dem Kindergarten und dem *Five Bells*.«

»Vermisst du es?«

»Ja, total«, gab ich leise zu. »Irgendwie geben einem die Kids mit ihrem ehrlichen Blick auf die Welt so unglaublich viel. Und es ist absolut bereichernd, wenn ich sehe, dass man auf diese Art im Kleinen etwas besser machen kann. Dass ich meinen Teil dazu beitragen kann, dass aus diesen Kindern selbstbewusstere Menschen werden, die für sich und ihre Träume einstehen.«

June seufzte. »Es muss ein tolles Gefühl sein, etwas in dieser Welt hinterlassen zu können. In gewisser Weise ist das doch Unsterblichkeit, oder?«

»Aber das tust du doch auch«, entgegnete ich. »Also etwas hinterlassen. Du gibst den Menschen Kunst und schöne Momente.«

»Ja, irgendwie schon. Aber trotzdem ist es anders.«

June schob sich die letzten Nudeln in den Mund, ehe sie sich genüsslich über die Lippen leckte. Sie machte alles mit so viel Hingabe, schien das ganze Leben wie das größte Geschenk zu nehmen.

»Erzähl mir einen Lieblingsmoment«, forderte sie mich auf, als sie kurz aufstand, um die leeren Teller in die Spüle zu stellen.

»Ich weiß, man soll keine Lieblinge haben, aber irgendwie hat man sie dann doch immer«, fing ich an, als June mir wieder gegenübersaß. »Also … es gab da diesen Jungen bei uns. Liam. Er war vier Jahre alt. Einerseits ein richtiges Energiebündel, aber er hat mit keinem der Kinder gesprochen und sich stattdessen an mich drangehängt – was natürlich superniedlich ist, aber eben auch problematisch, wenn er sich so auf einen der Erzieher fokussiert. Irgendwann haben wir uns zusammen hingesetzt, und ich habe versucht ihm zu erklären, dass die Kontakte zu Gleichaltrigen wichtig sind. Natürlich auf eine irgendwie spielerische Art. Ich wollte Liam auf keinen Fall das Gefühl geben, dass er etwas falsch gemacht hat. Weil das hat er ja nicht«, bei der Erinnerung an den kleinen Jungen wurde mir warm ums Herz, und ich musste unwillkürlich lächeln. »Ein paar Wochen später hat er mir dann ganz stolz verkündet, dass Emil jetzt sein bester Freund sei und ich nicht traurig sein soll, weil er für mich auch noch da sein werde. Ich habe natürlich gesagt, dass ich versuchen würde, nicht so schlimm traurig zu sein und dass es schon in

Ordnung wäre. Und dass ich bestimmt irgendwann auch so einen tollen besten Freund haben würde wie er.«

»O Gott, wie niedlich.«

»Emil und Liam sind inzwischen sogar in derselben Klasse in der Grundschule.«

Dieses Vertrauen zwischen uns verwirrte mich. Diese unerwartete Nähe, in der ich meine Gedanken mit June teilte.

»Wieso erzähle ich das alles eigentlich ausgerechnet dir?«

Und Gott, einen Sekundenbruchteil später war mir klar, wie abfällig das schon wieder klang. Junes Lächeln verschwand von ihren Lippen, Verletzlichkeit stand in dem Blau ihrer Augen. *Nein, nein, nein.* Ich wollte nicht schon wieder etwas kaputtmachen. Ich hatte es ja nicht einmal so gemeint. Ich war nur seltsam erstaunt.

»Ash …«, wisperte June, und der Klang ihrer Stimme machte mich völlig fertig. Ihre Gefühle wechselten Schlag auf Schlag auf Schlag.

Furchtlose, mutige June, die sich von meinem dämlichen Verhalten nicht abschrecken ließ. Wie sie meinen Namen sagte – es klang genauso wie damals.

»Was habe ich dir eigentlich getan, dass du mich so wenig leiden kannst? Ich dachte, wir …«

»Du weißt genau, was du getan hast«, flüsterte ich. Und ich wusste: Wir dachten beide daran. Sie in meinen Armen, wo sie perfekt hineingepasst hatte.

»Ich hätte dich nicht … küssen dürfen. Aus mehreren Gründen.« June fuhr sich mit der Hand unruhig durch die Haare, ließ sie dann wieder sinken, nur um sich dann doch irgendwelche Strähnen glatt zu streichen. »Und ich weiß, dass das falsch gewesen ist. Ich habe immer nur daran gedacht, wie es für Kian wäre, wenn er es wüsste. Aber nie an dich. Es war dir gegenüber genauso unfair wie ihm gegenüber, und … das tut mir leid.«

Ich blinzelte.

»Es geht nicht nur um diesen Kuss, June.«

Es geht um Kian.

Um Kian und dich.

Es geht darum, dass schon vor diesem Kuss irgendetwas zwischen uns gewesen ist.

Es geht darum, dass es leichter ist, die Schuld auf dich zu schieben, statt mich meinem eigenen Verhalten und den Schuldgefühlen zu stellen.

»Ich bin gegangen, um meinen Traum zu leben. New York war immer schon das, was ich wollte, aber du …« Plötzlich war sie mir wieder ein ganzes Stück näher, und in diesem Moment veränderte sich zweifellos etwas zwischen uns. Kaum wahrnehmbar, ganz leicht und sanft, aber es passierte unweigerlich.

»Aber ich …?«, raunte ich.

Sag es, schrie etwas in mir.

Verschweig es mir, flehte eine andere Stimme.

»Aber du warst … du bist …«, der Ausdruck in Junes Augen war fast schon panisch, und ich hielt die Luft an. »Ich habe mich damals in d …«

Ausgerechnet in diesem Moment erklang das Geräusch eines Schlüssels, der sich im Schloss herumdrehte, und June brach ab.

Kian war da.

Kian

Junes Regenponcho hing an der Garderobe. Hoffentlich hatte sie nicht schon lange auf mich warten müssen. Ich war bei Stella gewesen, und als ich mich auf den Rückweg machen wollte, waren die meisten *Tubes* wegen einem kurzzeitigen Chaos aus Regen und Sturm nicht mehr gefahren.

Schnell streifte ich mir die Schuhe von den Füßen und hängte meine Jacke neben Junes. Es roch nach Essen, und zusammen mit dem Duft von Kräutern wehten ihre und Ashs Stimmen aus der Küche in den Gang. Im

Hintergrund lief leise Musik, und nach der Novemberkälte draußen war das hier die pure Gemütlichkeit.

Im Wohnzimmer blieb ich vor der aufgeschobenen Flügeltür zur Küche stehen. June und Ash saßen sich am Tisch gegenüber. Sie hatte die Beine angezogen und einen Arm um die Knie geschlungen.

Die beiden hatten es offensichtlich geschafft, einmal mehr als wenige Minuten im selben Raum zu sein, ohne sich gegenseitig fast an die Gurgel zu springen. Mein bester Freund und die Frau, in die ich mich gerade zum zweiten Mal verliebte. Die zwei Menschen, die mir damals und auch heute alles bedeuteten. Gott, die ich beide geküsst hatte.

Nur für den Bruchteil einer Sekunde war da dieses andere Empfinden. Vielleicht lag es an der Art, wie June und Ash sich einander zugewandt hatten, ihre Hand mit den feinen, silbernen Ringen auf dem Tisch und seine dicht daneben. Die ganze Körperhaltung der beiden zeugte von Offenheit und Interesse. Und ich tat es schon wieder: Faktencheck, Analyse, Auswertung von dem, was ich sah.

Zwischen ihnen schien plötzlich eine Stille zu hängen, und ich fühlte mich außen vor, seltsam ausgeschlossen, dabei war das absoluter Blödsinn.

Und als ich bemerkte, dass June eine Jogginghose von mir anhatte, verflüchtigte sich der Gedanke so schnell, wie er gekommen war. Sie trug etwas von mir – ganz selbstverständlich hatte June sich etwas von meinen Sachen genommen. Und wieder wurde das Glühen in mir ein Stückchen stärker.

Als sie mich auf sich zukommen sah, sprang sie auf und kam mir entgegen. In ihrer überschwänglichen Art und mit fliegenden Haaren. Meine Nase strich über ihre Schläfe, als sie sich auf die Zehenspitzen stellte und mir die Arme um den Hals legte. Bei dieser Berührung und der Wärme, die sie ausstrahlte, passierte in meinem Bauch alles gleichzeitig.

Das war es.

Sie war es. Juniper-June war es einfach immer gewesen.

Ihr Pulli war ein Stück nach oben gerutscht und ganz automatisch strich ich mit der Hand über die Linien des kleinen Herz-Tattoos, das sich dort auf ihrem Bauch befand. Für einen Moment verschwammen Junes Konturen vor mir und ließen eine Erinnerung in mir hochsteigen, die ich lange Zeit nicht zugelassen hatte.

»Bist du dir sicher, dass ich das Richtige mache? Ich meine, das bleibt für immer«, fragte June mich mit großen Augen. Ihre Wimpern waren an diesem Tag dunkellila getuscht, doch ebenso endlos wie immer.

Ich lachte. »Sollte eigentlich nicht ich derjenige sein, der dir diese Frage stellt?«

»Vielleicht«, June zuckte ausgelassen mit den Schultern, »aber bei uns beiden ist doch sowieso alles anders, oder?«

Ich nickte langsam. Das war es vom ersten Moment an gewesen, als mich meine Gefühle für sie wie ein Blitz getroffen hatten.

Die Camden High Street quoll fast über vor Menschen. Touristen und Einheimische drängten sich dicht an dicht, ließen sich Schulter an Schulter von dem Strom Richtung Camden Market davontragen, während wir reglos mitten unter ihnen standen. Gestrandet, eine einsame Insel, die die Menschenmassen teilte, während hinter June das Neonschild des Tattoo-Studios gegen den Spätsommerhimmel leuchtete. Musik tönte laut aus den Geschäften, die sich hinter schrillen, bunten Häuserfassaden befanden, doch ich hörte nur den Nachklang ihrer Worte.

»Also?«, wollte June erneut wissen. »Tue ich das Richtige?«

Sie fragte mich zwar, doch in ihrer Miene sah ich dieselbe Entschlossenheit wie an ihrem ersten Tag im White Roses, *als alles schiefgegangen und sie trotzdem unbeirrt weitergemacht hatte. Das Tablett auf ihrer Hand wie der größte aller Fremdkörper. June machte, was sie wollte, und brauchte ganz sicher keine Absolution – von niemandem, von niemandem außer von sich selbst.*

»Süße Juniper, du machst, was du willst. Und dann ist es auch das Richtige.«

Sie grinste und stellte sich auf die Zehenspitzen, um mich auf den Mund zu küssen.

»Das war die perfekte Antwort.«

»Soll das bedeuten, dass du mich getestet hast?«, fragte ich scherzhaft.

»Das wirst du wohl nie erfahren«, meinte sie und zog mich mit diesen für sie typischen hüpfenden Schritten in das Innere des Studios. »Aber falls ja, hast du auf jeden Fall bestanden.«

»Was für eine Erleichterung«, lachte ich.

Ich wollte nach Junes Hand greifen, als die Nadel zum ersten Mal auf ihre helle Haut traf, doch sie schüttelte den Kopf und erklärte, das wäre nur etwas für Weicheier. Vielleicht lag es daran, dass ihr dieses erste Tattoo, welches auch ihr einziges bleiben sollte, alles bedeutete. Es stand für ihre Geschwister, die – anders als sie – ihren Weg nicht in diese Welt geschafft hatten. Für ihre Familie, für sie selbst. Vor allem aber für ihren Willen, jeden einzelnen Moment auszukosten, als könnte es ihr letzter sein.

Leben, Sein, Existieren.

Trotzdem ertappte ich June dabei, wie sie die Zähne zusammenbiss. Als sie meinen Blick bemerkte, streckte sie mir die Zunge heraus, und ich verdrehte die Augen.

»Wieso wolltest du, dass ich mitkomme?«

»Weil ich dich liebe«, wisperte sie, während die dunkle Linie länger und länger wurde. »Und weil ich deshalb meine schönen Momente mit dir teilen will.«

Weil ich dich liebe. Liebe, Liebe, Liebe.

»Ich liebe dich auch, Juniper.«

»Das weiß ich doch. Noch ein Grund, wieso du hier bist.«

Also wir eine Dreiviertelstunde später wieder aus dem Laden heraustraten, strahlte June mich an und legte vorsichtig eine Hand auf den Bauch.

»Es war definitiv die richtige Entscheidung«, sagte sie mit fester Stimme. »Und jetzt lass uns noch irgendetwas Wunderbares erleben, bevor wir zur Arbeit müssen.«

Und vielleicht verliebte ich mich an diesem Nachmittag noch mehr in sie.
Einfach, weil sie so sehr meine Juniper war: eine Frau voller Freiheiten, ohne
Grenzen und doch mit scharf umrissenen Konturen. Sie hatten die Form
eines weiten, pulsierenden Herzens, genauso wie das Tattoo über ihrem
Bauchnabel.

Ich atmete ihren wunderbar blumigen Geruch ein, nein, ich inhalierte
ihn. Und als ich die Augen langsam wieder öffnete, begegnete ich direkt
Ashs Blick, der mich offensichtlich beobachtet hatte. Keine Ahnung, was
in ihm vorging.

Sein Gesicht war eine schöne Maske.

»Ich lass euch zwei mal allein«, murmelte er und stand ruckartig auf.
Der Stuhl machte ein unangenehm lautes Geräusch auf den Fliesen.
»Euer Rumgesülze kann sich echt keiner geben. Außerdem bin ich gleich
eh noch verabredet.«

Okay, wow. So viel zu dem seltsamen Frieden, der gerade eben noch
geherrscht hatte. Sekunden später hörte ich Ashs Zimmertür laut zuknal-
len. Das Geräusch hallte lang in mir nach, und ich wusste, er und ich, wir
mussten über diesen Kuss reden. Wir konnten diesen Moment nicht länger umschiffen und so tun, als wäre nie etwas passiert. Denn das war es.

»Wie war die Probe?«, fragte ich June, bevor ich etwas anderes formulieren konnte. Eine andere Wahrheit. Wohl eher eine Beichte als eine
Wahrheit. Ein Geständnis.

Denn während ich June zuhörte und ihren Ausführungen lauschte,
drehten meine Gedanken sich immer schneller. Kopfmensch, durch und
durch. Ich hatte das Gefühl, dass June und ich nichts waren und gleichzeitig alles. Es wäre zu leicht zu sagen, dass dieser Kuss mit Ash keine
Bedeutung hatte. Dass ich nichts falsch gemacht hatte, weil June und ich
kein wirkliches Paar waren. Weil wir einfach wir waren und schauten,
wohin es uns führen würde. Und doch … und doch fühlte ich mich
schrecklich, weil ich Ash nicht weggestoßen hatte – zumindest nicht
sofort.

Ich hatte es zugelassen.

Schlimmer noch: Ich hatte es genossen, weil es sich absolut richtig angefühlt hatte. Befreiend und seltsamerweise längst überfällig.

»Ist das nicht irre?« Freudestrahlend hielt Stella mir am Sonntagnachmittag ein Ultraschallbild unter die Nase, auf dem ich nicht sonderlich viel erkennen konnte. Wir hatten uns zusammen einen Film angesehen, saßen uns bei mir auf der ledernen Sofalandschaft immer noch gegenüber, während Stellas Beine in meinem Schoß ruhten. »Schau, schau, schau.«

Ich nahm ihr das Bild aus der Hand und beäugte die körnigen Flecken.

»Du, Kian?«

»Ja?«

»Denkst du, River und ich bekommen das hin?«

»Natürlich bekommt ihr das hin«, antwortete ich überzeugt. Stella war einer dieser Menschen, die immer da waren. Die immer die richtigen Worte fanden und absolut fürsorglich, ohne dabei irgendwelche Grenzen zu überschreiten. Stella war Stella.

»Und das sagt du nicht nur so?«

»Ich würde dich niemals anlügen. Dazu bist du mir viel zu wichtig.«

»Ich weiß. Es ist nur … Ich will das. Ich wollte das. Und noch mehr will ich das zusammen mit River, aber … ich habe auch Angst. Ich habe manchmal das Gefühl, dass man das als werdende Mutter gar nicht zugeben darf. Alle präsentieren ständig ihre Bäuche und reden darüber, was sie alles schon gekauft haben und was sie vorbereiten und … Keine Ahnung, ich bin immer noch vollkommen überwältigt von der Tatsache, dass da ein kleiner Mensch in mir wächst, und allein der Gedanke ist schon so riesig.« Nachdenklich strich Stella über ihren immer größer werdenden Bauch. »Ich habe manchmal Angst, dass ich dem nicht gewachsen bin. Und irgendwie vergeht die Zeit auch einfach viel zu schnell. Ich habe einmal geblinzelt, und plötzlich sind fünf Monate vorbei.«

»Du fühlst das, was du fühlst. Und dabei ist jede Emotion vollkommen in Ordnung, Stella. Ich weiß nicht genau, wie das für dich ist, ich kann das gar nicht wissen. Aber wenn einem die Tatsache, ein Kind zu bekommen, nicht zumindest ein bisschen Angst machen würde … das wäre doch komisch, oder? Ich meine, das ist eine verdammt große Sache!« Ich schob ein Kissen unter Stellas Rücken zurecht, das verrutscht war. »Und mal ganz davon abgesehen: Du wirst nie allein damit sein. River, Ash, Quinn und Noah … wir sind deine Familie, und das werden wir immer sein. Wir werden euch unterstützen.«

Stella verzog das Gesicht und war dabei immer noch bildschön. »Auch dann, wenn ich vielleicht nur noch über Windeln und alle Formen von Ausscheidungen rede?«

Ich lachte auf. »Ja, auch dann. Du wirst immer die Coolste von uns sein.«

Wie aufs Stichwort warf sie ihre blonden Haare zurück und grinste. »Du hast recht. Ich bin wirklich verdammt cool. Ich werde auch eine supercoole Mum sein.«

Ich schlug Stella vor, sie könne gern einmal mit Aislyn telefonieren, wenn sie Lust hätte. Meine Schwester würde ihr die Ängste und Sorgen als werdende Mutter sicherlich besser nehmen als ich. Soweit ich das beurteilen konnte, machte sie mit Albie und Mara zwar nicht immer alles richtig, aber sie stand zu ihren Fehlern und ließ die zwei Mädchen sie selbst sein. Das war meiner Meinung nach am wichtigsten.

»Du kannst ihr ja mal meine Nummer geben, und wenn sie Zeit für ein Gespräch hat, kann sie mich ja anrufen.« Stella lächelte mich dankbar an. »Danke dir. Das ist echt lieb.«

Danach sahen wir uns noch einen Film an. Stella war zwischendurch eingeschlafen und gähnte herzhaft, als der Abspann über den Bildschirm flimmerte.

»O Gott, es ist viel zu kuschelig!« Stella versank genüsslich noch tiefer in die Couch – wenn das überhaupt möglich war. Das lange blonde Haar lag über die Kissen verteilt. »Ich weiß echt nicht, wie ich es heute noch nach Shoreditch schaffen soll. Es kommt mir superanstrengend vor.«

»Du kannst auch bleiben, wenn du magst«, schlug ich vor. »Dann bestellen wir uns noch irgendetwas zu essen und machen einen richtigen Filmabend draus.«

Stellas Augen leuchteten auf, plötzlich wirkte sie viel wacher. »O das klingt fantastisch. So wie früher in der WG.«

»Genau. Und ich glaube, Ash kommt heute sowieso nicht nach Hause, du kannst auch in seinem Bett schlafen statt hier auf dem Sofa.«

»Wo ist er denn?«

»Gerade noch drüben im *Five Bells*, aber die letzten Nächte war er bei Phoebe.« Ich zuckte mit den Achseln. »Ich schätze, dass er da heute nach seiner Schicht wieder sein wird.«

Ich bekam Ash kaum noch zu Gesicht. Nach unserem Kuss war er verschwunden und irgendwann von oben bis unten voller Staub und Dreck wieder aufgetaucht, ansonsten haftete permanent diese Phoebe-Parfümwolke an ihm. Und seit June vor wenigen Tagen hier in der Wohnung auf mich gewartet hatte, schien er sich noch größere Mühe zu geben, mir aus dem Weg zu gehen.

»Was ist eigentlich bei euch los?«

»Wie meinst du das? Was soll bei uns los sein?«

Stella kniff die Augen zusammen. Auf einen Schlag wurde der geschwungene Lidstrich zu einer geraden Linie.

»Ach komm schon, Kian. Ich kenne euch beide verdammt gut. Ihr seid immer so im perfekten Gleichgewicht miteinander, da ist so eine Ruhe zwischen euch, aber irgendetwas hat sich verändert. Ich dachte erst, es läge an June, aber nein …«, Stella schüttelte nachdenklich den Kopf. »Das ist es nicht. Es ist irgendetwas anderes.«

Das war so sehr Stella. Ihr Feingefühl für zwischenmenschliche Töne, die anderen entgingen, war schon immer beängstigend genau gewesen.

In mir tobte dieser Sturm, und ich wusste nicht, wie ich damit umgehen sollte. Ich wollte alles abstreiten, wollte sagen, dass zwischen uns alles wie immer war, aber Stella war der Mensch, der mir abgesehen von Ash am nächsten stand. Wenn sie mir ihre Ängste anvertraute, wieso tat ich es dann nicht umgekehrt genauso mit meinen?

»Es ist ... Wir haben uns geküsst.«

»Okay.« Stella blinzelte und schien nicht im Mindesten überrascht zu sein.

»Und es hat mir gefallen.«

»Oookay.«

Nach einer kurzen Stille stieß Stella hervor: »Und jetzt? Ich meine, hat das etwas zu bedeuten. Bedeutet es *dir* etwas?«

Das war eine verdammt gute Frage.

Ash

»Wir müssen reden«, platzte es am letzten Novembertag plötzlich aus Kian heraus. Wir waren gerade im Lager des *Five Bells* und räumten Flaschen in Kisten, um die Getränke an der Bar aufzufüllen. Noch hatten wir geschlossen, die Musik unserer Playlist war hier hinten nur leise zu hören und bis jetzt hatten wir schweigend nebeneinander gearbeitet.

Widerwillig hob ich den Blick, und mein Herz rutschte mir in die Hose. Kian stand im Gegenlicht, das seine Gestalt wie weichgezeichnet wirken und die unter der Mütze hervorblitzenden roten Haare wie Feuerglut schimmern ließ. Er hatte die Arme vor der Brust verschränkt und sah mich ernst an. So richtig ernst. Ernst auf eine Art und Weise, der ich unmöglich ausweichen konnte.

»Wir reden doch«, konterte ich, obwohl ich ganz genau wusste, worum es ging: um diesen fucking Kuss. Um diesen unbedachten Kuss, der womöglich alles zerstört hatte, was mir etwas bedeutete. Es hatte seinen guten Grund, wieso ich damals nichts gesagt hatte, und er galt auch heute noch. Für einen Moment verschwamm die ganze Szenerie vor mir, und ich war wieder zweiundzwanzig Jahre alt. Zweiundzwanzig, angetrunken und Kian sagte dieses einen Satz zu mir, der etwas in mir veränderte.

»Du bist heiß.«

»Was?«

»Du hast schon verstanden, Ash. Du. Bist. Echt. Heiß.« Kian tippte mir auf die Brust und blickte mich durchdringend aus diesen dunkelbraunen Augen an. Auf einen Schlag fühlte ich mich wieder nüchtern, und mein Herz fiel ins Bodenlose. Die schallende Musik aus dem WG-Flur schien unendlich weit weg, das Gelächter der anderen war nur noch ein fernes Rauschen.

»Wieso sagst du so etwas?«, flüsterte ich. Klar, Freunde konnten sich so etwas schon sagen, aber wir hatten das nie getan. Zumindest nicht in den zwei Jahren, die wir uns kannten.

»Wieso nicht?«, meinte Kian. »Es ist die Wahrheit. Ich habe es nur nie ausgesprochen, weil du mein Mitbewohner bist.«

»Und wenn ich es nicht wäre?«, fragte ich und trat einen Schritt auf ihn zu. Der Boden schien zu schwanken, und ich umklammerte das Bier in meiner Hand fester.

»Vielleicht hätte ich dich irgendwann einmal um ein Date gebeten.«

Ich lachte. »Ein Date? So ein richtiges Date?«

Kian zuckte mit den Achseln und fixierte mich.

»Das ist ja niedlich«, raunte ich.

»Halt die Klappe, Ash.«

Veraschte Kian mich? War das wieder so eine verdrehte Sache, mit der er mir meine Grenzen aufzeigen wollte, weil er das bei mir nun mal als Einziger so richtig hinbekam? Oder machte er ernst?

»Es ist aber niedlich«, tat ich weiterhin cool.

Ich hätte am liebsten einen weiteren Schluck von meinem Bier genommen, um die Situation und meine verdammte Überforderung damit zu überspielen, doch ich fühlte mich wie gelähmt, unfähig mich zu rühren. Und dann

dachte ich: Spielte es überhaupt eine Rolle? Wir waren so viel, doch wir waren
nicht ... das.

Kians Schokoladenaugen glänzten, als er näher kam und mich gegen die
Wand drängte – vom Alkohol? Von etwas anderem? Ich stolperte zurück, bis
ich rauen Putz in meinem Rücken spürte. Die Musik aus dem Flur, die ande-
ren Menschen in der Wohnung ... all das trat in den Hintergrund, und mit
einem Mal sah ich Kian mit anderen Augen. Oder ich sah ihn genau richtig.

»Vielleicht ist das die dümmste Idee aller Zeiten, aber ich werde dich jetzt
küssen.«

Was zur Hölle? Was zur verdammten Hölle?

Warm streifte sein Atem mein Gesicht, und kurz darauf war da sein Mund
auf meinem.

Am nächsten Tag war ich mir ziemlich sicher gewesen, dass Kian sich
an nichts davon erinnerte, und ich hatte uns beiden den Gefallen getan,
so zu tun, als ginge es mir genauso. Und dann war Jahr für Jahr vergangen
und es hatte keine Rolle mehr gespielt.

Weil Kian Kian war.

Weil er meine Familie war.

Jetzt wedelte er mit einer Hand vor meinem Gesicht herum. »Ash?«,
fragte er. »Bist du noch da?«

Ich blickte auf seinen Mund, dann schnell wieder in seine Augen, sah
sein vertrautes Gesicht. »Ja, ähm, sorry, ich musste nur an etwas denken.«

Kian hob eine Augenbraue und schaute mich abwartend an. Ich wich
seinem Blick aus und steckte die restlichen Flaschen in die Kiste zu meinen Füßen, um sie mit nach vorne nehmen zu können.

»Ja, okay. Lass uns reden«, meinte ich widerstrebend und trug die
Getränke zur Theke, um sie einzuräumen. Die Theke, an die ich Kian
vor zwei Wochen voller Verlangen und Sehnsucht gedrängt hatte. »Aber
nicht hier, okay?«

Erneut glaubte ich seinen festen Körper unter meinen Händen zu spüren, die Wärme seines Mundes an meinen Lippen. Ich erinnerte mich an

jedes verfluchte Detail, die Bilder verfolgten mich erbarmungslos überallhin und ließen mich immer wieder daran denken, wie gut es sich angefühlt hatte, meinem besten Freund auf diese Art und Weise nah zu sein.
Enthemmt, weil wir beide etwas getrunken hatten, aber deshalb nicht
weniger echt. Zumindest nicht bei mir.

Fuck, fuck, fuck.

Meine Gedanken drehten sich. Ja, wir mussten reden, aber ich hatte
überhaupt keine Ahnung, was ich sagen sollte.

Kian schluckte schwer, ehe er leise zustimmte: »Ja, nicht hier.«

Zusammen räumten wir die Getränke ein, keiner von uns sprach dabei
ein Wort. Es war nicht einmal ein unangenehmes Schweigen, weil wir es
gewohnt waren, zusammen laut zu sein und manchmal eben leiser. Weil
wir uns kannten, weil wir einander besser kannten als sonst jemanden.
Und trotzdem: Jedes Mal, wenn ich kurz zu Kian schielte, dachte ich,
dass ich gerade überhaupt nichts in seiner Miene lesen konnte, und das
Schweigen fühlte sich mehr und mehr an wie die Ruhe vor einem weiteren großen Knall.

Nur die Art, wie Kian die Flaschen berührte, blieb eine Konstante
und das Einzige, was mich vom Durchdrehen abhielt. Wie er mit den
Fingern über das Glas strich, als würde es ihm seine Geheimnisse erzählen, war mir vertraut.

Kian ertappte mich dabei, wie ich auf seine Hände starrte, und ich sah
schnell wieder weg.

Als wir gemeinsam in die Sonne hinaustraten und ich hinter uns ab-
sperrte, atmete ich erleichtert aus, denn Gott, diese seltsame Spannung
war kaum mehr zu ertragen gewesen. Ohne uns wirklich abzusprechen,
liefen wir bis zum anderen Ende der Blossom Street, bogen in die Camden High Street ein und hielten uns rechts. Es war nicht so viel los wie in
den warmen Monaten, wenn die Touristen Camden Town überschwemm-
ten, aber immer noch laut und bunt, voller Verrücktheiten und voller
Leben. Einträchtig folgten wir dem *Regent's Canal* ein Stück, denn dieses

Gespräch bei uns zu Hause zu führen wäre eine mindestens genauso miese Idee, wie es in unserem Pub zu tun.

Nebeneinander setzten wir uns auf eine Steinmauer am Kanal. Der Wind war eisig kalt, er ließ die am Ufer vertäuten Boote auf wilden, dunkelgrünen Wellen tanzen und fuhr mir unter die Jacke. Unwillkürlich schlang ich meinen Schal enger um den Hals.

»*Well*…«, setzte ich an, »du wolltest reden.«

Kian schob sich mit einer unbeholfenen Geste die Brille auf der Nase zurecht. »Ich will nicht unbedingt, Ash.« Sein Blick aus dunklen Augen durchbohrte mich. »Aber mir ist klar, dass es sein muss. Wegen diesem Kuss. Weil wir Freunde sind und seitdem alles noch komischer ist.«

»Natürlich ist es irgendwie komisch. So etwas ist *immer* komisch. Wir sind Freunde, wir haben uns geküsst, alles ist aus dem Gleichgewicht geraten und all das. Große Überraschung.«

Ich lachte.

Ich lachte zu laut.

»Hör auf damit. Ich merke genau, was du da tust.« Etwas leiser und sanfter fügte Kian hinzu. »Das machst du immer, wenn du über deine wahren Gefühle hinwegzutäuschen versuchst.«

Ich schluckte. »Was denn?«, fragte ich, obwohl ich ganz genau wusste, was Kian meinte. Und dieses Mal glaubte ich die Andeutung eines Lächelns auf seinen Lippen zu sehen.

»Du machst deine Witze. Du lachst und ziehst es ein bisschen ins Lächerliche, damit es weniger ernst ist.«

Ich zog eine Grimasse. »Okay, erwischt.«

Dieses Mal war es Kian, der lachte. »Und genau genommen hast *du mich* geküsst.«

»Du bist derart kleinlich.«

»Und du bist stur.«

Für einen Moment war es zwischen uns leicht, doch dann wurde die Stimmung wieder ernst.

»Ich weiß nicht, wie ich damit umgehen soll, Ash. Vor allem nicht, weil ich keine Ahnung habe, was dieser Kuss ... zu bedeuten hatte.«

Fragend sah er mich an. Ich hatte, das Gefühl, dass er nicht nur irgendetwas von mir hören wollte, sondern etwas ganz Bestimmtes. Dass er sich irgendeine Art von Antwort erhoffte.

»Es hatte nichts zu bedeuten, und wir sollten es einfach vergessen«, erklärte ich, und es fühlte sich wie eine verdammte Lüge an. Was auch immer ich für Kian empfinden mochte, ich konnte es mir selbst nicht erklären, zumindest noch nicht. Und es wäre nicht fair, Kian all das Ungefilterte um die Ohren zu hauen. Und so sehr da diese Eifersucht in mir brannte: Was konnte ich schon tun, wenn zwischen June und ihm diese Sache lief?

»Oh.« Für einen Moment fiel mein Blick auf Kians Socken, auf diese Eigenart von ihm, und etwas in mir schrie:

Sag mir, dass du dich doch erinnerst!

Sag mir, dass du mich wirklich nach einem Date fragen wolltest, auch wenn es eine halbe Ewigkeit her zu sein scheint.

Sag mir, dass du das damals verdammt nochmal ernst gemeint hast und ein Teil von dir es noch so meinen könnte!

Doch Kian sagte nichts dergleichen. Wieso zur Hölle sollte er das auch tun?

»Du hast recht.« Kian nickte. »Mir war es einfach wichtig, das zu klären. Aber letzten Endes hatte es nichts zu bedeuten. Wir sind beste Freunde, und an diesem Abend waren wir betrunken und ...«

Du warst auch an jenem Abend betrunken, als du mir Dinge gesagt hast, die du nie wiederholt hast.

Etwas Weiches flackerte in seinen Zügen auf, und für den Bruchteil einer Sekunde sah ich wieder diese Frage im tiefen Braun seiner Augen stehen. Es hatte etwas Bittendes, als wollte er, dass ich ihn vom Gegenteil überzeugte. Doch das würde nicht geschehen.

Wir waren Kian und Ash, wir waren ... wir waren nicht *das*.

»Und zwischen uns ist alles cool?«, versicherte sich Kian und stieß mir freundschaftlich in die Seite.

»*Yes*, alles cool«, erwiderte ich und hatte dabei doch das Gefühl, dass wir beide letztlich nicht das ausgesprochen hatten, was uns wirklich wichtig gewesen wäre.

* * * THE RED LADY * * *

aus dem ersten Akt

*

Zu sehen sind Ilaria und Esmeray, die mit einer Laterne in der Hand durch Londons nächtliche Straßen laufen. Beide tragen lange Umhänge und haben die Kapuzen aufgesetzt. Am Ende einer Gasse zieht Esmeray ihre Schwester in einen verborgenen Hauseingang.

ESMERAY, *verzweifelt*: Du wirst mit ihm gehen, oder? Du hast dich schon längst entschieden.

ILARIA: Ich habe keine andere Wahl.

ESMERAY: Die hat man immer.

ILARIA, *den Kopf schüttelnd*: Ich kann das Aillard nicht allein tun lassen.

ESMERAY: Doch, du kannst.

ILARIA, *flüsternd*: Er ist mein bester Freund.

ESMERAY: O nein, er war schon immer so viel mehr als das.

Ilaria und Esmeray stellen die Laterne auf dem Kopfsteinpflaster ab, dann fassen sie sich an den Händen und beginnen Stay *zu singen.*

7. Kapitel

June

Im Dezember war der Nieselregen erst zu schweren Tropfen geworden und verwandelte sich dann in pudrigen Schnee. Vor den Bogenfenstern des *Five Bells* tanzte er an diesem Sonntag in wilden Reigen durch die Luft, ehe er alles mit einer dünnen Schicht überzog. Die Weihnachtsbeleuchtung an den grünen Wänden warf warmes Licht vom Pub nach draußen, und die Straße leuchtete weiß in der Dunkelheit. Es sah wunderschön aus, nach Feengeschichten und Magie. Gelächter und Musik waren in den Hintergrund getreten, während ich in die Nacht hinausblickte und mir dachte, dass ich immer schon ein Kind des Winters gewesen war.

»Blödsinn«, hörte ich auf einmal Henry zu Via sagen. »Ich bin mir ganz sicher, dass Jimmy Chloé nach einem Date gefragt hat.«

»Moment«, wollte ich wissen, »reden wir von *der* Chloé?«

»Ja«, bestätigte Henry.

»Chloé aus dem Blumenladen?«, fragte ich weiter.

»Ja.«

»Du interessierst dich viel zu sehr für Jimmys Liebesleben«, neckte ich meinen besten Freund lachend. Der zuckte bloß mit den Schultern.

»Ich finde es einfach süß. Und vor allem superschön, dass das alles nicht irgendwann vorbei ist. Mir gefällt die Vorstellung, dass einen die Liebe jederzeit treffen kann und es niemals zu spät ist – egal wie alt man ist.«

Es ist niemals zu spät, hallte es in meinem Kopf nach. Ob das auch für Kian und mich galt?

Im letzten Monat hatte es zwischen uns immer wieder diese kribbeligen Momente gegeben, in denen ich kurz davor gewesen war, ihn zu küssen.

Wir waren noch ein paarmal auf dem Dach des *White Roses* gewesen. Jedes Mal war ich dort oben in seine Arme gesprungen, ehe wir uns gedreht hatten. Beim letzten Mal hatte er Leo sogar überreden können, uns etwas aus der Küche zu organisieren. Eng nebeneinander hatten wir unter einem riesigen bunten Regenschirm gesessen und gegessen – fast so wie früher.

»Das ist alles sehr wahr und auch sehr romantisch«, grinste Via. »Aber ich möchte jetzt schon mehr Details über Jimmy und die Blumen-Lady erfahren.«

Henry hob die Brauen. »Ich dachte, ich bin zu neugierig?«

Ich lachte. »Ich nehme es zurück. Jimmy ist irgendwie wie unser Grandpa. Wir müssen doch auf ihn aufpassen.«

»Das ist unsere heilige Pflicht«, ergänzte Via todernst und hob ihr Glas. Plötzlich begann sie loszuprusten und verschluckte sich an ihrem Ale. Als sie sich immer noch kichernd gegen mich lehnte, waren ihre Schneewittchenhaare überall. Ich grinste. Das war bei Weitem nicht unser erstes Glas heute, und wir waren inzwischen an dem Punkt angelangt, an dem einfach alles wahnsinnig komisch war.

Henry erzählte uns, dass Jimmy bei der Französin gegenüber vom *Mephisto* Blumen für die Hochzeit seiner Enkelin gekauft und danach ewig mit ihr nebenan im *Miracle* gewesen war. Wie er seitdem jeden Tag mit seinen schicksten Hüten im Theater zur Arbeit aufkreuzte – was mir erst jetzt auffiel – und dass er sie vor Kurzem endlich gefragt hatte, ob sie mit ihm ausgehen wollte – nach all den Sträußen, die er als Vorwand für ein Gespräch gekauft hatte.

»Das. Ist. So. Süß«, stieß Via mit einem langgezogenen Seufzen hervor, und ich fiel mit ein. Das war die Magie des *Mephisto*.

Wir stellten Spekulationen darüber an, ob die beiden tatsächlich miteinander ausgehen würden und wenn ja, wann. Was Jimmy sich überlegen würde und ob man sie vielleicht einmal zusammen in der Mowbray Alley sehen würde.

»Noch eine Runde?«, fragte Henry irgendwann. Via und ich nickten einträchtig, und im nächsten Moment erhob ich mich schon.

»Dann besorg ich uns mal Nachschub«, verkündete ich. »Aber wartet mit den spannenden Geschichten, bis ich wieder da bin.«

Ich hatte Ash mehrmals aus dem Augenwinkel beobachtet und hätte nicht direkt sagen können, warum, aber ich wollte wissen, ob er mich mit Absicht ignorierte, seit ich hier war. Ich hatte ihn angelächelt, doch er hatte schnell zur Seite geblickt und die Teller mit den Burgern an einen Tisch am anderen Ende des Raums getragen.

Wieso ist dir das so scheißwichtig, June?

Ich hatte tatsächlich geglaubt, dass zwischen uns etwas anders geworden war, als wir letzte Woche das erste Mal seit einer Ewigkeit so richtig miteinander geredet hatten. Ash hatte mich ihn auf andere Art sehen lassen, ein bisschen besser in ihn hinein. Da war auch dieser innere Kampf gewesen, der in ihm zu toben schien, den ich aber nicht richtig verstand.

Ash war mein wunder Punkt, und er war auch Kians.

Irgendetwas musste zwischen den beiden passiert sein. Hatte Kian sich anfangs noch für Ashs Verhalten entschuldigt, wich er dem Thema inzwischen komplett aus. Aber da lag diese ständige Anspannung in der Luft. Dass sie sich wegen mir stritten, war unerträglich. Und dabei wurde ich das Gefühl nicht los, dass mehr dahintersteckte als dieser seltsame Moment im *Five Bells* und Ashs blöde Kommentare.

Entschlossen bahnte ich mir jetzt einen Weg durch die Menschenmenge, streifte Schultern und fremde, warme Körper, ehe die Bar in Sicht kam. Dort hatte ich Ash gerade noch gesehen, doch kurz bevor ich sie erreichte, geriet ich ins Stolpern. Im letzten Moment schlossen sich warme Finger um meinen Unterarm.

Eine Sekunde.

Zwei Sekunden.

Drei Sekunden.

Die Hand lag immer noch da und gab mir Halt. Langsam hob ich den Blick und sah in Augen aus Gold, in denen sich mein eigenes erstauntes Gesicht spiegelte. Ash war mir so nah. Mir stieg der Geruch nach Herbstlaub und letzten Sommerstrahlen in die Nase. Etwas Markantes, kräftig und leicht zugleich. Alles um uns herum schien wie verlangsamt, und ich betrachtete seine schrägen Brauen, die im Nacken zusammengebundenen Haare, aus denen sich einzelne Strähnen gelöst hatten, die hohen Wangenknochen, die locker sitzende Fliege um seinen Hals.

Ich fühlte mich ertappt, wusste nicht wieso und räusperte mich unbeholfen.

»Oh ... danke«, murmelte ich.

Er blinzelte. »Kein Ding.«

Es waren nur zwei Wörter, ausgesprochen mit dieser Stimme, die sich permanent zwischen brüchig und rau bewegte, und mein dummes Herz setzte für einen Schlag aus. Es machte diese verrückte Sache, die mir gerade zum ersten Mal so richtig bewusst wurde. Ich fragte mich, wie es sich anfühlen würde, wenn er mich noch ein einziges Mal so leidenschaftlich küssen würde, wie er es einmal getan hatte.

Zwischen uns hing eine seltsame Spannung in der Luft. Ich war mir der anhaltenden Berührung seiner Finger überdeutlich bewusst. Und mir vorzustellen, wie ich mich auf Zehenspitzen stellte und meinen Mund auf seinen legte, machte es absolut nicht besser.

Ash Miene blieb ausdruckslos, die Lippen zu einem geraden Strich zusammengepresst. Er erwiderte meinen Blick noch einen Moment lang, dann ließ er meinen Arm abrupt los. So schnell, dass ich beinah erneut nach hinten gestolpert wäre. Aber da war Ash schon in die Küche verschwunden.

Ich straffte die Schultern und steuerte dieses Mal wirklich die Theke an. Ich winkte Benoît zu, ein Geschirrtuch lag lässig über seiner Schulter, die dunkelblonden Haare kräuselten sich in der Stirn. Er war so sehr in ein Gespräch mit Quinn vertieft, dass er mich nicht bemerkte.

Mein Mitbewohner lachte sein tiefes Lachen und machte dieses Ding mit seinen Haaren, das Typen in Filmen immer taten und damit reihenweise Frauen um den Verstand brachten, und Quinn sah von unten zu ihm hinauf. Mit einem Blick, der besagte, dass sie seine Masche zwar durchschaute, dass sie aber auch bei ihr funktionierte.

Ich blickte zwischen den beiden hin und her, und in diesem Moment ergab alles einen Sinn. Der kurze Flirt, als wir das erste Mal hier gewesen waren, dem ich aber keine Bedeutung beigemessen hatte, weil mein Mitbewohner nun einmal wirklich immer flirtete. Dass Benoît auch vorher schon ständig hierherkommen wollte. Sein Motivationsschub, was das Schreiben anging, diese gesteigerte Kreativität und dieser rätselhafte Blick, als ich angedeutet hatte, dass da wohl eine Frau dahintersteckte.

Keine Ahnung, wieso ich das nicht schon viel früher bemerkt hatte, doch jetzt sprang es mir überdeutlich ins Auge.

Als Benoît mich schließlich doch bemerkte und ich bei ihm drei Ale bestellte, platzte ich fast vor Neugier. Trotzdem sagte ich nichts. Es hatte seinen Grund, weshalb er mir nicht erzählt hatte, was da zwischen Quinn und ihm lief. Ich hatte auch meine Zeit gebraucht, um Henry und Via anzuvertrauen, wie schnell mein Herz inzwischen in Kians Gegenwart klopfte. Es war schwer, Dinge in Worte zu fassen, die nicht nur aus Antworten, sondern vor allem aus Fragen bestanden.

Als ich mir mit den Getränken in der Hand einen Weg zurück zu meinen Freunden bahnte, versuchte ich angestrengt, nicht schon wieder mit den Augen das Innere des Pubs nach Ash abzusuchen.

Meine Bemühungen waren vergeblich.

»Dir ist schon klar, dass das jetzt irgendwie schon sehr wie ein Date wirkt, oder?«, neckte ich Kian am nächsten Tag und konnte nichts dagegen tun, dass mein Herz bei dem Wort *Date* heftig schlug. »Wir können Glühwein trinken und uns Marshmallows teilen, das wird *sooo* romantisch.«

Kian blickte zur Seite und musterte mich. Seine Mundwinkel zuckten, es war der Moment kurz vor einem Lächeln. »Langsam bekomme ich den Eindruck, du hättest gern, dass das hier ein Date ist.«

»Würde ich ein Date wollen, würde ich dich einfach danach fragen«, erklärte ich spielerisch. Himmel, ich würde es tun – wäre da nicht die Tatsache, dass ich wegen meiner impulsiven Entscheidungen schon so viel zerstört hatte und auf Kians Herz aufpassen musste. Mehr noch als auf mein eigenes.

In Camden Town stiegen wir die Treppe zur *Tube*-Station hinunter und drängten uns durch die Menschenmenge hindurch. Kian wollte mit mir auf einen Weihnachtsmarkt gehen, hatte mir aber nicht mehr verraten wollen. Ich fand es schön, überrascht zu werden. Das war auch eines der Dinge, die ich in New York gemacht hatte: mich vom Puls der Stadt mitreißen lassen. Und an jedem Ort, der mich hoch hinausgeführt und mir einen besonderen Blick über die Metropole geboten hatte, hatte ich an Kian gedacht. An Kian und all unsere Blicke über den Wolken.

Jetzt nahmen wir die *Nothern Line* in Richtung City. Die Dämmerung setzte ein, als wir an der *London Bridge* ausstiegen und den Weg ein Stück entlang der Themse nahmen, auf deren Wasser die Abbilder der Stadtlichter leuchteten. Irgendwann ließen wir den Fluss hinter uns und liefen an Häusern vorbei, die allesamt weit in die Höhe ragten. Unsere Hände streiften sich beim Gehen immer und immer wieder und sandten winzige Stromschläge durch meinen Körper. Ich wollte gerade mutig sein und nach Kians Hand greifen, als er vor einem der modernen Gebäude stehen blieb. Seine Oberfläche glänzte dunkel im schwindenden Licht, und von hier unten sah es aus, als würde das Haus sich endlos weit in den Himmel emporschrauben.

Unruhig hüpfte ich auf und ab, als wir mit dem gläsernen Aufzug nach oben fuhren. Er bewegte sich so unendlich langsam, dass es sich beinah anfühlte, als würden wir stehen. Ein Weihnachtsmarkt? Irgendwo hier? Und als die Türen eine Ewigkeit später endlich auseinanderglitten, sprang ich nahezu hinaus.

Ich hörte Kians tiefes Lachen, während ich staunend dastand.

Über uns war nichts als der Himmel, vor dem sich bunte Lichter und Lampions über das Dach spannten. Der Geruch nach Glühwein, nach gebrannten Mandeln und Zuckerwatte stieg mir in die Nase.

»Ich wollte dir eine der schönsten Aussichten über London zeigen«, raunte Kian dicht neben mir und legte eine Hand auf meinen unteren Rücken. Schwer und warm lag sie dort und gab mir Halt, während wir uns durch die dicht an dicht stehenden Menschen schoben. Alle trugen Mützen und dicke Schals, es waren lebendige Farbtupfer. Kian blieb immer ein winziges Stück hinter mir. Verbunden durch diese harmlose Berührung, die sich nach so viel mehr anfühlte.

Ich wollte sehen, was er meinte. Wollte den Blick über London sehen. Wir liefen an Holzständen vorbei, an bunten Auslagen mit Schmuck, Kunsthandwerk und Getöpfertem. Über allem lag unaufdringliche weihnachtliche Musik, ich entdeckte eine geschmückte Tanne, ein paar Weihnachtselfen in rotgrünen Kostümen, die Süßigkeiten aus einem Korb verteilten, und sogar einen *Kissing Booth*, an dem ein paar Mädchen anstanden und kichernd die Köpfe zusammensteckten.

Und dann traten Kian und ich schließlich gemeinsam an den Rand des Dachs. Wieder eine Brüstung, wieder er und ich.

Die Aussicht raubte mir den Atem. London lag wunderschön unter uns ausgebreitet und schimmerte in allen Nuancen von Blau. Hell, dunkel, alles dazwischen. Die Themse schlängelte sich als breites Band durch die Stadt, unzählige Nebenflüsse zweigten von ihr ab. Ich entdeckte die *London Bridge*, ein Stück weiter die *Millennium Bridge* und den gläsernen Turm, *The Shard*. Überall blinkten kleine Lichter, auf den Straßen und hinter Fenstern, und sie standen für die Millionen Menschen, die in dieser Stadt lebten. Ich ließ meinen Blick ein Stück weiter nach Westen wandern, wo unter dem dunkelblauen Himmel der *Hyde Park* ruhte. Irgendwo dahinter vermutete ich den *Regent's Park* und mein geliebtes, buntes Camden.

Kian und ich holten uns etwas zu trinken und teilten uns eine Papiertüte mit gebrannten Mandeln. Erst als wir die leeren Becher zurückbrachten, entdeckte ich die Eisfläche am anderen Ende des Dachs, versteckt hinter geschmückten Tannen. Sie schimmerte in einem warmen Bernsteinton. Die meisten Leute bewegten sich am Rand entlang und hielten sich an der rustikalen Holzbegrenzung fest, aber es gab auch zwei Pärchen, die Hand in Hand über das Eis liefen. Eine junge Mutter half ihrer Tochter gerade wieder auf die Beine, und daneben bemerkte ich eine Gruppe Teenager, die sich gegenseitig mit besonders waghalsigen Manövern zu beeindrucken versuchten.

»Wollen wir Schlittschuh laufen?«

»Ich …«, setzte Kian an und schob seine Brille zurecht.

»Los, los, los! Das wird super«, meinte ich unbeschwert und grinste ihn an. »Vertrau mir!«

Ehe Kian etwas erwidern konnte, zog ich ihn schon in Richtung des kleinen Standes, an dem Schlittschuhe verliehen wurden.

Wir setzten uns auf eine der Holzbänke, die um die kreisrunde Eislaufbahn aufgestellt waren und halfen uns gegenseitig, die Schlittschuhe zuzuschnüren. Wir stießen mit den Köpfen zusammen, lachten verlegen und dann waren da nur noch Kians braune Augen. Die Brillengläser beschlugen von meinem warmen Atem und … o Gott, ich musste ihm sagen, dass ich mehr als mit ihm befreundet sein wollte. Ich wollte ihn küssen, ich wollte etwas klarstellen, so unbedingt.

Aber durfte ich das? Durfte ich Kians Herz noch einmal in Gefahr bringen?

»Eines solltest du aber vielleicht noch wissen«, meinte Kian, als wir auf das Eis stiegen. »Das letzte Mal, als ich das gemacht habe, war ich sechs Jahre alt oder so. Also eigentlich kann man sagen, dass ich es noch nie gemacht habe.«

»O, wie aufregend«, dieses Mal griff ich wirklich nach Kians Hand und log: »Ich kann es auch nicht wirklich.«

Ich drückte seine Finger, spürte die Wärme zwischen uns, das Flattern. All das, warum ich bei ihm sein wollte. Ich sah ihn ein letztes Mal an, dann ließ ich Kians behandschuhte Hand vorsichtig los…

Kian

… um zu fliegen.

June bewegte sich selbstsicher über das Eis, und ich hatte absolut keine Ahnung, woher sie das konnte, sah ihr nur wie hypnotisiert hinterher. Wie sie Kreise zog, mal vorwärts, mal rückwärts. Wie sie einmal sogar einen kleinen Sprung wagte, bei dem ich die Luft anhielt und Sekunden später erleichtert ausstieß, als sie schwungvoll wieder auf ihren Kufen landete.

Juniper. Meine süße, kleine Juniper.

Ihr Lächeln erhellte nicht nur ihr ganzes Gesicht, sondern brachte auch die Luft um sie herum zum Flirren. Mit langsamen, gleichmäßigen Bewegungen glitt sie auf mich zu und kam erst dicht vor mir zum Stehen.

»Komm«, wisperte sie und nahm meine Hände in ihre. Ihr Atem bildete kleine Wölkchen vor ihrem Gesicht, und an diesem kalten Winterabend waren es ihre Finger, die mich durch den Stoff meiner Handschuhe hindurch wärmten. Wärme, die durch meinen ganzen Körper drang und sich tief in mir als etwas anderes und viel Größeres festsetzte. June lief rückwärts über das Eis, und ich folgte ihr mit unsicheren Bewegungen, sah ihr dabei nur in die Augen und nicht auf das Eis, wie ich es vielleicht hätte tun sollen.

»Rechts, links, rechts, links«, wisperte June. »Einfach einen Schritt nach dem anderen. Das Eis trägt dich, du musst nur darauf vertrauen. Eigentlich ist es wie fliegen. Schau!« Sie deutete auf ihre Füße, die über das Eis glitten, und mit jedem Meter, den wir so zurücklegten, wurden meine Bewegungen sicherer – weil es immer schon June gewesen war, die mich mit ihrer Leichtigkeit mutiger gemacht hatte.

Irgendwann ließ sie meine eine Hand los, wir hielten uns weiterhin an der anderen und sie schwebte nun direkt neben mir. Für einen kurzen Moment brachte mich die Veränderung aus dem Gleichgewicht, doch ich hielt mich und erwiderte Junes glückliches Lächeln. Um uns herum bevölkerten mehr und mehr Menschen das Eis, doch für mich waren da nur sie und ich – June und Kian. Und unsere verschränkten Finger. Es war nur eine minimale Berührung und doch so kraftvoll, sie hielt mich auf den Beinen und uns zusammen.

Wir bewegten uns schneller, drehten Runde um Runde über die glänzende Fläche. So ungewohnt schwer sich die Schlittschuhe an meinen Füßen anfühlten, so leicht war in Junes Gegenwart mein Herz.

Auch als sie irgendwann meine andere Hand losließ, blieb sie ganz dicht bei mir. Sie war so viel kleiner als ich, zierlicher, doch in diesem Moment war sie es, die darauf aufpasste, dass ich nicht fiel. Und ein Gedanke traf mich mit voller Wucht: Ich fühlte mich jetzt bereit für eine Art von Nähe, vor der ich mich im Herbst noch gefürchtet hatte – wenn June denn ebenso empfand wie ich.

Ich folgte den Anweisungen ihrer sanften Stimme. Aber mein Blick huschte zu ihren Lippen. Einmal und dann immer wieder. Dieser rosa Mund. Ob er noch weich war wie damals?

June biss sich auf die Unterlippe, und der Anblick war elektrisierend. »Was?«, fragte sie, und ich antwortete: »Nichts«, meinte damit aber alles. Und natürlich erwiderte June: »Dir ist schon klar, dass diese Antwort so ziemlich alles impliziert, oder?«

Mein verdammtes Herz machte einen Satz, und dann verlor ich tatsächlich das Gleichgewicht. In einem Moment glitt ich noch neben June über das schimmernde Weiß, im nächsten stolperte ich über meine eigenen Füße.

Shit. Ein heftiger Schmerz fuhr mir durch den Rücken, und ich stöhnte auf. Da schob sich Junes Gesicht vor den tintenschwarzen Himmel.

»Alles okay?«

»Ja«, presste ich hervor, »ich denke schon.«

June sah besorgt zu mir hinunter, ihre Nase kräuselte sich und schließlich fiel ich in das leise Lachen mit ein, das über ihre hübschen Lippen glitt. Unter der Bommelmütze fielen ihr die Haare wirr um das Gesicht, im Schein der Laternen leuchteten sie wie rosa Wolken im Licht einer untergehenden Sonne.

Das Eis unter meinem Rücken brannte und drang kalt durch meine Jacke. Trotzdem war ich unfähig, mich zu bewegen, denn June war mir nah, so unendlich nah. Ich glaubte ihren Atem auf meinem Gesicht zu spüren, bei jedem Heben und Senken ihrer Brust unter dem riesigen Schal.

Ein und aus, und *ein und aus.*

Vorsichtig berührte sie mit den Fingerspitzen mein Gesicht und fuhr mit dem Zeigefinger meine Wangen entlang, so als müsste sie sichergehen, ob ich die Wahrheit sagte. Ich lächelte, und sie berührte meine Mundwinkel, ehe sie von mir abließ. Vorsichtig stützte ich mich auf den linken Arm und richtete mich halb auf, June blieb neben mir. Ihre Hand schwebte immer noch in der Luft zwischen uns, als hätte sie vergessen, was sie damit tun wollte.

Die Wangen waren gerötet, genauso wie die Stupsnase, und dieses Mal war ich es, der langsam seine Finger auf ihre weiche Haut legte. Meine Hand an ihr Gesicht, das über meinem schwebte.

Ich bin bereit für deine Nähe.

Und das Lächeln um Junes Mund war so klar umrissen und ehrlich, wie nur sie es zustande brachte. Tausend Watt und wunderschön zerstörerisch.

Die Vergangenheit ist Vergangenheit. Drei Jahre ohne dich waren nur das halbe Leben.

Junes Lächeln wurde noch breiter, wurde Hitze, erhellte sie und mich und ganz London. Legte sich über uns wie der wolkenlose, schwarze Himmel. Sie war ein Stern, war *mein* Stern, war es immer gewesen.

Und ich zählte die Sekunden. Eins, zwei … Blickkontakt über drei

Sekunden bedeutete gesteigertes Interesse, bedeutete ein Flirt, bedeutete, dass sie vielleicht ebenso dachte wie ich.

»Kian, ich …«, setzte sie mit brüchiger Stimme an und schmiegte ihr Gesicht mit geschlossenen Augen in meine Handinnenfläche. An ihren langen Wimpern hingen winzige Eiskristalle – eine wunderschöne Momentaufnahme, die ich um nichts auf der Welt zerstören wollte. Doch sie schmolzen vor meinen Augen, wurden zu Wasser und landeten als winzige Tropfen auf meinem Gesicht.

Alles drehte sich. Die Menschen um uns, mit ihren Kufen auf gefrorenem Eis, die blauen Wirbel in Junes Augen.

Unendlich langsam hob ich die Hand und ließ meine Fingerknöchel über ihre Schläfe gleiten, strich ihr dann die ewig zerzausten Haare aus dem Gesicht. Wie in Zeitlupe beugte June sich mir entgegen, während ich mich auf dem Eis abstützte. Mein Herz raste. Ich zählte die Sekunden, das tiefe Blau ihrer Augen wirkte von hier unten im Gegenlicht fast schwarz, unendlich und bodenlos, ehe ihre Lider sich flatternd zu schließen begannen. Und dann huschte mein Blick zurück zu ihrem Mund. Junes Mund, Mund, Mund.

Ein seltsamer Ton kam mir über die Lippen. Ein Seufzen, ein Aufstöhnen, ein Laut voller Sehnsucht, der gegen ihren Mund prallte. Ich ließ meine Hand weiter über ihre Wange und ihren Hals gleiten und legte sie schließlich federleicht in ihren Nacken. Durch meine Handschuhe hindurch spürte ich die Wärme ihrer Haut, vielleicht war es aber auch die Hitze, die sich in meinem eigenen Körper auszubreiten begann.

Doch dann war der Moment auf einen Schlag vorbei.

June öffnete die Augen, kam viel zu schnell wieder auf die Beine und half mir auf. Mit einem Ächzen griff ich nach ihrer Hand. Den Blick, den sie mir schließlich unter halb gesenkten Lidern zuwarf, konnte ich nicht deuten, doch unweigerlich machte sich Enttäuschung in mir breit. Es war ein leeres, betäubtes Gefühl im Bauch, weil ich vielleicht doch einfach alles falsch verstanden hatte.

Vielleicht hatte Ash recht – mit einfach allem. Vielleicht ...

Verdammt.

Ash, verfluchter Ash, verschwinde aus meinen Gedanken!

»Das lief bis jetzt doch super, oder?«, meinte June betont locker.

»Man fällt am Anfang immer hin. Das ist vollkommen normal.«

Doch da war etwas in ihrer Stimme. Neben dem leichten Zittern, das sie zu verbergen versuchte, schwang noch etwas mit, das mich glauben ließ, dass sie sich gerade ebenso nach dem Gefühl meiner Lippen gesehnt hatte wie ich. Nicht aus nostalgischen Gründen, oder wegen der Erinnerung an unsere Vergangenheit, sondern wegen dem Hier und Jetzt. Wegen der beiden Menschen, die wir inzwischen geworden waren.

Wir drehten noch einige Runden, einmal mit verschränkten Händen, dann wieder jeder für sich. Am Ende konnte ich mich tatsächlich alleine über das Eis bewegen, wenn auch bei Weitem nicht auf dieselbe Weise wie June. Ich fühlte mich frei und auf die allerbeste Art wie ein Kind.

Kopf aus und Welt an, was mir so selten gelang.

Nach einer halben Stunde ließen wir uns erschöpft auf eine der Holzbänke sinken. Die Lichter der geschmückten Tannen in unserem Rücken warfen ein warmes Licht auf Junes herzförmiges Gesicht. Wir saßen in der hintersten Ecke, nah am Rand des Dachs, hinter dem ein London voller leuchtender Punkte in der Dunkelheit dalag. Um uns herum ertönte immer noch Musik und vermischte sich mit den fröhlichen Rufen, die vom Eis zu uns herüberklangen, doch trotzdem befanden wir uns hier in unserer eigenen kleinen Welt.

Ich reichte June die Wasserflasche aus meinem Rucksack, ehe ich selbst einen Schluck nahm. Und versuchte nicht allzu offensichtlich schon wieder auf ihre rosa Lippen zu starren, die wegen des Wassers nur noch mehr glänzten.

»Seit wann kannst du eigentlich Schlittschuh laufen?«

»Keine Ahnung.« June zuckte mit den Schultern »Immer schon? In der Nähe von Groveford gibt es einen großen See. Wenn er im Winter zugefroren ist, sind Henry und ich hingegangen und haben es uns irgendwie selbst beigebracht.«

Und ich dachte: *Du bist wie der Sternenhimmel. An dir gibt es jedes Mal wieder etwas Neues zu entdecken.*

Mit einem lauten Ächzen zog June sich die Schlittschuhe von den Füßen, streckte die Beine und wackelte mit den Zehen. Die dicken Wollsocken waren grob gestrickt, bunt gestreift und ließen ihre Füße riesig aussehen. June fing meinen Blick auf, und da erst bemerkte ich mein eigenes Grinsen.

»Was denn?« Sie lachte. »Ich bekomme schnell kalte Füße, das weißt du doch. Deshalb habe ich vorsorglich gleich drei Paar angezogen.« June legte die Beine wie selbstverständlich auf meine Schenkel. Einen Moment lang zögerte ich, doch dann strich ich über ihre Waden und Füße.

»Genau deshalb solltest du deine Schuhe jetzt wieder anziehen«, meinte ich irgendwann, doch June seufzte nur. Sie lehnte sich gegen mich. Meine Hände wanderten langsam weiter, ihre Wirbelsäule entlang, bis zu den Schultern. Mein Herz klopfte wie verrückt, als ich den Arm um sie legte und sie ein weiteres Stück zu mir zog. Und mit June kam der Geruch nach wilden Blumen, ein bisschen Frühling auf unserer Bank.

»Das ist schön, Kian. Das ist so richtig schön.«

»Was genau?«

»Das hier. Du. Ich … du bist so ein Aufpasser. Ein Beschützer. Und eigentlich ist es das Letzte, was ich will, aber bei dir … ich …«, plötzlich verlegen biss sie sich auf die Unterlippe, »…ehrlich gesagt weiß ich gerade selbst nicht, was ich dir damit sagen will.«

»Du musst es nicht wissen«, erwiderte ich mit einem warmen Gefühl im Bauch. »Ich werde so oder so immer auf dich aufpassen.«

»Genau das meine ich …«, wisperte June nun und suchte meinen Blick. »Du bist so … ein Fels in der Brandung. Und manchmal denke ich, dass ich das nicht verdient habe. Dass ich … Fehler gemacht habe und du … du bist trotzdem einfach so sehr Kian.«

»Wie soll ich denn sonst sein?«

»Auf keinen Fall anders. So … mag ich dich.« Jetzt wurde June tatsächlich rot, auf allerniedlichste Art, doch sie wandte den Blick nicht ab, weil sie so nie gewesen war. Mein Herz schlug unkontrolliert in meiner Brust, ähnlich dem Moment, als ich mit meiner Hand ihr Gesicht umfasst hatte und sie küssen wollte. Jetzt sah sie mich auf eine Art an, die tausend Dinge mit mir machte, und im nächsten Moment waren da all meine ungesagten Worte:

Ich mag dich.

»Weißt du …«, setzte ich an, »… ich habe dich in den vergangenen drei Jahren einfach nicht aus dem Kopf bekommen. Vielleicht weil ich es nie richtig verstanden habe, vielleicht weil damals alles so wahnsinnig schnell gegangen ist, ich kann es dir nicht sagen. Zuerst habe ich mit allen Mitteln versucht, nicht mehr daran zu denken, aber irgendwann habe ich es aufgegeben, weil es mich sonst wahnsinnig gemacht hätte. Du bist es einfach gewesen, June. Immer. Obwohl du mir so wehgetan hast.«

Scheiße.

Da.

Ich hatte es ausgesprochen.

Ich hatte in Worte gefasst, was wir beide wussten und was längst überfällig war. Und es war, als würden wir die Luft anhalten, weil ich einen inoffiziellen Pakt gebrochen hatte. Eine unausgesprochene Vereinbarung, nicht über das Ende unserer Beziehung zu reden.

Die Luft zwischen uns flirrte, von Sekunde zu Sekunde schien sie stärker geladen. June hob langsam ihre Beine von meinem Schoß. Ihre Wärme und das leichte Gewicht fehlten mir sofort. Mit einer Hand strich ich über die Holzmaserung unter mir, weil ich meine Finger irgendwie beschäftigen musste, sonst würde ich June packen und an mich ziehen und keinen klaren Gedanken mehr fassen können.

»Mir ist klar, dass es letztlich nur ein halbes Jahr gewesen ist. Und das erscheint objektiv betrachtet so kurz. Es ist nur ein Bruchteil der Zeit, die wir seitdem getrennt voneinander waren, aber ...«

»Du hast für mich so viel verändert, Kian. Es spielt keine Rolle, wie lang es war. Es zählt nur der Moment, es zählt nur, wie es sich angefühlt hat.«

»Es hat sich ...«

»... wie Magie angefühlt«, vervollständigte June meinen Satz.

Wir sahen uns an. Ihr Gesichtsausdruck war nachdenklich, meiner wohl irgendwie erwartungsvoll.

»Ich konnte dich auch nicht vergessen, Kian. Du ... du warst das Beste. Das Allerbeste überhaupt. Ich wusste das zwar, aber es war mir nicht klar, wie es das heute ist. Du bist großzügig, loyal, so sanft. Du hast ein wunderschönes Herz. Du setzt dich unermüdlich für die Menschen ein, die dir wichtig sind, bist ambitioniert und dabei doch vernünftig. Und genau deshalb habe ich mich jetzt wieder in dich ...«, June biss sich auf die Unterlippe und schluckte die Worte hinunter. »Genau deshalb mag ich dich so gern. Es ist längst überfällig, dass ich mich bei dir entschuldige. Zuerst habe ich es nicht getan, weil ich der Meinung gewesen bin, dass es nichts mehr ändern würde. Dass ich es damit nicht ungeschehen machen kann. Und dann habe ich darauf verzichtet, weil ich dich wieder in meinem Leben hatte und wir auf eine andere Art zusammen waren. Weil ich jeden Moment mit dir so sehr genieße und das nicht durch Erinnerungen kaputtmachen wollte.« June seufzte schwer. »Aber das war egoistisch und falsch. Und natürlich denken wir beide an früher, das lässt sich ja wirklich nicht vermeiden.«

June tat das, was sie immer machte, wenn sie nervös war: Sie redete und redete und redete. Sie redete sich um Kopf und Kragen und erhöhte das Tempo unweigerlich mit jeder Silbe.

»Ich möchte mich also jetzt bei dir entschuldigen, Kian. Und zwar ganz ehrlich und aufrichtig und ohne irgendeine Erwartung an dich. Du musst mir das auch nicht verzeihen, aber du hast das verdient. Jeder Mensch hat das.«

Kurz schien es, als würde June dem noch etwas hinzufügen wollen, doch sie schwieg.

»Ich ... es ist keine Frage von Verzeihen, June. Du hast mir von Anfang an gesagt, dass du gehen wirst. Letzten Endes hast du nichts Falsches getan. Es geht mir um das Wie«, stellte ich klar und fügte sanfter hinzu: »Aber ich nehme deine Entschuldigung an. Es ist drei Jahre her, es ist vergangen.«

Doch eine Sache gab es, die ich wissen musste. Eine Sache, die mir bei all dem keine Ruhe ließ:

»Würdest du es wieder tun?«

June sah mich fest an, dann erwiderte sie. »Ja, das würde ich.«

Und mein Herz fiel.

Obwohl es das nicht sollte, versetzten mir die Worte einen Stich, hatte ich mir doch eine andere Reaktion erhofft. Vorsichtig legte sie mir eine Hand auf den Unterarm.

»Ja, ich würde wieder gehen, weil ich dadurch meinen Traum wahrmachen konnte. Wäre ich bei dir geblieben, wäre ich vielleicht auf anderem Weg an mein Ziel gekommen, aber trotzdem hätte ich mich irgendwann zwangsläufig gefragt, was gewesen wäre, wenn ich nach New York gegangen wäre. Und eines Tages hätte ich dir vielleicht genau das vorgeworfen. Also ja, ich würde wieder gehen, aber ...«

Erwartungsvoll sah ich June an. Meine Gedanken waren das reinste Chaos, ein nicht enden wollendes Kreisen, in dessen Zentrum sie stand.

»... aber ich würde es anders machen. Ich würde mich anders verabschieden. Ich würde auf dich hören, auf das, was zwischen uns ist, und versuchen eine andere Lösung zu finden, auch wenn die nicht ideal ist.«

Es war nicht so, dass ich mit einem Mal viel schlauer war als vorher, doch verschob sich mit diesen Worten unweigerlich etwas zwischen uns.

Und erst hier und jetzt wurde mir so richtig klar, wie sehr ich dieses Gespräch gebraucht und wie sehr ich es in den vergangenen Monaten vor mir hergeschoben hatte, weil ich Angst vor dem alten Schmerz gehabt hatte. Doch das nagende Gefühl, das so lange mein Begleiter gewesen war, stellte sich nicht ein, während June unverändert vor mir saß und mir offen und klar entgegenblickte.

»Ich kann die Vergangenheit nicht ungeschehen machen, Kian«, wisperte June und lehnte sich mir entgegen. »Und es gibt keine Worte, die ich sagen könnte, um sie besser zu machen. Nichts, was ich tun kann, würde etwas daran ändern. Aber ich kann sein, wer ich bin. Ich kann in diesem Moment mit dir existieren und dir versprechen, dass so etwas auf diese Weise niemals wieder geschehen wird. Das Leben ist immer ein Risiko, und mir ist klar, dass ich wahrscheinlich viel von dir verlange, aber ich möchte es richtig machen, und …

June

… wenn ich ehrlich bin, dann will ich es nicht als eine Freundin richtig machen, sondern als … mehr.« Mein Herz raste, weil ich diese Worte endlich aussprach. »Ich will mehr für dich sein als nur eine Freundin.«

Und da war es wieder: dasselbe Gefühl wie vor einer Stunde, als Kian auf dem Eis gelegen und mit verrutschter Brille zu mir aufgeblickt hatte, als gäbe es nichts anderes zu sehen als mich allein.

Nachdenklich schaute er mich an. Zwischen seinen Augenbrauen bildete sich diese schiefe Falte, die dort immer auftauchte, wenn er angestrengt über etwas nachdachte. Er starrte mich an, als würde er allein mit seinem Blick versuchen wollen, mein Innerstes nach außen zu kehren. Als würde er in mir die Antwort auf eine Frage suchen, von der ich nicht wusste, dass er sie mir gestellt hatte.

Seine braunen Augen verdunkelten sich, wirkten in diesem Moment fast schwarz, und mein dummes Herz begann nur noch mehr zu rasen. Kian *sah* Menschen. Und mit einem Mal war ich mir sicher, dass er genau jetzt und hier *alles* in mir erkannte. Mich und meine Sicht auf die Dinge. Und ich selbst sah die Bilder der Vergangenheit wieder vor mir.

»Mein Flug geht heute noch«, teilte ich Kian meine Entscheidung mit, und sein Blick schrie mir eine einzige Frage entgegen: WARUM? WARUM SO FRÜH?

»Ich wusste, dass du gehen willst, aber ... aber«, stammelte er. »Weshalb so plötzlich? Wir hätten doch noch ein paar gemeinsame Wochen gehabt.«

»Wir wissen beide, dass es enden wird. Das wussten wir von Anfang an«, versuchte ich möglichst ruhig zu sagen, obwohl ich am liebsten geweint hätte. Obwohl ich den Druck der Trauer und der kommenden Tränen längst hinter meinen Lidern spürte. »Und je länger ich warte, desto mehr wird es am Ende wehtun. Uns beiden.«

Verständnislos sah Kian mich an und flüsterte: »Aber heute? Wir wollten nächste Woche doch ...«

Stumm schüttelte ich den Kopf. »Meine Entscheidung steht fest. Ich muss das tun. Du weißt, wie wichtig mir das ist«, schob ich meinen großen Traum vor, der nur ein Teil der Wahrheit war.

Kian schien immer noch nicht zu realisieren, dass das hier das Ende war.

»Lass mich dich wenigstens zum Flughafen bringen.«

»Nein, ich ...«

»Juniper, ich ... Ich will wirklich, dass du frei bist und glücklich, aber ...«

Mein Herz riss ein Stück auseinander, als Kians sanfter Blick meinen traf. Mit seinen Worten und seinem ganzen Sein erneut tausend Gründe zu bleiben. Weil er der Gute war und immer das Richtige tat.

»Genau deshalb liebe ich dich«, flüsterte ich erstickt und legte eine Hand an sein Gesicht.

Er schluckte überdeutlich, und ich hätte gern irgendetwas gesagt, um all das besser zu machen. Ich verließ einen Menschen, der mich vom ersten

Moment an glücklich gemacht hatte. Ich verließ ihn nach sechs perfekten Monaten.

»Leb wohl, süße Juniper«, sagte Kian mit fester Stimme zum Abschied an der Tür. »Ich glaube an dich, und noch mehr glaube ich an deine Träume. Du wirst wunderbar sein, du wirst die Welt erobern.«

Seine Augen sagten Ich liebe dich, *doch er sprach es nicht ein weiteres Mal aus. Wir wussten es beide. Und ebenso war uns beiden klar, dass unsere Gefühle nichts mehr an der Situation änderten.*

Tränen nahmen mir die Sicht, als ich die wenigen Treppenstufen nach unten lief, doch ich straffte meine Schultern und ging meinen Weg.

Der Tag, an dem ich Kian verlassen hatte, lag ein halbes Leben zurück und doch kam es mir in manchen Augenblicken auf schmerzhafte Art so vor, als wäre es erst gestern gewesen. Aber mit diesem Gefühl spürte ich auch eine Dankbarkeit, weil er nun hier war und viel mehr noch Schmetterlinge in meinem Bauch.

Ich öffnete den Mund und schloss ihn wieder. Dann sagte ich bemüht langsam: »Die letzten Monate mit dir waren … Ich bin gern in deiner Nähe. Sehr gern. Und ich bin unheimlich froh, dass wir wieder zueinandergefunden haben, wenn auch auf andere Art und Weise als früher.«

Ich sprach noch weiter, doch es war, als würde gar nicht ich selbst reden. All diese Worte kamen vielmehr aus meinem Mund, ohne dass ich sie richtig wahrnahm. Mit einem Mal war da die Panik, einen Menschen, der mir viel bedeutete, zu verlieren. Sie überrollte mich, und beinah hätte ich laut aufgelacht.

Natürlich. Natürlich. Natürlich.

Ich war die, die ihm das Herz gebrochen hatte.

Ich war die, die immer zu viel von allem war.

Ich war die, die die Menschen in ihrem Umfeld überforderte.

»Du tust es schon wieder«, unterbrach Kian mich rau und schob sich die Brille auf der Nase zurecht.

Ich holte tief Luft, drohte an meinen eigenen Worten zu ersticken und versuchte das aufkommende Panikgefühl zu verdrängen, indem ich mich stattdessen auf Kians absolut ruhigen Gesichtsausdruck konzentrierte. Die Eisbahn, das herüberwehende Gelächter, die leise Musik – alles schien unendlich weit weg.

»Was tue ich?«, krächzte ich.

»Du redest und redest und redest. Du redest dich um Kopf und Kragen, statt mich etwas dazu sagen zu lassen.«

»Oh.«

»Du verstehst mich nämlich vollkommen falsch.«

»Wie verstehe ich dich denn?«, stellte ich die nächste sinnlose Gegenfrage.

»Ich habe dich einmal geliebt, und Gefühle sind wie Wellen: Sie kommen und gehen. Meine waren nie ganz weg. Es ist, als hätte ich gewusst, dass du zu mir zurückkommen würdest, als hätte ich auf dich gewartet.«

Und plötzlich war es egal, dass ich seine Geduld, sein Verständnis und all das nicht verdient hatte.

»Meine waren auch nie ganz weg«, flüsterte ich atemlos. Vorsichtig legte ich eine Hand auf seine Brust, dorthin, wo ich sein Herz vermutete. »Aber ...«

»Ich habe nie aufgehört, dich zu lieben, June. Und das muss ich dir ehrlich sagen. Ich kann keinen Tag länger so tun, als wären wir Freunde.«

»Wir müssen auch nicht so tun«, wisperte ich. »Weil ... weil es mir genauso geht wie dir.«

All die Momente der letzten Wochen und Monate durchströmten mein Bewusstsein und wurden zu einem Kribbeln in meinen Fingerspitzen. Ein warmes Kribbeln, welches sich weiter und weiter in meinem ganzen Körper ausbreitete.

Kian war es. Kian war dieser eine Mensch.

Er machte mich leise und ich ihn laut.

Er holte mich auf den Boden der Tatsachen zurück, und ich brachte ihn dazu zu fliegen.

Kian war mein fehlendes Puzzleteil und ich das seine – jetzt mehr denn je.

Für einen Sekundenbruchteil drängte sich etwas anderes in mein Bewusstsein. Es war wie ein Schatten, der Ashs Formen hatte. Sein unerschütterliches Grinsen, seine goldenen Katzenaugen, seine tiefgehenden Blicke, die mich bis nach New York verfolgt hatten und jetzt noch in meinen Träumen auftauchten. Doch er verschwand so schnell, wie er gekommen war.

Kian legte eine Hand an mein Gesicht, und ich schmiegte mein Gesicht in seine Wärme. Er sah mich einfach nur an. Voller Verständnis, wie er das immer tat, und etwas in mir wurde ganz ruhig. Gewissheit um die Dinge, die ich verloren und die, die ich gewonnen hatte, breitete sich in mir aus.

Und dann hauchte ich auf dieser Bank: »Küss mich, Kian.«

Er blinzelte, und Sekunden zerfielen in Endlosigkeit, während ich seinen Mund anstarrte, den rötlichen Bart. Seine schönen braunen Augen, dann wieder die geschwungenen Lippen. Das Lächeln dort ließ mich innerlich fallen. Ich hielt mich an seinen starken Oberarmen fest, unfähig mich zu bewegen. Ich war es gewesen, die gegangen war. Ich war es gewesen, die *uns* und alles, was gewesen war, zerstört hatte.

Es lag an ihm. Es war seine Entscheidung, was als Nächstes passieren würde.

Und mein Herz flehte.

»Ich will nichts mehr, als dich küssen«, unendlich langsam strich Kian mir eine Strähne aus dem Gesicht und steckte sie hinter mein Ohr. Eine liebevolle Geste, die ich stets furchtbar gefunden hatte. Übertrieben kitschig. Doch bei ihm war sie einfach... sie war alles, was ich gerade wollte – zusammen mit der Berührung seiner Lippen.

Mein Herz raste und drohte mir in der Brust zu zerspringen. Und sein Gesicht war nah, so nah. Ich sah die Pockennarbe am Kinn und die Wimpern hinter Glas. Sie waren hellbraun und lang.

Das Gefühl seines warmen Atems war eine federleichte Liebkosung, war ein Versprechen und über die Maßen verführerisch. Ganz langsam hob ich die Hände und nahm Kian mit zitternden Fingern die Brille ab, um sie neben uns auf das Holz zu legen. Ein träges Blinzeln. Er betrachtete einen Moment meine Hände, folgte mit den Augen ihren Bewegungen und biss sich auf die Unterlippe, ein letzter Blick unter halb gesenkten Lidern – träge, irgendwie heiß.

Und dann traf sein Mund endlich auf meinen. Warm und herb. Unendlich zärtlich und doch im genau richtigen Maß fordernd. Seufzend lehnte ich mich Kian entgegen, ließ mich noch tiefer in seine Arme fallen, die mich fest und stark umfingen, in den Geruch nach Morgentau und neu anbrechenden Tagen.

Endlich, endlich, endlich.

Das erste Mal geküsst hatten wir uns auf dem Dach des *White Roses*. Es waren unzählige Male gefolgt, und jedes einzelne hatte sich mir ins Gedächtnis gebrannt. Ich dachte, ich wüsste noch, wie Kian schmeckte, wie er sich anfühlte. Und so war es auch, gleichzeitig aber nicht: Kian war stärker und härter. Seine Bewegungen selbstsicherer. Unendlich sanft stieß seine Zunge gegen meine, und ich erschauderte unter dem Gefühl dieses Kusses, den ich länger ersehnt hatte als geahnt. Ich öffnete den Mund, ließ zu, dass unsere Zungen miteinander tanzten. Wir waren langsam, wir nahmen uns alle Zeit der Welt nach den Jahren, die wir verloren hatten. Und ich berührte Kians Gesicht, seine Wangen, die Schultern, einfach alles, während ich ihn schmeckte.

Für einen Sekundenbruchteil öffnete ich die Augen, seine warmen Lippen lagen immer noch auf meinen, doch ich musste mich vergewissern, ob das alles echt und kein Traum war. Als spürte Kian, dass ich ihn ansah, flatterten seine Lider. Ich sah das Lächeln in seinen Augen, ehe ich es an meinen Lippen spürte. Der Anblick war mehr als schwindelerregend, brachte mein Innerstes noch deutlicher aus dem Gleichgewicht. Tonlos sagte Kian meinen Namen, formte ihn lediglich mit den Lippen, die meine streiften.

In dem Moment, bevor ich meine Augen wieder schloss, verschwammen Vergangenheit und Gegenwart auf allen Ebenen miteinander. Und zwischen all den Erinnerungen und Gefühlen blitzte sie ganz kurz auf: die Zukunft. Eine Zukunft mit Kian. Die Bilder waren zu schwach, um sie direkt greifen zu können. Sie waren vage und leicht, wie treibendes Herbstlaub im Wind. Doch sie waren da, und ich hätte sie am liebsten festgehalten, so wie ich mich an dem Mann, der meine erste Liebe gewesen war, festklammerte.

Kian schob seine Hände an meine Hüften, legte sie dann auf meinen Hintern und zog mich enger an sich. Ich drängte mich gegen ihn inmitten dieses Winterwunderlands. Unser Atem bildete weiße Wölkchen, unser leises Seufzen ließ sie wieder verpuffen. Kian küsste mich nur noch intensiver. Seine Finger wanderten an meinen Seiten hinauf, glitten unter meine Jacke, jede kleinste Berührung ließ mich nur noch mehr erzittern. Und dann saß ich auf seinem Schoß, die Schienbeine auf Holz, das so hart war, wie sich in mir alles weich anfühlte. Ich schlang die Arme um seinen Hals, legte eine Hand in seinen Nacken und verlor mich an seinen Mund.

Noch nie hatte mich jemand so sanft und schwindelerregend langsam geküsst – nicht einmal er. Als wäre ich das Kostbarste, das Schönste, das Begehrenswerteste auf der Welt. Und trotz all der Vorsicht war die Art, wie er mich hielt, fest und bestimmt. Es waren die Hände eines Mannes, der wusste, was er tat. Diese Mischung brachte mich fast um den Verstand.

Ich wollte ihn, ich wollte ihn so sehr.

Unter einem dunklen, weiten Himmel und bunten Lampions zog Kian mich noch fester in seine Arme, und in diesem Moment wusste ich: Er würde mich nie wieder loslassen.

8. Kapitel

June

Am nächsten Tag summte ich auf dem Weg zur *Tube*-Station glücklich vor mich hin. Es war eines von Ilarias Liedern, das mich den ganzen Tag schon nicht losließ. Die Szene, in der sie sich zum ersten Mal mit ihrer Magie verband und die Grenzen ihrer Kraft austestete. Die Szene, in der Ilaria zum ersten Mal wirklich erkannte, *wie* mächtig sie eigentlich war.

Während der letzten Proben war irgendein Knoten in mir geplatzt, ich fühlte mich befreit und wieder mit meiner Rolle verbunden. Die Harmonie zwischen Ben und mir als Aillard und Ilaria war greifbar gewesen. Vielleicht, weil ich Ashs Vorschlag umgesetzt hatte – wenn auch ein bisschen anders, als er es mir vorgeschlagen hatte.

Statt in einem Wald oder Park hatte ich mir in meinem Zimmer ein Zelt zum *Grashören* gebaut und das Fenster aufgemacht, um alle Geräusche hereindringen zu lassen. Erst war ich mir unter dem Tuch seltsam vorgekommen, doch je länger ich tief ein- und ausgeatmet und mich darauf eingelassen hatte, desto besser fühlte ich mich. Da war neue Energie, Glaube an mich, eine Verbindung mit meiner Umwelt. Als Benoît nach Hause gekommen war und mich so in meinem Zimmer gesehen hatte, lachte er zunächst, doch wenige Minuten später lagen wir gemeinsam unter meinem Tuch, Kopf an Kopf, und hörten der Welt zu.

Als ich jetzt einen kleinen Umweg machte und auf das *Five Bells* zulief, merkte ich, wie gerne ich Ash davon erzählen würde. Eigentlich steuerte ich den Laden an, um ein Notizbuch zu holen, das Benoît dort liegen gelassen hatte – vielleicht war Ash ja da.

Ich drückte probeweise die Klinke nach unten, obwohl das *Closed-*

Schild noch an der Tür hing. Sofort schwang sie auf. Ich betrat das Innere des Pubs, in dem trotz hereinfallender Sonne ein Teil des Lichts geschluckt wurde. Ein warmer Schimmer lag auf den nackten Ziegelmauern und den grünen Wänden, die Stühle standen noch umgedreht auf den Tischen und auf der Theke entdeckte ich einen Eimer mit glitzerndem Schaum und einem Lappen daneben. Es war niemand zu sehen, doch vielleicht fand ich das Büchlein auch so.

Auf einmal hörte ich laute Stimmen aus der Küche. Ich verstand nicht, was gesagt wurde, spürte aber sofort, dass die Stimmung angespannt war. Instinktiv machte ich ein paar Schritte vorwärts. Stand dann wie bestellt und nicht abgeholt in der Mitte des Gastraums, als mir klar wurde, wer da miteinander diskutierte.

»Ich fühle mich einfach von dir verascht«, hörte ich Ash zischen und wurde das Gefühl nicht los, dass es dabei wieder einmal um mich ging. Teller klirrten, irgendetwas wurde mit einem lauten Knallen abgestellt.

»Ich wollte dir niemals dieses Gefühl geben«, hörte ich da auch schon Kians tiefe Stimme. »Wirklich.«

»Und das ändert jetzt genau was?«, schoss Ash zurück.

Die nächsten Worte wurden sehr leise gesprochen. Offensichtlich gaben sie sich Mühe, ihre Stimmen zu dämpfen.

»… hättest du das eben nicht noch einmal tun dürfen«, schnappte ich von Ash auf.

Was hätte Kian nicht noch einmal tun dürfen?

Ich merkte, wie ich mir in den vergangenen Sekunden fest auf die Unterlippe gebissen hatte, während ich versuchte alles zu hören, was gesagt wurde. Zugleich war mir bewusst, dass es alles andere als in Ordnung war, dieses Gespräch zu belauschen, das nicht für meine Ohren bestimmt war und mich auch überhaupt nichts anging.

»Das ist so klar«, wehte da wieder Ashs Stimme zu mir herüber. »Am Ende geht es immer um June, oder?« Als ich meinen Namen hörte und wie abfällig er ihn aussprach, zuckte ich zusammen.

Also doch.

Zwischen Ash und mir hatte sich rein gar nichts geändert.

»Ich dachte, wir hätten das geklärt.« Kian sagte noch etwas, doch das hörte ich gar nicht mehr. Stattdessen stolperte ich betroffen zurück und steuerte den Ausgang an. Ich öffnete die Tür und zog sie langsam hinter mir zu, ehe ich das *Five Bells* zum zweiten Mal betrat. Dieses Mal ließ ich die Tür extralaut ins Schloss fallen.

»Hey«, rief ich in den Laden. »Jemand da?«

Selbst mir fiel auf, dass ich viel zu fröhlich und aufgesetzt klang, doch Kian schien nichts davon zu bemerken, als er aus der Küche trat. Er sah mich und was auch immer sich gerade noch auf seiner Miene abgezeichnet hatte, verblasste gänzlich, während er auf mich zukam. Ein Socken grün, der andere blau. Da war dieses ruhige Strahlen seiner dunklen Augen, und in mir wurde etwas ganz weich und warm. Sofort erinnerte ich mich wieder an den sanften Griff seiner Hände um mein Gesicht und wie behutsam er mich zwischen bunten Weihnachtslichtern berührt hatte.

»Hey«, hauchte ich. Und fügte nach einem kurzen Zögern hinzu: »Benoît hat hier gestern etwas liegen lassen, und ich wollte das nur schnell für ihn holen.«

Im nächsten Moment schob Kian mir die Haare aus dem Gesicht und küsste mich federleicht auf den Mund. Sanft und dann doch tief und schwindelerregend.

»Hey«, raunte er gegen meine Lippen, dann löste er sich langsam von mir und lächelte mich verschmitzt an. »Sein Notizbuch?«

Ich nickte.

»Hab mich schon gefragt, von wem das ist«, meinte er, ging zum Tresen, öffnete eine der Schubladen und zog ein schmales Heft hervor.

»Hier«, sagte er und drückte es mir in die Hand, ehe er mich wieder ganz selbstverständlich an sich zog. Ich machte mich größer, kam ihm und seinem schönen Mund entgegen, was jeden anderen Gedanken, den ich gerade eben noch gehabt haben mochte, unweigerlich auslöschte. Er hob mich ein Stück hoch, bis ich mit den Zehenspitzen auf seinen Füßen stand und seinen Lippen damit näher war. Kichernd schlang ich ihm die Arme um den Hals und küsste, küsste, küsste ihn.

Erst als die Hintertür des Pubs mit einem lauten Knall ins Schloss fiel, zuckte ich erschrocken zusammen und ließ von Kian ab. Das Geräusch hallte nach, und ein Schwall kalter Luft war mit ihm ins Innere des Pubs gelangt.

Ash.

Ash und

seine Wut,

die in der Luft zu flirren schien und fast greifbar war – so durchdringend, so allumfassend.

Ich fröstelte.

Und erst sehr viel später drang das Gespräch, das ich zwischen Kian und ihm belauscht hatte, zurück in mein Bewusstsein. Ich wollte dem nicht zu viel Bedeutung beimessen, doch die Worte hallten in mir immer lauter und übermächtiger nach. Als ich mich mit Benoît am Leicester Square traf, um ihm das Büchlein mit seinen Romannotizen zu geben. Als ich am *Mephisto* in Ilarias Rolle schlüpfte und über Wolken lief. Als ich bei Chloé im *Le Fleuriste* Blumen kaufte.

Sie kamen ein ums andere Mal.

Zwischen den Tagen lag ich hellwach im Bett und wälzte mich unruhig von einer Seite auf die andere. Hell schien der pralle Mond in mein Zimmer, wie ein Scheinwerfer auf meine Gedanken. Benoît war schon vor mehreren Stunden ins Bett gegangen, doch in meinem Kopf kreisten die Bilder der letzten Tage.

Entschlossen schlug ich die Decke zur Seite, zog mir eine Jogginghose und einen weiten Pulli an, steckte meine Haare zusammen und schob sie unter die Kapuze meiner dicken Jacke. Dann tapste ich durch den schmalen Flur, um Benoît nicht zu wecken, und zog die Eingangstür möglichst leise hinter mir zu.

Vom Himmel fiel diese seltsame Mischung aus Schnee und Regen. In der Mitte der Prosperity Lane blieb ich stehen und hielt mein Gesicht den Wolken entgegen, ließ Wasser über meine Haut laufen, atmete tief ein und aus, ehe ich ziellos durch Camden zu laufen begann.

Ich achtete nicht auf den Weg, wollte einfach in Bewegung sein, bis ich hoffentlich müde genug wäre.

Doch plötzlich stellte ich fest, dass meine Füße mich zum *Five Bells* getragen hatten.

Hinter den Bogenfenstern brannte ein schwaches Licht, obwohl der Pub längst geschlossen war. Es warf düstere Schatten auf die Wände – und auf Ash. Ein hohes Glas vor sich, den Kragen seines Hemds gelockert, die Ärmel nach oben gekrempelt, hockte er ein wenig eingesunken allein an der Bar. Und ich hatte nichts Besseres zu tun, als ihn anzustarren. Sein Profil, das, was ich zu sehen bekam. Und ich fragte mich, was er mitten in der Nacht allein in seinem Pub machte. Für einen Moment wandte ich den Blick ab und sah über die Straße auf das gegenüberliegende Haus. Auch oben in den Fenstern brannte Licht, also war Kian ebenfalls noch wach. Ob die beiden sich noch einmal gestritten hatten? Ob wieder ich der Auslöser für die Auseinandersetzung gewesen war?

Mein Herz wurde bei dem Gedanken ganz hart, und gleichzeitig war da ein anderes Gefühl, das ich nicht empfinden und an das ich nicht einmal denken sollte.

Doch Ashs Anblick rührte unweigerlich etwas in mir. Er sah einsam aus und verletzlich, so echt und roh. Eine Version von ihm, an die ich mich kaum noch erinnern konnte. Und das war der Moment, mitten im nächtlichen Schneeregen, in dem alles mich flutete: die kleinen Augenblicke zwischen uns, das Gespräch, das ich belauscht hatte, wie er für mich kochte und wie es uns gelungen war, für einen Moment alle Abneigung außen vor lassen zu können.

In dieser schlaflosen Nacht hatte ich keine Kraft, mich dagegen zu wehren, stand dort im Regen, in der schützenden Dunkelheit und dieser Glasscheibe zwischen Ash und mir. Ein bisschen wie damals und dabei doch ganz anders. Und ich erlaubte mir diesen Gedanken:

Ash war schön.

Er war jetzt schön, und er war es damals gewesen. Nicht auf eine klassische äußerliche Art, sondern vielmehr auf eine Art, die von innen kam – die auf Ausstrahlung und Charisma beruhte, die einen mit sich riss, die einen sprachlos machte und gleichzeitig jeden Gedanken aus einem herauslockte. Ashs Maske war verschwunden, und dieser kurze Moment reichte aus, um jene Erinnerung in mir wachzurufen, vor der ich mich so lang gefürchtet hatte.

Der Regen war zu stark, das war auch mir klar, doch das fehlende Geräusch des Motors machte die Stille zwischen uns lauter. Wir waren noch nie richtig allein miteinander gewesen, und das ... machte mich seltsam nervös. Und wenn mich nicht alles täuschte, dann ging es Ash ähnlich. Er hielt immer noch krampfhaft das Lenkrad umfasst, weiß traten die Knöchel an seinen langen Fingern hervor. Um das linke Handgelenk war ein schief geknüpftes Lederarmband geschlungen. Ich fixierte es, weil ich wusste, dass ich Ash sonst nur ratlos ansehen würde.

Er wandte den Kopf und lächelte mich zaghaft an, und ich erwiderte sein Lächeln. Seines wurde noch breiter und zeigte die Grübchen, die mir am Tag unserer ersten Begegnung sofort aufgefallen waren und auf die ich seitdem nicht mehr zu achten versucht hatte. Doch jetzt sah ich für wenige Sekunden nichts anderes mehr. Und dann hielt ich es aus irgendeinem Grund nicht mehr aus, obwohl meine Vernunft mir sagte, dass ich einfach den Mund halten sollte:

»Ash?«

»M-hm ... ?«

Stille breitete sich erneut zwischen uns aus. Stille, die dafür sorgte, dass er langsam den Kopf drehte und sich mir ganz zuwandte. Und ich wusste nicht, woran es lag, aber es fühlte sich an, als würde er mich zum ersten Mal ansehen. *Nicht nur mein Äußeres, sondern tief in mich hinein – so wie an jenem Tag, als er mich mit meinem Stapel loser Blätter in der Hand auf dem Leicester Square beobachtet hatte.*

»Wieso hast du mich nie angerufen?«, flüsterte ich schließlich, obwohl es doch längst keine Bedeutung mehr hatte. Vielleicht aber fragte ich genau deshalb. Wegen seines intensiven Blicks aus bernsteinfarbenen Katzenaugen. Weil dieser Augenblick, genau wie unsere erste Begegnung, von der wir nie jemandem erzählt hatten, seltsam aus der Zeit gefallen zu sein schien und weil das alles war, was wir hatten: Momente – unwahr, nicht greifbar, nicht existent.

Weil selbst die Tatsache, überhaupt ein WIR zu denken, über die Maßen falsch schien.

Jetzt kniff Ash die Augen zusammen, ehe er auflachte. »Was hast du erwartet? Ich dachte, das war nur ein Spiel für dich.«

»Vielleicht war es das«, wisperte ich. »Vielleicht habe ich es mir aber auch wirklich gewünscht.« Ich wollte, dass Ash diese Worte hörte. Und doch hoffte ich zugleich, dass das beständige Trommeln des Regens auf dem Autodach sie schluckte.

Falsch, falsch, falsch, ertönte es in meinem Kopf.

Du hattest deine Chance und hast sie verstreichen lassen.

Etwas flackerte in Ashs Blick auf. Er wandte sich ab, schaute durch die Windschutzscheibe auf die Straße vor uns, die wegen des beständigen Regens nur schemenhaft zu erkennen war. Dann sah er mir wieder ins Gesicht, mit einem kaum hörbaren Seufzen.

»Es war besser so.«

Und du hast jetzt Kian, und alles ist, wie es sein soll, schienen seine Augen zu sagen.

In mir rührte sich etwas, dem ich nicht nachgeben wollte. Eine leise Stimme, die von Schicksal und Entscheidungen sprach, und dieses Mal war ich es, die den Blick abwandte.

Das Innere des Wagens schien mir mit einem Mal zu eng zu sein, mir die Luft zu nehmen. Im nächsten Moment riss ich die Tür auf und sprang in den strömenden Regen hinaus, streckte mein Gesicht dem weinenden Himmel entgegen. Ich brauchte Freiheit, brauchte Luft zum Atmen und in diesem Fall war Flucht wohl besser als alles andere. Ich breitete die Arme aus, drehte mich, drehte mich schneller und schneller. Wasser rann mir über das Gesicht, durchnässte Haare und Kleidung, doch es war mir egal. Ich wollte den Moment, der mir so oft zu entgleiten drohte, weil meine Gedanken immer überall und nirgends zugleich waren. Und je wilder ich umherwirbelte, desto befreiender fühlte es sich an – bis das Geräusch der zuknallenden Autotür den Moment nicht nur störte, sondern zerstörte.

»Was zur Hölle tust du da?«, brüllte Ash.

Ich blinzelte, blieb für einen Moment stehen und starrte ihn an.

»Ich tanze«, erklärte ich.

»Das sah eher aus, als hättest du eine Art Anfall.«

Vielleicht hatten seine Worte sich fies anhören sollen, doch das taten sie nicht. Seine Stimme klang zu sanft, und noch etwas anderes schwang in ihr mit.

»Sagt man nicht immer: Tanze, als würde dir niemand zusehen?«

Ash schwieg, und ich ignorierte ihn, weil das nun einmal leichter war als alles andere.

»Komm zurück. Du erkältest dich noch«, seufzte er irgendwann.

»Ach, so fürsorglich?«

»Verdammt, June«, knurrte er und kam näher, umfasste mein Handgelenk.

»Du hast genau zwei Optionen. Geh zurück in den Wagen oder tanz mit mir.«

»Das ist jetzt nicht dein fucking Ernst.«

Ich reckte das Kinn und blickte trotzig zu ihm auf. »Oh doch, das ist sehr wohl mein Ernst.«

Und dann passierte etwas Verrücktes: Die Zeit schien stillzustehen und die Welt auch. Ash ließ seine Hand, wo sie war, nur wurde der Griff um meinen Unterarm sanfter. Und im nächsten Moment tanzten wir durch den Regen. Wir mussten absolut verrückt aussehen mit unseren unkoordinierten Bewegungen und der fehlenden Musik.

Plötzlich zog er mich näher an sich. Näher, näher, näher, bis ich fest gegen seine Brust stieß und mir der schwindelerregende Geruch nach Herbst und fallenden Blättern in die Nase stieg.

Und dann dachte ich gar nicht mehr nach. Der Boden tat sich auf, ich fiel und landete in einer anderen Dimension, in der Ash mich wie versprochen angerufen hatte. Wir flogen über den nassen Asphalt, und zum allerersten Mal erhaschte ich einen Blick auf diese ferne Realität, in der wir ebenfalls existierten. Dort fasste Ash mich um die Taille, hob mich lachend hoch und wirbelte mich durch die Luft. Dort war er es, der auf meinen Streifzügen durch meine Seelenstadt meine Hand hielt. Wir hatten das Date, von dem wir gesprochen hatten, wir waren uns nah. Ash küsste mich, liebte mich – mein Herz, meinen Körper.

Ich riss die Augen auf, die ich, ohne es wirklich zu merken, geschlossen hatte. Ash starrte mich reglos an, seine Mundwinkel zuckten. Sein Herz schlug gegen meins und war eins mit dem Rhythmus des Regens.

»Was denkst du, Cloudy?«

Wieso nennst du mich so? Wieso sagst du das? Wieso, wieso, wieso?

Ich blinzelte, versuchte mein rasendes Herz zu ignorieren.

Cloudy, Cloudy, Cloudy. Dieser dumme, bedeutungslose Name.

»Nur ein Was-wäre-gewesen-wenn-Gedanke«, sagte ich ehrlich, und ein Teil von mir dachte sich, dass ich die Klappe halten sollte. Dass ich längst nicht mehr an einer Klippe stand, sondern einem Abgrund entgegenfiel und kurz davor war, eine richtig dumme Entscheidung zu treffen. Weil ich immer schon auf mein Herz gehört hatte, statt auf meinen Verstand.

Ash neigte den Kopf, ich tat es ihm gleich. Wir waren stehen geblieben, hielten uns aber immer noch aneinander fest. Wäre da nicht sein fester Griff, ich hätte das Gefühl noch tiefer zu fallen. Ich sah meine Hände in seinem *dunklen Haar, meine Fingerkuppen auf den Bartstoppeln, die seine Wangen bedeckten, und schließlich die Ungläubigkeit in seinen Augen, vielleicht auch Angst und Verwirrung – und im nächsten Moment prallten unsere Münder aufeinander, gierig, wild, ganz so, als hätten wir viel zu lang etwas zurückgehalten.*

Ash hielt mich, als könnte ich jeden Moment zerbrechen, aber auch so, als wäre ich das stärkste Wesen dieser Welt. Er hielt mich, wie er mich nicht halten sollte, berührte mich, wie er es nicht tun sollte.

»Cloudy«, murmelte er erstickt an meinen Lippen, »Wolkenmädchen.«

Und ich zog ihn nur näher, küsste und küsste und küsste ihn. Ich wollte nur noch einen kurzen Moment länger, dass es sich richtig anfühlte. Dass es okay war, dass ich Schmetterlinge im ganzen Körper hatte.

Ich blinzelte.

Ash hatte sich auf dem Hocker umgewandt, blickte mit gerunzelter Stirn in die Nacht hinaus und …

… mir direkt ins Gesicht.

Scheiße. Scheiße. Scheiße.

Ich machte einen Satz zur Seite und stolperte unter dem überlauten Schlagen meines Herzens über meine eigenen Füße. Hatte Ash mich gesehen? Oder hatte er sich einfach so umgedreht?

Wie gelähmt beobachtete ich, wie er vom Barhocker rutschte und auf die Eingangstür zulief. Sicher würde er gleich herauskommen und mich fragen, was zur Hölle ich hier in der Dunkelheit zu suchen hatte. Mich damit konfrontieren, dass ich mitten auf der Straße stand und ihn anstarrte. Doch nichts davon geschah. Scheinbar hatte Ash vergessen, das *Five Bells* abzuschließen. Ich hörte, wie der Schlüssel im Schloss herumgedreht wurde und sah ihn wieder die Bar ansteuern.

Und ich lief weiter ziellos durch Camden. Ruhelos und nur noch aufgedrehter von meinen wilden Gedanken, die von Schritt zu Schritt, von Regentropfen zu Regentropfen doch irgendwie klarer wurden:

Ich wusste, wie ich sie zum Schweigen bringen konnte.

Ich wusste, was das Richtige wäre.

Am nächsten Tag schrieb ich Kian noch auf dem Weg ins *Mephisto*. Wie immer standen die Menschen in der *Tube* dicht an dicht gequetscht. Zu viel Körperkontakt, zu viel Lärm, zu viel fremde Körperwärme. Ich musste mich verrenken, um die wenigen Zeilen an ihn tippen zu können, und ignorierte dabei die junge Frau mit der flippigen Kurzhaarfrisur, die nicht gerade unauffällig auf mein Handydisplay linste. Ich schlug Kian vor, dass wir uns am Ende der Blossom Street trafen, weil ich weder seine Wohnung noch das *Five Bells* und alles, wofür es inzwischen stand, ertragen hätte. Das Schlimmste war: Kian sagte nicht nur sofort zu, er schickte mir auch einen schönen Ausblick, die Sicht vom *Primrose Hill* hinab auf London.

Den Nachmittag im Theater brachte ich nur mühsam hinter mich. Jimmy wollte schon dafür sorgen, dass ich nach Hause ging, weil er meinte, dass ich so blass aussehen würde und mit Sicherheit etwas ausbrütete. Und als ich in der Pause auf die Toilette ging und mir dort kaltes Wasser ins Gesicht spritzte, erschrak ich ein bisschen vor meinem Anblick: Das Gesicht hell wie Schnee, die Haut unter den Augen durchscheinend und lila schimmernd und das Weiß in den Augen selbst gerötet, weil ich den ganzen Tag schon die Tränen zurückzuhalten versuchte. Sie drückten gegen meine Lider, jedes Mal, wenn ich an Kian dachte. An jeden Blick über London, an die Schlittschuhe an seinen Füßen, an seine Hand an meinem Gesicht und die Vergebung in seinem Blick.

Ich sah ihn schon von Weitem. Neben seinem Fahrrad lehnte er an einer Straßenlaterne, die Beine überkreuzt und die Hände in den Hosentaschen. Als er mich bemerkte, erhellte sich sein Gesicht und automatisch zupfte ein Lächeln an meinen eigenen Mundwinkeln. Die Sonne verfing sich in der braunen Mütze und seinen Kupferhaaren, und die nächsten Sekunden vergingen wie in Zeitlupe. Als würde ich unter Wasser auf ihn zulaufen. Ich wollte nur noch rennen – in seine Arme hinein und gleichzeitig so weit weg, wie es nur ging.

Kian trug die Vintage-Jacke, die er sich vor Jahren nach meinem Tattoo-Termin auf dem *Camden Market* gekauft hatte. Die verschiedenen Brauntöne betonten die Farbe seiner Augen und diese Erinnerung an alte Zeiten, vor allem aber an uns, machte alles und jeden Schritt nur noch schwerer.

»Hey du«, sagte er dunkel.

Bevor ich etwas erwidern konnte, schloss er mich schon in seine Arme und küsste mich. Und ich küsste ihn zurück, klammerte mich an ihm fest, weil ich ihn und das mit uns nicht loslassen wollte. So sehr ich alles für einen Augenblick zu vergessen versuchte, spürte ich den Moment, in dem Kian bemerkte, dass etwas nicht stimmte. Erst küsste er mich sanft, dann ein bisschen verzweifelt. Und schließlich ließ er von mir ab. Seine Stirn an meine gelehnt, Nase an Nase und ein tiefer Blick aus diesen ernsten Kaffeeaugen.

»Juniper …«, raunte er traurig, »Was ist passiert?«

»Ich …«

»Ich seh's dir an«, sagte er leise und strich mit dem Daumen über meine Wange. »Bitte sag es mir.«

»Deshalb bin ich hier«, meinte ich lahm, »um mit dir zu reden.«

Hätte ich ihn vorwarnen müssen? War es unfair gewesen, es nicht zu tun? Aber machten Sätze wie *Wir müssen reden* oder *Ich muss dir etwas sagen* nicht alles noch schlimmer? War in diesen Fällen Fantasie meist nicht schrecklicher als die Realität?

»Laufen wir ein Stück?«

O Gott.

Ogottogottogott.

Ich legte eine Hand auf meinen Bauch, als wir losgingen. Mir war schlecht, alles drehte sich und meine Umgebung zog an mir vorbei, ohne dass ich irgendetwas richtig wahrnahm.

Ich wollte das nicht tun.

»Es ... Wahrscheinlich ist es alles andere als fair, dir das jetzt zu sagen, aber ich bin mir sicher, dass du es ohnehin schon längst weißt. Ich ... ich habe mich in dich verliebt. Ich habe mich *wieder* in dich verliebt.«

»Aber ist das nicht etwas Gutes?« Kian verflocht seine Finger mit meinen, und ich hatte nicht die Kraft, meine Hand wegzuziehen. Seine war zu stark, zu warm, zu sehr er. »Vor allem, wenn man bedenkt, dass es mir ... genauso geht. Ich habe mich doch auch wieder in dich verliebt.«

Jetzt begann Kian, mit dem Daumen Kreise auf meinen Handrücken zu malen, und mein Herz machte einen glücklichen Satz, der zugleich mehr als alles andere schmerzte.

Ich hatte gedacht, das Laufen würde helfen und es leichter machen, aber ich hatte mich geirrt. Jetzt blieb ich stehen, weil ich ihn bei den folgenden Worten direkt ansehen musste. Weil ich ihm dabei in die Augen schauen musste.

»Ich bin mir einfach nicht sicher, ob ... Ich frage mich, ob das wirklich funktionieren kann.«

Kian blinzelte. »Das Letzte, was ich möchte, ist, dich zu irgendetwas zu drängen. Wir empfinden scheinbar schon eine sehr lange Weile dasselbe füreinander, und ich denke, dass es das ist, worauf es ankommt. Wir müssen dem Ganzen ja keinen Namen geben. Das sind Dinge, die Zeit haben, Hauptsache wir fühlen uns gut damit – ganz gleich, ob das jetzt Beziehung heißt oder nicht.«

Ich schluckte schwer. In mir war alles heiß und kalt, und das Gefühl der Scham flutete mich. Nicht nur hatte ich Ash vor drei Jahren geküsst, ich stellte mir das Gefühl seiner Lippen auf meinen in letzter Zeit immer häufiger vor.

Oh Kian, mein Kian, wieso bist du immer so verständnisvoll bei allem, was du sagst und tust?

»Ich weiß. Und ich fühle mich überhaupt nicht gedrängt. Nach allem finde ich es schön, dass wir uns die letzten Monate Zeit genommen haben herauszufinden, was wir voneinander wollen.«

»Aber ...?«

»Aber ich weiß einfach nicht, ob gerade der richtige Zeitpunkt ist. Es ist so viel passiert, und vielleicht war es doch *zu* viel. Und ich hasse den Gedanken, zwischen Ash und dir zu stehen oder schlimmer noch: Schuld daran zu sein, dass ihr euch streitet und entfremden könntet. Ich weiß, wie wichtig ihr euch seid.«

Ob Kian merkte, dass das eine Wahrheit mit Leerstellen war?

So wie damals?

Ich hatte gerade meinem Freund mit Halbwahrheiten das Herz gebrochen. Hatte mir selbst einen richtigen Abschied verwehrt, weil ich dachte, es mir so leichter machen zu können. Doch als die Tür hinter mir zufiel – erst die der WG und dann die des Black Cabs *– rannen mir die Tränen nur noch heftiger über das Gesicht. Unaufhaltsam brachen sie sich Bahn, und auf einen Schlag war ich mir nicht mehr sicher, ob New York eine gute Idee war. Ich wusste nur noch, dass ich unmöglich bleiben konnte.*

Das Schlimmste war nicht einmal, dass ich den besten Freund meines Freundes geküsst hatte. Das Schlimmste war, was ich dabei gefühlt hatte. Das Schlimmste waren die Schmetterlinge, die sich schon seit Längerem in mir breitgemacht hatten und jetzt in sich zusammenfielen, als ich im Rückspiegel Ash erkannte. Mit in die Hosentaschen geschobenen Händen am Rand der Straße. Wahrscheinlich war er gerade von der Arbeit gekommen.

Er wurde kleiner und kleiner, und ich konnte den Blick nicht abwenden von dem Mann, der mit mir im Regen getanzt hatte. Der keinen meiner Träume und Gedanken zu groß fand. Der Mann, der meist ebenso getrieben und wild wirkte wie ich selbst. Ash, der in mein Leben getreten war und mich seitdem nicht mehr losgelassen hatte.

Schnell schüttelte ich den Kopf. Das war bloße Verwirrung. Das war bedeutungslos.

ABER WIESO FLIEHST DU DANN?, schrie eine Stimme in mir.
WIESO FLIEHST DU WEGEN EINER NICHTIGKEIT?
Ich schaute auf und begegnete Kians Blick, der mich absolut ruhig ansah. Viel zu ruhig, sogar für seine Verhältnisse und für einen Augenblick war da nur der typische Lärm Camdens, der sich mit dem Quietschen von Kians Fahrrad vermischte.

Dann fragte er: »Und das ist wirklich das, was du willst?«

»Ich … Ja … Nein …«, stammelte ich und all die Worte, die ich mir mehr oder weniger zurechtgelegt hatte, waren mit einem Mal verschwunden.

»Ich möchte nicht zwischen deinem besten Freund und dir stehen«, sagte ich. *Ich wollte das nicht mehr. Nicht schon wieder.* »Und auch Ash und ich kriegen uns immer wieder in die Haare.«

»Ja, das mag sein. Und es wäre gelogen, wenn ich sagen würde, dass es mir nicht wichtig wäre, dass mein bester Freund und meine Fr… du gut miteinander klarkommen, aber …«, nun brannte Entschlossenheit in seinen Augen, »… wir sind erwachsen, June. Ich finde, wir sind über den Punkt hinaus, dass das eine Entweder-oder-Sache wäre. Wir sind alle für uns selbst verantwortlich und solange unsere eigene Freiheit da endet, wo die des anderen beginnt, ist meiner Meinung nach alles in Ordnung.«

Mein Herz schrie. Unsere Arme streiften sich beim Gehen, und die Sehnsucht nach Kian überwältigte mich jetzt schon stärker, als ich es ertragen konnte. Jede zufällige Berührung war wie ein wunderschöner Stromschlag, selbst jetzt, wo alles irgendwie endete. Kian war vernünftig, alles, was er sagte, klang vernünftig und durchdacht und doch änderte es nichts. Gute Argumente kamen nun einmal nicht gegen das Chaos in meinem Herzen an.

»Ich schätze, das ist alles einfach ein bisschen viel gewesen«, wisperte ich.

»Also beendest du das an dieser Stelle? Bevor es überhaupt richtig angefangen hat?«

»Ich möchte es nicht beenden«, flüsterte ich und merkte doch, wie sich im selben Moment irgendetwas in mir verschloss. Wie ein Tor, das plötzlich zufällt.

»Ich brauche zumindest …

Kian

… erst einmal Abstand.«

In Junes Augen erkannte ich die Mischung aus Schmerz und Entschlossenheit, die ich dort zuletzt gesehen hatte, als sie in meiner WG in Shoreditch aufgetaucht und dann aus meinem Leben verschwunden war. Stella war als Einzige zu Hause gewesen und hatte alles mitbekommen. In ihrer Fürsorge um uns alle war sie vielleicht ein bisschen neugieriger, als gut für sie war. Sie hatte zwar vehement abgestritten, gelauscht zu haben, aber ich war da bis heute anderer Meinung. Doch ganz gleich, wie es genau gelaufen war: Als die Tür hinter June ins Schloss gefallen war und ich wie gelähmt auf die hell gestrichene Holzmaserung starrte, war Stella im Flur erschienen und hatte von hinten ihre Arme um mich geschlungen. Sie hatte mich festgehalten, als mein Herz nur noch ein Haufen Scherben gewesen war. So sehr, dass ich damals den Moment zum Wütendsein irgendwie verpasst hatte.

Dieses Mal konnte mein Herz nicht mehr brechen. Nicht weil immer noch ein paar juneförmige Risse und Splitter existierten, sondern weil ich innerhalb der letzten Jahre dazugelernt hatte. Weil ich wusste, wann das Kämpfen einen Sinn hatte und wann es zwecklos war.

June wollte Abstand. June wollte sich also über Dinge klar werden und meine Freundschaft zu Ash retten und auch das, was auch immer wir inzwischen waren.

Woher willst du wissen, dass sie sich geändert hat?, ertönte ausgerechnet jetzt Ashs Stimme wie ein fernes Echo in meinem Kopf, und ich kam nicht umhin zu befürchten, dass June auch dieses Mal wieder den leichten Weg wählte. Vielleicht war ich wirklich so dumm gewesen, wie Ash behauptet hatte. Gerade wirkte alles wie eine Wiederholung der Ereignisse: Die Frau, die vor mir stand und sagte, sie liebe mich, und die trotzdem ging.

Und mit diesem Gedanken kam der Zorn. Noch war er leise und irgendwo unter der Oberfläche, noch versuchte ich, ihn hinunterzuschlucken, doch er war da. Wieso fiel June erst nach drei intensiven Monaten auf, dass es ihr womöglich doch zu viel war? Wieso die ganze Nähe? Ihre Hand beim Schlittschuhfahren in meiner und ein wunderschöner Kuss hoch über London? Und das, obwohl ihr doch klar war, wie sehr sie mich damals verletzt hatte.

War das Leichtsinn? Gleichgültigkeit?

Mein Körper war wie versteinert, doch mein Geist drehte sich. Er nahm auseinander, analysierte all die gemeinsamen Momente und versuchte, irgendeine Art Sinn in all dem zu erkennen. Etwas, das mir zunächst womöglich entgangen war.

Nach einem unbeholfenen Abschied und einer seltsamen Umarmung wollte ich mich nicht noch ein letztes Mal nach June umdrehen. Ich nahm es mir fest vor. Am Ende tat ich es doch und das Letzte, was ich von ihr sah, waren ihre wilden langen Haare, die von einer Windböe durcheinandergewirbelt wurden.

Es war, als würde June einfach davonschweben. Und es gab rein gar nichts, was ich dagegen tun konnte.

9. Kapitel

Kian

Obwohl der Wind schneidend kalt war und die Straßen meistens vereist, fuhr ich in den nächsten Tagen in jeder freien Minute mit dem Fahrrad durch London. Die Kälte brannte in meinem Gesicht und erdete mich zugleich. Ich musste nachdenken, wollte aber genau das eigentlich nicht tun.

Nach dem Ende mit June war zunächst die Wut in meinem Bauch immer größer und zu einem glühenden Ball aus Unverständnis und Enttäuschung geworden. Doch dann war ich irgendwann eingeknickt und hatte einsehen müssen, dass ich June nicht böse sein konnte, zumindest nicht so richtig. Ich versuchte verzweifelt, mich an diesem brodelnden Gefühl des Zorns festzuhalten, aber wie beim letzten Mal entglitt es mir viel zu schnell wieder.

Nach Ladenschluss, wenn nur noch ein paar wenige Lichter brannten, stand ich hinter der Bar des *Five Bells* und mixte ein Getränk nach dem anderen. Nicht für die Gäste des Pubs, sondern für mich allein, um den Sturm in mir irgendwie zur Ruhe zu bringen. An einem anderen Tag streifte ich zusammen mit Quinn durch Londons Buchläden. Eigentlich waren wir auf der Suche nach Weihnachtsgeschenken, letztlich kaufte Quinn sich aber ein paar Kinderbücher mit besonders schönen Illustrationen und ich mir die Biografie eines Musikers, die ich schon länger im Auge gehabt hatte. Ich aß zusammen mit Ash Blaubeermuffins auf dem *Queens Market* und ging abends mit Noah und ihm etwas trinken. Ein paarmal besuchte ich Stella in Shoreditch. Sie hatte inzwischen mit Aislyn telefoniert und erzählte mir überschwänglich, dass sie zwar immer noch eine Riesenangst hatte, sich nach dem Gespräch aber auf jeden Fall etwas ruhiger fühlte.

Bei all dem vermisste ich diese aufgeweckte Frau mit den rosa Haaren. Sich ein zweites Mal in denselben Menschen zu verlieben war von Anfang an ein Risiko gewesen. Ein zweites Mal von demselben Menschen stehengelassen zu werden war trotzdem nochmal eine ganz andere Sache.

Schmerzhafter, unbegreiflicher, größer.

Und doch musste ein Teil von mir sich eingestehen, dass es vielleicht besser so war. Denn irritierenderweise dachte ich plötzlich wieder vermehrt an den Kuss mit Ash, von Mal zu Mal intensiver. Diese Gedanken an meinen besten Freund waren derart aufwühlend, dass ich an einem langen Abend im *Five Bells* erneut schwach geworden war. Küsse, die rau waren und nach Kirschen schmeckten und ausgerechnet in der Nacht vor meinem zweiten ersten Kuss mit June passiert waren.

Kein Wunder, dass Ash wütend gewesen war, als er davon Wind bekommen hatte. Kein Wunder, dass wir uns tags darauf in der Küche des Pubs heftig gestritten hatten, denn erst küsste ich Ash, dann June, dann wieder ihn, dann sie. Ich benahm mich total daneben.

Es hatte nichts zu bedeuten, und wir sollten es einfach vergessen, hatte Ash am *Regent's Canal* aber gesagt.

Mir schwirrte der Kopf.

Dann hättest du das eben nicht noch einmal tun dürfen, hatte Ash mir wiederum in der Pub-Küche entgegengeschleudert.

Vor allem nach diesem Streit, der ausgerechnet von Junes Auftauchen im *Five Bells* unterbrochen worden war, rechnete ich es ihm hoch an, dass keine Kommentare wie *Ich habe es dir doch gesagt* oder *Das war so klar* fielen. Eigentlich bemerkte er kaum etwas über Junes plötzliche Abwesenheit. Wobei es ja kein Ende war, es war genau genommen wohl eher ein Aufschieben, um sich über Dinge klar zu werden.

Ich erkannte mich selbst kaum wieder. Ich erkannte diesen Mann nicht mehr, der sich fühlte, als würde er auf einem viel zu schmalen Grat wandeln, immer mit der leisen Angst, Menschen zu hintergehen, die ihm wichtig waren.

Es war der letzte Sonntag vor Weihnachten, als Ash und ich, wie so oft nach langen Abenden im Pub, einen Film ansehen wollten. Dieses Mal war ich besonders dankbar für die Ablenkung, denn in den letzten Nächten hatte ich kaum bis gar nicht geschlafen, hatte mich in Büchern verloren, bis die Sonne aufging, und war Stunden später mit der Brille auf der Nase weggedämmert. Alles bloß, weil der Gedanke an June mich nicht losließ. Weil sich jeder Tag ohne sie noch länger anfühlte als der zuvor.

»Also?«

Ich blinzelte und brauchte einen Moment, um Ashs erwartungsvolle Miene zuordnen zu können. Richtig. Der Film. Dieses Mal war ich mit Auswählen an der Reihe, doch Ash verdrehte übertrieben die Augen, als ich schließlich eine Filmbiografie vorschlug.

»Das war sowas von klar«, zog er mich auf. Doch er tat es auf diese Ash-Art, irgendwo zwischen Spott und Zuneigung. Etwas, das wirklich nur er zustande brachte.

Ich grinste. »Du kennst mich eben.«

»Viel zu gut, Kian«, sagte er. »Ich kenne dich viel zu gut.« Irgendetwas war da in seiner Stimme, das ich nicht zuordnen konnte, doch einen Moment später spielte es auch keine Rolle mehr.

Ich lehnte mich entspannt in die Kissen unseres Sofas zurück, als nach kurzem Hin und Her schließlich *Bohemian Rhapsody* über den Fernseher zu flimmern begann. Die Geschichte des Sängers Freddie Mercury, von der Gründung der Band *Queen* bis zu deren legendärem Auftritt beim *Live-Aid*-Konzert 1985.

Noch vor der Hälfte des Films fielen mir die Augen zu, und als ich sie langsam wieder öffnete, traf mich der Blick aus diesen golden schimmernden Augen bis in mein Innerstes. Mein Kopf war auf Ashs Brust gerutscht. Ich blinzelte und wagte nicht, mich zu rühren, zu aufgeladen war dieser Moment, in dem ich immer noch gefangen war zwischen Realität und Traum.

Da war sein Arm, den er um meine Taille geschlungen hatte. Aus Versehen? Oder mit Absicht? So oder so fühlte es sich gut an, wie ich mir eingestehen musste. Gut auf eine Art, die nichts Freundschaftliches an sich hatte. So wie auch unser gesamtes Beisammensein sich immer deutlicher zu verändern schien – zumindest in meiner Wahrnehmung.

»Wie viel habe ich verpasst?«

»Das Wichtigste«, sagte Ash rau.

»Auch das Ende?«

»Das auch«, murmelte er, und dann begann sich seine Hand plötzlich mit sanftem Druck zu bewegen. »Aber ich kann dir alles nacherzählen.«

Ich lachte heiser. »Du machst immer so eine komische Stimme, wenn du mir Dinge nacherzählst.«

Ash griff sich getroffen an die Brust. »Ich dachte, du magst das.«

»Ich…«, plötzlich kippte die Stimmung noch mehr in diese Richtung, die mein Herz immer schneller zum Pochen brachte. »Ich…mag es ja auch.«

Und während Ash mir erzählte, was ich verpasst hatte, bewegte ich mich kein Stück. Ich konnte nicht, zu sehr genoss ich das Gefühl seiner Finger auf mir. Vor allem, als mein Shirt ein Stück verrutschte und seine Wärme an meiner Wärme war.

O shit.

Ich schaute noch wie hypnotisiert auf seinen Mund, auf seine Lippen, doch dann fielen mir wieder die Augen zu, und als ich erneut aufwachte, waren der Fernseher aus und die Lichter gelöscht. Ich spürte eine Decke auf mir. Nein, nicht nur auf mir, sondern auch auf Ash. Er lag hinter mir, hatte einen Arm um mich geschlungen und hielt mich im Schlaf an seine

Brust gedrückt. Seine regelmäßigen, tiefen Atemzüge streichelten mich im Nacken und waren irgendwie unendlich elektrisierend.

Statt irgendetwas zu tun, statt aufzustehen und rüber ins Bett zu gehen, drehte ich mich im Schutz der Dunkelheit zu ihm um, erkannte nur eine Ahnung seines Gesichts, doch ich kannte seine Züge ohnehin in- und auswendig. Und da waren meine Finger, mit denen ich sie aus irgendeinem Grund mit einem Mal nachzuzeichnen begann, während meine andere Hand unter der Decke auf seinem Bauch ruhte. Die gerade Nase, die hohen Wangenknochen, das Grübchen auf der einen Seite. An seinen Mundwinkeln hielt ich inne, war aber unfähig, mich ganz von ihm zu lösen.

Ash schlief, mein verdammter bester Freund schlief, und ich schmiegte mich an ihn, berührte sein Gesicht, als hätte ich ein Recht dazu.

»Kian?«, raunte er.

Shit.

Shit, Ash war wach. Ob er bemerkt hatte, wie ich ihn berührte?

Er bewegte sich ein Stück, und ganz kurz fiel weiches Sternenlicht auf seine Züge. Und da war dieses einnehmende Lächeln, das seinen Mund auseinanderzog. Warm und immer noch verschlafen. Ich erwiderte es, ich hatte einfach keine andere Wahl.

Ich blinzelte, als Ashs Gesicht immer näher und näher kam. Alles geriet aus dem Takt und rastete im selben Augenblick ein, als Sekunden sich wie die Ewigkeit anzufühlen begannen. Und dann küssten wir uns. Es war ganz anders als im *Five Bells*. Ruhiger, bedachter, langsamer. Ashs Hände an meinem Gesicht waren warm und weich, die dünne Decke über uns hüllte uns ein und der Geschmack seines Mundes war so wunderbar süß und verführerisch, genauso wie das Gefühl, das seine Bartstoppeln hinterließen, wenn sie über meine Haut strichen. Zaghaft und fast ein bisschen fragend stieß Ashs Zunge gegen meine, und ich zögerte nicht. Ich legte meine Hände auf seine Schultern, schob ein Bein zwischen seine und küsste, küsste, küsste ihn zurück.

Da war nur Seufzen und Wärme und einfaches Existieren. An Ash war alles weich und kantig zugleich, und ich konnte nicht anders, als seinen Körper noch enger an mich zu ziehen. Jetzt gab es kein Denken mehr, kein Grübeln und kein Hinterfragen. Es gab nur ihn und mich, während der Mond sein silbriges Licht ins Zimmer warf. Ash roch nach dem Waschmittel, das wir beide benutzten, und trotzdem so sehr nach sich selbst. Nach Herbst. Und in diesem Moment stellte ich fest, dass es genau dieser Duft war, der sich für mich nach Zuhause anfühlte.

Ganz langsam löste Ash sich von mir und strich mit der Nase über meine, als wäre ich etwas wahnsinnig Kostbares. Mit rasendem Herzen vergrub ich mein Gesicht an seinem Hals. Ich küsste die weiche Haut dort, ehe ich es wieder schaffte, den Kopf zu heben und ihn anzusehen. Sein Gesicht mochte im Schatten liegen, doch Ash hatte diesen durchdringenden Blick. Er sah mich immer. Er sah mich jederzeit.

Dieses Mal unterbrach keiner von uns den Kuss.

Dieses Mal zog sich niemand zurück.

Wir küssten uns einfach noch einmal. Noch einmal.

Im Schutz der Dunkelheit und bis die Sonne wieder aufging. Und es war, als wäre nichts geschehen.

Am Tag vor Weihnachten traf sich unsere alte WG im *Five Bells*. An der Tür hing das *Closed*-Schild, die Musik war zu laut und wir tanzten zwischen den Stühlen hindurch. Quinn und ich deckten zusammen den Tisch, Ash bereitete an der Bar die Getränke für alle vor und Noah war bei River in der Küche. Während die beiden begannen, mehr und mehr Essen an unseren Tisch zu tragen, fragte River Stella alle fünf Minuten, ob alles okay wäre oder ob er ihr irgendetwas bringen könne.

»Hätte mir vorher jemand gesagt, zu was für einer Glucke mein Freund sich während dieser Schwangerschaft entwickelt, hätte ich mir das Ganze vielleicht noch einmal überlegt«, murmelte sie, als er gerade wieder in der Küche verschwand.

»Hättest du nicht«, lachte ich.

»Ja, okay.« Stella grinste. »Hätte ich nicht.«

River stellte die letzte Platte auf den Tisch und blickte grimmig zwischen uns hin und her. »Sie lästert wieder über mich, oder?«

Stella lächelte viel zu süß zu ihm hinauf. »Niemals, Babe. Du bist der Beste.«

»Sag mir das beim nächsten Mal so, dass ich es dir glauben kann«, erwiderte River. Doch er legte dabei die tätowierten Arme von hinten um sie und drückte ihr einen liebevollen Kuss auf den Scheitel. »Und davon abgesehen, darfst du mich gern eine Glucke nennen, solange es euch beiden gut geht.«

»Hört auf mit eurem Rumgeschnulze«, beschwerte Noah sich lautstark, als er sich zu uns setzte. »Hier sind Langzeitsingles anwesend.«

Ein Geschirrtuch verfehlte nur knapp sein Gesicht. »Du bist Langzeitsingle, weil du nach mindestens zwei Wochen von jeder Frau gelangweilt bist.«

»Ja, okay, mag sein«, erwiderte Noah und verschränkte die Arme vor der Brust. »Aber das bedeutet noch lange nicht, dass *ich* das Problem an der ganzen Sache bin.«

Natürlich ist er das nicht, formte Quinn mit den Händen und grinste.

»Ich finde, das, was ihr da gerade tut, widerspricht so ziemlich dem weihnachtlichen Gedanken von Nächstenliebe und Nettigkeit.«

June sollte auch hier sein, dachte ich mit einem Mal, da sie ebenso hierhergehörte – zu mir, zu uns... Aber dann schob ich den Gedanken schnell wieder beiseite, denn er brachte zu viel Sehnsucht mit sich. Sehnsucht und Vermissen und Begehren und zwischen all dem immer noch dieser immer schwächer brennende Funke – Wut. Die nächsten Stunden verflogen mit viel Gelächter, lieb gemeinten Sticheleien und Anekdoten unserer gemeinsamen WG-Zeit. Irgendwann tanzte Noah auf der Theke, die dunklen

Locken wippten im Takt seiner lustigen Bewegungen, bis Ash ihn dort runterholte, weil wegen ihm schon eine Flasche zu Bruch gegangen war. Wir aßen, bis uns schlecht war, schoben trotzdem noch Nachtisch hinterher und tauschten anschließend unsere Wichtelgeschenke aus.

Während ich unter dem dunklen Geschenkpapier ein Buch ertastete, lächelte ich und wickelte es vorsichtig aus. Es war eine Biografie über Freddie Mercury, und als ich das Buch aufschlug, fiel ein Zettel heraus. Es stand nur ein Satz darauf: *Manchmal ist das Ende nur der Anfang, doch man sollte es nicht verpassen.*

Ich suchte Ashs Blick, doch er ruhte längst auf mir. Mit den Fingern strich ich über den Einband des Buchs. Das Geschenk war von ihm, und es war perfekt.

»Wieso siehst du mich so an?«, fragte ich Stella später an diesem Abend, als wir allein am Tisch saßen.

Im selben Moment fragte sie: »Hat Ash mit dir über die Sache mit Phoebe gesprochen?«

Verwirrt sah ich sie an. »Was für eine Sache denn?«

Die beiden hatten seit einem Jahr etwas miteinander, aber ich wusste, dass Ash der Sache weder einen Namen geben noch eine Beziehung wollte. Bei dem Gedanken daran, dass er seine Meinung womöglich geändert haben könnte, machte sich ein flaues Gefühl in mir breit.

»Dass er das mit ihr beendet hat.«

»Was? Wann denn?«

Stella zuckte mit den Schultern. »So genau weiß ich das auch nicht. Phoebe hat es mir erzählt, als wir vor ein paar Tagen zum Shoppen verabredet waren. Sie hat schon geknickt gewirkt, aber ich denke, sie kommt damit klar. Ich dachte nur, du weißt vielleicht mehr. Immerhin seid ihr ... beste Freunde.«

Schon wieder dieser durchdringende Blick. Ob sie an den Kuss dachte, von dem ich ihr erzählt hatte? Selbst wenn sie es nicht tat, tauchte er genau in diesem Moment in meinem Kopf auf. Und nicht nur der erste, schnelle hier im Pub. Da war vor allem der sanfte, zaghafte, der noch gar nicht so lang zurücklag. Mit Ashs schnellem Herzschlag unter meinen Fingerspitzen. Schnell schob ich den Gedanken daran beiseite und wich ihrem Blick aus.

»Ash hat nicht mit mir darüber geredet.«

»Verstehe«, antwortete sie gedehnt. »Manchmal muss man im Leben keine Entscheidung treffen, Kian, weißt du?«, sagte Stella mit einem seltsamen Ausdruck in den blauen Augen. »Manchmal reicht es, über seinen Schatten zu springen und einfach offen über alles zu reden.«

Verwirrt sah ich meine Freundin an. Und bevor ich Stella nach der Bedeutung ihrer kryptischen Worte fragen oder darauf eingehen konnte, von was für einer Entscheidung sie sprach, waren die anderen wieder da und zogen uns lachend mit hinaus in eine funkelnde Vorweihnachtsnacht.

Ash und ich verbrachten Weihnachten zusammen – so wie jedes Jahr. Sonst hatte ich ihn immer mit nach Irland genommen, doch dieses Mal blieben wir in London. Die Feiertage waren ruhig, unaufgeregt, der Pub geschlossen.

Die Tage zwischen den Jahren verbrachte ich auf dem Sofa im Wohnzimmer und las erst das Buch über Freddie Mercury, dann das, was ich mir zusammen mit Quinn gekauft hatte, während Ash im Schneidersitz auf dem Boden saß und Fotos seiner Ausflüge zu den *Lost Places* sortierte und beschriftete.

An einem anderen Tag saß er auf dem Lenker meines Fahrrads. Es war nicht das erste Mal, dass wir so durch Camden fuhren, doch dieses Mal fühlte es sich anders an. Ashs Haare wehten im Wind, kitzelten mich im Gesicht und brachten diesen für ihn typischen Geruch nach goldenen Herbstwinden und wehenden Blättern mit sich.

Ash streckte die Arme aus und jauchzte, als ich in eine Kurve fuhr, und ich fluchte, weil er uns schon wieder gefährlich zum Schwanken brachte.

»Wenn du so weitermachst, kommen wir nie lebend an«, rief ich gegen den starken Wind. Für einen Moment flatterte mir sein dicker Schal vor die Augen und nahm mir die Sicht, doch der nächste ungeplante Schlenker brachte Ash nur erneut zum Lachen, statt für Besorgnis zu sorgen.

»Wir würden sogar schneller ankommen, wenn du dich ein bisschen beeilst.«

Ich trat in die Pedale, aber nicht, um ihm diesen Wunsch zu erfüllen, sondern weil damit die Wahrscheinlichkeit sank, zusammen im nächsten Graben zu landen.

Ich fuhr die Camden High Street entlang, dann links in die Delancey Street hinein und immer geradeaus bis zum *Regent's Park*. Heute waren in der Anlage kaum Menschen zu sehen, wir passierten den *Queen Marys Garden* mit seinem kunstvollen Eingangstor mit den goldenen Ornamenten und fuhren dann weiter nach Norden, Richtung Prince Albert Road und schließlich den Hügel hinauf.

Endlich. *Primrose Hill.*

Oben angekommen lehnte ich das Fahrrad an eine der freien Parkbänke. Nicht nur irgendeine, sondern unsere liebste. Die, mit der ich ein Detail unserer Freundschaft verknüpfte. Sie sah aus wie all die anderen, doch auf der rechten Seite war ein Stück der Sitzfläche abgesplittert, weil ich mit dem Fahrrad einmal betrunken dagegengeknallt war, als wir mit den anderen um die Häuser gezogen waren. Und wenn man genau hinsah, erkannte man auf der Lehne die Worte *Wir waren hier*, die Ash dort an einem flirrenden Spätsommertag hineingeritzt hatte. Diese Bank war bloß ein bisschen Holz und erzählte dabei doch, was Ash und mich miteinander verband.

Wie jedes Mal raubte mir die Aussicht auf Londons Skyline auch heute wieder den Atem. Diese einzigartige Mischung aus Wolkenkratzern und geschichtsträchtigen Gebäuden. Aus Altem und Neuem, aus Tradition und Moderne. Dieses Aufeinandertreffen verschiedenster Einflüsse, das mich vom ersten Tag an der Hauptstadt Großbritanniens fasziniert hatte. *The Shard* ragte in die Höhe, und das *London Eye* zog seine Kreise. Nirgends sonst fühlte ich mich so sehr als ein Teil dieser großen, lauten Stadt und zugleich so verbunden mit der Natur und ganz und gar bei mir, wie hier oben. Die Luft stand still, und je länger ich auf mein London blickte, desto unschärfer schien es an den Rändern zu werden.

Ash trat mit der Thermoskanne aus seinem Rucksack in der Hand neben mich, und ich lehnte mich erst gegen ihn, dann den Kopf auf seine Schulter. Im nächsten Moment war da sein Arm um mich. Fest, warm und schwer und doch so leicht, dass ich mich der Berührung jederzeit hätte entziehen können. Bevor ich richtig darüber nachdenken konnte, rückte ich sogar noch ein Stück näher an Ash heran.

Unweigerlich fragte ich mich, was Fremde wohl in uns sahen: zwei Freunde an einem kalten Wintertag? Oder ein Paar, dass sich auch hier oben unweigerlich berühren musste?

»Was denkst du?«, wollte Ash ausgerechnet in diesem Moment wissen und reichte mir die Thermoskanne mit dem Tee.

Scheiße.

Ein Paar, ein Paar, ein Paar. Wo kam dieser Gedanke her?

»Ich ... ähm ... nichts, das wichtig wäre.«

Ashs Lippen verzogen sich zu einem wissenden Grinsen, ehe sein Blick zu seiner Hand huschte, die schwer auf meiner Hüfte lag. Er machte keine Anstalten, sie wegzuziehen, und irgendwie war ich froh darüber. Ich hatte mir sonst auch nie Gedanken gemacht, wenn wir uns berührten, es gab keinen Grund, es jetzt zu tun. Und dann war da diese andere Stimme in meinem Kopf, die sagte, dass es Hunderte Gründe dafür gab.

»Wieso hast du mir eigentlich nicht erzählt, dass du das mit Phoebe beendet hast?«, fragte ich. Und noch in der Sekunde, in der die Worte meinen Mund verließen, versteifte er sich neben mir.

»Ich habe es nicht für wichtig erachtet.«

Liegt es irgendwie an mir? Wieso habe ich das Gefühl, dass es irgendwie an mir liegt?, hätte ich beinah gefragt, doch ich biss mir auf die Zunge, um die Sätze zurückzuhalten.

Mein Kopf und mein Bauch waren erfüllt von diesem warmen Ziehen, das Ash in mir auslöste, und doch lagen über all dem die langen Tage, die ich June inzwischen nicht gesehen hatte. Wie es ihr wohl erging? Ob sie ebenso häufig an mich dachte wie ich an sie? Doch ... ich konnte mich nicht nach ihr sehnen, sie vermissen und Ash gleichzeitig mit jedem erlebten Moment mehr anschmachten.

Ash seufzte. »Das mit uns ging jetzt ein Jahr, und ich habe Phoebe von Anfang an gesagt, dass ich nichts Ernstes möchte, und daran hat sich im Laufe der Zeit auch nichts geändert ...

Ash

... aber ich hatte das Gefühl, dass sie sich doch Hoffnungen gemacht hat«, log ich meinem besten Freund eiskalt ins Gesicht.

Ich konnte ihm die Wahrheit nicht sagen, vor allem, weil ich sie selbst nach wie vor nicht richtig verstand. Als Kian mir erzählte, dass und wie June es beendet hatte, war irgendetwas in mir in Bewegung geraten. In mir, der ganz offensichtlich auf seinen besten Freund stand.

»Und bei dir?«, fragte ich und wagte nicht, ihn anzusehen. »Du vermisst June sehr, oder?«

Kian versuchte gar nicht erst, es zu leugnen. Er nickte bloß und sah mir dabei fest in die Augen. Und obwohl es das nicht sollte, versetzte mir dieses eindeutige *Ja* einen Stich. Himmel, gleichzeitig musste ich mir eingestehen, dass auch ich sie irgendwie vermisste.

Erst jetzt fiel mir auf, wie viel ruhiger es ohne June war. So viel beschaulicher. Sie war das pure Leben. Und leider Gottes hatte ich eine Schwäche für alles, bei dem ich mich ganz und gar im Moment fühlte. Dem Himmel nah, als wäre die Welt unendlich.

Eine Welle der Entschlossenheit packte mich.

»Ich weiß, ich habe die ganze Zeit gesagt, dass du die Finger von ihr lassen sollst, bevor sie dir nochmal wehtut, aber ...«, ich holte tief Luft, »aber ich finde den Gedanken furchtbar, dass ich ein Grund dafür bin, dass das mit euch nicht funktioniert. Letztlich möchte ich einfach nur, dass du glücklich bist, Kian.« Ich suchte seinen Blick, fand ihn und hielt ihn für einen Moment. »Und wenn sie das ist, was du zum Glücklichsein brauchst, dann werde ich das akzeptieren.«

Ich konnte kaum glauben, dass ich diese Worte tatsächlich aussprach, und noch während sie mir über die Lippen kamen, war ich mir nicht sicher, ob ich das hier wirklich tat, weil ich meinen besten Freund glücklich sehen wollte. Oder ob nicht vielmehr verfluchter Selbstschutz und Egoismus der Grund waren. Weil es nach allem, was zwischen uns passiert war und was sich verschoben hatte, um so vieles leichter wäre, wenn er zurück bei ihr wäre. Dann würde es sich weniger so anfühlen, als wäre er frei. Als wäre es nur eine Frage der Zeit, bis er vielleicht ... Nein, verdammt. Schnell schüttelte ich den Kopf. So durfte ich nicht denken.

»Wenn du willst, dann kann auch ich mit June sprechen«, hörte ich mich da sagen.

Was zur Hölle?

»Du willst mit June reden?!«

Kian sah nicht weniger überrascht aus, als ich mich fühlte. Und dann war da noch eine andere Gefühlsregung, die sich in seiner Miene abzeichnete. Eine, die ich jedoch nicht richtig greifen konnte.

»Ja, ich ... ich glaube, ich sollte mich bei ihr entschuldigen und ihr erklären, weshalb ich mich so blöd verhalten habe. Ich möchte euch nicht im Weg stehen.«

»Das ist … Danke, dass du das machen willst, Ash.« Kian schluckte.
»Du bist ein guter Freund.«

Langsam nickte ich.

Freund.

Großartig.

Wirklich ganz großartig.

* * * THE RED LADY * * *

aus dem zweiten Akt

*

Der Himmel unter Maylora *leuchtet orange und rot, während die Sonne untergeht und die Flüsse der Stadt in magisches Licht getaucht daliegen. Ilaria und Königin Roux wandeln gemeinsam durch den Wolkenpalast und bleiben an einem der hohen, spitz zulaufenden Fenster stehen.*

ILARIA, *verunsichert*: Ich war immer nur eine einfache Magd, und jetzt soll ich einfach so die *Rote Dame* sein? Das ist mehr als ich begreifen kann.

ROUX: Man muss die Dinge nicht immer verstehen, um das Richtige zu tun.

ILARIA, *sich am Fensterrahmen abstützend*: Ich war ein Niemand, und jetzt trage ich die stärkste Magie der Welt in mir. Und trotzdem fühle ich mich machtlos. Sharin hatte ein ganzes Leben, um seine Schatten zu nähren. Ich hingegen habe nur wenige Wochen, vielleicht auch nur Tage, um herauszufinden, wie ich dieses Feuer bändigen kann.

ROUX: Und trotzdem wird es dir gelingen, ihn aufzuhalten.

ILARIA: Weshalb seid Ihr Euch da so sicher?

ROUX: Weil ich dich schon vor langer Zeit in den Zauberspiegeln gesehen habe. Deinen Mut, deine Entschlossenheit und die Liebe zu den richtigen Menschen – das ist nichts, was Magie einen lehren könnte.

Einige Minuten blicken Ilaria und Roux noch gemeinsam über die Wolken, dann lässt die Königin die Rote Dame *allein. Mit wehenden Kleidern und Funken, die aus ihren Händen sprühen, beginnt sie* I Have To Be The One *zu singen.*

10. Kapitel

June

Ein neues Jahr brach an, und am zweiten Januar strahlte die Sonne hell über London. Benoît und ich genossen unseren letzten freien Tag, ehe für mich die Proben für die *Red Lady* weitergehen und seine ersten Prüfungen anstehen würden. Wir schlenderten zusammen über den *Camden Market*, erst durch die warm beleuchteten Gänge der ehemaligen Stallungen, vorbei an Ständen mit Kleidung, Schmuck und bunten Lampen und an den typischen Pferdeskulpturen bis hin zu den zahlreichen Ständen mit dem unterschiedlichsten Street Food.

Als Henry und ich über Weihnachten und die anschließenden Feiertage nach Groveford gefahren waren, hatte ich Benoît kurzentschlossen mitgenommen und förmlich dabei zusehen können, wie meine Eltern ihre Herzen an ihn und seine charmante Art verloren. Nach nur wenigen Stunden waren sie fast so vernarrt in ihn, wie sie es bei Kian gewesen waren. Ich zeigte Benoît die Orte meiner Kindheit, saß mit Glühwein unter dem geschmückten Baum und spielte abends mit meinen Eltern und ihm Karten. Ich ging mit Henry und ihm zu dem See, an dem ich Schlittschuhlaufen gelernt hatte und verspürte einen schmerzhaften Stich. Ich hatte Kian inzwischen mehrere Wochen nicht gesehen, doch das schwerelose Gefühl unseres Kusses war geblieben. Wenn Benoît schlief, weinte ich in mein Kissen, weil die Sehnsucht nach Kian mich zu ersticken drohte. Und wenn meine Gedanken weiter zu Ash wanderten, weinte ich noch mehr. Weil sich irgendwie alles wiederholte und ich mich vollkommen hilflos fühlte.

Trotzdem waren die Tage bei meinen Eltern wunderschön, ein Ausgleich zum Lärm und der Hektik der Stadt. Mit einem Himmel, an dem die Sterne gestochen scharf leuchteten und man den Wind nachts um die Häuser fegen hörte. Doch nach der Ruhe in Groveford genoss ich das rege Treiben um mich herum jetzt nur noch mehr.

An einem der Stände holten Benoît und ich uns Pizza und setzten uns mit den Papptellern und zwei Dosen Cola an einen der runden Tische, über die sich bunte Schirme spannten.

Während ich sofort von meinem Stück abbiss, starrte Benoît in die Luft. Weggetreten, ein bisschen am Träumen.

»Quinn hat dir ganz schön den Kopf verdreht, was?«, neckte ich ihn.

Sofort zuckte er zusammen.

»O. Mein. Gott. Bist du gerade etwa rot geworden?« Ich umfasste Benoîts Kinn und starrte ihm ins Gesicht. »Unfassbar. Du bist rot. Da. Ich seh's ganz genau. Und deine Bartstoppeln, das sind mehr als sonst. Sag mal, versuchst du gerade, dir einen Bart stehen zu lassen?«

»Hey«, murrte er und wischte meine Hand weg. »Lass das.«

»Ist der Bart für Quinn?«

»June!«, rief Benoît aus und wandte sich jetzt höchst interessiert seinem Essen zu.

»Oha, du willst ihr gefallen.«

»Lach ruhig über mich. Aber das kann ganz schön verwirrend sein, wenn man ständig über die Liebe und diese ganzen …«, er machte eine undefinierbare Geste mit den Händen, »… Gefühle schreibt und dann passiert einem das plötzlich selbst. Und man merkt, dass man vielleicht doch nicht zu hundert Prozent an all das geglaubt hat und …«

»Also ich finde, das klingt wunderschön«, meinte ich nun sanft.

»Es ist auch wunderschön. Und romantisch. Und besonders.«

»Ich werde Quinn natürlich nicht erzählen, dass du solche Sachen gesagt hast.«

Benoît grinste. »Natürlich nicht.«

»Ihr seid so süß zusammen. Also echt.«

Der Mann, der mit Leidenschaft Bücher schrieb, und die Frau, die sie eines Tages illustrieren wollte. Seine Welt waren die Worte, ihre die Farben – besser hätte Benoît sich das für einen seiner Romane nicht ausdenken können.

»Danke, schätze ich?« Benoît fuhr sich durch die blonden Haare. Dieses Mal hatte die Bewegung nichts von einer einstudierten Geste, sie wirkte fast ein bisschen unbeholfen.

»Also ist das mehr als eine Sexgeschichte?«

»*Mon dieu*, natürlich«, Benoît lachte auf. »Das ist es vielleicht am Anfang gewesen, aber das hat sich sehr schnell geändert. Quinn hat … sie ist einfach hinreißend.« Nur Benoît schaffte es, jemanden als *hinreißend* zu bezeichnen, ohne dass es irgendwie seltsam oder übertrieben klang. Bei ihm wirkte es einfach nur ehrlich und absolut richtig. »Sie ist der freundlichste Mensch, den ich kenne. Und sie strahlt so von tief innen, aber auf so eine unaufgeregte Art. So, dass sie damit niemandem den Raum nimmt. Das ist … sie ist …«

Ich seufzte hörbar aus. Ein Laut, der Benoîts Suche nach den richtigen Worten ungewollt unterbrach.

Verlegen rieb er sich mit der Hand über das Kinn. »*Merde*, was ist los mit mir? Entweder höre ich gar nicht mehr auf, über sie zu reden, oder aber … ich weiß gar nicht mehr, was ich sagen soll.«

»Tja, *Sweetheart*, dich hat es eben erwischt.«

Benoît verzog das Gesicht und murmelte etwas auf Französisch, das ich nicht verstand.

»Ich freue mich auf jeden Fall für dich. Für euch. Wie auch immer das weitergeht. Halt das ganz fest.«

Mein Herz tat ein bisschen weh, wenn ich an Quinn und ihn dachte. Und einmal mehr, weil ich wusste, wie es sich trotz aller Verliebtheit anfühlte, wenn da dieses stete Summen im Kopf war, das einen unermüdlich an das Ende erinnerte. Ein Ende, das unweigerlich bevorstand, weil man wusste, dass man würde gehen müssen.

Und genau deshalb sparte ich dieses Thema aus, über das auch Benoît ganz offensichtlich nachdachte. Wehmut, ein bisschen Trauer – beides zeichnete sich auf seinem Gesicht ab. Und auch ich wollte nicht darüber nachdenken, dass er in wenigen Wochen wieder zurück nach Frankreich ziehen würde. Zurück in seine Heimat, zurück zu dem Ort, an den er gehörte. Und ein Teil von mir dachte sich: Aber dein Herz gehört doch jetzt auch hierher.

In die Prosperity Lane. Zu Quinn, zu mir. Zu uns, zu London.

Ash

Am Dienstagnachmittag standen Kian und ich uns vor dem *Mephisto* die Beine in den Bauch. Laut Kian hätte Junes Probe schon zwanzig Minuten zuvor zu Ende sein sollen, doch sie war nicht aufgetaucht. Bis auf die wenigen Leute, die sich in das Blumengeschäft gegenüber verirrt hatten, lag die Mowbray Alley fast gespenstig ruhig da.

Ich wollte gerade schon vorschlagen, es dabei zu belassen, als ich sie entdeckte. June hatte sich bei ihrer Freundin mit den langen dunklen Haaren untergehakt, die ich schon einmal im *Five Bells* gesehen hatte. Neben ihr dieser Kerl mit dem dunkelblauen Schopf. June warf den Kopf zurück, lachte so sehr, dass sie dabei über ihre eigenen Füße fiel und ihre Freundin beinahe mit sich riss. Ihr Haare umwehten sie, der lange Mantel in derselben Farbe bauschte sich einen Moment lang auf. Es war eine winzige rosa Explosion. Der Typ hielt die beiden im letzten Moment fest, und fast hätte auch ich gelacht. Weil das so typisch June war.

Ich biss mir auf die Unterlippe und fragte mich, was zur Hölle ich hier eigentlich machte und wie es sein konnte, dass diese beschissene Idee ausgerechnet auf meinem Mist gewachsen war. Ich wusste immer noch nicht, was mich da geritten hatte und wäre am liebsten wieder umgekehrt. Am besten weit weg. *Kristallhöhlen-weit-weg.*

Ausgerechnet in diesem Moment bemerkte June Kian und mich. Die Überraschung in ihren Augen sagte wohl alles. Und von einem Moment auf den anderen glitt ihr das Lachen aus dem Gesicht Sie sagte etwas zu ihren Freunden, die sie mit einer ihrer langen Umarmungen verabschiedete, dann kam sie auf uns zu. Stufe für Stufe für Stufe. Die Zeit, die sie dafür brauchte, kam mir endlos vor.

»Was ... ähm, was macht ihr hier?« Sie blickte Kian verunsichert an, mich beäugte sie kritisch. »Zusammen?!«

Bevor Kian etwas sagen konnte, ergriff ich das Wort, um das alles möglichst schnell über die Bühne zu bringen. Dann hätte ich es hinter mir.

»Wir ... äh, ich muss mit dir reden.«

»Okay?« Wieder sah June zwischen uns hin und her.

»Es geht darum ... du machst Kian glücklich«, würgte ich fast schon hervor, doch den beiden schien es nicht aufzufallen. »Und ich möchte meinen besten Freund unbedingt so sehen. Mir ist klar, dass ich euch mit meinem Verhalten mehr als im Weg stand und es euch schwergemacht habe, und das tut mir sehr leid. Aber ich möchte das Kriegsbeil begraben, June«, sagte ich und sah ihr dabei fest in die Augen. »Ich bin es echt leid, mit euch zu streiten, und werde mich ab jetzt aus der Sache raushalten.«

June starrte mich an, öffnete den Mund und schloss ihn dann doch wieder, ohne etwas zu sagen. Unruhig trat ich von einem Bein auf das andere. Ich wollte weg hier.

Kristallhöhle, blaues Licht, gedankenfrei.

»Also ... können wir einfach von vorne anfangen?« Dieses Mal warf ich auch Kian einen Blick zu. »Also wir drei?«

June verschränkte die Arme vor der Brust und hatte die Augen zusammengekniffen. Sie sah wütend aus und verletzt, immer noch ein bisschen ein Schatten davon, wie sie mich vor einer Ewigkeit im *Five Bells* angesehen hatte. So viel kleiner als ich, wie sie war, und mit den funkelnden Augen unter ihren blonden, zusammengezogenen Brauen sah sie leider unweigerlich ... niedlich aus.

Ich ballte die Hände zu Fäusten und versuchte, den unerwarteten und verdammt unnötigen Gedanken aus meinem Kopf zu vertreiben.

Und dann endlich nickten sie.

Erst June, dann Kian.

June

Mein Herz klopfte wie wild in meiner Brust. Ich konnte es nicht fassen, dass die beiden hier waren, zusammen vor den Stufen des *Mephistos*. Ich wusste nicht, was ich denken sollte. Bedeutete das, Kian wollte immer noch mit mir zusammen sein? Wieder? Oder ging es dabei um seine Freundschaft zu Ash?

Kian, Kian, Kian, ich habe dich so vermisst, schrie alles in mir.

Wir sahen uns an, und es war, als wären all die Wochen nicht gewesen. Die markanten Gesichtszüge, die harte Kieferlinie und der Bart – alles so vertraut. Sein Blick war bodenlos, wunderschön schokoladenbraun und ich fiel hinein, vergaß zu schwimmen und ertrank darin. Ich hatte ihm so viel zu sagen, war mir Ashs Anwesenheit in diesem Moment aber überdeutlich bewusst.

Die beiden starrten mich an. Und mein Blick huschte zu Kians Beinen und der über den Knöcheln hochgekrempelten Hose. Eine orange und eine rosafarbene Socke. Ich lächelte, und als mein Blick wieder seinen fand, war der Ausdruck darin dunkelwarm. Und doch erkannte ich die Vorsicht darin, Enttäuschung und das Abklingen von Wut, zu der er jedes Recht hatte. In langsamen Schritten hatte er mir wieder sein Vertrauen geschenkt, und ich hatte nichts Besseres zu tun gehabt, als dieselben Fehler noch einmal zu begehen. Kians Mundwinkel zuckten, ehe er den Mund öffnete. Ich sehnte mich so sehr nach seinen Worten, lehnte mich ihrem Klang entgegen – plötzlich aber klingelte sein Handy und zerriss den Moment.

Was auch immer Kian hatte sagen wollen, verschwand.

Er blinzelte, ich tat es ihm gleich.

Ein entschuldigender Blick. Dann ging Kian ein paar Schritte zur Seite, nahm ab und hörte der Person am anderen Ende der Leitung mit gerunzelter Stirn zu. Leise und bedacht redete er auf sie ein.

Und hatte es gerade noch nur Kian und all die unausgesprochenen Worte hinter seinem Schweigen gegeben, brannte Ashs Blick in seiner Abwesenheit mit einem Mal nur noch heißer auf mir. Er schien mich zu durchbohren, stülpte einen Teil meines Innersten ungewollt nach außen und ich hatte Angst, Ash anzusehen. Ich fühlte mich nackt zwischen Kian und ihm. Als ich den Blick schließlich doch hob, schaute ich auf einen imaginären Punkt zwischen den dunklen Brauen, weil ich keine Ahnung hatte, was mich in dem Gold darunter erwarten würde.

Als Kian nach einem Moment zu uns zurückkkam, wirkte er gehetzt.

»*Shit*, Leute. Das tut mir leid, aber ich muss dringend los. Und zwar gleich. Ich wollte euch eigentlich fragen, ob wir etwas zusammen trinken gehen wollen oder so, auf den neu geschlossenen Frieden, aber … Ich muss mich beeilen. Ist es okay, wenn ich euch allein lasse?« Seine Lippen zeigten die Andeutung eines Lächelns, das seine Augen aber nicht erreichte. »Ohne dass ihr euch an die Gurgel springt?«

»Das haben wir doch längst hinter uns«, sagte Ash fast spöttisch, schaute bei diesen Worten aber nur mich an. Dieses Mal verlor ich den imaginären Punkt zwischen seinen Brauen, rutschte ab und sah in Ashs Blick alles und nichts.

Schnell wandte ich mich ab.

»Ist etwas passiert?«, fragte ich Kian besorgt. Es gab kaum etwas, das ihn so schnell aus der Ruhe brachte. »Soll ich mitkommen?«

»Nein, alles gut. Ich erklär es euch später, ich muss aber sofort los.«

Fast schien es, als würde er mich küssen wollen, doch dann waren es nur meine Mundwinkel, die seine Lippen streiften. Sein Atem war warm, kitzelte mein Gesicht ebenso wie sein Bart. Mein verräterisches Herz machte einen Satz. Ich wollte ihm nah sein, ich wollte genau das, was wir während der letzten Monate gehabt hatten.

Kian und ich.

Ich würde es ihm sagen, beschloss ich in diesem Moment. Nach all den Jahren würde ich ihm die Wahrheit sagen, und danach konnte er immer noch entscheiden, ob er mich wollte oder nicht. Aber so oder so mussten wir unbedingt reden. Und ich musste mich entschuldigen, dass ich ihn schon wieder von mir gestoßen hatte.

Ich sah Kian nach, wie er die Gasse fast entlangrannte, bis er aus meinem Blickfeld verschwand. Dieser Mann, der mich nicht aufgab, egal was ich tat. Der mir Sicherheit vermittelte und das Gefühl, nichts falsch machen zu können.

Ash und ich standen in der Mitte der Mowbray Alley. Zwischen alten Steinen und dem Geruch nach Kaffee und Blumen. Er sah unschlüssig zu mir hinunter. Statt der üblichen Maske, die er in meiner Gegenwart ständig zu tragen schien, war sein Blick nun ein Spiegel meiner eigenen Gefühle.

»Sieht so aus, als wären wir allein«, murmelte er und schaute mich nachdenklich an. Dieser plötzliche Friede schien uns beide zu verwirren. Als müssten wir uns erst herantasten. Erst herausfinden, ob wir dem Ganzen trauen konnten – und einander.

»Sieht ganz so aus«, gab ich zurück und wollte schon vorschlagen, gemeinsam nach Camden zu fahren und dann einfach nach Hause zu gehen. Doch Ash überraschte mich.

»Du stehst doch so auf Abenteuer, furchtlose June.« Das plötzliche Glitzern in seinen Augen forderte mich heraus. »Hast du Lust, mich auf eines zu begleiten?«

Und das war alles, was es brauchte. Ash, mit dem man fliegen konnte, und das Versprechen, etwas zu erleben.

Ich grinste, wenn auch noch etwas verhalten. »Auf jeden Fall.«

Ash

Natürlich plapperte June auf dem Weg wie üblich unaufhörlich vor sich hin, doch obwohl ihr brennende Neugier ins Gesicht geschrieben stand, fragte sie mich kein einziges Mal, wohin ich sie brachte.

Am Leicester Square nahmen wir die *Northern Line* nach Hampstead. Wir liefen über Kopfsteinpflaster und vorbei an zahllosen, bunten Geschäften, auf die schlichte Backsteinhäuser mit beigefarbenen Vorbauten folgten. Die Straßen hier waren eng und verwinkelt, doch irgendwann wurden sie wieder breiter.

»Willst du gar nicht wissen, was ich vorhabe?«, platzte es schließlich doch aus mir heraus, als wir nicht mehr weit von unserem Ziel entfernt waren.

June runzelte die Stirn und sah zu mir auf. »Was, wieso denn? Dann ist es doch kein Abenteuer mehr. Es geht doch genau um das Unerwartete, oder?«

Vor einem Monat hätte ich die Gelegenheit ergriffen, um mich über sie lustig zu machen oder irgendeine Spitze zu finden ... Doch jetzt war das anders. Nicht weil ich Kian etwas versprochen hatte, sondern wegen der Ernsthaftigkeit in Junes Augen.

»Du wolltest gerade irgendetwas Blödes sagen, oder?«

Fast wäre ich zusammengezuckt. »Nein, June.«

»Du lügst!«

Ich wandte den Kopf, um sie anzuschauen, doch June sah mich nicht verletzt an, wie sie es einmal getan hatte, sondern ... belustigt.

»Zumindest lügst du ein bisschen«, setzte sie nach.

Ihre Gefühle: Schlag auf Schlag auf Schlag.

»Ich bin es nicht gewohnt, nett zu dir zu sein.«

»Und? Ist es denn so schwer?«

»Seltsamerweise nicht.«

June lachte auf diese absolut herzhafte und echte Art. Ein bisschen zu laut, zu lang, zu viel – so wie sie eben war.

»Weißt du«, sagte sie jetzt, »die Sache ist ja die, dass ich dich so mag, wie du bist. Ich mag es, wie wir uns Dinge an den Kopf werfen – auch wenn das vielleicht komisch klingt. Ich hatte immer Spaß an unseren Diskussionen. Du musst mich nicht anders behandeln, denn ich weiß ja, woran ich bei dir bin«, mit jedem Wort sprach June noch schneller. Sie kam nicht auf den Punkt, und die Sätze quollen nur so aus ihr heraus.

»Was ich dir damit eigentlich sagen will«, fuhr sie fort, »ist, dass du kein anderer sein musst, wenn wir Zeit miteinander verbringen. Verhalt dich nicht unnötigerweise wie ein Riesenarsch, aber fass mich auch nicht mit Samthandschuhen an. Das hast du früher auch nicht getan.«

Früher.

Nein verdammt, *früher* hatte ich noch ganz andere Dinge getan.

Und dann rutschte mir etwas komplett Verrücktes heraus: »Ich … find dich auch nicht so übel, June.«

»Oha, Ash«, schon wieder lachte sie ihr Von-ganzem-Herzen-Lachen. »Wie schwer dir das gefallen sein muss.«

»Halt die Klappe, June«, erwiderte ich und musste dabei trotzdem lächeln. »Genau das ist der Grund, weshalb es manchmal mehr als schwer ist, nett zu dir zu sein.«

June zuckte mit den Schultern. »Ach, du gewöhnst dich dran.«

Wir liefen an Häusern mit Gärten vorbei, die Straßen wurden immer einsamer, bis ich June schließlich auf einen schmalen Weg zog, der zwischen den vielen Bäume kaum einsehbar war. Kiesel knirschten unter unseren Schuhen.

Mein Herz begann schneller zu schlagen, denn bisher hatte ich nur Kian auf eine meiner Touren durch Londons Ruinen mitgenommen. Er war diesbezüglich eine Spaßbremse und würde meine Faszination wahrscheinlich nie ganz verstehen, trotzdem war ihm klar gewesen, was es für mich bedeutet, ihm Einblick in diesen Teil meiner Welt zu gewähren.

Und deshalb war er einfach Kian gewesen: sanft, interessiert, voll bei der Sache, die mir alles bedeutete. Es hatte sich über die Maßen intim angefühlt, genau wie auch jetzt mit June. Ich wollte gar nicht so genau wissen, was das schon wieder zu bedeuten hatte.

Vor dem gusseisernen Tor am Ende des Wegs blieben wir stehen. Ich bedeutete June, mir zu folgen. Dann ging ich den Zaun mit den spitz zulaufenden Stäben ab, auf der Suche nach dem Durchlass. Er befand sich gut versteckt hinter einem umgefallenen Baumstamm und wild wuchernden Bäumen – zum Glück, sonst würden wahrscheinlich zu viele Leute auf dieselbe Idee kommen wie ich und Orten wie diesem damit ihren besonderen Zauber nehmen.

Ich hielt June meine Hand hin, um ihr über den Baumstamm zu helfen. Und ich ließ ihre Finger nicht los. Zumindest nicht sofort. Ihre langen Haare glitten über meinen Arm, und ich betrachtete die Strähnen. Rosa Farbexplosion inmitten von Grau.

»Das, was wir jetzt machen, ist eventuell … nicht ganz so legal. Und es kann vielleicht auch ein bisschen gefährlich sein. Ich will nur, dass du das weißt.«

»Ich hab mir so etwas schon gedacht.« June lächelte aufgeregt. »Ist okay.«

Erleichtert atmete ich aus.

Ich war hier schon unzählige Male gewesen. Auch wenn ich immer auf der Suche nach neuen aufregenden Orten war, gab es doch auch jene, deren Mystik sich tief in mir verankerte und nicht mehr losließ. Orte voll rauer Schönheit, an denen ich zur Ruhe kam und die ich deshalb immer und immer wieder aufsuchte. Orte wie die Kristallhöhle oder diesen hier.

»Versprich mir, dass du dich an mich hältst und nicht einfach drauflosrennst.«

June schnaubte. »Als ob ich so was machen würde.«

Ich hob eine Augenbraue.

»Okay, du hast recht. Das klingt zu hundert Prozent nach etwas, das ich tun würde.«

Und im nächsten Moment stand ich mit ihr in diesem wilden Garten. In *meinem* wilden Garten, der ein bisschen meine Oase und mein Paradies war. Und vielleicht auch verdammter Spiegel meines Herzens.

Überall schossen Blumen in die Höhe, zusammen mit dem Gras, das einfach wuchs, wie es wollte. Die weißen Blüten der Schneerosen und -glöckchen schimmerten im Licht, zwischen ihnen leuchteten Winter-Iris in den verschiedensten Violett-Nuancen, genau wie die kleinen Krokusse in Lila, Hellblau und Gelb. Uralte Bäume mit mächtigen Stämmen und schweren Ästen ragten in den Himmel und erzählten mit ihrem Rauschen Geschichten von all den Dingen und den Leben, die sie in den Jahrhunderten ihrer Existenz gesehen hatten.

Ein schmaler, kaum sichtbarer Trampelpfad führte zu der eindrucksvollen Villa am anderen Ende des Grundstücks. Sie war prachtvoll, viktorianisch, über die Maßen majestätisch und zeugte trotz all der wuchernden Pflanzen und dem Verfall davon, was sie einmal gewesen war. Ich wusste, welche Treppen wir hier gehen und welche wir meiden sollten, welche Böden sicher waren und welche Wände nicht mehr besonders gut trugen.

Wie immer ließ ich meinen Blick sofort auf der Suche nach Details umherwandern, unterschied die Graffitis, die bröckelnden Mauern und das Grün zwischen den Rissen von dem, was auf die Ursprünge schließen ließ. Es waren zwei Bilder, die sich vor meinem inneren Auge übereinanderlegten: das der Vergangenheit und das der Gegenwart. Und es war so verdammt wunderschön.

Nur einmal war ich an diesem verlorenen Ort jemandem begegnet. Ein Mädchen, irgendwo zwischen Teenagerin und Erwachsener. Jung, aber mit dem Blick einer alten Frau. Auf dem Kopf eine bunte Wollmütze, die ihre Haare bis auf eine einzelne gelockte Strähne schluckte. Wir hatten kein Wort miteinander geredet, waren beide durch das Haus und die Wiese davor gestreift und hatten uns jedes Mal angelächelt, wenn wir einander zufällig begegneten. Ihr archaischer Blick sagte jedes Mal: *Ich sehe dich. Ich sehe, dass du eine ebenso suchende Seele bist.*

Im Eingangsbereich, der wahrscheinlich einst eine elegante Halle gewesen war, rankten sich Pflanzen an den bröckelnden Wänden hoch. Direkt vor uns schwang sich links wie auch rechts ein eleganter Treppenflügel nach oben. Weil ein Teil des Dachs fehlte, fiel ein ganz besonderes Licht in das Innere. Jedes Mal, wenn sich Wolken vor die Sonne schoben, flohen Schatten über die gesprungenen Fliesen und ließen das Gemäuer fast überirdisch wirken. Es war wie ein verdammtes Meer aus Licht.

Zusammen erkundeten June und ich das Haus. Meine Schritte wurden zu ihren Schritten, ihr regelmäßiger Herzschlag zu meinem. Ich zeigte ihr jede Ecke und jeden Winkel dieses verborgenen Ortes. Mit leuchtenden Augen erzählte sie mir von den alten Ruinen im geheimen Teil der Wolkenstadt, in denen Ilaria und Aillard sich verstecken, weil sie nicht wissen, wem sie noch trauen können. Sie beschrieb mir die bröckelnden Mauern und zahllosen Flüsse, auf denen *Maylora* schwebte.

Ich führte June weiter nach oben, hielt mich immer an den Stellen, von denen ich mit Sicherheit wusste, dass der Boden trug. Und dann standen wir vor meinem Lieblingsort.

Die Sonne fiel durch das bunte Glas des riesigen, kreisrunden Fensters. Blau, grün, gelb. Und dann die Stellen, an denen es fehlte und leichter Wind in das Innere des Hauses drang. Ich setzte mich direkt auf den staubigen Boden davor und klopfte mit der flachen Hand neben mich. Ich ließ meinen Blick über den verwunschenen Garten schweifen, den man von hier oben gut überblicken konnte. Als ich June Sekunden später neben mir spürte, griff ich nach meinem Rucksack, holte die Thermoskanne mit Tee hervor, nahm einen tiefen Schluck und reichte sie ihr.

Und wir schwiegen gemeinsam inmitten von buntem, mystischem Licht, dem Duft von heißem Früchtetee und dem Geruch nach Blumen im Winter, süß und schwer. Der Wind fuhr durch Junes Haare und ließ rosa Strähnen immer wieder meine Arme streifen.

»Wieso bist du eigentlich nach New York gegangen?«, stellte ich eine der Fragen, die so lange schon zwischen uns waberten. Seit ich dem schwarzen Uber hinterhergesehen hatte und auch davor schon. Ich sprach ungewohnt leise, ganz so, als könnte ich die Magie und Friedlichkeit des Moments doch noch zerstören. Es war eben das, was ich manchmal unbedacht tat.

»Weil es immer schon mein großer Traum war«, sagte June mit fester Stimme.

»*Yes, I know.* Aber weshalb? Träume werden nie aus dem Nichts geboren. Irgendwo liegt doch immer ein Ursprung, eine Quelle, bevor sich alles ein bisschen verselbstständigt und man beginnt, seiner Sehnsucht hinterherzujagen.«

»Das klingt, als hättest du auch eine große Sehnsucht gehabt«, schlussfolgerte June.

»Als meine Eltern gestorben sind, gab es niemanden in der Familie, der sich um mich kümmern konnte, und ich war ja erst vier Jahre alt. Also bin ich in ein Kinderheim gekommen und dann zu meiner ersten Pflegefamilie.«

June blinzelte und nickte langsam, doch sie sagte nichts. Keine Floskeln wie, dass es ihr leidtun würde oder was die Leute in solch einem Moment sonst von sich gaben. Und ich war ihr dankbar dafür.

»Und trotz all der Trauer und des Schmerzes ist das nicht eine von diesen supertragischen Geschichten. Ich vermisse meine Eltern immer noch jeden Tag, aber ich hatte Glück. Ich hatte Glück mit dem Kinderheim. Ich hatte Freunde dort. Die drei Pflegefamilien, in denen ich gelebt habe, waren toll. Sie konnten nie das ersetzen, was ich verloren hatte, aber ich hatte Erwachsene um mich, die es *wirklich* interessiert hat, wie es mir geht, verstehst du?«

Einen Moment hielt ich inne, denn noch immer kam es mir seltsam vor, June so sehr an meinen Gedanken teilhaben zu lassen. Am merkwürdigsten war, dass es sich so natürlich anfühlte. Die Mauer, die ich zu meinem eigenen Schutz errichtet hatte, bröckelte.

»Ich war auf ein System angewiesen, in dem auch einiges schiefgeht und das die Schwachen unter sich begräbt«, fuhr ich fort. »Und das ist meine Quelle, das ist mein Ursprung. Mich um diese Kinder zu kümmern gab mir das Gefühl, etwas zurückgeben zu können. Mir ist klar, dass das nicht immer so läuft. Ich weiß, dass so viele Kinder da draußen ganz andere Erfahrungen machen und auf sich allein gestellt sind. Deshalb wollte ich für sie da sein und deshalb bin ich letztlich Erzieher geworden.«

Und erst in diesem Moment wurde mir so richtig bewusst, wie sehr ich meinen letzten Job in Wahrheit vermisste. Das *Five Bells* war mein einer Traum, aber die Arbeit mit Kindern war meine Sehnsucht, die ich aufgegeben hatte.

June reichte mir die Thermoskanne zurück.

»Diese Kinder können froh sein, jemanden wie dich zu haben«, sagte sie mit einem ehrlichen Lächeln. »Und davon abgesehen klingst du nach einem starken Menschen.«

»Ich halte mich nicht für stark, nur weil mein Start ins Leben scheiße gewesen ist. Ich meine, was hat man letzten Endes für eine andere Wahl, als die Dinge zu nehmen, wie sie sind und einfach immer weiterzumachen? Und es gibt doch so viel Schönes da draußen, auch wenn man es nicht immer sieht.« Ich breitete meine Arme aus. »So wie dieser Ort zum Beispiel.«

»Ich wünschte manchmal, ich könnte so sehr im Moment leben.«

»Gerade wirkst du aber, als wärst du ganz im Moment.«

»Das bin ich auch«, sagte June mit gesenkter Stimme. Wie sie die Worte mit den Lippen formte, machte etwas mit mir. »Aber meistens sind meine Gedanken irgendwie überall und nirgends.« Sie lachte. »Manchmal komme ich selbst nicht mit, weil ich auch noch alles gleichzeitig mache. Aber ich kann nicht anders. Und vielleicht ist das auch ein Teil der Antwort auf deine Frage. Also die nach meinem Ursprung, meiner Quelle.«

»Inwiefern?«

»New York ist nicht gleich New York. Es ging ja nie nur um die Stadt an sich, sondern das, wofür sie steht. Für Freiheit, für meine Sehnsüchte, für ein Leben als Schauspielerin, für die beste Ausbildung. Weißt du … ich bin ziemlich behütet aufgewachsen. Und ich liebe meine Eltern wirklich über alles, die sind einfach die Besten, aber das hat mich manchmal förmlich erdrückt. Diese Liebe und Zuneigung. Ich war ein viel zu braves Kind. Habe als Teenagerin nicht heimlich getrunken, mich nicht weggeschlichen, nicht die Schule geschwänzt. Ich habe darauf verzichtet, aber nicht, weil ich nicht gewollt hätte, sondern für die beiden … Das kam dann alles irgendwie viel später, und ich bereue es ein bisschen. Aber wenn ich im Schultheater auf der Bühne stand, dann war das anders. Ich konnte alles sein und jeder. Alles ausprobieren. Ich musste nicht so tun, als wäre ich ängstlich oder schüchtern oder weniger mutig, denn so war ich nie. Ich habe zusammen mit meinem besten Freund Filme gesucht, Theaterstücke, Musicals. Und Letzteres war genau das, was ich wollte: singen, schauspielern, tanzen. Alles zusammen und ohne sich für eines davon entscheiden zu müssen. Und New York ist nun einmal die Stadt, in der die Geschichte des Musicals vor fast hundert Jahren begonnen hat … Ich …« Junes schnappte atemlos nach Luft und starrte mich mit einem fast fiebrigen Glanz in den Augen an. »Das ist einfach alles, was ich immer wollte. Und jetzt ist es Wirklichkeit geworden.«

Mit der Dämmerung brachen wir wieder auf. June rannte voraus, obwohl ich ihr gesagt hatte, dass sie das nicht tun sollte. Sie lachte befreit, rosa und hypnotisierend flogen ihre Haare durch die Luft. Ihre Farbe schimmerte mit dem weichgezeichneten Licht über den hohen Gräsern um die Wette, und einen Moment lang stand ich einfach nur auf der mächtigen Treppe und sah ihr beim Existieren und June-Sein zu. Ihr Anblick war beängstigend … schön.

Ihre Art zu sein und sich über die kleinen Dinge zu freuen hatte etwas Kindliches an sich. Und mit einem Mal sah ich genau darin eine ganz neue und bestechende Schönheit. Wahre Begeisterungsfähigkeit, die

Welt in ihren zahllosen Details, statt dem großen Ganzen wahrzunehmen, die Dinge wirklich zu sehen und das ganz ohne einen antrainierten Filter, der uns alles und jeden interpretieren und analysieren lässt, ohne einfach hinzunehmen – all das waren Dinge, die ich bei meinen Kids beobachtet hatte und die wir im Laufe unseres Erwachsenenlebens zu verlieren schienen. Und Himmel, vielleicht war genau das der Schlüssel zu einem erfüllten Leben und wahrem Glück: die Welt durch Kinderaugen zu sehen. Oder eben durch Junes.

Viel zu lange hatte ich gedacht, dass die positiven Gefühle gelebt und die negativen verdrängt gehörten. Weggesperrt, versteckt, unauffindbar. Denn ging es im Leben nicht nur um das Glück? Ich dachte es heute manchmal noch immer – an grauen Tagen, an denen diese alten Gedanken lauter waren. Doch in einer Ruine wie dieser war mir mit zwölf Jahren bewusst geworden, dass jedes Gefühl es wert war, gefühlt zu werden. Es war Blödsinn, dass Schmerz einen stärker machte, aber er brachte mich auch nicht um. Nicht der Tod meiner Eltern, die Einsamkeit, die Suche nach Liebe und Zugehörigkeit. Ich dachte an den Jungen, der ich gewesen war, und zum ersten Mal gestand ich mir ein, dass ich June *wirklich* mochte.

Und dann passierte, was ich hätte kommen sehen sollen: War June in einem Moment noch fröhlich durch das Gras gehüpft, stieß sie im nächsten einen spitzen Schrei aus. Rosa Haarsträhnen flogen durch die Luft, und dann verschwand sie aus meinem Sichtfeld.

Fuck, fuck, fuck.

Sofort rannte ich dorthin, wo ich sie gerade noch gesehen hatte und auch jetzt noch vermutete.

»June?«, rief ich, doch sie antwortete nicht.

Ich rief noch ein zweites und drittes Mal, ehe ich eine leise Antwort hörte und in Richtung ihrer Stimme stolperte. Und der Anblick, der sich mir bot, war meine absolute Verdammnis. June inmitten von Gras und

Blumen sitzend, die mit weit aufgerissenen Augen zu mir hinaufsah. Sie lachte, während ihr im selben Moment Tränen in die Augen schossen.

»Was ist passiert?«, murmelte ich und kniete mich dicht vor sie.

Nur mit Müh und Not konnte ich mich davon abhalten, meine Hand an ihr Gesicht zu legen. Plötzlich war das Bedürfnis, sie zu berühren, übermächtig und ich verfluchte mich für diesen Gedanken, den ich absolut nicht haben wollte. Und zu dem ich auch überhaupt kein Recht hatte.

»Ich bin umgeknickt«, murmelte June. »Und jetzt tut es scheißweh.«

Jetzt erst sah ich den Geröllhaufen neben ihr. Steine, die sich aus der nur wenige Meter entfernten Wand gelöst hatten und im hohen Gras wohl nicht zu sehen gewesen waren.

»Darf ich?«, fragte ich und deutete mit dem Kinn auf Junes rechten Fuß, der in dem Schuh bereits deutlich anzuschwellen begann. Ich wartete auf ihr Nicken, dann hob ich ihr ausgestrecktes Bein auf meine eigenen, zog ihr erst den Schuh aus, dann den weißen mit rosa Herzchen bedruckten Socken. Ich schob die Hose ein Stück weiter nach oben und drehte den Fuß nach links und rechts, um die Schwellung zu begutachten. Die Haut begann sich bereits blasslila zu verfärben.

»Kannst du deinen Fuß bewegen?«

»Ich … keine Ahnung.« June versuchte ihn kreisen zu lassen, verzog aber noch im selben Moment das Gesicht. »Ich befürchte, das geht nicht.«

Vorsichtig zog ich den Socken wieder nach oben. Junes Haut fühlte sich heiß an. Das Gefühl war der größte Kontrast zu der Kälte des Windes, der um die alte Villa blies. »Ich befürchte, du hast dir den Knöchel verstaucht.«

»Und woher weißt du das?«, presste June hervor.

»Ich habe in einem Kindergarten gearbeitet, schon vergessen?« Ich lächelte sie an. »Und Kinder verletzen sich eben oft.«

»Also bin ich wie eines von deinen Kids?«

»Nein, June, du bist eine vollkommen eigene Kategorie«, erwiderte ich und merkte selbst, dass diese Worte viel zu bedeutungsschwanger klangen. Für einen Moment trafen sich unsere Blicke, und ich sah nicht weg, denn June war in diesem Moment so süß und schön und weckte jeden Beschützerinstinkt in mir.

»Wir sollten zu einem Arzt gehen.«

»Das passt schon, Ash.«

»Nein, das passt nicht«, erklärte ich bestimmt. »Das sollte sich unbedingt jemand ansehen. Und da lasse ich auch nicht mit mir diskutieren.«

Dieses Mal legte ich meine Hand doch für einen winzigen Moment an ihr Gesicht. Junes Wange passte perfekt hinein, wie ein verdammtes Puzzlestück.

June

Ich konnte nicht auftreten. Noch in Hampstead organisierte Ash ein Uber, das uns Richtung City fuhr. Und auch wenn er die ganze Zeit übertrieben cool tat, bemerkte ich doch die sorgenvollen Blicke, mit denen er mich von der Seite bedachte, wenn er glaubte, ich wäre in den Anblick der vorbeiziehenden Häuser vertieft. War ich auch – aber da war eben auch die Spiegelung seines Gesichts in der Scheibe.

Lange Haare, Schnauzer, Katzenaugen, schönes Gesicht.

»Tut mir leid, dass das so blöd gelaufen ist«, entschuldigte er sich noch im Auto, dabei traf ihn wirklich keine Schuld. Ich war gedankenlos davongestürmt und hatte nicht auf meine Umgebung geachtet.

»Ich habe mich wahnsinnig gefreut, dass du mich mitgenommen und mir diesen Ort gezeigt hast«, erwiderte ich also ehrlich. Es war ein bisschen wie ein Blick auf Ashs Seele gewesen.

Das Uber hielt direkt vor der Praxis, in der Ash nach einigem Telefonieren kurzfristig einen Termin bekommen hatte. Die Strecke war nicht weit, doch auf dem Weg in den zweiten Stock schossen mir trotz des Aufzugs erneut Tränen in die Augen. Das Pochen in meinem Knöchel wurde immer unerträglicher, der stechende Schmerz breitete sich weiter und weiter aus. Bei jedem Auftreten strahlte er in mein ganzes Bein aus. Und trotzdem war ich mir der Wärme von Ashs Körper, der mich bei jedem Schritt stützte, überdeutlich bewusst. Seine Arme, seine Brust, das Stück, das er mich überragte. Die dunklen Haarspitzen, die mich einmal an der Schläfe kitzelten. Das waren die Momente, in denen ich mich doch wieder krampfhaft auf den Schmerz konzentrierte, denn dieser war nicht gefährlich für mein Herz.

Die Ärztin war eine Mittsechzigerin mit beruhigender, samtiger Stimme. Nachdem sie mein Sprunggelenk betastet und den Fuß einige Mal hin und her bewegt hatte, bestätigte sie Ashs Vermutung: Ich hatte mir den Knöchel verstaucht. Ich bekam also einen Verband und ein Rezept für Schmerztabletten. Zu Hause sollte ich den Fuß kühlen und hochlagern, damit die Schwellung in wenigen Tagen zurückging. Außerdem musste ich zwei Wochen später zu einem Kontrolltermin wiederkommen.

Kurz darauf saßen Ash und ich wieder in einem Uber, das sich langsam durch den Londoner Großstadtverkehr kämpfte. Dieses Mal aber Richtung Camden Town. Statt mich an der Prosperity Lane herauszulassen, bestand Ash darauf, mich mit zu sich in die WG zu nehmen, wo er ein Auge auf mich haben konnte.

Ich fand das total übertrieben. Es war ja auch nicht so, als würde ich allein wohnen. Aber Ash machte dieses Gesicht, bei dem ich wusste, dass wir uns gleich wieder alles Mögliche an den Kopf werfen und unnötig miteinander diskutieren würden, wenn ich jetzt etwas dagegen sagte. Und dieses Mal war ich zu erschöpft, um genau das zu tun – also gab ich nach.

Ash half mir aus dem rosa Mantel, der leider bei meinem Sturz an einer Seite eingerissen war, bugsierte mich auf das Sofa im Wohnzimmer und tänzelte um mich herum. Durch die geöffneten Flügeltüren zur Küche sah ich, wie er die Regale und den Kühlschrank durchwühlte, ehe er ein Tablett mit Getränken und Essen vor mich auf dem Couchtisch abstellte. Es duftete nach Früchten, derselbe Tee, den Ash und ich in der alten Villa getrunken hatten.

»Brauchst du sonst noch irgendetwas?«, wollte Ash wissen und schob die Kissen unter meinem Fuß zurecht.

»Hätte ich gewusst, dass es nur einen verstauchten Knöchel braucht, damit du mal so richtig nett zu mir bist …«

»Was dann?« Lachend setzte er sich neben mich. »Dann wärst du absichtlich umgeknickt?«

Ich grinste unbeschwert. »Wer weiß. Vielleicht.«

»Dir ist klar, dass das verrückt klingt, oder?«

»Na und?« Ich zuckte mit den Schultern. »Vielleicht bin ich ja auch ein bisschen verrückt.«

»Außerdem war ich vorher schon nett zu dir. Ich habe für dich gekocht.«

»Okay, wow, Ash. Pass auf, dass dein Nettigkeitskonto nicht noch platzt.«

»Ich werde aufpassen.« Er zwinkerte mir zu. »Wird nicht mehr vorkommen.«

Ich verdrehte die Augen, aber in mir drin war wieder dieses leise, berauschende Herzflattergefühl.

»Wie hat das eigentlich angefangen?«

Die Frage brannte in mir, seit ich inmitten von alten Steinen und morschen Wänden dieses Strahlen auf Ashs Gesicht gesehen hatte. Dass er mich mit dorthin genommen hatte … Ob unbewusst oder nicht, er hatte sich dort ein Stück vor mir entblättert. Eine Schicht weniger von dieser Mauer, die er nach wie vor zwischen uns hochzog. Aber dort, das war der echte Ash gewesen, der Wahrhaftige.

»Was meinst du?«

»Dass du in alte Gebäude einsteigst …«

»Ich …«, setzte er an, verstummte jedoch sofort wieder. Kurz zögerte Ash, dann schob er einen Arm um meine Taille und half mir auf. Und sein Atem streifte dabei meine Wange.

»Ich will dir etwas zeigen«, murmelte er dieses Mal und lief mit mir in sein Zimmer. Dort wurde eine ganze Wand von unzähligen Fotos dominiert. Ash zeigte mir die Bilder von den *Lost Places*, an denen er gewesen war. Ruinen, Gemäuer, alter Stein. Ich versank erst in den Anblick der Fotos, dann in Ashs Beschreibungen, mit denen er die einzigartige Magie eines jeden Ortes heraufbeschwor. Und noch mehr hing ich an seinen Lippen, als er mir von einem zwölfjährigen Jungen erzählte, der an einem dieser Orte gelernt hatte, dass Schmerz okay und sogar wichtig und richtig war. Und der sich das erste Mal irgendwie dazugehörig gefühlt hatte. Als würde er dorthin gehören, wo die Mystik so real und greifbar war. Ash erzählte von einer *alten Heilanstalt*, einer *silbernen Schlossschule*, einer *Verbotenen Stadt* und einer *Kristallhöhle*.

»Manche der Namen gibt es wirklich, andere denke ich mir selbst aus«, meinte er mit rauer Stimme, und ich dachte mir: Ashs Welt war ein bisschen wie *Maylora* – magisch, verwunschen und fast vergessen.

Als ich auf Ashs Arm gestützt zurück ins Wohnzimmer humpelte, war da nicht nur wieder die Wärme seines Körpers. Nein, schlimmer noch, da waren diese Katzenaugen, das Fast-Lächeln auf seinen Lippen, der Geruch nach Winden und Herbstspaziergängen,

den ich zu mögen begann.

Den ich mochte.

Den ich immer schon gemocht hatte.

»Schau mich nicht so an, Ash …«

»Was?«, verwirrt runzelte er die Stirn, rückte schon wieder die Kissen unter meinem Fuß zurecht und breitete dieses Mal eine Decke über mich aus. »Wie sehe ich dich denn an?«

»Das weißt du ganz genau …« Ich blickte zur Seite, knetete meine

Finger nervös im Schoß. Und als ich den Kopf wieder hob, ging der Ausdruck auf seinem Gesicht mir durch und durch.

O Shit.

Wir saßen so nah nebeneinander. So nah, nah, nah.

Und dann sprach ich, als wäre nichts dabei, diese eine Frage aus, die ich ihm auf keinen Fall stellen durfte: Ashs Augen waren goldene Strudel, rissen mich unaufhaltsam mit sich wie ein Wasserfall. »Hast du es jemals bereut?«

Ich musste nichts erklären.

Er wusste es sofort.

»Bereust du es jetzt?«, fügte ich viel leiser hinzu.

Alle Erinnerungen wirbelten in meinem Kopf durcheinander, und ich versuchte krampfhaft, sie alle in mir zu behalten. Sie nicht über den Rand meiner Lippen schwappen zu lassen. Doch nach diesem Moment in der Villa, in dem sich unweigerlich etwas zwischen uns verändert hatte, erschien mir das mit einem Mal unmöglich.

Plötzlich drang das Geräusch der sich öffnenden Wohnungstür in die Stille zwischen uns. Erleichtert atmete ich aus, doch nur so lange, bis Kian im Wohnzimmer auftauchte. Sein Blick fiel erst auf mein hochgelegtes Bein, dann auf den Fuß mit dem Verband.

»Was ist hier passiert?«

Kian

Ich zog Ash in mein Zimmer, mitten hinein in mein deckenhohes Bücherchaos, und schloss die Tür hinter uns, denn ich wollte nicht, dass June uns streiten hörte. Sie und Ash hatten mir in knappen Worten beschrieben, was passiert war, und während ich im Wohnzimmer noch versucht hatte, mich zurückzunehmen, brach sich der Zorn nun Bahn.

Ich hatte June wochenlang nicht gesehen, hatte in dem Moment, als sie vor dem *Mephisto* vor mir stand, erst gemerkt, *wie* stark meine Sehnsucht in Wahrheit war. Aber ich hatte auch Angst, und in mir schlug jede einzelne Alarmglocke und schrie die Vernunft, dass ich vorsichtig sein musste. Noch vorsichtiger als davor. Ich hatte keine Ahnung, wie es zwischen uns weitergehen sollte und ob ich ihr vertrauen konnte. Doch ich war gar nicht dazu gekommen, mit ihr darüber zu sprechen, und jetzt saß sie verletzt in meiner verdammten Wohnung. Und als wäre das nicht schon genug, hatte ich die letzten Stunden in Sorge um Stella verbracht. Sie hatte plötzlich Schmerzen im Bauch gespürt und mich gefragt, ob ich sie ins Krankenhaus fahren konnte. River war im *Five Bells* gewesen, und sie hatte ihn nicht beunruhigen wollen. Also hatte ich mit meiner aufgelösten besten Freundin im Wartezimmer ihres Frauenarztes gesessen und war selbst fast durchgedreht. Am Ende war glücklicherweise alles harmlos gewesen.

Seufzend rieb ich mir mit einer Hand über das Gesicht. Ich war erschöpft und jetzt auch noch das.

In Momenten wie diesen versuchte ich stets, mich an die Fakten zu halten, die Dinge rational zu betrachten und sie in meinem Kopf zu ordnen. Doch heute tobte in mir jedes einzelne Gefühl. Darunter Empfindungen, die ich nicht einmal benennen konnte und die mich gerade deshalb völlig überforderten.

»Was zur Hölle hast du dir nur dabei gedacht?«, fuhr ich Ash gereizt an und fixierte ihn mit meinen Blicken. »Ich meine, klar, wenn du dieses Risiko für dich selbst in Kauf nimmst, dann ist das eine Sache. Aber wenn es um jemand anderen geht, dann solltest du dich vielleicht ein bisschen verantwortungsvoller verhalten.«

»Hör verdammt nochmal damit auf, mich ständig als leichtsinnig hinzustellen und dich über mich zu erheben. Oder über June.« Ash funkelte mich an, und ich hoffte sehr, dass er das gerade nicht ernst meinte. »Ich habe jahrelang mit Kindern gearbeitet. Ich weiß sehr gut, was Verantwortung bedeutet. Aber June ist eine erwachsene Frau, die ihre eigenen

Entscheidungen trifft. Ich habe ihr erklärt, dass es auch gefährlich werden kann. Und sie wollte es. Wir sind beide erwachsen, also hör auf, dich so anzustellen. Sie hat einen verstauchten Knöchel, sie wird es überleben.«

Ash klang spöttisch, als würde er die ganze Sache nicht richtig ernst nehmen. Und das kotzte mich an. Seine gespielte Überlegenheit nervte mich genauso wie seine Uneinsichtigkeit. Und es nervte, dass in seinen Worten ein Funken Wahrheit steckte, den ich nicht hören und schon gar nicht sehen wollte.

»Es hätte trotzdem etwas Schlimmeres passieren können«, schob ich hinterher.

»Gott, Kian.« Ash verdrehte die Augen. »Egal, was im Leben passiert, es könnte immer schlimmer kommen. Oder besser. Aber letztlich ist es eben, wie es ist, und lässt sich nicht ändern. In spätestens zwei Wochen merkt June nichts mehr von der Verstauchung.«

»Verdammt, es geht doch nicht nur darum, dass es Junes Knöchel bald wieder besser geht ...« Ich rang nach Worten, doch fand sie nicht. Stattdessen empfand ich etwas, das mich in dieser Situation nur noch mehr aus der Bahn warf. Denn ich wollte Ash packen und küssen, wollte diesen Arsch um den Verstand küssen, damit er endlich still war. Mir war alles zu viel, und hier und jetzt dachte ich mir: Je mehr ich versuchte, das Richtige zu tun, desto verworrener wurde alles.

»Okay, um was geht es dann? Ganz allgemein um June? Weil ihr noch miteinander reden müsst?« Ash kniff die Augen zusammen.

»Nein, es geht nicht um sie.«

»Sondern?« Er durchbohrte mich mit seinem Blick. Er machte mich nervös, Himmel, wieso machte mein bester Freund mich so verdammt nervös. Es war ein Donnergrollen direkt unter der Haut – ein pulsierendes Beben. Ich sah Ash an, sah plötzlich nichts anderes mehr im Licht der tief stehenden Sonne und vor Buchrücken tanzendem Staub.

Er atmete aus, überdeutlich hörbar und Erinnerungen wachrufend.

»Kian, du … du schaust mich an, als würdest du …«

Ash ließ das Ende des Satzes in der Luft hängen, doch wir wussten beide, was er sagen wollte: Ich schaute ihn an, als würde ich ihn küssen wollen.

Ash machte einen Schritt auf mich zu. Wahrscheinlich tat er es nicht einmal bewusst, doch mit einem Mal war er mir ganz nah und mit ihm und seinen wilden Katzenaugen kam sein erdiger Geruch. Ich schluckte schwer, denn da waren wieder all die Momente, die so eindeutig etwas zwischen uns verschoben hatten: mein Gesicht in seiner Hand, unsere Lippen warm und absolut richtig aufeinander. Wie ich eingeschlafen und in seinen Armen wieder aufgewacht war.

»Ich weiß, wie ich dich ansehe …«, gab ich eine halbe Ewigkeit später heiser zu, und es war, als würde die Mauer aus Wut und Abwehrhaltung, die Ash gerade noch zur Schau gestellt hatte, in sich zusammenfallen. Er senkte den Blick, die dunklen Haare fielen leicht nach vorn, strichen über seine Schlüsselbeine, über den Stoff des Hemdes, dessen oberste Knöpfe geöffnet waren. Als er mich wieder anblickte, lag eine Hilflosigkeit in seiner Miene, die ich nicht von ihm kannte.

»Kian«, raunte Ash. Er tat es mit *dieser* Stimme, die mir schon ganz andere Dinge entgegengeflüstert hatte. Die Luft knisterte, und ich wollte ihm entgegenfallen. Ich wollte loslassen und einfach nur sehen, was passierte. Würde Ash seine Arme ausbreiten und mich halten?

Mit einem Mal war mein Kopf ganz leer und nur noch erfüllt von einem *Was wäre wenn*, so wie in diesem Raum nur wir beide existierten. Und dann erinnerte ich mich daran, dass June in unserem Wohnzimmer lag. Meine Ex-Freundin. Meine Fast-wieder-Freundin. Vielleicht meine Freundin, ohne dass wir es ausgesprochen hatten.

Shit, Shit, Shit.

Ich wich einen Schritt zurück und räusperte mich unbeholfen

»Lass uns nicht streiten, okay? Ich habe mir einfach Sorgen um June gemacht, aber es ist nicht in Ordnung, dir die Schuld daran zu geben.«

Ich seufzte. »Du hast recht, sie ist erwachsen und es ist ihre Entscheidung, es ist nur ...«

Es ist nur, dass mein Herz verrücktspielt und ich mit einem Mal vor tausend Dingen Angst habe, weil ich nicht so furchtlos bin wie June. Und nicht so voller Abenteuer wie du.

Etwas flackerte in Ashs goldenen Augen auf, dann verschloss sich sein Blick. Ich konnte förmlich dabei zusehen.

»Ist okay, Kian. Mir ist klar, dass du es nicht so meinst. Und dass das eben deine Fürsorge ist ...«

»Apropos Fürsorge ... Ich weiß ja nicht, wie es bei June und dir ist, aber ich habe wahnsinnig Hunger nach dem Tag. Und es ist sicher keine schlechte Idee, wenn ihr zwei auch etwas esst. Ich würde gleich mal ins *Five Bells* rüberschauen und River fragen, ob er uns Burger macht.«

Auf den Fußballen rollte ich vor und zurück, sank immer tiefer in den flauschigen Teppich ein und die Zeit stand seltsam still – fast so, als hätte es meine Worte nicht gegeben.

Doch schließlich nickte Ash und sagte: »Klingt gut, ich hab tatsächlich Hunger.«

Der Blick seiner Augen aber entlarvte mich, denn in ihnen stand alles geschrieben, was Ash nicht aussprach: *Du fliehst Kian. Du, der die Ruhe selbst ist, flieht.*

June

An diesem Abend blieb ich noch ewig in der WG, und mit einem Mal war alles so leicht. Wir aßen Burger, die River uns extra gemacht hatte, und sahen uns einen Film an, als vor den Fenstern nur noch ein tintenblauer Himmel zu erkennen war. Kian machte einen Witz, und Ash legte lachend den Arm um ihn. Die beiden so ausgelassen miteinander zu erleben war ein Anblick, der sich unglaublich befreiend anfühlte.

Ashs Worte vor dem *Mephisto* und unser Besuch der alten Villa hatten nicht nur unser Verhältnis verändert, sondern auch das zwischen Kian und ihm. Da war mehr Leichtigkeit mit uns dreien in einem Raum, und ich hatte nicht mehr das Gefühl, Kian und seinen besten Freund unabsichtlich auseinanderzubringen. Ich wollte ihn, er wollte mich. Kian und June, so war es einmal gewesen und so sollte es wieder sein. Meine Vergangenheit, meine Gegenwart und meine Zukunft – und doch spürte ich bei Kian diese Zurückhaltung, die dort auch im vergangenen Herbst gewesen war. Wieder die Frage in seinen Augen, weil ich sein Vertrauen in mich erneut erschüttert hatte.

Ich saß zwischen ihm und Ash, meine Schenkel berührten die beiden und irgendwie wühlte die Situation mich plötzlich doch auf. Mit einem Mal musste ich wieder daran denken, wie ich weinend auf dem Boden gesessen hatte und der Schmerz in meinem Fuß auf einen Schlag vergessen gewesen war, als Ash sich mit diesem warmen Ausdruck in den Augen über mich gebeugt hatte. Sein Mund, da war irgendwie nur noch sein Mund gewesen.

Ich sah zur Seite, Ash erwischte mich dabei, wie ich ihn anstarrte und strich sich in aller Ruhe die dunklen Haare aus der Stirn. Ich blickte schnell wieder weg. Doch mein Herz raste, und als Kian eine Hand auf meinen Oberschenkel legte, hätte ich am liebsten meine Finger mit seinen verschränkt, zugleich war es mir vor Ash seltsam unangenehm und ich wollte sie wegschieben. Ash schien einen Moment in den Anblick von Kians Hand auf meinem Bein versunken zu sein, und ich konnte absolut nicht sagen, was er wohl dachte. Und noch viel weniger, was auf einmal mit mir los war. Oder schon immer los gewesen war.

Ogottogottogott.

Den ganzen restlichen Film über spielten mein Herz und meine Gedanken verrückt, während die Ereignisse des Tages mir ein ums andere Mal vor Augen standen: Kian und Ashs unerwartetes Auftauchen vor dem Theater, diese alte Villa mitten in London, wie das Licht durch dieses alte Glasfenster auf Ash schien, ich auf dem Boden sitzend und er über mir, Kians sanfter Ausdruck und sein Lächeln, als er nach Hause gekommen war.

In den nächsten Tagen verbrachte ich fast jede freie Minute bei Kian und Ash in der WG. Wenn ich meinen Fuß auf dem Sofa hochlegte, zeigte Ash mir die neusten Fotos seiner Touren zu Londons *Lost Places* und erzählte mir Geschichten dazu, während Kian in der angrenzenden Küche für uns kochte.

Zunächst konnte ich meinen Knöchel kaum belasten, trotzdem ging ich relativ schnell wieder zu den Proben im *Mephisto*. Dort behauptete ich, ich wäre ausgerutscht. Das klang irgendwie besser als *Ich bin durch den Garten einer Ruine gerannt und über den alten Teil einer Mauer gefallen*. Via und Henry fragten mich ständig, ob ich etwas brauchte, und erzählten mir alles, was ich in den wenigen Tagen meiner Abwesenheit verpasst hatte: von dem neu aufgeflammten Streit zwischen Sophia und Rhonda, von Ben, der seinen Text immer noch nicht auswendig konnte und ihn mit auf die Bühne nahm. Von den Blicken, die Layla und Timothy sich plötzlich zuzuwerfen schienen, obwohl sie eigentlich mit einem der Tänzer zusammen war. Und schließlich von Jimmy und Chloé, die händchenhaltend in der Mowbray Alley gesichtet worden waren.

Ich konnte bei den Tanznummern nicht mitmachen und musste den Text größtenteils im Sitzen sprechen. Ich spürte, dass ich so weniger Zugang zu Ilaria hatte, wenn ich mich nicht auch wie sie bewegen und geben konnte, aber ich war froh, dabei zu sein. Ich hätte diesen verwunschenen Ort sonst zu sehr vermisst.

Meistens holte Kian mich vom *Mephisto* ab. Er ging für mich einkaufen und kam abends mit Ash wieder. Wir sahen zusammen mit Benoît noch mehr Filme an, saßen im *Five Bells*, veranstalteten mit den anderen unser eigenes Pub-Quiz und sangen Karaoke. Mit den Fahrrädern fuhren Kian und ich zum Hyde Park, ich mit dick eingepacktem Knöchel auf dem Lenker, Ash kam irgendwann nach. Wir machten eine spontane *Pub Crawl*, als Ash sonntags meinte, er hätte keine Lust, unsere Sauerei danach aufräumen zu müssen. Wir liefen am *Regent's Canal* entlang, probierten auf dem *Camden Lock* so viel Street Food, bis uns schlecht war, stöberten durch die ganzen Vintage-Teile. Ich kaufte Kian ein Buch, las ihm und Ash abends daraus vor und plötzlich war irgendwie alles anders.

Spät an einem Montag Mitte Januar fiel nur das Licht der Straßenlaternen in das Innere des Pubs und zeichnete flackernde Muster an die Decke, die mich nicht wegsehen ließen.

»Wieso genau liegen wir nochmal auf dem Boden?«, fragte Kian.

»Weil man die Dinge manchmal aus einer anderen Perspektive wahrnehmen muss, um klarer zu sehen«, erklärte ich zum wiederholten Mal und verflocht meine Finger mit seinen.

»Aha«, machte Ash.

Ich hielt den Bick weiterhin nach oben gerichtet, doch war mir sicher, dass bei diesem Laut ein spöttischer Zug seine Lippen umspielte. »Dir ist schon klar, dass das wie der Spruch von einem Yogi-Teebeutel klingt, oder?«

»Sagt ausgerechnet der, der mir vom *Grashören* erzählt hat.«

Wir lagen zu dritt auf dem Boden, die Tische und Stühle hatten wir beiseitegeschoben. Ich verschränkte die Arme hinter dem Kopf und berührte jetzt mit den Ellenbogen die der beiden. Wir bildeten einen Stern. Ich drehte den Kopf erst nach links, dann nach rechts. Sowohl Kian als auch Ash hatten die Augen konzentriert zusammengekniffen, und mir entschlüpfte ein Kichern.

»Hör auf, dich über uns lustig zu machen. Das hier war deine verdammte Idee«, murmelte Ash. »Und mal ganz davon abgesehen, merke ich überhaupt keinen Unterschied.«

»Das sagst du nur, weil du dich nicht darauf einlässt.«

»Und du sagst das nur, weil du dir das mit Sicherheit gerade ausgedacht hast, um uns auf die Nerven zu gehen.« Dieses Mal war da nichts

Spöttisches. Ich glaubte fast, ein Lächeln in Ashs Stimme zu hören, und für einen winzigen, unerlaubten Moment machte mein Herz schon wieder so einen Satz.

»Du *willst* bloß nicht, dass es funktioniert«, entgegnete ich schnell, denn ich hatte mir das *Augenspiel* tatsächlich eben erst ausgedacht und behauptet, dass es eine typische Theaterübung wäre, mit der die Kreativität und das Vertrauen in einer Gruppe gestärkt werden würden.

»Wie soll es auch funktionieren, wenn du die ganze Zeit vor dich hinplapperst?!«

Kian seufzte. »Ihr zwei seid wirklich wie kleine Kinder.«

»Selber kleines Kind«, murmelten Ash und ich gleichzeitig, woraufhin wir alle lachen mussten – Kian neben mir am lautesten. Er drückte meine Hand und da war nur noch Wärmeexplosion in mir.

Als unser Lachen langsam wieder verklungen war, starrten wir wieder in einvernehmlichem Schweigen die Decke an. Durch die Scheiben, die uns von der Außenwelt und der Blossom Street trennten, drangen gedämpft die Stimmen der Leute, die auch so spät noch unterwegs waren.

»Also«, setzte ich an und fragte erneut: »Was seht ihr?«

»Dass die Decke unseres Pubs echt verdammt dreckig ist und da drüben ein bisschen was von der grünen Farbe von der Wand bröckelt.«

Ich seufzte.

»Kian?«, fragte ich hoffnungsvoll.

»Ähm ... das, was Ash gesagt hat?«

»O Gott, Jungs, ehrlich!« Und dann begann ich den beiden von meiner Sicht auf die Dinge zu erzählen.

Von dem Fleck neben der großen Lampe, der wie ein kleiner Stern aussah, und dem Schatten direkt daneben, der wie eine Wolke anmutete, welche ihn jeden Moment schlucken könnte. Von den Zacken, die vielleicht die einer Krone waren wie die von Roux, von dem flimmernden Licht, das auf der Decke ein bisschen wie Regen und Wasserfälle wirkte. Ich schilderte jede kleine Geschichte, die ich da oben erblickte.

Erst sagten Kian und Ash gar nichts mehr, doch dann floss es nur so aus ihnen heraus. Wir in unserer Sternenkonstellation auf dem Boden zeigten plötzlich immer wieder mit den Fingern auf alles Mögliche an der Decke über uns und beschrieben uns gegenseitig, was wir sahen. Die Motive wurden immer absurder, die Geschichten immer lustiger und es war genauso, wie ich mir mein Spiel vorgestellt hatte: voller Spaß, ein bisschen albern und dabei doch so, wie es auch in meinem Kopf aussah.

»Hey, *Boyfriend*«, flüsterte ich Kian lächelnd ins Ohr, als ich mich kurz aufsetzte, um mir an der Theke etwas zu trinken zu holen. Er lachte sein tiefes Lachen und bedachte mich mit einem dieser warmen Blicke. Und ich schmolz dahin.

Wir hatten zwar einen Rückschritt gemacht durch mein Verhalten, doch Kian hatte mir verziehen und wir hatten uns erneut füreinander entschieden. An einem ähnlichen Winterabend wie diesem hatte er seine Wut zugelassen, sie in Worte geformt und mir an den Kopf geknallt – etwas, das längst überfällig gewesen war. Kian hatte seine rationale Seite außen vor gelassen und mir offen seine Verunsicherung und Angst offenbart. Es war das reinigende Gewitter gewesen, das wir gebraucht hatten, und jetzt fühlte ich mich Kian so nah, näher noch als zuvor, und wollte ihm das zeigen. Nicht nur mit Worten, Taten und meinen Lippen, nein, mit meinem ganzen Körper.

Aber ich würde ihn zu nichts drängen. Dieses Mal würde ich alles richtig machen.

Das hier war unsere zweite Chance.

Die Chance, die zählte.

Ash

»Cloudy«, sagte ich sehr viel später an diesem Abend in einem unbedachten Moment zu June. Wir lagen immer noch auf dem Boden, und sie erstarrte neben mir, doch Kian schien nichts gehört zu haben. Und mit diesem kleinen Wort kam die bittersüße Erinnerung, die irgendwie alles verändert hatte und zugleich für immer verloren war.

Ich lief über den Leicester Square und ließ meinen Blick über die vielen Menschen schweifen. Auf den Stufen eines Kinos saß eine junge Frau und balancierte einen dicken Stapel loser Blätter auf den Knien, neben ihr stand ein Coffee-to-go-Becher, an dem Lippenstiftreste hafteten. Sie waren ebenso rosa wie ihre Haare, die zu zwei dicken, kunstvollen Zöpfen geflochten waren.

Irgendetwas an ihrem Anblick brachte mich dazu, innezuhalten und sie zu beobachten. Wie sie mit konzentriertem Gesichtsausdruck Seite für Seite eines Manuskripts las, mit den Lippen die Worte, die dort wohl geschrieben standen, stumm mitsprach, wie sie zwischendurch immer wieder für lange Momente in den bewölkten Himmel emporschaute oder den Bick über die vorbeieilenden Menschen gleiten ließ – ich erkannte absolute Hingabe in ihrem Gesicht. Es berührte mich, zog mich seltsam an.

Und dann passierte es; die Fremde las eine Seite zu Ende, schob sie unter den Stapel, erst Wolkenblick, dann Menschenschweifblick und mit diesem blieb sie plötzlich an mir hängen. Es war verdammt nochmal zu spät, so zu tun, als hätte ich sie nicht angestarrt. Es hätte ohnehin keinen verdammten Zweck gehabt.

Neugierig betrachtete sie mich, und ich konnte nicht anders: Ich lächelte sie einfach an, und nur einen Wimpernschlag später hoben sich ihre Mundwinkel ebenfalls. Ich glaubte an Schicksal, an Romantik, an diesen ganzen Scheiß, und als wir dort standen und uns gegenseitig musterten ... irgendetwas passierte da unweigerlich.

Ich war vollkommen versunken, in den Anblick dieser Fremden, in diesen Moment – bis der Wind die obersten Blätter des Stapels, den sie in den Händen hielt, über die Treppenstufen davonwehte. Geistesgegenwärtig lief ich ihr entgegen und versuchte, die Zettel zu fassen zu kriegen. Sie war ebenfalls aufgesprungen und hüpfte immer wieder in die Höhe, um die umherwehenden Blätter aufzufangen.

»Hier.« Ich reichte der Frau, was ich erwischt hatte. Unsere Finger berührten sich für den Bruchteil einer Sekunde.

»Danke«, sagte sie heiser, und dann, irgendwie erwartungsvoll: *»Das kam dir jetzt gerade recht, oder?«*

Verständnislos blickte ich sie an.

»Na, dass mir alles davongeflogen ist. Das ist doch der perfekte Grund für dich, mich endlich anzusprechen, statt dazustehen und mich anzustarren. Gut für dich, dass du nicht so wirklich wie ein Creep wirkst«, redete sie unbeirrt weiter, *»sonst wäre das echt unheimlich gewesen.«* Sie legte den Kopf schief. *»Wobei man das ja auch nie wissen kann. So ein Eindruck kann mehr als täuschen. Ich könnte dich jetzt natürlich einfach fragen, ob du ein Psycho bist. Ob du mich stalken willst oder so, aber ich bezweifle, dass du mir darauf ehrlich antworten würdest.«* Zum ersten Mal holte sie Luft, und ich musste lachen. *»Also wenn du einer wärst, meine ich.«*

»Ich hätte schon noch einen anderen Grund gefunden, um dich anzusprechen.«

»Ach ja?«, interessiert sah sie mich an. Dann setzte sie sich wieder auf die Steinstufen und klopfte mit der flachen, beringten Hand neben sich. *»Erzähl mir davon. Ich entscheide dann, ob deine Ideen es wert sind, dass du meine Nummer bekommst.«*

»Gerade hast du noch überlegt, ob ich gefährlich bin, und jetzt überlegst du, ob du mir deine Nummer geben willst?«

»Willst du sie nicht?«

»Ja, nein, doch …«, irgendwie machte diese Fremde mich sprachlos, schien mir außerdem ein bisschen durchgedreht zu sein. Genau in diesem Moment grinste sie. *»Außerdem liebe ich das Risiko. Ich meine, was wäre das Leben ohne eine gute Prise Abenteuer?«*

»Nicht viel wert, schätze ich.« Ich ließ mich neben sie sinken, fasziniert von irgendwie allem. Tief berührt auf eine Art, die ich mir nicht erklären konnte. *»Ash«*, stellte ich mich vor.

»June«, erwiderte sie voller Ernsthaftigkeit.

Und dann hockte ich tatsächlich eine Stunde lang auf dieser Treppe, und wir redeten und redeten und redeten. Über die Menschen, die gehetzt durch die Straßen liefen und ihr eigenes Leben zu verpassen schienen, über meine Ideen, wie ich sie am besten angesprochen hätte. June lachte über jede einzelne Geschichte, die ich mir wahllos ausdachte, um sie zu beeindrucken.

Als wir uns verabschiedeten, schrieb sie mir ihre Telefonnummer mit einem Filzstift auf den Unterarm. Die Zahlen waren klein, weich, geschwungen – es passte zu June. So wie an ihr alles auf merkwürdige Weise zusammenzupassen schien.

»Wir werden uns definitiv wiedersehen, Cloudy.*«*

»Ruf mich an«, sagte sie mit einem breiten Grinsen. »Dann werden wir sehen.«

Und im nächsten Moment verschwand sie mit ihren rosafarbenen Haaren in Londons Straßen, ihre Blätter fest gegen die Brust gedrückt, und ich war wieder allein auf dem Leicester Square. Was auch immer da gerade eben passiert war: Es war ein verfluchtes Wunder.

Doch was ich in dem Augenblick noch nicht geahnt hatte: Wenig später würde der Regen die Ziffern für immer von meiner Haut waschen und es mir mit den Überresten unmöglich machen, Junes Nummer zu rekonstruieren. Kurz darauf erwähnte Kian die neue Kellnerin im *White Roses*, und nicht nur das: Er erzählte mir, wie er sich in June verliebte. Was hätte ich, der an Schicksal glaubte, also tun sollen? Mein kurzer Flirt stand gegen das, was in den Fluren dieses Hotels zwischen June und Kian entstand – also hatte ich verdammt nochmal geschwiegen.

Das war mir schon die ganze Zeit bewusst gewesen, doch als ich Kian und June jetzt betrachtete, wie sie neben mir die Köpfe zusammensteckten und über etwas lachten, das mir entgangen war, traf mich diese Erkenntnis mit aller Kraft. Die beiden sahen so verdammt perfekt zusammen aus. Seine dunklen Augen die Ergänzung zu ihren hellen, seine rauen Hände zu ihren weichen, seine Ruhe zu ihrem Chaos.

June erhob sich und brachte das Glas Cider an ihre Lippen. Wie hypnotisiert betrachtete ich ihren leuchtenden Mund, während ihr die Haare weit über den Rücken flossen. Als June das Glas wieder absetzte, leckte sie sich über die Lippen. Da war ihre Zungenspitze, und ich sah schnell weg, und mein Blick flog weiter und blieb an Kians kräftigen Unterarmen hängen, als er nun ebenfalls nach dem Glas griff. Junes Glas. Seine Lippen dort, wo ihre gerade noch gewesen waren. *Das ist, als würden sie sich küssen,* schoss es mir durch den Kopf. Und damit einher ging plötzlich die Vorstellung, wie es wäre, meine Lippen ebenfalls auf diese Stelle zu legen. Nein, viel mehr noch: wie es wäre, jetzt und hier erst Kians Mund zu berühren und dann Junes. Bei dem Gedanken wurde mir heiß und kalt zugleich. Hitze schoss mir in den Bauch, dann in den Kopf. In Wellen brach sie über meinen Körper herein, brachte jede Faser meines Seins zum Klingen, meine Fingerspitzen zum Vibrieren.

Ich blickte von Kian zu June. Und wieder von June zu Kian. Und mit einem Mal verstand ich alles: meine Wut, das Brodeln unter der Oberfläche, mein Arschlochverhalten, als June zurückgekommen war, und diese verwirrenden Gefühle, die ich nicht kannte – einfach alles.

»Ash, was ...«

Ich stand wortlos auf, stürzte durch die Tür hinaus und lief. Ich ließ das *Five Bells* hinter mir, die Blossom Street, Camden. Ich lief und lief und lief. Wieder und wieder sah ich Kian und June vor mir, und mir war verdammt nochmal auf schmerzhafteste Art alles klar:

Ich hatte mich verliebt.

* * * THE RED LADY * * *

aus dem zweiten Akt

*

Sharins Stimme hallt über die Bühne, doch der Anführer der Schatten ist nirgends zu sehen. Stattdessen sieht man Ilaria schlaflos durch die verborgenen Gänge des Wolkenpalasts wandeln.

SHARIN: Mein kleines Täubchen, glaubst du wirklich, du kannst dich ewig vor mir verstecken? Glaubst du wirklich, dass ausgerechnet *du* mich aufhalten könntest?

ILARIA *schreit erschrocken auf und blickt um sich.*

SHARIN, *höhnisch lachend*: Hast du etwa Angst? An deiner Stelle hätte ich sie. An deiner Stelle würde ich mich meinem Schicksal ergeben und mich den Schattenkämpfern anschließen, statt diesen aussichtslosen Kampf zu führen.

ILARIA: Wo bist du?

SHARIN: Ich bin überall und nirgends. Ich werde auftauchen und mich in Luft auflösen, ich werde immer da sein, wo du nicht mit mir rechnest.

ILARIA, *schreiend*: Verschwinde aus meinem Kopf!

SHARIN, *wie ein Echo*: Nein, ich bleibe, bis du zu mir kommst, kleines Täubchen – also hör endlich damit auf wegzulaufen.

11. Kapitel

June

Cloudy. Cloudy. Cloudy.

Die ganze Woche lang verfolgte mich dieser Spitzname, den Ash mir vor einem halben Leben gegeben hatte. Kratzig und rau, damals wie heute, nur hatte mein schneller Herzschlag die zwei Silben dieses Mal beinah übertönt. Mein Puls war sofort in die Höhe geschossen – wegen der Erinnerungen, die sie wachriefen, vor allem aber aus Angst, Kian würde Fragen stellen. Ich hatte mir zwar vorgenommen, ihm die Wahrheit zu sagen, doch das war eine Sache, die ich unter vier Augen tun wollte. Wenn es nur ihn und mich gab.

Doch auf einen solchen Moment wartete ich in den nächsten Tagen vergeblich, denn wir verbrachten weiterhin jede freie Minute zu dritt.

Ash, Kian und ich.

Da war kein Raum für ein Beziehungsgespräch und … seltsamerweise vermisste ich diese Zweisamkeit auch überhaupt nicht. Wir funktionierten zu dritt auf eine Art, wie ich es mir nie hätte ausmalen können. Ich verstand Ash nicht immer und hatte es inzwischen auch aufgegeben, das versuchen zu wollen, denn er hatte zu sehr seinen eigenen Kopf. Die meiste Zeit wirkte er so viel ruhiger im Umgang mit Kian und mir, keine Spur mehr von der Wut, die da unterschwellig immer gewesen war. Manchmal aber spürte ich seinen bohrenden Blick auf mir und wusste nicht, wie ich mich verhalten sollte. Ob er merkte, dass ich kurz davor war, Kian alles zu beichten? Verhielt ich mich doch unfair, weil ich damit nicht nur zwischen Kian und mir etwas verändern würde, sondern auch zwischen ihm und seinem besten Freund?

Diese Gedanken kamen immer wieder, doch sie blieben nie lange, wenn wir zu dritt durch Londons Straßen streiften. Der Wind war kalt und die Stadt grau. Busse und Telefonzellen waren wie die roten Farbtupfer in einem Gemälde eines verwunschenen Orts. Ash zeigte mir die verborgenen, düsteren Winkel meiner Stadt – Kian die Orte voller Helligkeit und Weite, die uns hoch hinausführten.

Ash nahm uns mit zu einem seiner *Lost Places*, der hinter einer alten *Tube*-Station lag und den er die *Kristallhöhle* nannte. Für einen Tag warf Kian all seine Bedenken über Bord, auch wenn ich wegen meines immer noch nicht ganz geheilten Knöchels all meine Überredungskünste benötigt hatte. Schließlich hatte er eingewilligt, und wir picknickten eingepackt in dicke Jacken, Mützen, Schals und Handschuhe inmitten von bläulichem Licht. Ich machte ein Foto von den beiden, wie sie hintereinander auf den alten Gleisen standen. Kian vorn, Ash hinten, die Hände auf Kians breiten Schultern und ihn ein Stück überragend. Beide voller Staub und mit einem Strahlen im Gesicht, das mich einfach nicht wegsehen ließ – über das seltsame, noch nie dagewesene Überschlagen meines Herzens in diesem Augenblick wollte ich nicht zu viel nachdenken. Denn es war kein Flattern, es war ein reißender Sturm. Und inmitten des Pochens wunderte ich mich, wie zwei Menschen so intensiv leuchten konnten und es doch auf ganz unterschiedliche Weise taten.

Wir liefen an der Themse entlang und tanzten über den Flüssen. Die unterirdischen Flüsse dieser Stadt, die Teil einer versteckten Welt waren, so wie die Wolkenstadt, die unwiderruflich zu einem alten, magischen London gehörte. Zu Ilaria und Aillard.

»Wir sind frei!«, rief Ash einmal abends in den Wind, als wir auf einer der zahllosen Brücken standen. »Und unsterblich!«

Er sprang auf die schmale Mauer mit den großen Steinen, die das Geländer der Brücke darstellte. Mit einem breiten Lachen im Gesicht setzte er einen Fuß vor den anderen, die Arme zum Balancieren nach links und rechts ausgestreckt. Was Ash da tat, war ganz eindeutig völlig verrückt, doch Kians Einwände grinste er wie immer einfach weg. Und im nächsten Moment wagte ich selbst kleine Schritte auf dieser Grenze zum dunklen Wasser, während Kian schützend meine Hand hielt. Sie war warm, kräftig, der sanfte Druck seiner Finger wie ein Teil meines Herzschlags. Und Sehnsucht wallte in mir auf, Sehnsucht nach mehr von ihm, nach mehr Kian. Nach seiner nackten Haut an meiner und ihm tief in mir.

Ich betrachtete ihn von der Seite, ließ meinen Blick dann über den Fluss wandern und erkannte, dass das intensive Glitzern des Wassers nahezu dieselbe Wirkung auf mich hatte wie Kian: Ich spürte eine allumfassende Ruhe. Stille um meine Gedanken.

Ob es Ash ebenso ging?

»Wisst ihr …«, setzte ich an und ließ mich ein paar Meter weiter von Kian von der Mauer heben, »manchmal denke ich, dass die Nacht wie ein Negativ des Tages ist. Nicht nur wegen der offensichtlichen Schwärze überall«, wisperte ich und drehte mich einmal im Kreis. Über Flüsse tanzen, tanzen, tanzen. »Versteht ihr, was ich meine? Alles ist irgendwie andersherum. Die, die sonst laut sind, werden leise«, wieder musterte ich Kian und spürte als eine Art Bestätigung meiner Worte, wie die Stille mich flutete, »und die Schweigsamen nehmen sich plötzlich ihren Raum.«

»Deshalb mag ich Nächte ja auch so gern«, sagte Ash und sprang nun selbst wieder zurück auf die Brücke, »weil ich mich dann so ruhig fühle. Die Welt schläft, und dann ist es, als würde automatisch ein Teil von mir auch ruhen. Als würde die Zeit nachts nur halb so schnell vergehen.«

Zeit, die nur halb so schnell verging.

Mitten über der Themse, in der sich der Mond und Londons Lichter zusammen mit dem der Sterne spiegelten, wünschte ich mir genau das.

Es war schon spät, als wir wieder in die WG in der Blossom Street kamen. Ash verschwand in sein Zimmer, Kian und ich kuschelten uns mit seinem

Laptop aufs Bett, um uns noch einen Film anzusehen. Es dauerte keine halbe Stunde, da war Kian eingeschlafen. Die kupferfarbenen Haare waren zerzaust, die Wangen mit den Bartstoppeln gerötet und die Lippen leicht geöffnet. Er sah unfassbar süß aus und ganz vorsichtig, um ihn nicht zu wecken, nahm ich ihm die Brille von der Nase. Dann schlich ich mich auf Zehenspitzen aus dem Zimmer.

Ich wollte nachsehen, ob Milch im Kühlschrank war. Heiße Milch mit Honig, das war etwas, das mir als Kind schon immer geholfen hatte, wenn ich nicht schlafen konnte und auch heute noch Wunder wirkte. Vielleicht lag es auch weniger an der Milch, sondern vielmehr an den schönen Erinnerungen an das Knistern von Feuer im Kamin und Dads ruhige Stimme.

Gerade tastete ich in dem schummrigen Eingangsbereich nach dem Lichtschalter, als ich bemerkte, dass aus Ashs Zimmer noch Licht fiel. Es war ein leuchtender Streifen, der den quadratischen Raum erhellte und mich seltsam hypnotisierte. Die Zimmertür war nur angelehnt. Mehrere Atemzüge lang stand ich wie angewurzelt da, ehe ich einem Impuls folgend darauf zulief, statt wie geplant in die Küche zu gehen.

Vorsichtig stieß ich die Tür auf. Ash saß am äußersten Rand seines Betts, ein Bein angezogen, den anderen Fuß auf dem Boden. Er trug Boxershorts und einen übergroßen, schwarzen Hoodie, unter dessen Kapuze ein paar wenige, schwarze Haarsträhnen hervorblitzten – es war ungewohnt, ihn so leger gekleidet zu sehen, und es hatte eine seltsam intime Wirkung.

Ich betrachtete ihn eine Weile.

»Ash«, flüsterte ich irgendwann, »worüber zerbrichst du dir so spät den Kopf?«

Er zuckte zusammen, blickte dann wie ertappt auf und plötzlich hatte ich Angst, unabsichtlich einen Moment gestört zu haben, in dem ich nichts zu suchen hatte.

»Woher ...«

Lächelnd stieß ich mich vom Türrahmen ab und setzte mich neben ihn auf das Bett. Ashs Blick huschte zu meinen nackten Beinen und erst da wurde mir bewusst, dass ich nicht mehr als ein Höschen und darüber ein oversized Shirt trug. Ich errötete, versuchte aber, das zu übergehen, indem ich schnell sagte: »Komm schon. Ich kenne dich ein bisschen. Außerdem weiß ich nicht, wie lange das noch gut geht, so wild wie du auf deiner Unterlippe herumkaust.«

Schlagartig ließ Ash davon ab, genau das zu tun.

»Es ist nur ... ich ... Eine ehemalige Kollegin hat mir heute Fotos geschickt.«

Ich folgte seinem Blick auf das Handy, das er in seinen Händen hielt. Zu sehen war ein Gruppenfoto mit mehreren Kindern in bunten Regenjacken und Gummistiefeln, die mit strahlenden Gesichtern in die Kamera blickten und im Schlamm standen. Gesäumt wurde die Gruppe von zwei Frauen, die ebenfalls lächelten.

»Das ist vom letzten Ausflug, den der Kindergarten gemacht hat. Ein paar der Kleinen kenne ich noch ... Sie sind richtig groß geworden«, jetzt sah Ash mich wehmütig an. »Einige sind auch neu in der Gruppe und das ...« Er brach ab. Einen Moment lang saßen Ash und ich einträchtig nebeneinander, ganz in den Anblick der fröhlichen Gesichter versunken. Dann wurde der Bildschirm schwarz.

»Du vermisst deinen alten Job«, stellte ich fest. Ich erinnerte mich an das Leuchten in Ashs Augen, jedes Mal, wenn er von der Arbeit mit den Kindern erzählte. Damals, als er auf den Stufen vor dem Kino noch ein Fremder gewesen war und auch jedes weitere Mal seitdem.

Er erwiderte nichts, und ich wollte nicht weiter in ihn dringen, wenn ihm nicht danach war, darüber zu sprechen. Es war still zwischen uns, als ich meine Hand tröstend auf seinen Oberschenkel legte.

»Und ... verdammt!« Jetzt rieb Ash sich mit beiden Händen über das Gesicht. »Ich liebe das *Five Bells*. Ich liebe unsere kleine Crew, aber ohne diese Kids ... Manchmal fühlt es sich an, als würde mir ein Teil meiner Identität fehlen. Klingt das sehr verrückt? Einfach eines der Dinge, die mich zu dem Menschen machen, der ich bin. Und ich kann das auch gut, weißt du? Ich habe irgendwie so … einen Draht zu den Kleinen, verstehe sie auf gewisse Weise und habe das Gefühl, etwas bewirken zu können.«

»Und das hast du bei dem Pub nicht?«

»Doch, aber auf andere Art. Das *Five Bells* fühlt sich eher wie ein Erbe oder Vermächtnis an, obwohl es das im eigentlichen Sinne ja nicht ist. Aber es ist eine Erinnerung an und für meine Eltern. Das Pub könnte es auch ohne mich geben, aber … aber es wäre nicht dasselbe.«

»Für mich klingt das so, als wüsstest du schon längst, was du willst.«

»Ja, irgendwie schon. Es ist nur … es ist schwer. Und dabei geht es ja nicht nur um mich allein.«

»Aber wenn du selbst mit einer Sache nicht glücklich bist, dann sind es die Menschen in deinem Umfeld auch nicht. Zumindest nicht langfristig«, sagte ich und dachte wieder einmal an all das, was in Ash unterschwellig brodelte. »Hast du es Kian gesagt?«

»Nein.« Er seufzte. »Ich hätte nicht gewusst, was und wie. Ich weiß es auch jetzt nicht so wirklich.«

»Kian ist so ein einfühlsamer Mensch. Erstens glaube ich, dass er dich verstehen würde. Und zweitens … bin mir fast sicher, dass er längst gemerkt hat, dass sich etwas verändert hat und anders ist. So ist er eben.«

»Wahrscheinlich hast du recht …«

»Ganz egal, für was du dich am Ende entscheidest, oder ob du dich überhaupt für irgendetwas entscheiden wirst … So oder so solltest du mit ihm reden.«

Es berührte mich, dass Ash mir all das erzählte. Und bei dem Gedanken an das Vertrauen, das er mir damit schenkte, wurde mir ganz warm.

»Ich weiß, ich muss … Ich muss es ihm sagen.« Er suchte meinen Blick, und dieses Mal bemerkte ich Verwundbarkeit in seinen Augen. »Ich bin nur selbst noch auf der Suche nach den richtigen Worten, und manchmal ist es auch einfach nicht so leicht auszusprechen, was man denkt und was … man wirklich will.« Ash sah mich durchdringend an. »Dabei könnte man so viel gewinnen, wenn man zu seinen Wünschen steht.«

Mit einem Mal war ich mir sicher, dass er nicht mehr über seine Zukunft und die des *Five Bells* sprach. Seine Stimme hatte sich verändert, war von Wort zu Wort kratziger geworden, bis sie am Ende nur noch ein warmes Raunen gewesen war. Dieser Klang berührte mich und hallte irgendwo tief in mir nach, und ich konnte nicht sagen, wer von uns sich bewegt hatte, aber plötzlich stießen unsere Beine aneinander. Die kurze Berührung sandte einen wohligen Schauer durch meinen ganzen Körper und einen zweiten, als kurz darauf erneut nackte Haut über nackte Haut strich. Federleicht und doch so elektrisierend, dass ich kaum zu atmen wagte.

»Das stimmt«, wisperte ich seltsam heiser. »Wünsche können gefährlich sein.«

Noch immer sah Ash mich mit diesem schwindelerregenden Blick an, in dem sich all unsere gemeinsamen Momente zu spiegeln schienen. *Wünsche können gefährlich sein*, tönten meine eigenen Worte durch meine Gedanken.

Ich atmete ein, atmete aus, und schon wieder stießen unsere Schenkel aneinander. Dieses Mal lehnte ich mich mit voller Absicht näher an Ash heran, atmete seinen Herbstlaubduft ein und fühlte mich so vollkommen hilflos und der Situation ausgeliefert. Mein Blick huschte zu seinem Mund, dann wieder zurück zu seinen Augen. Der Wunsch, meine Hand noch einmal auf sein Bein und die warme Haut dort zu legen, wurde mit jedem Atemzug mächtiger. Aber auch das würde mir nicht reichen. Ich wollte seine Haut überall spüren, ich wollte seinen Mund erkunden. Ich wollte diesen unbezähmbaren Mann küssen und wissen, ob er so himmlisch schmeckte wie damals im Regen. Würde er mich so leidenschaftlich an sich ziehen, wie er es ein einziges Mal getan hatte?

»June, ich muss dir …«, setzte Ash an. Sein Atem streichelte mein

Gesicht, als ich mich mit der Stirn gegen seine lehnte. Dunkles Haar und Goldaugen, Hell und Dunkel in einem Gesicht wie die Kontraste in seiner Seele. Er stieß einen seltsamen Laut aus, irgendwo zwischen Seufzen und einem leisen Knurren, seltsam gequält. »Ich muss …«

Und dann strich ich mit den Lippen über seine, so wie Ashs Fingerspitzen über meine Arme.

Ich küsse dich, ich küsse dich, ich küsse dich.

Mein Herz schrie vor Sehnsucht, so ohrenbetäubend laut, dass ich erschrocken die Augen aufriss und aufsprang.

Nein, nein, nein. Nicht schon wieder. Keine verbotenen Küsse, kein Verlangen nach einem Mann, den ich um Himmels willen nicht begehren durfte.

Schnell flüchtete ich in die Küche, legte meine Stirn an das kühle Fensterglas und atmete tief ein und aus, bis mein Herzschlag sich langsam wieder normalisierte. Dann erinnerte ich mich an die Milch, wegen der ich ursprünglich losgegangen war. Ich fand welche im Kühlschrank, erwärmte sie und trug schließlich zwei Tassen zurück in Ashs Zimmer. Ich zog die Tür hinter mir zu, und dann redeten wir fast die restliche Nacht lang über alles und nichts.

Nur nach dem, was er mir hatte sagen wollen, fragte ich genauso wenig, wie ich diesen Fast-Kuss zwischen uns nicht erwähnte.

Am nächsten Tag fühlte ich mich, wie Kian sagen würde, seltsam *glücksverkatert*. Ich war durcheinander, doch die schönen Erlebnisse der letzten Tage wärmten mir das Herz. Erst war da Kians warmes Lächeln, als ich mich nach dem Klingeln des Weckers verschlafen an ihn schmiegte und nicht loslassen wollte, dann Ash, der schon in der Küche stand und mir einen Kaffee in die Hand drückte. Ebenfalls mit einem Lächeln – hinreißend, ein bisschen verschwörerisch.

Das schlechte Gewissen wegen meines Verlangens in der vergangenen Nacht war nur ein ferner Hall, während ich mich früher als gewohnt auf den Weg ins Londoner West End machte – und das, obwohl ich nicht mehr als drei Stunden geschlafen haben konnte. Henry und ich waren vor dem Probenbeginn noch im *Miracle* verabredet. Er war schon da, als ich die Tür, begleitet vom leisen Bimmeln kleiner Glöckchen, aufstieß. Henry entdeckte mich, und wie gewöhnlich nahm er seine Kopfhörer erst im letzten Moment ganz ab.

Hier drinnen schien zwischen all den Blumen immer ein magisch-verwunschener Frühling zu herrschen. Ich erwiderte das freundliche Lächeln der Besitzerin, befreite meine langen Haare aus dem dicken Schal und ließ mich schließlich schwungvoll gegenüber von meinem besten Freund auf einen der altrosafarbenen Stühle fallen. Sein Quietschen war mir inzwischen mehr als vertraut.

»*Good Morning*, allerliebster *Baby Blue*«, begrüßte ich ihn. »Welches Lied hat dich so früh am Morgen glücklich gemacht?«

Er lachte. »Dir scheint so was von die Sonne aus dem Arsch.«

»Wieso denn auch nicht?« Ich lachte locker und strahlte, als ungefragt eine große Tasse Kaffee mit Zucker und Zimt vor mir platziert wurde. »Ich habe eine superschöne Zeit mit Kian und … das, was ich für ihn empfinde – es fühlt sich viel tiefer und echter an als beim letzten Mal.« Es war schwer in Worte zu fassen, doch die Verbindung zwischen uns war intensiv und gleichzeitig unaufgeregt, weil es wie Schicksal schien. Als wären er und ich die Antwort auf alle Fragen.

Ich wusste: Dieses Mal würde ich ihn nicht noch einmal von mir stoßen.

»Kian und Ash haben sich auch endlich vertragen«, fuhr ich fort. »Und inzwischen bin ich auch wieder so richtig in London angekommen.«

Mit jedem Wort wurde Henrys Gesichtsausdruck finsterer.

Ich blinzelte irritiert. »Was?«

Er seufzte und strich mit dem Zeigefinger über den Rand seiner Tasse.

»Was ist das eigentlich mit Kian und Ash?«, fragte er dann. Da war er:

der Dämpfer, den ich nicht hatte hören wollen. Und mein Herz fiel dem Bodenlosen entgegen. »Weiß Kian, dass du …«

»Nein«, sagte ich schnell. Ich musste mich zusammenreißen, Henrys Blick nicht auszuweichen. Das Bild von Ashs Lippen nah an meinen schoss mir durch den Kopf. Sein warmer Atem ein Kitzeln auf meinem Mund. *O Gott, nein, das darf nicht sein!*

Jetzt verschränkte mein bester Freund die Arme vor der Brust und schien mit seinen hellen Augen bis in die verborgensten Winkel meines Innersten zu sehen.

»Ash und ich sind inzwischen einfach Freunde, und das finde ich wirklich schön«, rechtfertigte ich mich. »Zumindest sind wir auf einem guten Weg, welche … zu werden.«

»Bist du dir sicher, dass eine Freundschaft da funktioniert?«

Ja.

Nein.

Keine Ahnung.

Schließlich nickte ich. Henry blinzelte, und für den Bruchteil einer Sekunde sah ich doch weg.

»Findest du es nicht ein bisschen … komisch, dass ihr nur noch zu dritt rumhängt? Fühlt Ash sich da nicht wie das fünfte Rad am Wagen?«

»Wieso sollte Ash das fünfte Rad am Wagen sein?«, gab ich zurück, und gleichzeitig schrie diese Stimme in meinem Kopf, die ich in dieser Woche immer wieder zum Schweigen gebracht hatte: DU KANNST NICHT DIESELBEN FEHLER NOCH EINMAL MACHEN!

»Ich meine das nicht böse, June. Keine Ahnung, aber irgendwie … Wenn man euch drei zusammen sieht, da ist doch irgendetwas. Bist du immer noch in beide verliebt? Ist das dein Versuch …«

»Nein«, verteidigte ich mich schnell. Zu schnell. Viel zu schnell.

»Also hast du dich für Kian entschieden?«

»Das war keine Entscheidung. Das mit Ash und mir war nur eine kurze, einmalige Sache«, erklärte ich, und schon wieder machte mein

Herz diese seltsamen Sachen. Vielleicht weil mir schon beim Aussprechen dieser Worte bewusst wurde, *wie* sehr ich meinem besten Freund da gerade ins Gesicht log. Aber letztlich war nicht das das Schlimmste, sondern die Tatsache, dass ich mir selbst gegenüber schon die ganze Zeit über nicht wirklich ehrlich war.

Das Herz wollte, was es wollte, und dabei fragte es nicht nach Zahlen. Schmetterlinge im Bauch waren da oder sie waren es nicht. Ganz sicher aber ließen sie sich nicht an Küssen messen, an miteinander verbrachter Zeit, an keiner Form von Quantität. Der Versuch, Liebe einzufangen, war nur für diejenigen, die sich leichter herausreden wollten.

»Ich finde einfach … Ich find's nicht gut, was du da tust, okay? Du manövrierst dich da in etwas rein, das dir früher oder später um die Ohren fliegen wird.«

»Ich manövriere mich da in gar nichts hinein«, widersprach ich sofort. »Kian bedeutet mir einfach sehr viel, und da ist es doch klar, dass es mir eben genauso wichtig ist, dass ich mich mit seinen Freunden gut verstehe.«

Henry hob eine Augenbraue. »Und wie kommt es dann, dass ihr zwei ständig mit Ash rumhängt, aber beispielsweise nicht mit Via oder mir?«

»Das … Das ist irgendwie etwas anderes.«

»Und wieso genau soll das etwas anderes sein?«

Weil … Ash Ash ist. Weil Ash eben der ist, der er ist und das reinste Abenteuer. Weil …

»Siehst du«, sagte Henry jetzt etwas leiser. »Du willst es mir nicht sagen. Oder was ich eher glaube: Du kannst es nicht.«

»Wir sind einfach nur Freunde«, wiederholte ich lahm. »Also Ash und ich.«

Ich fühlte mich verurteilt, obwohl ich doch nichts Falsches tat. Fühlte mich in die Enge getrieben und plötzlich unwohl, obwohl Henry doch mein Lieblingsmensch war und der, bei dem ich immer schon ganz die hatte sein können, die ich war. Und das war auch der Grund, weshalb er als einziger Mensch die Umstände, unter denen ich London verlassen hatte, kannte. Zum allerersten Mal fragte ich mich, ob das ein Fehler gewesen war, drängte den Gedanken aber so schnell beiseite, wie er gekommen war.

Ich sollte Henry nicht unrecht tun. Er sorgte sich lediglich. Und machte das nicht die guten Freunde aus – dass sie einem nicht nur das sagten, was man hören wollte? Dass sie auch die unangenehmen Dinge aussprachen und auf das zeigten, wovor man lieber die Augen verschloss?

Spät in dieser Nacht vibrierte mein Handy. Ich war aufgewacht und hatte mich in die Küche geschlichen, um mir ein Glas Wasser zu holen. Schon wieder schlaflos. Und dann war da diese Nachricht – unerwartet und so vollkommen aus dem Nichts.

UNKNOWN NUMBER, 04:12 Uhr
Ich wünschte, ich könnte etwas anderes sagen, aber ich bereue es nicht.

Mein Herz fiel. Das war Ash. Das war verdammt nochmal Ash, der mit diesen unerwarteten Worten meine Finger zum Zittern brachte. Schlagartig war ich hellwach. Ich konnte nicht sagen, weshalb ich ihm vor bald drei Wochen diese Frage gestellt hatte. Ich wusste nicht, ob ich mir von der Antwort etwas erhofft hatte und wenn ja, was.

Ich bereue es nicht. Ich bereue es nicht. Ich bereue es nicht.

Gelesene Worte als Endlosschleife in meinem Kopf. Und dazu gesellte sich dieses Sanfte und dieses Dunkle, das da in seinen Augen gewesen war, als er sich vor der alten Villa über mich gebeugt hatte.

ICH, 04:13 Uhr
Vielleicht wäre alles anders gekommen, wenn wir uns nach dem ersten Mal wirklich getroffen hätten.

Ash tippte ewig. War online, dann wieder offline, schrieb erneut und trieb mich mit diesem Hin und Her fast in den Wahnsinn.

ASH, 04:24 Uhr
Vielleicht.

Es war spät, ich fühlte mich seltsam verletzlich. Vielleicht war das der Grund, aus dem meine Finger wie von selbst über die Tastatur flogen und ich Ash und auch mir selbst etwas gestand.

JUNE, 04:25 Uhr
Ich habe oft darüber nachgedacht, was passiert wäre, wenn du dich gemeldet hättest.

Plötzlich hatte ich so viel zu sagen, doch ich wusste nicht wie. Und dann war dieser Knoten in meinem Magen, weil mir klar war, dass jeder dieser Gedanken mit großer Sicherheit absolut falsch war. Aber wie falsch konnte unser unschuldiges Kennenlernen sein? Noch vor Kian, als Ash nur ein schöner Fremder gewesen war, der mir in dieser kurzen Zeit die Stirn geboten hatte. Zu gut erinnerte ich mich an die Enttäuschung, weil er mich nie angerufen hatte, weil da irgendetwas gewesen war ... Aber dann hatte ich im *White Roses* angefangen und Kian kennengelernt. Und hier waren wir nun, Jahre später. Und dieses kratzig ausgesprochene *Cloudy* war ebenfalls zu einer Erinnerung geworden.

Bis jetzt.

ASH, 04:25 Uhr
Ich hätte dich mit allem Drum und Dran ausgeführt. Du hättest ein rosa Kleid getragen und ich deine Schuhe in einer Hand, weil sie dir irgendwann zu unbequem gewesen wären.

O nein.

O nein, o nein, o nein.

Das klang so sehr nach Ash mit seinem Romantikerherz, seinen Träumergesten und der wilden Seele.

ASH, 04:27 Uhr
Ich habe oft darüber nachgedacht, ob das unsere einzige Chance gewesen ist.

Das Display strahlte hell in das sonst dunkle Zimmer. Ich starrte auf diesen Satz, las ihn wieder und wieder, bis der Bildschirm von selbst dunkel wurde. Meine Fingerspitzen kribbelten, als ich das Handy beiseitelegte.

Hätte, würde, könnte.

Was, wenn damals alles ganz anders gekommen wäre? Was, wenn ich nicht mit Kian, sondern mit Ash zusammengekommen wäre? Was hätte es geändert?

All das waren Eventualitäten, die längst in der Vergangenheit lagen und keine Rolle mehr spielten. Wieso aber setzten sie sich dann doch in meinen Gedanken fest?

In dieser Nacht brauchte ich ewig, um wieder einzuschlafen. Und in meinen Träumen stand ich Aillard am Ende des ersten Akts gegenüber, als seine ganze Welt ins Wanken geriet. Er küsste mich und verstand, dass seine beste Freundin die ganze Zeit über die gewesen war, die er so unbedingt gesucht hatte. Dass er den Schlüssel für die Rettung Londons und der Magie die ganze Zeit in seinen Armen gehalten hatte.

Und Aillards Gesicht verschwamm vor meinen Augen, vor denen Ilarias. Seine Augen waren braun, waren golden, dann irgendetwas dazwischen. Meine Lider flatterten, und ich küsste Kian und küsste Ash. Sie beide waren Aillard und alles, was ich brauchte.

Über uns brach die Sonne durch die Wolken und ließ die Flüsse *Mayloras* leuchten.

Kian

Den ganzen Samstag standen Ash und ich nahezu durchgehend im *Five Bells*, am Sonntag waren wir vormittags beide im Pub, nahmen uns den Rest des Tages aber frei. Mit dem Fahrrad fuhren wir durch den *Regent's Park*, den *Primrose Hill* hinauf und setzten uns nebeneinander auf unsere Bank. Wir lehnten aneinander, Ash trug die Haare offen und bei jeder Windböe streiften schwarze Haare mein Gesicht.

Ich fühlte mich wie der König der Welt.

Es war wie immer zwischen uns, und doch hatte sich alles verändert. Erst hatte ich gedacht, unsere Küsse hätten Ash nichts bedeutet, dann war ich der Überzeugung gewesen, dass er ebenso verwirrt war wie ich.

Sein Verhalten, als June wieder in meinem Leben aufgetaucht war. Die Wut, als ich ihn nach meinem Kuss mit ihr gedankenlos ein weiteres Mal geküsst hatte. Die Trennung von Phoebe. Hätte ich es nicht besser gewusst, dann würde ich denken, Ash wäre schon die ganze Zeit eifersüchtig gewesen. Am liebsten hätte ich ihn erneut geküsst, um herauszufinden, was da zwischen uns passierte. Oder besser noch: ihn danach gefragt.

Ein eifersüchtiger Ash. Das war das, was ich nicht gebrauchen konnte. Es war aber auch das, was mein Herz dazu brachte, schneller zu schlagen. Und dann hatte Ash mich während unseres Besuchs auf dem *Queens Market* an diesem Morgen auch noch ständig so seltsam angesehen. Mehrmals hatte ich den Eindruck, er würde mir irgendetwas sagen wollen, doch es waren immer nur derart winzige Momente, dass ich irgendwann glaubte, ich würde es mir nur einbilden. Ohnehin war Ash jemand, der mit seiner Meinung nicht hinter dem Berg hielt.

June hatte ich während des Wochenendes nicht gesehen, weil sie zu zusätzlichen Proben ins *Mephisto* musste – meist mit offenem Ende, denn in weniger als zwei Wochen war die Premiere für *The Red Lady*. Ich hatte Benoît etwas von Rivers Essen für sie mitgegeben, weil ich June kannte; wenn viel los war und um sie herum passierte, vergaß sie in ihrer Aufregung das mit dem Essen schnell einmal.

Es dämmerte bereits, als ich jetzt den Leicester Square überquerte und Richtung *Mephisto* lief. Die Anzeigen für Musicals, Theaterstücke und laufende Kinofilme leuchteten grell an den Hausfassaden.

Wie beim ersten Mal fühlte es sich an, als würde ich mit dem Eintritt in die Mowbray Alley in eine andere Welt eintauchen. Die Geräusche der Großstadt schienen weiter weg, ganz so, als würde die Zeit hier langsamer vergehen. Und ich schwamm durch das gelbe Licht der Straßenlaternen und das Rascheln des Efeus hindurch.

Weil ich ein bisschen zu früh dran war, bestellte ich in dem kleinen Café gegenüber vom Theater einen Tee und setzte mich mit der dampfenden Tasse und meinem Buch auf einen der Stühle, die trotz der Kälte vor dem Laden standen. Ich las fünf Seiten, ehe ich seufzend über das Papier strich und die Biografie wieder in meinem Rucksack verstaute. Jeden Satz hatte ich mehrmals lesen müssen, weil meine Augen zwar die Wörter sahen, meine Gedanken den Inhalt aber einfach nicht verarbeiten konnten.

Ash und June, und June und Ash. Es war eine Endlosschleife in meinem Kopf.

Als June kurz darauf die verwitterten Stufen des alten Theaters herunterlief, rückte wie immer bei ihrem Anblick etwas in mir an den richtigen Platz. Und mit dem einsetzenden Schnee und dem Wind, der ihre langen Haare durcheinanderwirbelte, kam auch das Gefühl von Freiheit und grenzenlosen Möglichkeiten, als ich aufstand und ihr entgegenlief.

»Hey.« June blieb dicht vor mir stehen. Ich sah nichts als ihre großen, runden Augen, aus denen sie mich anstrahlte. Lila getuschte Wimpern rahmten ihren Blick ein. Der Rest ihres Gesichts war unter einer weißen Strickmütze und einem überdimensionalen Schal verschwunden.

Bevor wir uns zusammen auf den Weg zur *Tube*-Station machten, verflocht June ganz selbstverständlich ihre Finger mit meinen und ich ließ sie den ganzen Weg bis nach Camden kein einziges Mal los. Ich wollte diese Frau sowieso gar nicht mehr loslassen – dessen war ich mir mehr als sicher. Wurde es mit jedem Tag nur noch mehr.

In der *Tube* setzte June sich auf meinen Schoß.

»Aus Platzgründen«, erklärte sie mit einem frechen Grinsen und schlang die Arme um meinen Hals. Die Schneeflocken, die sich in ihren Haaren verfangen hatten, glitzerten noch einen Moment im flackernden Licht, dann waren sie geschmolzen. June erzählte mir von Wolken und Liebe und Ilaria, die als Rote Dame nun endlich ihre ganze Macht entfalten konnte. Die in den Ruinen von Maylora darauf wartete, die Stadt unter den Flüssen zu retten. Von dem Himmel über London und davon, dass sie hier mehr an Magie glaubte als an anderen Orten dieser Welt. Und schließlich, wie sie gern einmal wieder die Sterne sehen würde und dass das so ziemlich das Einzige war, was sie hier vermisste, was sie in New York aber noch mehr vermisst hatte.

Die Lichter einer Stadt, die einem die Sicht auf den Himmel nahmen.

Ich schlug vor, dass wir ein bisschen durch verschiedene Streamingdienste stöbern und nach einer Dokumentation über Sterne und Planeten suchen könnten. June strahlte mich an, und im nächsten Moment strömten noch mehr ungefilterte Gedanken aus ihr heraus. Da war diese Begeisterung, die bei ihr in allem lag.

Gott, ich liebte es, ihr zuzuhören.

Ich liebte ihre Wasserfallredegedanken.

Ich liebte

sie.

»Was ist?« June tippte mit ihrer Nase gegen meine. Sie auf meinen Beinen, die Arme um mich und ihr Gesicht ganz nah vor meinem. Wir waren in dieser übervollen Bahn mit all den Menschen und Geräuschen, und doch gab es da nur uns. Eine kleine Glücksblase, in der sonst nichts existierte.

»Ich …«, setzte ich an, denn plötzlich war der Drang, ihr zu sagen, wie ich fühlte, übermächtig. Ich hatte diese Worte schon einmal ausgesprochen, es wäre nicht das erste Mal, doch das erste im Rahmen dieser zweiten Chance und dieses *Ich liebe dich* würde so viel mehr bedeuten als das, was ich vor drei Jahren ausgesprochen hatte.

»Ich finde es schön mit dir«, umschiffte ich die Wahrheit. Ich wollte es richtig machen, ich wollte es so sehr richtig machen und das hier war ganz sicher nicht der passende Moment für diese drei Worte.

»Find ich auch«, wieder stupste sie mit ihrer Nase meine an. »Also mit *dir*.«

Eine Dreiviertelstunde später saß ich mit Junes Laptop auf dem WG-Sofa in der Prosperity Lane und klickte mich durch ihren liebsten Streamingdienst. Sie hatte sich mit einem großen Becher Schokoladeneis in den Händen an mich gelehnt und sah ebenfalls auf den Bildschirm, zeigte ab und zu auf einen Film, der sie ansprach, damit ich auf *Information* klickte und wir den Beschreibungstext lesen konnten – doch bisher war nichts dabei gewesen.

»Ich habe mal gelesen, dass man im Schnitt achtzehn Minuten auf Netflix durch die Auswahl klickt, bevor man sich für etwas entscheidet.«

»Wahrscheinlich sogar noch länger«, erwiderte ich abwesend, denn genau wie zuvor, als ich vor dem *Miracle* auf sie gewartet hatte, war da alles gleichzeitig in meinem Kopf und es mir unmöglich, mich auf irgendetwas zu konzentrieren. Die kleinen Abbildungen der einzelnen Filme zogen an mir vorbei, doch ich nahm keinen einzigen richtig wahr. Da waren diese Worte in mir, die unbedingt an die Oberfläche wollten. Und dann leckte June auch noch so genüsslich das Eis von ihrem Löffel ab. Das war zu viel, viel zu sinnlich, ohne dass es ihr bewusst sein konnte. Ich starrte auf ihren Mund, dann wieder weg, dann wieder auf ihre Lippen, über die sie sich jetzt mit der Zunge leckte.

»Wie wäre es mit dem hier?«, meinte June und deutete auf *Die Welt der Sterne*. Ich nickte, ohne genauer hinzusehen, und klickte den Film an, ehe ich den Laptop vor uns auf den Tisch stellte. June kuschelte sich nur noch enger an mich und mit jedem Heben und Senken ihrer Brust, das ich an meinem Körper spürte, geriet mein Herz mehr aus dem Takt.

»Du, Kian?«

»Ja?« Ich drehte den Kopf, strich mit der Nase über ihren Haaransatz. Und mit der Bewegung kam der sanfte Geruch nach Blumen, nach ganzen Feldern, die erblühten, und Blättern, die sich zur Sonne ausrichteten ...

»Ich will das ja eigentlich nicht zugeben, aber ... ich bin echt ganz schrecklich nervös.«

Und mein Herz stolperte noch stärker, war viel zu groß für meinen Brustkorb. *Was? Du auch? Weißt du auch nicht, wann und wie du es sagen sollst?*

»Also wegen der Premiere«, schob June da schon hinterher und suchte meinen Blick, während im Hintergrund eine tiefe, beruhigende Erzählerstimme etwas über die Entstehung der Sterne erklärte.

»Ich ... *well*, Lampenfieber ist ganz normal und gehört ja irgendwie auch dazu, oder?«

»Klar.« June lächelte. »Und das wird sich wahrscheinlich auch nie ändern, aber ... es fühlt sich so an, als hätte ich die ganzen letzten Jahre nur auf diesen einen Moment hingearbeitet. Nicht nur die Zeit an der *Academy*, auch die zwei Jahre in London, als ich diese ganzen Kurse gemacht habe und versucht habe, so viel Geld wie möglich zu sparen. Und auch davor schon, in der Schulzeit. Eigentlich immer schon.«

»Das ist halt dein Traum. Diese eine große Sache ...«

Jetzt machte June große Augen und blickte mich mit einem Mal verunsichert an. »Und was, wenn ...«

»... es anders ist, als du es dir vorgestellt hast?«, vervollständigte ich den Satz, denn ich wusste genau, was June meinte.

Sie nickte.

»Ich glaube, mir ging es ähnlich, als Ash und ich das *Five Bells* eröffnet haben. Ich hatte schon ewig von meinem eigenen Laden geträumt, habe ewig darauf hingearbeitet. Und am Abend vor der Eröffnung bin ich ein bisschen durchgedreht. Es war noch nicht mal losgegangen, und ich hatte schon diesen seltsamen *Das-ist-es-jetzt-also-gewesen*-Gedanken, als würde da einfach nichts mehr kommen.«

»Ja, genau das ist es!«

»Aber weißt du was?« Ich strich June durch ihre unbezähmbaren Haare. »Dann habe ich gemerkt, dass das nicht stimmt. Ganz kurz fühlt es sich vielleicht so an, weil man so lange auf einen Traum hingearbeitet hat. Aber dann kommen neue Träume.«

Seufzend schmiegte June sich enger an mich. »Du hast ja recht. Irgendwie habe ich wirklich Angst, weil ich dann das erreicht habe, was ich immer wollte. Ich fürchte mich auch davor, dass ich zu aufgeregt bin, dass ich plötzlich einen Aussetzer habe oder so. Und na ja … Aber der andere Teil von mir ist sich auch absolut sicher, dass es einfach nur grandios und der beste Abend meines Lebens wird!« June lachte. »O Gott, ich habe manchmal echt Stimmungsschwankungen, oder?«

»Ach Juniper«, sagte ich und strich mit dem Daumen über ihre Wange. »So ein Blödsinn. Du bist einfach nur ein Mensch, der sehr viel und sehr intensiv fühlt. Ich finde das schön, das ist doch nur eines der Dinge, die ich an dir liebe.«

… die ich an dir liebe.

Und mein Herz blieb stehen.

»Du … du liebst mich?«

Ich schluckte schwer, als June sich ruckartig aufsetzte. Plötzlich war da dieses bezaubernde Lächeln, das ihre Lippen auseinanderzog, und dann war es ganz leicht: »Ja, ich liebe dich.«

»Ich liebe dich auch, Kian.«

Wir sahen uns an, und in diesem Moment brach irgendeine Art Bann.

Alles, was mich die ganze Zeit zurückgehalten hatte, fiel in sich zusammen und mein Herz lag offen, weit und entblößt vor dieser Frau.

»Du warst es schon immer«, raunte ich und nahm June das Eis aus der Hand, ohne sie aus den Augen zu lassen. Uns trennten nur wenige Zentimeter, ich spürte ihren warmen Atem auf meinem Gesicht, noch mehr aber auf meinem Mund. Und dann flogen wir im selben Moment aufeinander zu. Unsere Finger fanden sich und dann unsere Lippen, die süß und schwer aufeinanderprallten. Junes Mund schmeckte nach Verheißung...

June

... und all meinen Sehnsüchten.

Die Sternendokumentation war vergessen, denn in diesem Moment war Kian mein ganzes Universum. Alles war vergessen, außer diesem Ausdruck in seinen Augen, als er mir sagte, dass er mich liebte. Dass es ihm mehr oder weniger nur herausgerutscht war und keine Absicht, machte diese Worte für mich nur noch wertvoller.

Sie sanken bis auf den Grund meiner Seele.

All das Verlangen nach ihm, das in den vergangenen Wochen und Monaten zu einem immer heißeren Glühen geworden war, explodierte nun. Meine Hände lagen an Kians Gesicht, strichen über seinen Bart, und ich wollte ihn unter keinen Umständen jemals wieder loslassen. Seine Zunge stieß gegen meine und entlockte mir ein Seufzen. Kian, mein Kian, der mir jetzt sanft in die Unterlippe biss. Jede Berührung sandte einen neuen Schauer durch meinen Körper, jeder seiner leisen Seufzer pulsierte durch mich hindurch. Das Sofa war viel zu klein für uns beide, und ich drohte jeden Moment zusammen mit der gemusterten Überdecke über die Kante zu rutschen, doch Kian hielt mich im letzten Augenblick fest und hob mich auf seinen Schoß. Fest schlang ich meine Beine um seine Hüften, denn ich wollte mehr von ihm. *Mehr, mehr, mehr.*

Hatte ich mich früher schon sicher bei ihm gefühlt, war es dieses Mal eine über die Maßen potenzierte Empfindung.

Doch statt mich endlich weiter zu küssen, berührte Kian mit seinen Lippen meinen Hals und ich erschauderte, als er sie quälend langsam bis zu meinen Schlüsselbeinen weiterwandern ließ und Liebkosungen auf der empfindlichen Haut verteilte, ehe er mit der Zunge feine Linien zog. Ich konnte nicht anders, ich stöhnte auf und hielt mich mit bebenden Händen an ihm fest. Ein letzter Kuss und Kian ließ von mir ab. Voller Begehren blickte ich ihn an, und seine Mundwinkel zuckten, als er meinen Blick voller Tiefe auffing.

»Also stehst du immer noch drauf.«

»Ich bin da eben empfindlich«, sagte ich leise. Ich hatte das Gefühl, rot zu werden, trotzdem sah ich nicht weg.

Dieses Mal breitete sich ein wunderschönes Grinsen auf Kians Gesicht aus. »Ich find's wahnsinnig süß.«

Ich zog ihn näher an mich. »Ich bin nicht süß.«

Das Braun in Kians Augen verdunkelte sich, und er sah mich ernst an. Wieder ließ er seine Lippen über meinen Hals gleiten, und meine Lider flatterten, als er mit ihnen an meinem Kiefer entlangstrich. »Doch, du bist definitiv süß, Juniper«, murmelte er und küsste sich bis zu meinen Mundwinkeln weiter. Ich wagte nicht, mich zu rühren. »Gerade in diesem Moment finde ich dich aber vor allem wahnsinnig heiß. Und sexy. Okay, und süß. Irgendwie alles auf einmal.«

Und dann küsste er mich endlich wieder.

Sein Mund auf meinem Mund – und die Welt blieb für gestohlene Momente stehen. Damals, heute, eine Ewigkeit, in der das Begehren nach ihm mich flutete.

»Lass uns in mein Zimmer gehen«, wisperte ich ungeduldig gegen seine Lippen.

»Gleich«, lachte er, und ich spürte das Vibrieren des Wortes nicht nur an meinem Mund, es durchströmte meinen ganzen Körper, als er mich noch enger an sich zog. Es war ein Kribbeln in meinen Fingerspitzen, ein Beben in meinem Bauch und bei der durchdringenden Art, mit der er mich ansah, schwindelte mir.

»Ich kann dich unmöglich schon loslassen, auch wenn es nur kurz ist.« Die Mischung aus Begehren und Verzweiflung in seiner Stimme ging mir durch und durch. Dieses Mal war ich es, die lachte.

Viel zu langsam strich Kian mit seinen Händen über meine Taille. Und mit jedem Zentimeter, den er seine Finger auf meinem Körper entlangwandern ließ, schien meine Haut unter zu viel Stoff heißer und heißer zu brennen. Ich drängte mich an ihn, keuchte bei dem Gefühl seiner Erektion zwischen meinen Beinen. Mir schwindelte, mir schwindelte immer mehr.

Endlich hob Kian mich von seinem Schoß und stand auf. Ich nahm seine Hand und, ein letzter Blick über die Schulter, dann zog ich ihn mit rasendem Herzen die wenigen Meter in mein Zimmer hinein. Die Tür fiel ins Schloss, und ohne ihn aus den Augen zu lassen, zog ich mir den Pulli über den Kopf, dann das Shirt. Kian kam mir mit lodernder Dunkelheit in den Augen entgegen, und ich verhakte meine Daumen in den Schlaufen meiner Jeans, um sie mir über die Beine zu schieben. Der entrückte und doch vollkommen ruhige Ausdruck, mit dem Kian jede meiner Bewegungen verfolgte, ließ mich weitermachen. Mehr noch: Er machte mich an, ließ nur noch mehr Hitze durch meinen Körper schießen, bis ich mit nichts anderem als meinem Höschen bekleidet vor ihm stand.

Ich wollte Kian, wollte ihn so sehr. Drei Jahre lang hatte ich mich nach seiner Nähe gesehnt, auch wenn ich das weder vor mir noch vor irgendjemandem sonst hatte zugeben können. Und jetzt war da nur noch dieser eine Gedanke.

Ganz langsam ließ er seinen Blick über meinen Körper wandern –

warm und vertraut und doch so, als würde er ihn zum allerersten Mal betrachten. Es war wie ein Streicheln, intensiver als jede Berührung es jemals hätte sein können.

»Zieh dich aus«, hörte ich mich erstickt fordern.

Kian lächelte und machte einen Schritt auf mich zu und noch einen. So nah, bis sein Atem wieder über mein Gesicht glitt. Dann zog er sich seinen Pullover über den Kopf. Das Klicken seiner Gürtelschnalle hörte ich mehr, als dass ich es sah, denn ich konnte den Blick nicht abwenden von seinem Gesicht. Von den breiten Schultern und der muskulösen Brust, die mit braunen Härchen übersät waren. Alles war definiert und hart und über die Maßen männlich. Kians Jeans fiel zu Boden, und ich schluckte schwer.

Er atmete bedacht ein, atmete aus und ich mochte es, dass er nicht über mich herfiel, dass Kian nicht sofort all dem Verlangen nachgab, das sich zwischen uns angestaut hatte und ihm so deutlich ins Gesicht geschrieben stand. Stattdessen nahm er mein Gesicht in seine Hände. Er beugte sich zu mir hinunter, und ich stellte mich auf die Zehenspitzen, um ihm entgegenzukommen, während ich mich mit den Händen an seinen starken Armen festhielt.

Ich fühlte mich noch kleiner als ohnehin schon, aber nicht schwach. Beschützt, aber nicht von ihm abhängig. Sicher und trotzdem unendlich frei. In Erwartung seiner Lippen schloss ich die Augen, und als sein Mund dieses Mal meinen berührte, löste sich in meinem Bauch ein Knoten, den ich gar nicht bewusst wahrgenommen hatte.

Meine Brüste drückten sich gegen Kians Oberkörper, und als ich kurz darauf seine Härte an meinem Bauch spürte, sog ich scharf die Luft ein. Das Gefühl flutete meinen Körper, sandte eine noch stärkere Hitzewelle hindurch und meine Fingerspitzen kribbelten. Kian zog mich näher zu sich, strich mit den Händen über meinen Körper, bis meine Brüste fest in ihnen lagen.

»O Kian …«

Mit den Fingern umschloss er meine Nippel, reizte mich, machte meinen ganzen Körper und mich verrückt. Er gab mir das, was ich wollte, und doch mit voller Absicht nicht genug. Stattdessen ließ er seine Hände weitergleiten und jeden Zentimeter berühren. So lange, bis ich es nicht länger aushielt.

Schwer atmend löste ich mich von ihm und lief langsam rückwärts, bis ich das Bett in meinen Kniekehlen spürte. Ich schob mir das Höschen langsam hinunter und genoss es, als ich bemerkte, wie Kian bei dem Anblick der Atem stockte. Vollkommen nackt stand ich vor ihm und ließ ihn mich ansehen. Kian, der es ganz und gar auskostete, nichts übereilte und gerade damit alles in mir noch mehr zum Pulsieren brachte.

Ich ließ mich auf das Bett mit den rosa Kissen sinken, das Herz vollkommen aus dem Takt.

»Lass mich nicht warten. Komm her«…

Kian

… forderte June mich mit geweiteten Augen auf.

Ihre Haut war hell wie Porzellan, fast so wie die von der tief stehenden Sonne beschienenen Laken, zwischen denen sie saß. Sie hatte die Beine untergeschlagen, die Füße unter ihren Hintern geschoben und sah mich abwartend an. Der Schwung ihrer kleinen, runden Brüste im Gegenlicht war betörend. Noch mehr aber der Moment, in dem sie sich leicht nach hinten lehnte und ihre langen Haare über die aufgerichteten Nippel strichen.

Schmale Taille und breite Hüften hypnotisierten mich, der dunkelblonde Flaum zwischen ihren Beinen, vor allem aber das kleine Herz-Tattoo ein paar Zentimeter über dem Bauchnabel.

Es war nicht so, dass June damals ein Mädchen gewesen wäre und heute eine Frau. Letzten Endes waren nur drei Jahre vergangen. Und doch … ihr Körper mochte sich nicht sehr verändert haben, wohl aber die Art, wie sie sich bewegte: selbstsicherer, sinnlicher, irgendwie noch mehr wie die, die sie immer schon gewesen war. All das spiegelte sich in dem tiefen Blau ihrer Augen und brachte mich schon jetzt um den Verstand. Dunkle Wirbel, die mich tiefer und tiefer zogen. Mit einem Mal fühlte es sich an, als hätte ich mein halbes Leben lang auf das hier gewartet.

»Wenn du jetzt nicht endlich herkommst und mich weiterküsst, dann musst du mir eben zusehen«, sagte June rau und biss sich sofort auf die Unterlippe. Trotzdem sah ich den Ansatz eines Grinsens in ihren Mundwinkeln.

Wilde, freche, kleine June.

Aufreizend langsam ließ sie die Hände über ihre Brüste gleiten. Mit den Fingern umkreiste sie ihre Nippel und seufzte, ohne mich aus den Augen zu lassen. Ich schluckte, unfähig mich zu bewegen, und beobachtete, wie ihre Hände mit den bunt lackierten Nägeln tiefer wanderten, über den Bauch strichen, die Hüften entlang, dann die Oberschenkel. Ganz langsam schob sie ihre Beine ein Stück weiter auseinander und Gott, ich wusste nicht, ob ich June packen und unterbrechen, oder ihr zusehen wollte. Vielleicht beides zusammen und am liebsten alles auf einmal.

»June …«, raunte ich, und sie lächelte mich unter langen, lilafarbenen Wimpern verschwörerisch an, als sie mit einer Hand zwischen ihre Beine glitt. Ihre Finger wanderten tiefer, und ein kaum hörbares Stöhnen entwich ihrem Mund. Hypnotisierend und verführerisch. Ganz langsam begann sie ihre Finger zu bewegen, auf und ab, kreisend, betörend. Sie wusste, was ihr gefiel, und genau das zeigte sie mir jetzt.

Ob es ihr ergangen war wie mir? Hatte sie genau das getan und dabei immer und immer wieder an mich gedacht?

Und dann war ich bei June.

Da, wo ich hingehörte.

Da, wo ich sein wollte.

Ich umschloss ihr Handgelenk, küsste erst ihren Mund und ließ meine Lippen dann über ihren Hals gleiten. »Das ist so verdammt heiß«, raunte ich dicht an ihrem Ohr, »aber jetzt mache ich weiter.«

Ich zog June auf meinen Schoß, da wo sie vorhin noch gewesen war. Da, wo sie sein sollte. Meine Erektion drückte sich hart gegen den Stoff meiner Boxershorts, und gegen sie. June spürte es auch, drängte sich keuchend enger an mich und schlang die Beine fester um meine Hüften. Zwischen uns pulsierte alles, als ich mit meinen Händen über ihren Körper strich, ihn auf diese Weise erkundete und liebkoste. Ihre langen Haare waren überall, kitzelten meine Schultern und meinen Hals.

Einen Moment nahm ich mir Zeit, sie ihr hinter die Ohren zu streichen, ein Blick in ihr niedliches Gesicht mit der Stupsnase und den gewölbten Brauen, dann war da wieder die Begierde, die mich sie fest packen ließ.

Ich legte meine Hände um ihren Hintern, hob sie ein Stück hoch, sodass sie jetzt auf den Knien war und ich Küsse zwischen ihren Brüsten verteilen konnte. Keuchend warf June den Kopf in den Nacken, und ich knurrte an ihrer Haut, strich mit den Fingerspitzen über die Unterseite ihrer Brüste, ehe einer ihrer Nippel in meinen Mund glitt. Und dann war da wieder dieses Seufzen, wieder dieses Wimmern. Dass ihre Fingernägel sich dabei in meine Schultern bohrten, machte etwas mit mir.

June flüsterte meinen Namen wie eine endlose Melodie, als ich sie langsam von mir herunterhob, mich ihren Körper hinabküsste. Jeden Zentimeter, über das Herz und den Bauchnabel und die Innenseite ihrer Oberschenkel. Sie wimmerte mit flatternden Lidern unter meinen Berührungen, und sie so zu sehen machte mich an. Machte mich so sehr an.

Langsam stand ich auf, befreite mich von meiner Boxershorts und nahm die Brille ab. Ich ließ mir Zeit, genoss die Ungeduld in Junes Augen, ehe ich mich vor das Bett kniete, auf dem June nackt und wunderschön lag. Bereit für mich, bereit für alles.

Ich griff nach ihren Kniekehlen und zog June vor bis an den Rand der Matratze, nah zu mir, nah an mein Gesicht. Sie musste meinen Atem spüren, denn sie zuckte auf erregende Art zusammen, als ich Küsse auf der Innenseite ihrer Oberschenkel zu verteilen begann. Erst hinab, dann wieder hinauf. Immer näher und näher dahin, wo sie mich brauchte. Sie vergrub ihre Hände in meinen Haaren, als ich mit der Zunge über ihre warme Haut zu gleiten begann. Weiter und weiter, weiter hinauf zu ihrem goldenen Flaum.

Ein letztes Mal hob ich den Kopf, sah das leichte Lächeln auf ihren Lippen, ehe sie den Kopf in den Nacken legte und rosa Haare sich über das Laken ergossen, und dann versank ich in ihrer feuchten Hitze, ertrank in all dem, was June war. Sie schmeckte vertraut und neu zugleich, als ich mit meiner Zunge über sie fuhr. Schwer atmend sah sie zu mir hinunter, die Lippen leicht geöffnet. Wahrscheinlich merkte sie es gar nicht, doch ihre Zungenspitze berührte ihre glänzenden Lippen, ehe sie unter dem Stoßen meiner Zunge den Kopf in den Nacken warf und sich aufbäumte. Ihr Stöhnen war laut, und es war *alles*.

Ihre Hände versuchten Halt zu finden, krallten sich erfolglos in das Laken unter ihr und fanden schließlich ihren Weg zurück in meine Haare. Sie zog daran. Sie gab sich hemmungslos, ließ mich sie in ihrem ganzen Sein sehen und spüren. Ich strich mit meiner Zunge, mit meinen Lippen, meinem Mund über sie, reizte diesen einen Punkt, an dem sie es immer schon gebraucht hatte.

Ich glitt mit der Zunge über sie und dann mit einem Finger in sie. June drückte den Rücken durch, keuchte meinen Namen und diese zwei Silben klangen wie alles, nach dem sie sich jemals gesehnt hatte.

Ich bewegte mich in ihr, füllte sie aus und bei dem Gefühl schwindelte mir.

»Mehr«, murmelte June heiser, »mehr, Kian.«

Und ich gab ihr genau das, was sie so unbedingt wollte. Drang mit einem weiteren Finger in sie ein, lockte sie, nahm sie. Die Finger meiner anderen Hand bohrten sich fest in ihren Oberschenkel, vielleicht sogar zu sehr, doch June beschwerte sich nicht. Sie wand sich nur noch mehr unter meinen Bewegungen. Und ich war gefangen in der Trance, in die ihr Anblick, ihr Geruch und ihr Geschmack mich von Sekunde zu Sekunde weiter hineinzogen.

Junes Körper begann sich auf und ab zu bewegen, ich spürte das Vibrieren ihrer Haut und versank nur noch tiefer und tiefer in ihr. Mein Mund, meine Finger, alles. Und dann bäumte sie sich auf betörenste Weise unter mir auf. Ich hielt June fest, als ihr Körper erbebte. Ich hielt sie, als sie meinen Namen schrie, ihn weniger später heiser wisperte, ehe sie zitternd zusammensank.

Ich hauchte einen letzten Kuss zwischen ihre Beine und küsste mich dann ihren Bauch hinauf, über den Nabel und das kleine Tattoo, zwischen ihren Brüsten entlang, diese empfindliche Stelle an ihrem Hals und schließlich ihr süßer Mund, der mich mit einem trägen Lächeln empfing.

»Kian«, hauchte sie, »Kian, Kian, Kian.«

Mit den Fingern strich ich über ihre Schläfe, ordnete zärtlich die zerzausten Haare und küsste sie, ehe ich mich neben sie legte und sie in meine Arme zog. Die rosa Haare, die sich auf meinem Oberkörper verteilten, die Hand mit den in Regenbogenfarben lackierten Fingernägeln, der Geruch nach Blumen – das alles war so sehr June. Ich betrachtete sie, während sie nach und nach wieder in die Welt zurückfand.

Mit zitternden Fingern fuhr sie die Konturen meiner Lippen nach. Der Ausdruck in ihren klaren, blauen Augen erstaunt, über die Maßen entrückt. Ein Schweißfilm bedeckte ihre Stirn, die lila Wimperntusche war ein bisschen verschmiert und ich fand, sie hatte nie schöner ausgesehen als in diesem Moment,

»Ich will dich spüren, Kian«, flüsterte sie und schenkte mir dieses freche Lächeln, das mich vollkommen willenlos machte. »Ich will dich richtig spüren.«

Mit ihren rauen Worten kam die Lust in großen Wogen, vor allem als sie mich wieder zu berühren begann, mit ihren Händen meinen Oberkörper entlangfuhr und über die Härchen dort strich. Ich schob mich zwischen ihre Beine und stützte mich links und rechts von ihrem Kopf ab, lehnte mich mit meiner Stirn an ihre.

Junes Wimpern warfen wunderschöne Schatten auf ihre Wangen, als sie blind um sich tastete und im nächsten Moment eine Kondompackung in den Händen hielt. Das Reißen von Folie und dann waren da ihre warmen Hände an mir, als sie mir das Kondom quälend langsam überstreifte. *Shit*, das war so heiß. Derart erregend.

»Bitte«, wimmerte June, und ich wollte ihr all das geben, was sie verlangte. All das, nach dem ich mich selbst von ganzem Herzen sehnte: in ihr sein, ganz und gar mit ihr zusammen sein.

Ihre Hände auf meinem Hintern, um mich näher zu ziehen, um mich in sich zu ziehen, doch plötzliche merkte ich, dass ich nicht konnte. Ausgerechnet in dem Moment, in dem June unter mir lag und bereit war, mir alles von sich zu geben – ihren Körper, ihre Seele, ihr Herz.

Scheiße.

Scheiße, scheiße, scheiße.

Vielleicht brauchte ich einfach noch einen Moment. Ich war gerade fast gekommen, vielleicht war das zu viel. Vielleicht, vielleicht, vielleicht... Meine Erektion, die sich gerade eben noch hart gegen ihren Bauch gedrückt hatte, war verschwunden. Ich wollte June, ich wollte sie so sehr, dass es wehtat, aber mein Körper sah das offenbar anders.

Ich küsste June, streichelte sie, wollte das Verlangen zurück, dass mich bis vor wenigen Sekunden erfüllt hatte, doch plötzlich war da das Bild von Ashs Lippen, fast meinte ich das Kratzen seines Schnauzers, seiner Bartstoppeln auf meinem Gesicht zu spüren. June wimmerte unter mir und mit jedem Kuss, den ich auf ihren Mund, ihren Hals, ihre Brüste setzte, wurde ich verzweifelter. So sehr, bis ich mich irgendwann frustriert von ihr herunterrollte.

Enttäuscht und über die Maßen verlegen.

Ash, Ash, verfluchter Ash.

»Mach dir deshalb bitte keine Gedanken«, wisperte June an meinem Hals und schmiegte sich nur noch enger an mich. »Das kann jedem einmal passieren.«

Ich zögerte und strich mit den Fingerknöcheln über ihre Schläfe, über die Wange und schließlich den Hals hinunter. Sie war schön, war so unendlich schön und begehrenswert. »Ich weiß, Juniper.«

Und das war kein Spruch. Ich wusste das wirklich. Aber das bedeutete nicht, dass es mir nicht zumindest ein bisschen unangenehm war. Sex war eben nicht nur eine rein körperliche Sache. Sex passierte hauptsächlich im Kopf.

»Aber ...?«

»Mein Kopf ist so voll. Da ist einfach so viel auf einmal und deshalb ... Ich will dich. Ich will dich wirklich.«

»Kian, wir haben alle Zeit der Welt, oder nicht?«

Und dann nahm ich ihr Gesicht in meine Hände und küsste sie erneut, um Ash aus meinen Gedanken zu vertreiben. Strich mit meinen Lippen über ihre. Liebkoste, streichelte, berührte sie. June seufzte an meinem Mund und legte mir die Arme um den Hals. Ich verlor mich in diesem Kuss, noch mehr aber in ihr.

Zwischen June und mir war nie etwas perfekt gewesen, und so war es auch jetzt nicht. Aber es war echt, es war einzigartig, es war mit nichts zu vergleichen. Das waren wir: *June und Kian.*

So lagen wir da. Atmeten zusammen im Takt unserer Herzen und inhalierten einander – bis Ash in meinen Gedanken immer präsenter wurde und alles durcheinanderbrachte. Ash, den ich, wenn ich ehrlich war, irgendwie immer im Kopf hatte. Auch jetzt und hier, auch in diesem Moment, als ich kurz davor gewesen war, in *ihr* zu sein.

Ash mit den goldenen Katzenaugen.

Ash, der mich stets herausforderte und mich besser kannte als ich mich selbst.

Ash, der mein Zuhause war und an anderen Tagen die reinste Provokation.

»June, ich …«

O mein Gott. Einen beschisseneren Zeitpunkt konnte es für so etwas wohl nicht geben, aber ich hatte das Gefühl, die Werte, die mir wichtig waren – und damit mich selbst –, zu verleugnen, wenn ich weiterhin schwieg. Damals waren wir jung gewesen und hatten Fehler gemacht. Wir hatten Angst gehabt, an eine gemeinsame Zukunft zu denken, hatten uns geweigert, nach einer Lösung zu suchen. Aber dieses Mal wollte ich die Dinge anders und vor allem besser machen. Und dazu gehörte Ehrlichkeit.

Absolute Ehrlichkeit, die June verdient hatte.

Widerwillig löste ich mich ein Stück von ihr und lehnte mich gegen das Kopfteil des Bettes. Ich konnte das nicht aussprechen, wenn June mir so nah war.

»Ich muss dir etwas sagen.«

Ich konnte förmlich dabei zusehen, wie das Träumerische in Junes Gesicht in sich zusammenfiel und einem ängstlichen Ausdruck wich. Ich wollte nicht, aber ich musste.

»So eine Ankündigung klingt nie gut«, wisperte sie.

»Ich … da ist etwas zwischen Ash und mir«, sagte ich so schnell, dass ich beinah über meine eigenen Worte stolperte.

Da.

Ich hatte es gesagt. Ich hatte es zugegeben.

Vor ihr und vor mir.

»Wie meinst du das?« June sah mich verwirrt an. »Ich weiß, dass ihr euch wegen mir immer wieder in die Haare bekommen habt. Und das ist echt das Letzte, was ich will. Ich dachte eigentlich, dass inzwischen alles okay ist«, stammelte sie. »Wenn du willst, dann kann ich auch noch einmal mit ihm …«

»Nein, nein … das ist es nicht. Das meine ich nicht.« Ich schüttelte den Kopf, und mein Herz schien mir jeden Moment beinah aus der Brust zu springen. Mir war schlecht, die Welt drehte sich ein Stück und ich hatte Angst, solche Angst alles zu verlieren.

Ich musste deutlicher werden.

Ich wollte nicht deutlicher werden.

»Ich meine, dass da *etwas* ist. Dass ich ihn will. Vielleicht tue ich das schon länger und habe es nie so richtig gemerkt. Aber ich verliebe mich gerade in ihn ...«

»Du ... du verliebst dich in Ash?«, stammelte June, und da war ein Riss in meinem Herzen.

Sie suchte meinen Blick, nur um ihm im nächsten Moment sofort wieder auszuweichen. Ich hatte absolut keine Ahnung, was sie dachte – und das, obwohl man ihr sonst die meisten ihrer Gedanken so leicht von der Nasenspitze ablesen konnte. Die von meinen Küssen geschwollenen Lippen waren leicht geöffnet, die Augen geweitet und die Schatten, die ihre Wimpern darunter in zwei Halbmonden warfen, unendlich.

»Hast du an ihn gedacht, während wir ...«, Junes Lider flatterten, und kurz schaute sie zwischen meine Beine. »Hat es deshalb nicht funktioniert?«

»Ich weiß nicht ... Aber ich habe nur an dich gedacht«, erklärte ich aufrichtig, »in diesem Moment gab es nur uns.«

»Aber jetzt denkst du an *ihn* ...«, stellte sie mit brüchiger Stimme fest. Der Ausdruck in ihren blauen Augen war ungläubig und verletzt, und ich hasste es, dass ich schuld daran war. Dass ich unser zweites erstes Mal damit zerstörte.

Jetzt rutschte June ebenfalls ein Stück nach oben und lehnte sich neben mich an das Kopfteil. Sie wickelte sich in ihre Bettdecke ein, ganz so, als würde sie es nicht ertragen, weiterhin nackt und so intim neben mir zu liegen. Und mit einem Mal tat sich zwischen uns ein breiter Graben auf.

»Es fühlt sich so an, als ob sich alles wiederholen würde«, murmelte June, und ich verstand nicht richtig, was sie meinte. Weil das unsere zweite Chance war und wir wieder vor irgendwelchen Schwierigkeiten standen? Weil das wie ein Zeichen wirken könnte, dass das mit uns einfach nicht sein sollte?

Ich wollte sie danach fragen, weil Aufrichtigkeit in diesem Moment wohl so wichtig war, wie sonst nie, doch June kam mir zuvor, indem sie ein weiteres Stück von mir abrückte und die Bettdecke noch enger um ihren nackten Körper schlang.

»Kian, ich ... ich kann das gerade einfach nicht. Ich muss ... nachdenken. Das ist einfach zu viel. Ich hoffe, du verstehst das.«

June sah aus, als würde sie jeden Moment anfangen zu weinen.

»Juniper, meine süße Juniper. Rede mit mir ...«

»Was soll ich dir denn sagen? Ich ... weiß gerade gar nichts. Was ... was bedeutet das für uns? War das ... Ist das ...?«

»Ich weiß es nicht ...«, stammelte ich ebenso unbeholfen.

»Du hast gesagt, du liebst mich ...«

»Das meine ich auch so. Und zwar aus ganzem Herzen, aber ich möchte dir nicht wehtun«, sagte ich, und allein das sagen zu müssen schmerzte ungemein.

»Und ich wollte dir damals nicht wehtun. Aber ich schätze, das ist es, was passiert, wenn man sich im Leben nicht vor der Liebe verschließt: Man wird verletzt, und man verletzt andere. Das ist wohl ein Risiko, das man eingehen muss. Und manchmal ...«, sie suchte meinen Blick, »manchmal lohnt es sich.«

June schaute mich an, mit diesen schwimmenden Meeresaugen. Ich sah Verwirrung und Angst, Zuneigung und Schmerz und noch etwas anderes, das ich nicht zuordnen konnte. Und doch musste ich es aussprechen: »Zwischen Ash und mir ist etwas passiert. Das sage ich dir, weil ich absolut ehrlich sein möchte. Es war, bevor wir wieder zusammen waren, und mir ist klar, dass ich mich nicht rechtfertigen muss, weil das vorher war. Aber ich möchte vollkommen ehrlich zu dir sein.«

»Okay«, wisperte June.

Mir war schlecht. Ich hatte eine Scheißangst, sie zu verlieren. Die hatte ich schon vorher gehabt, weil mir klar gewesen war, dass ich ihr das irgendwann erzählen musste. Doch jetzt hatte ich die Worte hinaus in die Welt entlassen und sie somit real gemacht. Jetzt waren auch meine Gefühle für Ash echt, die ich vorher verdrängt hatte.

Ich strich June eine Strähne aus dem Gesicht und steckte sie hinter ihrem Ohr fest – vielleicht weil sie mich dann immer auf diese ganz bestimmte Art ansah, doch dieses Mal wich sie zurück. Wie ein verletztes Reh im Scheinwerferlicht.

»Ich glaube, es ist besser, wenn du jetzt gehst, Kian. Ich glaube, das ist für uns beide besser.«

Ich schluckte. »Okay.«

Für einen atemlosen Moment legte June ihre Wange in meine Hand, dann stand sie auf und begann sich anzuziehen. Stück für Stück verschwand ihre nackte, weiche Haut unter Pastellfarben, die viel zu fröhlich waren, um zu dieser Situation zu passen. Und doch waren sie perfekt, bedeutete June für mich doch alle Farben dieser Welt in einer. June und ihr buntes, schönes Herz voller Lebenshunger, der manchmal vielleicht ein bisschen zu viel für sie war.

»Ich … ich schreibe dir, okay?«

»Okay«, sagte ich und stand nun selbst mit schwerem Herzen auf, um mich anzuziehen. Wir sahen uns nicht mehr an, und es fühlte sich zu sehr danach an, als wäre das ein Abschied und ein Lebewohl. Und davon hatten wir eindeutig zu viele gehabt.

Der einzige Mensch, mit dem ich jetzt am liebsten über die Sache geredet hätte, war Ash. Ausgerechnet Ash. Ausgerechnet die Person, mit der ich unmöglich über all das sprechen konnte.

Ich hatte alles kaputtgemacht.

12. Kapitel

June

Nachdem Kian gegangen war, saß ich wie gelähmt auf meinem Bett. Lediglich die Fenster hatte ich aufgerissen, weil die brennende Kälte in meinem Zimmer und der Anblick der tanzenden Schneeflocken draußen mich irgendwie beruhigte.

Kian, Ash, Kian, Ash, Kian, Ash.

Mein Herz zersprang, mein Herz schrie, mein Herz wusste gar nichts mehr. Es war wie ein Tier in einem Käfig, das frei sein wollte. Mein Kopf war wie leergefegt und zugleich erschreckend voll mit den immer selben Gedanken.

Ich schämte mich.

Kian hatte mir ein Geständnis gemacht, doch statt ihm nun endlich auch die Wahrheit zu sagen, wie ich es mir vorgenommen hatte, war ich feige gewesen. Schlimmer noch: Ich hatte ihn weggeschickt, als wäre *er* die Person, die einen Fehler gemacht hatte. Dabei hatte *ich* Ash damals im Regen geküsst und darüber bis heute geschwiegen.

Ich schlang die Arme um meine angezogenen Beine und versuchte irgendwie, gegen das Gefühl, auseinanderzufallen, anzukommen, denn auf einen Schlag ergab so vieles einen Sinn: die seltsame Stimmung zwischen den beiden. Ashs Blicke, bei denen ich gedacht hatte, sie würden mir gelten. Die ungeheure Nähe, die zwischen ihnen herrschte. Der Tag Anfang Dezember, als ich im *Five Bells* gewesen war, um Benoîts Notizbuch zu holen, und Ashs Worte, die ich aus der Küche aufgeschnappt hatte: *Ich fühle mich einfach von dir verarscht.* Und: *Dann hättest du das eben nicht noch einmal tun dürfen.*

Die beiden hatten etwas miteinander gehabt. Sie mochten sich wegen mir gestritten haben, aber ich war nicht der einzige Grund gewesen.

Wie dumm war ich gewesen?

Plötzlich wurde ich von einer heftigen Woge der Eifersucht überrollt, die sich als brennender Kloß in meinem Bauch festsetzte.

Kian und Ash.

Ash und Kian.

Scheiße, ich konnte ja nicht einmal sagen, auf wen ich eigentlich eifersüchtig war. *Wie sie sich küssten, wie sie sich berührten und mich außen vor ließen.* Ich war eifersüchtig auf Kian, der Ash bedenkenlos berührt hatte, vielleicht mit den Fingern durch sein langes dunkles Haar gestrichen hatte und über diese Grübchen ... War eifersüchtig auf Ash, der in Kians sanfte Augen geblickt und ihm nah gewesen war. Sie arbeiteten und wohnten zusammen – das war eine Art der Intimität, die ich mit Kian bisher noch nicht erlebt hatte. Nähe, die auf schönste Art Alltag war.

Irgendwann, es dämmerte bereits, riss das Geräusch der zufallenden Wohnungstür mich aus meiner Trance. Kurz darauf durchquerte Benoît mit großen Schritten mein Zimmer und schloss fluchend das Fenster.

»Was auch immer passiert ist, eine Erkältung wird dir rein gar nichts bringen.«

»Das kannst du gar nicht wissen«, erwiderte ich trotzig und merkte selbst, dass ich mich wie ein Kind anhörte. Ich zog die Decke weiter nach oben, bis dicht unter das Kinn. Stirnrunzelnd blieb Benoît neben dem Bett stehen und blickte zu mir hinunter. Und statt irgendetwas zu sagen, statt etwas zu fragen oder auf andere Art und Weise in mich zu dringen, wo doch offensichtlich war, dass ich geweint hatte, setzte er sich neben mich und nahm mich einfach in den Arm. Benoît zog mit der Hand beruhigende Kreise auf meinem Rücken.

»Du riechst nach Burgern und Fett«, nuschelte ich an seiner Schulter.

»So ist das, wenn man Geld verdienen muss«, lachte er und fragte: »Was hältst du davon, wenn ich dir eine heiße Schokolade mit viel

Zucker und Marshmallows mache und du mir dann erzählst, was passiert ist?«

»Du findest heiße Schokolade widerlich«, schniefte ich.

»Mag sein, aber ich muss sie ja nicht trinken, oder?«

Benoît strich mir über den Kopf, und ich musste schwer schlucken. *Geh nicht, bitte verlass London nicht*, hätte ich am liebsten geschrien. Im Moment war doch sowieso alles so ein Chaos und dieser französische Mistkerl hatte es geschafft, eine Konstante in meinem Leben zu werden, mein Anker.

»Außerdem habe ich gute Nachrichten«, verkündete er, als hätte er die Richtung, die meine Gedanken genommen hatten, gespürt, »und du scheinst gute Nachrichten gerade zu brauchen.«

»Okay, ich nehme alles. Die Schokolade und die guten Nachrichten und alles andere.«

»Wusste ich es doch«, meinte mein Mitbewohner zufrieden und rutschte neben mich. In seinen dunklen Augen blitzte etwas auf. »*Alors*, ich … ich werde bleiben.«

Ich blinzelte.

»Wie, du wirst bleiben?«

»Na, ich bleibe. In England. In London, in dieser Wohnung.«

Ich starrte Benoît an.

»Ich wollte erst etwas sagen, wenn alles sicher ist und klappt. Aber es funktioniert. Ich hänge noch ein weiteres Auslandssemester dran. Ich möchte wissen, wie weit das mit Quinn und mir reicht und ob wir wirklich eine Zukunft zusammen haben können. Ich möchte bei der weltbesten Mitbewohnerin der Welt bleiben«, er zwinkerte mir zu, »bei den Freunden, die ich hier gefunden habe. Mignon und Lilou werden mir den Kopf abreißen, aber wenn jemand das verstehen sollte, dann eigentlich die beiden.« Er grinste, und ich erinnerte mich daran, wie er mir erzählt hatte, dass auch Lilou ursprünglich nur für einige Monate in Paris bleiben wollte, bevor sie sich dann aber in seine beste Freundin verliebt hatte. »Ich habe einfach dieses Gefühl, dass meine Zeit hier noch nicht zu Ende ist. Keine Ahnung, was am Ende des nächsten Semesters sein wird, aber bis dahin will ich es wissen.«

»Du bleibst«, war das Einzige, was ich sagen konnte, und dann fiel ich Benoît um den Hals, riss ihn auf die Matratze nieder und ließ ihn eine ganze Weile nicht mehr los. »Du bleibst, du bleibst, du bleibst!«

Und dann begann ich wieder zu weinen. Wegen meines verwirrten Herzens, wegen Kian und Ash und weil dieser Mensch, den ich so unfassbar liebgewonnen hatte, der Mensch, der eine Bereicherung für mein Leben war, mir erhalten bleiben würde.

»Ich hatte gehofft, dass du dich freust«, murmelte Benoît irgendwo zwischen meinen Armen und Haaren.

Ich stieß ihn in die Seite. »Freuen ist ja mal total die Untertreibung.«

Eine Viertelstunde später saß ich auf dem Wohnzimmersofa, hielt einen dampfenden Becher heiße Schokolade in der Hand und fischte mit der Zunge die winzigen Marshmallows heraus. Dass Kian und ich uns genau hier erst vorhin noch geküsst hatten, versuchte ich an den Rand meines Bewusstseins zu schieben.

Plötzlich verzog ich das Gesicht.

»O Gott, ist da Alkohol drin?«

»*Bien sûr*, June. Aber nur ein kleiner Schuss Whiskey. Dachte, den brauchst du jetzt.«

Bitter lachte ich auf: Wo er recht hatte, hatte er recht.

»Es … ich … Es ist nur: Ich weiß gar nicht, wo ich anfangen soll. Du wirst bestimmt sagen, dass das alles ganz schön verrückt ist.«

Benoît sah mich lange an. »Ich weiß nicht, was ich sagen werde. Aber ist Liebe nicht immer ganz schön verrückt?«

»Das behauptest du, weil du deine Romane über die Liebe schreibst und ein Romantiker bist.«

»Mag sein«, lachte er, »aber erzähl mir trotzdem davon. Ich habe in

Paris in einer WG nur mit Mädels gewohnt. Glaub mir, ich bin ein guter Zuhörer.«

»Ich weiß, dass du das bist.«

Und dann begann ich am Anfang.

Ich erzählte meinem Mitbewohner und Freund all das, was es zu sagen gab. Wie erst Ash in mein Leben getreten war und dann Kian. Wie ich mich hin- und hergerissen gefühlt hatte zwischen meinen Gefühlen für diese beiden Männer, die alles durcheinanderbrachten, und meinem Traum, der am Ende auch eine Flucht gewesen war. Von den vergangenen Monaten, die sich wie eine Wiederholung der Ereignisse angefühlt hatten, und doch ganz anders gewesen waren, als ich es gedacht hätte. Ich fasste zum ersten Mal so richtig in Worte, dass das Zusammensein mit den beiden sich anfühlte, als wären wir wie die drei Seiten eines Dreiecks. Und schließlich endete ich mit dem, was Kian mir vor wenigen Stunden offenbart hatte.

Und Benoît, er hörte einfach nur zu. Der Blick seiner dunklen Augen ruhte fest auf mir. Er unterbrach mich nicht, nickte lediglich ein paarmal und stützte dann das Kinn in die Hände.

»*Alors* … wenn ich das richtig verstanden habe, dann liebst du Kian, empfindest aber auch etwas für Ash. Und Kian geht es genauso. Und das ist der Kern der ganzen Sache?!«

Ich schluckte und nickte schließlich.

Benoît sagte das so leichthin, und mir war klar, dass ich nicht der erste Mensch auf diesem Planeten war, der sich in mehr als eine Person verliebt hatte. Das passierte eben, aber es war immer mit einer Entscheidung verbunden. Ich dachte, ich hätte sie getroffen. Es war nie eine *gegen* Ash gewesen, sondern *für* das Richtige.

»Wenn du weiter so angestrengt nachdenkst, platzt dein Kopf innerhalb der nächsten Minuten«, meinte Benoît sanft und legte eine Hand auf meinen Unterarm. Es war nur eine leichte Berührung, doch es gelang ihm so, mich wieder zu erden.

»Du stehst auf Kian und Ash«, fasste Benoît zusammen. »Und Kian steht auf Ash und dich. Gibt es letztlich dann nicht bloß eine Frage, die wichtig ist?«

Ich schluckte. »Und die wäre?«

Benoît lächelte: »Na, was Ash von euch will.«

»Aber das ist ...«

»Sag jetzt nicht, dass das falsch wäre, June. Monogamie ist doch nicht der einzige Weg, sein Leben zu leben. Wieso sollte es also falsch sein?«

Weil ich mit Kian zusammen war und bin.

Weil ich ihn mit diesem Kuss mit Ash hintergangen habe.

Weil das alles auf gebrochenen Herzen und Unwahrheiten aufbauen würde.

»Nur weil Kian zuerst da gewesen ist, heißt das nicht, dass er die richtige Wahl ist. Nur weil du beide willst, heißt das nicht, einen von ihnen oder beide zu nehmen, wäre die richtige Wahl. Die richtige Entscheidung ist nur die, die dich von ganzem Herzen glücklich macht.«

»Und wenn ich wirklich beide will?«, kam es mir nur als Flüstern über die Lippen. »Was dann?«

Ja. Jajaja, schrie alles in mir.

»Dann musst du ihnen das sagen und dabei ehrlich sein.«

Ich lachte auf. »Wie soll das denn funktionieren? Sind wir dann zu dritt zusammen? Ich mit beiden? Wie soll das gehen?«

Benoît hatte recht. Es fühlte sich an, als würde mein Kopf unter all diesen Gedanken und sich auftürmenden Fragen bald platzen. Was und wen wollte ich? Wollte Kian mich tatsächlich noch immer oder lieber Ash und das mit mir war ... eher Pflichtgefühl, weil Kian so sehr alles richtig machen wollte? Und empfand Ash überhaupt so für mich wie ich für ihn?

»Ich kann dir nicht sagen, wie das geht, weil ich nie in dieser Situation gewesen bin. Ich denke aber, Offenheit ist da am wichtigsten. Absolute Offenheit. Wofür auch immer du und ihr euch entscheiden werdet ... es wird sicher nicht leicht sein, und sicher werden es nicht alle in euerm Umfeld verstehen. Wenn man von der Norm abweicht, dann stößt man leider immer auch auf Unverständnis. Aber das sagt nichts darüber aus, ob eine Sache richtig oder falsch ist. Und ich bin für dich da, okay? Und mir ist es egal, wen du liebst und vor allem, wie viele Menschen du liebst.«

»Ich habe Angst, Benoît.«

»Und das ist genauso normal. Man hat immer Angst vor dem Neuen, aber man kann sich entscheiden, mutig zu sein. Und ganz ehrlich: Wie krass müssen die zwei dir den Kopf verdreht haben, was für zwei fantastische Menschen müssen sie in deinen Augen sein, dass du so zwischen den Stühlen stehst? Dass die Liebe sich plötzlich verdoppelt, statt halbiert? Ich finde, das ist etwas ganz Großartiges.«

Doppelte Liebe, hallte es in meinem Kopf nach.

»So habe ich das bis jetzt noch nie gesehen …«

»Deshalb hast du ja mich. Damit ich dir diese schlauen Dinge sagen kann.« Er grinste, wurde aber sofort wieder ernst. »Und das alles sind keine Dinge, die du sofort herausfinden musst, weißt du? Niemand hetzt dich, niemand drängt dich zu etwas.«

»Danke«, hauchte ich und drückte Benoît ganz fest an mich.

Als ich mich wieder von ihm löste, stand er auf und verschwand in sein Zimmer. Kurz darauf tauchte er mit dem aufgeklappten Laptop in der Hand wieder vor mir auf. Er hatte die Stirn gerunzelt und tippte darauf herum, während er sich wieder neben mich fallen ließ.

»Jetzt sag mir bitte nicht, dass mein Liebesdrama dich in irgendeiner Weise inspiriert hat und du zu schreiben anfängst.«

»Und wenn es so wäre?« Er zwinkerte mir zu, und ich lachte. »*Mais non*, keine Sorge«, schob er sofort hinterher, »aber ich sehe dir immer noch an der Nasenspitze an, dass du denkst und denkst und denkst und dich wahnsinnig verrückt machst wegen der Dinge, die du fühlst. Und weil ich selbst keine Ahnung von all dem habe, dachte ich mir, wir können uns irgendetwas zu dem Thema ansehen?« Benoît öffnete den

Browser und tippte *Polyamorie* in die Suchzeile ein. »In solchen Momenten hilft es meistens, wenn man die Dinge ein bisschen besser versteht und sich nicht allein mit seinen Gedanken und Emotionen fühlt.«

»Wissen ist Sicherheit«, ergänzte ich leise, woraufhin sofort Kians Gesicht vor mir auftauchte. Genau diesen Satz hatte er im *White Roses* zu mir gesagt, als er mir alles beigebracht hatte, was ich als Kellnerin wissen musste.

In der nächsten Stunde klickten wir uns durch verschiedenen Blogbeiträge, lasen Einträge in Foren und sahen uns auf YouTube ein paar Videos und kurze Dokumentationen an. Ich lernte, dass Polyamorie weit mehr bedeutete, als sich romantisch und sexuell zu mehr als einer Person hingezogen zu fühlen. Dass es um Freiheit ging, um pure Liebe und das Sein. Dass Polyamorie bunt und vielfältig war und sich nicht so einfach fassen ließ.

Nach einiger Zeit schwirrte mir der Kopf vor lauter neuen Begriffen und Definitionen, die etwas, das mit Gefühlen zu tun hatte, in Worte und Wissenschaft zu fassen versuchte. *Polykül* und *Metamour*. *Primär-* und *Sekundärpartner*, *Triad* und *Squad* und *Mehrpersonenbeziehung*. Auch wenn es viel war, ordneten sich meine Gedanken, denn wenn wir etwas auf der Welt benennen konnten, dann machte es das doch auch gewissermaßen echter, oder?

Ohne dass ich etwas sagen musste, klickte Benoît sich nun durch alles, was es zum Thema *Triad*, also einer Dreiecksbeziehung, zu wissen gab. Mein Herz schlug mir so heftig von innen gegen die Brust, dass ich sein Pulsieren in den Ohren hörte – einfach nur wegen der Bilder und Aufnahmen von Menschen, die Hand in Hand in Hand Straßen entlangliefen, sich selbstverständlich küssten, die zu dritt waren. In einem Video erklärte eine junge Frau mit tätowierten Armen, die selbst in einer polyamorösen Beziehung lebte, dass man zwischen zwei *Triad*-Modellen unterschied. Bei einem *V-Triad* hatte jemand zwei Beziehungen, in der die beiden Partner aber nicht zusammen waren. Beim klassischen *Triad* handelte es sich um ein geschlossenes Dreieck, in dem alle Personen eine Beziehung zueinander führten und gleichwertig waren.

Ich schluckte.

Geschlossenes Dreieck, echote es noch ewig in meinem Kopf.

»Es gibt übrigens auch eine Serie zum Streamen, *You, me, her* heißt die. Ich hab die nie gesehen und keine Ahnung, ob sie gut ist oder nicht. Aber wir können ja mal reinschauen, wenn du Lust hast?«

Gerührt schluckte ich.

»Du musst nicht ...«

»Hey. Wenn ich das nicht wirklich wollen würde, dann würde ich es dir nicht anbieten, okay?«

»Okay«, ich nickte. »Aber lass uns dazu noch Pizza bestellen oder so.«

»Zwei Sorten zum Teilen.«

»Genau.«

Ich legte meine Beine auf Benoîts Schoß und litt in den nächsten Stunden mit Emma, Jack und Izzy mit, die sich und ihre Beziehung durch ein Minenfeld aus neugierigen Nachbarn, sozialen Normen und Vorurteilen navigieren mussten. Ich lernte, dass Liebe einfach nur Liebe war. Und dass diese nicht immer einfach war. Vor allem aber wurde mir aufgezeigt: Jede Beziehung hatte ihre Höhen und Tiefen – ganz gleich, ob sie aus zwei, drei oder mehr Menschen bestand.

Nichts von dem Gesehenen bedeutete, dass mir auf einen Schlag alles klar war. Aber zu wissen, dass ich mit meinen Gefühlen und vor allem meinen Unsicherheiten nicht allein war, machte die Dinge zumindest ein bisschen leichter.

Und ich wusste, was meine Wahrheit war: Ich wollte zwei Männer. Nicht nur jetzt, sondern schon seit viel längerer Zeit. Die Jahre in New York hatten nie etwas daran geändert und auch die Rückkehr nach London nicht.

Ich wollte Kian.

Und ich wollte Ash.

Als ich am Freitag die Stufen zum *Mephisto* hinaufeilte, rief Jimmy mich im letzten Moment zurück. Ich war wieder einmal von der *Tube*-Station aus hergerannt und drehte mich schnell atmend zu dem alten Mann um. Er saß wie immer in dem altmodischen Vorbau, der die breite Treppe teilte, seinen Krempenhut vor sich liegend.

»Was auch immer dich bedrückt, June«, setzte er an und ich war schon dabei, den Mund zu öffnen, als er weitersprach: »Jetzt sieh mich nicht so an. Es ist doch offensichtlich, dass dich etwas beschäftigt, also versuch gar nicht erst, es zu leugnen.«

Ertappt biss ich mir auf die Unterlippe. »Hatte ich nicht vor.«

Jimmy hob eine seiner buschigen Augenbrauen.

»Okay«, gab ich lachend zu, »vielleicht war das zumindest ein bisschen mein Plan.«

»Das hier ist ein magischer Ort«, wiederholte Jimmy die Worte, die er vor knapp vier Monaten zum ersten Mal an mich gerichtet hatte. Nachdenklich betrachtete er einen Punkt irgendwo hinter mir. Ich konnte absolut nichts in seinem Blick lesen, ehe er sich wieder klärte. Als Jimmy dieses Mal sprach, klang er ruhiger, leiser, ernster.

»Das Mephisto … Worauf auch immer du eine Antwort suchst, wenn du offen dafür bist und ganz genau hinsiehst, dann wartet sie hier drinnen schon irgendwo auf dich.«

Ich lächelte. »Danke, Jimmy.«

Während der Proben auf der Bühne lief die letzte Nacht mit Kian als Endlosschleife in meinem Kopf ab. Vier Tage war das inzwischen her. Vier unendliche Tage. Außen war ich Ilaria, innen drin June.

Es war kein Film, der immer wieder von vorn startete, sondern eine Aneinanderreihung von Momentaufnahmen: Küsse auf meinen Mund, Küsse auf meinen Hals. Seine Hände auf meiner Haut und Wärme in meinem Bauch. Sicherheit und Freiheit, ausgelöst durch einen einzigen Blick aus dunkelbraunen Augen, der Teil meiner Vergangenheit und

Gegenwart war. Wie nah ich Kian gewesen und unter seinen Berührungen erzittert war, ehe er die alles vernichtenden Worte ausgesprochen hatte. Kian, mein Kian, hatte Ash geküsst.

Stand auf Ash.

Hatte sich in Ash verliebt.

Genauso wie ich.

Und noch immer drehte sich bei dem Gedanken daran mein Magen um. Noch immer fiel mein Herz dabei dem Bodenlosen entgegen. Das Verrückteste aber blieb: Wenn ich mir vorstellte, wie Kian und Ash sich nah waren, dann ... dann verspürte ich da nicht direkt Eifersucht, zumindest nicht nur. Es war ein anderes Gefühl. Ein Gefühl, wie ich es zum ersten Mal empfunden hatte, als ich das Foto von den beiden auf den stillgelegten Gleisen gemacht hatte. Etwas, das mir jedes Mal wieder entglitt, wenn ich es zu greifen versuchte. Wie ein Wort, das einem auf der Zunge liegt und sich doch in Unendlichkeit verliert, ehe man es aussprechen kann.

Ich dachte an Jimmy und die Antworten, als die Probe vorbei war. Dachte daran, wie der alte Mann von *Magie* gesprochen hatte und von *Dingen, die eigentlich nicht möglich sein sollten.* Und als ich kurz darauf als Letzte meine Sachen zusammenpackte und über den abgewetzten, roten Teppich lief, stieß ich einen spitzen Schrei aus, als das ohnehin schummrige Licht zu flackern begann und dann komplett ausging. Mit einem Mal stand ich allein in undurchdringlicher Finsternis und tastete nach der Wand, um irgendwo einen Halt und Orientierung zu finden.

Tief atmete ich ein und aus und versuchte mich zu beruhigen. In der Dunkelheit wirkten die Geräusche des alten Gebäudes doppelt so laut wie sonst. Ich hörte das Gluckern der Leitungen, entfernte Stimmen, so weit weg, dass sie eher dem Rauschen des Windes glichen. Irgendwo knackte etwas, Holz knarzte und mein Herz schlug überschnell. Doch das Gefühl des rauen Putzes unter meinen Fingerkuppen erdete mich.

Mit der anderen Hand tastete ich nach meinem Handy, um damit den

Gang auszuleuchten. Kurz nachdem ich es endlich gefunden hatte, gingen die alten Lampen mit einem Zischen wieder an. Als ich sah, wo ich mich da mit der Hand abstützte, stutzte ich. Ganz klein war da neben meinem Ringfinger etwas in die Wand geritzt, das mir bisher nie aufgefallen war. Ich beugte mich näher heran und erkannte drei Kreise, die sich überschnitten, und in diesem Moment rastete unweigerlich etwas in mir ein.

Triad, echote es immer noch in meinem Kopf, *geschlossenes Dreieck*.

Ich wusste nicht, ob das die Magie war, die Jimmy meinte, oder nur ich selbst. Oder ob das letzten Endes vielleicht nicht auch einfach ein und dasselbe war, aber mit einem Mal wusste ich, was ich zu tun hatte. Ich stolperte beinah über meine eigenen Füße, während ich aus dem Theater eilte. Draußen angekommen hob ich den Blick, sah in den Himmel empor, der zwischen Efeu, beigen Fassaden und dem großen Buntglasfenster unter dem Dach des *Mephisto* pastellblau leuchtete. Der Himmel, in dem in einer anderen Realität eine Wolkenstadt und die Erfüllung einer Prophezeiung verborgen lag.

In diesem Moment brach die Sonne durch die Wolken, und es war wie die endgültige Antwort auf eine Frage, die ich nur indirekt gestellt hatte.

Zurück zu Hause tippte und löschte ich Wörter, schrieb neue und ließ auch diese wieder verschwinden, ehe ich nach einer gefühlten Ewigkeit doch noch eine Nachricht abschickte.

ICH, 19:14 Uhr
Können wir reden?

KIAN, 19:36 Uhr
Ja, unbedingt. Jetzt gleich? Bin gerade im *Five Bells* fertig geworden und könnte bei dir vorbeischauen.

KIAN, 19:37 Uhr
Bei uns wäre es wohl eher unpassend.

Ich schluckte. *Unpassend*, weil Ash da wäre. Weil Kian und Ash zusammenwohnten, die ganze Zeit schon.

Während ich wartete, tigerte ich unruhig durch die Wohnung. Legte mir im Kopf meine Worte zurecht und doch entglitten sie mir jedes Mal wieder, wenn ich mir vorstellte, wie er vor mir stehen und mich erwartungsvoll ansehen würde. Wie würde er reagieren, wenn ich ihm meine eigenen Gefühle erklärte? Und was war in den letzten Tagen bei Kian passiert? Für wen schlug sein Herz?

Trotz der Liebe, die aus all seinen Blicken, Worten und Gesten gesprochen hatte, riss mir die Angst vor ihm und Ash fast den Boden unter den Füßen weg.

Die Angst vor den beiden zusammen – ohne mich.

Als es klingelte, war ich innerhalb von Sekunden an der Tür. Atemlos riss ich sie auf und da stand Kian, mein Fels in der Brandung, wie eh und je. Seine Haare blitzten unter der Mütze hervor, kupferfarbene Strähnen an grüner Wolle. Über die Knöchel hochgekrempelte Jeans und verschiedenfarbige Socken darunter. So sehr er, so sehr vertraut. Vor einer Ewigkeit hatte er mir erzählt, dass er sich als Kind nie für ein Paar Socken entscheiden konnte und deshalb immer zwei verschiedene getragen hätte. Dass er diese Angewohnheit während all der Jahren beibehalten hatte, machte ihn in meinen Augen nur noch liebenswerter.

O Kian.

»Ich habe dich die letzten Tage vermisst«, stieß ich ohne jedes Nachdenken und als Erstes hervor. Krallte mich mit den Fingern im Stoff meines Kleides fest, um nicht über die Schwelle zu treten und Kian die Arme um den Hals zu schlingen.

Er blinzelte, ich schluckte.

Dann sagte Kian leise, fast unsicher: »Ich dich auch, June.«

Er mich auch. Er mich auch. Er mich auch.

Ich machte einen Schritt zur Seite, damit Kian hereinkommen konnte. Dabei streifte sein Körper federleicht meinen. Der schmale Flur mit der Wohnzimmerecke, wo wir uns beim letzten Mal noch geküsst hatten, kam mir in diesem Moment noch enger vor. Kian war überall, verdeckte mit seinem Körper meine geliebten Musicalplakate, erfüllte alles um mich herum.

Unsicher sahen wir uns an.

»Das ist alles wahnsinnig seltsam, oder?«, lachte er unbeholfen auf. Das Geräusch wirkte in der angespannten Stille zwischen uns überlaut.

»Ja, ich … ich weiß auch nicht, wo ich anfangen soll.«

»Dann fange vielleicht ich an?«

»Ähm … ja, okay?!« Mein Herz raste. »Wollen wir in mein Zimmer gehen?«

Bevor Kian nicken oder etwas sagen konnte, lief ich schon voraus. Doch er folgte mir viel zu schnell, war viel zu schnell bei mir und es gab kein Entkommen mehr. Da war sie: die Wahrheit, die darauf wartete, ausgesprochen zu werden.

In der Mitte meines Zimmers standen wir einander wieder gegenüber, der Teppich war übersät von Klamotten, irgendwo lag meine ausgeleerte Tasche.

»*Well*…«, begann er, »ich möchte dir sagen, dass meine Gefühle für dich echt sind und sie das immer schon waren. Dass ich mich in Ash verliebt habe, ändert daran nichts, und ich hoffe sehr, dass du mir das glauben kannst. Ich liebe dich, June, ich liebe dich mit jeder Faser meines Herzens.«

»Ich glaube dir«, antwortete ich erstickt, und noch in derselben Sekunde schossen mir Tränen in die Augen. Es war der Moment, in dem all die Gefühle, die ich drei Jahre lang zu ignorieren versucht hatte, plötzlich auf mich einstürzten: Zuneigung, Liebe und Schmetterlinge. Verunsicherung, Scham und Schuldgefühle. Und hier stand ich nun, an dieser beängstigenden Schwelle meines Lebens. Es war, als wäre alles genau auf diesen einen Punkt zugelaufen.

»Du bist die Frau, die ich will.« Kian trat auf mich zu und wischte meine Tränen vorsichtig mit dem Daumen weg. Die liebevolle Geste schnürte mir die Luft ab.

»Und du bist der Mann, den ich will«, krächzte ich.

Warm streifte Kians Atem mein Gesicht.

»Ich möchte dich nicht verlieren, June. Aber da ist eben auch Ash und ... In den letzten Tagen habe ich viel nachgedacht, ich ...«

»Ich muss dir auch etwas sagen«, unterbrach ich Kian, bevor mich der Mut verlassen konnte. »Ich empfinde auch etwas für Ash.«

Mein Herz sank ins Bodenlose. Es kam nicht auf, es

sank,

sank,

sank.

Verständnislos sah Kian mich an. Als würde er nicht begreifen, was diese Worte bedeuteten.

»Du ...«, stotterte er schließlich, »... du empfindest etwas für Ash?!«

Und dann erzählte ich Kian die ganze Geschichte – nur den Kuss, den es zwischen Ash und mir gegeben hatte, ließ ich weg. Ich konnte nicht genau sagen, weshalb ich ihn unter den Tisch fallen ließ, obwohl ich ihm doch die Wahrheit sagen wollte, doch es fühlte sich in diesem so zerbrechlichen Moment nicht richtig an.

Es war, als würden wir beide uns auf einem Seil bewegen, das hoch über London zwischen den Wolken entlangführte. So, als könnten wir jeden Moment hinabstürzen. Als könnten unsere Herzen noch schlimmer brechen als beim ersten Mal.

»Vielleicht ist das der Punkt, an dem ich irgendwie eifersüchtig sein sollte, aber ich bin es nicht. Ich bin eher ... erleichtert.« Mit einer fahrigen Bewegung schob Kian sich die Brille auf der Nase zurecht, dann begann er durch mein kleines Zimmer zu laufen. Hin und her und nichts mehr übrig von seiner sonstigen Ruhe.

»Das alles ist doch vollkommen verrückt. Wir empfinden etwas füreinander, und jetzt reden wir darüber, dass wir beide uns in meinen besten Freund verliebt haben? Das ... das ist verrückt.«

»Nein, das ist nicht verrückt«, erwiderte ich und konnte es selbst kaum glauben. »Das bedeutet nur, dass wir statt einem gleich zwei Menschen gefunden haben, die ...«

Unbeendet schwebte der Satz zwischen uns im Raum. Ich beobachtete Kian, wie er mein Zimmer weiter mit großen Schritten ablief, von einer Wand zur anderen. Noch schneller dieses Mal, fast noch unruhiger.

Ich schluckte, dann sagte ich: »Es bedeutet nur, dass wir gleich zwei Menschen gefunden haben, die ... wir lieben können.«

Abrupt blieb Kian stehen und fixierte mich. Ohne das Geräusch seiner Schritte war die Stille mit einem Mal um so vieles lauter.

Lieben, lieben, lieben.

Das heftige Schlagen meines Herzens dröhnte mir in den Ohren, und irgendwie schaffte ich es trotzdem zu fragen: »Was machen wir jetzt?«

Kian kam auf mich zu.

»Wir sollten es Ash sagen«, erwiderte er entschlossen. »Denn du hast recht. Mir ist jetzt erst klar geworden, *wie* recht du mit allem hast. An sich ist es ganz leicht, an sich sprechen die Fakten eine eindeutige Sprache: Wir empfinden etwas füreinander und beide ebenso für Ash. Also sollten wir ihm genau das sagen.«

Ich blinzelte.

»Sollten wir, aber ich ...«, ich wich Kians Blick aus, nur, um ihn im nächsten Moment wieder zu suchen. »Ich möchte euch beide. Ich möchte mich nicht entscheiden müssen, das ist mir jetzt klar. Es fühlt sich komisch an, das auszusprechen. Aber ich möchte nicht, dass es falsch ist, das zu wollen.«

»Juniper...«, liebevoll strich Kian mir über die Wange, »nichts davon ist falsch. Ich finde es ja immer noch verrückt, aber sicher nicht falsch. So wie ich das sehe, ist Liebe viel größer und bunter, als man immer annimmt. Viel individueller. Und was soll man denn gegen seine Gefühle tun? Außerdem... ich will mich auch nicht entscheiden müssen. Das wollte ich dir vorhin eigentlich direkt erklären, ich hatte nur einfach echt Schiss, was du sagen könntest.«

»Ich fürchte mich vor dem, was jetzt passieren wird.« Ich klammerte mich an Kian fest.

»Ich habe auch Angst. Ich hab einfach keine Ahnung, was in Ash vorgeht. Ihm muss es längst nicht so gehen wie uns und ... es gibt immer noch die Möglichkeit, dass er nur Gefühle für einen von uns hat«, sprach Kian auch meine Befürchtung aus.

»Und bedeutet das letztlich nicht, dass doch jemand eine Entscheidung treffen muss? Ich will nur .... Ich möchte dich nicht verlieren, Kian. Ich ertrage den Gedanken nicht, dass das zwischen uns kaputtgehen könnte. Aber ich halte es auch nicht aus, wenn es ohne Ash weitergeht. Was, wenn Ash will, dass du eine Entscheidung triffst?«

Wir blickten einander an, und ich sah all das in Kians dunklen Augen toben, was ich selbst empfand. Und weil er dieser absolut aufrichtige Mensch war, antwortete er nach einer Weile: »Ich kann dir nichts versprechen, Juniper, außer, dass ich dich liebe und lieben werde. Ich habe das, was jetzt passieren wird, nicht mehr in der Hand. Das hat keiner von uns. Ich weiß weder, was Ash tun wird, noch wie du oder ich reagieren werden. Und ich will das nicht zerdenken. Ich mag sonst dieser Kopfmensch sein, aber dieses Mal will ich es anders machen.« Kian biss sich einen Moment auf die Unterlippe. Dann strich er durch mein Haar und steckte mir eine Strähne hinters Ohr. »Das ist eines der Dinge, die ich von dir gelernt habe: dass man manchmal alles über Bord werfen und auf sein Herz hören muss. Ich will mich nicht verrückt machen.« Sanft küsste Kian mich auf die Nase. »Diese Situation hier ist mehr, als ich mir jemals erhofft hätte. Gott, als ich dir das mit Ash erzählt habe, dachte ich, dass es das Ende wäre. Und jetzt fühlt es sich mit einem Mal so an, als wäre es womöglich der Beginn von etwas Neuem. Und diese Hoffnung … das fühlt sich schön an.«

Und in diesem Moment spürte ich, wie dieses warme Gefühl von Kian auf mich überprang: erst in meine Fingerspitzen, dann meine Arme hinauf, meine Brust, bis es direkt in meinem Herzen landete.

Also stand ich auf, suchte nach meiner Jacke und meinem Schal und sah Kian auffordernd an. Er verstand ohne ein weiteres Wort, denn wir hatten keine Zeit zu verlieren. Es ging nicht um ein *Jetzt-oder-Nie*, sondern es war ein *Jetzt-oder-Später*, aber wieso hätten wir warten sollen? Ohnehin fühlte es sich so an, als hätten wir schon viel zu lang gewartet.

Kian legte seine Hand in meine, und zusammen machten wir uns auf den Weg durch ein Camden, das in Regen ertrank. Schimmernde Pfützen auf Asphalt reflektierten das Licht zahlreicher Laternen und irgendwo knutschte ein Pärchen in einer roten Telefonzelle miteinander herum, während dicke Regentropfen auf das Glas prasselten.

Kian und ich sahen uns an und wussten: Alles war möglich.

13. Kapitel

Ash

Na super – gerade hatte ich die Fremde endlich Richtung Haustür komplimentiert, als diese nach innen aufschwang. Und da standen ausgerechnet Kian und June, händchenhaltend und in dieser Verliebtheitswolke, in der sie sich ständig zu bewegen schienen. Die beiden traten zur Seite, um die Frau vorbeizulassen. Ein letzter Blick über die Schulter, dann war sie endlich verschwunden. Nur der Geruch nach Sex blieb auf meiner Haut zurück.

Es war schon verdammt spät gewesen, als ich sie im *Murdocks* hatte sitzen sehen. Ich hatte mich einsam gefühlt, und diese Frau mit den kurzen, weißblonden Haaren und dem Kleid mit dem tiefen Rückenausschnitt hatte den Eindruck gemacht, als könnte sie eine Ablenkung genauso gut gebrauchen wie ich. Ich hatte nicht groß nachgedacht, in diesem Moment war mir nur klar gewesen, dass ich nicht rückfällig werden durfte, was Phoebe betraf. Weil das verdammt nochmal einfach alles andere als fair wäre.

Und gleichzeitig merkte ich nur wieder, dass ich einfach nicht der Kerl für One-Night-Stands war, für diese vorgetäuschte Nähe, die – wenn überhaupt – nur für einen Moment etwas bedeutete und kurz darauf rein gar nichts mehr.

Es sollte mir egal sein, was June und Kian dachten, doch zur Hölle: Das war es einfach nicht. Dabei hatte ich nichts Falsches getan. Ich schuldete weder ihr noch ihm etwas. Und trotzdem versetzte es mir einen heftigen Stich, ihre ineinander verschlungenen Finger zu sehen. Junes schlanke mit den schmalen Ringen zwischen seinen kräftigen. Instinktiv wollte ich

309

mich rechtfertigen, wollte den beiden erklären, dass diese Frau gar nichts zu bedeuten hatte. Sie sollten das nicht falsch verstehen, sollten nicht denken, dass sie mir nichts bedeuteten. Aber wenn ich mich zu rechtfertigen begann, dann würde eins zum anderen führen. Dann wäre da die Frage nach dem Warum. Ich würde mich nicht mehr halten können und ihnen alles beichten. Aber Himmel, das hier war der denkbar mieseste Augenblick dafür. Ich mochte meine Gefühle für June und Kian nun endlich begreifen, aber meine Versuche der letzten Tage, ihnen genau diese zu gestehen, waren trotzdem immer wieder gescheitert.

Ich wusste, wie Junes Lippen sich anfühlten, wenn sie mit ihnen die Konturen meines Munds nachfuhr.

Ich wusste, wie Kians sich anfühlten, wenn er mit ihnen über meine Bartstoppeln strich.

Und ich hasste, hasste, hasste alles daran. Trotzdem hatte ich seit dem Abend im *Five Bells,* als wir Junes *Augenspiel* gespielt und die Schatten an der Decke des Pubs betrachtet hatten, jede Minute genossen, die wir zu dritt verbrachten, hatte mich nur noch mehr zu den beiden hingezogen gefühlt. Wenn ich bei Kian und June war, dann vergaß ich alles andere, doch sobald ich wieder allein war, kam die Wut zurück. Und die Erkenntnis, dass die beiden nun einmal ein Paar waren und ich da nichts zu suchen hatte.

Das Schlimmste aber war, dass diese Momentaufnahme, wie die zwei da in unserer Tür standen, mir nur vor Augen führte, wie leer und beschissen ich mich nach dieser vollkommen unnötigen Nummer mit der Unbekannten fühlte. Ich war so dämlich gewesen, mir irgendetwas beweisen zu wollen, und musste mir jetzt eingestehen, dass das rein gar nichts geändert hatte.

Wie auch, wenn alles so dermaßen verworren war?

Wie auch, wenn mein Herz beim Anblick der beiden wieder flatterte?

»Hey«, sagte ich, weil ich ja schließlich irgendetwas sagen musste.

Als hätten June und Kian sich an meinem Blick verbrannt, ließen sie sich los. Himmel, ich war noch nie gut darin gewesen zu verbergen, wenn mir etwas auf den Sack ging. Man merkte es mir so oder so an. Es hatte keinen Zweck, verstecken zu wollen, was ich dachte. Auch wenn ich das selbst nicht so wirklich verstand.

»Hey«, erwiderten die zwei im Chor, und ich verdrehte die Augen. Scheiß Pärchen-Gehabe, für das ich gerade keinen Nerv hatte. Keine Ahnung, in was für eine Situation ich da geraten war. In was zur Hölle ich mein Herz und mich da hineinmanövriert hatte, doch es tat scheiß weh, die beiden so vertraut miteinander zu sehen – das immerhin konnte ich mit Sicherheit sagen. Der größte Kontrast zu dem bedeutungslosen Sex, den ich gerade hinter mir hatte.

»Warte«, meinte Kian, als ich mich abwandte, um in mein Zimmer zu gehen.

»Was?«, gab ich gereizt zurück.

»Wir wollen mit dir reden.«

Wir. Wir. Wir.

»Über uns«, ergänzte June.

Bitter lachte ich auf. Und gerade noch so konnte ich mir einen Kommentar darüber, dass die beiden offensichtlich auf dem besten Weg waren, eines dieser Wir-Paare zu werden, verkneifen. Wie sie vor mir standen: die ultimative Symbiose.

Uns. Uns. Uns.

Ich drehte mich um und verschränkte die Arme vor Brust. Es war fucking spät, es war kalt und ich trug nicht mehr als Boxershorts. Ich konnte mir vieles vorstellen, auf das ich jetzt mehr Lust hatte als das hier. Himmel, ich hoffte, dass mein Bett wenigstens nicht nach der Fremden roch. Wir hatten uns gegenseitig benutzt und dieses Wissen ließ nicht mehr als dieses Loch zurück, das sich in mein Innerstes zu fressen begann.

»Es geht nicht nur um euch zwei, okay? Es ist schön, wenn ihr glücklich seid. Ich gönne euch das«, behauptete ich, obwohl das vermutlich gelogen war, »aber es ist …«

Es ist einfach viel passiert, hätte ich gern gesagt. *Viel zwischen Kian und mir. Und viel zwischen June und mir.* Doch diesen Satz auszusprechen wäre beiden gegenüber ungerecht. Dann müsste June Kian von dem Regenkuss erzählen. Und Kian ihr, dass es auch zwischen ihm und mir um mehr als einen Kuss gegangen war – zumindest hatte es sich so angefühlt. Mochte sein, dass die beiden inzwischen über all das gesprochen hatten, aber trotz meiner Wut und Enttäuschung und dem Verletztsein hatte ich kein Recht, mich auf diese Art in die Sache zwischen den beiden einzumischen.

June betrachtete mich mit gerunzelter Stirn, dann schüttelte sie den Kopf. »Nein, Ash.«

»Was, nein?«

Sie schluckte. »Ich meine: Nein, du verstehst nicht. Ich meinte nicht, dass ich über Kian und mich reden will. Ich will über Kian, mich *und* dich reden.«

»Und was soll das sein?«, blaffte ich sie an und wusste noch im selben Moment, dass ich übertrieb. Aber ich hatte mich doch bemüht, verdammt. Ich gab mein Bestes, all das hinunterzuschlucken, was mich umtrieb und durcheinanderbrachte. Tausend Dinge, die viel zu groß waren, um sie in die richtigen Worte kleiden zu können. Viel zu unbegreiflich.

June und Kian warfen sich einen dieser Blicke zu, die mehr als Worte sagten. Doch ich war der Idiot, der außen vor stand und ihre Sprache nicht verstand. Vielleicht hatte ich weder ihn noch sie jemals wirklich verstanden.

»Ich gehe jetzt ins Bett«, erklärte ich möglichst ruhig.

June suchte meinen Blick. Schon wieder mit diesen aufgerissenen, blauen Augen, die diese ganzen Gefühle in meinem Bauch auslösten. Sie schlug die Lider auf niedlichste Art und Weise nieder, ehe sie mich wieder ansah. Dieses Mal voller Entschlossenheit. Vielleicht auch ein bisschen Verzweiflung – was ich absolut nicht zuordnen konnte.

»Okay, ich ...«, sie brach ab, dann setzte sie erneut an, »ich hätte es dir gern anders gesagt, aber ... Ich habe mich ... Ich habe mich in dich verliebt, Ash.«

Herzstillstand.

Herzexplosion.

Einfach nur

Schockherz.

»Ich habe diese Gefühle, die ich für dich habe, viel zu lange nicht verstanden oder zuordnen können. Unsere Kabbeleien, dieses Nicht-Ausstehen-Können ... Das war eigentlich die ganze Zeit schon etwas völlig anderes. Wenn ich ganz ehrlich bin, dann ist mir das spätestens klar geworden, als du hier für mich gekocht hast. Spätestens da hast du mir eine Seite an dir gezeigt, die ich vorher schon kannte, die du nach den ganzen Jahren aber viel zu gut vor mir versteckt hast. Bei dir ist es so, als könnte ich fliegen, Ash. Als wäre in deiner Gegenwart das Unmögliche möglich. Und ... vielleicht war es auf diese Art irgendwie leichter, damit umzugehen. Also ... indem ich so getan habe, als würde ich dich ein bisschen hassen. Ich meine, wer möchte schon zwischen zwei Menschen stehen?« Mit jedem Wort redete June schneller. Ganz die niedliche Wasserfall-June, aber die Bedeutung ihrer Worte drang nicht richtig zu mir durch. Kurz schaute sie zu Kian, der überhaupt nicht so wirkte, als würde er das gerade zum allerersten Mal hören, sondern sie aufmunternd anlächelte. »Ich dachte, das wäre falsch«, fuhr June jetzt fort. »Natürlich dachte ich das. Es hat mich verrückt gemacht, es hat mich in den Wahnsinn getrieben«, jetzt lächelte sie vorsichtig, bevor sie ergänzte: »Ich finde nämlich, Kian ist auch verdammt großartig.«

»Ich hätte es dir auch gern anders gesagt«, ergriff er leise das Wort und fasste jetzt doch wieder nach Junes Hand. »Aber ich habe mich auch in dich verliebt. Und ich glaube, dass du das längst schon weißt. Dass dir das schon lange vor mir klar geworden ist. Als du mir erklärt hast, dass ich zurück zu June muss, weil sie meine Liebe ist ... da habe ich den

Schmerz und die Angst in deinem Gesicht gesehen. Ich weiß nicht, ob diese Situation so selbstlos war, wie ich sie empfinde, oder ob es für dich alles ganz anders war. Aber da hat es irgendwie Klick bei mir gemacht. Und ... ich ... ich will dich, Ash.«

Blaue Augen.

Braune Augen.

Dazwischen ich.

»Wir haben uns beide in dich verliebt«, sagte June mit brüchiger Stimme. »Aus denselben und doch auch aus ganz verschiedenen Gründen.«

Ich stolperte einen Schritt zurück und hatte das Gefühl, als würden meine Beine jeden Moment unter mir nachgeben. Irgendwie bekam ich eine Ecke des Bücherregals zu fassen, um mich dagegen zu stützen. Eines von Kians Büchern segelte zu Boden, zwei weitere folgten mit etwas Verzögerung, doch es kümmerte mich nicht. Nichts kümmerte mich, und nichts spielte mehr eine Rolle.

Ach.

Du.

Scheiße.

June und Kian – mein Kopf bekam das alles nicht zusammen.

»Ich ... *what*?!«, fragte ich völlig überwältigt nach, und es fühlte sich ein bisschen an wie das Ende der Welt.

June, wie eine mystische Gestalt aus einer anderen Welt, als sie im *Five Bells* gesungen und dabei meinen Blick gesucht hatte. Wie ich Kian an einem anderen Tag dort im Pub gepackt und um den Verstand geküsst hatte, weil ich glaubte, es nicht länger auszuhalten. Wie wir drei sternenförmig auf dem Boden gelegen hatten und Kian und ich Junes Lachen lauschten. Ich auf dem Lenker von Kians Fahrrad sitzend und Schneeflocken, die sich in seinem roten Haar verfingen. Junes Gesicht, weichgezeichnet im warmen Licht, das sich im bunten Glas eines Fensters brach.

Wir drei, wie wir über den Flüssen tanzten.

»Du musst nichts dazu sagen«, wiederholte June. »Himmel, uns ist klar, dass das scheißviel auf einmal ist. Wir … wir glauben nur, dass du das wissen solltest. Weil wir …«

»Weil wir nicht aufhören können, an dich zu denken. Also auf *diese* Art.«

»Und wir haben keine Ahnung, was das jetzt bedeutet.«

»Oder was wir tun sollen«, ergänzte Kian.

»Es ist auch okay, wenn du erst einmal über das nachdenkst, was wir dir gesagt haben«, redete June weiter, und dann wieder schneller und schneller mit jedem Wort: »Kian und ich hatten beide ein schlechtes Gewissen deswegen. Wir haben uns furchtbar gefühlt. Aber vielleicht ist es gar nicht furchtbar. Und niemand erwartet, dass du … ich weiß ja gar nicht, wie du empfindest. Egal, was du fühlst, das ist in Ordnung. Ich … Wir …«

Ich musste etwas erwidern, musste die Wahrheit aussprechen, doch in meinem Kopf waren immer noch nicht die richtigen Worte.

»Hörst du eigentlich irgendwann einmal auf zu reden?«, hörte ich mich sagen und machte einen Schritt auf die beiden zu. June riss die Augen auf, und ich wusste, dass das wieder einmal völlig falsch rübergekommen war.

»Ich … es tut mir leid. Ich weiß … Nein, eigentlich weiß ich gar nichts …«

»Ash, jetzt sei kein Arsch«, meinte Kian mit zusammengekniffenen Augen.

»Sei du nicht immer so scheißnett«, entgegnete ich, und an June gewandt erklärte ich: »Du sollst aufhören zu reden, weil ich dich jetzt verdammt nochmal küssen will, okay?«

»Du willst mich küssen?« Junes Stimme zitterte. »Weil …«

»Halt die Klappe, June.«

Kian öffnete den Mund, um irgendetwas zu entgegnen, doch ich kam ihm zuvor: »Und du auch Kian. Haltet einfach beide die verdammte Klappe und küsst mich.«

Nicht nachdenken, einfach tun. So, wie es mit den beiden immer war. Und dann flog ich June und Kian entgegen. Vielleicht auch sie mir, wer konnte das schon so genau sagen. Ganz von allein fand meine Hand ihren Weg zwischen die der beiden. Unser Finger verflochten sich miteinander: Junes, Kians und meine. Die Gesichter ganz nah voreinander starrten wir uns an. Alle drei atemlos, in Erwartung einer Sache, die wir selbst nicht verstanden und womöglich auch noch gar nicht verstehen konnten.

June war die Erste, die lächelte, und ich fiel in diese leichte Bewegung ihrer Lippen hinein, ehe ich ihr Gesicht zwischen meine Hände nahm und sie küsste. Ihre flatternden Lider mit den heute dunkelblau getuschten Wimpern waren das Letzte, was ich sah, ehe alles in meinem Bauch explodierte. Ihre rosa Zuckerwattehaare kitzelten mich im Gesicht, ich strich sie beiseite und küsste, küsste, küsste diese betörende Frau. Sie schmeckte nach Furchtlosigkeit. Ich küsste sie so sanft und federleicht, wie ich noch nie in meinem Leben einen Menschen geküsst hatte. Und gleichzeitig wahrscheinlich viel zu grob, weil ich alles, was ich für sie empfand, viel zu lange unterdrückt hatte. Ihr heißer Atem und ihre Zunge an meiner waren die Dinge, die ich in Wahrheit schon ewig gewollt und mir ausgemalt hatte. Süß, warm, verführerisch, ein Kribbeln in meinem Bauch. Mehr, mehr, mehr von meiner wilder June. Damals im Regen und heute im schummrigen Licht unseres WG-Flurs. Sie seufzte gegen meine Lippen und flüsterte meinen Namen. Und in dieser einzelnen Silbe schwang so viel mit, dass es mir den Boden unter den Füßen wegriss.

Als würde Kian genau das spüren, schlang sich sein starker Arm um meine Hüfte, um mich zu halten. Sein Bart strich über meine Wange und mit der Berührung kam der Geruch nach Vanille, nach Morgentau und neuen Tagen. Ganz langsam löste ich mich von June und strich mit dem Daumen auskostend über ihre geschwollenen Lippen, ehe ich eine Hand von ihrer Wange löste, um nach Kian zu greifen. Mit der anderen hielt ich sie weiter fest, löste erst im letzten Moment den Blick von ihren leicht geöffneten Lippen, den geröteten Wangen und dem entrückten Ausdruck in ihren Augen.

Und dann war da Kians warmer Blick aus dunklen Augen. Etwas lag darin, das ich vor sieben Jahren schon gesehen hatte, bei unserem Kennenlernen. Etwas, das dort wieder aufgeblitzt war, als wir uns betrunken geküsst hatten und als ich ihn neulich im Pub gepackt hatte. Etwas, das er mich endlich, endlich, endlich sehen ließ. Nicht als Schatten, sondern klar, weit und offen.

Unbeholfen schob Kian sich die Brille zurecht und, dass diese Situation ihn so offensichtlich überforderte wie uns alle, berührte mich nur noch mehr. Es war eine dieser typischen Kian-Gesten, die ich seit so vielen Jahren kannte und verinnerlicht hatte. Und eine Welle der Zuneigung flutete mich, ehe ich ihn zu mir zog und auch ihn küsste, während June noch immer in meinen Armen war. Ich biss ihm in die Unterlippe, fing sein Keuchen mit meinem Mund auf und gab es als undefinierbaren Laut zurück. Kian strich mit den Fingerspitzen über meinen Nacken, ehe er seine Hand in meinen Haaren vergrub.

Und dann küsste Kian June.

Und June mich.

Und ich Kian.

Wir waren ein wirrer Knoten aus sanften und vorsichtigen Berührungen, unsicheren Blicken, leisem, heiserem Lachen, weil das alles so verdammt neu war. Da waren tausend Fragezeichen und für den Moment doch eine ganz klare Antwort.

Wir waren alles, wir waren wir.

Irgendwann nahm June uns an den Händen und führte uns ins Wohnzimmer. Wir ließen uns auf das Sofa fallen. Eng umschlungen.

Kian machte einen Film an, von dem ich so gut wie nichts mitbekam. Junes Kopf lag auf meinem Bauch, die rosafarbenen Haare fächerförmig verteilt. Kian stand auf und holte eine Decke, mit der er uns zudeckte, weil ich immer noch kein Shirt trug, dann legte er sich wieder zu uns.

Einen Arm um mich, mein Kopf an dieser Kuhle an seinem Hals, wo es so sehr und so frisch nach Kian roch. Mit der anderen Hand kraulte er Junes Kopf, und irgendwie war alles so seltsam perfekt. So unerwartet perfekt. Auch wenn die Fragen sich in meinem Kopf türmten, hatte ich gerade die schönste Antwort in meinen Armen.

Ich durfte sie beide festhalten. Ich durfte das tun, was ich mir in den vielen Nächten allein in meinem Bett ausgemalt hatte.

»Sollten wir nicht reden?«, flüsterte Kian irgendwann.

»Nein«, erwiderten June und ich im selben Moment. Sie zwinkerte mir ausgelassen zu, und ich lachte. Sie schaffte es, mich mit allem anzustecken: mit ihrer Lebensfreude, ihrer Ausgelassenheit, ihrer ganzen, weichgezeichneten Sicht auf die Welt.

»Zwei gegen einen«, beschwerte Kian sich und strich mir langsam durch die Haare. »Das ist echt nicht fair.«

»Gewöhn dich dran«, meinte June und streckte ihm die Zunge raus.

»Irgendwann müssen wir reden«, wiederholte er, doch etwas leiser dieses Mal. Ich wollte den ernsten Ton in Kians Stimme überhören, denn er zeugte von Hindernissen und Problemen. Und Himmel, ich hatte genug von beidem, wenn es um mein Herz und diese zwei Menschen ging, also sagte ich: »Mag sein. Aber nicht heute. Nicht jetzt.«

»Okay«, flüsterte Kian und drückte erst mir, dann June einen Kuss auf die Stirn.

Und dann redeten wir doch. Wir sprachen nicht über die Dinge, die Kian wahrscheinlich meinte, denn letzten Endes war es zu früh dafür. Aber wir redeten über alles, was uns in den Sinn kam. June, Kian und ich – wir waren so verschieden, doch genau darin lag der größte Reiz. Dass die beiden mich allein mit ihren unterschiedlichen Herangehensweisen an das Leben immer wieder überraschten und in neue Richtungen denken ließen.

June erzählte von dem *Kiss-me-I'm-Irish*-Shirt, das Kian an einem der ersten Abende, nachdem die beiden sich kennengelernt hatten, trug. Wir beschrieben ihr den Blick von unserer Bank auf dem *Primrose Hill*, und June erzählte davon, wie sie in unserer alten WG dieses Kinderlied für mich gesungen und ich mit eingefallen war. Auf diese Weise ließen wir zu dritt unsere ganz eigenen Geschichten lebendig werden.

Perfekt. Unerwartet perfekt, wiederholte ich in Gedanken. Ich dachte es immer und immer wieder, bis ich schließlich einschlief.

June

Für den Rest des Wochenendes ließen Kian und Ash sich im Pub vertreten, und wir verkrochen uns zusammen in ihrer Wohnung. Als ich einmal nach Hause lief, um Klamotten zu holen, grinste Benoît mich wissend an. Und auch, wenn ich mir sicher war, dass ich rot anlief, war es schön, dass es jemand wusste. Schon wieder in der Tür drehte ich mich noch einmal um und schlang ihm stürmisch die Arme um den Hals.

»Danke«, murmelte ich und drückte ihn so fest an mich, wie ich nur konnte. Lachend erwiderte er meine Umarmung und strich mir über die Haare.

»Kein Ding, ich übernehme gern Extraschichten, damit du ein bisschen Spaß hast.«

Ich verdrehte die Augen. »Du weißt, dass das Danke nicht dafür war. Sondern für alles!«

Ohne Benoît, sein wertfreies Zuhören und seinen Zuspruch wäre vielleicht alles ganz anders gekommen.

»Weiß ich doch. Aber ich meinte das weniger ironisch, als es vielleicht klang. Ich kann mir Schlimmeres vorstellen, als gezwungen zu sein, Zeit mit Quinn zu verbringen. Also los, geh schon! Deine Jungs warten auf dich.«

Und das taten sie wirklich. Zurück in der Blossom Street zogen Kian und Ash mich an sich, als wäre ich ewig weg gewesen, dabei konnte es nicht mehr als eine Stunde gewesen sein. Und ich seufzte, schmiegte mich an die beiden, weil ich mein Glück einfach nicht fassen konnte – ganz gleich, ob wir noch Dinge zu besprechen hatten oder nicht. Als Kian und ich am Freitag mit klopfenden Herzen vor der Wohnung gestanden hatten, um Ash unsere Gefühle zu beichten, hatte ich für einen Moment gedacht, alles wäre verloren. Da war der Schmerz in Ashs Augen gewesen, den er wie stets hinter dieser Abwehrhaltung zu verstecken suchte, und die Frau mit dem penetranten Parfüm, die sich an uns vorbeigeschoben hatte.

Bei uns dreien war eben nicht alles perfekt, dafür aber war es echt. Und mehr musste und sollte es auch gar nicht sein.

Der Januar neigte sich seinem Ende entgegen und mit dem Februar hörte zwar nicht die Kälte auf, aber der Schnee. Wir waren uns auf zahllose Arten nah. Abends lagen wir in Kians oder Ashs Bett, küssten und berührten uns, streichelten mit unseren Händen nackte Haut, keuchten leise auf, aber wir gingen nie weiter. Das, was hier passierte, war so groß und allumfassend, keiner von uns war schon bereit dafür. Wir teilten unsere Gedanken miteinander und unsere Sehnsüchte, küssten uns heimlich im Getränkelager des *Five Bells* und fühlten uns dabei wie Teenager. Besuchten ein weiteres Mal Ashs Kristallhöhle und mit jedem einzelnen Tag lernte ich diese beiden Menschen noch näher und besser kennen. Sah immer mehr Teile ihrer Herzen, noch mehr aber von ihren Seelen.

Es waren zwei Wochen voller Magie.

Zwei Wochen mit allem, was ich wollte.

Es war ein Donnerstag Mitte Februar, an dem im *Mephisto* die Luft über den roten Teppichböden flirrte und das ganze alte Gemäuer vor Energie zu pulsieren schien. Auch meine eigenen Schritte waren andere, als ich dieses Mal die Mowbray Alley entlanglief, bei den Blicken, die Jimmy und Chloé sich zuwarfen, lächelte und mit Via bei Henry im Kostümraum herumhing. Es war der Tag der großen Generalprobe. Dieses Mal

in vollem Kostüm, mit Musik und Lichtern und allem Drum und Dran –
so wie es auch am Samstag sein würde –, dem Tag, an dem *Maylora* endgültig das Licht der Welt erblicken würde. Die Stadt über den Wolken,
an der wir alle zusammen über Monate hinweg mit all unserem Herzblut
gearbeitet hatten.

Gespielt,

gesungen,

getanzt.

Mein Herz drohte zu platzen, als ich in Ilarias rotes Kleid schlüpfte
und mich darin auf ein Podest im Kostümraum stellte. Henry kniete mit
Stecknadeln zwischen den Lippen vor mir, um letzte Kleinigkeiten ab-
zuändern, während ich zu einer Frau voller Magie und Macht wurde. Ich
betrachtete Henrys blauen Haarschopf, die großen Kopfhörer um seinen schmalen Hals und dachte daran, dass er mein bester Freund war
und ich ihm erzählen wollte, was sich zwischen Kian, Ash und mir geändert hatte. Aber ich hatte Angst. Befürchtete, dass er es nicht verstehen
würde – vor allem, wenn ich an unser Gespräch im *Miracle* dachte, in
dem er deutlich gemacht hatte, was er von der Sache hielt.

Nachdem Henry die letzte Nadel festgesteckt hatte, sah er lächelnd zu
mir auf.

»Passt perfekt«, erklärte er. »Du wirst eine wunderbare Ilaria sein.
Und das nicht nur wegen meines umwerfenden Kleides.« Er zwinkerte
mir zu, während er sich erhob.

Er war Henry. Er war mein Seelenmensch. Ich sollte es ihm einfach in
einem ruhigen Moment erzählen. Er wollte mich glücklich sehen und
wenn er merkte, dass ich genau das mit Kian und Ash war, dann würde
alles andere doch keine Rolle spielen, oder?

Nach einer emotional aufwühlenden Probe, während der einige Tränen geflossen waren, steuerte ich zusammen mit Via die Garderobe an.
Wir schwiegen auf diese angenehme Weise, wie man es nur mit guten

Freunden konnte. Waren beide aufgedreht, glücklich und dabei doch vollkommen erschöpft. Und wir wussten: Beim nächsten Mal auf der Bühne wäre jeder getanzte Schritt, jeder gesungene Ton und jedes gesprochene Wort echter als echt.

Vor der Tür zur Garderobe tippte mir jemand von hinten auf die Schulter, und als ich mich umdrehte, stand da Sophia direkt vor mir.

»Ich wollte kurz mit dir reden. Hast du einen Moment?«

»Klar«, erwiderte ich überrascht.

Wahrscheinlich wollte sie mit mir noch einmal die Szene durchsprechen, in der Lusiane und Ilaria vor dem letzten Kampf die Magie ihres Amuletts zu stärken versuchten. Sophia war eine der ambitioniertesten Mitglieder des *Mephisto*. Im wahren Leben eher schüchtern und zurückhaltend, doch sobald sie auf der Bühne stand, strotzte sie nur so vor Selbstbewusstsein. Es war wunderschön, ihre Verwandlung in die gute Fee *Mayloras* jedes Mal aufs Neue mitzuerleben.

Doch jetzt huschte ihr Blick zu Via, die ebenfalls stehen geblieben war. Verlegenheit zeichnete sich auf ihren Zügen ab.

»Wäre es okay, wenn wir allein miteinander sprechen?«, fragte sie ernst. Verwirrt sah ich sie an. So wie die meisten in der Crew, verstanden wir uns gut. Doch wir hatten außerhalb des Theaters keine wirklichen Berührungspunkte, und die Sache klang plötzlich unerwartet ernst.

»Ich zieh mich um und warte dann hinten bei Henry auf dich«, meinte Via und drückte mir einen Kuss auf die Wange – dann verschwand sie in die Garderobe.

Sophia und ich gingen ein Stück zur Seite, um ein bisschen mehr Ruhe zu haben, während um uns immer noch alle herumwuselten und aufgeregtes Chaos herrschte.

»Okay, um was geht es?«, fragte ich und lächelte ihr aufmunternd zu.

»Ich weiß nicht, wie ich dir das sagen soll, und ich will mich auch in gar nichts einmischen.« Sophia knetete beim Reden ihre Finger und warf einen auffällig unauffälligen Blick über die Schulter. Sie fühlte sich offensichtlich unwohl, und mir rutschte das Herz in die Hose. Ich hatte keine Ahnung, worum es ging, aber etwas hing da in der Luft und, was auch immer es sein mochte ... Ich war mir sicher, dass es mir nicht gefallen würde.

»Was ist denn passiert?«

»Es ist nichts passiert, also nicht direkt. Ich habe nur etwas gesehen und keine Ahnung ... Ich mag dich. Und ich dachte, du solltest es wissen.«

Ich schluckte. »Okay?«

»Und ich sage das auch nur, weil ich denke, dass es das Richtige ist.«

»Sophia, sag es einfach.«

Die Art, wie sie mich ansah, machte mich über die Maßen nervös.

»Also ... die Sache ist die. Ich habe deinen Freund gesehen und na ja ... Er hat jemand anderen geküsst.«

Was?

Kian?

Ash?

»Es war an einer *Tube*-Station in der Nähe. Dieser Kuss sah schon sehr ... vertraut aus und nicht wie etwas, das keine Bedeutung hätte. Das ist nur so ein Gefühl. Und ich war mir am Anfang auch gar nicht sicher, aber dann habe ich das Fahrrad entdeckt und ... na ja ...«

Für einen Moment geriet mein Herz aus dem Takt, doch dann schüttelte ich entschieden den Kopf, denn das würde Kian niemals tun. Wir alle würden einander niemals hintergehen, denn es gab nur uns. Nur June, Kian und Ash. Und dann dämmerte es mir langsam. Bisher hatte nur Kian, wenn er mich hier abgeholt hatte, Teile der Crew kennengelernt.

»Du meinst Kian?«

»Ja, Kian ...«, irritiert sah Sophia mich an, »deinen Freund.«

»Und die Person, die er geküsst hat – war das ein Kerl, ein bisschen größer als er, schmaler. Mit schwarzen, längeren Haaren?«

»Ja, das könnte passen.«

»Dann ist alles okay«, ich biss mir erleichtert auf die Unterlippe. »Aber danke, dass du es mir gesagt hast.«

»Aber...«, stotterte Sophia, »hast du mir denn gar nicht zugehört? Kian hat diesen Typen geküsst.«

»Ich bin mit beiden zusammen«, erklärte ich, obwohl Kian, Ash und ich noch gar nicht darüber gesprochen hatten. Obwohl ich mich für nichts rechtfertigen musste und es mich auf seltsame Art doch Überwindung kostete – wahrscheinlich wegen des Unverständnisses, welches jetzt in ihren Augen aufblitzte.

Ich sprach es nicht für Sophia aus, ich tat es für mich. Ich tat es für Kian und Ash. Ich tat es, weil ich uns nicht verstecken wollte. Kian und Ash zu lieben sollte meine Normalität sein, es war meine Welt und genau das, was mich glücklich machte und erfüllte. Und wenn ich nicht dazu stand, dann verleugnete ich alles, was wir füreinander empfanden.

Ich wollte nichts zurückhalten, egal wie frisch und neu es sein mochte. Und wir waren doch zusammen, oder? Das war es doch, was da zwischen uns dreien passierte!

»Oh... Okay. Also du... du bist mit beiden zusammen. Und Ash und dieser andere Typ, die...«

»Die beiden auch. Wir sind zu dritt. Wir sind alle zusammen«, erklärte ich, wenn auch leiser.

»Oh okay«, murmelte Sophia noch einmal, und ich hasste es, dass es mir doch etwas ausmachte. Dass ich mich doch ein bisschen unwohl und verunsichert fühlte.

Abends traf sich die ganze Theatercrew in einer neuen, angesagten Bar inmitten des *Theatrelands*, um auf die vergangenen gemeinsamen Monate und die bevorstehende Premiere anzustoßen. Wir wollten ein letztes Mal zusammensitzen und Aillard und Ilarias Geschichte in unseren Worten lebendig werden lassen, ehe wir sie in wenigen Tagen mit London teilen würden.

Doch als ich, untergehakt bei Henry und Via, dort ankam, musste ich feststellen, dass die Neuigkeit über meinen Beziehungsstatus offenbar schon die Runde gemacht hatte. Wir zwängten uns durch die dicht an dicht stehenden anderen Menschen, vorbei an der verchromten, schwarzen Bar, bis ganz nach hinten, wo Rhonda einen Tisch für uns alle reserviert hatte. Dort angekommen drehten sich plötzlich alle nach uns um, die Gespräche verstummten für einen unangenehmen Moment, in dem ich im Zentrum der Aufmerksamkeit stand. Ich warf Sophia einen fragenden Blick zu, aber sie wich mir peinlich berührt aus.

Es war nicht einmal so, dass mich jemand direkt auf Kian und Ash angesprochen hätte. Mit einer offenen Frage hätte ich wahrscheinlich besser umgehen können als mit den versteckten Blicken und dem Getuschel, das immer und immer wieder aufkam ... Ich ärgerte mich nun doch, dass ich Sophia das mit Kian und Ash erzählt hatte, denn ich war ja selbst noch dabei, alles für mich herauszufinden. Plötzlich verspürte ich den Druck, irgendwelche Antworten parat haben zu müssen.

Weitaus schlimmer als das war die Tatsache, dass ich mir einen schöneren Moment hätte vorstellen können, um Henry und Via alles zu schildern. Jetzt war es in der Welt, machte dort die Runde und würde früher oder später auch bei meinen Freunden ankommen. Ich wollte vermeiden, dass die beiden es von Sophia oder sonst jemandem erfuhren. Wenn, dann wollte *ich* es ihnen sagen.

Also zog ich Henry und Via irgendwann beiseite und fasste die letzten beiden Wochen so gut wie möglich zusammen. Henrys Blick sprach Bände: Er hielt das alles für eine furchtbare Idee und war der Meinung, dass ich einen großen Fehler machte. Via hingegen drückte mich fest und erklärte, dass sie mir nur das Beste wünschte und ich viel glücklicher wirkte, wenn ich über Kian *und* Ash sprach, als wenn ich nur über einen von ihnen redete. Ausgerechnet Via, die sonst immer erst einmal die negativen Aspekte einer Sache sah, erkannte die Schönheit in meinem Zusammensein mit diesen beiden Männern.

»Scheiß auf das, was die Leute reden«, murmelte sie. »*Du* musst glücklich sein.«

Und diese Worte waren es, die mich das Unwohlsein wegen des Getuschels eine Weile beiseiteschieben ließen. Es war Via, die mich unterstützte, nicht mein längster und bester Freund.

Zurück an unserem Tisch lachten und redeten alle wild durcheinander. Gespräche und Wortfetzen und Musik waren in stickige Luft gehüllt und legten sich wie Nebel um unseren Tisch. Der Alkohol brannte angenehm in meiner Kehle, ehe er sich wohltuend in meinem Kopf ausbreitete. Ich fühlte mich frei und losgelöst, für den Moment fast schon sorglos.

Doch je mehr der Abend in die Nacht überging, desto schlüpfriger wurden auch die Themen. Es ging um Dating, um Sex und Beziehungen. Henry und Ben überboten sich mit irgendwelchen Tinder-Geschichten, Timothy erzählte vom miesesten One-Night-Stand seines Lebens, worauf Layla ganz seltsam schaute, und Rhonda grinste Sophia anzüglich an. Und dann war da eine Sache, die mir immer und immer wieder auffiel: Es ging jedes Mal nur um zwei Menschen, um Zweisamkeit, meistens – wenn auch nicht immer – um einen Er und eine Sie. Es war nicht vorgesehen, dass man Romantisches und Sexuelles mit mehr als zwei Menschen erlebte, außer es ging um Bens Dreierfantasien, die er viel zu ausführlich mit uns teilte.

All das türmte sich in meinen Gedanken auf, und dann war da Rhonda, die mir nicht zum ersten Mal einen gehässigen Blick zuwarf. Henrys Verhalten, der als mein bester Freund überhaupt kein Interesse an meiner Beziehung gezeigt hatte, sondern sie anscheinend lieber ignorierte. Und die unangenehme Konfrontation mit Sophia. Das Getuschel. Diese dummen anzüglichen Gespräche, auf die ich keine Lust hatte.

Nur aus dem Augenwinkel bekam ich mit, wie Via auf einmal wortlos aufstand und den Tisch und dann die Bar verließ – zufällig in dem Moment, in dem mir selbst auf einen Schlag alles zu viel war. Via hatte zu niemandem etwas gesagt, doch irgendetwas an ihrem Abgang beunruhigte mich. Vielleicht die Art, wie sie die Schultern ein bisschen hängen ließ und den Kopf einzog. Ohnehin hatte ich den Eindruck, sie wäre in den letzten Minuten immer stiller geworden.

Kurz entschlossen stand ich auf und ließ unseren Tisch hinter mir, schob mich durch die Menschenmenge hindurch und brauchte viel zu lang, bis ich endlich in die kühle Nachtluft hinaustrat. Ich blickte mich um, doch Via war bereits zwischen den Lichtern der Laternen und denen der anderen Bars verschwunden.

Ich zog mein Handy hervor, weil ich befürchtete, sie wäre einfach so gegangen. Sie sollte sich nicht allein fühlen, was auch immer passiert war. Doch dann sah ich, wie sich im Schatten rechts von mir etwas bewegte. Ein vager Umriss, auf den ich jetzt zutrat.

»Via?«, fragte ich vorsichtig. Statt einer Antwort ertönte nur ein leises Schniefen. Und dann wurde sie für einen Sekundenbruchteil vom Scheinwerferlicht eines vorbeifahrenden Autos beleuchtet: auf dem Bordstein sitzend, die Beine angezogen, die Ellenbogen darauf gestützt und das Gesicht in den Händen verborgen.

»Hey…«

Ich ließ mich neben Via nieder und legte den Arm um sie. Kurz versteifte sie sich, dann sank sie gegen mich, fiel in die Berührung hinein. Und ich atmete zusammen mit dem steten Heben und Senken ihrer Brust. Atmete den Moment, die Nacht, diese Stadt, bis sie irgendwann den Kopf hob.

Die Augen waren gerötet und das kunstvolle, dunkle Make-up verwischt.

»Was ist passiert?«

Mit dem Daumen wischte ich eine der schwarzen Spuren direkt unter ihrem Auge weg.

Via biss sich auf die Unterlippe. Sah mich fest an, wich meinem Blick dann wieder aus. »Es ist nicht direkt etwas passiert«, flüsterte sie.

»Okay. Aber was auch immer es ist. Du bist nicht allein, okay? Wir können hier auch gern einfach nur sitzen und schweigen. Oder aber ...«, ich schenkte ihr ein Lächeln, »ich bring dich nach Hause, und wir machen uns noch einen schönen Abend mit einem Film.«

Via sah viel zu aufgelöst aus, als dass ich sie jetzt einfach gehen lassen würde.

»Ich habe keine Lust auf Sex«, platzte es da mit einem Mal aus ihr heraus.

Ich blinzelte.

»Hat sich dir da drin jemand aufgedrängt? Der Typ, der dir etwas ausgegeben hat?«, fragte ich. »Oder ... hat jemand etwas getan, was du nicht wolltest?« Vorsichtig nahm ich Vias Hand. »Ich hoffe, du weißt, dass du niemandem etwas schuldest. Auch wenn du diesen Drink angenommen hast. Auch wenn du gesagt haben solltest, dass du mit ihm nach Hause gehen wirst. Egal was. Du hast jederzeit das Recht, *Nein* zu sagen, und du musst dich deshalb wirklich nicht schlecht fühlen.«

»Das ist ... Nein ...« Via sah aus, als würde sie jeden Moment erneut in Tränen ausbrechen. In ihren dunklen, ernsten Augen machte sich eine tiefe Verzweiflung aus, als sie die nächsten Worte aussprach: »Das ist es nicht. Ich ... ich bin asexuell. Ich möchte keinen Sex haben. Gar nicht.«

Asexuell und *gar keinen Sex*, wiederholte es sich mehrmals in meinem Kopf.

Einen Augenblick lang schwieg ich, dann sagte ich leise: »Danke, dass du mir das erzählst.«

Ich konnte nicht nachempfinden, wie das gerade für Via war, doch es bedeutete mir viel, dass sie mir so viel Vertrauen entgegenbrachte, und es war mir wichtig, dass sie wusste, dass das nichts an ihr als Menschen änderte. Und schon gar nichts an meinem Blick auf sie.

»Du findest es also nicht ...«

»Wie sollte ich es denn finden«, erwiderte ich schnell, bevor Via die Möglichkeit hatte, sich selbst schlechtzureden. »Du bist, wie du bist. Du bist Via. Du bist manchmal eine echt schlimme Pessimistin, so sehr, dass ich dich an manchen Tagen am liebsten einmal schütteln würde. Und du bist liebevoll und lustig und eine begnadete Sängerin – die Größte von uns allen. Und na ja …«, ich zuckte mit den Achseln, »dann bist du eben auch noch asexuell.«

Und dann wurde mir auf einmal alles klar.

Nur ein Bruchteil der Sätze, die im Inneren der Bar gefallen waren, wirbelten durch mein Gedächtnis.

Ist die Schwester von dem noch Jungfrau, oder was? So verklemmt, wie die sich aufführt?

Das ist doch nicht normal!

Sex ist doch so ziemlich die einzige Sache, die Menschen verbindet, oder? Das, was halt wirklich jeder will!

Wie furchtbar musste sich das für Via angefühlt haben? Denn dass nichts davon auf Via bezogen gewesen war oder sie nicht hatte verletzen sollen, spielte in dem Fall leider keine Rolle. Wahrscheinlich beschissener als die Kommentare, die ich selbst auszublenden versucht hatte. Offenbar hatten wir uns dort drinnen beide gerade nicht mehr wohlgefühlt und es zu überspielen versucht. Ich, indem ich mehr getrunken hatte als gewollt. Via, indem sie geflüchtet war – wahrscheinlich die klügere Option.

»Danke«, hauchte Via und ich drückte sie nur noch fester.

»Aber wofür denn?«

»Ach, ich weiß auch nicht.« Jetzt lachte und weinte Via, und der Anblick war absolut niedlich und herzzerreißend zugleich. »Ich habe … ich habe das einfach noch nie jemandem erzählt, und ich weiß auch nicht, weshalb ich es ausgerechnet jetzt und hier getan habe. Wahrscheinlich war es einfach der richtige Moment und ich möchte mich nicht verstecken, weißt du?«

»Das verstehe ich.«

So wie das, was zwischen Kian, Ash und mir entstand. Etwas, das ich noch nicht richtig greifen konnte. Etwas, das auf ganz andere Art und Weise nicht den Normen und Konventionen entsprach und sich dabei doch genau richtig anfühlte.

»Manchmal mache ich mir auch einfach Sorgen, wie das in einer Beziehung laufen soll. Ich hatte nie Sex, und ich kann mir bis zu einem gewissen Punkt schon vorstellen, es zu tun. Einfach, weil ich es schön finde, der Person, in die ich verliebt bin, eine Freude zu machen. Aber ich selbst brauche das nicht. Ich sehne mich nicht danach, und ich bin glücklich so, wie es ist. Mir ist Romantik wichtig. Und das Fühlen mit dem Herzen. *Das* ist es, was ich wirklich will.«

»Du bist nicht die Einzige, die so empfindet, Via. Ich denke nur, dass das leider etwas ist, worüber kaum gesprochen wird – aber das ist ein gesellschaftliches Problem und ganz sicher nicht deins. Keine Lust auf Sex zu haben ist genauso okay, wie jeden Tag Bock zu haben. Menschen sind verschieden und deshalb eben auch ihre Bedürfnisse.« Vorsichtig nahm ich Vias Hand in meine. »Und eines Tages wirst du dich in jemanden verlieben, der sich genauso heftig in dich zurückverliebt. Und das wird eine ganz romantische und großartige Liebesgeschichte. Es heißt ja auch *Liebesgeschichte* und nicht *Sexgeschichte*, oder?«

Jetzt machte Via wieder dieses Geräusch, das irgendwo zwischen Schniefen, Weinen und Lachen lag.

»Womit habe ich dich nur verdient, o schlaue June?«

Ich lachte. »Wenn du das noch einmal so ironisch sagst, dann hast du mich echt nicht verdient.«

Via schenkte mir ein leises Lächeln, dann standen wir wortlos auf. Ich tippte eine Nachricht an Henry, damit er sich keine Sorgen machte, dann tauchte ich mit Via in Londons Nacht ein – ohne noch einmal zurückzublicken. Nur sie und ich und unsere Form von Normalität. Wir redeten nicht über das, was wir vor der Bar ausgesprochen hatten, wir redeten allgemein nicht viel. Aber wir waren zusammen, und das war gerade das Einzige, was zählte.

Wir fuhren zu mir nach Camden, kuschelten uns erst auf das Sofa im Flur und dann in mein Bett.

Die ersten Sonnenstrahlen schienen schon an den Rändern der Vorhänge vorbei in das Innere des Zimmers und mich überkam ein Gefühl von Friedlichkeit, bevor auch ich einschlief.

* * * THE RED LADY * * *

aus dem zweiten Akt

*

Königin Roux und Lusiane stehen am Rand der Wolkengärten. In der Ferne sieht man Ilaria und Aillard Hand in Hand an den Ufern der magischen Flüsse entlanggehen.

LUSIANE, *wispernd*: Ich möchte sie so sehr beschützen.

ROUX: Ilaria hat dein Amulett, sie hat ihre Macht und uns alle an ihrer Seite.

LUSIANE: Das reicht nicht. Es wird niemals genug sein.

ROUX: Du bist ihre gute Fee. Von uns allen bist du die Einzige, die sie schützen kann.

LUSIANE, *traurig auflachend*: Ich kann vieles tun, aber gegen ein Herz, das liebt, kann ich nichts ausrichten. Und Ilaria liebt diesen Sterblichen – so viel länger schon, als sie es selbst weiß. Er wird irgendwann sterben, und sie wird weiter existieren. Genau wie die Trauer um ihn, wenn sie ihn verliert.

Roux und Lusiane verlassen die Bühne, während Ilaria und Aillard die Flüsse hinter sich lassen und den Wolkengärten näher kommen. Aillard hebt Ilaria ein Stück hoch, ehe er sie küsst. Er beginnt, die ersten Zeilen von Magical Clouds and Magical Love *zu singen.*

14. Kapitel

June

Am Tag vor der Premiere der *Red Lady* war der Himmel klar, und die Sonne schien strahlend hell über der Prosperity Lane. Ich saß am Schreibtisch vor meinem aufgeklappten Laptop und skypte mit Mum und Dad, während ich möglichst unauffällig immer wieder auf die Zeitangabe am unteren Bildschirmrand schielte.

00:07:47.

Noch nicht einmal zehn Minuten und ich versuchte mit jeder Sekunde mehr zu verbergen, dass ich nervös auf meinem Stuhl herumrutschte. Gerade wäre es mir deutlich lieber gewesen, wenn wir einfach telefoniert hätten. Doch weil die beiden morgen leider nicht in London sein konnten, um mich das erste Mal auf der Bühne stehen zu sehen, hatten sie auf den Videoanruf bestanden.

Ich versuchte aktiv, meine Eltern wieder mehr Teil meines Lebens sein zu lassen, und dazu gehörte, dass ich mich auf dieses Gespräch einließ, auch wenn ich seit dem Aufwachen ein absolutes Nervenbündel war und bis gerade eben noch unruhig durch die Wohnung getigert war. Immer wieder hatte ich nach meinem Text gegriffen und einzelne Passagen abgeglichen, obwohl ich eigentlich wusste, dass ich alles konnte.

Vielleicht lag es an dieser Unsicherheit, an der Aufregung vor dem bevorstehenden Auftritt, der vielleicht mein Leben verändern und meine Träume wahr machen würde. Vielleicht war es aber auch die Tatsache, dass ich mich meinen Eltern zeigen wollte, wie ich nun einmal war. Längst kein Kind mehr, sondern eine Frau. Ein Mensch, der Entscheidungen traf und für diese einstand.

»Ich habe euch nicht ganz die Wahrheit gesagt, was … Kian angeht«, hörte ich mich im nächsten Moment sagen und erntete Schweigen und fragende Blicke. Erst vor Kurzem hatte ich den beiden erzählt, dass wir uns in London wieder begegnet waren und es noch einmal miteinander probieren wollten.

»Hat es doch nicht funktioniert mit euch beiden?«, fragte Mum sichtlich enttäuscht, auch wenn sie sich Mühe gab, das zu verbergen.

»Doch … es … Ich bin nicht nur in Kian verliebt, sondern auch in einen anderen Mann.«

Da.

Ich hatte es gesagt.

»Was soll das bedeuten?«, schaltete sich nun Dad wieder ein.

Ich blinzelte. »Dass ich nicht nur in Kian, sondern auch in einen anderen Mann verliebt bin.«

»Lass dich von so etwas doch nicht verunsichern, mein Schatz.« Er machte eine fahrige Handbewegung. »Es kann im Leben passieren, dass man einmal für kurze Zeit für jemand anderen schwärmt. Oder sich einbildet, das zu tun. Aber das hat nichts zu bedeuten. Vergiss das einfach ganz schnell und konzentriere dich auf Kian.«

Mum nickte zustimmend. »Er ist wirklich ein ganz großartiger Mann und passt so gut zu dir.«

Verstanden sie denn nicht? Das war keine Schwärmerei oder eine Verirrung meiner Gefühle, das war echt und real und Teil meines Lebens. Ich wollte Ash im selben Maß, wie ich Kian wollte.

»So ist das nicht«, erklärte ich und sah die beiden fest an. »Ich bin in beide verliebt, sie sind mir gleich wichtig und ich möchte gern beide in meinem Leben haben. Nicht einen von beiden, sondern Kian *und* Ash.«

Mum seufzte. Und es war leider dieses Seufzen, das ich nur zu gut kannte. Sofort verkrampfte sich alles in mir.

»June, du musst irgendwann einmal erwachsen werden. Du kannst dich nicht ständig wie ein Fähnchen im Wind bewegen und dich treiben lassen. Zum Erwachsensein gehört ebenso dazu, dass man Entscheidungen trifft und zu diesen steht. Man kann nun einmal nicht alles haben.«

Wie ein Fähnchen im Wind... Mums Worte verletzten mich mehr, als sie das nach den vergangenen Jahren sollten. Ich hatte dank harter Arbeit nicht nur ein Stipendium an einer der renommiertesten Schauspielschulen der Welt ergattert, sondern das Studium dort auch sehr gut abgeschlossen, hatte meine Leidenschaft zum Beruf gemacht und stand kurz davor, das erste Mal auf einer großen Bühne zu stehen. Wieso sahen sie das nicht? Wieso konnten sie nicht anerkennen, was ich alles erreicht hatte?

Trotzig schob ich das Kinn vor. »Und wer sagt, dass man nicht alles haben kann? Wieso soll ich nicht das haben, was mich glücklich macht?«

Wieder dieses Seufzen. Ein Blickwechsel meiner Eltern, der davon sprach, dass sie in mir nicht die Frau sahen, die ich inzwischen war, sondern immer noch das Kind mit den Träumen, immer noch die Teenagerin, die zu viel war, zu viel wollte, und sich dabei verzettelte.

»Ich bin kein Kind mehr«, sagte ich also und versuchte dabei, die Frustration und die aufkommende Wut zu unterdrücken. »Ich weiß, was ich tue. Und ich weiß, was ich will. Das sind eben diese beiden Männer. Und ich fände es sehr schön, wenn ihr Ash genauso eine Chance geben würdet, wie ihr das bei Kian getan habt.«

»Und wie soll das funktionieren?«, meinte mein Vater und hob eine buschige Augenbraue. »Auch auf deine Zukunft hin gesehen? Was ist, wenn du heiraten willst? Oder Kinder?«

»Das sind doch keine Dinge, die momentan eine Rolle spielen«, winkte Mum ab.

Und ja, das mochte sein, weil Kian und ich Ash gerade einmal vor zwei Wochen unsere Gefühle gestanden hatten. Weil wir ganz am Anfang standen – trotzdem versetzte mir diese Aussage erneut einen Stich und ich bereute es fast, das Thema angeschnitten zu haben.

»Und Kian und dieser Ash«, fuhr Mum fort, »wie soll das denn ablaufen?«

»Die beiden haben auch Gefühle füreinander«, erklärte ich, obwohl mir langsam, aber sicher die Lust auf dieses Gespräch abhandenkam, doch ich wusste: Das hier war wichtig. Für mich, für die beiden. Für uns.

»Sie lieben sich. Sie lieben mich. Ich liebe sie.«

»Liebe ... Denkst du wirklich, dass es das ist? Oder bist du wieder auf der Suche nach irgendeiner Art von Abenteuer? Kian ist so ein vernünftiger, junger Mann. Ich kann mir nicht vorstellen, dass er ...«

Der Rest des Gesprächs war nur noch ein Hintergrundflimmern, das ich so gut es ging auszublenden versuchte. Ich wollte mir das, was da gerade so zart und doch stürmisch mit Kian und Ash entstand, nicht kaputtmachen lassen.

Denn wir waren endlich zu dritt, wir waren endlich *richtig*.

Die runden Lämpchen rund um den Schminkspiegel warfen ein warmes Licht auf mein Gesicht. Im Kontrast zu der Perücke mit den langen, braunen Haaren wirkte meine Haut in diesem Moment noch durchscheinender als sonst.

Mir war schlecht. Schlechter noch als gestern.

Ich legte eine Hand auf meinen Bauch, versuchte das Rumoren darin irgendwie in den Griff zu bekommen, doch je mehr ich mich darauf konzentrierte, desto schlimmer wurde es. Jeden Trick, den ich gegen Lampenfieber gelernt hatte, all die Jahre meiner Ausbildung – in diesem Moment war alles wie weggeblasen, ganz und gar inexistent.

Um mich herum herrschte hektisches Treiben und wirres Gewusel. Es wurde durcheinandergerufen und letzte Absprachen vorgenommen, während wir Darsteller vor den Spiegeln in der Garderobe saßen und uns innerlich und auch äußerlich auf die Reise nach *Maylora* vorbereiteten.

Via schenkte mir ein aufmunterndes Lächeln, ehe sie die Augen wieder schloss und sich weiter um ihr Make-up kümmerte. Von draußen drang Musik zu uns herein, Ben lief mit großen Schritten durch den Raum, rezitierte die einzelnen Passagen seines Texts als Aillard und trieb uns damit alle zur Weißglut. Sophia war wohl noch nervöser als ich. In sich zusammengesunken saß sie in einer Ecke des Raums, während Rhonda und Layla beruhigend auf sie einredeten.

Zu gern hätte ich mich hinausgeschlichen, wäre den Gang mit den flackernden Lichtern entlanggelaufen und hätte durch den Vorhang gelinst. Ich wollte meinen Blick über die vollen Reihen gleiten lassen, um Kian und Ash im Publikum ausmachen zu können. Zu wissen, dass die beiden irgendwo da draußen saßen, machte mich über die Maßen nervös, denn es war das erste Mal, dass sie mich auf der Bühne sahen. Das erste Mal, dass sie mich in einer anderen Rolle sahen, in einer anderen Welt und dabei meinen Träumen so nah. Doch gleichzeitig erdete mich das Wissen um ihre Anwesenheit. Als könnte ich meinen ersten richtigen Auftritt niemals ruinieren, solange sie unter den Zuschauern waren. Als könnte nichts schiefgehen, solange sie in meiner Nähe waren.

Genau in diesem Moment kündigte das Vibrieren meines Handys eine neue Nachricht an. Dankbar für die Ablenkung entsperrte ich den Bildschirm. Der Text war von Kian, er hatte mich einem Gruppenchat hinzugefügt. Name: *Jashan*. Direkt dahinter prangten drei Herzen. Ein pinkfarbenes für mich, ein orangefarbenes für Kian, ein grünes für Ash.

Grinsend klickte ich den Chat an.

KIAN, 19:45 Uhr
Du bist großartig, Juniper. Zeig es allen!

ASH, 19:45 Uhr
Wir sind so stolz auf dich!

Auf Ashs Nachricht folgte ein Selfie von Kian und ihm. Sie mussten das Foto gerade eben erst aufgenommen haben. Ich erkannte die roten Sitze des Theatersaals, im Hintergrund volle Zuschauerreihen und verschwommene Gesichter. Beide hatten sich herausgeputzt. Kian klassisch und schlicht in einem dunkelblauen Anzug, die kupferfarbenen Haare so gut es ging gebändigt und ein strahlendes Lächeln auf den Lippen. Ash trug ein schickes, geblümtes Hemd und Hosenträger. Die dunklen Haare hatte er im Nacken zusammengebunden, auf seinen Lippen lag die Andeutung eines Lächelns, das von einem gestutzten Schnauzer eingerahmt wurde. Der Blick in ihren Augen war warm, einladend, hypnotisierend. Und dabei wirkten sie wie Feuer und Wasser.

Bilder, wie sie beide mich küssten, fluteten mein Bewusstsein. Erinnerungen daran, wie sich ihre Lippen anfühlten, ihre Arme um meinen Körper. Eine Form von Geborgenheit, wie ich sie noch nie in meinem Leben empfunden hatte, und dabei doch das Wissen, mich mitten im größten Abenteuer meines Lebens zu befinden.

Lächelnd drückte ich das Handy gegen meine Brust, unter der mir das Herz schnell gegen die Rippen pochte – dieses Mal nicht vor Aufregung, sondern wegen des Anblicks der beiden. Eine Sekunde, zwei Sekunden. Ich inhalierte dieses Foto, dann den Moment, ehe ich eine kurze Nachricht zurückschickte und mein Handy schließlich ausschaltete, denn jetzt war da kein Platz mehr für June.

Ich wurde zu Ilaria: erst ein einfaches Mädchen, dann Bewahrerin der Magie. Kämpferin und Befreierin Londons.

In dem Augenblick, als ich auf die Bühne hinaustrat und gegen das Scheinwerferlicht anblinzelte, löste sich der Knoten in mir auf – ohne, dass ich gewusst hätte, ob ich gleich fallen oder fliegen würde. Eine beängstigende Ruhe überkam mich, und ich tat das, wozu ich geboren worden war. Ich schwebte auf Wolken und tanzte mit Magie im Herzen über den Flüssen Londons,

Ich ließ in meinen Tanzschritten eine ganze Welt lebendig werden, war allein und dabei doch Teil eines großen Ganzen. Tiefrot flatterte der Rock um meine Beine, als ich in Aillards Arme sprang, als er verstand, wer seine beste Freundin in Wahrheit war. Tosender Applaus und ein alles verändernder Kuss. Erster Akt, zweiter Akt. Lieder über die Liebe und den Kampf gegen das Böse. Lieder, die aus meinem Herzen kamen und aus meinem Mund herausflossen. Jedes Mal, wenn ich *Magical Clouds and Magical Love* sang, fiel mein Herz ein Stück tiefer. Und als Aillard am Ende in Ilarias Armen starb, weil er sich für die Liebe mit einer Unsterblichen entschieden hatte, weinte und weinte und weinte ich. Ich weinte als Ilaria um eine Prophezeiung, die unabwendbar gewesen war, und um die eine wahre Liebe. Und ich weinte als der Mensch, der ich war, weil *Maylora* nun ein Stück meines Herzens war – so wie Kian und Ash.

Schwer fiel der rote Vorhang, und ich fühlte mich so leer und voll zugleich und war so glücklich wie noch nie in meinem Leben.

Meine Hände zitterten, als ich in der Maske saß und meinen Kopf von der Perücke befreite. Mit jeder fallenden Haarnadel ließ ich die *Rote Dame* für heute ein Stückchen weiter hinter mir.

Am Wochenende würden wir mit der gesamten Crew auf den Erfolg des Stücks anstoßen und zusammen um die Häuser ziehen, doch heute Nacht wollte jeder nur bei den Menschen sein, die er liebte. Wir drückten und umarmten uns überschwänglich, redeten euphorisiert über die einzelnen Szenen und Lieder, während wir uns umzogen.

Wieder schoss mir das Bild von Kian und Ash durch den Kopf. Zusammen im Publikum, die Köpfe eng aneinandergeschmiegt. Ob sie am Ende des ersten Akts auch mit Alliard und Ilaria gezittert hatten, als ein Kuss alles verändert hatte, so wie es auch bei uns gewesen war? Ob sie ebensolche Angst um die Stadt unserer Herzen gehabt hatten, ehe Ilaria zusammen mit ihrem Geliebten die Welt rettete?

Kian und Ash warteten in der Eingangshalle mit dem riesigen Kronleuchter. Ash lehnte lässig an einer der Wände mit den goldenen Ornamenten, eine Hand in der Hosentasche, in der anderen einen Blumenstrauß. Lilien in leuchtenden, verschieden nuancierten Rosa- und Pinktönen. Kian sah ihn an. Ich erkannte nur sein Profil, die geschwungene Nase und das Lächeln, das er ihm schenkte, die Hand, die auf Ashs Hüfte ruhte.

Die zwei entdeckten mich gleichzeitig, richteten sich auf und ich musste mich zusammenreißen, um nicht auf sie zuzustürmen. Als ich nur noch weniger Meter von ihnen entfernt war, hielt ich es nicht länger aus. Trotz der hohen Schuhe beschleunigte ich meine Schritte, begann zu rennen und flog ihnen über den glänzenden Marmorboden entgegen. Ein paar Leute drehten sich nach uns um, doch das war mir egal. Erst dachte ich, die Anwesenheit der Crew würde mich hemmen – doch das hier waren meine beiden Männer, und sie sahen wundervoll aus und sie warteten nur auf mich.

Kian fing mich als Erster. Ich vergrub mein Gesicht an seinem Hals, dann einen Moment in den Lilien, die Ash mir reichte. Er küsste mich, und ich küsste ihn, und es war das beste Umarmungs-Küssen-Kuschel-Sandwich überhaupt.

Ruhig floss die Themse neben uns dahin. Die Lichter der Stadt spiegelten sich in dem Wasser, ein schwarzes Band in dieser klaren Februarnacht. Ich ging in der Mitte, Kian rechts, Ash links von mir. Zwischen den beiden fühlte ich mich in dieser Dunkelheit so sicher wie nie zuvor. Eine Sicherheit, von der ich gar nicht wusste, dass ich mich nach ihr gesehnt hatte. Wahrscheinlich, weil sie mich, jeder auf seine eigene Art, frei sein ließen. Weil sie mir nichts aufdrängten und ich einfach existieren konnte. Weil ich bei ihnen nicht *zu viel*, sondern genau richtig war.

»Ich will mich ja nicht beschweren, aber meint ihr nicht, dass es nach … allem ein bisschen zu spät für diese Erstes-Date-Sache ist?«

Ash verfolgte irgendeinen Plan, hatte uns bisher aber nicht verraten, was genau er vorhatte. Jetzt blieb er ruckartig stehen und brachte Kian und mich dabei fast zum Stolpern.

»Es ist nie zu spät«, meinte er ernst und sah uns dabei fest in die Augen. »Ihr bedeutet mir etwas. Und mir ist klar, dass das, was da gerade zwischen uns passiert, gegen alle Konventionen ist und genau deshalb auch so beängstigend. Aber ihr seid mir verdammt wichtig und das nicht erst seit unserem ersten Kuss. Das seid ihr schon länger, als es mir bewusst gewesen ist und ... wir haben all das verdient, was andere Paare auch haben. *Ihr* habt das verdient. Und dazu gehört auch ein bisschen Romantik und dass ich euch ausführe.«

Ich glaube, in diesem Moment verliebte ich mich noch ein Stück mehr in Ash. In seinen Blick auf die Welt, in sein Gentleman-Herz, welches er anfangs vor mir zu verstecken versucht hatte.

»Sind wir das denn?«, fragte Kian neben mir leise. »Ein Paar?«

Mein Herz hüpfte.

Du, er, ich. Zusammen.

»Wenn ihr das möchtet. Wenn ihr ... ich ... Also wollt ihr mich denn? So richtig? Weil ich ... ich will euch. So richtig.« Nervös strich Ash sich durch die Haare. »Das läuft jetzt irgendwie anders als geplant und ich hatte vor, das alles ganz anders zu sagen und ich ...«

»Seit wann bist du der mit den Plänen?«, zog Kian ihn liebevoll auf.

»Gar nicht«, hauchte Ash und trat näher an uns heran. »Aber ihr zwei bringt irgendwie alles durcheinander. Ich habe einfach nicht damit gerechnet, dass so etwas möglich ist. Das man für zwei Menschen dasselbe empfindet ...«

Hinter uns glitzerten die Lichter der Stadt und ich, deren Mund immer vor Worten überzuquellen drohte, hatte hier und jetzt keine mehr. Da war nur noch Sein, nur noch Gefühl und eine tiefe Gewissheit, als ich Kian und Ash anblickte. Ja, ich hätte auch niemals damit gerechnet, dass ich mich in die zwei verlieben würde. Dass meine Gefühle gleichwertig waren, dass ich auf unterschiedliche Art in sie verliebt war, in den einen weich und sanft, in den anderen wild und ungezügelt, und dass es zugleich doch keinen Unterschied gab. Sie beide waren das, was ich wollte.

Ich griff nach Kians Hand, dann nach Ashs. »Ich will das. Ich will mit euch zusammen sein.«

»Ich will das auch«, meinte Kian, und im nächsten Moment riss Ash uns stürmisch an sich. Diese zwei Kerle zerquetschten mich fast zwischen ihren Armen, ich kicherte, rang nach Luft, lachte, küsste warme Lippen, volle Lippen, weiche Lippen. Lippen, Lippen, Lippen.

»So gern ich das hier auch fortführen würde«, Ash grinste anzüglich, als er seinen Blick über mein Gesicht gleiten ließ, »will ich euch immer noch zu einem Date ausführen. Und ihr kennt ja die Regel: Beim ersten Date läuft nichts, erst beim dritten. Abgesehen davon kommen wir zu spät, wenn wir so weitertrödeln.«

»Ich kann mich ehrlich gesagt nicht daran erinnern, dass du dich jemals an diese Regel gehalten hättest«, sagte Kian unbeeindruckt.

»Natürlich habe ich das«, entgegnete Ash mit Inbrunst. »Ich bin ein Gentleman. Außer natürlich, ich werde ausdrücklich um etwas anderes gebeten.«

»*Good to know.*« Ich lächelte möglichst unschuldig. »Was, wenn ich dich darum bitten wü …«

»Nichts da«, unterbrach Kian mich bestimmt und verflocht seine Finger mit meinen. »Wir drei haben jetzt ein Date. Unser erstes, wohlgemerkt.«

Als ich schmollend die Unterlippe vorschob, wurde Ashs Grinsen noch breiter. »Du hast Kian gehört. Erst Date, dann Rummachen.«

»Ihr seid wirklich furchtbar«, murmelte er, und ich wusste, dass er genau das Gegenteil meinte.

Als wir stehen blieben, machte mein Herz einen überraschten Hüpfer. Wir befanden uns direkt am Ufer der Themse, vor uns waren mehrere gläserne Kuppeln aufgebaut, unter denen gedeckte Tische in warmes

Licht getaucht waren. Die Londoner *Dinner Iglus* wirkten in der Dunkelheit wie leuchtende Schneekugeln.

Schon beim ersten Schritt in das Innere einer der Kuppeln schlug mir angenehme Wärme entgegen. Ich seufzte, als meine Fingerspitzen angenehm zu kribbeln begannen, und sah mich neugierig um. Um einen runden, üppig beladenen Tisch in der Mitte standen drei geflochtene Stühle mit Kissen, Decken und Fellen. Laternen auf dem Boden warfen ihren flackernden Schein in den kleinen Raum. Der Blick war frei auf das schwarze Wasser der Themse, auf die *Tower Bridge* auf der anderen Seite des Flusses, den beleuchteten Big Ben und die wunderschöne Skyline dieser Stadt.

Ich drehte mich einmal im Kreis und strahlte Ash an. »Das ist magisch.«

Er grinste zufrieden, half mir aus dem Mantel und rückte erst mir, dann Kian einen Stuhl zurecht. Während London draußen wie immer in Bewegung war, existierten hier drinnen nur wir drei. Nur June, Ash und Kian.

Nur *Jashan.*

»Es gibt einen Unterschied zwischen Romantik und Kitsch.« Kian rümpfte die Nase, doch der Schalk tanzte in seinen Augen.

»Ja. Einen Unterschied, den du nicht kennst.«

Die beiden lachten, die eine Stimme ein bisschen heiser, die andere tief. Es klang wie die schönste Melodie in meinen Ohren, zu der sich noch die Erinnerung an den nicht enden wollenden Applaus gesellte.

Wir tranken perlenden Weißwein, der meine Kehle angenehm kühl und süß herabrann. Aßen von riesigen Vorspeiseteller, fütterten uns gegenseitig mit Seelachs und Forelle, danach Geschmacksexplosionen von süß und salzig, die perfekte Mischung aus Schokolade und *Salted Caramel.* Irgendwann knöpfte Ash sich die obersten Knöpfe seines geblümten Hemds auf. Der Anblick seiner Brust, über die ein paar dunkle Haarsträhnen, die sich aus dem Knoten auf seinem Kopf gelöst hatten, strichen, ließ es heiß in meinen Fingerspitzen kribbeln. Und dann war da

Kian mit den muskulösen Armen unter hellem Stoff und dem Braun seiner Augen, das seine Brille noch stärker leuchten ließ.

Er erzählte uns von seiner Kindheit in Irland, von dem Gefühl von Weite und dem Hof seiner Familie. Und ich lauschte seiner Stimme und der Ruhe seiner Worte. Ash teilte ein paar der wenigen Erinnerungen an seine Eltern mit uns. Es war schön und traurig zugleich, doch im nächsten Moment lachten wir wieder über irgendetwas. Es kam in wunderschönen Wellen. Die Stimmung war mal ernst, mal ausgelassen, dann beides im selben Augenblick. Und ich fühlte mich den beiden unendlich nah in dieser Nacht.

»Sind wir jetzt eigentlich queer?«, fragte ich, als die Teller längst abgeräumt waren. Kian füllte mein Weinglas auf, an dem ein bisschen pinkfarbener Lippenstift haftete. »Also bin *ich* das?«

Ash runzelte die Stirn: »Wie meinst du das?«

»Na ja …«, ich wusste nicht so recht, wie ich meine Gedanken in Worte fassen sollte. »Es gab nur Männer in meinem Leben. Ich bin hetero und habe das auch nie hinterfragt. Es ist einfach immer so gewesen, wie es eben irgendeiner unnötigen Norm nach erwartet wird.« Ich blickte zwischen den beiden hin und her. »Und jetzt lebe ich scheinbar polyamorös und das … ändert doch irgendwie alles, oder?«

»Willst du denn, dass es etwas ändert?«, fragte Kian sanft.

»Na ja, nein, ja. Ich meine …«, unbeholfen lachte ich auf. »Vielleicht habe ich gerade auch eine Identitätskrise oder so.«

»Du bist immer noch derselbe Mensch, egal ob du dich jetzt selbst in eine Schublade steckst oder nicht. Egal ob du mit einer Person in einer Beziehung lebst oder mit zwei«, sagte Ash.

Kian nickte zustimmend. »Deshalb muss sich für dich überhaupt nichts ändern, wenn du das nicht möchtest. Wenn du das Gefühl hast, du fühlst dich mit dem Begriff *queer* wohl, dann tu das, aber es gibt keinen Zwang für das eine oder das andere. Es ist ja eher ein Prozess, und der braucht seine Zeit.«

Ich hob das Glas Wein an meine Lippen und ließ die Worte der beiden in mir nachwirken. Ja, ich war immer noch derselbe Mensch – das war es ja, was mich verwirrte, denn wie konnte ich von einem Tag auf den anderen queer sein? War ich überhaupt queer *genug*?

»Ich nenne mich zum Beispiel bisexuell«, fuhr Kian fort, »für mich fühlt sich das richtig an, weil es einfach genau das beschreibt, was ich empfinde.«

Ash sah uns nachdenklich an. »Bei mir ist es so, dass ich mich schon als Teil der *Queer Community* sehe, meine Sexualität aber nicht definieren möchte. Ich weiß, einige verstehen das nicht und es ist für viele Leute mit tausend Fragezeichen verbunden. Stehe ich mehr auf Frauen? Sind das nur Experimente gewesen? Bin ich bi? Ich will das nicht beantworten, nicht für andere und nicht für mich selbst. Ich fühle mich zu Frauen hingezogen und manchmal zu Männern. Und ich finde, das ist alles, was ich wissen muss.« Er lachte auf und schwenkte sein Glas hin und her. »Obwohl ich die Erfahrung gemacht habe, dass es andere gewissermaßen beruhigt, wenn man sich auf irgendeine Art outet und labelt. Dann können sie einen getrost in eine Schublade stecken, und irgendwie scheint dann alles ganz klar. Andererseits verstehe ich schon, weshalb andere das tun – also sich ein Label zu geben. Es schenkt einem Sicherheit, es gibt einem das Gefühl, zugehörig zu sein. Aber ich möchte einfach ich selbst sein, ohne Schublade – ganz egal, ob ich mich selbst hineinstecke oder von anderen hineingesteckt werde.«

Ash holte tief Luft und schien selbst überrascht zu sein von all den Worten, die da aus ihm herausgekommen waren.

Dann sah er mich fest an: »Was ich damit eigentlich sagen will: June, du bist ein Herzmensch. Also mach es dieses Mal auch so – hör auf das, was es dir sagt. Du wirst es nie allen recht machen können, aber dir selbst schon. Letztlich ist nur wichtig, dass *du* glücklich bist.«

Und das war ich.

Glücklich mit den beiden.

Ich war todmüde von dem aufregenden Tag, als wir das Iglu verließen und noch eine Weile an der Themse entlangliefen. Wahllos Brücken über den Fluss nahmen. Schlangenlinien zogen durch London, mit dem Weg als Ziel. Der Big Ben goldleuchtend in der Dunkelheit, die funkelnden Lichter einer magischen Stadt. Wir liefen umher, weil keiner von uns wollte, dass der Moment endete.

Hand in Hand in Hand.

Und Herz an Herz an Herz.

»Kann ich heute bei euch schlafen?«, fragte ich Kian und Ash in Camden angekommen. Erst mit ein paar Sekunden Verzögerung fiel mir auf, dass diese einerseits so harmlose Frage viel mehr implizieren konnte. Aber wieso sollte ich irgendetwas zurückhalten? Wieso sollte ich diesen beiden Menschen gegenüber nicht einfach immer sagen, was ich dachte?

Statt einer Antwort griffen Kian und Ash nach meinen Händen. Die Sterne über dem Viertel glitzerten unendlich, in meinem Bauch war alles weich und warm und wunderbar.

Oben angekommen streifte ich mir die hohen Schuhe von den Füßen und schmiss sie achtlos in eine Ecke. Eines der letzten Dinge, die ich an diesem Tag wahrnahm, war Ash verschmitztes Grinsen, als Kian ihn mit einem tiefen Blick ansah. Zwischen den beiden Zimmertüren stehend fragte er: »Zu dir oder zu mir?«

»Zu dir«, lachte Kian, stieß die Tür zu Ashs Zimmer auf und schmiss sich dort aufs Bett. »Los, kommt her zu mir.«

Ich sprang auf Ashs Rücken, einfach so – einfach, weil ich das konnte, und strich ihm durch die Haare.

»Los. Lass uns zu ihm gehen.« Und Ash befolgte meine Worte. Sekunden später lagen wir neben Kian, der uns betrachtete.

»Meine Freundin«, hauchte er und zog mich an sich, küsste mich auf den Mund und mein Herz machte einen Satz. »Mein Freund«, sagte er zu Ash, umfasste sein Kinn und küsste ihn ebenfalls. Schon wieder entschlüpfte Kian ein Lachen.

»Ich weiß …«, murmelte Ash.

Und mir war klar, was dieses *Ich weiß* alles bedeutete.

Ich weiß, das ist immer noch so verrückt und ungewohnt.

Ich weiß, wir haben alles, was wir immer wollten.

Ich weiß, es wird manchmal vielleicht nicht leicht sein, aber ihr seid es mir wert.

Du und du.

Er und ich.

Wir.

Wir zogen uns langsam und bedacht aus in dieser Nacht, irgendwo zwischen Realität und Traum, zwischen Wachsein und Schlaf. Wir waren ein Knoten aus Körpern in Ashs Bett, das eigentlich zu schmal für uns drei war. Zu eng, zu wenig Platz und doch genau richtig. Wir küssten uns sanft und weich, berührten Haut mit Lippen, streichelten und kuschelten uns in den Schlaf.

Irgendwann fand ich in Ashs Armen den Weg in meine Träume. Auf der anderen Seite lag Kian, unsere Hände berührten sich auf seiner Brust und alles war so, wie es immer schon hatte sein sollen.

Die nächste Woche verflog wie in einem Rausch, war pure Ekstase und Glücksgefühl. Nur mit Mühe und Not konnte ich Kian und Ash davon abhalten, bei jeder Aufführung der *Red Lady* aufzukreuzen, aber ihre Unterstützung war mehr als niedlich. Meist holte mich einer der beiden nach der Spätvorstellung vom *Mephisto* ab, an manchen Tagen, wenn es der Betrieb des *Five Bells* zuließ, warteten sie sogar zusammen zwischen rankendem Efeu und alten Steinen auf mich.

An einem dieser Abende drückte Kian mir den Schlüssel für die WG in die Hand. Mein Herz hüpfte, und ich dachte: *Jetzt schon?* Bei meinem ungläubigen Blick drückte er seinen Mund auf meinen und sagte gegen meine Lippen die Worte, die ich ihm gegenüber einmal so ähnlich ausgesprochen hatte: »Es ist egal, wie viel Zeit es ist. Es zählt nur, wie es sich anfühlt.«

Natürlich bemerkte ich die Blicke von manchen aus der Crew, wenn ich dort auf den Stufen an einem Abend Kian zur Begrüßung auf den Mund küsste, am nächsten Ash oder auch beide nacheinander. Und genauso wenig konnte ich das Getuschel in den Gängen ignorieren und schnappte Sätze auf wie: *Ist Junes Freund jetzt schwul geworden?* oder *Das hätte ich nicht von ihr gedacht – sich gleich zwei Männer zu halten. Die kann sich wohl einfach nicht entscheiden* und *Das ist doch nicht normal.*

Und natürlich verletzte es mich, dass ich plötzlich von einigen nur noch auf meine Beziehung reduziert wurde und die Leute darüber sprachen, als wäre es nicht mehr als ein sexuelles Arrangement oder ein seltsamer Zeitvertreib. Dass sie mir all das nicht so offen ins Gesicht sagten, sondern es hinter meinem Rücken taten.

Während ich anfangs noch einige hitzige Diskussionen geführt hatte, in denen ich meine Wut nur schwer zurückhalten konnte, hatte ich inzwischen keine Lust mehr, mich für meine Beziehung zu rechtfertigen. Via ging wirklich jedes Mal dazwischen, wenn sie mitbekam, wie mein Zusammensein mit Kian und Ash auf unangebrachte Weise kommentiert wurde. Ohnehin hatte ich das Gefühl, dass ihr Coming-out und die intensiven Gespräche, die wir danach geführt hatten, uns einander noch nähergebracht hatten. Dass Henry diese Sprüche zwar ebenfalls hörte, aber nie etwas dazu sagte – weder zu den anderen noch zu mir –, verletzte mich hingegen sehr.

Nur Sophia, die sich bei mir für ihr bescheuertes Verhalten, und Ben, der sich für das der meisten anderen entschuldigte, kamen gegen Ende der Woche im *Miracle* zu mir. Wir saßen zusammen zwischen Kaffeeduft und immerwährendem Frühling, sie stellten mir respektvolle Fragen und überließen es mir, ob ich diese beantworten wollte. Und auch wenn das Gespräch zwischendurch irgendwie komisch war, gab es mir doch das Gefühl, dass mich meine polyamoröse Beziehung nicht zu einem anderen Menschen machte und die beiden in mir immer noch dieselbe June sahen.

Und Kian und Ash gaben mir ebenso die Kraft, damit umzugehen, denn die Zuneigung, die sie mir entgegenbrachten, war das alles wert. Dann wurde ich eben seltsam angesehen. Dann verstanden die Leute unsere Gefühle eben nicht. Dass Kian, Ash und ich zueinanderstanden, zählte so viel mehr als die Meinung anderer.

Am Samstagabend liefen Via und ich beschwingt die Blossom Street entlang. Durch meine Adern pulsierte immer noch die Aufregung, die ich während der heutigen Vorstellung nach wie vor empfunden hatte.

Obwohl die Geschichte der *Red Lady* ein und dieselbe blieb, fühlte sich jede Aufführung anders an. Weil wir zwar alle in Rollen schlüpften, dabei aber dennoch immer ein Stück von uns selbst in die Welt von Ilaria und Aillard mitnahmen. Für die Zuschauer kaum merklich, für uns als Crew dafür umso greifbarer. Und so war jeder Besuch in der Stadt der Wolken schillernd und abenteuerlich, dabei aber in den feinen Nuancen anders. In Gesten, Blicken, Melodien. Und dann waren da die Zuschauer, die die Luft vor der Bühne mit Erwartung und Vorfreude zum Flirren brachten. Jedes Publikum hatte eine eigene Energie und eine andere Präsenz.

Heute hatte irgendetwas Aufregendes in der Luft gelegen, etwas Freudiges und Abwartendes, das ich schon vor dem Betreten der Bühne gespürt hatte. Zwischen dem ersten und zweiten Akt hatte ich das Gefühl zu schweben, und dann war da der Applaus gewesen, der mich mit sich gerissen hatte.

Es war der vorletzte Samstag des Monats, und es fand der *Five-Bells*-Karaoke-Abend statt. Das Pub würde zwar bald schließen, aber Kian, Ash, Benoît und die anderen würden noch da sein, bei Bier zusammensitzen und vielleicht noch weitersingen. Es versetzte mir zwar einen Stich, dass Henry sich Via und mir nicht hatte anschließen wollen, doch ich schob das Gefühl beiseite. Immerhin freute ich mich auf die anderen.

Ich war ein bisschen nervös. Es war das erste Mal, dass Kian, Ash und ich etwas zusammen mit ihrer *Pub Family* machten und dabei offen zu unserer Beziehung standen. Und es war ... ein unbeschreibliches Gefühl. Nach den Tagen im Theater machte ich mir Sorgen, wie sie es aufnehmen würden, aber die schienen ganz unbegründet gewesen zu sein.

Als Via und ich in die Wärme des *Five Bells* traten, wurde ich sofort von Stella in die Arme gezogen. Davon, dass ihr großer Bauch dabei ziemlich im Weg war, ließ sie sich nicht beirren. Sie raunte mir zu, dass Ash und Kian wahnsinnig glücklich wirkten und sie sich für uns freute. Danach schleppte Stella mich zur Theke und drückte mir etwas zu trinken in die Hand. Auch Quinn, die auf Benoîts Schoß saß, schien sich sichtlich zu freuen. Bei River, der immer ein bisschen schlecht gelaunt wirkte, konnte ich es nicht so genau sagen. Trotzdem glaubte ich ein Lächeln über sein Gesicht huschen zu sehen, als Kian und Ash von beiden Seiten einen Arm um mich legten und mich auf die Wange küssten. Nur Noah schien – wie bereits bei meiner Rückkehr nach London – kein großer Fan der Sache zu sein, aber er taute während des Abends auf und schien sich Mühe zu geben.

Wir saßen an unserem Tisch im warmen Honiglicht und während Stunde um Stunde verging, füllte er sich immer schneller mit leeren Gläsern. Via und Benoît schmetterten Arm in Arm eine Liebesballade, die Stella und mich erst zum Lachen, dann zum Prusten brachte. Das leidende Gesicht, das mein Mitbewohner bei jeder Zeile zog, war nicht von dieser Welt. River und Noah grölten, als Kian und Ash *Fairytale of New York* auf der Bühne zum Besten gaben und sich anschließend auf den Mund küssten. Der Raum war gefüllt mit Musik und Licht und Geräuschen. Vias Lachen neben mir, leuchtende Augen zwischen dickem Schneewittchenhaar und keine Spur mehr von ihrer allumfassenden Traurigkeit. Wir ließen unsere Gläser aneinanderstoßen, und es war wie das *Augenspiel*. Ich sah alle Möglichkeiten.

Irgendwann später in dieser Nacht suchte ich das Innere des *Five Bells* nach Kian und Ash ab, bis ich die beiden am Bühnenrand sitzen sah.

Kian hatte den Kopf auf Ashs Schulter gelegt und die Augen geschlossen, während Ash ihm mit den Fingern durch die kupferfarbenen Haare strich. Kian erzählte ihm irgendetwas, und als Ash daraufhin herzhaft lachte, rutschte sein Kopf von dessen Schulter.

Mir wurde warm.

Und als Kian sich Ash jetzt entgegenlehnte und ihn küsste, wurde mir schlagartig heiß. Ich biss mir auf die Unterlippe, ich wollte sie auch küssen. Ich wollte sie schmecken. Ich dachte an Kians Arme um meinen Körper, an Ashs Hände auf meiner Haut. An alles, was wir getan, und noch mehr an das, was wir ausgespart hatten. Und jetzt und hier wollte ich alles nachholen.

Ich hatte mich zurückgehalten. Nein, *wir* hatten uns zurückgehalten, weil das alles so groß und intensiv gewesen war. Weil es so unwahrscheinlich viel herauszufinden gab, doch ich spürte, wie sich das Verlangen nach ihnen in den vergangenen Tagen immer mehr gesteigert hatte. Vor allem in den Nächten, in denen wir zusammen eingeschlafen waren, in denen wir uns berührt hatten, ohne eine unsichtbare Grenze überschritten zu haben. Sehnsucht wallte in mir auf, Sehnsucht nach Kian und nach Ash. Nach diesem weichen Mann und nach dem mit den Kanten.

Ich betrachtete meine Freunde immer noch, und auf einmal hoben sie beide den Blick und fingen meinen auf. Kians Mund lächelte, bei Ash waren es die Augen. Sie standen auf, kamen auf mich zu und ich war mir sicher: In diesem Moment ...

Kian

... dachten wir drei dasselbe.

Ich griff nach den Händen der beiden und während die anderen weiterfeierten, schlichen wir uns von ihnen unbemerkt aus dem Pub. Es schneite, und June begann sich lachend im Kreis zu drehen. Befreit und sorglos, während Flocken sanft auf uns niederfielen. Sie so zu sehen, wie sie jetzt ihre Hände nach Ash ausstreckte, berührte etwas in mir, und ich wollte nichts mehr, als einfach nur mit diesen beiden allein zu sein. Der Wunsch war so groß, dass es beinah schon schmerzte.

Schnell eilten wir über die Straße, die Treppe nach oben, wo ich mit bebenden Händen den Schlüssel ins Schloss steckte, ehe die Tür aufschwang. Und mit jedem Blick, den ich Ash und June zuwarf, raste mein Herz nur noch mehr. Es lag so viel in der Luft, so viel zwischen uns, das mich ganz kribbelig machte. Dass diese Sehnsucht und brodelnde Leidenschaft in mir nur noch stärker an die Oberfläche drängen ließ.

June setzte sich mitten auf den Teppich im Wohnzimmer und sah irgendwie erwartungsvoll zu mir auf, während Ash in die Küche verschwand. Kurz darauf tauchte er mit drei Gläsern Wein wieder auf. Wir stießen an, sogar das Klirren klang heute anders, schwerer und irgendwie bedeutungsvoller.

Und dann tanzten wir durch das Wohnzimmer. Erst sie, dann er, schließlich ich. Barfuß und mit fliegenden Zöpfen drehte June sich auf unserem Couchtisch. Da war dieses strahlende Licht, das ganz tief in ihr und dabei für alle sichtbar brannte, ihre ungebremste Wildheit und die Leichtigkeit ihres gesamten Seins. Sie warf die Arme in die Luft und forderte Ash dazu auf, die Musik aufzudrehen. *Confidence* von Ocean Alley – diese sanfte, aber rockige Melodie passte perfekt zu diesem Moment.

Lauter und lauter ertönte der Song, doch leise genug, dass Junes Lachen über allem klang. Ash tänzelte an ihr vorbei, sprang auf eine Kommode, die gefährlich wackelte, spielte Luftgitarre und schrie, dass er der König der Welt wäre. Wirbelte erst June umher, dann mich. Er zeigte mit dem Finger auf mich, krümmte ihn und bedeutete mir mit schwingenden Hüften, näher zu kommen. Als wäre das hier die Performance eines Musicals. Und dann flog ich ihm entgegen, fasste seine Hand, ließ mich von ihm unter seinem Arm hindurchdrehen und sah dabei erst auf dieses niedliche Grübchen, dann in seine goldenen Augen.

Wir waren wild und grenzenlos und unsterblich in dieser Nacht. Hier und jetzt waren wir alles, was wir jemals gewesen waren und immer sein würden.

Wir umkreisten uns, tanzten umeinander herum, dann miteinander – irgendwo zwischen Musik und Lachen. Auf einmal gab es keine Zeit mehr, nur noch Momente. Wie Ash und June sich leidenschaftlich küssten. Wie sie von dem Tisch sprang und auf mich zurannte, genau wie schon auf einem Dach hoch über London, und die Beine um meine Hüften schlang. Wie June quietschte, als ich mich schneller drehte. Ash, der von hinten die Arme um mich legte, während eine Hand auf meinem Bauch ruhte. Ein Lied und ein Wimpernschlag später wiegten wir uns im Kreis. Arm in Arm in Arm. Im Takt einer fernen Melodie und der unserer Herzen.

Wir waren einander nah. Immer näher und näher und näher.

Und dann veränderte sich die Stimmung erst schleichend, dann auf einen Schlag. Das Lachen verebbte und blieb als Vibrieren auf unseren Lippen zurück. Hände auf Stoff, Hände auf Haut, Hände, die durch Haare strichen. Durch rosafarbene und durch schwarze. Junes Hüften stießen gegen meine Schenkel, Ashs Bein berührte meins und mit einem Mal schien keiner von uns sich mehr zu bewegen.

Wir verharrten atemlos, ineinander gefangen. Warmer Atem strich wie eine Einladung über mein Gesicht.

Funken knisterten zwischen uns, eine unerwartete und doch absehbare Spannung, die sich in dem Moment entlud, in dem Ash meinen Blick voller Dunkelheit auffing. Seine Mundwinkel zuckten, und das Gold seiner Katzenaugen zog mich wie über eine Klippe und in einen Abgrund hinein. Ich strich mit den Fingern über seine Lippen, die sich für einen Moment teilten. Spürte erst den Bart, dann seine Zungenspitze an meinem Daumen. Eine Berührung, die mir wie ein Stromschlag die Wirbelsäule hinauf- und wieder hinunterschoss, und im nächsten Moment riss ich ihn an mich.

Grob und auf den letzten Zentimetern sanft, als ich ihm eine verirrte Haarsträhne aus der Stirn strich. Ich küsste ihn, diesen wundervollen Mann mit seinem übermütigen und sehnsuchtsvollen Herzen. Sanft stieß meine Zunge gegen seine. Warm und einladend, ein unendlicher Tanz, der mich erzittern ließ.

Als ich mich ein winziges Stück von Ash löste, waren meine Bewegungen träge. Ich sah zu ihm hinauf. Er blinzelte, ein verwegenes Lächeln auf seinen Lippen war das Letzte, was ich sah, ehe ich meine Hände um Junes Gesicht legte und sie an mich zog. Ihre Füße auf meinen Zehenspitzen, die Arme um meinen Hals. Sie schmeckte süß, nach Sonne und ein bisschen nach Wein, während gleichzeitig noch Ashs Kirschgeschmack meine Zunge benetzte.

Und da standen wir inmitten unseres Wohnzimmers, barfuß auf unserem bunten Teppich. Tiefe Blicke und sanftes Streicheln, das fordernder wurde. Münder, die weniger lächelten, mehr seufzten und keuchten, als unsere Finger ihre Wege unter Stoff fanden. Junes Hände waren warm auf meiner Haut, Ashs kühl. Sie trafen am Saum meiner Jeans aufeinander, fuhren gemeinsam die Linie dort entlang und trieben mich mit diesem federleichten Gleiten in den Wahnsinn.

Ashs Shirt fiel als erstes zu Boden, und ich schluckte schwer, als sein nackter Oberkörper sichtbar wurde. Schmal gebaut, schön geschwungene Schlüsselbeine und glatte Haut, an den richtigen Stellen weich, an anderen hart. Ash ging um mich herum, stellte sich hinter mich und zog mir das Shirt über den Kopf, während June noch dichter vor mich trat und an den Saum ihres eigenen Oberteils ergriff. Sie trug keinen BH, da war nichts mehr zwischen ihrer Haut und meiner, als sie sich gegen mich lehnte.

Ashs Hitze in meinem Rücken, ihre direkt vor mir. Warm pressten sich ihre kleinen Brüste gegen meinen Körper. Mein Herz setzte für einen

Schlag aus, überschlug sich und hörte gar nicht mehr damit auf, mit jedem Atemzug nur noch verrückter gegen meine Rippen zu hämmern.

Ich beobachtete, wie eine von Ashs Händen an ihrer Seite entlangglitt und er dann über ihre Brüste strich. June erzitterte unter der Berührung ebenso wie ich unter den Küssen, die Ash erst an meinem Haaransatz, dann auf meinem Nacken und Hals verteilte. Die Luft war aufgeladen, zwischen uns zerfloss die Welt und ich rang nach Luft, als ich Ashs Erektion in meinem Rücken spürte.

»Ich will euch«, raunte er. Ich spürte die Worte förmlich auf meiner erhitzten Haut, noch mehr aber setzte sich deren Bedeutung tief in mir fest und fand ihren Weg pochend bis in meinen Schritt.

O Gott.

Da war nur noch Begehren und Lust, beides sah ich in Junes Augen direkt vor mir gespiegelt. Ihre Lippen glänzten im Licht, waren leicht geöffnet und geschwollen von unseren Küssen. Als ihre Zungenspitze den Weg zwischen sie fand und sie sich darüber leckte, stockte mein Atem, Ash keuchte in meinem Rücken auf und umfasste meinen Körper nur noch fester.

Wir sahen uns an, und in diesem Moment passierte alles und nichts.

June griff nach Ashs und meiner Hand, und wir stolperten ihr hinterher. Zwischen seiner und meiner Zimmertür zögerte sie kurz, doch ich nahm ihr die Entscheidung ab und schob sie erst in Ashs Zimmer, dann auf sein Bett, zog ihr die Hose von den Beinen und half dann Ash seine loszuwerden. Meine eigene fiel zu Boden, gefolgt von allen Kleidungsstücken, die uns noch voneinander trennten.

Meine Hände bebten, als ich zu June auf das Bett stieg, Ash in meinem Rücken.

Die Luft zwischen uns flirrte, und einen Moment lang sahen wir drei uns einfach nur an. Blicke wanderten über entblößte Haut, wie es vorher unsere Hände getan hatten. Und auf eine Weise fühlte sich das noch intensiver und vor allem intimer an als das Körperliche. Noch erregender, die Lust in den Augen der anderen zu sehen. Das Verlangen, das sich mit jedem Blick nur noch weiter steigerte. Gänsehaut auf den Armen der beiden.

Wir küssten uns wieder. Wir taten es langsam und bedacht, ohne jegliche Eile. Ash, June und ich – wir hatten alle Zeit der Welt. Das hier war unsere Blase, losgelöste Zeit, in der nur wir existierten.

Und plötzlich fürchtete ich, dem Ganzen nicht gerecht werden zu können, denn das hier mit June und Ash war kein *Dreier* im herkömmlichen Sinn. Das Wort entsprach dem, was ich für die beiden empfand, ganz und gar nicht.

Das hier war Sex mit den Menschen, die ich liebte.

Das war unser erstes Mal.

»Hör auf zu denken«, murmelte Ash sanft an meinem Mund.

»Wir müssen das nicht tun«, flüsterte June. »Wir müssen das nicht heute tun.«

»Ihr zwei macht mich nervös«, gab ich zu. Da waren Ashs bernsteinfarbene Augen und daneben die großen blauen von June. In ihnen erkannte ich nichts als Wärme und Verlangen. Die beiden warfen sich einen Blick zu, ehe sie wieder mich ansahen. »Glaub mir, wir sind genauso nervös wie du.«

»*Du* machst uns nervös«, gab Ash ihr recht.

»Wenn wir alle nervös sind, dann ist doch alles gut. Oder? Also ich finde ...«

»June, du fängst mal wieder an, unaufhaltsam vor dich hinzureden«, knurrte Ash.

»Und du fängst schon wieder an, ein Arsch zu sein«, murmelte sie und hörte nicht auf, ihre Hände über seine und meine Haut gleiten zu lassen.

»Und ihr nervt«, raunte ich und meinte es kein Stück so. Ich liebte es viel zu sehr, wenn June und Ash sich einen solchen Schlagabtausch lieferten. Vor allem aber das Feuer, das dahinterstand.

Plötzlich überkam mich eine tiefgehende Ruhe.

June.

Ash.

Das waren die zwei, die ich wollte. Die ich schon so viel länger gewollt hatte, als mir klar gewesen war. Sie hatten in mein Herz geblickt und noch weit dahinter. Letzten Endes hatte ich keinen Grund, mich vor irgendetwas zu fürchten.

June nahm mir die Brille ab, die mir jeden Augenblick von der Nase zu rutschen drohte. Doch jetzt wurde die Welt nicht unscharf, sondern blieb scharf umrissen.

Sie blinzelte, und im nächsten Moment prallten unsere Münder wieder aufeinander, ohne Nachdenken dieses Mal. Da war nur Erregung und Verlangen. Nur dieses verführerische Glitzern in ihren Augen. *June, süße June.* Ich ließ von ihr ab, küsste sie erneut, süchtig nach dem Gefühl ihrer warmen Lippen.

Ashs Blick wanderte zwischen uns hin und her, dann zwischen meine Beine, etwas flackerte in seinen Augen auf und der Anblick allein reichte, dass mir schwindelte.

»O Gott, Ash ...«

Meine Stimme klang seltsam heiser, seltsam atemlos. Und wie als Antwort darauf, murmelte June an meinem Hals: »Kian.«

Im nächsten Moment zog ich Ash näher an uns heran und löste das Band aus seinen Haaren. Glatt und schwarz glänzend fielen ihm die Strähnen bis über die Schultern und strichen verführerisch über seine Schlüsselbeine. June vergrub eine ihrer Hände darin, beugte sich vor und küsste sich Ashs Oberkörper entlang, erkundete mit ihrer Zunge jedes Auf und Ab seines Körpers, leckte über erhitzte Haut und rieb sich dabei an mir. Und ich berührte sie überall, kam mit meiner Hand, mit meinen Fingern, ihren leichten Bewegungen entgegen. Und dabei küsste ich Ash. Küsste, küsste ...

June

… küsste ihn.

Ich konnte nicht wegsehen, und es gab auch überhaupt gar keinen Grund, es zu tun. Mit den Augen folgte ich jeder kleinsten Bewegung der beiden. Wie sie sich enger aneinander zogen, wie sie ganz in diesem Moment waren. Ich sah, wie Hände und Lippen über Haut glitten, wie Lider sich schlossen und flatternd wieder öffneten. Dunkle Bartstoppeln strichen über dichte, kupferfarbene Härchen.

Die Augen – golden und braun.

Zu sehen, wie die zwei Menschen, die ich liebte, sich auf diese leidenschaftlich versunkene Art küssten, machte etwas mit mir. Ich drängte mich noch enger an sie. Mit Hitze in mir legte ich eine Hand auf Kians Arm. Auf die Muskeln, die ich so gern berührte, ehe ich meine Lippen auf Ashs Hals drückte und mich dort entlangküsste. Mit den Lippen der Linie seines Nackens folgte.

Die beiden unterbrachen ihren Kuss, blickten mich mit verhangenem Blick an und ich murmelte mit einem Kribbeln in den Fingerspitzen: »Hört nicht auf.«

Ash packte mich knurrend, zog mich näher und presste seine Lippen auskostend ein letztes Mal auf die von Kian, bevor er mich auf seinen Schoß hob. Über meine Schulter hinweg wechselten Kian und er einen Blick, dann senkte Ash seinen Mund auf meinen. Und er schmeckte nach Kirschen und Freiheit und dabei zugleich ein bisschen nach Kian. Die Mischung brachte mich um den Verstand, und als Kian von hinten die Arme um mich schlang und mit einer Hand die Innenseite meiner Schenkel entlangfuhr, verwandelte die Hitze in meinem Bauch sich in Feuer.

Er küsste mich dort, wo er wusste, wie sehr es mir gefiel. Wo es mir schon immer gefallen hatte. Diese empfindliche Stelle an meinem Hals. Kians Lippen begleitet von dem Gefühl seines Bartes, ehe er mit den Fingern federleicht weiter zwischen meine Beine glitt. Ich stöhnte in Ashs Mund hinein, und er fing den Laut mit einem erstickten Keuchen. Meine Brüste passten perfekt in seine Hände, ich drängte mich gegen seine Finger, gleichzeitig Kians hypnotisierenden Bewegungen entgegen.

Ich war gefangen zwischen diesen zwei Männern, krallte meine Hände in Ashs Schultern, murmelte seinen Namen, murmelte Kians. Die beiden waren überall, alles war Berührung, war allerhöchste Intensität. Es war viel zu viel und gleichzeitig einfach nicht genug.

Und dann sanken wir zu dritt nach hinten. Ash und ich über Kian. Es passierte, und ich fiel mitten hinein. Ich ließ los – meine Ängste, meine Vergangenheit, all die Hürden, die zwischen uns gestanden hatten. Das Einzige, was ich nicht losließ, waren die beiden.

Die Zeit zerfiel in Sekunden und in unser Stöhnen. Meine Hände auf den beiden und Finger in mir, Zungen auf Haut und auf Härte, Küsse auf jeden Winkel unserer Körper.

Ich stand in Flammen, als das Reißen einer Kondompackung die Stille durchbrach. Und dann schob Ash sich zwischen meine Beine. Ein letztes Mal strich er mir die Haare aus dem Gesicht. Er tat es unendlich liebevoll, und sein Blick lag offen und weit vor mir. Ich murmelte seinen Namen, zog ihn an mich, fast in mich, und flüsterte heiser, dass ich ihn wollte.

Jetzt und hier und in diesem Moment.

Und dann drang er …

Ash

… unter Kians Blicken unendlich langsam in sie ein. In Junes Körper, ihr Herz, ihre Seele – und dabei zugleich auch in die von Kian.

Mit den Armen links und rechts von ihrem Kopf abgestützt hielt ich einen Moment inne, sah beiden in die Augen, erst ihm, dann ihr, ehe ich mich langsam zu bewegen begann.

June klammerte sich an meinen Oberarmen fest und gab mit flatternden Lidern einen erstickten Laut von sich. Ich küsste sie lang, fühlte ihre Hitze und das Pulsieren zwischen uns mit jeder Faser meines verdammten Herzens. Ich tat es langsam, ich tat es zärtlich. Ich tat es so, wie ich es noch nie gemacht hatte.

»Ihr seid so schön«, murmelte Kian, und diese Worte trieben mich genauso sehr weiter, wie die Berührung seiner Hände, mit denen er nun seinen Weg über meinen Körper fand. Sie über meine nackte Haut entlanggleiten ließ, mich streichelte. Junes Brüste bewegten sich ganz sanft bei jedem weiteren meiner Stöße, Kian umschloss nun sie mit den Händen und liebkoste sie. Der Anblick seiner kräftigen Finger auf Junes heller Haut war hypnotisierend und ließ mich höher und höher steigen. Ich flog immer weiter hinaus.

June, Kian, Ash.

Drei Namen, die Keuchen und Stöhnen und Seufzen waren. Sie wurden zu Musik, zu unserem ganz eigenen Rhythmus, von dem ich irgendwann nicht mehr wusste, wer genau die Laute ausstieß.

Ihre Namen, mein Name.

Sie waren alles und nichts.

June schlang ihre Beine um meine Hüften und zog mich enger an sich.

»Mehr, Ash, mehr…«

Ihr Stöhnen sorgte dafür, dass ich mich schneller bewegte, mich weniger zurückhielt. Ich trieb meinem Höhepunkt entgegen, war so kurz davor zu fallen. Und als ich kam, sahen wir uns alle an. Fest ineinander verhakte Blicke, Wellen und Farben, die über mich hineinbrachen.

June flüsterte meinen Namen, strich mit ihren warmen Lippen über meine Schläfe und küsste mich auf den Mund. Lang und tief.

Wieder das Reißen einer Kondompackung und dann saß June auf Kian. Sie warf mir über die Schulter einen Blick zu und schenkte mir ein betörendes Lächeln, ehe sie ihn mit langsamen Bewegungen zu reiten begann. Und fuck, das war heiß.

Ich fand nur langsam den Weg zurück in die Realität und die Bewegungen der beiden waren es, was mich erdete, was mich hielt. Hypnotisierend, wunderschön und verdammt erregend.

Die zwei waren *alles*.

June

Kian ließ seine Hände an meinen Seiten entlanggleiten, ehe er sie an meine Taille legte und meinen Bewegungen folgte. Auskostend wiegte ich mich vor und zurück und genoss das Gefühl von ihm in mir, während ich Ash noch auf der Haut spürte.

Mit jedem Auf und Ab wurde das Pulsieren in mir stärker, mit jedem Mal krallte ich meine Hände fester in Kians Schultern. Er stöhnte, sah mir dabei tief in die Augen und der Moment war wie eine riesige Welle, die durch meinen Körper flutete.

Und dann war da mit einem Mal Ash in meinem Rücken. Meine Lider flatterten, und ich ließ mich ein Stück gegen ihn fallen. Fest schlang er die Arme um mich, und ich blickte zu Kian hinab. Er biss sich auf betörendste Weise auf die Unterlippe, blickte zwischen uns hin und her und ließ seine Hände weiter zu meinen Hüften wandern, wo er die Finger mit Ashs verschränkte. Sie wechselten einen Blick, dann führten sie mich gemeinsam mit dem sanften Druck ihrer Finger. Und ich gab mich dem hin.

Dem, was sie wollten.

Dem, was *ich* so sehr wollte.

Sie trieben mich an, und aus unserem langsamen Tanz wurde ein schneller, rauschafter. Aus vorsichtigen Bewegungen wilde, die mich unaufhaltsam mit sich rissen und unter sich begruben.

»June«, keuchte Ash dicht an meinem Ohr, ehe er eine Hand von meinen Hüften löste, mich gegen seinen Bauch drückte und über meine Haut streichelte. »Gott, ich will euch beide kommen sehen.«

Mit flatternden Lidern drehte ich den Kopf, sah leicht geöffnete Lippen, die erneut meinen Namen formten, erblickte goldene Sprenkel und winzige Sommersprossen, die wie der Himmel über einer Wolkenstadt waren.

»Kommt für mich«, stöhnte Ash erneut, als er seinen Mund auf meinen senkte. Ich hörte Kian bei diesen Worten knurren, spürte, wie er meinen Bewegungen entgegenzukommen begann. Roh, wild, animalisch. So, wie ich es wollte. So, wie Ash es sehen wollte.

Wie hypnotisiert blickte ich zu Kian hinunter, trieb uns weiter und weiter in einem Rhythmus, der längst nichts Kontrolliertes mehr an sich hatte, sondern pures Gefühl, pure Lust war. Meine Schenkel bebten, mein Herz raste. Und als Ashs Hände, die unablässig über meinen Körper wanderten, schließlich ihren Weg zwischen meine Beine fanden, schrie ich leise auf. Träge rieb Ash mit seinen Fingern über diesen einen Punkt, der mich näher dorthin brachte, wo sie mich haben wollten. Ich presste mich mit zitternden Beinen gegen seine Hand, spürte Kian in mir. Alles drehte sich, alles war Kian und Ash.

Und dann erbebte Kian unter mir. Die Augen weit aufgerissen und unsere Namen auf seinen Lippen, ehe ich nur wenige Sekunden später ebenfalls erzitterte. Die Welt explodierte vor meinen Augen, da waren nur noch Gefühle und Weite im Herzen, nur noch Begehren, das einen ungeahnten Höhepunkt erreichte. Welle über Welle brach er über mich herein, und ich fiel. Ich fiel nicht nur tiefer …

Ash

… sondern für einen Moment auch auseinander. Dieser Moment hob die Welt ein Stück aus den Angeln. Es war ein Rausch, eine nie enden wollende Ekstase.

Ich hielt Junes zitternden Körper fest umschlungen und strich ihr die rosafarbenen Haarsträhnen aus der verschwitzten Stirn. Ihre Augen öffneten sich flatternd, und sie lächelte mich so schön an wie niemals zuvor. Meine Hand an ihrem Gesicht und ich küsste sie lang und tief und schmeckte einfach alles an ihrem Mund. Alles, was ich wissen musste.

Dann fand mein Blick den von Kian, der schwer atmend zu uns hinaufblickte. Immer noch gefangen in einer anderen Welt.

Möglichst sanft zog ich June mit mir, die sich bebend an mir festklammerte. Ich legte mich mit ihr neben Kian und sie schlang die Arme um ihn, küsste ihn auf den Mund, ehe ich selbst es tat. Die kupferfarbenen Haare standen wirr von seinem Kopf ab, waren wunderschön zerzaust von unseren Händen.

»Ihr …«, murmelte er nur – erstaunt, sanft, zärtlich. Und mein Herz machte einen Satz, als ich mein Gesicht an Junes Hals vergrub und ihren Atemzügen lauschte, die sich nur langsam beruhigten. Das Kitzeln eines Barts an meiner Haut und das von langen, wirren Zuckerwattehaaren.

Das Licht der Straßenlaternen fiel durch die Fenster und auf nackte Haut. Ich beobachtete, wie es Muster auf Junes und Kians Körper warf, auf ihren weichen und seinen harten, und zeichnete sie mit den Fingerkuppen nach. Und in meinem Herzen explodierte alles beim Anblick dieser zwei Menschen. So sehr, dass ich mich von June löste, mich aufsetzte und mich dann zwischen die beiden fallen ließ.

»Hey«, murmelte Kian, »was zur Hölle machst du da?!«

Ich hatte ihm mit dem Ellenbogen aus Versehen einen Schlag versetzt. Kian rieb sich die Schläfe und sah dabei leider Gottes viel zu niedlich aus. Ich ignorierte ihn mit einem Grinsen und schob June ein Stückchen zur Seite, damit ich mehr Platz zwischen ihnen hatte.

»Und jetzt kommt her zu mir«, meinte ich und zog sie in meine Arme. So eng und nah, wie ich nur konnte. Ich strich Kian sanft über die Stelle, an der ich ihn getroffen hatte und raunte an ihn gewandt: »Ich wollte euch nur näher bei mir haben.«

Und dann vergrub ich mein Gesicht erst in seinen Haaren, dann in Junes. Sie schob ein Bein zwischen meine und schlang mir den Arm mit einem zufriedenen Seufzen um die Taille. Und auch Kian schmiegte sich von der anderen Seite an mich, drückte mir einen Kuss auf den Hals und murmelte etwas, das ich nicht verstand.

Ich hatte mich einmal gefragt, wie es sein würde, seine Liebe zu teilen. Doch so war es nicht. Das mit uns war potenzierte Liebe. Es war mehr Liebe, als ich mir je hätte vorstellen können. Andere mochten sagen, dass wir einer zu viel waren. Ich aber war der Meinung, dass wir genau richtig waren.

15. Kapitel

June

Auch wenn sein neues Semester schon längst begonnen hatte, veranstalteten Benoît und ich Anfang März eine verspätete Party bei uns in der WG, um seinen verlängerten Aufenthalt in London zu feiern.

Unsere Wohnung war viel zu klein, um all die Menschen zu beherbergen, doch wie auch sonst machten gerade diese Enge, jeder vollgestellte Zentimeter und das gemütliche Chaos den Charme unserer vier Wände aus. In Benoîts Zimmer hatten es sich ein paar seiner Kommilitonen bequem gemacht. Sie unterhielten sich angeregt mit Noah, der gefühlt schon jeden Studiengang mindestens einmal belegt hatte. Er gestikulierte ausufernd, gab Geschichten seiner Zeit an der Uni zum Besten und brachte damit alle zum Lachen. Stella, River und Kian saßen bei mir auf dem Bett und betrachteten grinsend ein Foto, das River den anderen beiden auf seinem Handy zeigte. Wegen der Musik verstand ich nicht, worum es ging, doch es war schön, die drei so ausgelassen zu sehen.

Zufrieden ließ ich mich noch tiefer neben Via in die Kissen des Sofas sinken. Der Stoff meines rosafarbenen Tüllrocks fiel bis zum Boden, wo Henry im Schneidersitz saß.

»Von wegen es ist zu eng und wir würden nur im Weg stehen«, murmelte Henry an uns gewandt. »Ich bin mir ziemlich sicher, dass Benoît und Quinn nur in Ruhe rummachen wollten.«

In dem Moment tönte das laute Lachen meines Mitbewohners aus der Küche herüber und füllte die kurze Stille zwischen zwei Liedern.

»Bist du sicher, dass wir bald essen können?«, schrie Henry zu ihm hinüber.

»Ich gebe mein Bestes«, erklang es amüsiert zurück, und ich schmunzelte, als kurz darauf Ash aus der Küche stürmte und das Gesicht verzog.

»Ich dachte, die zwei wären auf der Arbeit schon hemmungslos, aber das geht jetzt echt zu weit.«

»Armer Ash«, meinte Via.

»Danke für dein überhaupt nicht ernst gemeintes Mitgefühl«, entgegnete Ash grinsend, ehe er mir die Hand hinhielt und mich vom Sofa hochzog. Ich quietschte überrascht auf, als er mich in einer schnellen Bewegung in seine Arme zog und mich zu *Save Your Tears* von The Weeknd durch den Flur wirbelte.

Die Melodie war schön, der Text traurig, und doch würde dieses Lied von nun an wahrscheinlich immer in meinem Kopf sein. Mein Rock bauschte sich auf, und einfach so tanzten wir auf engstem Raum Herzschlag an Herzschlag. Ash raunte dicht an meinem Ohr, dass ich wunderschön sei, und bei seinem warmen Blick wusste ich, dass er so viel mehr meinte als die Flechtfrisur und den Lippenstift, mehr als den tiefen Rückenausschnitt und die Kette um meinen Hals. Ich schmiegte mein Gesicht an seine Brust, wir bewegten uns langsam, dann wieder schnell – hatten unseren ganz eigenen Rhythmus, losgelöst von der Musik.

Irgendwann tanzte Stella neben uns, dann Via mit geschlossenen Augen. Ich löste mich von Ash, und dann war da Kians Mund auf meinem, ehe er seine Arme um ihn legte. Der Gang füllte sich mehr und mehr. Henry stand auf, River wippte einfach nur im Takt. Ein blonder Kerl warf neben mir die Hände in die Luft, und es erschien auch Benoît, der zusammen mit Quinn in wiegenden Schritten aus der Küche zu uns tanzte. Ihre dunklen Dreads wippten hin und her, und wie hypnotisiert sah mein Mitbewohner sie an. Nicht zum ersten Mal dachte ich, dass die zwei zusammen pure Leichtigkeit und tiefe Verbundenheit ausstrahlten, eine Liebesgeschichte wie vom Schicksal vorherbestimmt – ohne Drama und andere Schwierigkeiten. Wohlige Wärme füllte meinen Bauch, denn

Benoît war zu einer meiner engsten Bezugspersonen geworden, zu einem meiner besten Freunde und jemand, auf den ich mich vollkommen verlassen konnte. Dass er mir erhalten bleiben würde, zumindest noch eine Weile, machte mich unfassbar glücklich.

Von Henry konnte ich das leider nicht behaupten. Solange meine Beziehung kein Thema war, fühlte es sich zwischen uns fast so an wie immer, aber dann waren da diese Kleinigkeiten, bei denen er seltsam reagierte: wenn ich Via und ihm von der Zeit mit Kian und Ash erzählte, wenn ich von einem der beiden schwärmte, wie man das eben machte, wenn man verliebt war. Wenn im *Mephisto* doch wieder ein blöder Spruch fiel.

Trotzdem oder gerade deshalb war es mir wichtig, dass er heute hier war. Einmal bemerkte ich, wie Henry zu uns herübersah, während wir drei uns küssten. Er wich meinem Blick aus und kniff die Lippen zusammen. Mein bester Freund hatte zwar aufgehört, sich zu meiner Beziehung zu äußern, doch seine Meinung geändert hatte er offensichtlich nicht. Und auch wenn es wichtiger war, dass *ich* glücklich mit diesen beiden Männern war, verletzte es mich doch, dass er, ähnlich wie meine Eltern auch, diese Liebe nicht einfach akzeptieren konnte. Ich hoffte, dass dieser Abend vielleicht etwas daran ändern würde. Dass Henry Kian, Ash und mich zusammen erlebte und dabei mit eigenen Augen sah, dass wir einfach zusammengehörten. Dass unsere Gefühle echt und wir ein Liebespaar wie jedes andere auch waren.

Als das Essen fertig war, ließen wir es uns in unserem Wohnzimmerflur schmecken. Auf den Wänden, den Musicalplakaten und den Gesichtern der anderen lag dieses typische bunte Licht. Benoît hatte für uns Quiche Lorraine nach dem Rezept seiner besten Freundin gemacht. Ein Stück Frankreich, an dem er uns teilhaben ließ, und es schmeckte himmlisch.

Es wurde wild durcheinandergeredet und leidenschaftlich diskutiert, viel gelacht und noch mehr erzählt – bis das Thema sich in eine ähnliche

Richtung entwickelte wie an jenem Abend in der Bar im *Theatreland*.
Und Via versteifte sich neben mir.

»Ich finde diese ganze Sache mit der Jungfräulichkeit ehrlich gesagt richtig bescheuert. Das ist veraltet und längst überholt«, schaltete sie sich unerwartet, aber mit leidenschaftlich funkelnden Augen ein. »Nicht mehr als ein soziales Konstrukt. *Oh hallo, Welt! Wir leben im 21. Jahrhundert, und Sex ist längst nicht mehr das, was uns zu erwachsenen Menschen macht!*«

»Dabei sind Sex und Sexualität so viel mehr als das«, meinte einer von Benoîts Leuten.

»Wenn ich an die Schulzeit denke ... Ich fand den Druck irgendwann furchtbar«, sagte ich ehrlich. »Rückblickend muss ich zugeben, dass ich es dann nur getan habe, um es endlich hinter mir zu haben und dazuzugehören.«

»Ging mir ähnlich.« Kian sah in die Runde. »Sonst galt man als *Spätzünder*. Dabei geht das echt niemanden etwas an.«

»... und man denkt, man wäre plötzlich dieser andere Mensch, würde sich in irgendeiner Form besonders fühlen oder so.« Ash runzelte die Stirn. »Aber man bleibt immer noch derselbe. Das ist kein Zeugnis von Reife.«

»Das ist so ein dämliches Konzept, das impliziert, dass man erst eine richtige Frau oder ein richtiger Mann sein würde, wenn man es getan hat. Es richtet sich an patriarchalen Strukturen aus, an Heterosex – an allem, wo ein Penis im Zentrum steht –, gewissermaßen auch an einem binären Geschlechtersystem. Wieso gibt es zum Beispiel keine *Jungmännlichkeit*? Es ist einfach auf so viele Arten ausschließend und ... Scheiße«, stieß Via hervor und strich sich die dicken Schneewittchenhaare energisch hinter die Ohren, ehe sie sich weiter in Rage redete: »Ich will in einer Gesellschaft leben, in der ich nicht über Sex definiert werde. In der es nicht cool ist, viel Sex zu haben, und in der du dir nicht anhören musst, irgendetwas würde nicht mit dir stimmen, wenn du keine Lust darauf hast. Es ist irgendwie verrückt, aber es macht oft den Eindruck, als wären alle offener und alles rund um Sexualität enttabuisiert, dabei ist das in Wahrheit einfach nur eine komplette Reizüberflutung, die oft nur darüber hinwegtäuscht, wie verklemmt letzten Endes noch immer die meisten sind. Wir lesen Artikel darüber, wie viel Sex in einer Beziehung normal ist, wie man sein Sexleben auch in einer langjährigen Beziehung spannend hält. Es wird mit Tinder-Sex-Dates geprahlt, und es geht ständig darum, was normal ist und was nicht... Stattdessen sollte einfach jeder das tun, was sich für ihn richtig anfühlt.«

Stille.

Und dann gab es da diesen Moment, in dem wir alle Via einfach nur anstarrten. Niemand sagte etwas, bis Stella ausrief: »O Gott, ich liebe dich. Ich liebe jedes Wort, das du da gerade gesagt hast.«

Und während um Via und mich herum eine heiße Diskussion entbrannte, über Feminismus und Sexualität und *Sex* und *Gender*, sah ich meine Freundin an. Das warme Gefühl, welches meine Brust schon den ganzen Abend lang in langsamen Wellen geflutet hatte, dehnte sich noch weiter aus und wurde zu Stolz. Stolz darauf, dass Via hier saß und in unserem kleinen Kreis so offen über ihre Gedanken sprach. Stolz, weil ich immer noch zu gut vor Augen hatte, wie sie an diesem einen Tag tränenüberströmt und verzweifelt vor mir gesessen hatte.

Es ging nicht um die Frage, ob sie sich vor mehr Menschen als mir outen wollte oder nicht. Es ging nur darum, ob Via sich selbst akzeptierte und liebte, wie sie war. Und in diesem Moment sprachen die geröteten Wangen und die aufrechte Haltung mehr als dafür.

Staub tanzte im Licht der hereinfallenden Sonne, als sich am nächsten Tag von hinten zwei Arme um mich legten.

Lächelnd schloss ich die Augen wieder und ließ mich in die Berührung hineinfallen. In meinem Bauch explodierte Wärme, und tausend Gefühle auf einmal fluteten mich. Ich war nackt – mein Herz noch mehr als mein Körper. Es war, als würde ich in einem Sternenhimmel baden. Ich fühlte mich übermütig und wach und mittendrin und vor allem unsterblich. In einem Raum ohne Zeit, unter meiner Bettdecke, die wie ein Kokon war und die Welt auf die allerbeste Art ausschloss.

Ich seufzte, und Ash quittierte das leise Geräusch mit einem Lachen, das ich als Vibrieren seiner Brust im Rücken spürte.

»Ich bin glücklich, *Cloudy*«, murmelte er. Mit dieser rauen Stimme, die nach wenig Schlaf und frühem Morgen klang und nach viel Sex: Nach ernsthafter Tiefe zwischen sich auftürmenden Wellen aus Leichtigkeit. Warm und hypnotisierend durchströmten die Erinnerungen an die vergangene Nacht mein Bewusstsein. Bilder davon, wie erst Kian auf Ash gekommen war und dann Ash auf ihm, ich irgendwo dazwischen.

Ganz langsam drehte ich mich jetzt zu ihm um. Die Decke rutschte von seinen Schultern, und das Licht malte Muster auf die geschwungenen Schlüsselbeine und darüber blitzten diese schönen goldfunkelnden Augen unter schrägen Brauen. Jeder Blick wie eine einzige Herausforderung.

»Das bin ich auch«, wisperte ich und zeichnete mit den Fingerspitzen den Schwung seiner Lippen nach, die sich jetzt zu einem Grinsen verzogen. Verschmitzt und liebevoll. Und im nächsten Moment vergrub ich mein Gesicht wenig unauffällig an seinem Hals, wo mich wunderschönster Ashgeruch umhüllte.

»Es ist schön, euch so zu sehen.«

Kian stand mit einem runden Holztablett in meiner offenen Zimmertür, die zerzausten Haare loderten in der Morgensonne wie goldenes Feuer. Den Oberkörper nackt, trug er nur eine tief sitzende Jogginghose. Ein Lächeln lag auf seinen Lippen und absolute Ruhe in seinem Blick.

Lässig schob Ash sich einen Arm unter den Kopf. »Wie lange stehst du da schon?«

»Lang genug.« Kians Mundwinkel zuckten, dann steuerte er das Bett an. Die drei bis zum Rand gefüllten Becher auf dem Tablett schwankten bei seinen Bewegungen kein Stück. »Macht mal Platz.«

Ein letzter Kuss auf Ashs Lippen, dann rutschten wir zur Seite und ließen Kian mit dem Tablett in unsere Mitte.

Zufrieden schmiegte ich mich im Sitzen an Kians breite Brust. »Guten Morgen.«

»Du bist viel zu gut für uns«, raunte Ash auf der anderen Seite, als unser Freund ihm einen der Becher reichte.

»Ich weiß«, meinte er und hauchte Ash einen Kuss auf die Schläfe. Kians Brille verrutschte etwas, und er schob sie mit dieser vertrauten Geste wieder zurecht. Mein Herz machte einen Satz. Hoch und weit, wie es das in letzter Zeit ständig zu tun schien, denn ich hatte mich entschieden. Ich hatte keine andere Wahl gehabt, als mich dieses Mal der Realität zu stellen. Keine Ausweichmanöver, keine Flucht, sondern die Entscheidung für zwei wundervolle Männer.

Und so geborgen ich mich gerade auch neben den beiden fühlen mochte, befürchtete eine leise Stimme in meinem Kopf inzwischen doch, dass wir ein Ablaufdatum hatten.

Liebe war Liebe.

Liebe war bunt und wunderschön und einzigartig.

Trotzdem waren da auch all die anderen Sachen, die ich meist erfolgreich beiseiteschieben konnte, die in anderen Momenten aber ohne Ankündigung durch meinen Kopf schossen. Ich war eigentlich niemand, der viel auf die Meinung anderer gab, denn letzten Endes musste ja *ich* mit mir leben – ich allein und sonst niemand –, und dennoch fiel es mir an manchen Tagen unendlich schwer.

Ich hatte keine Kraft, mich ständig und jedem erklären zu müssen, doch die Situation mit Henry machte mir inzwischen wirklich zu schaffen. Er versuchte nicht einmal, meine Beziehung und mich zu verstehen, vielmehr behandelte er sie wie etwas, das schon irgendwann vorübergehen würde und mich wie jemand, der sich gerade irgendwie verirrt hatte.

Und dann waren da auch noch meine Eltern, die einfach nicht sehen wollten, dass Kian und Ash mir alles gaben, was ich mir nur wünschen konnte, dass diese zwei mich auf Händen trugen und dass unsere Beziehung keine *Phase*, *Verirrung* oder ein *sexuelles Ausprobieren* war.

Als würde Kian spüren, dass ich wegen irgendetwas in Gedanken vertieft war, legte sich seine Hand unter der Decke federleicht auf meinen Oberschenkel. Die Berührung erdete mich, vor allem, als er mit den Fingerkuppen kleine Kreise zu ziehen begann. Ich war froh, dass er nicht nachfragte, sondern mich einfach nur noch ein bisschen näher an sich zog.

Er, Ash und ich – die nächsten zwei Stunden lagen wir in meinem Bett, während vor den Fenstern auf der Prosperity Lane ein neuer Tag anbrach. Als der Kaffee ausgetrunken war, war ich es, die dieses Mal aus dem Bett kletterte, um uns Nachschub zu holen und die sich dann in die Mitte legte. Ein wirrer Knoten aus warmer Haut und federleichten Küssen.

»Ich liebe unsere Kuschelsandwiches«, lachte ich zufrieden.

Ashs Augen glitzerten wie die eines Jungen, der gerade einen besonders guten Plan ausgeheckt hatte, dann pustete er mir unerwartet ins Ohr und machte einen Satz nach hinten, wo Kian mich umfing und durchzukitzeln begann. Ich schrie und lachte und japste nach Luft – alles gleichzeitig. Und dann waren auch Ashs Hände da, die schnell über meinen Bauch glitten.

»Ich nehme alles zurück«, brachte ich irgendwie heraus. »Ich hasse euch ein bisschen. Ein bisschen sehr.«

»Tust du nicht«, raunte Kian dicht an meinem Ohr, ehe er mit den Zähnen über meinen Hals glitt und an meinem Ohrläppchen zu knabbern begann.

»Hass, Hass, Hass«, beharrte ich und strampelte mit den Beinen. »Hört auf damit, verdammt.«

»*Gosh*, sie ist schon sehr niedlich, oder?«, meinte Ash und warf Kian über meinen Kopf hinweg einen Blick zu. Beide machten keine Anstalten, mich loszulassen. Und dann war da dieser schwindelerregende Ausdruck in Kians Gesicht und Ashs Lippen, die sich sanft und wild zugleich auf meine legten.

»Tanzt ihr mit mir?«, wieder begann ich zu kichern. »Ich habe richtig Lust, mit euch zu tanzen.«

Als Antwort auf meine Frage begann Ash nur wieder erneut, mich durchzukitzeln. Ich strampelte mit den Füßen, klammerte mich an Kian fest und versuchte gleichzeitig von Ash wegzurutschen.

»Hör auf und tanz mit mir«, quietschte ich. »Bei unserem ersten Kuss hast du dich zuerst auch geweigert, und dann hat es sich doch mehr als gelohnt, oder?« Ein Grinsen zog meinen Mund auseinander. »Diese Autoregennummer funktioniert halt auch einfach immer.«

Ich befreite mich in einem günstigen Moment, rollte mich herum und sah meine beiden Männer an, erst Kian, dann Ash. Meine beiden Männer, mein unerwartetes Glück. Doch dann bemerkte ich das Unverständnis und die Frage in Kians Augen, den schockierten Ausdruck auf Ashs Gesicht.

Und plötzlich wurde mir bewusst,

dass

ich

einen

riesigen

Fehler

gemacht

hatte.

Ash

Fuck.

Fuck, fuck, fuck.

»Kian …«, sagte ich leise und wusste, dass June und ich etwas erklären mussten. Er reagierte nicht, sah uns einfach nur an und raunte irgendwann: »Aber als wir uns das erste Mal geküsst haben …? Als du June das erste Mal geküsst hast …«

… da hat es nicht geregnet?!

… da gab es kein Auto?!

… da waren wir zusammen in unserer WG?!

… da hat keiner von uns getanzt?!

In Kians Augen zu sehen, wie er langsam begriff, riss etwas in mir auf schlimmste Art entzwei. June und ich warfen uns einen Blick zu, ehe ich langsam eine Hand nach Kian ausstreckte, doch …

Kian

… ich wich instinktiv zurück.

Das konnte nicht sein. Das konnte unmöglich wahr sein! Es hatte einen ersten Kuss gegeben, von dem ich nichts wusste. Vielleicht hatte es auch mehr gegeben, doch so oder so waren Ash und June sich offenbar nah gewesen zu einer Zeit, in der … *Shit.*

Tief atmete ich ein und aus und versuchte krampfhaft mich auf die Luft zu konzentrieren, die mich durchströmte. Fakten, ich brauchte Fakten, ehe meine Gefühle mich davonschwemmten. Denn die Wahrheit war meist weniger schlimm als die eigene Vorstellungskraft.

»Sagt mir, dass ich mich irre«, verlangte ich mit zitternder Stimme. Doch dass sowohl June als auch Ash mich hilflos ansahen, anstatt mir irgendetwas zu erklären, dass sie schwiegen, anstatt mir eine Erklärung zu liefern, sagte mehr, als Worte es gekonnt hätten.

»Wann habt ihr euch zum ersten Mal geküsst?«, fragte ich jetzt ganz direkt.

Ruhig, betont langsam.

Und während ich weiteratmete, wurde aus einer Ahnung Gewissheit. … wie ich Ash gebeten hatte, June von diesem Vorsprechen abzuholen, weil ich im *White Roses* nicht weggekommen war. Dieser Jahrhundertregen, der dazu geführt hatte, dass Londons Straßen verstopft waren und für die Verspätung der beiden gesorgt hatte. Dass June kurz darauf mit diesem Nicht-Abschied verschwunden war. Dass all das Unausweichliche eingetroffen war, über das wir vorher gesprochen hatten, gleichzeitig aber alles ganz anders gewesen war. Nicht unbedingt objektiv betrachtet, sondern emotional. Und mein Herz begann zu schreien. Es schrie in mir und tobte, um sich nicht diesem anderen Gefühl stellen zu müssen, das da lauter und lauter wurde.

»Ash und ich haben uns zum ersten Mal geküsst … bevor ich nach New York gegangen bin«, gestand June schließlich und sah mir dabei fest in die Augen. »Eigentlich habe ich … ihn geküsst.«

»… und mir nichts davon gesagt«, stellte ich tonlos fest und sah erst sie an und dann ihn, der damals mein bester Freund gewesen war. Der es immer noch war, gleichzeitig aber so viel mehr. »Ihr habt mir weder damals etwas gesagt noch heute. Und heute wäre es sogar noch viel wichtiger gewesen.«

Es war egal, wie lange das her war. Ich fühlte mich verraten, verraten von diesen beiden Menschen, denen ich mich so weit geöffnet hatte. Und jetzt und hier spürte ich, wie die alte Wunde wieder aufriss. Es war nicht passiert, als June nach drei Jahren ganz unerwartet vor mir gestanden hatte. Nicht auf dem Dach des *White Roses* und nicht, als sie nach unserem zweiten ersten Kuss Abstand gewollt und ich sie wochenlang vermisst hatte. Es passierte genau in diesem Moment, und es tat scheißweh.

»Es tut mir so unendlich leid«, wisperte June. »Es tut mir so leid, dass ich das ruiniert habe.«

»Und mir auch. Kian, ich wollte dir niemals wehtun. Das wollten wir beide nicht.«

»Ich will verdammt nochmal wissen, wieso ihr mir nichts gesagt habt«, entgegnete ich kalt und rutschte weg von den beiden. Zwischen ihren warmen Körpern zu sitzen, ihnen so nah zu sein – das war gerade mehr, als ich ertragen konnte. Himmel, gerade konnte ich nicht einmal mich selbst ertragen, der sich offensichtlich so dermaßen hatte verarschen lassen.

»Ich schätze, wir haben nichts gesagt, weil wir gehofft haben, dass es keine Rolle mehr spielt, jetzt wo … wo wir zusammen sind.«

»Es spielt aber eine Rolle«, sagte ich laut und war selbst überrascht von der Vehemenz meiner Stimme. »Es spielt verdammt nochmal eine große Rolle. Das erklärt nämlich, wieso unser Abschied so überstürzt war, Juniper.« Bitter lachte ich auf. »Gott, ich bin so dumm. Mir war von Anfang an klar, dass du gehen würdest, auch wenn ein Teil von mir sich gewünscht hat, dass du es dir anders überlegst. Dass du mich fragen würdest, ob ich mitkomme oder sonst irgendetwas. Ich habe wohl einfach gehofft, dass du mir auf irgendeine Art zeigst oder sagst, dass ich dir wichtig genug bin, um wenigstens darüber nachzudenken, wie wir eine Lösung finden können, um zusammen zu sein.«

Bilder unseres Abschieds stiegen vor mir auf. Ein Abschied, der eigentlich keiner gewesen war. Und auch, wenn das alles lange zurücklag und wir inzwischen an einem ganz anderen Punkt waren, schmerzten sie doch ungemein – weil ich jetzt alles wusste.

»Aber … du bist wegen Ash gegangen!« Auf einmal wurde mir alles klar, und sowohl er als auch sie zuckten zusammen.

»Nicht nur, aber auch«, gab June zu.

»War da mehr als dieser Kuss?«

»Ich … wir … Es ist nicht mehr als dieser Kuss passiert, falls du das meinst. Trotzdem war da irgendwie die ganze Zeit etwas zwischen uns. Aber da war ja auch zwischen Ash und dir schon die ganzen Jahre etwas, das ihr nie so richtig begriffen habt.«

»Und ich dachte, ihr könnt euch nicht leiden.«

»Das dachten wir auch lange«, murmelte Ash. »Vielleicht hat es das für uns irgendwie leichter gemacht, damit umzugehen. Es hat sich falsch angefühlt. June war die Freundin meines besten Freundes. So was … das geht einfach nicht.«

»Und trotzdem ist es passiert.«

Tränen traten in Junes Augen, und ich sah weg.

»Ich … ich wollte es dir sagen, aber ich wusste nicht wie, Kian. Ich wusste ja nicht einmal, was ich wollte oder was das Richtige wäre. Und dann, als ich zurück nach London kam, wollte ich es dir wieder die ganze Zeit sagen, aber irgendwie gab es nie den richtigen Moment …«

»Wie wäre es zum Beispiel mit dem Moment gewesen, als ich dir ehrlich sagte, dass ich Ash geküsst habe?« Ich lachte bitter auf. »Hast du eine Ahnung, wie beschissen ich mich gefühlt habe, während ich dir all das gebeichtet habe? Wie schwer mir das gefallen ist?« Ich rutschte noch weiter von den beiden weg. »Weißt du was? Ich bin einfach nur scheißwütend und enttäuscht von dir. Nicht nur, dass du diese Gelegenheit nicht genutzt hast, um ehrlich zu sein, du hast mir sogar noch das Gefühl gegeben, dass *ich* etwas falsch gemacht hätte.«

Ich blickte June an und für einen Moment erkannte ich die Frau, die ich liebte, nicht mehr. So viele Unwahrheiten, so viele Lügen – was sagte das über Ash und sie aus, wenn die beiden diese große Sache über so lange Zeit für sich behalten konnten?

»Jetzt hör auf, June fertigzumachen«, fuhr Ash mich an. »Ich habe genauso Mist gebaut wie sie. Ich hätte dir auch etwas sagen können, und ich habe es nicht getan. Weil … weil ich zu große Angst hatte, dich zu verlieren.«

»Glaub mir, von dir bin ich ebenso enttäuscht, Ash. Aber wenigstens behältst du recht. Du sagst doch immer, dass mein Herz zu groß ist, dass ich zu gutmütig bin, zu nett, zu entgegenkommend. Bitte, du hast gewonnen. Ich sehe gerade ganz deutlich, wohin das führt.«

»Niemand nutzt dich aus. Was ich für dich empfinde, ist echt, Kian«, flüsterte June.

»Und das, was ich fühle, auch. Du warst es. Du warst es schon immer. Das wart ihr beide«, ergänzte Ash. »Leider ist es wie letztes Mal. Als uns dasselbe passiert ist wie vor drei Jahren. Ich will June und dich. Und ihr beide wollt mich. Es ging nie um zwei von uns, es ging immer um uns drei. Es hat sich in der ganzen Zeit nichts daran geändert, ist nur noch intensiver geworden. Nur die Art, damit umzugehen, ist eine andere.«

Ich starrte Ash an.

Das war zu viel, das war einfach alles zu viel. Die Eifersucht meines damaligen Ichs, nicht meine heutige. Das Gefühl einer großen Lüge, des Hintergangenwordenseins, des Verrats. Und mit einem Mal schlich sich der schreckliche Gedanke in meinen Kopf, dass wir womöglich nur eine Dreierbeziehung führten, damit June und Ash ohne schlechtes Gewissen zusammen sein konnten.

»Ich war verdammt nochmal ehrlich zu euch beiden«, schrie ich jetzt, »ich habe euch sofort erzählt, wie es um meine Gefühle bestellt ist, als ich es realisiert habe. Und ich dachte, dass ihr mir dieselbe Aufrichtigkeit entgegenbringt!« Ich wurde innerlich völlig taub. »Ganz ehrlich? Ich fühle mich von euch verarscht! In der damaligen Situation und auch in der heutigen. Für mich ist das alles genauso neu und verwirrend wie für euch. Ich habe keine Ahnung, wie so eine Beziehung zu dritt funktioniert oder welche Regeln es gibt. Wir müssen unsere eigenen machen. Aber es gibt eine einzige und wichtige Regel, über die wir ganz eindeutig gesprochen haben und bei der wir uns alle einig waren: Wir reden miteinander und über alles. Wir lassen nicht zu, dass irgendwelche Geheimnisse zwischen uns stehen und die Dinge komplizierter machen.«

»Ja, aber wir lernen doch alles immer noch«, wandte June vorsichtig ein.

»Wage es ja nicht, dich jetzt herauszureden«, fuhr ich sie an, und es ließ mich völlig kalt, als ich die Tränen bemerkte, die June inzwischen unaufhaltsam über die Wangen flossen. »Ihr hättet mir das sagen müssen. Punkt. Denkt ihr echt, dass ich euch auf diese Art vertrauen kann?«

»Trotzdem hattest du schon etwas mit Ash, als ich dich um Abstand gebeten habe.« June schniefte. »Körperlich *und* emotional. So einwandfrei ist das auch nicht gewesen.«

Es war wie ein Schlag ins Gesicht, was sie mir da an den Kopf warf.

Leider sah ich die Wahrheit in ihren Worten. Und trotzdem war das doch etwas anders, oder?

»Wir haben alle Dinge getan, die auf den ersten Blick nicht in Ordnung sind«, fügte Ash hinzu. »Und vielleicht ist das auch normal, wenn man sich plötzlich in zwei Menschen verliebt, während man im Kopf hat, dass man sich für einen entscheiden müsste – weil das eben der gesellschaftlichen Norm entspricht.«

Ich blickte noch einen kurzen Moment zwischen ihnen hin und her, dann stand ich auf und sagte: »Ich gehe jetzt.«

Und ich wollte es nicht, doch diese Worte fühlten sich mit einem Mal so endgültig an. Vielleicht hatten sie doch alle recht.

June und Ash. Ash und June.

Vielleicht ging es letztlich doch nur um die beiden und ich war irgendeine Art Anhängsel, das eben manchmal mitmachen durfte. Jemand, der toleriert wurde, aber eigentlich das fünfte Rad am Wagen war. Hatte Aislyn es nicht genauso formuliert, als ich ihr in einem kurzen Telefonat zögernd von meiner neuen Beziehung erzählt hatte?

»Aber Kian, wir ...«

»Nein«, ich schüttelte entschieden den Kopf. »Nichts *wir*. Ich gehe jetzt, und ich will, dass ihr mich gehen lasst. Ich möchte allein sein. Das ... ich .... Ich weiß nicht einmal, was ich überhaupt noch dazu sagen soll, selbst wenn ich wollte.«

Meine Stimme brach – ganz so, als würde mein Körper meine Sprachlosigkeit noch unterschreiben wollen. Ash und June blieben zurück, zusammen in diesem warmen Bett, in dem wir uns vorhin noch alle nah gewesen waren.

Ich eilte die Treppe hinunter und trat hinaus in die Sonne, ließ das farbige Haus hinter mir und lief wie blind durch Camden.

Und dieses Mal weinte auch ich.

Es tat einfach so weh.

Alles tat schweißweh.

June

Seit fast einer Woche herrschte im *Jashan*-Gruppenchat gähnende Leere. Die letzten Nachrichten waren alle von Ash und mir, doch Kian hatte auf keine einzige von ihnen geantwortet, und ich konnte es ihm auch nicht verübeln. Ich schämte mich dafür, dass er es *so* erfahren hatte. Noch mehr aber dafür, dass ich Kian die Wahrheit zuerst nicht gebeichtet hatte, weil eine Flucht aus Großbritannien leichter gewesen war, und dann, weil mich, zurück in London, der Mut immer wieder verlassen hatte.

Es war merkwürdig, meine Zeit allein mit Ash zu verbringen. Nicht weil wir das sonst nicht tun würden, wir waren vorher ja auch nicht in jeder freien Minute zu dritt gewesen, sondern weil Kians Abwesenheit eine so offensichtliche Lücke hinterließ. Ohne ihn geriet etwas aus dem Gleichgewicht, ohne ihn waren wir unvollständig.

Ich hatte Schmetterlinge im Bauch wegen Ash und gleichzeitig war dort der Schmerz, den ich bei dem Gedanken an Kian empfand. Ich war glücklich und im selben Moment über die Maßen traurig und hatte keine Ahnung, wie man sich in so einem Fall am besten verhielt. Wie konnte es sein, dass Ashs Küsse, seine Fürsorge und sein Humor mich zum Lachen brachten, er mich kurz darauf aber im Arm halten und mir Tränen von den Wangen streichen musste, weil ich so schreckliche Angst hatte, Kian zu verlieren?

Ich hatte Angst, dass er sich auf irgendeine Art und Weise bestätigt fühlte. Dass wir seine Vorstellung, ihn nicht zu brauchen, mit unserem Verhalten nur noch weiter befeuerten.

Ich hatte Angst, es könnte falsch sein, dass zwischen Ash und mir alles wie immer war.

Ich hatte Angst, dass Kian sich am Ende von uns trennen würde.

Mein Kopf schwirrte, denn die Situation überforderte mich vollkommen. Ich hatte nichts, woran ich mich klammern konnte. Hatte absolut keine Ahnung, wie ein Streit oder sogar eine Trennung in einer Polybeziehung funktionierte.

»*Honey* ...«, murmelte Ash und zog mich enger an sich, »hör auf, dir den Kopf zu zerbrechen.«

»Du sagst das so leicht«, meinte ich und hob den Blick. Ashs Augen waren ebenso gerötet wie meine.

»Ich sage das gar nicht leicht«, seufzte er. »Aber ich finde es furchtbar zu sehen, wie sehr du leidest. Und ich weiß, dass wir gerade einfach nichts tun können. Kian ist stur. Er ist jemand, der nicht schnell böse auf andere wird, aber wenn ...«

»Wenn, dann richtig«, führte ich Ashs Satz zu Ende. Liebevoll umfasste er mein Gesicht mit beiden Händen und strich die Tränen beiseite. Wieder und wieder.

»Ich vermisse Kian. Ich vermisse ihn ganz schrecklich. Und ich habe ... Angst, Ash.«

»Ich auch. Ich möchte euch nicht verlieren. Ich will nicht das verlieren, was wir haben. Und ich ... ich wünschte einfach, wir hätten es ihm erzählt. Nicht erst jetzt, sondern damals schon.« Er lachte freudlos auf. »Weißt du, als du wieder in unserem Leben aufgetaucht bist, habe ich es mir leicht gemacht. Ich habe nicht nur so getan, als könnte ich dich nicht leiden, solange bis ich es selbst fast geglaubt habe. Ich habe auch die Schuld für das, was damals passiert ist, ganz allein auf dich geschoben – was alles andere als fair gewesen ist. Wir beide hätten es Kian sagen müssen.«

Ash zog mich an sich und vergrub sein Gesicht in meinen Haaren.

»Ich lass dich nicht gehen, June«, sagte er mit fester Stimme. »Und Kian lasse ich genauso wenig gehen. Ich verspreche es dir!«

Ash brachte mich am nächsten Tag ins *Mephisto*, als würde er sichergehen wollen, dass ich zurechtkam, dabei waren wir beide traurig und versuchten aneinander Halt zu finden. Als er sich auf den Stufen des

Theaters von mir verabschiedete, steckte er eine Haarsträhne hinter meinem Ohr fest und hauchte mir einen Kuss auf den Mundwinkel.

Die heutige Vorstellung fühlte sich furchtbar an. Ich war noch nie gut darin gewesen, meine wahren Gefühle zu verbergen, aber dieses Mal fiel es mir auf der Bühne besonders schwer. Ich sprach die richtigen Sätze, sang die richtigen Töne und vollführte die richtigen Schritte, doch ich fühlte nichts von dem, was Ilaria ausmachte. Zweimal hatte ich sogar einen Texthänger, der zum Glück nicht weiter auffiel. Und kurz bevor Aillard und Ilaria sich ihre Liebe gestanden, brach ich im Licht der Scheinwerfer beinah in Tränen aus.

Als ich nach der Vorstellung in die Dämmerung hinaustrat, klingelte mein Handy, und beim Anblick der Festnetznummer auf dem Bildschirm wurde etwas in mir ganz ruhig. *Groveford, Mum und Dad, Zuhause –* auch wenn da noch die Erinnerung an unser letztes Gespräch war.

»Hallo Schatz«, begrüßte Mum mich warm und vertraut. »Hast du einen Moment?«

»Ja, natürlich«, ich streifte beim Laufen mit den Fingerkuppen über die Efeuwände der Mowbray Alley. Ich wartete, Mum räusperte sich.

»Dein Dad und ich haben nachgedacht und wollten mit dir sprechen.«

»Okay …?« Ich hielt die Luft an. »Und was bedeutet das? Ich möchte wirklich nicht mehr mit euch diskutieren. Ich …«

Ich habe gerade keine Kraft für weitere Auseinandersetzungen, vor allem nicht für solche, die in irgendeiner Art und Weise mit meiner Beziehung zu tun haben. Erst Henry, dann meine Eltern, kurz darauf Kian – meine Nerven waren zum Zerreißen gespannt. Es fehlte nur noch eine letzte Kleinigkeit, um alles in mir zum Explodieren zu bringen.

»Wir wollen nicht mit dir diskutieren, June«, erklärte Mum sanft. »Dad und ich mussten einfach in Ruhe nachdenken. Wobei *nachdenken* es nicht ganz trifft. Die Situation ist einfach sehr ungewohnt für uns, und wir mussten uns erst einmal an den Gedanken gewöhnen, dass du mit zwei Menschen zusammen bist. Ehrlich gesagt finde ich es nach wie vor eigentümlich, aber …«, Mum holte tief Luft, und ich hörte ein Lächeln in ihrer Stimme, »du bist unsere Tochter, unser einziges Kind. Wir würden uns sehr freuen, wenn du Kian *und* Ash das nächste Mal mit nach Groveford nimmst. Wir wünschen uns nichts mehr, als dass du glücklich bist und … es wäre schön, euch alle zusammen zu erleben.«

»Mum, ich …«

Meine Stimme brach, und nicht zum ersten Mal in den vergangenen Tagen fing ich zu weinen an. In diesem Moment hätte ich Mum am liebsten alles erzählt, doch ich schwieg. Ash *und* Kian. Es fühlte sich an, als wäre es zu spät.

Ash

Am Freitag war im *Five Bells* die Hölle los, die Scheiben beschlugen von innen. Kian hatte den Schichtplan so umgeschrieben, dass wir uns nicht trafen, und ich wollte nichts dagegen sagen, wenn es das war, was er gerade brauchte. Sogar seine sonst so ordentliche Schrift auf der Tabelle im Büro erschien mir wütender und gereizter. Es passte zu der Kälte, die mir von seiner Seite entgegenschlug, sobald wir uns doch zufällig begegneten.

Zusammen wohnen, zusammen arbeiten, zusammen sein – das war verdammt viel auf einmal, das war mir klar.

Doch mit dieser Funkstille zwischen uns brach etwas in mir entzwei. Vor June aber versuchte ich stark zu erscheinen, denn wenn wir beide durchdrehten, würde das nichts an der Sache ändern. Ich war vorübergehend bei Noah und Quinn untergekommen. Natürlich hätte ich auch bei June bleiben können, doch wir wollten Kian keinen falschen Eindruck vermitteln.

Die Gäste kamen, nur wenige gingen. Jeder Zentimeter des Pubs war besetzt, Benoît und Quinn schoben in rasender Geschwindigkeit Getränke über den Tresen, während ich mich mit vollen Tellern durch die Menschenmenge schob. Und je voller es wurde, desto erleichterter wurde ich. Es bedeutete, einfach nur machen und nicht denken, geübte Handgriffe statt Kian in meinem Kopf. Doch irgendwann zwischen zehn Uhr und Mitternacht tauchte er unerwartet kurz hinter der Theke auf, und mein Schmerz, die Angst und diese Schuldgefühle waren wieder laut und präsent und allumfassend. Ich sah Kian mit einem Drink in der Hand, dann verschwand er wieder. Die Schultern hingen ein bisschen, die Haare waren zerzaust und wirkten eher mattbraun statt orange, und da waren die Ringe unter seinen Augen.

Es zerriss mich innerlich, Kian so neben der Spur zu sehen, denn er war niemand, den die Dinge so leicht aus der Bahn warfen. Ich wäre am liebsten zu ihm gegangen, um ihn in den Arm zu nehmen, meine Finger über seine vertrauten Gesichtszüge gleiten zu lassen und zu beteuern, wie sehr June und ich ihn vermissten. Wie leid es uns tat – doch ich wusste, dass diese Worte nichts ändern würden. Alles, was ich Kian jetzt geben konnte, war Zeit. Und dann mussten June und ich ihm irgendwie zeigen, dass er unweigerlich zu uns gehörte. Dass es für uns keine andere Option gab.

Mit dem Handrücken wischte ich mir in einer kurzen Verschnaufpause den Schweiß von der Stirn, als das alte Telefon hinter der Theke klingelte. Ich sah mich um. Benoît hatte an der Bar immer noch alle Hände voll zu tun, neben ihm kassierte Quinn gerade einen Gast ab und aus der Küche hörte ich River fluchen. Also drängte ich mich durch die dicht stehenden Menschen und nahm selbst den Hörer ab.

»*Five Bells*«, sagte ich abgelenkt und ließ den Blick durch den Gastraum schweifen, »hier ist Ash am Telefon?«

»O Gott, Ash! Zum Glück«, hörte ich eine Frauenstimme irgendwie undeutlich sagen. Ich legte eine Hand auf mein Ohr, um sie besser zu verstehen, da erklang ein schmerzverzerrtes Stöhnen am anderen Ende der Leitung.

»Scheiße«, fluchte die Frau, »sag River, er soll seinen Arsch hierher bewegen.«

Und da dämmerte es mir: »Stella?!«

»Ich habe verdammte Wehen. Ich habe schon im Krankenhaus angerufen. Wenn River die Geburt seines ersten Kindes nicht verpassen will, soll er seinen Arsch nach Hause bewegen und mich ins Krankenhaus fahren.«

O Gott, es ging los. Jetzt, gleich, bald.

»Ich sag ihm Bescheid. Es ist die Hölle los, aber wir kriegen das irgendwie hin, okay? Ich schick ihn so schnell wie möglich zu dir.«

»Danke, A...«, wieder wurden Stellas Worte von einem Aufkeuchen unterbrochen. »Scheiße, tut das weh. Ich will einen Wodka oder so. Ich brauch das jetzt. Wieso ist die Welt so verdammt ungerecht? Wieso müssen Frauen die Kinder kriegen? Wer zur Hölle hat sich das ausgedacht?«

»Geht es dir sonst gut, Stella?«

»Nein, verdammt. Ich ... ich brauche jetzt einfach nur River.«

»Okay, den bekommst du. Kann ich sonst noch etwas tun?«

»Einen Weg finden, wie ich Alkohol trinken kann?«

»Ich befürchte, das geht nicht«, lachte ich. »Pass auf dich auf, okay?«

Und dann ging alles ganz schnell: in die Küche eilen und River holen, wenige Sätze, die das Gespräch mit Stella zusammenfassten, ihn aus dem Laden bugsieren. Der Arme war völlig aufgelöst und brachte keinen geraden Satz mehr heraus, als ich ihn in den Uber verfrachtete, der schon vor dem Pub wartete. Ich nahm ihm das Versprechen ab, sich mit Neuigkeiten bei uns zu melden, ehe ich über meinen Schatten sprang und Kian anrief.

An diesem Abend machten wir eine Stunde früher zu als sonst. Wir waren alle komplett neben der Spur und unbrauchbar. Nach dem Aufräumen setzten wir uns zusammen um unseren Tisch und tranken auf Stella und River. Quinn, Benoît, Kian und ich. Wie in den letzten Tagen auch wich er jedem meiner Blicke aus. Nur einmal sah er nicht schnell genug weg, als ich den Kopf hob, und ich sah etwas in seinen Zügen aufflackern, das ich nicht greifen konnte. Und Himmel, ich hätte June so gerne hier gehabt. Ich wäre so gerne auf Kians Schoß geklettert und hätte dabei unsere June an mich gedrückt – dieses Leben schien gerade Lichtjahre entfernt zu sein.

Am frühen Morgen – ich hatte kaum geschlafen – kam endlich ein Anruf von River. Es war ein Mädchen, Stella und der Kleinen ging es gut. River klang erschöpft, aber glücklich und ein warmes Kribbeln breitete sich von den Fingerspitzen ausgehend in meinem ganzen Körper aus.

Wir fuhren zusammen zu dem Krankenhaus, auf halber Strecke schlossen sich Noah und Quinn an, die mehrere quietschbunte Luftballons in der Hand hielt. Alles war wie in einem Film, viel zu schnell und gleichzeitig viel zu langsam. Kian und ich redeten kaum miteinander, aber zwischen uns herrschte zum ersten Mal seit unserem Streit ein Schweigen, das sich einvernehmlich und nicht erdrückend anfühlte. Unsere Freunde und die Geburt ihres ersten Kindes waren jetzt weitaus wichtiger als das, was zwischen uns dreien stand. Wir nahmen den Aufzug hinauf in das Stockwerk, das River uns geschrieben hatte, stiegen aus und liefen den Gang entlang.

Kian ging ruhig und bedacht, Noah dagegen hüpfte unruhig umher, machte mehrere Schritte nach vorn, dann wieder einen zurück und die dunklen Locken wippten dabei im Takt … Quinn hatte sich bei mir untergehakt, die Luftballons schwebten irgendwo zwischen uns. Als wir endlich vor dem Zimmer mit der Nummer 427 standen, holte ich tief Luft, ehe ich klopfte. Stella und River waren Teil meiner Familie, und das galt auch für ihre Tochter.

Sobald wir den Raum betraten, war da nur noch ein Freudentaumel aus Umarmungen und Glückwünschen. Stella sah müde aus, hatte die hellen Haare zu einem wirren Knoten auf dem Kopf zusammengebunden, doch sie strahlte über das ganze Gesicht. Aufrecht thronte sie im

Bett und hatte ihre Tochter an die Brust gedrückt, während River auf der Kante saß und einen Arm liebevoll um seine Freundin gelegt hatte.

»Das ist Maisie«, stellte Stella uns die Kleine vor, und im nächsten Moment hielt ich sie im Arm. Ich starrte auf die geschlossenen Augen und diese winzigen Finger. Auf diesen erst wenige Stunden alten Menschen mit der schrumpeligen rosafarbenen Haut. Mein Herz wurde von Liebe geflutet, und als ich den Blick hob, sah Kian mich zum ersten Mal seit einer gefühlten Ewigkeit wieder richtig an. Nicht diese Blicke, die mich bloß streiften, sondern ein echter, tiefer aus kaffeebraunen Augen. Sein Gesichtsausdruck war weich und freundlich, und unwillkürlich drückte ich Maisie enger an meine Brust.

Dann geschah etwas Verrücktes: Kian lächelte.

* * * *THE RED LADY* * * *

aus dem zweiten Akt

*

Vor Foxas Tor stehen Ilarias neu erschaffene Kämpfer des Lichts, die Armee der Wolken und der Geister der Flüsse, Roux' Königinnengarde mit der Königin selbst, Aillard und alle Bewohner Mayloras, die Magie beherrschen, bereit. Zum ersten Mal seit Tausenden von Jahren werden sie gemeinsam die Wolkenstufen hinabsteigen, um London und die Magie zu retten.

AILLARD: Der Krieg beginnt.
ILARIA: Und hiermit wird er auch enden.
AILLARD, *Ilaria einen letzten Blick zuwerfend*: Bist du bereit?
ILARIA: Nein, aber ich bin mutig genug.

In ihrem wehenden, blutroten Kleid setzt Ilaria an Aillards Seite den ersten Schritt durch das Wolkentor. Sie hebt die Hände, woraufhin Magie, Funken und Feuer ihren Fingern entweichen. Sie beginnt The Last War *zu singen, und ihr Gefolge stimmt mit ein.*

16. Kapitel

June

Am Sonntag stand meine Welt erneut Kopf.

Via und ich waren im *Regent's Park* zu einem Picknick verabredet. So richtig warm war es zwar noch nicht, aber die Sonne leuchtete von einem strahlend blauen Himmel und es blühte überall. Knospen und Blätter und melodiöses Gezwitscher der Vögel. Obwohl ich mich am liebsten weiterhin in meiner WG verkrochen hätte, wusste ich doch, dass es wichtig war, trotz meiner Sehnsucht nach Kian ein bisschen rauszukommen. Trotz der Angst, die unaufhaltsam ein Loch in meinen Brauch fraß und gegen die auch das Zusammensein mit Ash nichts ausrichten konnte.

Via und ich lagen Kopf an Kopf auf einer Wiese, und für einen Moment war mir tatsächlich leichter ums Herz – bis ich wenig später wieder zurück in der Prosperity Lane war und auf mein Handy sah.

Gruppenchat. *Jashan.*

KIAN, 14:17 Uhr
Ich bin jetzt bereit, mit euch zu reden.

ASH, 14:45 Uhr
Bin daheim. Warte auf dich.

Mein Herz raste, als ich die wenigen Worte las. Über eine Stunde waren die von Ash inzwischen her, und ausgerechnet heute hatte ich mein Handy zu Hause gelassen. Kian, ich wollte so sehr zu Kian, meinem sicheren Hafen. Aber nicht nur das: Ich wollte es gemeinsam mit Ash.

389

Ich sah eine Momentaufnahme von dem Tag, an dem ich nach New York geflogen war, vor mir: der traurig-ernste Blick in Kians Augen, als ich ihn verlassen hatte. Dann tauchte ein anderes Bild in meinem Kopf auf: seine bebenden Lippen, als ich nach einem perfekten Date zwischen Eis und Wolken um eine Pause gebeten hatte. Dann eine Detailaufnahme von seinem Geständnis, etwas für seinen besten Freund zu empfinden. Nächste Szene: der allumfassende Schmerz in seinem Gesicht, während er begriff, was Ash und mich abgesehen von allem anderen verband. Die brodelnde Wut, die bei Kian so selten an die Oberfläche drang. Vielleicht war es dieses Mal zu viel gewesen. Vielleicht waren vier Chancen alles, was Kian geben konnte – ich könnte es verstehen.

Halt suchend setzte ich mich auf mein Bett und schrieb, obwohl meine Finger wie verrückt bebten.

ICH, 16:01 Uhr
Ich bin sofort bei euch.

Ob Kian schon da war? Ob er bereit war, mit uns zu reden, weil er immer noch mit Ash und mir zusammen sein wollte? Oder hatten wir Kian zu sehr verletzt und er sich gegen uns entschieden?

Hektisch schlüpfte ich zurück in meine Schuhe, griff nach meiner Jacke und ließ die Haustür viel zu fest hinter mir ins Schloss knallen. Mir war schlecht, mein Mund trocken und blind für alles um mich herum hastete ich durch die Straßen. Ich bewegte mich wie in einer kleinen Blase, ein unzerstörbarer Luftballon, der mich durch die Masse der Menschen trug. Erst die Prosperity Lane mit ihren schmalen bunten Häusern entlang, dann weiter. Ich versuchte, so schnell wie möglich bei meinen zwei Männern zu sein und nur an die Möglichkeit einer Zukunft zu denken, in der wir drei zusammen waren. Alles andere war nicht vorstellbar und durfte nicht sein.

Atemlos bog ich in die Blossom Street ein, stieß die grüne Haustür auf und rannte die Treppe so schnell nach oben, dass ich beinah über meine eigenen Füße stolperte. Ich brauchte ganze drei Anläufe, um den Schlüssel richtig ins Schloss zu stecken, doch dann stieß ich die Wohnungstür auf. Die Jacke warf ich achtlos auf den Boden, die Schuhe hinterher.

»Ash?«, rief ich. »Kian?«

Irritiert blickte ich mich um, denn alles blieb still. Hatte Ash nicht gesagt, dass er schon da war? Wieso waren da dann keine Stimmen?

Die Zimmertüren der beiden standen offen, dahinter waren die Fotos und Bücher zu sehen, doch die Räume waren leer. Mit schnellen Schritten durchquerte ich den Eingangsbereich, und dann fand ich sie ineinander verschlungen auf dem Ledersofa im Wohnzimmer.

Kian saß auf Ashs Schoß, die Hände in seinen offenen dunklen Haaren, und küsste ihn leidenschaftlich.

Das Holz knarzte unter meinen Füßen, als ich eintrat, und sofort fuhren sie auseinander. Kian rutschte von Ashs Beinen, die dunklen Augen glänzten, waren geweitet und auch wenn er mich ansah, war er noch nicht ganz da. Die Haare zerzaust, die Wangen gerötet und o Gott, in diesem Moment sah dieser Kerl einfach nur furchtbar niedlich aus. Und ein bisschen heiß.

Ich schluckte.

Das war es nicht, worum es hier ging.

Das war es nicht, was gerade wichtig war.

»Wieso seht ihr aus, als hättet ihr ein schlechtes Gewissen?«, fragte ich heiser und seltsam verunsichert. Mit der leisen Angst, Kian und Ash könnten gleich etwas sagen oder tun, das mich verletzen würde. Ash hatte mir zwar versichert, er würde weder mich noch Kian gehen lassen. Aber was, wenn Kian nur einem von uns noch eine Chance geben wollte? Was, wenn aus einem perfekten Dreieck eine Linie wurde?

»Ich …«, Kian rieb sich verlegen über das Gesicht und schob sich die goldene Brille zurecht, ehe er noch mehr Abstand zwischen Ash und sich brachte. »Es …«

Ich trat auf die beiden zu und während Ash meinen Blick erwiderte, wich Kian ihm aus, suchte ihn Sekunden darauf aber wieder. Seine Wangen röteten sich noch stärker.

»Ich habe euch so schrecklich vermisst ...«, raunte er.

Und das war der Moment, in dem ich die Tränen schwer und drängend hinter meinen Lidern spürte. Schon wieder – ich stand schon wieder vor den beiden und war kurz davor loszuheulen. Ich wollte nicht, dass es vorbei war, ich wollte einfach nur diese beiden. Kian *und* Ash.

»Wir haben auf dich gewartet und dann ... dann habe ich ... dann hat Kian ...«, stammelte Ash, was gar nicht zu seiner sonst so selbstsicheren Art passte.

»Dann habt ihr gedacht, ihr fangt einfach schon mal ohne mich an?«, sagte ich bemüht locker, doch meine Stimme zitterte so sehr wie inzwischen auch meine Beine.

Ich überbrückte den letzten Abstand zwischen uns und setzte mich auf Ashs Schoß, wo gerade noch Kian gewesen war, und presste meinen Mund auf seinen. Dann auf Ashs. Und immer wieder auf Kians, weil ich so schreckliche Angst gehabt hatte, ihn durch meine Fehler und mein Schweigen zu verlieren.

Ich war hier, ich war hier bei ihnen beiden.

»Nein, so ist das nicht«, verteidigte Ash sich.

»Und das ist alles?« Da war immer noch diese Angst, dass Kian sich für ihn allein entschieden haben könnte. Dass er die große Bombe erst noch platzen lassen würde.

»Ja, ich schätze, das ist alles«, meinte Kian.

»Aber das ist doch okay«, flüsterte ich und versuchte meine bebenden Hände ruhig zu halten, »ihr müsst euch nicht schlecht deswegen fühlen. Wenn ihr euch küssen wollt, dann küsst euch. Wenn ihr euch auf andere Art nah sein wollt, dann tut das.«

Stille.

»Ich finde es schön, euch so zu sehen. Und ich finde es genauso schön zu wissen, dass ihr euch habt, wenn ich gerade keine Zeit habe und nicht da bin. Ihr müsst nicht immer darauf warten, dass wir zu dritt sind oder so. Und sonst war das doch auch nie ein Problem, wenn einmal nur zwei von uns Zeit miteinander verbracht haben.«

»Das geht mir auch so«, sagte Kian und musterte mich, wie ich auf Ashs Schoß saß und jetzt aber ihm liebevoll durch die Haare strich.

»Und mir auch«, meinte Ash.

»Ihr seid die Einzigen für mich«, erklärte ich und vergrub mein Gesicht an Ashs Hals, ohne Kian aus den Augen zu lassen. »Und ihr vertraut mir doch, oder?«

Sie nickten.

»Und ich vertraue euch genauso.«

»Du hast recht«, sagte Kian und rutschte wieder näher an uns heran, um Ash den Kopf auf die Schulter zu legen. Unsere Gesichter ganz nah beieinander, so wie unsere pulsierenden Herzen.

Gold, Braun, so viel Unendlichkeit.

»Es war nur kurz komisch, als du gerade reinkamst und Ash und mich gesehen hast«, murmelte Kian. »Nicht, weil du uns *gesehen* hast, sondern weil wir uns beim letzten Mal gestritten und ich euch seitdem aus dem Weg gegangen bin. Ich habe dich genauso sehr vermisst wie Ash, Juniper.«

Genauso hallte es in mir nach. Also uns beide, ihn und mich gleichermaßen. In mir löste sich dieser harte Knoten, der mich in letzter Zeit begleitet hatte.

»Und was bedeutet das jetzt?«

»Dass ich ein bisschen weniger wütend auf euch bin?«

»Ich verstehe deine Wut, Kian. Ich verstehe sie so sehr, und du hast jedes Recht der Welt, sauer und enttäuscht zu sein. Ash und mir tut es schrecklich leid, dass wir die ganze Zeit nichts gesagt haben. Und *mir* tut es leid, dass du es auf diese blöde Art und Weise erfahren hast!« Und mit einem Mal sprudelten die Worte nur so aus mir hinaus: »Aber ich schwöre dir, dass es sonst nichts gibt, was wir vor dir zurückhalten. Wir möchten einfach mit dir zusammen und dieses Mal ganz offen sein. Und ich hoffe so sehr, dass du das auch noch möchtest. Also uns.«

Kian zögerte einen kurzen Moment, dann sagte er: »Das will ich auch. Ich möchte diese Beziehung mit euch. Ohne euch zwei fühlt sich alles irgendwie falsch an.«

Ich schluckte, denn ich wusste genau, was Kian meinte. Nur zu dritt waren wir vollständig.

»Du hast uns jetzt zurück«, meinte Ash mit einem vorsichtigen Lächeln. »June und mich.«

Diese sanfte Version von ihm mit dieser Behutsamkeit und dem sanften Zug um den Mund ließ etwas in mir schmelzen.

»Genau. Und ... außerdem ist das ein *Polyfoul*«, platze ich bescheuerterweise heraus. Ähnlich seltsam und unpassend wie dieser Moment vergangenen Herbst, als ich Kian vor lauter Nervosität die Hand gegeben hatte.

»Ein bitte was?«, wollte dieser jetzt wissen.

»Ein Polyfoul«, erklärte ich. »Ich habe mich nämlich informiert.«

»Und das bedeutet?«

»Na ja, also ich habe mit Benoît so eine Serie angesehen ...«, ich machte eine unbeholfene Geste und dachte an Emma, Izzy und Jack, »... und da nennen die drei Protagonisten so etwas ein *Polyfoul*.« Ich überlegte kurz. »Das sind einfach Situationen wie eben, als ich reingekommen bin und ihr beide ein schlechtes Gewissen hattet. Das hattet ihr nur, weil ihr unwillkürlich die Regeln einer Zweierbeziehung auf unsere übertragen habt. Aber wir führen keine heteronormative, monogame Beziehung und ich denke, das ist etwas, dessen wir uns bewusst sein müssen. Wenn wir das nicht sind, wird es immer und immer wieder passieren, dass wir unsere Beziehungen an solche Normen anpassen. Aber diese Standards sind eben zu eng und machen uns auf Dauer nicht glücklich. Also müssen wir unsere eigenen Regeln aufstellen.«

Kian und Ash starrten mich an.

Erstaunt? Ungläubig? Keiner von ihnen sagte etwas, doch ganz langsam begann sich auf Ashs Lippen ein Grinsen auszubreiten. Ein durchdringendes Funkeln trat in seine Augen.

»Du hast dir eine Serie zu dem Thema angesehen?!«

»Ähm ... ja.«

Die Dokumentationen, YouTube-Videos und Blogbeiträge erwähnte ich lieber nicht, doch seine Mundwinkel zogen sich so oder so noch weiter auseinander. »Das klingt nach etwas, das eher Kian tun würde.«

Der lachte jetzt. »Hab ich auch gemacht.«

»Okay, jetzt fühle ich mich blöd, weil ich es einfach genommen habe, wie es ist, und mich nicht irgendwie ... informiert habe.«

»Du musst dich doch nicht blöd fühlen. Das macht uns doch aus, oder? Dass wir verschieden sind.«

Unsere Hände fanden wie von allein zueinander, Finger strichen sanft über Haut.

»Also«, setzte Ash an, und die Stimmung wurde wieder ernst, »diese Polyfouls ...«

»... sollten wir vermeiden.«

»Und ganz davon abgesehen brauchen wir unsere eigenen Regeln«, ergänzte Kian eindringlich und kam damit auf das zurück, worüber wir so dringend reden mussten. »Ich möchte absolute Offenheit. Ich will verdammte Ehrlichkeit, und ich will nicht, dass so etwas jemals wieder passiert. Ich verzeihe euch. Die ganze Situation ist so verworren, das war sie von Anfang an und ich werfe euch absolut nichts vor – zumindest nicht diesen Kuss. Ich war wegen eures Schweigens einfach nur massiv verletzt, weil sich auch das Auslassen einer Sache wie eine Lüge anfühlen kann. So etwas darf nicht noch einmal vorkommen und ...«

Kian hielt seufzend inne und schaute von einem zur anderen.

»Und was?«, fragte ich vorsichtig nach, als die Sekunden sich endlos zu dehnen schienen.

»Und …«, fuhr Kian zögernd fort, »… so sehr ich euch liebe, habt ihr mein Vertrauen trotzdem erschüttert. Ich kann nicht so tun, als wäre das nicht passiert und als würde ich nicht daran denken. Letztendlich bedeutet das einfach, dass ich Zeit brauche, um dieses Vertrauen wieder aufzubauen, und ich hoffe, dass ihr mir diese Zeit geben werdet.«

Ich drückte Ashs und seine Hand und sah beiden fest in die Augen.

»Ich will, dass das funktioniert. Ich verspreche euch, dass ich ab jetzt ehrlich sein werde, in allem.« Ich schenkte Kian ein Lächeln, ehe ich weitersprach: »Und ich verspreche dir, dass du alle Zeit der Welt bekommen wirst. Ich werde mich jeden Tag um dein Vertrauen in mich bemühen.«

»Ich verspreche es auch«, raunte Ash, »nur noch absolute Ehrlichkeit.«

»Und ich auch«, fügte Kian leise hinzu.

Und dann brachen die Tränen aus mir hervor, die die ganze Zeit schon da gewesen waren, kein leichter Regen, sondern eine Sintflut. Sie liefen und liefen und liefen, und ich konnte nichts tun, damit sie versiegten. Weil mein Herz wehtat und in diesem Moment doch wieder zusammenwuchs, weil alles so verdammt viel war. Weil alles so furchtbar gewesen war und nun so wunderschön.

»*Honey*, es ist doch jetzt alles gut«, sagte Ash, und die beiden sahen mich ein bisschen erschrocken an.

Und ich weinte und schniefte und lachte gleichzeitig.

»Ich weiß. Es ist nur … mir fällt so ein Stein vom Herzen.« Ash schloss seine Arme von der einen und Kian von der anderen Seite um mich.

»Ich kann es mir ohne euch einfach nicht vorstellen«, raunte Ash. »Und das will ich auch gar nicht.«

Wir redeten über die Regeln und überlegten, welche uns am wichtigsten waren. Ich sprach zum ersten Mal aus, dass es schöner wäre, in Zukunft irgendwann zusammenzuwohnen – nicht nur Kian und Ash, sondern Kian und Ash und ich. Mit einem Mal sprudelten die Worte nur so aus uns heraus.

Und dann erzählten wir uns unsere Geschichten.

Eine über eine tiefe Freundschaft, aus der mehr geworden war.

Eine über die erste Liebe, die eine zweite Chance bekommen hatte.

Und eine von zwei Menschen, die ihre Gefühle hinter vorgeschobener Abneigung versteckt hatten.

Wir redeten die ganze Nacht. Und mit jedem Wort, das zwischen uns fiel, verstanden wir, wie groß und besonders und einzigartig unsere Gefühle füreinander waren. Und mit jedem Satz, den Ash und Kian aussprachen, begriff ich nur noch mehr, dass wir nur zu dritt funktionierten. Dass es trotz aller Ängste und Unsicherheiten nur so und nicht anders sein konnte.

Weil wir *wir* waren.

Weil wir Kopf und Herz und Verstand waren.

Weil wir *Jashan* waren.

Irgendwann holte Ash eine Flasche Wein aus der Küche, mit der wir in Kians Zimmer umzogen. Zwischen meterhohen Bücherregalen und im schummrigen Licht lagen wir auf seinem Bett, mein Kopf auf seinem Bauch. Kians auf Ashs. Und Ashs auf meinem. Der Wein war so perlend und kühl, kühl, wie es in mir warm war, und in dieser Nacht legten wir unser Innerstes voreinander offen, wie wir es zuvor nicht getan hatten.

17. Kapitel

June

Innerhalb der nächsten zwei Wochen kam der Frühling endgültig nach London, und die Blumen in der Blossom Street erblühten in ihren zahlreichen Kästen und Töpfen. Die ganze Straße duftete süß und nach den ersten Winden des Sommers, vor dem *Five Bells* standen inzwischen wieder einige Bänke, und Camden füllte sich mehr und mehr mit Touristen und Menschen, die der Sonne hinterherjagten.

Kian, Ash und ich wuchsen noch enger zusammen. Wir redeten so offen über das zwischen uns wie noch nie – auch wenn es auf den ersten Blick nur Kleinigkeiten sein mochten. Als erst Kian einen Anflug von Eifersucht verspürte, dann Ash. Und als ich mich ausgeschlossen fühlte, weil ich die zwei wegen des Pubs und der *Red Lady* mehrere Tage nicht sah, sie aber gefühlt jede freie Minute miteinander verbrachten, weil sie nun einmal zusammen lebten und arbeiteten.

Ich lernte, dass Kommunikation in einer Beziehung wie unserer noch wichtiger war als sowieso schon. Da waren mehr Eigenheiten, mehr Träume und Sehnsüchte, mehr Sorgen und Ängste, mehr Bedürfnisse. Und bei all dem durfte ich *ich* sein, durfte vollkommen die Person sein, die ich immer schon gewesen war. Es war okay, wenn ich die Welt in dem einen Moment umarmen wollte und im nächsten aus irgendeinem Grund in Tränen ausbrach. Es war okay, permanent so viel zu fühlen, denn Kian und Ash zeigten mir, dass das nicht *zu* viel war, sondern etwas, das einfach zu mir gehörte wie alles andere.

Einmal telefonierte ich mit meinen Eltern, während ich wie so oft bei meinen beiden Männern in der WG war. Mit dem Rücken zur Tür saß

ich auf Ashs Bett und musste früher auflegen, als er sich an mich heran-
schlich und mich gnadenlos durchzukitzeln begann. Ich japste nach Luft,
hasste ihn, liebte ihn.

Mum und Dad waren immer noch verunsichert von der Situation,
doch sie freuten sich darauf, ihn kennenzulernen. Und sie waren bereit,
Kian und Ash eine Chance zu geben, solange sie mich glücklich machten.
Für mich war das alles, was zählte.

Während ich bei vielen in meiner Theatercrew nach wie vor auf
Unverständnis und fragende Blicke wegen meiner Beziehung stieß, zeigten zumindest Sophia und Ben sich seit unserem Gespräch im *Miracle*
anders. Sie behandelten mich einfach wie sonst auch und machten kein
großes Ding daraus. Zumindest nicht mehr.

Und ich erwartete ja auch nicht, dass die Blicke sofort aufhörten. Mir
war klar, dass sie auch nicht in jedem Fall Abneigung zeigten, sondern
oftmals auch einfache Neugierde, doch ... Henry? Henry, mit dem ich in
Groveford in derselben Straße aufgewachsen war. Der stets da und Teil
meines Lebens gewesen war. Mein *Baby Blue*, mein Bruder im Geiste.
Außerhalb des *Mephisto* sahen wir uns kaum noch, Henry zog sich mehr
und mehr vor mir zurück. Via und ich fragten ihn regelmäßig, ob er uns
begleiten wollte, wenn wir miteinander verabredet waren, doch er fand
jedes Mal eine andere Ausrede – vor allem wenn die Wahrscheinlichkeit
bestand, er könnte bei einer dieser Gelegenheiten auf Kian oder Ash
treffen.

Und dann kam der Tag, an dem ich sein Verhalten einfach nicht mehr
ertrug. An dem mich der schwere Klumpen im Bauch, der mit der Ableh-
nung und dem teilweise feindseligen Verhalten meines eigentlich besten
Freundes stetig gewachsen war, zu Boden zu ziehen drohte. Es war der
Moment, in dem mir selbst die Ausreden ausgingen und ich nichts mehr
davon schönreden konnte. Er gab meinen Freunden keine Chance, er gab
dieser Beziehung keine Chance und ich verstand einfach nicht, weshalb.

Kurz vor dem Wochenende fing ich Henry schließlich entschlossen vor dem Kostümraum ab. Noch hatte ich nichts gesagt, doch meine Handflächen waren schwitzig und mein Herz raste, als ich seine vertrauten Züge betrachtete und die Art, wie er sich die Kopfhörer um den Hals zurechtschob.

»Wenn es um den Riss in Ilarias Kleid geht«, fing er direkt an und sperrte den Raum auf, »ich bin mit dem Ausbessern noch nicht ganz fertig, aber bis zur nächsten Vorstellung schaffe ich es auf jeden Fall.« Er schritt voran, und ich folgte ihm hinein in sein Kreativchaos mit den Stangen voller Kleider im schummrigen Licht. »Zur Not hätte ich aber auch noch ein anderes für die Szene. Es sieht ein bisschen anders aus, sollte aber genauso gut zur Stimmung passen. Und der Rock ist ähnlich weit geschnitten, sodass das mit deiner Choreografie auch kein Problem sein sollte.«

Henrys Mundwinkel zogen sich auseinander, doch es war nicht eines von diesen Lächeln, die für mich immer Kindheit und Sonnenschein bedeutet hatten. Es erreichte seine blauen Augen nicht ganz und erinnerte mich an Henrys Gesichtsausdruck auf unserer WG-Party, auf der er sich irgendwann sichtlich unwohl gefühlt hatte.

»Danke«, ich schluckte und blieb in der Mitte des Raums stehen. Irgendwie wäre es mir seltsam vorgekommen, mich wie sonst auch auf das Sofa gegenüber von seinem Tisch zu setzen. »Aber es geht nicht um das Kleid. Es geht um … Denkst du nicht, dass wir einmal miteinander reden sollten?«

Henry presste die Lippen zusammen, erwiderte aber nichts. Dabei musste er doch wissen, worauf ich hinauswollte. Mein Blick flog durch den Raum, während ich auf irgendeine Reaktion wartete. Ich entdeckte Ilarias Kleid auf dem breiten Holztisch mit den Ornamenten unter einer Lampe, die direkt auf den roten Stoff gerichtet war.

Ich sah wieder Henry an, doch der schwieg.

»Ich hoffe sehr, dass du mir gleich erklären wirst, dass ich mich irre, aber ich habe das Gefühl, dass du ein ziemlich großes Problem mit meiner Beziehung hast.« Ich dachte an Kian und daran, was er über Ehrlichkeit gesagt hatte, dann fuhr ich schweren Herzens fort: »Du bist mein bester Freund, Henry, aber so fühlt es sich gerade nicht an. Ich habe in den letzten Monaten weder das Gefühl gehabt, dass es dich interessiert, dass ich mich verliebt habe, noch dass du irgendwie für mich da gewesen wärst. Sich zu verlieben ist etwas Wunderschönes und normalerweise möchte man bei seinen engsten Freunden doch irgendwie daran teilhaben, und ... Hier im *Mephisto* ist es für mich deshalb nicht immer leicht. Es ist schwer zu ignorieren, wenn die Leute über einen reden, vor allem aber, wenn man mitbekommt, *was* so erzählt wird. Ich hätte mir sehr gewünscht, dass du dann an meiner Seite gewesen wärst, und dass du es nicht warst ... das macht mich nicht nur traurig, es verletzt mich auch. Sehr sogar.«

Betroffen fuhr Henry sich durch die blau gefärbten Haare und sah schon wieder überallhin, nur nicht mir ins Gesicht. Wenigstens fühlte er sich jetzt genauso unwohl wie ich mich inzwischen in seiner Gegenwart.

»Ich ... ich weiß ehrlich gesagt nicht, was ich dazu sagen soll. Es tut mir leid, dass du dich so fühlst, wie du es tust, und ich will dich wirklich nicht verletzen, aber das, was du da Beziehung nennst ... Ich kann das nicht ernst nehmen.«

Stille breitete sich zwischen uns aus.

Es war Stille, die in den Ohren dröhnte.

Wie er gerade das Wort *Beziehung* ausgesprochen hatte: spöttisch, abwertend, seltsam unbeteiligt.

Sprachlos starrte ich Henry an.

»Wie bitte?«, fragte ich heiser und hoffte so sehr, dass ich mich verhört hatte.

»Ich kann diese Beziehung einfach nicht ernst nehmen, June. Es tut mir leid, aber das ist die Wahrheit.«

»Ich liebe sie beide, Henry. Was ist daran so schwer zu verstehen?«

»Für mich wirkt das eher so, als wären da zwei beste Freunde, die es irgendwie geil finden, sich eine Frau zu teilen. Wie eine gratis Dreierflatrate.«

Das hatte er gerade nicht gesagt, oder?

Meine Gefühle mit einem Satz zu relativieren, ja sogar zu sexualisieren, war dermaßen verletzend. Wie konnte er so über Kian und Ash reden. Wie konnte er so über *mich* reden?

»Ist das gerade dein Scheißernst?« Hitze schoss mir erst in den Bauch, dann den Kopf. Sie breitete sich brodelnd in meinem Körper aus und wurde mit jedem Atemzug zu lodernder Wut. »Ich finde es einfach nur respektlos, wie du gerade über meine beiden Freunde sprichst«, sagte ich und ballte die Hände zu Fäusten. »Es sind die zwei Menschen, die mich glücklich machen.«

»Ja, das sagst du *jetzt*«, Henry hob eine Augenbraue, »aber wie lange wird das gut gehen? Ich glaube, du steckst da gerade einfach in einer Phase drin, aus der du selbst nicht rauskommst. Du bist doch sowieso jemand, der gern verrückte Dinge ausprobiert, den Abenteuern hinterherjagt. So warst du schon immer und…na ja«, Henry zuckte mit den Schultern, »ich gönne dir dieses Abenteuer ja auch, aber ich muss doch kein Fan davon sein, oder?«

Ich wusste wirklich nicht mehr, was ich sagen sollte. *Eine Phase? Ein Abenteuer? Etwas Verrücktes?* Das waren genau die Dinge, die die Leute behaupteten, die mich und die Jungs nicht kannten. *So warst du schon immer. Ein Fähnchen im Wind.*

Henrys Unverständnis verletzte mich, aber dass er meine Gefühle offenbar nicht ernst nahm, schmerzte am allermeisten.

Doch nachdem Henry mir eine Ewigkeit lang ausgewichen war, war er jetzt noch nicht fertig: »Und…warst du nicht erst mit Kian zusammen? Und dann dieser Kuss mit Ash? Dann warst du in den Staaten, danach war es wieder Kian und dann Ash. Dann für kurze Zeit beide zusammen und dann Ash allein und…jetzt…wieder beide?«

Ich blinzelte schockiert. Ja, es war viel passiert, aber ich war Anfang zwanzig und verliebt – das auch noch in zwei Menschen –, durfte man da nicht auf der Suche sein? Nach der Liebe, nach sich selbst, nach tausend anderen Dingen?

»Es sind beide«, entgegnete ich mit möglichst fester Stimme. »Es sind immer schon beide gewesen.«

Mit diesen Worten machte ich auf dem Absatz kehrt und stürmte aus dem Theater. Während ich die Mowbray Alley entlanglief, hatte ich das Gefühl, ich würde jeden Moment zu weinen anfangen. Rechnete auf dem Weg über den Leicester Square fest damit, genau wie in der *Northern Line* nach Camden, doch ich fühlte mich einfach nur gelähmt. Mit seinem Verhalten in den letzten Wochen und Monaten hatte Henry schon einen Graben zwischen uns gezogen, aber mit den gerade gefallenen Worten hatte er endgültig etwas zerstört.

Am Samstag tummelten sich die Leute auf den Bänken vor dem *Five Bells*, Windlichter flackerten auf den Tischen und durch die geöffneten Bogenfenster drangen Musik und Gelächter von innen heraus. Als ich das Pub betrat, stellte sich bei mir ein Gefühl von Zuhause ein – inzwischen lagen an diesem Ort so viele meiner schönsten London-Erlebnisse.

Benoît und Quinn standen hinter der Theke, Ash balancierte mehrere Teller auf einmal zu den Tischen, während Kian vorübergehend in der Küche einsprang. River war bei Stella und der kleinen Maisie in Shoreditch, um für seine Familie da zu sein. Ash hatte mir ein Foto gezeigt, auf dem die drei herzallerliebst waren.

Via und ich saßen zusammen mit Noah an einem der Tische und seufzten zufrieden, als Ash unsere Burger mit den Pommes vor uns abstellte.

»Könnt ihr es fassen, dass Benoît uns da einfach so reinbekommt?«, fragte Noah und sah Via und mich mit aufgerissenen Augen an. Das Stück Pommes in seiner Hand hing scheinbar vergessen irgendwo auf halbem Weg zwischen dem Teller und seinem Mund in der Luft.

403

»Ähm ... nein«, Via lachte fast schon hysterisch auf, «ich glaube das erst, wenn wir in diesem Club stehen.«

»Denkt ihr, wir bekommen die Chance, mit ihm zu reden?« Noah seufzte. »Ich meine, wenn Benoît ihn kennt, dann wäre das ja vielleicht möglich, oder?«

»Ja, sicher«, meinte ich ironisch, »weil Romeo Brenner nichts Besseres zu tun hat, als sich um irgendwelche hyperventilierenden Superfans zu kümmern, die er über mehrere Ecken quasi kennt.«

»Ich habe mir den ganzen Tag sein letztes Album angehört«, gestand Via jetzt, »und ich kann es echt nicht mehr erwarten, bis es losgeht.«

»Geht mir auch so«, gab ich zu und griff mit kribbelnden Fingerkuppen endlich auch nach meinem Burger.

Romeo Brenner war ein Techno-DJ aus Berlin, der mit seiner Musik noch unter seinem Künstlernamen *Ro* Deutschland und Teile Europas erobert hatte. Doch spätestens nach seinem letzten Album *Kiezfarbenmeer* wollte ihn die ganze Welt hören. Und wir würden ihn live sehen. Heute Nacht noch.

Als Benoît mir mit einem lässigen Schulterzucken eröffnet hatte, dass Mignon mit Romeo Brenners Freund befreundet wäre, hatte ich es nicht glauben können. Den Mann, der in der Technoszene eine Berühmtheit war. Der Mann, den ich auf Instagram abonniert hatte, weil ich nicht nur seine Musik feierte, sondern es auch toll fand, wie offen er dort nach seinem Absturz und einer Überdosis mit seinen psychischen Problemen umging. Ich hatte mitbekommen, wie Benoît einen Julius anrief, und schon standen wir auf der Gästeliste von einem der angesagtesten Clubs in London.

Meine Freunde, eine Nacht mit wummernden Beats und der weltenverändernden Musik eines DJs. Ich freute mich wahnsinnig auf den bevorstehenden Abend. Wir waren alle aufgeregt, vollkommen hibbelig, nur Benoît schien unbeeindruckt zu sein – vielleicht aber tat er auch nur so.

In den nächsten Stunden ging es lustig zu an unserem Tisch, die Menschen im *Five Bells* kamen und gingen, Leute saßen an den kleineren

Tischen vor den Bogenfenstern und der Duft der Blumen strömte in das Innere des Pubs. Via, Noah und ich unterhielten uns angeregt miteinander, und an unserem Tisch wurde es immer voller. Erst erschien Quinn, die für heute fertig war und sich zu uns setzte, dann irgendwann Kian, als die Küche schloss. Zwar stand er immer wieder auf, um zu helfen, aber jedes Mal waren da seine warmen Lippen an meinen und dieses Lächeln, von dem ich einfach nicht genug bekam.

Meine Fingerspitzen glitten über seinen rötlichen Bart, als ich aus den Augenwinkeln Phoebe entdeckte. Sie trug ein kurzes, schwarzes Kleid und lehnte, die Endlosbeine übereinandergeschlagen, am Tresen. Sie unterhielt sich mit Ash, zwischen den beiden stand ein Tablett voller leerer Gläser, welches er wohl gerade dort abgestellt hatte. Und obwohl ich mir der Gefühle von Ash sicher war, versetzte mir der Anblick doch einen Stich. Auch wenn die beiden nie offiziell zusammen gewesen waren, hatte sie dennoch etwas miteinander verbunden. Dass sie optisch so gut zusammenpassten, machte die Sache nicht unbedingt besser. Beide groß, beide elegant gekleidet, beide hatten etwas Herausforderndes in ihrer gesamten Körperhaltung.

Ich beobachtete, wie Phoebe vollkommen übertrieben über alles lachte, was Ash sagte, die hellen Haare auffällig zurückwarf und dann rückte sie noch näher an meinen Freund heran und tippte mit dem Zeigefinger auf seine Brust. Viel zu intim, viel zu vertraut. Ash wich einen Schritt zurück, und in seinem Gesicht glaubte ich über die Entfernung hinweg zu lesen, dass das auch ihm zu weit ging. Wenigstens das.

Erleichtert atmete ich aus, doch das unangenehme Gefühl in mir konnte ich nicht ganz loswerden. Ich lehnte mich tiefer in Kians Umarmung hinein, trotzdem rang ich die ganze Zeit mit mir und mein Blick flog zwischen Musik und Gläserklirren alle paar Minuten zu Ash und Phoebe zurück.

Es lag nicht einmal an Stellas Freundin im Speziellen, sondern daran, dass ich Situationen wie diese nicht zum ersten Mal beobachtete. Dass

Frauen, aber auch Kerle, meine beiden Männer anmachten, obwohl sie wussten, dass sie vergeben waren. Weil sie ihnen irgendetwas *Offenes* andichteten. Ich hielt mich wirklich nicht für übermäßig eifersüchtig – nur war langsam, aber sicher bei mir ein Punkt erreicht, an dem ich keine Lust mehr hatte, mir das alles nur mitansehen und es schweigend schlucken zu müssen. Und vielleicht taten auch der Nachklang des Gesprächs mit Henry und der Worte, die im *Mephisto* gefallen waren, ihr Übriges, denn ehe ich irgendetwas davon reflektieren konnte, hatten meine Füße mich schon in Richtung Tresen getragen.

Ash war nicht mehr zu sehen, und wieder einmal fühlte ich alles auf einmal.

»Hey.« Ich wusste nicht so recht, was ich sonst hätte sagen sollen. Ich war mir lediglich darüber im Klaren, *dass* ich etwas sagen wollte. Dass ich das *musste*.

Sichtlich überrascht drehte Phoebe sich zu mir um. »Hey, June.«

Die Spitzen ihres blonden Bobs glitten über ihre nackten Schultern, als sie den Kopf neigte und mich interessiert musterte. Wir wussten, wer die jeweils andere war, hatten uns einmal bei Stella gesehen, doch so wirklich miteinander gesprochen hatten wir bisher nie.

Unruhig trat ich von einem Bein auf das andere, denn plötzlich fühlte ich mich in Phoebes Gegenwart seltsam unsicher. Ihrer schlichten und geschmackvollen Erscheinung gegenüber wurde ich mir meiner rosafarbenen dicken Zöpfe, den verschiedenen Rosa- und Gelb- und Blautönen meiner eigenen Kleidung überdeutlich bewusst, und mit einem Mal fühlte ich mich wie ein kleines Kind. Vielleicht empfand ich das auch so stark wegen der gut zehn Jahre, die Phoebe älter war als ich, aber zusammen mit dem Erfahrenen und Selbstsicheren in ihrem Blick ließ es mich kurz stocken.

Doch dann straffte ich die Schultern.

Ich war June, ich war erst dreiundzwanzig Jahre alt und ich sah meistens aus wie *eine bunte Süßigkeit auf zwei Beinen*, wie Ash einmal liebevoll neckend gesagt hatte, und ich hatte etwas zu sagen: »Hör mal, mir ist das jetzt echt unangenehm und das klingt so besitzergreifend, aber ... Ich wäre dir echt dankbar, wenn du aufhören würdest, meinen Freund anzugraben, und das auch noch vor meinen Augen.«

Jetzt sah Phoebe ehrlich verwirrt aus.

»Ich wollte nicht ... ich dachte, dass mit euch wäre so eine offene Sache, weil ihr doch ...«

»Weil wir was?« Dieses Mal verschränkte ich genervt die Arme vor der Brust. »Weil wir eine Dreierbeziehung haben und man sich da ganz locker rein ...«

»Nein, nein«, sie hob beschwichtigend die Hände. »Ich dachte, dass ihr gar nicht so richtig zusammen seid. Also schon zusammen, aber eben eher ... du verstehst schon.«

Ich hob eine Augenbraue. »Nein, das verstehe ich nicht.«

Jetzt war es Phoebe, der die Situation sichtlich unangenehm zu sein schien. »Na ja, ich dachte, das wäre eben etwas rein ... Sexuelles zwischen euch.«

»Ich bin mit Ash zusammen und mit Kian«, entgegnete ich mit fester Stimme. »Wir haben nichts Offenes, kein sexuelles Arrangement oder sonst etwas, wir sind einfach zusammen und da gibt es nur uns drei, also hör in Zukunft bitte auf damit, okay?«

Polyamorie und Polygamie war schlichtweg nicht ein und dasselbe. Ja, ich liebte zwei Menschen, aber dabei ging es um etwas Emotionales. Das bedeutete nicht, dass ich etwas Sexuelles mit mehreren Menschen brauchte. Im Emotionalen wie im Körperlichen ... da gab es nur Ash, Kian und mich.

Leider war mir klar, dass das hier nicht das letzte Mal sein würde, dass ich mich oder meine Beziehung würde erklären müssen. Es war kein Outing wie bei Kian, als er sich der Welt als bisexuell gezeigt hatte, aber irgendwie eben doch. Ein ständiges Erklären und sich Entblößen.

Es war ein *Ich-bin-Queer*.

Ein: *Ich-passe-nicht-in-eure-heteronormative-Welt.*

Ich fühlte mich befreit, doch gleichzeitig war da diese Schwere, von der ich nicht wahrhaben wollte, dass sie kaum merklich zunahm. Ich wollte mich nicht mehr rechtfertigen müssen, ich wollte einfach nur existieren.

Ash

Viel später in dieser Nacht, irgendwo zwischen gestern und heute, wummerten tiefe Bässe gegen dunkle Wände, um sich mit wenigen Sekunden Verzögerung in meinem Herzen festzukrallen.

Alle tanzten mit dem Gesicht nach vorn, waren ganz bei sich und der Musik. Manche warfen die Arme mit geschlossenen Augen ekstatisch in die Luft, andere bewegten sich kaum merklich, wie in Trance und versunken in ihrer ganz eigenen Welt. Es waren elektronische Beats, die auch mich von Minute zu Minute mehr vereinnahmten. Die wenigen gesungenen Zeilen auf Deutsch verstand ich nicht, aber ich begriff die Stimmung des Ganzen. Es waren Töne voller Widersprüche, voller Kontraste und doch ein betäubender Gleichklang voller Hoffnung und Schmerz, getränkt von Schatten und Licht.

Der Club war brechend voll, und mein Shirt klebte mir inzwischen nass auf der Haut. Der Bass, er grub sich immer tiefer in mich hinein. Ich schloss die Augen, um dem nachzuspüren, und öffnete sie erst wieder, als Romeo Brenner weit vorn an den Plattentellern den Drop knallen ließ und die Menge zum Kochen brachte. Unter der Kapuze seines Hoodies erkannte ich sein Gesicht nicht, nur einmal glaubte ich im Stroboskoplicht ein Lächeln über seine Lippen huschen zu sehen, während er den Kerl mit den dunklen Locken neben sich an sich drückte.

Direkt vor mir tanzten Via, Benoît und Quinn. Junes Freundin ruhig und bedacht, Benoît selbstsicher und wie jemand, der wusste, wie man sich bewegte, und Quinn vollkommen versunken in sich selbst. Die Finger ihrer linken Hand hatte sie locker mit Benoîts rechter verschränkt. Das flackernde Licht ließ ihre dunkle Haut schimmern, und bei jeder Bewegung peitschten ihre schwarzen Dreads durch die Luft. Ich hatte Quinn einmal gefragt, wie es sich für sie anfühlte, wenn sie mit uns feiern ging mit der Stille in ihrem Kopf. Quinn hatte mir mit ihrem Sonnenscheinlächeln erklärt, dass das keine Stille wäre, sondern eben nur ihr Kopf. Und dass sie Musik vielleicht nicht hörte aber spürte – als Rhythmus, als Vibrieren, als Bass. Und ich fand, das klang auf seine ganz eigene Art verdammt schön.

Und dann waren da Kian und June an meiner Seite. June war der Träger ihres knappen Tops über die Schulter gerutscht. Der Anblick ihrer nackten Schulter und der geschwungenen Schlüsselbeine war betörend in diesem mystischen Licht. Ich streckte die Hand aus und strich ihr den Träger wieder nach oben. Meine Finger glitten über weiche Haut, woraufhin June sich zu mir drehte. Ein Schweißtropen löste sich an ihrer Stirn und rann ihr über das Gesicht, die Porzellanhaut glänzte und dann lächelte sie. Mit dem Mund, noch mehr aber mit den Augen. Ein Strahlen so tief und blau und aus tiefstem Inneren. Mein Herz machte wie beim allerersten Mal einen wilden Satz. Nachdem ich mitbekommen hatte, wie verzweifelt und verletzt June wegen Henry gewesen war, wie sie bestürzt aus dem *Mephisto* gekommen war und anschließend in meinem Zimmer geweint hatte – da war es umso schöner, sie so losgelöst und frei zu sehen.

Genauso wie Kian, der sich um sie sorgte wie ich. June wirkte winzig neben seiner breiten Statur, und jetzt sah er ebenfalls zu mir herüber. Seine Haare kräuselten sich in der Stirn, und auch sein Shirt klebte ihm auf der Haut, wodurch seine definierten Muskeln nur noch deutlicher zu sehen waren.

Ich schluckte.

Kians Mundwinkel zuckten, ehe er sich mit wenigen Schritten zwischen

June und mich tanzte. Die Hitze seines Körpers strahlte auf meine Haut ab, und in mir rastete etwas ein. Ein Flattern – die beiden und ich hier, in einer Nacht, die sich wie Unendlichkeit anfühlte.

Wie die Fortführung meiner Gedanken legte Kian seine Lippen auf meine, nur kurz, dafür aber intensiv. Er schmeckte nach Sehnsucht und Zuhause und ich wusste, er gehörte mir, wie die Musik heute uns gehörte. Dass ich jemanden *Scheißschwuchtel* zischen hörte, war mir egal, denn hier und jetzt hatte ich alles, was ich brauchte.

Track für Track zog an uns vorbei, und die Zeit hatte keine Bedeutung mehr. Immer wieder ging ich mit den anderen nach draußen an die frische Luft, wir waren albern und lachten, ehe wir uns an Türstehern und Menschen vorbei wieder in den stickigen Club drängten und uns in den Klängen der Musik vergaßen. Der Wechsel zwischen draußen und drinnen war der einzige Rhythmus der Nacht.

Als ich irgendwann als Letzter den schmalen Gang zurücklief, stieß ich unerwartet mit einem Kerl zusammen, der sich knapp entschuldigte und sich schon an mir vorbeidrängen wollte. Blaue Haare blitzten am Rand meines Sichtfelds auf, und mit etwas Verzögerung hielt ich überrascht inne.

»Henry?«, fragte ich, und der schlaksige Typ drehte sich zu mir um.

»Oh.« Überraschung breitete sich auf seinen Zügen aus. »Hey Ash.«

Ob June wusste, dass er hier war?

Mit einem Mal war da wieder ihr tränenüberströmtes Gesicht, und mein Beschützerinstinkt wallte übermächtig in meiner Brust auf. June hatte mir zwar nur wenig und stockend von dem Gespräch mit Henry erzählt, aber um die Einzelheiten ging es nicht. Es ging darum, dass sie völlig fertig gewesen war. Ich wusste, dass ich mich wahrscheinlich nicht einmischen sollte, aber dafür war es zu spät. Verdammt, ich konnte nicht einfach weitergehen und so tun, als wäre nichts gewesen. Nicht, wenn ich auch etwas sagen konnte.

»Hast du kurz einen Moment?«

»Ähm ...« Henry trat unruhig von einem Bein auf das andere. »Klar?«
Er folgte mir ein Stück zur Seite, und wir stellten uns vor die dunkle
Wand. Ich mit vor der Brust verschränkten Armen, Henry mit den Hän-
den in den Hosentaschen.

Kian würde sagen, dass das ein untrügliches Zeichen von Unsicherheit wäre: das Verstecken der Hände, die reduzierten Bewegungen, die
Anspannung im Körper. Doch ich musste kein Kian mit Menschenblick
sein, um Henry anzumerken, dass er keine Lust hatte, sich mit mir zu
unterhalten.

Aber ich wollte verdammt nochmal wissen, wieso er sich meiner Freundin gegenüber schon die ganze Zeit über wie der letzte Arsch verhielt.

»Was ist zwischen June und dir passiert?«, fragte ich schließlich ganz
direkt.

»Wie meinst d ...«

»Es muss doch irgendeinen Grund geben, wieso dir eure Freundschaft
in letzter Zeit nicht besonders am Herzen zu liegen scheint.«

»Jetzt sag mir bitte nicht, dass June dich vorgeschickt hat, um mit mir
zu reden.«

Ich hob eine Augenbraue. »Glaubst du echt, dass sie so etwas machen
würde?«

Henry blinzelte, dann lachte er auf. »Nein, das passt wirklich nicht
zu ihr.«

»Also?«, fragte ich unbarmherzig weiter.

»Unsere Freundschaft ist mir nicht egal. Ich finde nur, dass June sich
seit Monaten seltsam verhält, und ich verstehe ihre Entscheidungen einfach nicht mehr.«

»Und damit meinst du eine ganz bestimmte Entscheidung, nehme ich
an?« Ich musste fast schreien, denn die Musik kam und ging in immer
schnelleren Wellen.

»Ich weiß nicht, wieso ich ausgerechnet mit dir darüber reden sollte«,
gab Henry fast schon herablassend zurück.

»Weil ich mit June zusammen bin und das ja scheinbar das Problem ist?!«

»Na schön.« Henrys Gesichtsausdruck verfinsterte sich. »Ja, ich verstehe nicht, wieso June glaubt, mit euch beiden zusammen zu sein. Mit Kian und dir. Ich frage mich, was für ein krankes Spiel ihr da spielt. Und ja, ich bin irritiert. Ich dachte, ihr seid beste Freunde, aber scheinbar seid ihr ja ...«

... zwei Männer?

... schwul?

»Dir ist schon klar, dass das gerade echt queerfeindlich klingt, oder?«

Henry stöhnte auf: »Ich hab doch kein Problem damit, dass ihr bi seid. Soll doch jeder machen, was er will, aber das hier ist etwas ganz anderes.«

Ich spürte, wie die Wut langsam, aber sicher in mir hochkochte. Zwar hatte ich die Hände zu Fäusten geballt, doch nach außen versuchte ich ruhig zu bleiben.

»Erstens fangen die meisten queerfeindlichen Äußerungen mit *Ich habe kein Problem damit, aber ...* an, was sie kein bisschen weniger scheiße macht. Zweitens habe ich nichts mit Kian, er ist mein Freund. Und drittens kannst du überhaupt nicht wissen, ob ich bi bin. Ich habe nie mit dir darüber gesprochen, als was ich mich label und ob ich das überhaupt tue. Also hör gefälligst auf, Vermutungen über meine Sexualität anzustellen. Und viertens«, ich holte tief Luft, »ist das zwischen uns dreien überhaupt nicht *etwas ganz anderes*. Es ist eine Beziehungsform, die von einer Norm abweicht, und du akzeptierst sie nicht.«

»Das hat nichts mit *nicht akzeptieren* zu tun. June hat etwas Besseres verdient und ich verstehe einfach nicht, wie sie so blind sein kann.«

»June hat das Beste verdient, und genau das versuchen Kian und ich ihr auch zu geben.«

»Ja, klar. Indem ihr euch June als die Buddys teilt, die ihr seid. Aber scheinbar gefällt es ihr ja, dass ihr sie dann immer schön abwechselnd fi ...«

»Wage es ja nicht, diesen Satz zu Ende zu sprechen«, schrie ich und spürte die Wut wie Glut in meinen Venen, ein Vulkan kurz vor dem Überkochen. Dieses Mal knackten meine Knöchel, als ich die Finger fest zu Fäusten ballte.

Henry wich erschrocken zurück.

»Und wage es ja nicht, noch ein einziges verdammtes Mal so über meine Freundin zu sprechen.«

Henry hob trotzig das Kinn. »Das, was ihr da tut, ist krank und ich hoffe für June, dass sie das irgendwann auch noch merken wird.«

Zischend holte ich Luft. Wie dumm von mir, dieses Gespräch überhaupt gesucht zu haben.

»Ich würde dir gerade echt gern einen Schlag in die Fresse verpassen«, sagte ich mit bebender Stimme. »Sei froh, dass ich jemand bin, der so etwas nicht tut.«

Ich drehte mich um und ließ dieses Riesenarschloch stehen. Zurück zur Musik, schnell. Wäre ich eine Sekunde länger geblieben, hätte ich Henry doch noch meine Faust ins Gesicht gerammt. Ein Veilchen passend zu seinen blauen Haaren.

Namenlose Menschen mit Gesichtern, die vor meinen Augen verschwammen, wiegten sich zur Musik. Ich schob mich an ihnen vorbei und während ich nach den anderen Ausschau hielt, versuchte ich mich zu beruhigen. Da war diese vernichtende Wut gegenüber Henry im Speziellen und gegen alle Menschen, die ähnlich wie er dachten, im Allgemeinen. Da draußen gab es so viele, die es sich mit Sätzen wie *Liebe ist Liebe* und *Soll doch jeder machen, was er will* leicht machten, um sich den strukturellen Problemen in unserer Gesellschaft nicht stellen zu müssen. Doch die Wirklichkeit sah anders aus. Sie hatte zum Beispiel Henrys Gesicht.

Kian und June lächelten mit geschlossenen Augen in meine Richtung, als ich zu ihnen trat und kurz ihre Hände drückte. Und in diesem Moment beruhigte sich mein Herzschlag endlich wieder. Ich verlor kein Wort über meine Begegnung mit Henry – weder in dieser unendlichen Nacht noch als wir unter einem sich erhellenden Himmel mit strahlenden Gesichtern aus dem Club stolperten und uns auf den Weg nach Hause machten. Und auch später nicht.

In meinem Kopf blieb es trotzdem.

Kian

Eine Woche nach der Clubnacht, es war inzwischen Anfang April, kniete ich vor meinem Fahrrad, um die kaputten Pedale auszutauschen. Ich trug nur ein Shirt, der Wind brachte den Duft von Blumen mit sich und von der anderen Straßenseite drang Musik aus dem *Five Bells*. Die Bänke vor dem Pub waren voll besetzt. Benoît winkte mir kurz zu, während er durch die Reihen lief, Gläser einsammelte und mit den Stammgästen scherzte.

»Es ist schön, das *Five Bells* so lebendig zu sehen, oder?«, vernahm ich plötzlich eine raue und seltsam wehmütige Stimme dicht neben mir. Elegante schwarze Schuhe, helle Hose. Ich sah auf und blickte Ash direkt ins Gesicht.

Ich wischte mir die Hände an der Hose ab, dann stand ich auf. »Das ist es! Und zwischendrin hatte ich solche Zweifel, und dann war es vor allem am Anfang echt hart.«

Ash lachte. »Wir waren irgendwann überzeugt davon, dass wir nie wieder auch nur einen einzigen Tag frei haben würden.«

»Das hatten wir ja auch ein ganzes Jahr lang nicht«, erinnerte ich ihn.

»Eine verdammt lange Zeit.« Ash nickte und grinste mich verschmitzt an, doch dann wurde er plötzlich ernst. Da war diese unerwartete Wehmut in seinen hellen Augen, die gerade eben schon seine Worte begleitet hatte. Eine Traurigkeit, die ich nicht so richtig verstand.

»Was ich eigentlich sagen wollte«, Ash holte tief Luft, und es war, als würde ihm die folgende Frage alle Überwindung der Welt kosten: »Hättest du einen Moment Zeit? Also um zu reden, meine ich?«

Ich sah zwischen dem Fahrrad und Ash hin und her. Ich war zwar noch nicht fertig, doch sein Tonfall klang dringlich. So bittend.

»Klar!« Ich nickte. »Ich räum das hier nur schnell auf und komm dann hoch, okay?«

Ash wartete im Wohnzimmer auf mich. Im Schneidersitz saß er auf der braunen Ledercouch, die Hände im Schoß gefaltet. Ich drückte ihm einen Kuss auf die so vertraut stoppelige Wange und ließ mich neben ihm in die Polster sinken, doch statt wie sonst als Antwort meine Lippen zu suchen, schaute Ash mich verunsichert an. Beim Anblick dieses ungewohnten Ausdrucks auf seinem Gesicht überkam mich eine Gewissheit, dass sich in den nächsten Sekunden etwas Grundlegendes verändern würde. Ich spürte es, noch mehr aber merkte ich es ihm an. Seine Hände, die sich nun im Schoß verkrampften. Der Art, wie er an seinem Lederarmband herumzupfte.

Wieder sah Ash weg, fing meinen Blick dann aber auf und dieses Mal erkannte ich Entschlossenheit in seinen Zügen.

»Ich muss mit dir reden«, wiederholte er seine vorherigen Worte, und leider war mir klar, dass diese Ankündigung selten etwas Gutes zu bedeuten hatte. Mein Herz fiel ein Stück, und ich hatte jetzt schon das Gefühl, als würde meinen Lungen ungebremst Luft entweichen. Ich rang nach Atem, bildete mir mit einem Mal ein zu wissen, worum es ging.

Scheiße, scheiße, scheiße.

Seit der Nacht, in der wir alle zusammen feiern gewesen waren, hatte es immer wieder Momente gegeben, in denen Ash übermäßig gereizt gewesen und seine Wut zurückgekehrt war. Aber uns allen hatten in letzter Zeit die Reaktionen auf unsere Beziehung noch mehr zu schaffen gemacht als sonst. Es war nicht eine große Sache passiert, die zu viel geworden wäre, es war einfach eine Aneinanderreihung von unangenehmen Erlebnissen, Fragen und Konfrontationen – manchmal allein, manchmal, wenn wir alle zusammen unterwegs waren. Es zerrte an unser aller Nerven. Wir drei vermieden das Thema untereinander, so gut es ging, weil wir unsere gemeinsame Zeit nicht damit verbringen wollten, uns über andere Menschen aufzuregen. Trotzdem spürte ich mit jedem Tag mehr, wie Ash, June und ich unsere Kämpfe ausfochten. Mir war bewusst, wie wir uns dabei gegenseitig zu schützen versuchten, dabei aber lediglich Tatsachen und unsere Gefühle ignorierten. All das belastete unsere Beziehung und ließ unweigerlich einen Graben zwischen uns entstehen. »Ich ... ich glaube, ich weiß schon, was du mir sagen willst.«

Überrascht blickte Ash mich an, vor allem aber erleichtert. Die Falte zwischen seinen schrägen Brauen glättete sich ein Stück.

»Irgendwie wundert mich das jetzt nicht.« Er lachte leise auf. »Du hast mich immer schon gelesen wie ein Buch.«

Wie konnte er da lachen? War das eine Übersprunghandlung? Oder wollte er mir gar nicht erklären, dass er doch keine Kraft mehr für das alles aufbringen konnte?

»Heißt das, du bist nicht enttäuscht?«, fragte Ash vorsichtig.

»Ich ... äh, nein.« Ich schluckte schwer. »Wieso sollte ich enttäuscht sein? Es ... es war wahrscheinlich absehbar, dass so etwas passieren würde und Gefühle kann man nun einmal nicht steuern«, versuchte ich irgendwie eine rationale Erklärung zu liefern, so wie ich es sonst auch immer tat. »Sie machen, was sie wollen.«

Jetzt sah Ash doch verwirrt aus. »Aber das hat doch nichts mit einer Frage der Gefühle zu tun, Kian.«

»Von was redest du?«, fragte ich im selben Moment, als Ash wissen wollte: »Reden wir wirklich von der gleichen Sache?«

»Ich spreche vom *Five Bells*«, erklärte Ash leise, ehe er meine Welt mit seinen Worten auf den Kopf stellte: »Ich kann das mit dem Pub einfach nicht mehr machen und ... will aussteigen.«

Ruckartig setzte ich mich auf. »Du willst *was*?!«

Alles drehte sich, alles fiel auseinander und ergab überhaupt gar keinen Sinn mehr. Kurz war ich erleichtert, als ich meinen Irrtum begriff, dann jedoch schockiert. Und doch hatte ich es geahnt, lange schon. Es war eine leise Stimme in meinem Kopf gewesen, als Ash seinen Kindergartenjob für das *Five Bells* endgültig an den Nagel gehängt hatte.

»Ich liebe das zusammen mit dir, aber es zerreißt mich innerlich, dass ich nicht mehr als Erzieher arbeiten kann«, sagte Ash da auch schon und griff nach meinen Händen. »Ich vermisse die Kids wirklich mit jedem Tag mehr und … ich merke, dass mich die Arbeit im Pub nicht mehr glücklich macht. Ich möchte dich nicht im Stich lassen, ich will dich nicht mit allem allein lassen und …«, seine Stimme brach für einen Moment, »ich hoffe, das alles weißt du.«

»Das weiß ich«, murmelte ich und nahm Ash in den Arm, der mich immer noch vollkommen verunsichert aus seinen Goldaugen anblickte.

Ich wusste es, und doch hatte ich absolut keine Ahnung, was jetzt kommen sollte. Es war, als würden die Dinge ganz leise aus dem Gleichgewicht geraten.

Irgendetwas stand kurz vor dem Knall.

Ash

Am Montag verließ ich das *Five Bells* gegen Mitternacht und begleitete Quinn zur *Tube*-Station. Die Nacht war lau, und der Himmel schimmerte schwarz. Schweigend liefen wir nebeneinanderher, und ich atmete tief ein. Nach der stickigen Luft im Inneren des Pubs eine richtige Wohltat. Ich liebte diese Frühlingsnächte, in denen die Straßen noch ewig voller Menschen waren, die Leute vor den Pubs und Cafés saßen und in Gruppen um die Häuser zogen.

Und trotzdem war meine Stimmung gedrückt.

Mir stieg alles zu Kopf. So oft war ich kurz davor gewesen, June und Kian von Henry zu erzählen, hatte es dann aber doch gelassen. Denn was würde das verdammt nochmal ändern? Es wäre für die zwei nur ein weiterer Beweis für die Wände, gegen die wir wegen unserer Liebe immer wieder stießen. Und das machte einen irgendwann mürbe. Also schwieg ich.

Nur bei dieser anderen Sache, bei der mein Herz auf andere Art brannte, hatte ich die Worte nicht länger zurückhalten können. Kian hatte zunächst natürlich betroffen, dann aber wahnsinnig verständnisvoll reagiert. Wir hatten uns noch nicht weiter mit der Bedeutung meiner Worte auseinandergesetzt oder gar eine Lösung gefunden, ich hatte Kian meinen Entschluss ja auch erst vor zwei Tagen mitgeteilt. Trotzdem machte mir die Stimmung zwischen uns zu schaffen. Es war vor allem das, was hinter seinem Verständnis brodelte. Kein Mensch dieser Welt konnte in wirklich *jeder* Situation immer das Richtige tun, immer nett und freundlich bleiben – auch mein Kian mit seinem Goldherzen nicht. Mein Wunsch nach einem Neuanfang in einem Kindergarten schien jederzeit präsent, und etwas schwelte zwischen uns. Mit einem Mal war Kian nicht mehr mein Freund, sondern mein Geschäftspartner. Die Art, wie er mich manchmal ansah, ließ eine seltsame Leere in mir aufsteigen. Verdammt, ich hatte Angst, was passierte, wenn Kian seine Gefühle vollkommen zuließ.

Wie wird die Zukunft des Five Bells *aussehen?*

Wie lange wirst du noch bleiben?

Wie soll ich das ohne dich schaffen?

Der Blick aus Kians braunen Augen war in jedem Moment eine einzige Frage.

Auch June gelang es nicht, die Stimmung aufzulockern, denn ihre sonst so fröhliche Art war einer Nachdenklichkeit gewichen, als schienen sich ihre Gedanken im Kreis zu drehen.

Gestern hatten wir zusammen auf dem Sofa gelegen, sie zwischen meinen Beinen und meine Hände auf ihrem Bauch. Mit einem verführerischen Grinsen hatte sie sich in der Mitte des Films zu mir umgedreht und mich geküsst. Mit diesem sexy Ausdruck auf ihrem unschuldigen Gesicht, der Hitze in mir aufsteigen ließ. Wir hatten uns hektisch ausgezogen, getrieben von einem plötzlichen und tief sitzenden Verlangen. Kian hatte das Wohnzimmer betreten, sah erst zu, wie wir uns küssten und war schließlich nackt und schön zu uns gekommen. Für einen Moment hatte es nur unser Keuchen gegeben, nur wir drei und Liebe und Lust. Doch als wir einander danach verschwitzt in den Armen lagen, sagte keiner von uns auch nur ein Wort. Und das Schweigen fühlte sich leer an. Als hätten wir gerade nur miteinander geschlafen, um zumindest kurz zu vergessen, wie alles auseinanderdriftete.

Jetzt stieß Quinn mir plötzlich in die Seite und bedeutete mir stehen zu bleiben. Sie runzelte die Stirn, das warme Licht einer Straßenlaterne fiel auf ihr Gesicht.

Was ist los bei euch?, fragten ihre Hände.

»Bei …«, setzte ich an.

Bei Kian und dir?, fragte sie ungeduldig. *Ihr habt euch heute kaum angesehen.*

Ich seufzte.

Mir stieg

alles

zu

Kopf.

»Ich … ich habe Kian gesagt, dass ich aussteigen will, also … aus dem *Five Bells*.«

Wir hatten eigentlich damit warten wollen, es den anderen zu sagen, aber Quinn war eben meine engste Freundin und die Worte platzten einfach aus mir heraus. Vielleicht auch, weil ich reden musste. Weil ich mich immer noch so hin und her gerissen fühlte zwischen dem, was ich in meinen Augen sollte, und dem, was ich eigentlich wollte.

Quinn sah mich offen an, und sie verstand irgendwie sofort *alles*, weil sie immer schon mit einem Blick die Herzen der Menschen erkannt hatte. Sie wirkte kein Stück überrascht.

Ich habe mich schon gefragt, wann du diesen Schritt endlich gehst.

Verwirrt schaute ich sie an. »Du wusstest es?«

Ich habe es zumindest geahnt, erklärte sie mit einem feinen Lächeln und strich sich die dunklen Dreads zurück. *Du liebst deine Kids, und man hat dir angemerkt, wie sehr du sie vermisst, als du aufgehört hast. Jeden Tag mehr.*

Zurück zu den Kleinen, zurück in meinen alten Job. Mein Herz hüpfte bei dem Gedanken daran und vertrieb für einen Moment diese wabernden Schatten.

Und Kian hat nicht so gut reagiert, schlussfolgerte Quinn, *deshalb ist es zwischen euch so komisch?*

»Nein, so ist es nicht.« Ich schüttelte den Kopf. »Du kennst Kian. Er versucht es zu verstehen und mir Raum zu geben. Er akzeptiert meine Entscheidung, aber er ist eben auch verletzt. Ich meine, das *Five Bells* ist einfach unser verdammtes Baby. Da steckt unser Herzblut drin, und wir wissen nicht, wie es weitergehen soll. Vor allem auch finanziell gesehen.«

Ich bin mir sicher, dass Kian und du eine Lösung finden werdet, meinte Quinn und blickte mich mitfühlend an. *Was das Geld angeht, können wir anderen wahrscheinlich wenig machen, aber wir sind für euch da und unterstützen euch, wo wir können. Schon vergessen? Wir sind eine Familie.*

»Danke dir«, raunte ich heiser, denn Quinns Worte rührten mich sehr. »Weißt du ... es geht ja nicht nur um das Pub. Es ist irgendwie auch eine Belastungsprobe für unsere Beziehung. So richtig zusammen sind wir noch nicht mal seit zwei Monaten. Wir sind noch ganz am Anfang. Verdammt, ich möchte das einfach so sehr genießen können. Aber ich schätze, das passiert eben, wenn es zwischen Beruflichem und Privatem keine Grenzen gibt, weil man alles zusammen macht. Am meisten leid tut es mir für June. Sie hat mit dem *Five Bells* ja nichts zu tun, und trotzdem sorgt es dafür, dass die Stimmung bei uns dreien gedrückt ist.«

Quinn betrachtete mich einfach nur, dann trat sie einen Schritt vor und schlang ihre zarten Arme um meinen Körper. Und in diesem Moment fiel eine Anspannung von mir, die mir gar nicht bewusst gewesen war. Sie presste ihr Gesicht an meiner Brust und drückte mich, so fest sie konnte. *Das ist ganz schön viel auf einmal,* formte sie mit den Händen, als sie sich wieder von mir löste. Nach all den Worten brachte ich dieses Mal nur ein Nicken hervor.

Bist du denn glücklich mit Kian und June?

»Ja«, antwortete ich sofort und ohne jeden Zweifel, »das bin ich.« Und trotzdem war da ein fernes Echo, das ich zu ignorieren versuchte. Dieses seltsame Gefühl nach unserem letzten Sex.

Quinn warf mir einen dieser Blicke zu, und ich wusste sofort, dass sie gleich etwas sagen würde, von dem ich absolut keine Lust hätte, es mir anzuhören.

Hektisch flogen ihre Hände durch die Luft.

Ich will nichts Falsches sagen, aber – bist du das wirklich? Ich habe Angst, dass du in eurer Beziehung das fünfte Rad am Wagen sein könntest.

Der Blick von Quinns dunklen Augen lag mit ehrlichem Interesse auf mir und ich wusste, sie meinte es nur gut. Das war nicht wie mit Henry. Ihre Hände blieben in der Luft hängen, ganz so, als gäbe es da noch viel mehr, was sie mir sagen wollte.

»Wieso gehst du davon aus, dass *ich* das fünfte Rad am Wagen bin?«, entgegnete ich abwehrend und konnte nicht verhindern, dass mich das verletzte.

Wieso nicht June?

Wieso nicht Kian?

Diese Frage würde ich genauso auch den beiden anderen stellen. Aber ich rede jetzt gerade mit dir.

»Oder es liegt daran, dass die beiden einmal zusammen gewesen sind …«, murmelte ich, bevor ich über meine Worte nachdenken konnte.

Quinn schüttelte den Kopf. *Nein, so ist das nicht,* sagte alles an ihr.

»Ich habe auch eine Vergangenheit mit den beiden«, erklärte ich leise. »Eine Vergangenheit, die etwas bedeutet. Und es ist scheißegal, ob das unter dem Begriff Beziehung gelaufen ist oder nicht. Letztlich geht es nur um das, was man füreinander empfindet. Und zwar in der Gegenwart. Das Hier und Jetzt ist wichtiger als alles andere.«

Quinn nickte langsam und musterte mich nachdenklich. *Aber was ist mit der Zukunft? Die ist doch auch wichtig, oder?*, fragte sie.

Mir gefiel die Richtung nicht, die dieses verdammte Gespräch nahm.

Nicht weil es nicht wichtig gewesen wäre, sondern weil ich die Dinge, die unweigerlich gleich folgen würden, um Himmels willen nicht hören wollte.

Mir ist klar, dass du das nicht hören willst, meinte sie da auch schon, und ich lachte auf.

»Natürlich nicht!«

Was ist, wenn das die Liebe für immer ist, Ash?, machte Quinn auch schon unbarmherzig weiter, weil sie eben eine gute Freundin war und sich nicht davor scheute, mir die Wahrheit ins Gesicht zu sagen.

»Wieso klingt das bei dir, als wäre das etwas Schlechtes? Wenn das Liebe für immer ist, dann habe ich alles, was ich jemals wollte ...«

Ich schluckte. Gott, ich gab wirklich mein Bestes, cool zu tun, dabei schrie es aus jeder Faser meines Herzens: Die zwei waren es. June und Kian waren es immer schon gewesen. Das war keine Frage von Wahrscheinlichkeit, kein Glücksspiel und kein Konjunktiv.

Das war Realität.

Sie waren meine Liebe für immer.

Okay. Aber was ist, wenn einer von euch heiraten möchte? Was ist, wenn ihr eine Familie gründen wollt? Und ich kenne dich, Ash. Ich weiß genau, dass du dir Kinder wünschst. Vielleicht nicht jetzt, weil du noch etwas von der Welt sehen möchtest, aber irgendwann wird es so sein. Es können nur zwei von euch die biologischen Eltern sein. Es können nur zwei von euch heiraten. Und welche zwei werden das sein? Wer von euch wird sich außen vor fühlen? Ich will doch nur, dass dir klar ist, dass es jetzt schon schwierig ist und dass es nicht unbedingt leichter wird.

Von Wort zu Wort waren Quinns Bewegungen und Gebärden schneller geworden, sodass ich bei den letzten Sätzen kaum noch folgen konnte. Aber ja, es war schon schwer. In letzter Zeit sogar sehr.

»Das mag sein, aber das liegt dann nicht an June, Kian oder mir. Das liegt daran, dass die Welt, was das angeht, einfach beschissen ist.«

Das stimmt. Und ich sehe, wie ihr drei euch anblickt. Und ich glaube dir, dass das echt ist. Ich weiß das auch. Quinn hielt einen Moment inne und berührte mit ihrer Stirn meine, bevor sie fortfuhr: *Ich habe einfach Angst um dich. Ich habe Angst um euch.*

Und ich verstand Quinns Sorge. Doch zugleich machte sie mich auch wütend, weil mir klar war, wie viel Wahrheit in all ihren Worten steckte. Die Welt erwartete eine Liebe, die zwischen einer Frau und einem Mann geschah. Sie erwartete ein Treueversprechen zwischen zwei Menschen, nicht aber zwischen dreien.

Es passierte nicht auf einen Schlag, aber mit jedem Tag, der voranschritt, wurden die Gedanken in mir lauter. Es waren keine Zweifel an June und Kian, sondern ein Unwohlsein wegen dieser ständig präsenten Schatten und der Furcht vor dem, was da noch kommen würde. Sich zu verlieben bedeutete wohl immer, dass man sich unsicher fühlte und ein bisschen Angst hatte, nur war das hier schlimmer.

Die Gedanken beherrschten meinen Kopf, ich spürte sie als Schmerz in meinem ganzen Körper, sie trieben mich aus dem Haus und auf die Straße. Ich musste mich bewegen und den Kopf irgendwie freikriegen. Als ich an der nächsten *Tube*-Station in eine Bahn stieg, erinnerte ich mich an einen *Lost Place*, von dem ich einmal gehört hatte. Ein altes Grand Hotel.

Ich fuhr eine Stunde lang mit der Londoner *Underground*. Einer ungefähren Ahnung folgend lief ich durch die Straßen, wobei die Suche einen Teil meiner Sorgen glücklicherweise zum Schweigen brachte. Ich brauchte ewig, um das Gebäude in dem kleinen Waldstück zu finden, doch als ich schließlich davorstand, raubte dieser Anblick zwischen gespenstischer Stille mir den Atem.

Eine riesige Villa stand zwischen schimmernden Baumkronen. Einer der Bäume wuchs sogar aus dem Dach des linken Gebäudeflügels. Ich kämpfte mich durch hochwachsendes Gras und Gestrüpp. Es gab keinen Weg, nur Natur, nur Ursprünglichkeit und ein altes Anwesen, das dort auf mich wartete.

Den ersten Schritt über die steinerne Schwelle machte ich mit ein paar Kratzern auf den Händen und einem auf der Stirn. Im Inneren der Mauern roch es modrig, und dennoch hing über allem der Glanz einer längst vergangenen Zeit. Staub tanzte in der Luft und hatte sich auf die alten Möbel gelegt, die verblichen waren und wohl noch genauso standen wie einst. Ich lief durch die Flure, sah in jedes Zimmer und machte ein Foto von einem zerschlissenen roten Diwan, der vor einem riesigen kaputten Fenster stand. Grüne Blätter leuchteten dahinter.

Eine Weile saß ich in der Eingangshalle dieses verlassenen Grand Hotels, mitten im Licht, welches durch ein Loch in der Decke fiel, und dann flutete mich doch alles wieder. Es war nicht nur Quinns Sorge. Sie war meine Freundin und machte sich schlichtweg ihre Gedanken um mein Wohlergehen. Ich musste mir eingestehen, dass sie in manchen Punkten durchaus recht hatte: Wie mochte unsere Beziehung in einer wie auch immer gearteten Zukunft aussehen, während unsere Gesellschaft rein gar nicht auf so eine Art von Liebe ausgelegt war?

Und als wäre das nicht genug, tauchte Henrys verständnisloser Blick einmal mehr vor mir auf, der seine beste Freundin kein bisschen unterstützte. Da waren so viele Konfrontationen wie die in dem Club, die ständigen dummen Sprüche und Kommentare. Die permanente Verwechslung unseres Dreiecks mit einer offenen Beziehung.

Zu Hause lebte ich mit Kian und June wie in einer wunderschönen

Blase, die hielt, wenn unsere Freunde um uns waren, aber in Gefahr war zu zerspringen, sobald wir uns in der Öffentlichkeit bewegten. Dort war ich mittlerweile dauerhaft angespannt. Ein Teil meines Gehirns analysierte ständig, dachte nach, nahm auseinander.

Es war keine einzelne große Sache, die passiert war, es war die Häufung von Kleinigkeiten, die in ihrer Summe plötzlich unüberwindbar schienen.

Ich lauschte dem Wind und meinem eigenen Atem nach, legte den Kopf in den Nacken und betrachtete das Stück Himmel, das durch das Loch in der Decke sichtbar war. Und hier und jetzt musste ich mir eine Sache eingestehen:

Zum ersten Mal seit einer Ewigkeit fühlte ich mich überhaupt nicht mutig.

18. Kapitel

$\mathcal{K}$ian

Es wurde nicht leichter, es wurde schwerer. Den restlichen April über und auch im Mai, welcher erneut zahllose Blumen am Rand der Blossom Street erblühen ließ.

Wenn es um das *Five Bells* ging, fasste Ash mich in ungewohnter Weise mit Samthandschuhen an – etwas, das mich langsam aber sicher zur Weißglut trieb, vor allem, weil ich nach wie vor keine Ahnung hatte, wie es weitergehen sollte. Ich brütete über den Unterlagen des Pubs, stellte Tabellen auf und studierte die immer und immer selben Geldbeträge jeden Tag aufs Neue. Und je mehr ich die ganze Situation und die Zukunft des *Five Bells* zerdachte, desto weniger fand ich eine Lösung, mit der alle zufrieden wären. Mehr noch: Es fiel mir zunehmend schwerer, meine schlechte Stimmung vor den anderen zu verbergen.

Nicht nur die Unbeschwertheit meiner Beziehung, die ich mit June und Ash empfunden hatte, entglitt mir immer deutlicher, sondern gewissermaßen auch ich selbst. Ich fühlte mich halt- und kraftlos, und an manchen Tagen blickte ich in den Spiegel und erkannte den Mann darin kaum wieder. Da waren zwar die kupferfarbenen Haare, die ich eindeutig wieder einmal schneiden lassen sollte, und die dunklen Augen hinter der Brille, doch der Ausdruck in ihnen war mir genauso fremd wie die fahle Gesichtsfarbe und die Falte zwischen den Brauen.

Ash und ich hatten beide diesen Traum von einem Pub gehabt, wir hatten all unser Geld genommen, es hineingesteckt und teilten uns seit-dem das *Five Bells*. Ich besaß nicht genug Rücklagen, um ihn auszube-zahlen. Ganz zu schweigen davon, dass ich absolut keine Ahnung hatte, wie ich das alles allein stemmen sollte. Unabhängig davon, was ich für Ash empfand, arbeiteten wir Hand in Hand. Wir kannten uns seit Jahren, vertrauten einander blind und ich verließ mich in jeder Situation auf ihn. Ich würde zukünftig unmöglich zusätzlich zu meinen eigenen Aufgaben auch noch seine bewältigen können.

Ich wollte so nicht denken, doch ich fühlte mich von Ash im Stich gelassen. Von meinem Freund. Von dem Mann, den ich liebte. Unter all dem sich auftürmenden Stress und dem Gefühl, dass mir die Zeit davonlief, wurde ich fortwährend gereizter, wenn ich aufgrund meiner Beziehung irgendwie seltsam angesehen oder angesprochen wurde. Jeder Moment und jede noch so kleine Anfeindung setzten sich in mir fest und legten sich schwer auf die Ruhe und Sicherheit, die ich sonst so mühelos in mir trug. Ich sorgte mich um June, sorgte mich um Ash. Sorgte mich um das *Five Bells* und schließlich um mich selbst. All das, was ich offensichtlich nicht mehr zusammenhalten konnte, bereitete mir schlaflose Nächte.

Doch was auch geschah: Wir drei versuchten trotzdem krampfhaft, uns an die guten Dinge zu klammern. Wenn in einem meiner Telefonate mit meiner Schwester ihre Namen fielen, ignorierte ich das Zögern in Aislyns Stimme und die Zurückhaltung, die hinter ihren Worten lag. Sonst so offen und tolerant, blieb sie in ihrer Skepsis bezüglich meiner Beziehung standhaft. June erzählte Ash und mir zwar weiterhin von der *Red Lady* und auch von der geplanten Inszenierung eines anderen Stücks, welches auf das Musical folgen sollte, doch wie es um Henry und die Crew stand, sparte sie aus. Und auch Ash, der bereits mehrere Bewerbungen an Kindergärten in der Umgebung geschrieben hatte, schwieg sich aus. Zu einer anderen Zeit hätte er uns daran teilhaben lassen, hätte von den Kindern erzählt, von den Räumlichkeiten, von dem Eindruck, den er hatte, doch inzwischen war alles irgendwie anders.

Und diese Stimme in meinem Kopf, die anfangs nur ein Flüstern gewesen war, wurde mit jedem Tag präsenter. Inzwischen schrie sie den immer selben Satz lauter und lauter:

Ich kann nicht mehr.

Ich kann nicht mehr.

Ich kann nicht mehr.

Auf dem nächsten Karaoke-Abend im *Five Bells* gerieten Ash und ich mit einem Kerl aneinander, der sich June auf dem Weg zur Toilette aufdrängte. Er hatte versuchte, sie anzufassen, war sturzbesoffen und zu langsam, um ihrem Schlag auszuweichen. June hatte den Kerl nicht richtig getroffen, doch glücklicherweise so, dass er zurückgestolpert war und sie losließ. Trotzdem hatte er nicht aufgehört, sie lautstark zu beleidigen.

Das Pub war brechend voll, ein schrill gekleidetes Pärchen gab eine Version von *Eye of the Tiger* zum Besten und direkt vor der Bühne grölten deren Freunde euphorisch. So wurde ich erst in diesem Moment auf die Situation aufmerksam. Und plötzlich war Ash neben mir. In den Armen eine Kiste mit leeren Flaschen, die er vermutlich gerade ins Lager hatte bringen wollen.

Die Stimmung zwischen uns war immer noch seltsam, doch das war gerade nebensächlich. Ich baute mich zwischen dem Typen und June auf, während Ash die Kiste abstellte und sie in den Arm nahm. Er vergewisserte sich, dass alles okay war. Ich drückte June abwesend einen Kuss auf die Stirn, ließ das Arschloch aber nicht aus den Augen.

Als June zur Seite ging, trat ich einen Schritt auf ihn zu. »Denkst du echt, es ist cool, jemanden zu etwas zu zwingen, das er nicht will?«

»Die Kleine wollte es doch auch«, lallte er selbstgefällig, »ich habe es ihr angesehen.«

In mir krampfte sich alles zusammen.

»Behalt deine Scheißfinger bei dir«, spuckte ich ihm entgegen. »Wenn ich noch einmal mitbekomme, wie du jemanden bedrängst, wird das anders ablaufen.«

»Und jetzt raus hier«, schob Ash hinterher.

»Moment«, entgegnete der Kerl gedehnt und schwankte gefährlich, »habt ihr etwa beide etwas mit der kleinen Schlampe?«

Das reichte.

Genug war genug.

Jeder Muskel meines Körpers war zum Zerreißen gespannt, doch bevor ich etwas tun konnte, war da Ashs Hand, die sich beruhigend auf meinen Unterarm legte.

»Wir sind beide mit ihr zusammen. Und genau genommen, geht dich das einen Scheiß an. Es geht nur darum, dass du verdammt nochmal damit aufhörst, unsere Freundin zu beleidigen oder zu belästigen. Sie hat Nein gesagt, also akzeptiere das einfach«, knurrte Ash und machte einen weiteren Schritt auf den Kerl zu. »Und jetzt verschwinde, bevor ich die Polizei rufe.«

Seine Augen weiteten sich. »Ihr teilt euch also eine Frau? Richtig geil, Mann.«

Jetzt besaß er die Dreistigkeit, uns seine Hand zu einem High-Five entgegenzuhalten. Enttäuscht ließ er sie wieder sinken, als wir nicht reagierten. »Heißt das, ihr habt dann die ganze Zeit Dreier und so einen Scheiß? Vielleicht teilt ihr sie ja auch mal mit mir?«

Ein dreckiges Grinsen glitt über sein Gesicht.

»Du willst es nicht verstehen, oder?«, sagte ich, und meine Stimme bebte. »Das ist unser Laden, und ich sag dir jetzt zum letzten Mal, dass du auf der Stelle verschwinden und nie mehr wiederkommen sollst.«

»Raus«, zischte Ash und irgendetwas an seinem Gesichtsausdruck, an dem dunklen Ton, der diesem Wort anhaftete, brachte den Kerl dazu, endlich das Weite zu suchen.

Wir sprachen danach nicht mehr über den Vorfall. Zwischen June, Ash und mir gab es mit einem Mal diese Leerstellen, die von unserem Schweigen und dem Aussparen kleiner Wahrheiten genährt wurde. Und von Tag zu Tag wurde die Stille zwischen uns größer und lauter. Mein Herz spielte verrückt wie am allerersten Tag, wenn ich mit June und Ash zusammen war. Es glühte, wenn wir beieinander waren und alles wie immer war. Wenn wir zusammen lachten und uns aufzogen, ewig wachlagen und über das Leben philosophierten, uns in den Nächten nah waren – mit Lippen, Händen, Körpern und Worten. Die Schatten aber ließen sich nicht vertreiben.

Spät an einem Abend im Mai lagen wir zu dritt auf dem Boden des geschlossenen *Five Bells*. Kopf an Kopf an Kopf und angeordnet wie ein Stern. Junes und Ashs Haar vermischte sich zwischen uns auf dem Holz. Rosa und schwarz, meine liebste Farbkombination.

Ich wandte den Kopf nach links, streckte den Arm aus und berührte Ashs stoppelige Wange, dann nach rechts, wo ich die Hand einen Moment über Junes weiche Haut gleiten ließ. Wir zeigten mit den Fingern über uns im Raum umher. In der einen Ecke bröckelte immer noch grüne Farbe von der Wand. Wir deuteten auf das, was wir sahen, und ließen unsere Fantasie mit unseren Worten zu Geschichten werden. Trotzdem war ich nicht richtig bei der Sache, wie in letzter Zeit immer häufiger.

Das Licht schlanker Straßenlaternen fiel durch die Fenster und legte sich warm schimmernd auf den Holzboden. Wir waren hier, objektiv betrachtet war alles gut, doch ich fühlte mich wie kurz vor dem freien Fall. Außen ruhig und innen drin das pure Chaos. Und ich wollte sie nicht hören – doch die Stimme, sie schrie wieder. Lauter und lauter und lauter. In Gedanken brüllte ich zurück, weil ich ihre Worte um Himmels willen nicht hören wollte, weil ich meine eigene Schwäche nicht ertrug und einfach alles zu viel war.

June und Ash sind beide mein Leben, rief ich in Gedanken.

Die Stimme lachte höhnisch. *Schau dich doch nur an, Kian. Was soll das für ein Leben sein? Ein Leben, in dem du dich verstecken musst?! Ein Leben, in dem du nicht mehr du selbst sein kannst? Und glaubst du ernsthaft, du könntest die zwei beschützen?!*

Das böse Lachen übertönte alles. Es dröhnte mir in den Ohren, und je mehr ich brüllte und innerlich um mich schlug, desto intensiver wurde es.

Ich würde alles für sie tun.

Ein fieses Kichern.

Mein Herz setzte für einen Schlag aus, worauf nur noch mehr Gelächter folgte. Ich spürte es mit jeder Faser meines Körpers. Und es schmerzte. Himmel, es tat so weh.

Schau dich doch nur an, Kian. Sieh dich an. Denkst du wirklich, du hast die Kraft dazu?

Und ich wollte der Stimme nicht glauben, doch wenn ich in mich hineinschaute, sah ich es ganz deutlich:

Das Festklammern.

Das Schweigen.

Das Wegsehen.

Ich drehte den Kopf und betrachtete June und Ash, als wäre es das allerletzte Mal. Ihr Profil mit den farbig getuschten Endloswimpern und der Stupsnase, die sich in diesem Moment kräuselte, und seines mit dem Grübchen beim Lächeln und einem verwegen anmutenden Schnauzer.

O Gott.

Ich liebe euch so sehr.

Ich liebe euch so sehr, dass ich es nicht ertrage.

Und dann sprach ich es aus, weil die anderen beiden es wohl nicht tun würden. Denn sie waren ganz Herz und Bauch, ich der Kopfmensch.

»Ich glaube, es ist vorbei«, erklärte ich, dabei hätte ich es gleich richtig herausbringen müssen: Ich *weiß*, es ist vorbei.

Ich hatte diese Worte gesagt, und doch begriff ich sie selbst nicht richtig.

»Das *Augenspiel?*« June lachte hell. »Ihr zwei seid echt solche Langweiler.« Sie rollte sich auf den Bauch, um uns besser anschauen zu können. Die langen Haare waren überall. Als sie mich an der Schläfe kitzelten, kam mit ihnen der Geruch nach Blumen und Freiheit. Doch das

Strahlen in Junes Gesicht erlosch in dem Moment, in dem sie meinen Blick auffing. Ich wusste, dass sie alles darin lesen konnte.

Glaubst du ernsthaft, du könntest die zwei beschützen?!

Ruckartig setzte June sich auf und musterte mich entsetzt.

»Kian, was redest du da?«, flüsterte sie. »Das meinst du doch nicht ernst?!«

Schau dich doch nur an, Kian. Sieh dich an. Denkst du wirklich, du hast die Kraft dazu?

»Das mit uns dreien funktioniert einfach nicht mehr«, presste ich hervor, bevor ich noch einen Rückzieher machen konnte. Mein Herz raste, es fühlte sich an, als würde es meinen Brustkorb jeden Moment sprengen und meine Haut zerreißen.

Die Stimme feixte. Inzwischen durchdrang ihr Lachen meinen ganzen Körper, und jeder Zentimeter brannte wie Feuer.

»Es ist vorbei«, hörte ich mich es trotzdem wiederholen.

Ich kann nicht mehr, verdammt. Keiner von uns kann das.

Ash schluckte. Trotz des schummrigen Lichts sah ich seinen Adamsapfel deutlich hervortreten. Er blickte mich an, und mir schien, als hätte er dieselben Worte in sich getragen wie ich. Ob er die gleiche beschissene Stimme hörte wie ich?

»Ich will nicht, dass es vorbei ist«, murmelte June. Ihre Stimme brach, sie rang nach Luft und alles, was ich wollte, war meine Arme um sie zu schlingen. »Wieso sagst du so etwas?«, krächzte sie.

»Weil ich es spüre«, entgegnete ich leise. »Keiner von uns ist glücklich, zumindest nicht wirklich. Nicht so, wie wir es am Anfang gewesen sind.«

»Das stimmt einfach nicht«, widersprach June vehement.

Es brach mir das Herz.

»Doch, es stimmt«, erklärte Ash resigniert. »Es tut mir scheißweh, das auszusprechen, aber Kian hat recht. Wir klammern uns daran fest, dass wir uns lieben, aber letzten Endes ist alles um uns herum zu übermächtig und wir sind irgendwie … so erschöpft.«

»Aber ...« June riss die Augen auf. »Und was soll das jetzt heißen?«

Ash und ich warfen uns einen Blick zu, und ich wusste, dass er dasselbe dachte wie ich. Goldene Sprenkel, ein vertrautes Meer aus Honigfarben. Und ich las darin die Frage, ob er oder ich es aussprechen sollte. Doch bevor ich nicken oder den Kopf schütteln konnte, verließen die Worte schon Ashs Lippen: »Wir sollten das beenden. Und zwar jetzt, wo wir alles noch auf schöne Weise in Erinnerung behalten könnten.«

Und mein Herz brach erneut entzwei.

Ich hasste es, dass Ash mir zustimmte.

Ich war erleichtert, dass er es tat.

Gleichzeitig wusste ich gar nichts mehr.

Junes Augen glänzten, und ich war mir sicher, sie würde jeden Moment in Tränen ausbrechen. Ein seltsamer Laut kam ihr über die Lippen. Ein Schniefen, ein Stöhnen, ein erstickter Schrei. Und ich wappnete mich, denn ich wusste nicht, wie ich es ertragen sollte, sie so zu sehen.

Doch im nächsten Moment sprang sie auf.

»Ist das gerade wirklich euer Scheißernst?« Verletzt sah June zwischen Ash und mir hin und her, in den blauen Augen brannte eine Wut, die ich an ihr nicht kannte. »Das habt ihr zwei schön für euch entschieden? Einfach aus dem Nichts?«

»Wir haben das nicht untereinander ausgemacht«, verteidigte ich mich und merkte selbst, dass ich es damit nur noch verschlimmerte.

June ballte die Fäuste.

»Und wie lang habt ihr gewartet, um mich auch endlich an dieser großartigen Entscheidung teilhaben zu lassen?«

»June ...«, raunte Ash, doch sie schüttelte den Kopf.

»Ihr bedeutet mir die Welt, aber das scheint euch ja offenbar nicht zu reichen. Ich weiß, dass es schwer ist, das ist es nämlich nicht nur für euch beide. Aber das bedeutet doch nur, dass wir zusammenhalten müssen«, mit jeder Silbe redete June lauter und schneller. »Macht ihr gerade echt Schluss mit mir, weil *andere* Leute nicht mit unserer Beziehung klarkommen?«

»Wir machen nicht Schluss mit *dir*, sondern miteinander«, erklärte ich vorsichtig. Auf keinen Fall sollte June denken, dass ich mich für einen der beiden entschieden hätte.

Entweder beide oder keiner.

Ich wollte noch mehr sagen, so viel mehr. Und während ich nach Worten rang, lag Ash immer noch auf dem Rücken und starrte an die Decke. Sein Gesicht war eine Maske, und es wirkte ganz leer.

»Wisst ihr was?« June bückte sich und sammelte hektisch ihre Sachen zusammen. Statt sie in ihre Tasche zu stecken, türmte sie alles in den Armen auf. Sie umklammerte diesen Haufen Dinge so fest, dass ihre Knöchel weiß hervortraten. So als würde June ohne dieses bisschen Halt auseinanderbrechen. »Ich brauche euch nicht, wenn ihr das einfach so wegwerft. Wenn ihr einfach einknickt und ich euch nicht genüge.«

Mit diesen Worten machte sie auf dem Absatz kehrt. An der Tür drehte sie sich noch einmal nach uns um, als würde sie doch noch irgendetwas sagen wollen. In ihrem Gesicht stand nichts als Schmerz und Wut und so viele verschiedene Gefühle, dass ich keines von ihnen richtig greifen konnte. Und dann war sie weg.

»Scheiße«, sagte Ash und setzte sich auf. Ich lachte, obwohl mir vielmehr zum Heulen zumute war. Oder war es die böse Stimme, die sich erneut über mich und meinen Schmerz lustig machte?

»Ja, echt eine Riesenscheiße.«

»Scheiße, scheiße, scheiße!« Er vergrub sein Gesicht in den Händen, und als er aufblickte, sah ich Tränen in seinen Augen schimmern und mein Herz fiel endgültig auseinander. Wenn es so weit gekommen war, dass …

… June schrie, anstatt Ash.

… Ash weinte, anstatt June.

… und ich aus einem Gefühl heraus etwas beendete, wegen meinem Herz und meinem Bauch – dann war die Welt endgültig nicht mehr die, die sie einmal gewesen war.

Alles stand Kopf.

Alles fühlte sich über die Maßen falsch an.

»Ich sollte ...«, Ash erhob sich vom Boden. »Ich sollte auch gehen.«

Unentschlossen sah er mich an. Ash im Gegenlicht, schräg geschwungene Brauen, dieser besondere Zug um die Lippen. Ash, so sehr Ash. Und wir wussten, dass das hier irgendwie unser letzter Moment war. Bevor auch er durch diese Tür gehen würde.

Seine Zeit im *Five Bells* – vorbei.

Seine Zeit an meiner Seite.

»Danke für alles«, das traurigste Lächeln der Welt umspielte Ashs Lippen. »Danke, dass du es versucht hast.«

»Das war kein Versuchen«, erwiderte ich erstickt und stand nun ebenfalls auf. »Das war alles, was ich jemals wollte.«

»Ich wollte es auch, mehr als alles andere. June und dich. Euch beide.«

Ich streckte meine Arme nach ihm aus, wollte Ash so sehr berühren. Wenn nicht in diesem allerletzten Zwischenaugenblick, wann dann?

Ich ließ sie wieder sinken.

»Ash?«, fragte ich heiser, als er, schon an der Tür, die Klinke hinunterdrückte. »Ich habe immer so getan, als wäre ich zu betrunken gewesen und würde ich mich nicht daran erinnern, aber ... Ich weiß, dass ich dich auf dieser WG-Party damals geküsst habe. Auch wenn ich nicht darüber gesprochen habe, habe ich es nie vergessen, weil ... weil es etwas bedeutet hat.«

Falls das überhaupt möglich war, wurde Ashs Lächeln noch trauriger. Es riss mir den Boden unter den Füßen weg.

»Ich habe es auch nie vergessen«, raunte er.

Und dann war auch Ash weg.

435

June

Tagelang klammerte ich mich an die Wut, weil das leichter war, als mich einem Herzen zu stellen, das in Trümmern lag.

Ich hatte Kian und Ash seit dieser letzten Nacht im *Five Bells* nicht mehr gesehen, und ich lernte: Wenn sich die Zuneigung in einer Beziehung verdoppelte, dann tat es auch der allumfassende Schmerz. Denn ich hatte auf einen Schlag die zwei Lieben meines Lebens verloren. Ich war enttäuscht, dass die beiden nicht für uns kämpfen wollten, und zugleich fühlte ich mich selbst so ausgelaugt von den letzten Monaten. Erst jetzt spürte ich, wie nach und nach eine Anspannung von mir abfiel. Doch auch dieses Gefühl konnte nicht darüber hinwegtäuschen, dass Kian und Ash eine riesige Lücke hinterlassen hatten.

Mir fehlte Kians Ruhe und Ashs Chaos. Ich gab Benoît den Schlüssel der beiden mit, weil ich es nicht ertragen hätte, sie zu treffen. Und obwohl ich nichts über sie hören wollte, schnappte ich doch auf, dass Ash vorübergehend zu Quinn gezogen war. Sich Kian allein in dieser Wohnung vorzustellen, dieser Gedanke war seltsam. Alles erinnerte mich an meine Männer, jede Ecke Londons. Rote Doppeldeckerbusse, Himmel und Wolken, Ruinen und Blumen, Brücken und Flüsse.

Benoît und Via wichen mir in den ersten Tagen nicht von der Seite, doch auch sie mussten irgendwann einsehen, dass sie mir diesen Schmerz und meinen Verlust nicht nehmen konnten. *Ich* musste da durch, *ich* musste mich dem stellen, was ich verloren hatte. Sie konnten mich dabei vielleicht ein Stück begleiten, aber nicht meine eigene Trauer stemmen.

Im *Mephisto* entgingen wohl selbst Henry meine verquollenen Augen nicht. Er kam zu mir und zog mich in seine Arme, und für einen Augenblick war es alles, was ich wollte: meinen besten Freund, die Ahnung eines wolkenlosen Himmels wie in meiner Kindheit, ein bisschen etwas von unserer früheren Unbeschwertheit. Doch dann murmelte Henry in meine Haare: »Ich wusste, dass du irgendwann zur Vernunft kommen würdest.«

Damit zerstörte er alles wieder. Denn ich war nicht *zur Vernunft gekommen*, vielmehr lag es unter anderem an Menschen wie ihm, dass wir drei keine Kraft mehr gehabt hatten.

Ich spielte die Ilaria in der *Red Lady*, zog abends irgendwann wieder zusammen mit Benoît und Via um die Häuser, besuchte Mum und Dad in Groveford und war mehr als erleichtert, dass sie nicht weiter nach Kian und Ash fragten. Ich lief stundenlang durch London, doch in meinem Inneren blieb dieses Loch.

Und in den Nächten dachte ich an die Endgültigkeit in Kians und Ashs Augen. Irgendwann zwischen den Tagen ertränkte Regen die Stadt, flutete die Straßen und ich wünschte, die Wassermassen würden neben all dem Dreck auch meine Erinnerungen mit sich davontragen. Davonschwemmen und nichts zurücklassen. Ich drückte die Stirn seufzend gegen das kühle Fensterglas, betrachtete mein bleiches Spiegelbild und starrte hinunter auf die Prosperity Lane, die dunkel schimmernd dalag.

Ash

Während ich vor dem Eingang der *Little Bee* von einem Bein auf das andere trat, kehrte ich in Gedanken erneut in meine Kristallhöhle zurück. Vor wenigen Stunden hatte ich dort noch auf dem Stein in der Mitte gesessen, in mich hineingehört und mir selbst Mut gemacht. Das Vorstellungsgespräch in diesem Kindergarten war zwar nicht mein erstes in den vergangenen Wochen, doch irgendetwas an diesem Ort zog mich ganz besonders an. Vielleicht diese Art von Magie, die June in der Mowbray Alley vom ersten Moment an gespürt hatte. Oder das, was Kian im *Five Bells* noch so viel greifbarer empfand als ich.

Ich wollte das. Ich wollte diesen Job in der *Little Bee*, ich wollte meinen alten Traum zu meinem neuen machen. Ein aufregendes Kribbeln breitete sich von den Fingerspitzen ausgehend in meinem Körper aus, denn das war meine Chance, nachdem ich einen Teil meines Lebens geopfert und Dinge verloren hatte.

Ich ließ meinen Blick über das gelb gestrichene Haus mit den großen Blumenkästen vor den Fenstern gleiten. Über die selbst gebastelten Girlanden und die Schmuckstücke, die innen an den Scheiben hingen und betrachtete schließlich die schmale Eingangstür, auf der das Bild einer Biene prangte.

Ein letztes Mal atmete ich tief ein und sammelte Kristallhöhlenkraft, ehe ich die wenigen Stufen hinaufstieg und die Tür zur *Little Bee* aufstieß. Es war niemand zu sehen, aber im Inneren begrüßte mich sofort das fröhliche Geplapper von Kindern, jemand lachte, Rufe erklangen, jemand anderes weinte.

Ich stand in einem quadratischen Eingangsbereich, von dem mehrere Räume abgingen. Aus einer offen stehenden Tür drang das Gelächter der Kleinen. An den Wänden standen niedrige Bänke, unter denen sich winzige Schuhe in allen Farben aneinanderreihten, so wie die Jacken an den Haken darüber. Jeder Haken hatte die Form einer anderen Blume, und ich musste unwillkürlich an June denken. Noch mehr, als ich die gegenüberliegende Wand in ihrer Gänze betrachtete. Darauf war eine endlos scheinende Blumenwiese gemalt, mit riesigen Blütenblättern in allen Farbschattierungen, die von der Sonne beschienen wurden. June, meine wilde Blume. Ich schluckte und schob das Bild ihres Gesichts, das vor mir auftauchte, schnell beiseite.

An der anderen Wand entdeckte ich Zeichnungen von Mamas mit einem Baby, Papas mit einer ganzen Kinderschar. Alles hier war bunt und laut und fröhlich, und ich fühlte mich aufgehoben und wohl. Die *Little Bee* war ein Ort, an dem Regenbogenfamilien in allen Formen willkommen waren. Von klein auf wurde den Kindern hier vorgelebt, wie vielfältig Familie und Eltern sein konnten, wie unterschiedlich sich Liebe zeigte. Vor allem aber, dass nichts davon richtig oder falsch war.

Die Aussicht, an einem Ort zu arbeiten, der solche Werte vermittelte, hatte mich zumindest ein bisschen darüber hinweggetröstet, dass in meinem alten Kindergarten keine Stelle mehr frei gewesen war.

»Das sind Bilder, auf denen die Kleinen ihre Familien gemalt haben«, erklang hinter mir eine Stimme, in der ein warmes Lächeln lag. Ich drehte mich um und sah eine junge Frau in einem tiefblauen Kleid und großer Schleife im schwarzen Haar im Rahmen der Tür stehen, hinter der ich den Gemeinschaftsraum vermutete.

»Sie sind richtig schön geworden«, erwiderte ich aufrichtig.

»Ja, das finde ich auch.« Die Frau trat zu mir. »Welches gefällt dir am besten?«

Ich ließ meinen Blick über die krakeligen Gemälde schweifen und deutete schließlich auf eines, das jedes Gefühl gleichzeitig in mir auslöste. Zu sehen war ein Mädchen mit geflochtenen Zöpfen, hinter ihr standen zwei Frauen und ein Mann, die sich an den Händen hielten.

»Oh, eine unserer Polyfamilien. Die vier sind wirklich großartig.«

Ich schwieg, obwohl ich so viel zu sagen gehabt hätte. Doch glücklicherweise streckte mir die Frau im nächsten Moment ihre Hand hin. »Ich bin übrigens Maddy. Du bist Ash, oder?«

»Ja, richtig.« Ich drückte ihre Hand, und auf einen Schlag war die Aufregung wegen der Stelle wieder zurück. »Dann haben wir beide miteinander telefoniert?«

»Genau.« Maddy zupfte die Schleife in ihrem Haar zurecht. »Ich freue mich schon auf unser Gespräch und bin richtig gespannt, was du alles zu erzählen hast.«

Sie führte mich durch eine Tür auf der anderen Seite des Eingangsbereichs. Dahinter verbarg sich ein winziges Büro mit Bücherregalen, die bis unter die Decke reichten, und einem Schreibtisch, auf dem sich verschiedene Unterlagen stapelten und einen zugeklappten Laptop dabei beinahe unter sich begruben.

»Ich weiß, nicht gerade ordentlich«, Maddy warf mir ein entschuldigendes Lächeln zu und bedeutete mir, mich auf den Sessel neben dem Schreibtisch zu setzen. Sie räumte ein paar Sachen hin und her, und dabei fiel mir das Regenbogenarmband an ihrem Handgelenk auf. Unwillkürlich machte mein Herz einen Satz.

Das Gespräch mit Maddy war wahnsinnig entspannt. Durch die geöffneten Fenster drang warme Luft, die den Beginn des Sommers ankündigte. Ich sah große Bäume im Garten, deren Blätter ein wunderschönes Schattenmuster auf den Rasen und eine rote Schaukel warfen. Maddy war nur ein paar Jahre älter als ich, und innerhalb weniger Minuten wurde aus einem Vorstellungsgespräch für eine neue Stelle eher eine Unterhaltung, so locker, wie sie auch zwischen Freunden lief. Wir lachten miteinander und scherzten. Ich erzählte von den Kindern in meiner alten Kita und wie sehr ich meine Arbeit als Erzieher in den letzten Jahren vermisst hatte. Wir sprachen über unsere Werte, das, was uns bei dieser Arbeit wichtig war, und anschließend führte Maddy mich durch die Räumlichkeiten der *Little Bee*.

Alles war ebenso bunt und einladend wie der Eingangsbereich des Kindergartens. Eine kleine Küche, ein daran angrenzender Raum mit einem riesigen Tisch und zahlreichen kleinen Stühlen darum. Es gab mehrere Spielecken, Regale voller Bücher, Stifte, Malutensilien, Tonpapier und Scheren. Die großen Fenster waren mit Dekorationen der Kleinen geschmückt, insbesondere die breite Flügeltür, die in den Garten hinausführte. Ich sah die rote Schaukel, die ich schon von Maddys Büro aus entdeckt hatte, daneben einen Sandkasten, in dem sich zwei Jungs gegenübersaßen. Maddy zeigte mir das Beet mit Kräutern und Gemüse, um das sich die Kinder selbst kümmerten und lernten, wie die Natur einem Nahrungsmittel schenkte.

Auf dem Rückweg durch den Garten wurde ich auf eine Gruppe

Kinder aufmerksam, die etwas abseits zwischen zwei hohen Bäumen standen. Ein Mädchen mit dicken Zöpfen und weißem Schleier auf dem Kopf schob trotzig das Kinn vor: »Ich will aber beide heiraten, sonst spiele ich nicht mit.«

»Das geht aber nicht«, erklärte der Junge ihr gegenüber altklug, »du musst dich entscheiden.«

»Natürlich kann ich beide heiraten!« Jetzt warf sie sich die Zöpfe über die Schulter. »Meine Mamas und mein Papa haben das auch gemacht, und sie haben mir gesagt, dass das genauso normal ist wie alles andere.«

»Hm.« Jetzt reichte der kleine Junge dem Mädchen mit geröteten Wangen die Hand. »Tut mir leid, war blöd von mir. Wir können auch so spielen, dass wir alle zusammen heiraten.«

Ein anderes Mädchen nickte eifrig, die Kulleraugen weit aufgerissen: »Wir können nämlich machen, was wir wollen. Das sagt mein Papa auch.«

Das Zöpfe-Mädchen strahlte über das ganze Gesicht, und ich war mit einem Mal unfähig, mich zu rühren. Ich sah ihr hinterher, wie sie mit wehendem Schleier zu ihren anderen Freunden rannte, um sie zum Hochzeitsspiel zu holen.

»Alles in Ordnung?« Maddy hatte sich zu mir umgedreht und musterte mich mit gerunzelter Stirn.

»Ja«, murmelte ich und holte schnell auf, »alles gut.«

Diese Kinder schienen mehr darüber zu wissen, wer sie waren und wie sie ihr Leben leben wollten, als ich. Denn ich war eingeknickt und hatte zugelassen, dass ich die Schwächen unserer Gesellschaft zu meinen eigenen machte. Hatte zugelassen, dass so mein Glück mit den zwei wundervollsten Menschen zerstört worden war.

Für einen Moment befürchtete ich, direkt an Ort und Stelle zusammenzubrechen. Seit der Trennung von Kian und June fühlte ich mich wie ein Schatten meiner selbst. Mein Leben funktionierte, *ich* funktionierte, aber alles schien hohl und bedeutungslos. Die Tage und Wochen krochen dahin, aber sie blieben so unendlich leer.

Zu gern hätte ich all das, was ich heute gesehen und gehört hatte, mit Kian und June geteilt. Und hier und jetzt gestand ich mir den Wunsch ein, vor Wochen bei unserer Trennung im *Five Bells* mutiger gewesen zu sein. Mutig genug, um June in die Arme zu nehmen und ihre Wut und Enttäuschung aufzufangen. Mutig genug, um Kian aufzuzeigen, wie falsch er mit allem lag.

Doch ich war verflucht nochmal zu feige gewesen, weil die Wochen davor und deren Ereignisse mir den Mut genommen hatten.

Maddy versprach, sich möglichst bald bei mir zu melden, aber ich hatte ein wahnsinnig gutes Gefühl. Dieser Ort schien einfach perfekt zu mir und meinen Vorstellungen zu passen. Meinem Wunsch nach einer Arbeit, die mehr als ein bloßer Job war und eine Veränderung in dieser Welt bedeuten konnte.

Noch auf den Stufen vor dem Kindergarten fischte ich hektisch mein Handy aus der Hosentasche und wählte eine Nummer, die ich viel zu lange nicht mehr angerufen hatte. Ich hatte Angst und ein verfluchtes Panikherz, aber irgendwie hatte sich dort drinnen gerade etwas in mir verschoben und mich mit anderen Augen sehen lassen.

Es wählte und wählte, als ich die Straße entlangzugehen begann.

Bitte geh ran!

Bitte geh nicht ran!

Bitte sag etwas!

Bitte sag nichts!

Ich wollte alles und nichts und jede Nuance dazwischen.

Es knackte in der Leitung, und ich blieb mit rasendem Herzen mitten auf der Straße stehen.

»Ja?«, erklang eine dunkle Stimme, die sofort meine ganze Welt auf den Kopf stellte. Eine Stimme, die ich nicht mehr gehört hatte, seit ich meine letzten Sachen aus der Wohnung in der Blossom Street geholt hatte. An dem Tag, an dem mein gemeinsames Leben mit Kian und all die Erinnerungen an June in wenige Kisten gewandert waren und alles so endgültig geworden war.

»Wir müssen reden«, sagte ich. Und ich klang so viel weniger bestimmt und selbstsicher, als ich es mir vorgenommen hatte. Meine Stimme zitterte so sehr wie meine Finger, in denen ich das Handy hielt.

Kian und ich hatten June und einander verlassen, und damit verdammt nochmal einen riesigen Fehler gemacht. Jetzt und hier erkannte ich es ganz überdeutlich. Es mochte sich letztlich nichts an der Situation geändert haben, doch tief in mir vollzog sich ein verdammter Wandel. Dieses Leben war möglich, es war *mehr* als möglich.

Wir können nämlich machen, was wir wollen, ertönte die piepsende Stimme des Zöpfe-Mädchens in meinem Kopf.

Kian schwieg, und am liebsten hätte ich geschrien. Natürlich war es zu spät. Natürlich kam diese Erkenntnis zu einem wirklich miesen Zeitpunkt. Ich glaubte, mein Herz würde erneut reißen und splittern und brechen. Doch sein Fall wurde von einem Räuspern aufgehalten.

»Ash … ich glaube auch, dass wir reden sollten.«

June

An einem Sonntag nach meiner Probe im *Mephisto* brach ich zu einem meiner Streifzüge durch London auf, die ich inzwischen immer häufiger unternahm. Ich lief und lief und lief, achtete nicht auf meine Umgebung, sondern ließ mich einfach durch die Stadt treiben. Inzwischen war es Juni, und die Sonne legte sich bei jedem Schritt angenehm warm auf mein Gesicht.

Ich holte mir einen Coffee to go, sah auf das glitzernde Wasser der Themse und die blühenden Bäume am Ufer.

Und da standen sie.

Einfach so.

Wie aus dem Nichts.

Kian und Ash.

Ich hatte sie inzwischen über einen Monat lang nicht gesehen, und diese Wochen kamen mir vor wie eine kleine Ewigkeit, aber als ich sie jetzt sah, war es, als wäre kein einziger Tag vergangen.

Nebeneinander lehnten sie am Geländer der Brücke und blickten auf den Fluss hinunter, der gemächlich durch London floss. Ich konnte nicht sagen, ob sie miteinander redeten, und ich fragte mich, wie es ihnen wohl ging. Ashs schlanke Figur und daneben Kian, ein bisschen kleiner. Ich dachte an die Stunden, die wir in der Dämmerung auf dieser Brücke verbracht hatten, als alles in magisches Licht getaucht war.

Heute war nichts magisch. Heute war mein Gesicht wieder einmal verquollen von Tränen, die ich nicht mehr weinen konnte. Heute schien die Sonne hell und blendend, war in diesem Moment fast so etwas wie ein Scheinwerfer, der sein Licht auf diese beiden Männer warf. Und vielleicht war es dumm, Wunden aufzureißen, die sich anfühlten, als würden sie niemals heilen, aber ich konnte nicht anders, als einen Fuß vor den anderen zu setzen. Als langsam auf die beiden zuzulaufen, wie in einem dieser Träume, wie ich ihn auch in der letzten Nacht wieder gehabt hatte. Einen dieser Träume, in denen wir drei zusammen und glücklich waren. Eine Montage unserer schönsten Momente.

Aber nicht diese Traumbilder waren das Schlimmste. Nein, es war der Augenblick des Aufwachens, in dem man nach und nach realisierte, dass nichts davon mehr Realität war und wohl auch nie wieder sein würde. Diese Momente zwischen Schlafen und Wachen, in denen man am angreifbarsten war.

Fast wäre ich das letzte Stück entlang der Themse gerannt. Ich krallte die Finger in den Stoff meines Rocks, um mich zurückzunehmen. Hielt mich an mir selbst fest, während ich die Brücke betrat und mit zitternden Beinen weiterging.

Und dann drehten die beiden sich im selben Moment um und sahen mich direkt an. Keine Chance mehr abzuhauen oder so zu tun, als hätte ich sie nicht gesehen.

Die Hosenträger über Ashs Hemd.

Die verschiedenfarbigen Socken an Kians Füßen, einer gelb und einer rot.

Die letzten Meter bis zu den beiden war Unendlichkeit.

»June ...«, sagte Kian, und in seinen Worten lag so viel.

»Vielleicht ... vielleicht sollte ich einfach wieder gehen«, stammelte ich und setzte schon zum Rückzug an.

Was sollte ich auch sagen? Dass ich jede Nacht an sie dachte und mir wünschte, zwischen ihnen in meinem Bett zu liegen, weil ich mich nie beschützter gefühlt hatte in meinem Leben? Dass ich sie tagsüber vermisste, weil es so vieles gab, das ich mit einem von ihnen oder beiden teilen wollte? Dass ich mich unvollständig fühlte?

Ich hatte mich schon halb abgewandt, da legten sich Finger um mein Handgelenk und die unerwartete Berührung sandte Stromschläge durch meinen ganzen Körper.

»June, bitte ...« Es war Ashs Stimme, die so ungewohnt brüchig klang, irgendwie verzweifelt, sodass alles in mir wieder auf- und entzweiriss.

Und dazu kam Kians Flüstern. »Warte.«

Alles in mir schrie nach Flucht, weil ich das einfach nicht ertrug und das hier die dümmste Idee aller Zeiten gewesen war, doch ich drehte mich trotzdem um. Manchmal waren im Leben die dummen Entscheidungen doch die guten.

Ich blinzelte gegen die Sonne, die hinter Kian und Ash am Himmel stand. In ihrem Gegenlicht glänzten Ashs Augen wie flüssiges Gold. Sofort ließ er mich los, ganz so, als hätte er sich verbrannt. Ich erkannte Unsicherheit in seinen schimmernden Augen, doch er wich meinem Blick nicht aus. Das taten weder er noch Kian.

»Wieso?«, krächzte ich, weil ich einfach nicht wusste, was ich sonst hätte sagen sollen. Die beiden warfen sich einen Blick zu, dann sagte Kian: »Wir ... wir wollten dich anrufen, June. Oder dir schreiben. Oder ... keine Ahnung. Wir überlegen seit einer Woche, wie wir uns am besten bei dir melden sollen und waren jeden Tag hier, weil ... weil wir dachten, du würdest vielleicht auch herkommen.«

Er schluckte schwer, und mein Herz fiel.

»Wie geht es dir?« Ash hob seine Hand erneut an, ließ sie auf halbem Weg zu meinem Gesicht aber wieder sinken.

»Ich ... vermisse euch«, gestand ich, weil jede Lüge zwecklos gewesen wäre und ich mir sicher war, dass sie es mir so oder so ansahen. »Ich vermisse euch so sehr.«

»O Juniper.« Kian rieb sich über das Gesicht, und die Brille verrutschte dabei ein Stück. »Wir wollten irgendetwas tun, weil wir dich auch vermissen und das so einfach nicht funktioniert. *Ich* wollte etwas tun, und Ash, und ...«

»Wie ... wie meinst du das, es funktioniert einfach nicht?«

Wegrennen oder stehen bleiben? Wegrennen oder stehen bleiben? Die Frage drehte sich endlos in meinem Kopf.

»Wir waren verdammt feige«, antwortete Ash und sah mich fest an. »Wir haben lauter Gründe vorgeschoben, wieso das mit uns nicht funktionieren kann, dabei haben wir einfach nur Angst bekommen. Und zwar nicht, weil wir der Meinung wären, uns nicht genug zu lieben. Nicht, weil wir eifersüchtig gewesen wären oder sonst irgendetwas. Keiner dieser Gründe lag in oder bei uns, sondern am Ende kamen sie nur von außen und das ist etwas, das ich einfach nicht einsehe. Dafür ...«, aus dem Augenwinkel nahm ich wahr, wie Ashs Finger bei diesen Worten Kians Handrücken streiften, »... dafür ist mir das mit euch einfach zu wichtig.«

»Ich will auf alles scheißen«, erklärte Kian. »Ich habe keine Lust mehr, mir diese Liebe von irgendwelchen Idioten kaputtmachen zu lassen. Ich habe mich nicht stark genug gefühlt, aber jetzt werde ich es sein.«

»Das hat absolut nichts mit Stärke zu tun«, entgegnete ich sanft.

»Okay, vielleicht nicht mit Stärke, aber definitiv mit Mut. Und ich möchte mutig sein. Ich möchte zu euch beiden stehen, und die Leute sollen sagen, was sie wollen. Es ist mir wichtiger, dass ich mit den Menschen zusammen bin, die mich glücklich machen.«

»Ich will doch auch mutig sein«, sagte ich leise, während mein Herz mir wie verrückt gegen die Rippen schlug. »Aber … was … wie …«

»Was wir jetzt machen?«, fragte Ash nach.

Ich nickte.

»Wir fragen dich, ob du wieder mit uns zusammen sein möchtest«, erwiderte er.

Und Kian schenkte mir ein Halblächeln, wunderschön und unsicher und hoffnungsvoll. »Und wir hoffen sehr, dass du uns noch willst.«

Und dann waren da die Tränen, die da in letzter Zeit irgendwie ständig zu sein schienen, nur flossen sie dieses Mal aus ganz anderen Gründen. *Erstaunen, Ungläubigkeit, Glück.*

Die beiden hatten mir mit diesem plötzlichen Ende das Herz gebrochen. Vielleicht hätte ich jetzt zögern müssen, vielleicht hätte ich Dinge infragestellen oder es ihnen schwerer machen sollen – aber wozu? Wozu, wenn das Herz die ganze Zeit schon wusste, was es wollte?

Also lachte ich befreit. »Natürlich möchte ich das!«

Und dann waren da zwei wunderschöne Grinsen, die alles in mir zum Flattern brachten. Erneut warfen sich Kian und Ash über meinen Kopf hinweg einen Blick zu.

»Hört auf mit eurem Telepathie-Scheiß«, beschwerte ich mich. »Ich bekomme nur die Hälfte mit, weil ich viel kleiner bin als ihr und das …«

»… *ist total fies*«, vervollständigten die zwei den Satz lachend im Chor, woraufhin ich beide anfunkelte.

»Guckt! Ihr macht es schon wieder.«

Kian sah mich möglichst ernst an. »Keine Ahnung, was du meinst, süße Juniper.«

»Kann ich auch nicht sagen«, pflichtete Ash ihm bei, und ich verdrehte lachend die Augen. Dann breiteten die beiden ihre Arme aus und nahmen mich auf unserer Brücke in die Mitte. Dort zwischen ihnen, wo ich mich geborgen fühlte wie nirgends sonst auf der Welt. Zwischen dem Duft von frischem Morgentau und dem Geruch nach Herbst und letzten Sonnenstrahlen, zwischen laut und leise und dem nahenden Sommer.

»Vielleicht sollten wir uns ein neues Bett kaufen?«, schlug Kian vor.

»Okay, damit habe ich jetzt echt nicht gerechnet«, sagte Ash.

»Ich hasse es, in der Mitte zu liegen. Ihr zerquetscht mich immer.«

»Ja«, Ash verdrehte die Augen, »und ich falle ständig fast raus, wenn ich am Rand liege.«

»Wir können ja tauschen.«

»Hm ...«, Kian verzog das Gesicht, »okay, vielleicht ist es in der Mitte doch nicht so übel.«

»Man könnte meinen, dass June, so klein wie sie ist, nicht so viel Platz bräuchte, aber ... na ja.«

»Ist das gerade echt euer Ernst?«, schaltete ich mich halb amüsiert, halb entrüstet ein.

»Ja«, meinte Kian.

»Nein«, sagte Ash.

»Stellt ihr euch das gerade romantisch vor?«, stöhnte ich. »Wenn ja, muss ich euch leider darauf hinweisen, dass es das absolut nicht ist.«

»Schau nur, wie niedlich sie aussieht, wenn sie die Augen zusammenkneift und versucht, wütend auszusehen«, raunte Ash Kian zu, aber laut genug, dass ich es hören konnte.

»Unfassbar niedlich«, bestätigte Kian ernst.

»Ich stehe direkt vor euch und kann euch hören!«

»Wissen wir.« Ash grinste »Und jetzt komm her zu uns.«

»Wir sind jetzt bereit für den romantischen Teil«, neckte Kian mich.

Und dann küssten sich erst Kian und Ash sanft auf den Mund, die Gesichter vom Licht weichgezeichnet und ein Anblick, der mein Herz wie beim allerersten Mal dazu brachte, sich zu überschlagen, dann mich. Kians Hand an meinem Gesicht und Ashs auf meiner Taille.

Mir war bewusst, dass die Leute, die an uns vorbeiliefen, uns teilweise irritiert beäugten, und ich war mir auch darüber im Klaren, dass das wahrscheinlich immer so sein würde. An jedem einzelnen Tag, an dem ich in der Öffentlichkeit zu meinen Gefühlen für Kian und Ash stand. Doch ich würde mich und meine Liebe zu diesen beiden Männern keine Minute länger verstecken oder verleugnen. Ich würde mich nicht unterkriegen lassen von einer Welt, die vielleicht noch nicht so weit war.

Ich hatte in London nichts gesucht und alles gefunden, und das war letzten Endes die einzige Sache, die von Bedeutung war.

Die beiden zogen mich seufzend noch näher, und ich ließ mich fallen. Ich kicherte an Kians Brust, schlang Ash die Arme um den Hals. Ich wusste nicht, welches Leben wir führen, welche Abenteuer uns bevorstehen würden, doch ich konnte sagen, dass wir dabei immer zu dritt sein würden:

June, Kian und Ash.

Es waren fünf wunderschöne Silben und die einzige Wahrheit, die ich kennen musste.

449

* * * *THE RED LADY* * * *

aus dem zweiten Akt

*

Zu sehen sind Ilaria und Aillard, die Hand in Hand aus Roux' Palast schreiten und sich auf den Weg zu den Wolkenrändern machen. Gemeinsam blicken sie durch magische Flüsse und Wasserfälle auf das gerettete London hinunter.

ILARIA: Und du willst wirklich bei mir bleiben?

AILLARD: Ja.

ILARIA: Du könntest gehen, jetzt wo alles vorbei ist.

AILLARD: Ich möchte nirgendwo hingehen, wo du nicht bist.

ILARIA: Und du weißt auch, dass es nicht leicht sein wird?

AILLARD, *raunend*: Ja, Ilaria, aber für die Liebe lohnt es sich immer. Für *dich* wird sich immer alles lohnen.

Ilaria und Aillard küssen sich und schweben dabei über Wolken, wiegen sich im Takt von Magical Clouds and Magical Love, *während sie sich tief in die Augen sehen. Ein Menschenleben später stirbt Aillard in Ilarias Armen, und der Vorhang fällt ein allerletztes Mal.*

ONE YEAR LATER – EIN JAHR SPÄTER

THERE WILL ALWAYS BE LOVE AND DESTINY – ES WIRD IMMER LIEBE UND SCHICKSAL GEBEN

Kian

Vor vier Jahren hatte ich gedacht, meine wahre Liebe gefunden zu haben, doch das Herz, das ich damals in den Händen hielt, war nur die Hälfte von dem, was mir bestimmt gewesen war. June und Ash hatten mir Mut und Freiheit gezeigt, und seit ich mehr auf mein Innerstes hörte und all die Wünsche, die dort verborgen lagen, konnte ich das Leben so viel besser und vor allem ausgelassener umarmen.

Das *Five Bells* war immer noch mein Ein und Alles, meine Oase und der Zufluchtsort, den ich anderen Menschen schenkte. Nach den Monaten, die Stella zusammen mit Maisie zu Hause verbrachte, kam sie nicht nur in das Pub zurück, sondern übernahm auch Ashs Job. Es fühlte sich seltsam an, meinen Freund auszubezahlen, aber es war uns lieber, alles klar zu trennen. Ich konnte ihm die Summe nicht auf einmal geben und abbezahlen. Es war zwar keine ideale Lösung, aber eine, die für uns beide in Ordnung war.

Mit Stella zusammenzuarbeiten war großartig und so wahnsinnig leicht. Wir veranstalteten unseren beliebten Karaoke-Abend inzwischen zwei- statt nur einmal im Monat – sehr zu Rivers Leidwesen –, buchten häufiger Live Acts für die Wochenenden und probierten das Konzept einer *Open Stage* aus, bei der Newcomer und Londoner Künstler ihre

Musik mit einem kleinen Publikum teilen konnten. Das *Five Bells* sprühte vor Leben, und wenn ich die Blossom Street entlanglief und das Pub an der Ecke sichtbar wurde, mit seinem grünen Vorbau und den Lichtern hinter den Bogenfenstern, dann rastete in mir etwas ein.

Trotzdem vermisste ich diese Endlosschichten mit Ash, unsere Neckereien hinter der Theke und die Küsse im Getränkelager. Zwar hing er immer noch ständig im *Five Bells* herum, aber es war anders, wenn er an der Bar saß oder an besonders stressigen Abenden aushalf.

Seit Ash in der *Little Bee* arbeitete, wirkte er so viel ausgeglichener und glücklicher. June und ich wurden nicht müde, ihn damit aufzuziehen, dass er inzwischen selbst wie ein kleiner Junge aussah, wenn er nachmittags von der Arbeit kam: die Hände voller Farbkleckse, Klebstoff in den langen schwarzen Haaren und Erdflecken auf der Hose. Und jedes Mal verdrehte Ash die Augen, lachte aber breit und laut.

Er zog uns dann auf das riesige Ecksofa, kompromisslos und voller Energie. Wirklich jedes Mal quietschte June vergnügt auf und ließ sich in Ashs Arme fallen, während ich den beiden einen Vortrag darüber hielt, dass wir das Sofa erst neu gekauft hatten. Doch ich grinste dabei und meinte es immer nur halb ernst. Die beiden glücklich zu sehen bedeutete mir zu viel.

Ich liebte es, dass Junes Texte für das neue Stück, für das sie vorsprach, überall herumflogen. Ich liebte die Aufzeichnungen mit besonders kniffligen Passagen, die sie zum Lernen von außen an die Duschwand geklebt hatte, weil sie der Meinung war, jeden Moment nutzen zu müssen. Liebte die Unmengen an bunten Nagellackfläschchen und ausgefallenen Haargummis, genauso wie den Geruch ihrer vollkommen übersüßten heißen Schokolade mit Marshmallows. Liebte Ashs Fotos, die in unserer gemeinsamen Wohnung nicht mehr nur in seinem Zimmer hingen, sondern überall verteilt und leider Gottes manchmal als Lesezeichen für eines meiner Bücher endeten. Liebte das Bastelzeug, das ständig auf dem Küchentisch lag, weil er irgendetwas austüftelte. Liebte es, wie unsere

Welten auf schönste Weise miteinander verschmolzen, seit wir, kurz nachdem Ash seinen neuen Job angefangen hatte, zusammengezogen waren.

Ich hätte gedacht, dass es mir schwerer fallen würde, unsere WG gegenüber vom *Five Bells* aufzugeben, doch dann waren wir über Stammgäste im Pub auf eine Wohnung am anderen Ende der Blossom Street aufmerksam geworden. So konnte ich immer noch schnell im Pub sein, wenn Not am Mann war, hatte aber meine eigenen vier Wände mit Ash und June. Ein Ort, der nicht nur symbolisch ein Neuanfang war. Und diese beiden Menschen machten unsere Wohnung mehr zu einem Zuhause für mich, als irgendwelche neuen Möbelstücke oder Dekorationen es gekonnt hätten.

Aislyn kam mit ihrem Mann und meinen Nichten zu Besuch. Abgesehen von der *Pubfamily* waren die vier die ersten Gäste in unserem neuen Zuhause, und es war wie Magie. In der Sekunde, in der Aislyn June kennenlernte, sah ich all die Skepsis und Sorge, die sie in sich getragen hatte, von ihr abfallen. Auch Delilah und Matthew standen inzwischen voll hinter der Beziehung ihrer Tochter und luden uns drei über die Weihnachtsfeiertage nach Groveford ein.

Ich fuhr mit June mit Schlittschuhen über einen zugefrorenen See, und mein Herz machte einen Satz, als sie um mich herumwirbelte, mich irgendwo zwischen lachend und kreischend zu Boden riss und sich dieses Mal nicht nur besorgt über mich beugte, sondern mich auch küsste. Und dann war da Ash. Ash, der mit uns einen Schneemann baute, ehe er mich mit einem Ball abwarf. Lachend rannte ich auf ihn zu und küsste, küsste, küsste ihn.

Nicht jeder verstand, was uns drei miteinander verband, doch für uns wurde es von Tag zu Tag leichter, auch mit den negativen Reaktionen umzugehen. Und seitdem ich nichts mehr auf das gab, was meine Mitmenschen sagten, sondern einfach nur fühlte, wusste ich manchmal gar nicht, wohin mit all der Liebe, die ich empfand. Als wäre genau das das größte Wunder des Lebens.

Ich führte eine Beziehung zu einer Frau und zu einem Mann. Und ich konnte nicht mit Sicherheit sagen, ob der Begriff *polyamorös* so wirklich auf mich zutraf, denn ich fühlte mich nicht so richtig *poly*. Ich hatte noch nie das Bedürfnis verspürt, mit mehreren Menschen zusammen zu sein, und ich konnte es mir auch jetzt nicht vorstellen. Nur, wenn es June und Ash waren. *Juneashamorös* – vielleicht war das die einzige Kategorie, die ich brauchte. Die Einzige, die wirklich von Bedeutung war.

Im Sommer im Jahr darauf veranstaltete das *Little Bee* ein Sommerfest, zu dem die Familien der Kinder, aber auch Freunde eingeladen waren. Eine breite Flügeltür führte aus dem hellgelben Haus direkt in den Garten mit den vielen Bäumen hinaus, an deren Ästen an diesem Tag unzählige Lichter, selbstgebastelte Lampions und bunte Bänder befestigt waren.

Die Schaukel quietschte im lauen Wind, und die Luftballons bewegten sich sachte hin und her, eine der Erzieherinnen versuchte vergeblich die Kleinen davon abzuhalten, vom Buffet zu naschen, ehe das Grillen begonnen hatte. Die Kinder kicherten, nur ein paar von ihnen gaben es tatsächlich auf und suchten sich eine andere Beschäftigung.

Es war berührend zu sehen, wie Ash mit ihnen umging und wie offensichtlich sie ihn anhimmelten, an seinen Lippen hingen, wenn er etwas sagte, und sich freuten, wenn er ihnen seine Aufmerksamkeit schenkte.

Gerade kniete er vor einem Vierjährigen mit blonden, wild abstehenden Locken, der beim Spielen hingefallen war und sich nun die Seele aus dem Leib schrie. Ash redete beruhigend auf ihn ein. Ich konnte nicht hören, was er sagte, doch es schien zu helfen, denn nach und nach versiegten die Tränen. Stattdessen sah der Kleine bewundernd zu meinem hinreißenden Freund auf. Der Schmerz schien vergessen zu sein, denn mit einem Mal plappert er wild drauflos und entlockte Ash eines seiner kratzig-schönen Lachen.

Ich legte den Arm um June, wandte den Blick aber nicht von ihm ab. Fühlte mich wie hypnotisiert und das trotz oder gerade wegen all der

Zeit, die dieser schöne Mann inzwischen schon Teil meines Lebens war.

»Wäre ich nicht sowieso schon verliebt in ihn, dann würde es spätestens jetzt passieren«, murmelte ich dicht an Junes Ohr, »allerspätestens.« Sie kicherte und schob eine Hand in meine hintere Hosentasche. »Geht mir auch so.«

Ash stand auf und reichte dem Kleinen eine Hand, um ihm hochzuhelfen. Als der sich aufgerappelt hatte, umarmte er dankbar Ashs Bein, ehe er mit fliegenden Locken zu seinen Freunden davonrannte. Zufrieden blickte Ash ihm hinterher.

»Ich sehe ihn mit diesen Kids, und irgendwie komme ich gar nicht mehr klar«, seufzte ich.

»Es ist übel«, pflichtete June mir bei, ehe sie zu mir aufsah. »Aber ich habe eine gute Ausrede. Das sind sicher meine Hormone oder so.«

Lächelnd strich ich June eine Haarsträhne aus dem Gesicht, fand die klaren, hellblauen Augen so schön wie beim ersten Mal, als sie diese chaotische Kellnerin gewesen war. Ich zog sie an mich, diese Frau, die unwiderruflich zu mir gehörte.

Sie legte ihre Hände auf meine Brust und blinzelte zu mir hinauf.

»Küsst du mich jetzt?«, raunte sie.

»Das hatte ich vor.«

Sie stellte sich auf die Zehenspitzen und grinste mich frech an. »Aber nicht zu lang, hier sind Kinder anwesend.«

Und dann legte ich meine Lippen auf ihre, spürte mein Herz heftig gegen meinen Brustkorb und damit auch gegen ihres schlagen. Sie schmeckte süß, roch nach einer ewig blühenden Blumenwiese im Sommer und ich küsste sie – bis ich ein Kribbeln im Nacken spürte.

Es war Ash, der zu uns …

Ash

... hinübersah.

Diese beiden, immer und immer wieder diese beiden. Ich trat zu ihnen, schlang einen Arm um June, den anderen um Kian und dachte mir, dass ich verdammt nochmal alles hatte, was ich jemals wollte.

In der *Little Bee* sah uns niemand schief an. Der kleine Leo, den ich gerade noch getröstet hatte, besaß zwei Väter, die gerade am Grill standen. Vivien war heute zusammen mit ihren beiden Müttern gekommen. Zu sehen, wie viel Liebe, Zusammenhalt und Miteinander hier herrschten, machte mich an jedem verfluchten Tag glücklich.

Und ich konnte endlich wieder all das Gute weitergeben, das ich selbst erfahren hatte. Aber auch wegen des freundschaftlichen Verhältnisses zwischen meinen Kolleginnen, die mich sofort als einen der ihren aufgenommen hatten. Ich tauschte meine *Pubfamily* nicht aus, aber ich gewann eine neue dazu.

Über die Eltern des Zöpfe-Mädchens war ich auf ein Polynetzwerk gestoßen, das in London regelmäßige Zusammenkünfte veranstaltete. Erst erzählte ich Kian und June nichts davon, doch irgendwann sprang ich über meinen Schatten und schlug den beiden vor, uns für ein Treffen anzumelden. Beim ersten Mal waren wir wahnsinnig aufgeregt: June plapperte wie immer in solchen Momenten unaufhörlich vor sich hin, Kian wischte seine feuchten Handflächen an seiner Hose ab und rückte seine Brille permanent zurecht, obwohl sie kein Stück verrutscht war. Die Vorstellung, auf andere Menschen zu stoßen, die selbst in polyamorösen Beziehungen oder Arrangements lebten, war wunderschön und beängstigend zugleich.

Letzten Endes war der Abend in einer Bar in Soho großartig gewesen. Es tat gut, mit Leuten zu reden, die ähnliche Probleme hatten, auf ähnliche Hindernisse stießen und sich mit ähnlichen Fragen konfrontiert sahen. Es war nicht so, dass wir in der Gruppe nur über Polyamorie sprachen, aber es war befreiend, es jederzeit tun zu können, ohne sich dabei auf irgendeine Art und Weise erklären zu müssen. Kian, June und ich gingen nicht zu jedem Treffen, aber wir taten es immer wieder, wenn wir uns danach fühlten. Und ich lernte dabei, dass Polyamorie so vielfältig und bunt und besonders war wie auch alles andere im Leben.

So einzigartig wie auch *Jashan*.

June

Eineinhalb Jahre nach der Premiere der *Red Lady* wurde das Musical zum letzten Mal im *Mephisto* aufgeführt. Und dieser letzten Vorstellung wohnte ein ganz eigener Zauber inne. Ein Flirren lag in der Luft, der Hauch von Abschied und dem Ausblick auf eine neue Reise mit neuen Figuren – vielleicht würden es sogar welche sein, die Benoît sich ausgedacht hatte. Nachdem er seinen zweiten Roman, *Wie die Sonne in meinem Herzen*, beendet hatte, hatte er angefangen, an einem Musical zu schreiben, und ich wünschte mir nichts mehr, als dass wir es hier aufführen und ich Teil seiner Gedankenwelt sein könnte. Dass Benoît auch nach dem Abschluss seines Studiums wegen Quinn und tausend anderer Dinge in London geblieben war, war eins der schönsten Geschenke der letzten Monate.

Die heutige Vorstellung der *Roten Dame* war die beste, die wir jemals gespielt hatten. Als ich mich zum letzten Mal als Ilaria auf der Bühne verbeugte, Hand in Hand mit Via und Ben, Sophia, Rhonda, Layla und Timothy, rann mir eine einzelne Träne über die Wange. Es würde eine neue Welt kommen, ein neues Abenteuer.

Ich hatte die Armee der Wolken und der Geister der Flüsse an meiner Seite, *Mayloras* Magie, Roux' Weitsicht, Aillards Kämpferherz und eine gute Fee. Und vor allem Ilarias Mut würde ich für immer in mir tragen.

Als wir von der Bühne gingen, kurz bevor der schwere rote Vorhang zum letzten Mal fiel, drehte ich mich noch einmal um und machte Kian und Ash sofort in der ersten Reihe aus. *Ich liebe euch*, formte ich mit den Lippen. Sie lehnten aneinander und lächelten mich an.

There will always be love and destiny – es wird immer Liebe und Schicksal geben, schoss es mir durch den Kopf. Und beides bedeuteten diese zwei Männer für mich.

So schnell wie ich nur konnte, lief ich die schwach beleuchteten Gänge des *Mephisto* entlang, riss die Tür zur Garderobe auf und wurde Make-up und Kostüm los. Wenig später rannte ich auch schon durch die Marmorhalle des Theaters, meine Absätze hallten auf dem steinernen Boden wieder und der Kronleuchter warf sein magisches Licht auf Kian und Ash. Ich sprang ihnen so schwungvoll in die Arme, dass wir drei einen Moment ins Straucheln gerieten, uns im letzten Moment aber noch abfangen konnten.

Wir lachten, Mund auf Mund auf Mund, und drehten uns im Kreis. Als die beiden mich vorsichtig wieder absetzten, fiel mir sofort das Funkeln in Ashs Goldaugen auf. Es glich dem Glitzern, das ich damals in seiner *Kristallhöhle* gesehen hatte. »Ich muss euch einen besonderen Ort zeigen.«

Er griff nach unseren Händen.

»Jetzt?«

Ash grinste schief. »Jetzt ist genau richtig.«

Und dann traten wir hinaus in Londons Dämmerung.

Hand

in Hand

in Hand.

LIEBE LESER*INNEN,

so wie June, Kian und Ash stand auch ich in meinem Leben an dem Punkt, an dem ich mich erst in zwei Menschen verliebt und schließlich beide zu lieben begonnen habe. Zwei Menschen, die sich unterschieden haben wie Tag und Nacht und einander dabei doch in so vielen Dingen ähnelten.

Und plötzlich war ich nicht nur pansexuell. Ich war pansexuell *und* polyamorös – etwas, das sich einzugestehen alles andere als leicht war.

Ich hatte nie mit Eifersucht zu kämpfen, sondern mit Verlustängsten und der Befürchtung, diese zwei Menschen unabsichtlich zu verletzen. Später kam dann Unwohlsein hinzu und die Konfrontation mit Unverständnis und Queerfeindlichkeit in meinem Umfeld, was es mir erschwert hat, die Schmetterlinge in meinem Bauch zu genießen.

Was ich aber letztlich aus meinen Erfahrungen gelernt habe? Dass Offenheit wichtig ist und Vertrauen Berge versetzen kann. Dass echte Zuneigung sich verdoppelt, wenn man es zulässt, und Liebe einfach nur Liebe ist. Egal ob ich eine Beziehung mit einem, zwei oder mehreren Menschen führe.

Liebe ist bunt und verschieden und einzigartig – so wie das in *Und wir tanzen über den Flüssen* ist. June, Kian und Ash gehören unwiderruflich zusammen und holen das Beste in den jeweils anderen hervor. Es gibt keine Hierarchie, keine Abstufungen und kein *fünftes Rad am Wagen*. Sie sind alles füreinander, und genau das ist es, was zählt.

Liebe ist so viel größer und individueller, als wir es in den meisten Fällen für möglich halten, vor allem aber: Sie ist eine Emotion und daher nichts, das sich in Rastern und Regeln festhalten lässt.

Lasst uns also damit beginnen, die Menschen so zu sehen und zu nehmen, wie sie sind.

Lasst uns der Liebe den Raum geben, den sie verdient, und endlich verstehen, das wahre Gefühle sich auf eine einzige Person allein beziehen können, aber noch lange nicht müssen.

Lasst uns frei sein in unseren Gedanken, noch mehr aber in unserem Handeln. Nicht Zahlen sind wichtig, sondern das, was wir in unseren Herzen tragen.

Ich wünsche euch allen, dass ihr immer ihr selbst sein könnt und den Mut habt, für euch und eure Wünsche einzustehen.

Eure Sophie
#loveislove #lifeiscolorful

DANKSAGUNG(S-UND-ICH-UMARME-EUCH-FANTASTISCHE-MENSCHEN-ALLE-TEXT)

Davor, *Und wir tanzen über den Flüssen* zu schreiben, hatte ich von all meinen Romanen am meisten Respekt. Es geht um Polyamorie, einem wahnsinnig unterrepräsentierten Thema, und ich schuldete es mir selbst und all den polyamorösen Menschen da draußen, es richtig zu machen und meine Erfahrungen und Gedanken einfühlsam zu verpacken. Aber wie lässt sich eine Liebe beschreiben, die man nicht anders kennt? Wie lässt sich ein Konzept in Worte fassen, das vor allem von Freiheit geprägt ist?

Dann ist etwas passiert, das ich nur mit dem Wort Magie beschreiben kann: Als ich den ersten Satz geschrieben habe, war auf einmal einfach alles da. In den folgenden Monaten war Junes, Kians und Ashs Geschichte zu erzählen wie lauer Frühlingswind, der mich einfach so davongetragen hat.

Und doch wäre auch der dritte und abschließende Teil der *Love-is-Love*-Reihe ohne die Hilfe ganz wundervoller Menschen nicht das, was er heute ist.

Ich danke der Agence Hoffman und meiner Agentin Andrea, die von Tag eins an begeistert von diesem bunten Projekt war. Du stehst mir immer mit Rat und Tat zur Seite, vor allem aber: Du glaubst an mich und all meine Ideen.

Ein riesiges Dankeschön geht an meine wundervolle Lektorin Anke. Du verstehst all die Dinge, die in meinem Kopf passieren, findest die richtigen Worte und bist dabei immer klug und eine wahnsinnig große

Hilfe. Außerdem danke ich dem gesamten Team des Heyne Verlags. Ihr seid großartig und habt eure Leidenschaft für Bücher auch in *Und wir tanzen über den Flüssen* gesteckt.

Meiner Redakteurin Eva Jaeschke danke ich für das Feingefühl, mit dem sie an meine Texte herangeht. Du machst mich mit jedem Mal zu einer noch besseren Autorin.

Ich danke Irmi von der Agentur *ehrlich & anders*, die meine *Love-is-Love*-Reihe mit viel Herzblut und Liebe zum Detail begleitet. Es ist eine Freude, einen Menschen (und auch Freundin) wie dich an seiner Seite zu wissen – mit dir zusammen fühlt sich Arbeit nicht wie Arbeit an.

Mein Dank geht außerdem an die anderen Mitglieder unserer legendären *Legends of Wine* (Whatsapp-)Gruppe: Josi, Emi, Miri und Lauri. Was wäre *Love is Love* ohne euch? *Can't wait*, bis wir uns alle wiedersehen. Alle zusammen. Dieses Mal wirklich, wirklich, wirklich, denn die Vermissung ist riesig.

Ich danke meinen Testleser*innen Marie, Thesi, Marina, Annika, Jule, und Raffi. Ihr seid bei jedem Manuskript genau das, was ich brauche, und sowieso unbezahlbar. All meine Liebe geht an euch!

Larry, meine Seelenverwandte, dieses Buch ist für dich, weil du mein Leben nicht nur bunter machst, sondern auch fröhlicher und vor allem aufregender. Du verstehst mich auch dann, wenn ich es selbst nicht tue, und gibst Ratschläge, die Gold wert sind. *Love you!*

Unendlich viel Liebe und Dankbarkeit an meine anderen Herzensmenschen, ohne die ich mir so ziemlich alles nicht vorstellen könnte. Lisa, meine Mal-Queen, und Leo, du Sonnenschein. Lajos, mein Süßkeks mit riesigem Herzen. Alex, mit dem alles Spaß macht, Jessi und Maggie, die unwiderruflich dazugehören. Marie, Thesi und Marina, meine Hallo-Augsburg-Mädels. Juliana, die auf alles eine Antwort, und Stevie, der auf alles eine Frage hat. Ihr seid an meiner Seite, wenn ich ich selbst bin, aber auch dann, wenn mein chaotisches Schriftstellerinnen-Ich überhandnimmt. Danke für all die schönen Momente.

Und dann sind da noch meine fantastischen (Schreib-)Freundinnen, die – man kann es nicht anders sagen – eine wahre Bereicherung für mein Leben und mein Erzählen sind. Josi, du warst von Anfang an da und wirst es auch immer bleiben. Kyra, deine Sprachnachrichten und Gedanken machen alles so viel schöner. Tanja, du bist so ganz und gar du und genau das ist es, was ich brauche. Kathinka, du bist so klug und wundervoll und immer im richtigen Moment da. Sarah, deine Begeisterung ist etwas, das mich jedes Mal aufs Neue mitreißt.

Und zum Schluss (weil ich mir die besten Dinge meistens bis zum Ende aufhebe), danke ich dir, Michi. Weil du die Stille zu meinen lauten Chaosgedanken bist, größtes Verständnis in Person, vor allem aber mein ganz großes Abenteuer.

Eure Sophie
Oktober 2021, in einem wunderbar sonnigen Hamburg.